本书由兰州大学"双一流"建设资金人文社科类图书出版经费资助

《水浒传》诠释史论

张同胜 著

中国社会科学出版社

图书在版编目（CIP）数据

《水浒传》诠释史论/张同胜著.—北京：中国社会科学出版社，2021.11

ISBN 978-7-5203-9357-7

Ⅰ.①水… Ⅱ.①张… Ⅲ.①《水浒》研究 Ⅳ.①I207.412

中国版本图书馆 CIP 数据核字（2021）第 239207 号

出 版 人	赵剑英
责任编辑	刘志兵
责任校对	周　昊
责任印制	李寡寡

出　　版	中国社会科学出版社
社　　址	北京鼓楼西大街甲 158 号
邮　　编	100720
网　　址	http://www.csspw.cn
发 行 部	010－84083685
门 市 部	010－84029450
经　　销	新华书店及其他书店
印　　刷	北京明恒达印务有限公司
装　　订	廊坊市广阳区广增装订厂
版　　次	2021 年 11 月第 1 版
印　　次	2021 年 11 月第 1 次印刷
开　　本	710×1000　1/16
印　　张	24
插　　页	2
字　　数	381 千字
定　　价	136.00 元

凡购买中国社会科学出版社图书，如有质量问题请与本社营销中心联系调换
电话：010－84083683
版权所有　侵权必究

目　录

绪论 ……………………………………………………………… (1)
　第一节　阐释学中的文学意义问题 …………………………… (1)
　第二节　核心概念的界定与选题的依据 ……………………… (33)

上编　自晚明至晚清

概述　伦理文化生态中的意义生成 …………………………… (39)
　第一节　《水浒传》诠释的伦理视角 …………………………… (41)
　第二节　《水浒传》评点的时文手眼 …………………………… (45)
　第三节　《水浒传》的版本、叙事与意义 ……………………… (47)

第一章　李贽《水浒传》评点 ………………………………… (56)
　第一节　李贽其人其文 ………………………………………… (56)
　第二节　李贽的童心说 ………………………………………… (65)
　第三节　李贽的《水浒传》评点 ………………………………… (70)

第二章　金圣叹《水浒传》评点 ……………………………… (82)
　第一节　金圣叹其人其文 ……………………………………… (82)
　第二节　金圣叹批改《水浒传》 ………………………………… (87)
　第三节　现实反思与话语矛盾 ………………………………… (93)
　第四节　李贽评点与金圣叹评点之比较 ……………………… (96)

第三章 《水浒传》续书与水浒戏 ……………………………… （101）
第一节 《水浒传》的续书 ……………………………… （102）
第二节 明清水浒戏 ……………………………………… （113）
第三节 诠释与语境 ……………………………………… （119）

第四章 道德与法律的理解视角 ………………………………… （124）
第一节 道德的诠释视角 ………………………………… （124）
第二节 法律的阐释视角 ………………………………… （138）

下编 自鸦片战争至 21 世纪初年

概述 西方思想影响之下的诠释 ………………………………… （147）

第五章 思想启蒙论 ……………………………………………… （152）
第一节 《水浒传》与思想启蒙 ………………………… （156）
第二节 《水浒传》与新文化运动 ……………………… （167）
第三节 《水浒传》与进化论 …………………………… （174）
第四节 其他理解 ………………………………………… （189）

第六章 救亡图存论 ……………………………………………… （197）
第一节 国统区《水浒传》的阐释与续书 ……………… （199）
第二节 解放区"水浒戏"的改编和创作 ……………… （203）

第七章 意识形态论 ……………………………………………… （209）
第一节 "农民起义"说 ………………………………… （209）
第二节 "投降主义"说 ………………………………… （219）
第三节 "市民"说 ……………………………………… （226）
第四节 《水浒传》与人性论 …………………………… （240）
第五节 "游民"说 ……………………………………… （254）
第六节 其他理解 ………………………………………… （258）

第八章　文化现象论 …………………………………… (270)

第一节　《水浒传》与阴阳思想 ……………………………… (272)

第二节　《水浒传》与侠义文化 ……………………………… (282)

第三节　《水浒传》与政治文化 ……………………………… (293)

第四节　《水浒传》与神话原型 ……………………………… (297)

第五节　《水浒传》与宗教文化 ……………………………… (301)

第六节　《水浒传》与狂欢化理论 …………………………… (306)

第七节　《水浒传》与大众消费文化 ………………………… (310)

第八节　《水浒传》的海外诠释 ……………………………… (323)

余论 …………………………………………………………… (337)

第一节　历史与现实 …………………………………………… (337)

第二节　认知与理解 …………………………………………… (350)

第三节　误读问题 ……………………………………………… (358)

主要参考文献 ………………………………………………… (372)

再版后记 ……………………………………………………… (378)

绪 论

第一节　阐释学中的文学意义问题

陈平原说过："任何研究方法都只是一种假设，能否落实到实际研究中并借以更准确地透视历史才是关键。"① 在学术研究中，任何理论和方法都不过是研究过程中可以上手的东西，它们在这个过程中获得和展现其生命。诠释方法不是本书关注的核心，探讨文学意义是如何生成的才是本书的研究目的，但为了论述清晰起见，还是有必要对书中运用的阐释学作一简要的介绍。

本书依据的主要理论是汉斯—格奥尔格·伽达默尔（Hans-Georg Gadamer）的哲学诠释学，它不是一种方法，而是一种探析"理解何为"的哲学思想或者说是当代的一种阐释理论。本书依据的诠释理论以哲学诠释学为主，同时也兼顾其他诠释理论中的合理性因素，运用诠释学来分析和透视《水浒传》的诠释史，探析其中各种意义理解的生成原因和条件。

一　西方诠释理论

（一）西方诠释学述略

何谓诠释学？"诠释学（Hermeneutik）本是一门研究理解和解释的学科"②，它从问世起到当今已经历了多种转变：从神学诠释学到法学诠释

---

① 陈平原：《中国小说叙事模式的转变》，北京大学出版社2003年版，"自序"第1页。
② ［德］伽达默尔：《真理与方法》，洪汉鼎译，上海译文出版社2004年版，"译者序言"第1页。

学，又到一种普遍诠释学理论，再到一门诠释学哲学；从方法论到认识论，再到本体论……这门研究理解和解释的学问，一直在发展变化之中。

西方诠释学发展史主要有如下三种不同角度的划分：

1. 按照美国诠释学家帕尔默的划分，西方诠释学的发展迄今经历了以下六个阶段：

一是作为《圣经》注释的技艺与方法。从1654年丹恩豪威尔第一次使用"诠释学"（Hermenutics）作为他的一本书的书名起，它就表示一种正确解释《圣经》的方法，主要用于宗教神学方面的阐释。

二是作为一般文献学方法论。伴随着理性主义的发展，18世纪古典语文学的出现对《圣经》诠释学产生了深远的影响，神学方法和世俗理论在文本的解释技巧方面趋向一致，诠释学逐渐成为一般文献学的方法论。

三是作为一切语言理解的科学即一般诠释学。这是从德国哲学家施莱尔马赫开始的，他把诠释学第一次界定为"对理解本身的研究"。伽达默尔说："只有施莱尔马赫才使诠释学作为一门关于理解和解释的一般学说而摆脱了一切教义的偶然因素。……由于把理解建立在对话和人之间的一般相互了解上，从而加深了诠释学基础，而这种基础同时丰富了那些建立在诠释学基础上的科学体系。"[①]

四是作为精神科学（人文学）的方法论基础。德国哲学家狄尔泰把"历史意识"和科学的求真意识从理论上加以调和，试图在一切人文事件相对性的背后找到一种稳固的理论基础，从而提出了符合生命多面性的所谓世界观的类型学说。诠释学从此成为一种人文学的方法论基础。

五是作为"此在"和存在理解的现象学。德国哲学家海德格尔引入了"前理解"的概念，将"理解"和"诠释"视为人类存在的基本方式，诠释学于是就与理解的本体论联系起来。德国哲学家伽达默尔进一步把"理解"的本体内涵发展成为系统的"哲学诠释学"。

六是作为既恢复意义又破坏偶像的诠释系统。法国哲学家保罗·利科尔接受了神话和符号中诠释学的挑战，并反思地将语言、符号和神话背后的实体主题化，既包容后现代哲学怀疑的合理性，又试图在语言层

---

① ［德］伽达默尔：《真理与方法》，洪汉鼎译，上海译文出版社2004年版，第719页。

面重新恢复诠释的信仰。

这六个阶段差不多容括了西方走出中世纪之后三百多年历史的全部思想进程，具有复杂的时代背景和十分丰富的内涵。①

2. 帕尔默的划分并不是对西方诠释学唯一的划分，按照布莱希尔的划分，当代诠释学大致包含了作为方法的诠释学、作为哲学的诠释学和作为批判的诠释学三类。

意大利法学家贝蒂是方法论诠释学的代表人物，他继承了古典诠释学的理路，从施莱尔马赫直到狄尔泰以及狄尔泰之后的诠释学的整个唯心主义传统都被他所吸收。贝蒂坚持诠释学的方法论原则，寻求诠释的功效性，肯定解释具有客观上正确的规则和一般公认的方法，因而否定诠释学的本体论转向。

诠释学哲学以海德格尔和伽达默尔以及新教神学家布尔特曼为代表，其中伽达默尔的哲学诠释学最为系统，影响也最大，于今哲学诠释学的思想已渗透进文学、历史、法学等多个领域。

作为批判的诠释学则是以阿佩尔和哈贝马斯等人为代表的。阿佩尔称他的学说为"先验诠释学"，实际上是综合了康德以来的先验哲学和诠释学、语言分析哲学、实用主义等思想的大杂烩。哈贝马斯从交往理性角度强调诠释学的社会意识形态批判维度，并就此与伽达默尔展开过论战。

在这三派之外，利科尔别辟新途，表现出更为宏大的视野和更强的综合性，他的诠释学既有当代法国哲学各种思想线索复杂交织的背景，又与现象学、结构主义、精神分析学等重要思潮形成了深层次的互动。

3. 除了帕尔默、布莱希尔的划分，也有人把西方诠释学的发展历程划分为三大阶段，即以古代语文学者与宗教人士为代表的神秘主义权威论、以施莱尔马赫与狄尔泰为代表的浪漫主义天才论、由海德格尔开路以伽达默尔与赫施等为代表的批评主义实践论②。

早在古希腊教育体系中的修辞学与诗学就已经开始了对语言的解释。欧洲的古典学者一直以来就有一个诠释、考证古代文献的文献学诠释传

---

① 潘德荣：《诠释学：从主客体间性到主体间性》，《安徽师范大学学报》2002年第3期。
② 徐岱：《解释学诗学与当代批评理论》，《宁波大学学报》2004年第4期。

统。这种以考证古代典籍为主要目的的文献学研究，是诠释学的一种最初形态。

另一种最初形态则是建立在对《圣经》诠释之上的神学诠释学。文艺复兴时期新教徒通过对《圣经》作出自己的新解释来进行宗教改革运动，这一时期的诠释学主要还是作为《圣经》释义的方法论而存在的。

施莱尔马赫对于诠释理论的贡献主要是提出了语法解释与心理学解释，这是一种基于认识论之上的一般方法论。施莱尔马赫由此被称为"诠释学的康德"。狄尔泰则通过"历史理性批判"使"精神科学"能够像自然科学那样具有客观的真理性，他开拓了诠释学的研究领域，被称为"诠释学之父"。狄尔泰认为精神科学与自然科学是完全不同的，不能用自然科学中的因果关系方法研究，而是要用理解的方法来进行研究。自从狄尔泰提出精神科学方法论以来，人文学就有了它自己的方法论，即"我们说明自然，我们理解精神"。

狄尔泰开创的人文学方法论在现象学和诠释学中得到了继承和发展。胡塞尔首先区分了自然思维和反省思维，他认为前者产生自然科学，后者产生哲学。他认为自然思维不能达到认识的真理。他摒弃前反省的"自然的态度"，即认为对象是"超越之物"（自然存在）的观念，而诉诸反省的思维即哲学思维。他主张从"现象"本身即主客合一的直观经验出发，进行现象学的还原，从而把握事物本身的意义。

施莱尔马赫、狄尔泰的诠释思想至今仍然蕴藏着丰富的宝藏，尤其是在作为一般方法论的诠释领域里。但是，20世纪存在哲学的兴起促使诠释学经历了一次根本性的本体论转向，胡塞尔、海德格尔等人是这一转向的主导者。海德格尔的哲学，尤其是他前期的哲学思想，主要研究现象的存在方式：理解是此在的存在方式。伽达默尔的哲学诠释学就是在海德格尔前期哲学思想基础之上的进一步发展。

伽达默尔在《真理与方法》第二部分，批判了施莱尔马赫、狄尔泰的历史主义思想，指出这是一种在自然科学模式主导之下的历史意识对人文精神的异化。伽达默尔认为单一地追求文本意义客观性的解释理想也是受到近代以来经验科学飞速发展带来的负面影响而产生的后果。

"在《存在与时间》中，海德格尔相信，理解从根本上说不是一种主体认识客体的方法，而是在时间性中对此在之能在的筹划，此在正是在须臾不可分离的领悟、体会之中实现自身的可能性的,因此,理解就是此在的存在方式。"① 正是海德格尔的本体论转向,以及20世纪发生的语言学转向,才有了哲学诠释学对理解的本体论体系的构建。

伽达默尔认为:"我曾把对于我们时代中为认识论所支配的唯心主义与方法论主义的批判作为我的出发点。特别是,海德格尔将理解的概念扩展到有关存在的、亦即对人的存在的基本范畴的规定,这一点,对我有特别的重要性。这促使我批判地超越方法的讨论而扩展对解释学问题的阐述,以便使它不仅考虑科学,同时也考虑艺术和历史的经验。"② 伽达默尔自《真理与方法》出版以来到他2002年去世,一直在思考哲学诠释学的问题。他在后期提出了"实践哲学"的概念,似乎是把属于阐释固有因素之一的"应用"的普遍性进行了更深广的考察和探索。

由上可知,西方诠释学迄今为止的发展历程实现了三大转向:从特殊诠释学到普遍诠释学的转向;从方法论诠释学到本体论诠释学的转向;从本体论哲学诠释学到实践哲学诠释学的转向。

(二) 哲学诠释学

诠释的本质究竟是什么呢? 1986年,伽达默尔在接受采访的时候,曾经谈到了哲学诠释学的本质和灵魂,他说:"我的解释学的本质和灵魂就是:理解他人就是看到他们的立场的公正性和真理性。……这种哲学将教会我们看到他人观点的正当根据,并且因此而让我们怀疑我们自己观点的正当性。"③

如前所述,伽达默尔的哲学诠释学是基于海德格尔的哲学思想之上的。海德格尔认为理解不是与"说明"平行的一个认识方式,而是此在的存在方式,人是以理解的方式存在的④。

胡塞尔在《算术哲学》中认为,"根本不存在一成不变和教条主义的

---

① 李鲁宁:《伽达默尔的美学思想研究》,山东大学出版社2004年版,第49页。
② [德] 伽达默尔:《文本与解释》,《伽达默尔集》,上海远东出版社1997年版,第50页。
③ Gadamer, "The 1920s, 1930s, and the Present", in *Hans-Georg Gadamer on Education, Poetry, and History*, ed. Dieter Misgeld and Schmidt, New York: State University of New York Press, 1992, p. 152.
④ [日] 丸山高司:《伽达默尔:视野融合》,刘文柱等译,河北教育出版社2002年版,第42页。

给定性概念"。"解释的循环"这个概念亦然:施莱尔马赫与狄尔泰所理解的"解释的循环"是作为方法论意义的本文整体与本文部分之间的"循环"理解,然而在伽达默尔看来,在海德格尔的"恶性循环"基础之上的"解释的循环"却是前理解与解释的循环。伽达默尔所界定的"解释的循环"则为"在本质上就不是形式的,它既不是主观的,又不是客观的,而是把理解活动描述为流传物的运动和解释者的运动的一种内在相互作用"①。这样一来,虽然都是"解释的循环"这个名词,能指为一,然而所指迥异,其内涵发生了根本性的变化。

哲学诠释学是哲学,不是认识论,不是方法论,更不是文学诠释范式,所以,不能把它作为一个文学阐释框架去填充文学史料,而是依据其思想观照诠释现象,并借助它把研究对象提高到哲学层面来进行反思和对话。

哲学诠释学的思想一直被误读和误解着。当下的中国大陆,有的学人认为它具有相对主义的倾向,有的学人认为它是"主观诠释学",有的学人把它与接受美学混为一谈,还有的研究者把它归属为后现代主义,如此等等,都是对哲学诠释学的误读,固然"哲学诠释学作为方法论解释学的反动,反对理解的客观性、意义的确定性,强调了理解过程中主体的认识的创造性,以及人的有限性"②,可是它并不是一味地强调主体认识的创造性和人的有限性,而是强调理解的此在性即本文以理解的方式而存在,它并不认可所有的意义诠释都是正确的,它并不认为意义的解读是无底棋盘,相反,它承认误读的存在,并反思了误读产生的前提和原因;它反对解构主义"一切阅读都是误读"的极端性。事实上,"伽达默尔思想中还有相当大的确定性的一面"。

(三)知人论世论的反思

传统认识论认为作者的创作意图是其作品的正确释义的标准依据。然而,劳伦斯说过,"永远不要相信讲故事的人,要相信故事"③。以传统的"知人论世"和"以意逆志"来探讨《水浒传》的主题思想并不符合

---

① [德]伽达默尔:《真理与方法》,洪汉鼎译,上海译文出版社2004年版,第376页。
② 李鲁宁:《伽达默尔美学思想研究》,山东大学出版社2004年版,第38页。
③ [美]苏珊·桑塔格:《反对诠释》,程巍译,上海译文出版社2003年版,第12页。

历史的实际，因为它的作者究竟是谁，现在尚无定论。关于施耐庵的能够确定的历史文献非常之少。甚至《水浒传》究竟成书于何时至今仍然莫衷一是：宋末元初、元代、元末明初，还是明代中叶？这样一来，又如何进行"知人论世"呢？

米兰·昆德拉就一直反对人们对于小说家生平的研究，他说："传记作者的工作从艺术角度来说纯粹是消极的，既不能阐明一部小说的价值，也不能阐明它的意义。"① 退一步说，即使确定了小说的作者是谁，如果对于文学意义的解读仅仅局限于探求作者的创作意图，那么，无疑也会无视文学意义此在性理解的这一事实，并且限制了文学意义生成的开放性。"完善地理解一位作者和完善地理解一次讲话或一篇著作并不是同一回事。理解一本书的标准绝不是知道它的作者的意思。"②

安贝托·艾柯从自己切身的写作经验和诠释经验出发主张"必须尊重文本，而不是实际生活中的作者本人"③，他认为作者本来的创作意图"非常难以发现，且常常与文本的诠释无关"④。然而，中国古代文学研究领域却是特别关注小说的作者——它是中国文学史"作者生平、思想内容和艺术特色"研究范式中的重要组成部分。

"一件艺术作品的意义，绝不仅仅止于，也不等同于其创作意图；作为体现种种价值的系统，一件艺术品有它独特的生命。一件艺术作品的全部意义，是不能仅仅以其作者和作者的同代人的看法来界定的。它是一个积累过程的结果，也即历代的无数读者对此作品批评的结果。"⑤ 况且，作者的创作意图也不是只有一种，例如詹姆斯·乔伊斯谈论自己的小说《尤利西斯》的主题时就说过，《尤利西斯》的主题思想就是多层次

---

① ［法］米兰·昆德拉：《小说的艺术》，董强译，上海译文出版社2004年版，第184—185页。

② ［德］伽达默尔：《真理与方法》，洪汉鼎译，上海译文出版社2004年版，第237—238页。

③ ［意］安贝托·艾柯等：《诠释与过度诠释》，王宇根译，三联书店2005年版，第69—70页。

④ ［意］安贝托·艾柯等：《诠释与过度诠释》，王宇根译，三联书店2005年版，第26页。

⑤ ［美］雷·韦勒克、奥·沃伦：《文学原理》，三联书店1984年版，第35页。

的:"这部小说既是犹太人和爱尔兰人的史诗,又是人体器官的图解;既是他本人的自传,又是永恒的男性和女性的象征;既是艺术和艺术家成长过程的描绘,又是圣父和圣子关系的刻画;既是古希腊英雄俄德修斯经历的现代版,又是传播圣经的福音书。"①

(四) 意象的问题

文学作品并不是一个待认知的客观物质,而是一个通过语言构造的"意象"群来表情达意的意义世界。文学作品中什么是具有客观性的、规定性的呢?恐怕只有"象",古人是通过"立象以尽意"的,且不说还有一个"言不尽意"的问题。不同的读者在实际的阅读过程中因为"前理解"和"成见"的不同而具有不同的"意"从而形成不同的"意象";也就是说,不同的读者,在阅读过程中形成的意象不可能是完全相同的。更何况,文学作品中的"象"就是客观的吗?马克思说:"人的思维是否具有客观的 [gegenständliche] 真理性,这不是一个理论的问题,而是一个**实践**的问题。人应该在实践中证明自己思维的真理性,即自己思维的现实性和力量,自己思维的此岸性。关于思维——离开实践的思维——的现实性或非现实性的争论,是一个纯粹**经院哲学**的问题。"② 即便假设文学作品中的"象"是客观的,"意象"的意义表现确实是一直在变化着的:李贽眼中的李逵与当代读者眼中的李逵,其艺术形象就有天壤之别:一个是天真烂漫、诚实率直,是"梁山泊第一尊活佛";一个是滥杀无辜没有人性的杀人恶魔。这两个理解迥异,然而其前提即文本之中的"李逵"这个意象却是相同的。那么,面对同一个李逵之意象,为什么会得出截然相反的结论来呢?关于李逵的意象究竟是客观存在的呢,还是在读者与文本叙事对话中存在着呢?

伽达默尔经常举阿尔卑斯山这个例子来说明他的思想,他说:"实际上我们只能用具有艺术经验的并且受过艺术熏陶的眼光来看待自然。例如,我们记得阿尔卑斯山在 18 世纪的旅行日记中怎样被描述为一座令人恐怖的山脉,它的丑陋的、吓人的蛮荒被经验为一种对美、人性以及人

---

① 叶朗:《中国小说美学》,北京大学出版社1982年版,第9页。
② [德] 马克思、恩格斯:《马克思恩格斯选集》第1卷,人民出版社1995年版,第55页。

类生存的熟悉的安全性的否定。而今，每一个人都相信我们的伟大的山脉不但再现了崇高，而且再现了自然的范例之美。"① 人类对阿尔卑斯山的艺术审美为什么会有从"恐怖"到"崇高"的变化？或者说，为什么对同一个"象"却产生了不同的认知、感受和审美呢？语言的含义是随着时代一直在变化不居的，其内涵外延或大或小，甚至褒贬色彩也有所变迁。那么由语言构造的"意象"是不是也在变化呢？更何况，人们对于"意象"的价值评判是随着历史条件的改变在一直变化的：从道德至上到以人性论为主、到阶级感情的移情等。

（五）本体论的理解

传统认识论受自然科学客观诠释范式的影响，从主客二分的角度把历史的客观性理解为孤立的历史事实的本来面目，要求叙事及其阐释具有客观性。客观主义、实证主义史学家相信"有一种独立于人们意识之外的客观历史事实或历史规律等待人们去发现"②。可是，后人对于历史事件的理解，都是借助于带有作者主观性的历史"文本"、运用解释者自己的前理解通过想象对过去发生的事件进行重认和重构而生成的。在这一过程之中怎么能够保证只有历史事实的客观性而没有解释者与作者的主观性构建呢？

传统认识论所谓的"内在规定性"，是探求作者原意和客观性的理论基石。然而文本之中固然有"内在规定性"，读者的前见解对于意义的生成也具有规定性，甚至是起着理解何所向的决定性作用。海德格尔认为，"对本文的理解永远都是被前理解的先把握活动所规定"。伽达默尔进一步认为，"支配我们对某个本文理解的那种意义预期，并不是一种主观性的活动，而是由那种把我们与流传物联系在一起的共同性所规定的"。③

新的意义是在前见的视域与文本视域之视域融合的过程中产生的。伽达默尔主张："我们不能把本文所具有的意义等同于一种一成不变的固定的观点，这种观点向企图理解的人只提出这样一个问题，即对方怎么

---

① Gadamer, "The Relevance of the Beautiful", in *The Relevance of the Beautiful and Other Essays*, trans. Nicholas Walker, Cambridge: Cambridge University Press, 1987, p.30.
② 陈新：《西方历史叙述学》，社会科学文献出版社2005年版，第78页。
③ ［德］伽达默尔：《真理与方法》，洪汉鼎译，上海译文出版社2004年版，第376页。

能持有这样一种荒唐的意见。在这个意义上我们可以说，在理解中所涉及的完全不是一种试图重构本文原义的'历史的理解'。我们所指的其实乃是理解本文本身。但这就是说，在重新唤起本文意义的过程中解释者自己的思想总是已经参与了进去。就此而言，解释者自己的视域在视野融合过程中意义的生成具有决定性作用，但这种视域却又不像人们所坚持或贯彻的那种自己的观点，它乃是更像一种我们可发挥作用或进行冒险的意见或可能性，并以此帮助我们真正占有本文所说的内容。我们在前面已把这一点描述为视域融合。现在我们在这里认识到一种谈话的进行方式，在这种谈话中得到表述的事情并非仅仅是我的意见或我的作者的意见，而是一件共同的事情。"① 这就是说，意义的获得从来就不是作者的原意或是读者的前见解，而是作者与读者二者"对话"的结果，是二者视域融合后的生成，是一件"共同的"事情。

按照现象学本体论的观点，"历史不再是作为一种封闭、静止的过去存在，而是由于研究者的参与成为向将来敞开的存在"②。伽达默尔说："真正的历史对象根本就不是对象，而是这种自身与他者的统一，是一种关系，在这种关系中同时存在着历史的真实性以及历史理解的真实性。一种名副其实的解释学必须在理解本身中显示历史的真实性。因此，我把需要的这样一种东西称之为'效果历史'。理解按其本质乃是一种效果历史事件。"③ 伽达默尔的"效果历史"这一概念包括历史的实在和历史理解的实在。在这个视野下，人们对于历史的理解和解释，本质上成为了一种参与、一种共同的活动、一个事件、一种文本与当下理解的关系。这一关系就是伽达默尔在《历史客观主义或实证主义之批判》中说的："不管形式分析和其他的语文学方法对我们有多大的帮助，真正的诠释学基础却是我们自己同实际问题的关系。"④

---

① [德] 伽达默尔：《真理与方法》，洪汉鼎译，上海译文出版社 2004 年版，第 495—496 页。

② 陈新：《西方历史叙述学》，社会科学文献出版社 2005 年版，第 131 页。

③ [德] 伽达默尔：《真理与方法》，洪汉鼎译，上海译文出版社 2004 年版，第 384—385 页。

④ [德] 伽达默尔：《哲学诠释学》，夏镇平、宋建平译，上海译文出版社 2004 年版，第 221 页。

对于"客观性"的刻意追求，是传统认识论主体与客体二分领域里面讨论的问题。可是，"实在论者们确实忘记了，他们搜集到的材料非矿石、昆虫标本等自然物质，相反是些人类文化的遗存，其中贯注了人的思想。人们如果像实在论历史学家那样太乐观，认为自己能凭借有限的材料完全理解某个事件或某个人的思想，那样当然会认为自己有机会恢复历史的原貌。可日常生活中的情形已经告诉我们，这只能是一种梦想"①。与主客二分这种认知模式要求克制主观去探求客体的客观性不同的是哲学诠释学，它认为，"理解甚至根本不能被认为是一种主体性的行为，而要被认为是一种置自身于传统过程中的行动，在这过程中过去和现在经常地得以中介"②。

在中国古代，文学研究一直是以封建社会的伦理道德为底色的"拟史批评"和"拟经批评"。在现当代的文学研究领域，则是存在着严重的崇拜、迷信和模仿自然科学的客观研究范式来进行文学研究以及袭用历史科学研究中的考证考据方法以追求所谓的客观的、真实的和原汁原味的历史事实。然而，模仿自然科学的方法论进行研究却是一种削足适履的行为，自然科学研究范式中的"客观性"和"科学性"，是不尽符合人文学研究特点的。王国维在《人间词话》中说："古人论诗词，有景语、情语之别，不知一切景语皆情语也。"确实，无论是作者还是读者，他们对对象的描述和鉴赏都含有情感因素，没有纯粹的、孤立的客观性。再以历史学而论，"每位历史活动的参与者和历史叙述者都具有不同的历史性，而历史叙述的接受者同样具有各自的历史性的。这样就造成对同一历史的认识多样性"③，遑论每一历史时代的价值评判标准都具有历史性。

自17世纪欧洲启蒙运动以来，人文学研究方法就受到自然科学研究方法的深刻影响。然而，"方法论时代其实也就是科学泛滥和科学控制加剧的时代"。"艺术作为存在的真理之显现，即是游戏。游戏摆脱了主体和客体，具有真理之发生和真理之参与的特性。"④ 当游戏者在进行游戏

---

① 陈新：《西方历史叙述学》，社会科学文献出版社2005年版，第268页。
② [德] 伽达默尔：《真理与方法》，洪汉鼎译，上海译文出版社2004年版，第372页。
③ 李勇：《历史学科学性之我见》，《天府新论》2001年第2期。
④ 严平：《走向解释学的真理——伽达默尔哲学述评》，东方出版社1998年版，"序言"第4页。

的时候，他并不是在游戏之外，而是就在游戏之中，与游戏合为一体，即游戏者乃游戏之一部分，人是游戏的人，游戏是人的游戏，二者是完整的整体，不是主体和客体的对立；游戏的主体不是人，而是游戏本身。游戏的存在方式是"自我表现"，因此如果没有观看者，那么也就没有游戏。因为游戏的自我表现是通过游戏的观看者来展现的。艺术作品如同游戏一样，其存在方式也只是在于它被展现的过程中，艺术作品在其"游戏"般的存在方式中消融了主客二元对立。因而所谓的在艺术上的"主体客体二分"就是人为的假设性的分裂，是"完全受自然科学的模式所支配"的产物，是混淆自然科学与人文学之间本质区别的一种拙劣模仿。

　　人文学、社会科学与自然科学具有内在本质的区分，因此研究方法也应该相应的有所不同，每一门科学都应该采用适合于自己学科本身的研究方法。"从早期德国社会理论传统的学者，以至20世纪90年代的非实证社会学家，都在不同程度上认为社会研究和自然科学研究最大不同之处，是前者涉及研究者的演绎理解。那是说研究者在理解社会现象时，必然要从研究者的角度去演绎，因为社会现象主要由'文化意义'或价值系统构成，要了解或把握这些意义，是不能单纯用自然科学模式的观察，一定要加入研究者的演绎。"[①]

　　哲学诠释学对方法论进行了深刻的反思，反对方法独断论，尤其反对自然科学研究范式对人文学研究方法的同化和奴役。当前对于哲学诠释学的指责，大多是局限在认识论的视域里对本体论问题进行隔靴搔痒的批评，例如对于意义客观性的探讨、对于文本意义唯一性的假设、对于相对主义的论述等。

　　哲学诠释学关于理解和解释的观点是什么呢？建立在现象学本体论基础之上的哲学诠释学认为"阅读根本不是能同原文进行比较的再现"，这是因为"一切阅读都会越出僵死的词迹而达到所说的意义本身，所以阅读既不是返回到人们理解为灵魂过程或表达事件的原本的创造过程，也不会把所指内容理解得完全不同于僵死的词迹出发的理解。这就说明：

[①] 阮新邦：《批判诠释与知识重建：哈伯玛斯视野下的社会研究》，社会科学文献出版社1999年版，第109页。

当某人理解他者所说的内容时，这并不仅仅是一种意指，而是一种参与、一种共同的活动"①。也就是说，诠释既不是单纯的对于作者创作意图的把握，也不是漫无边际的随意的主观阐发，而是读者参与进理解文本的过程之中，读者的前理解与文本的视域共同构建的视域融合所产生的意义才是一个整体性的解释。诠释既不是主观的，也不是客观的，它是一种存在、一种视域融合、一种整体性的事件。

"伽达默尔认定理解本身是一种历史的行为，由此也是与现在相连的；谈说客观上有效的解说是天真朴素的，因为这样就假定了从历史之外的某个立场去理解历史是可能的。"② 就《水浒传》而论，哪一种主题思想的解读不是读者所生活的那一个特定历史时代的精神的诠释？没有一种主旨思想的诠释不是包含了它当时社会现实的"当下性"的。传统认识论认为作者原意的把握是唯一正确的"客观"的解读，而否定其他种种解读的合理性。

由于"此在"的现实性，任何诠释无不打上时代精神的烙印。伽达默尔认为，"艺术品随着时代的不同而不同，但仍然向我们发出吁求"③。改革开放之初，中国政府提倡重视人才。于是，对于《三国演义》主题思想的解读就出现了"人才"说，同时也出现了从"人才"角度来理解《水浒传》的观点。现在有些学者对于这一诠释不以为然，其实，所有这些主题思想的阐释，都是文学文本"此在性"的解读，不可能有读者超出自身历史性的诠释。"一切解释都必须受制于它所从属的诠释学境况。"④ 文学意义的生成，总是具体语境之中的意义所指，没有脱离情境的孤零零的意义阐释。"对意义的每一种理解都是从人的历史情境中的前理论的给定性出发的有限的理解。"⑤

"本文作为'过去也就不是一个被动的对象，而成为不可穷尽的意

---

① [德] 伽达默尔:《真理与方法》，洪汉鼎译，上海译文出版社2004年版，第649页。
② 严平:《走向解释学的真理：伽达默尔哲学述评》，东方出版社1998年版，第238页。
③ Gadamer, "Historicism and Romanticism", in *Hans-Georg Gadamer on Educaiton, Poetry and History*, ed. Dieter Misgeld and Schmidt, New York: State University of New York Press, 1992, p. 128.
④ [德] 伽达默尔:《真理与方法》，洪汉鼎译，上海译文出版社2004年版，第513页。
⑤ [德] 伽达默尔:《哲学诠释学》，夏镇平、宋建平译，上海译文出版社2004年版，"编者导言"第42页。

的可能性的源泉',所以,理解乃是'参与本文与我们之间进行交流的问题'。"①阐释是一种实践过程,在这一过程中读者的前见与文本进行对话,新的意义生成于此实践之中。"人们之所以对同一组作品会有不同的理解和解释,正是因为人的历史性。因为对艺术的理解总是包含着历史中介。"②任何理解,都是自我与他者的一种历史性理解。随着历史的进展,人们对文学意义的解读也是无限地丰富着、发展着和生成着。

用哲学诠释学本体论对于文学作品进行解读,应该说比建立在认知论基础上的传统解读更符合人文学自身的实际特点。如果按照传统认识论,诠释《水浒传》的主题思想就是把握作者的原意,并把作者的创作意图当作理解文本的唯一的客观准确的标准依据。可是,作者的原意难于探寻,不同的历史阶段对它有不同的诠释,哪一种理解完全符合作者的写作意图呢?正如有的论者所说的,文本一旦问世,作者也就成为读者群中的一员,作者对其创作的文本的理解仅仅是诸多阐释的一种,且不一定是最好的解释。"知人论世""以意逆志"等传统的诠释方法有其历史的合理性,也有其局限性。如果只是片面地去探求所谓的文本中的客观性,《水浒传》中究竟什么是"客观的"呢?文学作品的存在方式是以人们对它的理解作为历史的此在,它与文学作品的载体即物质形态的存在方式是有本质上的区别的。

任何理论的发展都是在与反对派或质疑派的反思中前进的,哲学诠释学自然也不例外,它是在与贝蒂、哈贝马斯、雅克·德里达等人论战中进一步深入发展的。"与古典的浪漫主义解释学、现代的哲学解释学相比,后现代解释学已经不再以意义的探寻为目的,而诉诸无限度的自由游戏,获得一种'耗尽'般的相对主义,堕入了意义的虚无。"③这种后时代的文本意义的解构,哲学诠释学是坚决反对的。与后现代解释学截然不同的是,伽达默尔一直坚持本文意义的同一性,他说:"坚守本文的意义同一性既不是回复到业已被克服了的古典美学的柏拉图主义,也不

---

① 朱立元:《接受美学》,上海人民出版社1989年版,第370页。
② [德]伽达默尔:《哲学诠释学》,夏镇平、宋建平译,上海译文出版社2004年版,第115页。
③ 李鲁宁:《伽达默尔美学思想研究》,山东大学出版社2004年版,第197页。

是囿于形而上学。"① 他甚至说:"利用这种永无止境的多样性来反对艺术作品不可动摇的同一性乃是一种谬见。"② 伽达默尔坚守文本意义的同一性,并以此来反对接受美学中的相对主义及其读者偏执和德里达的解构主义。

贝蒂是意大利的一位法学家,法律、法学、法律事件作为他建构诠释理论的前视域,他自然是更注重"应用"在阐释中的作用。这一点肯定也对伽达默尔有启发或者说至少引起他对阐释三要素之一的"应用"因素的深入思考。

伽达默尔与哈贝马斯的论争主要是哲学与方法之间的论辩。意识形态批判是哈贝马斯的前视域,他将其理论称作"批判的解释学"。哈贝马斯强调"在解释作品过程中超越作品,批判地评价作品的社会价值和历史意义",他一方面肯定哲学诠释学批判了近代欧洲思想界实证主义和科学主义倾向,纠正了历史主义的偏颇,指出了理解的历史性和有限性,以及它与"应用"或一般的实践联系起来的理论;另一方面,他又批判伽达默尔忽略了重新探讨人文学的认识论问题,他认为哲学诠释学缺乏对传统本身的反思和批判,容易导致政治保守主义和历史相对主义。哈贝马斯坚持理性同传统的对立,坚持"解释不只以传统为背景,而要以社会的经济发展和它对人类存在的制约作用去理解传统"。③ 人们从哈贝马斯的主张中可以看出,西方马克思主义作为他的前视域对他关于哲学诠释学的理解有多么大的何所向的规定性作用。

雅克·德里达,从"中心主义"的反对者走向了一种偏颇的极致,即真正陷入了相对主义的泥淖之中,他主张解构一切。哲学诠释学与德里达的理论不同之处之一就是哲学诠释学反对解构主义和历史相对主义。1981年4月23日至24日,德里达与伽达默尔在巴黎歌德研究所举行的"文本与解释"的那场公开的辩论中,德里达显然扮演了一种"独白"的角色,而不是伽达默尔所希望的"对话"交流的角色。伽达默尔反对德

---

① [德] 伽达默尔:《真理与方法》,洪汉鼎译,上海译文出版社2004年版,第635页。
② [德] 伽达默尔:《真理与方法》,洪汉鼎译,上海译文出版社2004年版,第634—635页。
③ 王岳川:《现象学与解释学文论》,山东教育出版社1999年版,第274页。

里达的如下观点：语言是交流的障碍；所有的解读都是误读；语言是存在的牢笼等。伽达默尔认为"文本"不是目的而是手段，理解文本是一个视域融合的过程，在这个过程中，人与人通过沟通而达成共识才是理解的目的。然而德里达却认为"理解的终点绝非是达成一致，而是多义误解"，"对文本思考和理解方式是无限的，因此要获得所谓一致的终极意义是不可能的"①。黑格尔曾说过，如果没有了语言的牢笼，思维就成为不可能。

理查德·罗蒂主张评论家无须探求作者或文本的意图，而是仅仅把文本锤打成符合自己目的的形状；评论家依据相关的目的"制作"文本②。显而易见，这也是一种偏执。从《水浒传》的诠释史来看，政论式的诠释很符合罗蒂的这种观点，解读者根据自己政治目的的需要对这部小说进行"锻造"，得出符合其目的的"意义"来。罗蒂这一观点的合理之处在于他指出了理解中的应用因素，矫枉过正之处则在于完全忽视了文本对意义理解的内在规定性。

美国文艺理论家赫施，在与哲学诠释学的辩论中也引人注目。从赫施的文艺理论主张来看，他是停留在一种顽固的"前见"之中而没有认识到阐释所具有的意义理解的开放性，他是停留在具体的事务主义之中而没有上升到哲学形而上的反思，他是传统认识论的可怜的守夜人。他说："我们应该尊重原意，将它视为最好的意义，即最合理的解释标准。"③ 他认为只有作者的原意才是决定理解文本是否正确的关键。古今中外的文学接受史和文学作品诠释的实践已经证明并将继续证明，作者的原意绝不是这部文学作品的"最好的意义"，也不是"最合理的解释标准"。赫施所追求的"客观有效性"是他自己先验的、主观的一种假定，他关于"意义"与"意味"的区分在对诠释理论方面也没有什么实质性贡献。"赫希（按：即赫施，Hirsch 的音译之一）对作者原意的追求是很

---

① 王岳川：《现象学与解释学文论》，山东教育出版社 1999 年版，第 283 页。

② "The critics asks neither the author nor the text about their intentions but simply beats the text into a shape which will serve his own purpose. He makes the text refer to whatever is relevant to that purpose." Richard Rorty, *Consequences of Pragmatism: Essays, 1972—1980*, New York: Harvester Wheatsheaf, 1991, p. 151.

③ 王岳川：《现象学与解释学文论》，山东教育出版社 1999 年版，第 250 页。

难实现的"①，读者往往将自己的理解当作了作者原意而排斥其他理解的真理性。赫施这位自称"试图在胡塞尔的认识论和索绪尔的语言学中为狄尔泰的某些解释原理寻找依据"的学者，为了追求诠释的客观性而将"推测作者的原意是什么"作为"解释的基本问题"，引起了学术界的更大争议。阿诺德·豪泽尔认为作者的意图不那么容易找到，有时连作者本人也不知道自己的意图是什么。

无独有偶，弗兰克·克莫德也认为对作者原意的诠释才是最好的诠释，而评论者的发挥，其可信性比较低。他在《历史与价值》一书中的《经典与时代》中认为：价值所依靠的最好的解释乃是探求作者最初的写作意图②，这不过是老生常谈，鲜有新意。需要指出的是，他是从"历史"的视角出发来进行论述的，如果他仅仅把这一观点局限在历史的研究领域，那么其真理性将会更多一些。

在文学意义的本体论解读中探讨认识论范畴中的主客体之分以及客观性等是没有什么价值意义的，或者说，这个问题本身就是一个伪问题。对于文学作品，在哲学诠释学的视野之下进行解读，其文学意义是丰富的，视角是多角度的，理解层面也是多元的，也更符合读者阅读的实际情况，即文学作品的存在方式就是它的被解读和被演绎。因为只有"在理解中，一切陈述的意义——包括艺术陈述的意义和其他所有流传物陈述的意义——才得以形成和完成"③。

然而，因为哲学诠释学不是方法论，而是一种哲学，人们可以利用这种思想来指导对文学作品的解读，却无法保证任何诠释都是正确的理解。在如何防范误解甚至曲解方面，方法论有其存在的价值和意义，因为并不是所有的诠释都是符合文本意义的。艾柯在《诠释与过度诠释》

---

① 王岳川：《现象学与解释学文论》，山东教育出版社1999年版，第264页。

② "They believe that the best interpretation, on which valuation must depend, seeks the original intention of the author, and that valuations which ignore it and consider instead the later or applied senses of an old work proceed, as some put it, in terms of its significance rather than its meaning are at least less authentic or inauthentic." Frank Kermode, *History and Value*, Oxford: Oxford University Press, 1988, p. 108.

③ [德] 伽达默尔：《真理与方法》，洪汉鼎译，上海译文出版社2004年版，第215—216页。

中提出了诠释要在文本中保持连贯性的"整体性"原则①,这是对相对主义的有效提醒。袁世硕先生在《文学史与诠释学》中根据马克思主义原理提出来的"科学的历史主义"②诠释原则在探讨文学作品的意义过程中如何规范阐释的正确性方面有其合理性。就以《水浒传》的主题思想而言,它其实是明代"忠义思想"对元代"反抗"精神的主题整合与话语复调,第70回前后是一个动态的意义流动。强调第70回之前的反抗(如"逼上梁山"说、"海盗"说、"游民"说等)或者侧重第70回之后的"忠义"(如"忠义"说、"忠奸斗争"说、"投降主义"说等)都是片面的和偏颇的,用艾柯的说法就是过度诠释,它们不符合"文本的连贯性整体"的诠释原则。如果像当代网络评论那样一味谴责甚至谩骂水浒好汉的行径,则是不符合"科学的历史主义"的诠释原则。固然,任何诠释都是"此在"的理解和解释,但是,并不是每一个诠释都符合文本意义的整体性和历史性,这也是误解或曲解存在的主要原因之一。

(六)哲学诠释学与接受美学之间的关系

接受美学是20世纪60年代末70年代初在联邦德国康士坦茨大学出现的一种美学思潮。"接受美学"这个概念首先是汉斯·罗伯特·姚斯于1967年提出来的。姚斯和沃尔夫冈·伊瑟尔主张,美学研究应集中在读者对作品的接受、反应、阅读过程和读者的审美经验以及接受效果在文学的社会功能中的作用等方面,通过问答逻辑和理解的方法,去研究创作与接受和作者、作品、读者之间的动态交往过程,要求把文学史从实证主义的死胡同中走出来,把审美经验放在历史与社会的条件下去考察。姚斯的《文学史作为向文学理论的挑战》(1969)和伊瑟尔的《本文的召唤结构》(1970)是接受美学实践的开山著作。

接受美学是文学解释主观范式中的重镇。接受美学是哲学诠释学在具体的文学研究上的一个研究范式。这个范式主要分为三部分:诠释史、影响史和效果史。它的出现主要是为了解决"文学史的悖论"。接受美学强调读者的审美经验一极,它认为,读者的既定期待视野与作品本文的视野之间存在着一种审美距离。读者对每一部新作品的理解,总是通过

---

① [意]艾柯等:《诠释与过度诠释》,三联书店1997年版,第69页。
② 袁世硕:《文学史与诠释学》,《文史哲》2005年第4期。

对先前既存生活经验与文本视野提供的经验进行融合来完成"视野的变化",从而把新经验提高到意识水平,产生新的意义。不同视野之间发生"视野交融",这就是调节历史与现实的效果史原则。它是接受美学所强调的历史性的核心所在。

姚斯说:"一部文学作品,并不是一个自身独立、向每一时代的每一读者均提出同样的观点的客体。它不是一尊纪念碑,形而上学地展示其超时代的本质。它更多地像一部管弦乐谱,在其演奏中不断获得读者新反响,使文本从词的物质形态中解放出来,成为一种当代的存在。"① 这一观点认为文学作品固然是一种物质形态,然而对于它文学意义的解读则是"一种当代的存在"。

接受美学的哲学基础虽然是哲学诠释学,然而二者之间却是有区别的,这种区别甚至比较大。伽达默尔不完全同意接受美学的观点,他认为姚斯对哲学诠释学进行了误读,伽达默尔把接受美学归为解构主义。接受美学也是一种偏执:它从以作者为中心、从以文本为中心的偏执转向了以读者为中心的偏执。伽达默尔的哲学诠释学绝对不是这个意思,所以伽达默尔认为姚斯误读了他的哲学诠释学是不无道理的,他"明确反对姚斯等人的接受美学并将其归为解构主义"②。接受美学以及德里达的解构主义,认为意义如同"无底棋盘",具有无限性和任意性。然而,哲学诠释学认为意义是此在的生成,但不是没有文本和读者历史性、规定性和局限性的,也反对误读和曲解。哲学诠释学认为作者、文本和读者一起构成一个"游戏"或"节日"的整体。没有观众的戏剧,那只能是彩排;没有观众的比赛,那不过是训练。但如果仅仅有观众,而没有演员或运动员在进行比赛,同理也构不成比赛或游戏。只有游戏者的参与和受众的观赏,游戏才是游戏。对于同一个游戏,不同的游戏者从中得到的乐趣、感悟等却是根本不同的。

对话、问答逻辑和视野融合是把握哲学诠释学的关键词。接受美学片面地强调读者接受这一方,是不可能进行意义诠释的对话的。接受美

---

① [德]姚斯:《走向接受美学》,《接受美学与接受理论》,辽宁人民出版社1987年版,第26页。
② 李鲁宁:《伽达默尔美学思想研究》,山东大学出版社2004年版,第44页。

学的效果历史意识无疑是来自哲学诠释学。但是，接受美学偏于读者主体性这一极，以读者为中心，从一个极端走向了另一个极端，无疑也是一种偏执，这与哲学诠释学并不相同。哲学诠释学认为阅读、理解与解释，都是此在的诠释，是前理解、此在与文本为一体的根本性运动，既不能如同认识论者偏重作者意图，也不能如结构主义者偏重文本，同样也不能如接受美学偏重读者。诠释是文学作品的存在方式，是一种视域融合的关系。接受美学偏重读者这一极，是对于哲学诠释学的背离。

无论哪一种文学理论，否定文本的同一性也是一种矫枉过正，因为文学意义的诠释是受制于文本与读者前视域的规定性的，并不是任意的，过度诠释往往不顾及文本本文的整体性原则和历史主义原则。"伽达默尔从没有否认文本的同一性，他认为试图根据作品意义的无限的多样性去否定作品的不可动摇的同一性是一个不可原谅的错误，他认为，'与汉斯·罗伯特·姚斯的接受美学和雅克·德里达的解构主义相反（两者在这一点上非常接近），对我来说情况似乎是这样：坚持文本意义的同一性既不是一种向已被战胜的古典美学的柏拉图主义的倒退，也不是一个形而上学的陷阱。'"[1]

正如中国古代没有系统的诠释理论一样，中国古代也没有自成体系的接受美学理论，虽然在文学史中有星星点点的关于读者接受的评论。黄庭坚认为"文章大概亦如女色，好恶止系于人"。欧阳修《六一诗话》评"鸡声茅店月，人迹板桥霜"时云："作者得于心，览者会以意，殆难指陈以言也。"鲁迅在《绛洞花主·小引》中说过："《红楼梦》……单是命意，就因读者的眼光而有种种：经学家看见《易》，道学家看见淫，才子看见缠绵，革命家看见排满，流言家看见宫闱秘事……"[2] 这些都是对文学作品的具体感悟，是接受美学思想的火花，不是形而上的理论体系，如此而已。

二 中国的诠释实践：从经史训诂、诗文评点到小说点评

中国古代的诠释方法类型，主要有语文学诠释、心理诠释和历史诠

---

[1] 李鲁宁：《伽达默尔美学思想研究》，山东大学出版社2004年版，第90页。
[2] 鲁迅：《集外集拾遗补编》，《鲁迅全集》第8卷，人民文学出版社2005年版，第179页。

释；具体的阐释形式，则有经学的训诂义理、诗文评点和小说评点等。

(一) 经史训诂注疏

中国传统训诂学有一套比较完整的诠释体系，那就是传、注、笺、解、疏等。训诂注疏是中国古代经学诠释的经典方式，它是一种诠释实践，但它没有上升到形而上理论的层次，还算不上是诠释"学"。中国古代的诠释实践中多的是经验事件，缺乏的是理论思辨；多的是形而下的器物方面的现实关注，少的是形而上的理论方面的质疑、反思和批判；多的是借助前人的学说表达自己的具体意见，少的是自立门户、自我作古，开辟新的学术天地。

中国古代学术的形态主要是"述而不作"，实事求是地说，它钳制了思想的原创力，扼杀了思维的活跃性。"述而不作"语出《论语·述而》孔子的自我评价："述而不作，信而好古，窃比于我老彭。"其字面意思是对于圣典古籍仅仅传述既有内容而不进行创造性的工作。宋代经学大家朱熹在《四书章句集注·论语集注》中曾经指出："述，传旧而已。作，则创始也。故作非圣人不能，而述则贤者克及。……孔子删《诗》《书》，定礼乐，赞《周易》，修《春秋》，皆传先王之旧，而未尝有所作也，故其自言如此。……然当是时，作者略备，夫子盖集群圣之大成而折衷之。其事虽述，而功则倍于作矣，此又不可不知也。"以朱熹之见，孔子虽采取了"述"的形式，但却有着"作"的内容。但是，在中国古代伦理道德文化的大环境之中，信古尊古的传统使得学术研究往往是不敢越雷池半步，再加上学术的师门化、人情化，所谓的学问一般也不过是绍圣述贤而已。中国古代的这种治学传统，甚至直接影响到现当代，当下的学术界往往侧重于介绍、复述或转述前人的文字文章或西方人的思想理论。

儒学发展到宋代，由于宋代理学家对汉代以来的诸家注释都保留自己的看法，从而形成了宋学与汉学两派。汉学以训诂考证、字句解释为主；宋学以阐发义理为主，也就是性命之学。清代大儒戴震在《戴震文集·与方希原书》中说："圣人之道在六经，汉儒得其制数，失其义理；宋儒得其义理，失其制数。"戴震的注释也未尽是制数与义理相结合的，他的《孟子字义疏证》就是对《孟子》一书的注释，实际上他并没有按照孟子的原意来阐述。他是借此来批判程朱理学的，他的批判是与当时的社会风气有密切关系的。

即使是宋明理学家,一般也是以天纵其才的面目出现的。自孔子之后的经学学者大多是往往固守先辈或前辈讲述的经义,很少有在陈述圣人之言的同时进行思想新创的。但是,"述而不作"的至圣倡导毕竟遮掩不住思想史中"以述为作"的事实性辉光。两千年经学史中以述为作的主要有董仲舒的天人合一政治理论、宋明理学、阳明心学,如此而已。

宋代陆九渊说:"《论语》中多有无头柄的说话,如'知及之,仁不能守之'之类,不知所守所及者何事。如'学而时习之',不知时习者何事。非学有本领,未易读也。苟学有本领,则知之所及者,及此也。人之所守者,守之也。时习之,习此也。说者,说此;乐者,乐此。如高屋之上建瓴水矣。学苟知本,六经皆我注脚。"① "我注六经"与"六经注我"是中国古人解经的两种主要方式,尤其以前者为主,因为"六经注我"往往被学者看作野狐禅。有清一代,自始至终以"我注六经"为正统,此乃汉学的路径,又称为"朴学",它也是"述而不作"的治学方式。

历代皇权对于孔子圣人地位的维护,更是增强了孔子所开创的"述而不作"的学术传统对日后儒家经典诠释的影响。在一定意义上,"述而不作"就是其后儒家经典诠释的基本的诠释形式。中国文化传统中所谓的经学,就是由历代学人对《诗》《书》《礼》《易》《春秋》五经(《乐》经早已失传。到唐代增为九经、到宋代增为十三经)不断加以传注、义疏和议论而形成的。无论是汉代的传注,还是唐代的疏释,它们诠释的基本形态就是"述而不作"。宋儒之义理阐发还往往遭到后世的讥讽。

儒生在进行经典诠释的时候,往往是在经过"小学"即对原典字词的训诂、考据之后,才进入义理层面的意义理解。而在义理的阐释中,又往往要先溯其原始,再明其流变,并搜集前此的各家注疏,最后才有所谓"断以己意"。这就造成了儒者皓首穷经,为一字而释万言乃至数十万言,但其中绝大部分篇幅都只是前人的"述",而属于自己的"作"即阐述释经者自己意见的内容却只有数千言、数百言乃至数十言,甚至自

---

① (宋)陆九渊:《陆九渊集》,中华书局1980年版,第395页。

始至终都没有自己的一点见解。

在传统经学中,即使对"作"而言,儒学家们基本上自觉不自觉地采取了"述"的形式。这至少有以下两种情况:其一,在归根结底的意义上,无论是"述"还是"作",立言的准则都是"以圣人之是非为是非"。李贽在《藏书世纪列传总目前论》中对此有着颇为清楚的描述:"前三代,吾无论矣。后三代,汉、唐、宋是也。中间千百余年,而独无是非者,岂其人无是非哉?咸以孔子之是非为是非,故未尝有是非耳。"① 这种状况的后果是:"人皆以孔子为大圣,吾亦以为大圣;皆以老、佛为异端,吾亦以为异端。人人非真知大圣与异端也,以所闻于父师之教者熟也;父师非真知大圣与异端也,以所闻于儒先之教者熟也;儒先亦非真知大圣与异端也,以孔子有是言也。……儒先臆度而言之,父师沿袭而诵之,小子矇聋而听之。万口一词,不可破也;千年一律,不自知也。"②

周予同对于经学经典的诠释模式和诠释方法做过归纳和总结。他说:"今文学以孔子为政治家,以六经为孔子致治之说,所以偏重于'微言大义',其特色为功利的,而其流弊为狂妄。古文学以孔子为史学家,以六经为孔子整理史料之书,所以偏重于'名物训诂',其特色为考证的,而其流弊为烦琐。宋学以孔子为哲学家,以六经为孔子载道之具,所以偏重于心性理气,其特色为玄想的,而其流弊为空疏。"③ 周予同的这一概括十分全面,然而,人们从经学的诠释史中可以看出经学的这三种诠释方法,无论是"微言大义""名物训诂",还是"心性理气",它们都恪守孔子这位圣人的"述而不作"的教诲。

第二种情况就是托古改制。"'托古改制'、通过重新诠释传统经典以表达新的思想,这是中国传统的思维方式和表达方式。"④ 这其实是伦理道德社会为了自身存在的稳定性所要求的尊圣、宗经等在意识形态上的具体体现。"托古改制"与"述而不作"一起构成了中国学术的主要

---

① (明)李贽:《李贽文集》第2卷,社会科学文献出版社2000年版,第7页。
② (明)李贽:《李贽文集》第1卷,社会科学文献出版社2000年版,第94—95页。
③ 周予同:《周予同经学史论著选集》,上海人民出版社1983年版,第94—95页。
④ 陈维昭:《红学与20世纪学术思想》,人民文学出版社2000年版,第3页。

路径。

"经世致用、学以致用、史以致用是中国传统学术的一条重要思想，它导致了忧患意识、文以载道、文艺干预生活、文艺为政治服务的国人文艺思想。"① 这是现实世界之于中国古人存在的必然要求，社会实践本身就规定了理论的现实性，能够生存的艰难首先关注的是形而下的具体问题，而不可能进行形而上的思辨。另外，对"天不变，道亦不变"的迷信，苟且不前、因循守旧的保守心态与述而不作、托古改制的学术传统等都造成了中国学术与思想之原创性的匮乏。除去中国古代从印度引进的佛学思想和现当代从西方进口的各种思想理论，中国本土的思想都是现实生活中的产物。

中国儒家经典诠释更注重"述"，西方诠释传统则更注重"作"。西方思想看重的是原创力，黑格尔把哲学史比喻为一个厮杀的战场："全部哲学史就这样成了一个战场，堆满死人的骨骼。它是一个死人的王国，这王国不仅充满着肉体死亡了的个人，而且充满着已经推翻了的和精神上死亡了的系统，在这里面，每一个杀死了另一个，并且埋葬了另一个。"② 而中国"述而不作"的学术传统却容易将人们的思想囿于古人或前人的教条之中，形成保守的心态和思维的惰性。

（二）诗文评点

古代中国是"诗之国"，而且主要是抒情诗的国度，自《诗经》以来几千年的抒情诗的发达可能与"诗言志"的传统有关。至于叙事诗的宏大叙事功能则让给了史传，中国古代史传叙事的圆熟和完美在世界上是无与伦比的，虽然叙事诗不能与古希腊的"荷马史诗"即《伊利亚特》和《奥德赛》与古印度的《摩诃婆罗多》和《罗摩衍那》等宏文典册相媲美。在诗的海洋王国里，中国古人对诗歌的涵咏体味有独到的会心之处。古代中国的文学正统，指的是诗文。文以载道、文以明道，文与诗一起成了文学殿堂上的主人。评点形式本身是深含中国文化意蕴的文学批评形式，诗文评点是中国文学批评中具有民族特色的艺术奇葩。

---

① 陈维昭：《红学与20世纪学术思想》，人民文学出版社2000年版，第3页。
② ［德］黑格尔：《哲学史讲演录》第1卷，商务印书馆1959年版，第21页。

自从"诗三百"成为儒家的经书以来,探求"诗言志"中"志"的诠释模式就成为诗歌诠释的滥觞,"知人论世"和"以意逆志"是中国古代诗歌典型的诠释思路和技法。

清人沈德潜主张:"读诗者心平气和,涵咏浸渍,则意味自出;不宜自立意见,勉强求合也。况古人之言,包含无尽,后人读之,随其性情浅深高下,各有会心。"① 这段话就典型地体现了古人诗文评点的具体要求,涵咏体味古人之志,不宜自立意见;具体做法就是读诗百遍,其义自见。当代要求"客观准确"地理解文本中作者意图的思路就来自两千多年之前的"以意逆志",可谓一以贯之。后人从不同角度对诗歌所进行的理解,诗文评点家不认为这是诗歌本身的存在方式,而是把它当作了后人依其性情才分高下与古人在诗歌中某一部分的会心。其实,不是古人之言含义无穷,而是后人因为各自的前视域不同而导致的与诗歌文本的视域进行了融合。古人在诗歌中的创作意图可能只有一个,即他想表达的意义可能只有一个,可是后人因为当下视域的不同对其文本的理解却是多元的,因而新的意义也就无限地生成着。

"以意逆志"的诗文评点主张为历代评点家所拥护和沿用,历朝历代的经学大师或诗文名家莫不如此,就是普通的文人知识分子也是如此。吴淇在《六朝选诗定论缘起》中说:"志古人之志而意古人之意。"② 王国维在《〈玉溪生诗年谱会笺〉序》中说:"由其世以知其人,由其人以逆其志,则古诗虽有不能解者寡矣。"又说:"序者,序所以为作者之意也;谱也者,所以论古人之世也;笺也者,所以逆古人之志也。"③

从《诗经》的诠释史来看,关于《诗经》的意义理解,迄今主要有经学和文学两种角度的解读:中国古代主要是经学的诠释,在现当代则主要是文学的阐释。例如,《关雎》就有"后妃之德"和"情歌"两种诠释。司马迁在《史记》中认为《关雎》描写的是后妃之德,这与经学诠释在汉代是学术主流有关。而胡适认为《关雎》是一首情歌。何士林

---

① (清)沈德潜:《唐诗别裁集》卷首,上海古籍出版社1979年版。
② (清)吴淇:《选诗定论》,《四库存目丛书补编》,齐鲁书社2001年版,第57页。
③ 王国维:《〈玉溪生诗年谱会笺〉序》,《王国维全集》第8卷,浙江教育出版社2009年版,第614—615页。

认为《诗经》中的《关雎》，本是民间男女情歌，却被汉儒曲解为颂"后妃之德"的作品，这个观点其实未必符合历史的真实：或许"情歌"的文学解释角度才是真正的现当代的"曲解"或阐发，而"后妃之德"的经学诠释才是地道的历史的实际的解释，因为情歌的解释无视了《诗经》的历史情境。在春秋时期，古人用《诗经》来表达情境的意义。孔子教导他的学生学诗，其实也是为了正式场合的能"言"（"不学诗，无以言"）以及"出使专对"的，这一点从国与国之间外交场合上表演《诗经》中的某一首诗歌来表达对来访者的态度也可以看出来。中国人典型的思维方式和表达机制都是委婉的、含蓄的和喻代的，古人写的很多"弃妇"诗、"怨妇"诗，并不是真实历史的记载，而是借助于弃妇、怨妇来自我比附，以此表达政治上的不得意。汉代王逸在《〈离骚〉序》中说："《离骚》之文，依《诗》取兴，引类譬喻，故善鸟香草，以配忠贞；恶禽臭物，以比谗佞；灵修美人，以媲于君。"① 曾异《纺授堂文集》卷五《复曾叔祈书》中说："左氏引《诗》，皆非诗人之旨。"② 左丘明"引《诗》"尚不能得诗人之旨，遑论后世的读者了。后人"引《诗》"不得诗人之旨、仅仅是"断章取义"为我所用恐怕是一个普遍的现象，因为他们一般都是借用《诗》的情境义而已。

　　由以上可知，人们对《诗经》的理解和解释，在古代，是经学的诠释，古人往往借助于《诗》的情境意义来表达伦理道德的意义；五四新文化运动以来则是文学的诠释，人们开始从歌谣、国风或者是情歌等角度来阐释《诗经》。如果按照传统的探求作者原意的要求和方法来进行研究，结合具体的《诗经》应用的历史情境，那么，经学的视角应该说比文学的视角其实是更接近作者的本意。朱熹的经学诠释方法是探求文字表面意义、推求圣人之意和体认读者自己的经验，这一方法在中国语文的教学中仍然使用着。黄霖等著的《中国小说研究史》认为在中国古代主要是儒家的道德观和叙事艺术为主的诠释，这一点在诗文诠释中也是具有鲜明的体现。

---

　　① 洪兴祖：《楚辞补注》，中华书局1983年版，第2页。
　　② （明）曾异：《纺授堂文集》，《四库禁毁书丛刊集部》第163册，北京出版社1997年版，第574页。

李商隐的《锦瑟》，对它的诠释历来就众说纷纭，莫衷一是。这是因为，一方面，正如伽达默尔说的，"艺术品使自身与他物区别开来的地方就在于人们从来不能完全理解它"①。一部艺术作品的解释史就是与之相关的经验的交流史，或者可以说是一场场对话的历史，一个无止境的问答游戏。别林斯基也曾说过："任何一个时代都不会把一切话说完。"② 他们可谓是所见略同。另一方面，由于不同时代的读者所处具体的历史性、所受教养、所处环境、所属阶层等的不同，其兴趣、好恶、口味等也就有所差异，即使是同一时代的读者也存在着这种现实生活的丰富性，因而也就有了理解的多样性。文学意义的生成总是视域融合的产物，不是单一方面的认知，文学作品的存在就是意义的源源不断地创造性生成。马歇尔·福柯在《知识考古学》中也说过："不论怎么说，已说出的事情包含着比它本身更多的含义。"③ 言外之意经常发生于对话之中，言外之意在对文学作品的理解和解释中也是一个现象存在，然而不应该把言外之意和诠释的多元性理解为"诗无达诂"。

"诗无达诂"出自西汉董仲舒的《春秋繁露·精华》。有人把中国古代的"诗无达诂"等同于伽达默尔的哲学诠释学，那可真是太阳底下没有新鲜的事物了，这个观点是错误的。且不说已经有学人指出并不是所有的诗词都"诗无达诂"，大多数诗歌都有其具体明确的含义。"诗无达诂"根本就不是本体论的诠释，它具有相对主义的倾向，哲学诠释学根本不承认相对主义的诠释没有规定性，伽达默尔就曾经旗帜鲜明地反对德里达的解构主义思想以及姚斯、伊瑟尔接受美学的相对主义倾向。

(三) 小说评点

评点作为一种文学批评形式，为古文、经义教育的社会风尚所激发而得以广泛应用。它是评论者用来表达对文本细读心得的一种形式，因此不仅在儒学经典、诗文著作中被广泛使用，而且也被应用于小说笔记方面。

---

① Gadamer, "Reflections on My Philosophical Journey", trans. Richard E. Palmer, in *The Philophy of Hans-Georg Gadamer*, ed. Lewis Edwin Hahn, Chicago and La Salle, Illinois: Open Court Publishing Company, 1997, p. 43.
② [苏] 别林斯基：《别林斯基选集》，上海译文出版社1980年版，第276页。
③ [法] 福柯：《知识考古学》，谢强、马月译，三联书店1998年版，第140页。

小说评点与制艺不无关系。自从宋代王安石倡议以经义代替诗赋取士，经义便成为了科举考试的主要内容。评点在宋代的出现和兴盛，是读书人热衷于制艺的产物，当今流传下来的多种制艺评点范本就是力证。

明代以八股取士，而八股是比经义格式更为严格和周密的文体。八股文又叫经义、制义、制艺、时文，它是以《四书》命题的书艺和以《五经》命题的经艺的通称。八股文的写作必须以朱熹等人注解的儒家经典作为依据，即"代圣人立言"；在形式上有极为严格的规定和标准。明清两代，八股文固然具有一些禁锢思想的副作用，但它毕竟作为一种公平公正的方式选拔了文官制度所需要的官吏。考生在科举考试那种紧张的氛围里如果能够写出既有思想又符合复杂艺术标准的八股文来，这个考生的各方面能力应该说都得到考验和体现了。编集、批点、讲解、刊行八股文，在明清两代是相当活跃的社会现象。当时的八股评选充斥书市，现在大都湮没无闻了，而流传下来的还有诸如《小题正鹄》《八股举隅》《闱墨秘籍》《时墨写真》一类八股文集及其批点，可以想见当时制艺墨评的盛况。它直接而深刻地影响到每一个读书人的思维方式和解读方法。

据《明史·选举志》，明初即以朱元璋与刘基所研定的八股为考试文体。这一文体起始并不是后来严重的形式主义，与人们通常所说的八股制义还是有差别的，因此明末清初顾炎武云："经义之文，流俗谓之八股，盖始于成化以后。"① 一般认为顾氏的说法更符合实际就是这个道理。即使不算明初所定下来的严格意义上的八股文取士，成化是明宪宗的年号，直至明亡，八股文在明朝浸淫也接近两百年。士子长久接受八股作法的训练，社会受八股思维的风气薰习，晚明的小说批点受其影响是情理之中的事情。

郭绍虞认为："我们假使于一切时代取其代表的文学，于汉取赋，于六朝取骈，于唐取诗，于宋取词，于元取曲，那么于明无宁取时文。时文，似乎是昌黎所谓'俗下文字，下笔令人惭'者，然而，时文在明代文坛的关系，则我们不能忽略视之。正统派的文人本之以论'法'，叛统派的文人本之以知'变'。明代的文人，殆无不与时文发生关系；明代的

---

① （清）顾炎武：《日知录》，上海古籍出版社1985年版，第1266页。

文学或文学批评，殆也无不直接间接受着时文的影响。"①

虽然小说评点深受时文的影响，但是古人不把小说评点看作是学术的范畴。张之洞就认为"小说批评语，不可以为考据，不可以为词章，不可以为义理"②。在中国古代，"学"与"文"不是一回事，清朝桐城派巨头姚鼐当年在京城的时候要拜戴震为师而被婉拒，因为戴震认为文学与学术是异途，道不同不相为谋。

伽达默尔说："我在我的语境中所使用的概念都通过它们的使用而重新得到定义。"③ 可见，一个概念并不是也永远不会是一成不变的，它总是随着其具体语境的变化而如同变色龙那样变换其色彩和内涵。"小说"这个概念与其他语词一样也一直在发展变化。它最早出现在庄子的"以小说干县令，其于大达亦远矣"。这里的"小说"不过是与"大道理"相对的不足挂齿的小道理而已，从本质上来说还根本不是现代"文休"意义上的小说。黑格尔认为，西方小说（Novel）是市民阶级的史诗。中国古代文言小说自成一个系统，从班固对小说的界定一直到纪昀主编的《四库全书》对它的界定，一以贯之，指的是杂谈、笔录、箴言等。现代文体意义的小说起源于宋代话本④，虽然"宋之小说，则不以著述为事，而以讲演为事"（这一点可以从《水浒传》中白秀英在勾栏瓦舍的演唱看出来；也可以从托名"天都外臣"的汪道昆《水浒传叙》"小说之兴，始于宋仁宗。于时天下小康，边衅未动。人主垂衣之暇，命教坊乐部，纂取野记，按以歌词，与秘戏优工，相杂而奏。是后盛行，遍于朝野"⑤中看出），但说书艺人"说话"的底本或追忆本却是中国现代小说的起源。中国古代小说有两个系统，一是文言小说系统，一是通俗白话小说系统。

20世纪初西学东渐。西方文艺理论的东风，把小说这种文体送进了文学的殿堂和学术的殿堂之上。胡适借助杜威的实证主义以及中国传统的汉学，创建了现代学术学院派的规范，其典型的研究方法是西方实证

---

① 郭绍虞：《中国文学批评史》，上海古籍出版社1979年版，第421—422页。
② 阿英：《晚清文学丛钞》（小说戏曲研究卷），中华书局1960年版，第390页。
③ ［德］伽达默尔：《真理与方法》，洪汉鼎译，上海译文出版社2004年版，第657页。
④ 张同胜：《关于中国小说起源的思考》，《汕头大学学报》2006年第6期。
⑤ 黄霖、韩同文：《中国历代小说论著选》，江西人民出版社1982年版，第124页。

主义与以考证考据为核心的朴学二者的合流。只有在现代学术的范畴之中，小说才成为学术研究的对象，小说评点才具有了学术理论的价值。

"小说评点绝非宋代诗文评点的简单延续，也不是人们所谓的'纯粹的'文学批评，其知识谱系的建构过程中，隐含着权力话语的争夺，参与了意识形态的生产，而且有着政治思想的意义。小说评点的出现是一个意味深长的文化事件。"① 古代读者对小说评点的认识则简单得多，不过是《忠义水浒全书发凡》中说的，书尚评点，以能通作者之意，开览者之心。李贽对《水浒传》的评点侧重思想内容方面，认为它是作者"发愤之所作"，金圣叹则是偏重小说的艺术形式方面，认为它不过是施耐庵"心闲试笔"的产物。金圣叹对《水浒传》的评点，读得深，想得细，但是其思想内容大多牵强附会，长处是对于文学艺术的领悟和对于文本艺术形式方面的修改，并且树立了一个小说评点的范式。

中国学术界对中国古代小说的研究，犹如对中国诗歌的研究一样，总是力求探析作者的"原意"或写作意图；然而作者写作小说的意图也如同诗人"诗言志"一样，往往并不是小说文本中故事的直接呈现，而是以一种"比喻义"来表达自己的写作意图。在现实生活中，甚至经常出现这样的情况，即作者的写作意图湮没无闻，读者的诠释义反而大行其道。

如此一来，小说的价值和意义是在于人们揭櫫作者的原意呢，还是在于它与读者一起在精神世界里永生？回头看一看中国古典小说的评点，哪一部不是评点者的精神生命与他评点的小说融为一体了呢？李贽对《水浒传》的评点，蕴含着李贽的人生历程和思想世界；金圣叹的《水浒传》评点，也蕴含着金圣叹他自己的精神主体和生命感悟……《水浒传》的价值和意义难道不是在与读者视域融合过程中新的意义的生成之中吗？

中国小说的评点学本质上是一种"体验论"或"印象式批评"的文学评论范式。这种文艺批评范式，"是一种注重个体的非逻辑的当下瞬间直觉的批评方式。它强调用诗意和评点的方式把握作品"②。中国小说的评点一般没有长篇大论的理论体系，要么是依据文本随文点评，要么是

---

① 吴子林：《小说评点知识谱系考索》，《浙江学刊》2001年第2期。
② 王一川主编：《美学教程》，复旦大学出版社2004年版，第240页。

在笔记著述中寥寥几句就一针见血地指出他们自己的直觉感悟。

"'体验'是古代中国人把握宇宙之道的特殊心理能力,受其启发,体验逐渐成为中国文学批评的基本方式,形成了古代文学批评超越外在形迹的描述,强调通过主体内在的心理体验抵达作品丰富意蕴的民族特点。"① 体验、体认这种文学批评的范式,与中国古代"明道、载道、宗经、征圣"的文艺观是一致的,或者说是这一文艺观的产物,它正是中国文艺创作与阐释的民族特色。

中国诗学中的术语便能体现出中国诗学重视审美活动中体验的特色,诸如"静观""意会""神会""感兴""体味""意境""神趣""研味""涵咏""把玩"等都是从体验这个角度来立论的。朱熹《朱子语类》说:"读书须是以自家之心体验圣人之心。少间体验得熟,自家之心便是圣人之心。"②

在中国古代文论中,也有接受美学思想的萌芽。刘勰在《文心雕龙》中认为:"夫篇章杂沓,质文交加,知多偏好,人莫圆该。慷慨者逆声而击节,酝藉者见密而高蹈,浮慧者观绮而跃心,爱奇者闻诡而惊听,会己则嗟讽,异我则沮弃,各执一隅之解,欲拟万端之变,所谓'东向而望,不见西墙'也。"③ 但总的来说,还都是停留在感性直觉的层面,还没有上升到形而上的思辨层面。

中国古代小说评点,符合华夏民族在艺术审美上的特点,即"中庸"的艺术审美特点:既有感性的体悟,又有理性的思考。李泽厚认为:"华夏审美精神的总特点仍然是:既不排斥感性欢乐,重视满足感性需要,同时又要求节制这种欢乐和需要。"④ 也就是说,华夏民族的审美乃是"中庸""中和"的审美,至少自从孔子以来就是这样的,但这种审美,更主要的是儒家伦理道德规范之下的艺术审美,更多体现的是"以善为美",以劝惩教化为主要价值判断的标准,甚至晚明色情泛滥的小说也不得不打着伦理道德的旗号。

---

① 赖力行:《体验:中国文学批评古今贯通的民族特点》,《中国文学研究》2006年第3期。
② (南宋)朱熹:《朱子语类》卷120,黎靖德编,中华书局1986年版,第2887页。
③ (南朝梁)刘勰:《文心雕龙》,龙必锟译注,贵州人民出版社1992年版,第591页。
④ 转引自王一川主编《美学教程》,复旦大学出版社2004年版,第129页。

（四）中国当代的诠释理论

现当代中国的诠释理论主要是对西方诠释理论的翻译、介绍和复述，以及对中国古代诠释模式和诠释方法的归纳总结。但是囿于先见和传统思维的惯性，当代学者要么指责哲学诠释学具有相对主义倾向，要么仅仅从方法论的角度在中国典籍里寻求类似的观点，要么从认识论的角度批判作为本体论的哲学诠释学。

最早借鉴西方诠释理论进行中西文艺理论互证的是钱锺书。20世纪80年代以来，张隆溪、叶维廉、叶嘉莹等寻求中西诠释理论的结合，但更多的或者是在核心概念、阐释模式、词学或者是在某一文体上进行比较。

1992年、1994年洪汉鼎翻译的《哲学诠释学》上、下册出版，推进了西方诠释理论在中国的传播。学术界关于诠释理论的热炒，绝大多数都是诠释方法或诠释原则的探讨。这一点从《阐释学、接受理论与20年来中国古代文论研究述评》中可以一目了然。1998年，汤一介发表了《辩名析理：郭象注〈庄子〉的方法》。李清良《中国诠释学》论述了中国特色的"中国时论""双重还原法""解喻结合"等阐释方式。李咏吟则认为中国诠释理论主要包括儒家诗学解释体系和诗骚解释体系。

1998年，汤一介在《学人》上号召建立"中国解释学"，并对中国传统经学的诠释模式或诠释方法进行了总结和归纳，他认为中国古代的经典解释有三种不同的方式："第一种我们把它称为历史事件的解释，如《左传》对《春秋经》的解释"；"第二种是《系辞》对《易经》的解释，我们可以把它叫做整体性的哲学解释，第三种是《韩非子》的《解老》、《喻老》，我们可以把它叫做实际（社会政治）运作型的解释"①。

李清良对中国古代的诠释方法进行了系统的研究。他认为中国文化中的基本阐释方式是"解喻结合"的方式。"解"主要是指名物训诂以及字词章句之间的串通，其目的是使文本的基本意思即"原意"或"文义"得以呈现，即把握作者的写作意图；"喻"是指在文本的"原意"基本明了的基础之上，通过提供若干不同的具体语境，全面呈现作者的"用心"。前者称为解说式阐释方式，后者称为譬如式阐释方式，"解喻结合"

---

① 汤一介：《和而不同》，辽宁人民出版社2001年版，第6—24页。

作为中国文化中的一种基本的阐释方式，自先秦以来，对整个中国文化产生了深远的影响。

孔子"述而不作"的思想即使在今天的古代文学研究领域还是影响深广。一般的理论论著不过是古典文献的"资料汇编"或西方文艺理论的"复述"罢了。

中国古典诗学确实也是具有自己的民族特色的，例如对于文学作品的意味品鉴、直觉顿悟、寄言出意、比兴达意、春秋笔法、羚羊挂角、不着一字尽得风流等，显然，现在看来，这些都是感悟诗学，都是形而下的方法论，还远远没有上升到形而上的理论高度。因此，中西诗学比较中认为乾嘉朴学中的"知字、识句、通篇"的方法更接近于诠释学的循环论，如果说把它与西方的文献诠释学甚至狄尔泰的诠释理论进行比较的话，还勉强是这么个意思。然而海德格尔、伽达默尔从本体论的诠释循环理论则就与它截然不同。由此也可以看出，大陆中国学术界主要探求争辩的还是方法论和认识论意义上的诠释学。

第二节　核心概念的界定与选题的依据

一　"诠释史论"的界定、范畴

诠释是理解、解释与应用，这里的"诠释史论"主要以探讨文学意义何以生成为主，《水浒传》的诠释史论就是以《水浒传》的诠释史为案例，探讨历史长河中的人们对于《水浒传》是如何进行理解的，或者说探讨人们对其文学意义进行诠释的历史性、此在性、有限性和开放性以及新意的生成机制。

目前大陆中国学术界对西方解释理论的介绍、翻译和研究其实大都是着眼于 Hermeneutics，但是对这一个单词的翻译却是五花八门：诠释学、解释学、释义学和阐释学等。张汝伦认为释义学是对于意义的理解和解释的研究，因此他认为把 Hermeneutics "翻译为释义学"比翻译为"解释学""阐释学"或"诠释学"更好。诠释，与英语对应的单词是 annotation，按照严格的字面意思来讲，侧重对字词含义的解释，也就是与中国古代的"训诂"相吻合；对于意义的阐发其实还是用"阐释"较好，然而因为洪汉鼎翻译的伽达默尔的《真理与方法——哲学诠释学的基本特征》影响非常之大，学术界似乎涉及文学意义方面的论述一般都用"诠释"一词。

本书因为是对于文学意义生成机制的探讨，因此在行文之中就沿袭习惯性用法使用"诠释"一词，至于引文中出现的与之近义的语词都当作"理解与解释"这个意义讲，不再作详细的区分，不再在这个词语的具体翻译上纠缠。另外，出于对引文作者的尊重，也不再对这样的语词作统一的规定，而是在探讨文学意义生成机制的层面上进行论述。

二 选题依据

（一）研究背景

自20世纪初小说成为学术研究对象以来，胡适创建的现代学院派研究范式在方法上侧重于考证考据，"文化大革命"期间则偏重于联系实际进行评论，新时期以来，虽说是以考论为主，但是却存在着一种严重的偏见，即认为只有考证考据才是真正的学问，而诠释或评论则是野狐禅。虽然诠释或评论是文学研究过程中的题中应有之义，但主流研究方向还是偏重于考证考据，对《水浒传》的研究自然也是这样。对于《水浒传》的研究，研究著述相对来说不是很多，其中又以考证考据为主，诠释或评论方面的著述主要是20世纪90年代以来在传播学、叙事学、接受美学等西方文艺理论观照之下的研究成果。

关于《水浒传》的研究论文，其角度可谓是立体的、多层面的：政治的、文化的、伦理的、司法的、宗教的、哲学的、神话的、民俗的、数理的等，以及古今比较或中外比较研究、西方文论观照之下的理解和阐述等，但一般并不是系统的比较研究，而是往往从具体的某个角度立论。另外，对《水浒传》诠释的一个明显特征就是伴随着当代科技尤其是网络的普及，诠释从专家学者走向大众化。网民的世俗化、平面化、随感式、零散的、从当代眼光非历史的评论也是一个不能忽视的存在，这些评论对《水浒传》传统的英雄观和妇女观等进行了颠覆，价值判断比较多元，是非褒贬争议很大，因而对《水浒传》的诠释进行梳理和分析，从而探讨人们是如何理解这部伟大的古典小说的，是很有必要的。

（二）研究意义

回顾《水浒传》的诠释史，《水浒传》既有过大红大紫、叱咤风云的辉煌日子，也有过屡次遭受被查禁和焚毁的经历；网络、报刊，甚至一些学术刊物上，都不乏漫骂水浒英雄好汉滥杀无辜、诋毁《水浒传》妇女观落后等的文章，对这一文学现象进行理论上的诠释，在学术上是有现实意义的。另外，人文社会科学具有其自身的特点，即它密切关注社会现实，这就要求人文社会科学工作者不能没有"人间情怀"，不能不对人们的道德修养进行关注，不能在经济大潮中丧失了社会良知。因此，研究《水浒传》有其重要的现实意义。

运用哲学诠释学的相关理论，一方面探析《水浒传》主题思想众说纷纭的历史原因，另一方面利用《水浒传》的诠释史进行个案分析，探讨文学意义与意识形态、社会历史、现实政治之间是一种什么样的关系以及诠释的思想、原则和方法等对理解一部文学作品究竟有什么样的影响等问题，这些研究又具有理论意义。

艾柯在《诠释与过度诠释》中认为对于文学本文不能"过度诠释"，而有的学者则认为根本不存在过度诠释。美国新实用主义哲学家理查德·罗蒂认为主观与客观、主体与客体等二元对立应该废除；主张实用是诠释的本质。中国传统的学者则坚持文学文本的"本质"与"内在规定性"，而诸如德里达的解构主义则主张消解中心主义。反本质主义、不确定性、反总体同一性以及多元主义方法论等后现代主义对传统思维在实质上究竟是解放还是错误导向，孰是孰非？对这一争论进行探讨、研究，也具有重要的理论意义。

顾炎武所说的学术研究"必古人之所未及就，后世之所不可无，而后为之"，正是本书的追求理想。用哲学诠释学对《水浒传》的诠释史进行整体性解读，这是以前没有人进行过的，但是后人肯定要运用哲学诠释学对文学作品进行理解和解释，因此本选题有研究的必要性。

本书以《水浒传》的诠释史作为研究的个案，对中国古代以伦理道德文化背景下的评点诠释和近现当代以西方哲学思想理论背景下的诠释评论进行全面的分析、研究，力求得出各种意义理解的此在性，以探析文学意义何以生成的一般规律；并希望能够通过对本个案的分析，来探讨以自然科学方法论为核心的诠释范式在人文精神科学领域中的局限性，以及哲学诠释学视野下的人文科学的理解特点是否能够引起专家学者对古代文学研究领域里的传统方法进一步的反思。

上 编

自晚明至晚清

概　述

伦理文化生态中的意义生成

中国古代的文化从本质上来说是伦理文化，伦理道德的价值观是其核心。中国传统伦理文化，主要指的是以儒家伦理为观念架构，以宗法血缘关系为社会依托，与传统中国人的道德价值观和行为的道德抉择为导向性作用的伦理体系。

中国传统伦理文化，是由古代中国人伦理道德觉醒与自然经济、专制政治、内圣外王的精神追求相互作用而生成的。它是农耕文明的产物，有着迥异于海洋文明的自身特点，这个特点就是其伦理性，或者说就是基于血缘关系之上的人际关系精神。中国文化是以人与人之间的关系为核心的，而西方文化则是侧重于以人与自然之间的关系为核心，印度文化又是以人与神之间的关系为其核心。因而，中国文化务实，脚踏在人世间的大地之上，讲究的是经世致用，强调的是人际关系，要求个人进行道德上的自修，以伦理道德的标准来"修齐平治"。

张岱年和程宜山合著的《中国文化与文化争论》认为"崇德利用"是形成中国文化基本思想的体系之一。庞朴在《中国文化的人文主义精神（论纲）》中认为富有人文精神的、不甚追求自然之所以、缺乏神学宗教体系的中国文化是"以伦理、政治为轴心"的。汤一介《再论中国传统哲学的真善美问题》认为"实践的道德观念"是长久影响民族精神的四个方面之一。王元化《为五四精神一辩》认为"以道德为本位的价值观念"是中国传统文化的三个特点之一。

中国古代文论自然也深深打上了伦理道德文化的烙印，它重视文学的政治伦理功利价值，历来有"重德轻文"的传统。这是因为"中国古代哲学基本上是道德哲学，它对人与人之间关系的哲学思考是全面而深刻的"①。《左传·襄公二十四年》记载:"穆叔曰:'太上有立德,其次有立功,其次有立言,虽久不废,此之谓不朽。'"封建社会中的圣人孔子有四忧,第一忧就是"德之不修"。中国古代以礼教、人伦、政教立国,这迥异于西方古代的以宗教立国。以伦理道德为核心的古老文化产生的对于文学作品的阐释原则就是"知人论世"和"以意逆志"等,这些诠释原则也是以伦理道德为核心的:文以载道,宗圣征经,劝善惩恶等,客观上起了精神"牧师"的作用。于是,一些在道德情操方面有瑕疵的人,无论他们的文章如何卓越,一般都是为后人所不齿,其文章甚至被淡忘。相反,也有一些很普通很一般的诗文因为作者是民族英雄或具有高尚情操等原因而流芳百世,传之久远。

儒家思想不是西方意义上的哲学,也不是西方意义上的宗教,在本质上,它是伦理学。孔子的学说,是关于现实人生的伦理关系的学说。自从汉武帝"罢黜百家、独尊儒术"以来,历朝历代的统治阶级都把儒家学说作为"立国"的思想根本,以维护"长治久安"的纲维,正统文人知识分子也都是以儒家学说的理论作为他们对是非曲直的判断标准。

在中国封建社会里,整个的知识体系、道德教化和法律规范都是以伦理为基础的,因为整个的文化系统就是伦理文化。中国古代的礼乐文明就是以伦理道德进行教化的文明。所以整个的权力话语系统就是关于伦理教化的规定、诠释和执行的共同体。文艺理论也不例外,刘勰的《文心雕龙》就明确地指出了这一点,即创作或诠释的宗旨就是"明道""宗经"和"征圣"。

经学占据了中国两千多年封建社会的主流,伦理道德的教化作为封建统治阶级的"牧师"职能而无孔不入,它是封建社会的主流话语、权力话语和占主导地位的诠释话语,因而,对于《水浒传》的诠释和解读,无论是指责它"诲盗",还是褒扬它"忠义",也都是从伦理道德这个角度进行的,因此,如果抓住了社会伦理道德这条绳索,对于《水浒传》在明清两代的诠释史研究就能牵一发而动全身,纲举目张。

---

① 王齐洲:《四大奇书与中国大众文化》,湖北教育出版社 1991 年版,第 12 页。

第一节 《水浒传》诠释的伦理视角

周作人说:"汉文学里所有的中国思想是一种常识的,实际的,姑称之曰人生主义,这实即古来的儒家思想。"① 他说他很佩服这种"平常而实在"的思想,并相信汉语言文学的思想是一种儒家的人文主义。这是儒家思想积极的一面。儒家思想还有其消极的一面,即儒家"礼教"思想中的极端,它以"三纲五常"为核心要求人们恪守严格的尊卑贵贱的等级制度,功利性操作使得人们走向了灭绝人性的极端,如二十四孝中的杀子、虐子,由于它压抑人们正常的人性、摧残人们的心灵等而被"五四"新文化人称为"吃人的礼教"。

"礼不下庶人,刑不上大夫"也是中国古代社会的真实写照。老百姓首先是生存的本能追求,然后才是礼仪的规训与遵行。管子说过,仓廪实则知礼节,衣食足则知荣辱。千百年来,由于统治阶级的提倡和褒扬,儒家思想已经无孔不入、无处不在。上流社会由于政治、道德、文化等原因盛行口是心非的假道学,而老百姓只要解决了温饱问题甚至只要勉强维持面子就会讲究力所能及的礼仪,所以有时候反而是"礼失求诸野",草莽民间讲究"礼仪"的氛围比府邸世家或繁华都市还要浓厚,不少青春韶华甚至是年轻生命就葬送在"礼教"的名义之下。

任何一个封建朝代一旦建立,就竭力追求社会秩序的稳定,尊孔读经就是题中应有之义,因为儒家学说宣扬"君君、臣臣、父父、子子""克己复礼"这类等级观念,要求忠君尊礼,安于现状,不要有违犯上下尊卑的举动,更不用说造反了。《论语·学而》中说:"其为人也孝悌,而好犯上者,鲜矣;不好犯上,而好作乱者,未之有也。"所以,儒家思想尤其是其中"礼"的思想,某种程度上有着精神上的麻醉作用,起着软刀子的作用。

"五四"新文化运动是与传统文化思想进行决斗的一次试验,有冲击传统思想和灌输新的现代思想观念的作用。中国社会,正如鲁迅说的:"许多历史家说,人类的历史是进化的,那么,中国当然不会在例外。但

---

① 周作人:《汉文学的传统》,《周作人作品精选》,长江文艺出版社2003年版,第266页。

看中国进化的情形,却有两种很特别的现象:一种是新的来了好久之后而旧的又回复过来,即是反复;一种是新的来了好久之后而旧的并不废去,即是羼杂。"①

按照美国雷德·斐尔德《乡民社会与文化》中的观点,任何民族的文化都可以分为大传统和小传统,这是由于社会阶层的存在所决定的。"所谓大传统是指一个社会里上层的士绅、知识分子所代表的文化,这多半是经由思想家、宗教家反省深思所产生的精英文化;而相对的,小传统则是指一般社会大众,特别是乡民或俗民所代表的生活文化。"② 中国传统的文化,按照鲁迅的说法,就是"伺候主子的文化",具体来说就是"忠义思想"的文化,对皇帝、上级要竭忠尽诚,有的古人所宣扬的"君要臣死,臣不得不死"就是这一文化思想的极端,走到了"愚忠"的地步。"义"的内涵十分丰富复杂,古人云:"义者,宜也。""义"的思想似乎在小传统中占据更主要的地位。大传统虽然在政治上占有主导地位,然而"沉默的大多数"的民众所持有的小传统也并不是可有可无的存在。

陈平原在《我看俗文学研究》中说过,"谈论中国文化,只讲儒释道,而不涉及'侠'等民间文化精神,很难体贴入微"。他又说:"俗文学有自己的一套叙事语法和价值体系,学者不该满足于站在文人文学的立场'隔岸观火'。"③

中国古代的小说,本来指的是"街谈巷议";到了宋代,市民阶层勃兴壮大,勾栏瓦舍中说书、傀儡戏、杂耍、百戏等争奇斗艳。元明时期,长篇通俗小说作为"市民阶级的史诗"(黑格尔语)才蓬勃发展起来。《水浒传》《三国演义》等都是这样的,《金瓶梅》据说是第一部文人独创的小说,然而,它不过是兰陵笑笑生摘录前贤或时俊的很多篇章"集撰"而成的。行文之中有很多前言不搭后语、整篇抄录或模仿他人著作,尤其是一些时新小曲等,甚至文本的后半部分抄袭前半部分,如此之类的现象就是例证。"集撰式"写作方式在中国古代小说中似乎是个普遍

---

① 鲁迅:《中国小说的历史的变迁》,《鲁迅全集》第9卷,人民文学出版社2005年版,第311页。
② 李亦园:《人类的视野》,上海文艺出版社1996年版,第143页。
③ 陈平原:《我看俗文学研究》,《中华读书报》2000年3月15日。

现象。

　　研究明清长篇通俗小说不能无视或忽视小传统即草根文化，如果忽视通俗小说的民间性，把它仅仅作为上流贵族社会或封建统治阶级的专利是完全语不及义的。因为长篇通俗小说大多是勾栏瓦舍说唱艺术历经世代累积之后经文人编次而成的，从而具有鲜明的民间性。后人对于通俗小说的研究，也应该首先关注其作为俗文学的话语体系和民间文化的特征，不能只是一味地将眼睛仅仅盯住精英文化那一方面。当然，文人知识分子的精英文化也是不能忽视的，因为中国古代社会的话语权很大一部分就掌握在这些人手里，况且，明代四大奇书也都是经过文人的增删加工编纂成的。

　　在市民娱乐场所勾栏瓦舍之中，听"说话"艺人敷演英雄传奇、历史演义以及发迹变泰等故事是市民阶层娱乐的主要形式之一。记录或模拟"说话"的叙事文本即通俗小说的原始形态，在"名教"无所不在的毛细血管之中，"忠孝节义"等劝惩教化的思想也弥漫在通俗小说趣味性的叙事故事之中。

　　在民间文化中，墨子思想的精神几千年来火焰不熄，人们在现实生活的艰难困苦之中，需要互相救济扶助，相濡以沫，渴望八方共域，四海皆兄弟，社会地位相对平等，经济能够共享，因而对于墨子精神中路见不平拔刀相助、锄强扶弱、救济贫弱、劫富济贫等思想是服膺而实践躬行的。中国文化小传统中对"义"的推崇，是有其深刻的社会现实原因的。《水浒传》里的"义"更接近于墨家的"义"，因为墨家思想所说的"义，利也"，它与儒家思想中的"君子喻于义，小人喻于利"似乎还有较大的不同。因此，对于《水浒传》的思想分析，既需要从儒家思想、道家思想着手，又需要从墨子精神着眼。民间文化之中，人们很难把儒、释、道区分得像小葱拌豆腐那样一清二白，它们是你中有我，我中有你，在民间文化里面，文化生态是大杂烩。反映这种现象的《水浒传》也是这样，其中的儒、释、道、墨、明教等思想精神都有，并不能分得那么清楚，当然，主要以反映市民阶层的各种精神要求的《水浒传》，摩尼教思想、墨子精神在其中的体现更为显然。

　　西方学者把传统文化划分为"大传统和小传统"这一视角得到了中国学者的认同，因为它确实具有解释力。代表大传统的上层士绅文化大多"趋向于哲理的思维,并且关照于社会秩序伦理关系上面;而小传统的民间文化则不善于形式的表达与哲理思维,大都以日常生活的所需为范畴而出发,因此是现实而功利、直接而朴质的"①。人们如果吃饭穿衣等基本温饱问题还没有解决,恐怕让他们去进行形而上的哲理思辨是很不现实的。中国古人大多时候"轻玄想重实际"委实是由于他们当时生存的艰难所致。知识、文化及其诠释的权力一般掌握在衣食无忧甚至锦衣玉食的奴隶主、贵族、封建地主手里。《水浒传》的评点,就是文人知识分子与书商拥有话语诠释权的体现。而"沉默的大多数"即使有口头上的喜好憎恶,后人也难以确切得知,因为不可能有文本流传后世。这也是中国古代对《水浒传》的诠释主要体现为伦理视角的原因之一。

目前所知的关于《水浒传》的评点本,大体来说主要有容与堂本、袁无涯本、贯华堂本、芥子园本、王评本、余评本等。但是,从思想内容分析,他们评点的出发点和评点角度都是关于"伦理道德"的教化劝惩的。

由以上可知,对《水浒传》进行诠释,不能不深入中国古代伦理文化尤其是忠义思想的历史情境之中。《水浒传》前半部分侧重于"义"的思想,后半部分则更侧重"忠"的思想,全篇都弥漫着"忠义"的魂魄,怪不得《水浒传》在明代又被称作《忠义传》或《忠义水浒传》。

明清正统文人关于《水浒传》的评点,一般都把它看作"诲盗"之书,是应该焚之而后快的;有些痛恨贪官污吏的或者政治上不甚得意的士人,他们在评点中认为《水浒传》中的贪官污吏应该斩尽杀绝,因为皇帝在他们看来是至圣至明的,朝政都是被奸佞权臣搞坏的,因而主张"忠奸斗争"说;无论他们从哪一个层面来评点《水浒传》,其实他们都是着眼于伦理道德这一视角的。这是他们在小说评点内容方面的相同之处。

在中国古代,并没有什么知识产权或版权意识,因而,评点者不仅仅是评点文本,而且还经常对于文本进行修改、删改、润色等,因此,不同的叙事文本,往往反映了不同的思想寄托和微言大义。例如,金圣叹评点的《水浒传》,腰斩第 71 回以后的文本,添加了一个卢俊义"英

---

① 李亦园:《人类的视野》,上海文艺出版社 1996 年版,第 145 页。

雄惊噩梦"作结，反对把"忠义"赋予强盗，然而在具体的文本评点之中，却又赞美梁山泊英雄好汉，有着内在的矛盾张力。李贽评点《水浒传》，总评中认为宋江是"忠义之烈"，然而在具体事件的评点中又认为宋江擅长用银子收买人心，是假道学、真强盗。这是大旨和细节在评点上的区分。

第二节 《水浒传》评点的时文手眼

评点是中国古代文学诠释所独有的民族样式。"明清小说（还有戏曲）采用评点对作品进行批评和赏析，源于诗文的评注。从汉代开始，历代学者常以评注方式诠释典籍，比如，《诗经》的郑玄笺，《史记》的三家评，《楚辞》的王逸注，《四书》的朱熹注等等，皆影响深远。宋元以前，这种方式尚未被用之于小说，南宋刘辰翁的评点《世说新语》，实是绝无仅有之例。明代的批评家将小说和戏曲与儒家的'六经'相提并论，于是借鉴评注方式评点小说、戏曲作品便蔚然成风。"①

《水浒传》评点在艺术手法方面具有时文手眼的特点，已经被学者关注。明清时代的八股文在现当代出于反封建的政治需要被贬低得很厉害，导致后人对八股文的认识带有浓重的政治色彩。如果从学术实事求是的角度来看，八股文在历史上的评价应该比目前还要更高一些才是。

周作人曾经说过："八股是中国文学史承先启后的一个大关键，假如想要研究或了解本国文学而不先明白八股文这东西，结果将一无所得，既不能通旧的传统之极致，亦遂不能知新的反动之起源。"他进一步说，"八股文的价值……永久是中国文学——不，简直可以大胆一点说中国文化的结晶。"②

八股文自20世纪以来声名狼藉，然而"在整个16世纪，人们还是基本上相信它不失为展示一个人德性文才的一个不可缺的工具"，这是因为"八股文写作能测验一个人在紧张情况下思考问题并理出论点的能力，

---

① 王永健：《独特的魅力，深厚的文化内涵——试论明清章回小说形式的中国作风和中国气派》，《中国古代近代文学研究》2004年第1期。
② 周作人：《论八股文》，《看云集》，北京十月文艺出版社2011年版，第85—90页。

它要求人们在规定时间内、按严格规定的格式，写出井井有条、逻辑结构严密的短文①。八股文考试作为国家选拔文官的一项制度有其相对公平、公正和进步的一面。

明清两代的读书人，为了能够通过科举考试出仕，从小就接受八股文训练，可以说终身甚至代代都浸染在八股文的文化之中。八股文及其思维模式对明清文学批评有直接而深刻的影响，它们也深深侵入学术文章、文学作品的创作、赏析和评点之中。李贽对《水浒传》的评点，因为主要是思想内容或精神感悟方面的，因此涉及的八股文笔法较少，但是李贽是把八股文即时文看作"古今至文"的，并精选和创作了一些时文。

在中国古代文艺批评理论中占有重要一席的金圣叹在中国小说评点学上的贡献就与时文笔法息息相关。金圣叹无论是对唐诗的评点，还是对《水浒传》的评点，都带有深深的八股文思维模式和八股文笔法。这一点在本书"金圣叹《水浒传》评点"中有专论，此处不赘。明清时代其他小说评点也是这样，因为当时时文的思维模式深深影响了人们的诠释模式。

但是，也有学者认为金圣叹的评点过于琐碎、机械，并把它归罪于八股文法。胡适说："金圣叹用了当时选家评文的眼光来逐句批评《水浒》，遂把一部《水浒》凌迟碎砍成了一部17世纪眉批夹注的白话文范。……这种机械的文评正是八股选家的流毒，读了不但没有益处，并且养成一种八股式的文学观。"② 当时，胡适正在提倡文学革命，将八股文一概抹杀，固然是偏颇的；但是他看到了金圣叹等人的评点受到了制艺的影响，却是正确的。

总的来说，中国古代小说评点具有两大鲜明的特点：在思想内容上，品评小说的主旨以及人物大都是从伦理道德出发；在艺术手法上，无不带有浓厚的时文手眼。明清时代《水浒传》的评点，自然也不例外。

简化固然有便于抓住事物本质的长处，然而却也往往将事物更改得

---

① ［美］浦安迪：《明代小说四大奇书》，沈亨寿译，三联书店2006年版，第22页。
② 胡适：《〈水浒传〉考证》，欧阳哲生编《胡适文选》第2册，北京大学出版社1998年版，第375页。

面目全非。对于明清两代读者对《水浒传》的诠释，如果仅仅是简化为"伦理道德论"与"朝廷法律论"也未尝不可，可是这样一来，无疑将会简化李贽关于容与堂本《水浒传》的评点和金圣叹批改《水浒传》的事实，因为李贽的评点不仅仅涉及封建社会的伦理道德，而且还有政治上用人制度的思考、禅宗精义的阐发和阳明心学的实际运用等。金圣叹批改、评点《水浒传》更是如此，其中并非只是站在国家朝廷的政治立场上，从法律的角度谴责梁山泊英雄好汉，他在贯华堂本《水浒传》序言中对水浒好汉的看法与小说本文细批中的看法就不乏自相抵牾的地方。况且，金圣叹关于《水浒传》的评点，还包含传统社会的伦理道德观念、朝廷的政治制度以及他在小说评点学创建过程中对小说创作、人物鉴赏、情节结构等叙事手法的洞见。也就是说，每一个具体的小说评点都是一个复杂的存在，因此如果把他们关于《水浒传》的评点简化，虽然论述起来简捷而有条理，却是很不符合历史的实在。从这个角度出发，下面将把李贽关于《水浒传》的评点与金圣叹批改《水浒传》分别作为个案来展开论述。这虽然与全书的结构有点不甚一致，但是为了顾全《水浒传》诠释史的真实，也姑且如此。

第三节 《水浒传》的版本、叙事与意义

一 《水浒传》的版本

关于小说版本在中国古代小说研究中的价值和意义，自然是不容忽视或轻视的。郑振铎在《中国小说史料序》中说过："研究中国小说的方向，不外'史'的探讨与'内容'的考索。但在开始研究的时候，必须先打定了一种基础：那便是关于小说本身的种种版本的与故事的变迁。不明白这种版本的与故事的变迁，对于小说之'史'的及'内容'的探讨上是有多少的不方便与不正确的。"[①]

关于《水浒传》的版本主要有：（1）《水浒传》的版本繁杂，根据明人高儒的《百川书志》，嘉靖年间已有百回本《水浒传》。（2）但嘉靖本现今只有残本传世，现存的全本繁本《水浒传》是万历三十八年

---

① 郑振铎：《郑振铎书话》，北京出版社1996年版，第194页。

(1610)容与堂刻本《李卓吾先生批评忠义水浒传》和万历四十二年(1614)袁无涯刻印的120回本《李卓吾评忠义水浒全传》。(3)崇祯十四年（1641），金圣叹《贯华堂第五才子书施耐庵水浒传》刻印刊行。有清一代267年，70回金评本成为唯一的通行本。(4)据鲁迅《中国小说史略》，"至清，则世异情迁，遂复有以为'虽始行不端，而能翻然悔悟，改弦易辙，以善其修，斯其意固可嘉，而其功诚不可泯'者，截取百十五回本之六十七回至结末，称《后水浒》，一名《荡平四大寇传》，附刊七十回之后以行矣。其卷首有乾隆壬子（一七九二）赏心居士序"[①]。其他版本还有102回本《京本增补校正全像忠义水浒传评林》（有的学者认为是104回本《水浒志传评林》）（双峰堂本）、114回本《新刻全像水浒传》（刘兴我本）、115回本（有4种）、124回本等。

清末民初，关于《水浒传》政论式评论的依据版本仍然是70回金评本，导向是反满反专制。1925年，李玄伯标点排印100回本《水浒传》。1929年，商务印书馆出版120回本。[②]

1949年10月1日，中华人民共和国成立。1951年，人民文学出版社建社；聂绀弩整理校订了《水浒传》。1952年9月，新注《水浒传》出版。这个版本与金圣叹评点的《第五才子书施耐庵水浒传》最明显的不同之处在于它不是70回本，而是71回本；最末一回不是"梁山泊英雄惊噩梦"，而是"梁山泊英雄排座次"。此后，人民文学出版社又铅印《水浒传》两种：1954年出版了120回本《水浒全传》；1975年除了前两个版本，又出版了100回本。

二　《水浒传》的祖本

《水浒传》的版本分为繁本和简本，十分繁杂，那么它的祖本究竟是出现在元代、元末明初，还是明代中叶呢？袁世硕先生在《〈水浒传〉作者施耐庵问题》中认为《水浒传》祖本成书于元代，他说："谓其祖本成书的年代，也就是其作者生活的年代，当为元代，至迟不晚于元末明初，

[①] 鲁迅：《中国小说史略》，周锡山释评，上海文化出版社2005年版，第123页。

[②] 张燕瑾、吕薇芬主编：《20世纪中国文学研究・明代文学研究》，北京出版社2001年版，第241页。

是符合实际的。"① 冯保善《从白秀英说唱诸宫调谈〈水浒传〉成书的下限》佐证了这一观点，即《水浒传》成书的下限为"元末明初，不可能再晚"②。日本佐竹靖彦在其专著《梁山泊——水浒传一○八豪杰》里，认为"《水浒传》的地理知识的底本是《元史》"，主要的论据就是第76回童贯召集的剿寇人马来自八州，而这八州均为元代地名③。清水茂在《〈水浒传〉的地理知识》中对《水浒传》中一些地方"今时"进行检视考察，得出"今时"的时限在元代天历二年（1329）与至正二十二年（1362）之间，因此他的结论也是《水浒传》成书于元代。④ 本文认同这一观点即《水浒传》的祖本成书于元代。当然，这部小说在以后的传播接受过程中不断地得到增删修改。

另外，《水浒传》从本质上来看是为市民娱心的，它真实地历史地反映了市民的政治、经济和文化要求，体现了市民阶层的审美趣味和艺术倾向。它从南宋勾栏瓦舍里经过多少代说书艺人的锤炼，自然在艺术上是很成熟的，甚至是流光溢彩的，但《水浒传》后半部读来就令人感觉到生涩死板，文人气息浓郁，不及前半部分生动活泼、腾挪变化而富有生气。

据谢桃坊的考察，"坊郭户的单独列籍定等是中国历史上市民阶层兴起的标志"⑤。在中国历史上，也只有到了北宋宋真宗天禧年间，朝廷改革了户籍制度，坊郭户才开始单独列籍定等，这标志着市民阶层的崛起。汉学家普实克也认为"中国十三世纪的宋元话本是都市小说的代表"⑥。这些考察的结论是符合《水浒传》作为市民文学的实质的。

在历史上，因为黄河南移入淮，决口之水汇聚梁山一带，致使梁山泊确实曾经有过八百里的面积：宋人邵博《闻见后录》记载有人向王安石建议"决梁山泊八百里水以为田"；元代《清容居士集》有诗为证

---

① 袁世硕：《〈水浒传〉作者施耐庵问题》，《东岳论丛》1983年第3期。
② 冯保善：《从白秀英说唱诸宫调谈〈水浒传〉成书的下限》，《南京师范大学文学院学报》2006年第1期。
③ ［日］清水茂著，蔡毅译：《清水茂汉学论集》，中华书局2003年版，第286页。
④ ［日］清水茂著，蔡毅译：《清水茂汉学论集》，中华书局2003年版，第290页。
⑤ 谢桃坊：《中国市民文学史》，四川人民出版社1997年版，第8页。
⑥ 谢桃坊：《中国市民文学史》，四川人民出版社1997年版，第23页。

"梁山水泊八百里，容得碧鸥千万群"以及高文秀杂剧中"四下方圆八百里"等。不过据明人曹学佺《大明舆地名胜志》记载，梁山泊这时则仅仅是"围300余里"。《水浒传》中八百里水泊的描述，恐怕不是出自明代文人之手；说书艺人、《水浒传》作者都是站在元祐党人一边，反对熙宁变法，反对元丰党人，这在小说中是一目了然的，这个政治立场是鲜明的，这一点也是《水浒传》成书于元代的佐证，因为明代已经不再这么看了，梁启超在《中国历史研究法补编》中提到："提倡新法的王安石，明朝以前的人都把他认为极恶大罪，几欲放在奸臣传内，与蔡京、童贯同列。《宋史》本传虽没有编入奸臣一类，但是天下之恶皆归，把金人破宋的罪名放在安石头上。"① 《李师师外传》记载李师师宁死不屈、吞金而死，与《大宋宣和遗事》中李师师流落江湖，成为商人妇的结局不同——臧否评陟人物要求不要有好恶之心，之所以有这个要求是因为人们总是从自己的好恶爱憎来评价一个人物，这里的李师师岂不然哉？同是一死，不畏权贵、不受凌辱、捐金助军、痛骂汉奸，吞金而死，死得何其刚烈！不愧生前的侠义之誉。然而《大宋宣和遗事》则是反思北宋何以亡国的作品，它认为小人、权奸、盗贼、溃逃兵将、夷狄、女色等都是亡国之阴类，"红颜祸水"的观念使作者认为北宋亡国，李师师也有不可推卸的责任，因此最后给了她一个流落湘湖，嫁为商人妇，晚景凄凉，憔悴不堪的结局；历史上的宋江"勇悍狂侠"，而《水浒传》中的宋江则被醇儒化了，汉族心目中的君王一般都被醇儒化，这是因为儒家学说的教导和宣传，使得百姓平民都迷信"仁政"。普通民众的心态难道不是对金戈铁马统治方式的侧面否定；明人谢肇淛《文海披沙》记载"元顺帝时，花山贼毕四等亦三十六人"也反映了水浒故事的社会影响。

元朝之腐败，当时的文学艺术作品里可谓是触目可见。元末的《醉太平小令》记载了当时的社会黑暗："堂堂大元，奸佞专权，开河变钞祸根源，惹红巾万千。官法滥，刑法重，黎民怨。人吃人，钞买钞，何曾见，贼做官，官做贼，混愚贤，哀哉可怜！"② 这首小令所描述的社会现实可以说就是《水浒传》以及水浒戏所反映的真实的历史背景。

---

① 梁启超：《中国历史研究法补编》，中华书局2010年版，第58页。
② （元）陶宗仪：《南村辍耕录》，中华书局1959年版，第283页。

按照马克思主义反映论，文学作品总是现实生活的反映，因此《水浒传》中官僚阶级腐化堕落、军队一战即溃、盗贼丛生、是非不分黑白颠倒等社会现象的描写就是黑暗统治在文学艺术上的印痕。如果从这个角度来考虑这部小说的成书时间，那么它应该是成书于元末明初。至于明朝嘉靖、万历年间对《水浒传》进行损益增减，是"篡修"或"编次"的问题，不是祖本成书时间的问题。据袁无涯本《水浒传》的序，郭勋武定版增加了"阎婆事"就是出版商增删修改的例证，就不用说容本、余本、袁本等版本之众多。《水浒传》各种版本的衍变，黄俶成《水浒版本衍变考论》论述得很详细，兹不赘述。

三 版本的时代性变迁与其中叙事之间的关系

《水浒传》的版本何以如此繁杂？这是由它的成书特点所决定的：南宋民间传说（《水浒传》这部小说的成书得益于民间传说的程度要远远大于《宋史》中的零星记载）、宋元说话艺术的流传、一代又一代说书艺人的再创作、水浒戏改编所带来的影响、小说评点家的删改润色、出版前文人的增删等。这就是鲁迅所说的"《水浒传》是集合许多口传，或小本'水浒'故事而成的"①，即《水浒传》是以"集撰"的创作方式成书的。由于这个特点，有的学者认为《水浒传》是世代累积成书的，但要注意不能因此而低估编次者的天才艺术创作在成书过程中所起到的作用。也正是由于《水浒传》集撰式的创作特点，才导致了其叙事意义上的时代性芜杂，即人们很容易从文本中发现小说既有宋代的人情风俗，又有元代的规章制度，还存在着只有明代才有的社会现象等。在文本叙事上，《水浒传》有一个很明显的意义流：从"义"到"忠"的变迁。

聂绀弩《〈水浒〉五论》分别从《水浒》是怎样写成的、《水浒》的思想性和艺术性是逐步提高的、《水浒》的影响、《水浒》的版本之争和《水浒》的繁本和简本问题五个方面进行了论述。其中，在第二部分《〈水浒〉的思想性与艺术性是逐步提高的》中，他说："《水浒》的思想性有一个最强的地方：把尊贵的'朝廷'将相以及整个统治系统整个压迫阶级里面的人物都当作反面人物处理，把下层社会的粗人、贱民、'强

---

① 鲁迅：《中国小说史略》，周锡山释评，上海文化出版社2005年版，第263页。

盗'、痞棍、把'人人得而诛之'的'乱臣贼子'当作正面英雄处理。"然而，小说中的"正面人物的那种伟大精神或高迈的品格，并不是从开始有他的故事的时候就是有了的"。聂绀弩举例来说明这个观点：武松在宋末元初龚开的《宋江三十六人赞》中还是一个"酒色财气，更要杀人"的人物，然而在小说中读者"得不到这种印象，武松并不是'酒色财气'"，"之所以这样，是《水浒》把那些人物的品格改变了，也就是提高了的缘故"。① 这是《水浒传》中的人物形象在版本变动中所发生的相应变化的一个个案。

四 《水浒传》的版本与叙事、意义之间的关系

无论是研究《水浒传》的成书时间、评价小说中的人物形象，还是探讨这部小说叙事的意义，都应该首先点明所依据的是哪一个版本才好，这是理解、把握、阐释其文学意义的根本依据。

第一，《水浒传》的版本不同，小说文本的叙事便存在着差异，意义的解读也就相应地有或大或小的区别。金圣叹评点的《水浒传》与李贽评点的《水浒传》，他们对小说主旨的理解就不相同。李贽认为《水浒传》作者是"发愤作书"，而金圣叹则认为小说的作者是"心闲弄笔"；在主题思想的理解上，李贽认为《水浒传》是"忠义"说，而金圣叹则认为是"除寇灭盗"。其中的根本原因之一就是他们依据的小说版本不一样：李贽评点依据的是 100 回容与堂本《水浒传》；而金圣叹批改的则是他改造过的 70 回贯华堂本《水浒传》。

第二，《水浒传》的版本不同，其中的叙事文本构成也就不一样。贯华堂本《水浒传》中的文本构成与容与堂本《水浒传》的文本构成有了很大的不同。贯华堂本的小说构成中没有了容与堂本中的受招安、征大辽和平方腊等叙事。

在小说叙事的研究中，文本构成的解析是其重镇。《水浒传》版本不同，其文本的构成就有所变化。小说文本的构成与文本意义之间的关系很值得研究。关于文本构成，佐竹靖彦把 100 回本《水浒传》分为四部分：前 40 回是第一部分，义士列传；第 41—82 回是第二部分，"描写了

---

① 聂绀弩：《中国古典小说论集》，复旦大学出版社 2005 年版，第 47 页。

宋江成为梁山泊霸主的过程，同时这也是宋江力排内外困难，获朝廷招安、成为忠义队伍的路线得到贯彻的过程"；第83—90回是第三部分，远征辽国；第90回后半部分到结束是第四部分，主要描写了讨伐方腊①。夏志清也曾经指出小说前40—80回、81回以后的艺术水准是越来越差。总的来说，小说艺术性越来越拘谨，文笔越来越文人化；思想性越来越趋向接受招安，造反反抗精神越来越少，正统观念意识越来越强烈。这体现了《水浒传》成书的特点：集撰式成书。说书艺人那生动活泼、富有市民情调、语言淋漓泼辣的特点被文人的语言无味、色彩单调、经学思想禁锢等特点所取代了。

袁世硕先生曾经指出《水浒传》文本构成的差异造成了各构成部分意义的不同，他说："《水浒传》这一百回小说，大体上说是叙写梁山泊起义军的初步形成（第一回为引子，从第二回王进被迫走关西到第四十回白龙庙小聚义）、发展壮大（从第四十二回宋江受天书到第七十一回梁山忠义堂排座次），到梁山泊全伙受招安、征辽、征方腊，从而遭到毁灭的结局。……这样三个有内在联系的部分，叙写的重心，表现的意旨，蕴含的思想精神，则有所转移、变化，并不完全一致，可以说是形成了音调不同的三部曲。"②《水浒传》文本之中存在三种话语的复调叙事，因此对这部小说主题思想的归纳就难以把握：偏重于任何一方都是偏颇的，不全面的。袁世硕先生认为文本结构"构成了文学作品的文本特征，对理解、阐释作品的思想和意义具有一定的规定性，不是所有的理解、阐释都与那种文本所蕴含的思想和意义相吻合，偏颇、误解是经常发生的。对古代几部小说名著的论著中，就多有偏颇、误解的情况，其原因便多半是由于没有把握其文本的基本特征，没有意识到要去认知文学作品的文本结构的基本特征"③。

对小说的文本构成的解析过程中，自然要涉及小说的题材。陈文新在《传统小说与小说传统》中从《水浒传》采用的题材的不同，经研究

---

① ［日］佐竹靖彦著，韩玉萍译：《梁山泊——水浒传一○八名豪杰》，中华书局2005年版，第16—28页。
② 袁世硕：《水浒传·前言》，山东文艺出版社1995年版，第7页。
③ 袁世硕：《文学史学的明清小说研究》，齐鲁书社1999年版，"自序"第4页。

后得出的结论是:"《水浒传》至少包含了绿林好汉故事、豪侠故事和为国平叛故事三种题材,由于不同题材蕴含了不同的价值取向,造成了主题阐释众说纷纭的局面。"① 李贽从梁山英雄好汉为朝廷平定叛乱故事为诠释的核心,得出了"忠义"说;金圣叹则从绿林好汉故事出发认为梁山泊是盗贼,对他们斥责、痛骂不遗余力,同时他又从豪侠故事出发衷心赞美武松、李逵、鲁智深等人。陈文新从题材角度的不同解决了金圣叹对于《水浒传》的矛盾态度问题。陈文新总结说,"在对《水浒传》的解读中,或强调小说的'忠义'内涵,或强调梁山好汉的绿林本色,或赞赏鲁智深等人的侠义精神,都从某一侧面揭示了《水浒传》以及英侠传奇的题材特征和价值取向",这一段话的精髓在于种种诠释得出的意义都是出自小说文本的"某一侧面",而不是从小说的整体性得出的。也就是说,文学意义的诠释一般都是文本构成部分的诠释,不是文本构成整体的诠释,且不说人们往往总是从自己当下现实生活出发,在阅读过程中有所感触、有感而发,从而对小说文本的叙述进行意义上的利用。

第三,小说版本不同,不仅主题意旨有异、文本构成存在着不同,而且文本中的人物形象也有差别。容与堂本《水浒传》第 60 回"晁天王曾头市中箭",梁山泊在攻打曾头市之前大风刮断了旗杆,吴用和宋江都竭力劝晁盖改天再出兵;然而在金圣叹批改的贯华堂本《水浒传》中,却是只有吴用一人在劝晁盖不要出兵,并点评宋江以前都是争着带兵下山,唯独这一次却是默不作声,金圣叹称之为"深文曲笔",这显然是金圣叹故意改定的。在这两个版本中,宋江的人物形象就截然不同,面目全非:一个是"忠义之烈",一个是"虚伪小人"。

不同历史时代的读者对同一个人物形象的理解和审美由于时代精神的不同也会有所不同。晚明的李贽认为李逵秉性率直,直道而行,是天底下第一尊活佛,赞誉之意流于意表。20 世纪五六十年代的读者把李逵解读为坚定的无产阶级革命战士,而新时期以来的读者则往往把他看作没有人性、杀人不眨眼的恶魔。

第四,由于时代精神不同,不同历史时代的读者对小说文本的主题思想的解读、对其意义的把握也是不同的。读者的前视域对于意义的解

---

① 陈文新:《传统小说与小说传统》,武汉大学出版社 2005 年版,第 171 页。

读如同文本的构成一样也具有文学场中的规定性。金圣叹通过修改《水浒传》文本的叙事来满足他对这部小说的期待视野,通过他自己修改后的叙事来证明他对小说的前理解。金圣叹砍去梁山泊英雄聚义之后的叙事,将第1回改为楔子,就是很明显的通过改写小说的叙事来进行意义的修正,且不说小说文本中的视角变换的修改、宋江形象的丑化、自以为是的更改地名等。金圣叹通过对小说叙事的大量修改,成功地完成了他对小说意义的转换:金圣叹砍去梁山泊接受朝廷招安,为国家征辽、平方腊等叙事,就印证了他不把"忠义"赋予水浒好汉的设想。

在意义解读过程中,由于读者的前理解不同,他们在阅读《水浒传》的过程中,对小说叙事中的不同部分感兴趣,于是就有不同的意义生成。但一般说来,读者的问题视域就是时代精神的视域,不同的历史时代,就会有不同的时代精神,它们与小说文本中的视域产生视域融合,得出不同的思想意义来。

综上可知,人们无论是对《水浒传》小说主题思想的把握,还是对其中水浒好汉人物形象的鉴赏,还是对小说叙事艺术的感性审美,都应该首先点明阅读的是《水浒传》的哪一个版本。因为小说版本不同,它的叙事也就相应的有所不同,人们对其意义的理解也就有着明显的差异。《水浒传》有多种版本,版本之间在叙事上存在着或多或少的差异,这些差异便导致了具体意义解读的不同。此其一。其二,《水浒传》的文本构成主要是由豪侠仗义、好汉聚义和为国平叛等部分构成的,其侧重点、意旨、思想精神和题材等都不甚相同,从而形成了复调叙事,于是小说文本就蕴含着多种意义解读的可能性。其三,读者在阅读《水浒传》的过程中由于自己当下性的问题视域各不相同,它们与文本中的视野产生视域融合,从而生成了各具时代特色的而又五彩缤纷的意义世界。

第 一 章

李贽《水浒传》评点

第一节 李贽其人其文

李贽究竟是一个什么样的人呢?

李贽,号卓吾,福建泉州南安人。他生于明代嘉靖六年(1527),死于万历三十年(1602)。李贽同时代的人对他的评价就很有争议。袁中道在《李温陵传》中说李贽"其人不能学者有五,不愿学者有三。公为士居官,清节凛凛,而吾辈随来辄受,操同中人,一不能学也。公不入季女之室,不登冶童之床,而吾辈不断情欲,未绝嬖宠,二不能学也。公深入至道,见其大者,而吾辈株守文字,不得玄旨,三不能学也。公自小至老,惟知读书,而吾辈汩没尘缘,不亲韦编,四不能学也。公直气劲节,不为人屈,而吾辈胆力怯弱,随人俯仰,五不能学也。若好刚使气,快意恩仇,意所不可,动笔之书,不愿学者一矣。既已离仕而隐,即宜遁迹入山,而乃徘徊人世,祸逐名起,不愿学者二矣。急乘缓戒,细行不修,任情适口,鸾刀狼籍,不愿学者三矣"①。李贽力求自然适意,听从自己的内心,但并非迂腐不通世务,他在做官期间能够口不臧否人物,人情世故处理得妥当。耿定向及其门徒骂李贽是"异端之尤",这是思想之争。给事中张问达给皇帝上书要求捉拿李贽问罪,罪名是"敢倡乱道,惑世诬民"。

---

① (明)袁中道:《珂雪斋集》,钱伯城点校,上海古籍出版社1989年版,第7页。

一　李贽"异端"恶名的由来

明万历三十年（1602），一个特立独行的人被传统卫道士看作"异端"，而且他也曾以"异端"自居，遭到诬陷后被逮捕入狱，后被迫自杀于狱中，这个人就是李贽。

王心斋认为，圣人之道无异于百姓日用，凡有异者皆谓之异端。李贽这位主张"百姓日用即道"的传人为何被"俗人和假道学"目为"异端"？李贽是一个一直被人误解的人物。即使是在当代，人们也习惯于袭用成说，把他看作"异端之尤"或是"批判儒家学说的法家"。

段启明在《"水浒三序"与忠义之辨》中说："李贽彻底地批判传统道德，为什么大讲忠义？李贽的序作于万历二十年，西北兵变，东南倭寇，朝廷无人可用，因此李贽提出海盗林道乾及梁山好汉有胆有识，应该重用他们。"① 从中可以看出，段启明用的是历史主义方法，探析李贽作为批判传统道德的异端何以提倡忠义思想。这里面有个误解，即李贽不是"彻底地批判传统道德"，他实际上是一个原旨儒学主义者，他反对的是"假道学"；但是，他不反对传统道德。通过重构历史情境来论述一个人的思想，有其合理之处；然而，对一个人的思想进行认识不应该简单化。

李贽被称为"异端之尤"的来由是什么呢？李贽的思想在明代隆庆、万历年间有没有异端的成分呢？这是需要认真区分的：从传统道学的角度来看，应该说是有的；如果从王学尤其是王学左派的角度来看，李贽的思想应该说不过是王学左派的继承而已。李贽被称为异端思想之一的"穿衣吃饭，即是人伦物理；除却穿衣吃饭，无伦物矣"②观点也不过是继承了泰州学派创始人王艮"百姓日用即道"的观点；李贽的"夫私者人之心也，人必有私而后其心乃见，若无私则无心矣"③ 的观点也不过是继承了何心隐认为物质欲望是合情合理的看法；李贽的"童心说"不过

---

① 段启明：《"水浒三序"与忠义之辨——重读李贽〈忠义水浒传序〉》，《首都师范大学学报》2002年第6期。
② （明）李贽：《李贽文集》第1卷，社会科学文献出版社2000年版，第4页。
③ （明）李贽：《李贽文集》第3卷，社会科学文献出版社2000年版，第626页。

是继承了罗汝芳即罗近溪的"赤子之心"说而已。李贽肯定私利私欲之合理性，张扬个性适意任性的思想与其说是他的异端思想，不如说是他所生活的时代精神思潮的产物。

李贽之所以有"异端"的恶名，主要原因在于李贽与耿定向在思想观点和价值评判中存在着尖锐的冲突而致使两人交恶，耿定向及其门徒对李贽进行了不竭余力的诬陷。他们诽谤李贽"狎妓""调弄优旦"云云，纯粹是子虚乌有。给事中张问达劾奏李贽，依据的是耿定向等人的不实之词，毁訾诬陷李贽"白昼与妓女同浴"等不见踪影的伪事实，控告李贽。李贽固然有洁癖，夏天经常沐浴，但是当时他已经是七十老翁，又居住在和尚庙舍里，素来没有买婢、置妾、狎妓、娈童等风流癖好，这是人所共知的，他怎么可能"白昼与妓女同浴"呢？这可真是"众口铄金，积毁销骨"！袁中道《大别山怀李龙湖兼呈王子》记载："去年六月访李生，抱病僵卧武昌城。"由此可知，李耿交恶，李贽屡次被逐，对李贽的打击是何其之大。

实事求是地说，耿定向也不是什么邪恶"小人"，他与李贽的论争乃是"主义之争"，是他与李贽对儒学的理解不同而产生了严重的不可调和的分歧造成的。李贽的研究者往往给耿定向扣上一顶落后的封建思想的帽子，一棍子将他打死。其实，耿定向认为人人应该恪守程朱理学，视人伦物理为性命，以佛理不讲孝悌从而视之若仇等思想观点有其合理而正确的成分，而李贽肯定人的私心欲望也不无负面的消极作用。李贽对佛学有很深的造诣，认可佛教宣扬的道理，在这一点上与耿定向仇视佛学的态度上是完全不同的。

平心而论，李贽也是传统的"卫道者"，只不过是更注重"适心任性"罢了。这也不是他的发明创造，白沙有诗"手持青琅玕，坐弄碧海月"；王阳明也说过"常快活便是功夫"。庄纯夫是他的女婿，李贽在《与庄纯夫》信中说"若昔日有如宾之敬，齐眉之诚，孝友忠信，损己利人，胜似今世称道学者，徒有名无实"，从中可以看出李贽也是忠孝节义等传统伦理道德的拥护者，只不过他鄙视、反对、痛恨"假道学"而已。至于"不以孔子之是非为是非"等语主要是出于与耿定向论争的需要，

"大抵多因缘语、忿激语,不比寻常套语"①。

二　李贽的异端思想与儒学、理学、心学

孔子的伦理教诲本不是作为后世仕途上的"敲门砖"的儒学。儒学目前有"三分"和"四分"之说,我同意李泽厚的"四分"说,即先秦儒学、汉代儒学、宋明儒学和现当代儒学。

先秦儒学,即孔子的学说。正如晏婴所批评的:"夫儒者滑稽而不可轨法;倨傲自顺,不可以为下;崇丧遂哀,破产厚葬,不可以为俗;游说乞贷,不可以为国。"② 不切历史现实的"仁"和企图恢复到周朝的"礼"是此时儒学的核心。

汉代儒学在意识形态中主导地位的确立是以董仲舒提出"罢黜百家、独尊儒术"并被汉武帝采纳之后才开始的。董仲舒改造了先秦儒学。西汉建元元年(公元前140年)冬十月,董仲舒倡议"罢黜百家,独尊儒术"。董仲舒又提出天人感应的理论:"臣谨按《春秋》之中,视前世已行之事,以观天人相与之际,甚可畏也。国家将有失道之败,而天乃先出灾害以谴告之,不知自省,又出怪异以警惧之,尚不知变,而伤败乃至。以此见天心之仁爱人君而欲止其乱也。"③

宋朝理学以周敦颐、张载、程颢、程颐、朱熹等人提出的理论为核心。周敦颐素来被看作理学的开山祖师。所谓宋明理学的主题即"心性义理"的提出主要还是周敦颐的贡献。周敦颐对宋明理学贡献的另一个方面是他吸收道教的思想而提出简明扼要的宇宙生成模式论,他以《周易》的太极范畴为主体,杂糅道教的无极、无欲、主静等概念,组合出一个优美和谐的宇宙图式,完成理学世界观的建构。

经过周敦颐、张载、邵雍等人的共同努力,宋明理学的思想体系便大体形成。而理学作为一种典型的思想形态的正式形成,还要归功于"洛学"的兴起。洛学是宋明理学中的重要学派,由程颢、程颐所创立。"存天理,灭人欲"是二程理学的最高境界,也是其伦理修养的最高要

---

① (明)李贽:《李贽文集》第1卷,社会科学文献出版社2000年版,第7页。
② (西汉)司马迁:《史记》,中华书局2006年版,第322页。
③ (东汉)班固:《汉书》,中华书局1962年版,第175页。

求。"五四"时期新文化人批判儒教,打倒孔家店,其实一方面这里的"孔家店"主要指的是程朱理学,而不是孔子的原旨主义学说;另一方面,人们往往望文生义,并没有真正理解究竟什么是"存天理,灭人欲",也没有反思这句话生成的历史性。反封建的战术也是攻其一端不计其余,政治上的一刀切破坏了学术上的辩证思维。"存天理,灭人欲"的合理性何在?这便是程颢、程颐提出来的"居敬集义"与"克己改过"。在他们看来,道教的绝圣弃智与佛教的生禅入定只能达到寂灭无波的初级目的,只能使人身如枯木、心如死灰,而无法达到存理灭欲的崇高境界。反之,如果用"主敬"代替佛道的"主静",就很容易达到对伦理纲常的敬畏之心,从而培养高尚的道德情感,并能认真地履行儒家学说所主张的道德规范,通达"慎独"的精神境界,以虔诚的心理专一于天理。这样,儒家的伦理规范才能变为现实。至此洛学完成了理学思想体系的基本建构,从而成为儒学发展史上的重镇。

事实上,"存天理,灭人欲"理论的宣扬主要停留在纸面上,在现实生活中,真正践行的即使在上流社会,也颇为鲜见。很多时候,都是"官禁私不禁"。在宋代,商业气息浓郁,人心欲望强烈,思想相对开放。元代,下层民众生存艰难,为了能够生存或是追求安逸,甚至存在着一些妇女主动向高官子弟富贵衙内投怀送抱的社会现象。在元杂剧中,就有不少妇女与衙内勾结成奸的剧作,那也许是社会现实在演唱音景艺术中的文学记忆。在明代前期,节烈、牌坊倒是多了起来,其中有一部分是节烈妇女的家人为了能够得到政府的补贴而强迫寡妇守节,从而扼杀了妇女的青春和自然生理欲望。明代中期、晚期,商业发达,追求享乐奢靡甚至纵欲蔚然成风。

自从陈献章倡导涵养心性,静养"端倪"之说开始,明代的儒学思想便明显地划分为前后两个阶段:前期盛行宋代陆九渊主静的思想,后期是王阳明心学。至于阳明后学,据《明儒学案》所列,计有浙中、江有、南中、楚中、北方、粤闽、泰州七个学案。其他受王学影响,并以其为宗者也不在少数。

泰州学派即王学左派的颜均及其弟子何心隐、罗汝芳等人的思想对李贽影响颇大,尤其是罗汝芳,其学主要以"赤子良心说"为主,李贽的"童心说"就是对它的直接继承和阐发。

李贽的思想，与其说是叛逆，不如说是有独见。他从阳明心学的一些基本原则出发，竭力反对宋明理学家的道德说教和神秘主义。李贽认为，宋明理学家所推崇的孔子已远不是历史上真实的孔子；真实的孔子人人可学，而被宋明理学家神圣化了的导师，则不可学，也不必学。因此，他竭力反对以孔子之是非为是非，反对对孔子不切实际的盲目迷信。李贽认为，儒家典籍多半并不是出于圣人之口或是圣人之手，从而不能作为万世之至论，而应根据这些话语的具体历史背景进行分析，因此他坚决反对宋明理学。他称这些理学家为假道学，为"穿窬之盗"，为欺世盗名者。

李贽对"假道学"的憎恨，是有其现实针对性的。根据龚鹏程对晚明思潮的考察可知，晚明社会充斥着矫情虚伪的风气。李贽受心学、禅学的影响反对假道学是对现实的积极反应，但他并没有反对儒学的整体和真正的儒家精神。事实上，在没有新思想资源作为凭借的历史条件下，他所向往的也只能是那些所谓的原旨主义儒学。也正是从这个意义上说，李贽的叛逆性格和异端思想只是对宋明理学正统有效，他所呼唤和向往的依然是早期儒学。在当代，人们往往把李贽反对假道学当成了反对儒学，从而把李贽解读为一个法家人物，其实，这是一种误读。

这种误读，早已有之。明清易代对汉族知识分子的震动极大，他们反思明王朝的灭亡，结论是晚明尚空谈因门户之争而亡国。顾炎武、王夫之等都把明朝的灭亡归罪于王学之流弊。顾炎武批评心学后人之清谈说："未得其精，而已遗其粗；未究其本，而先辞其末。……举夫子论学、论政之大端，一切不问……以明心见性之空言，代修己治人之实学。股肱惰而万事荒，爪牙亡而四国乱，神州荡覆，宗社丘墟。"① 王夫之《正蒙注序论》也认为："姚江王氏阳儒阴释诬圣之邪说，其究也，刑戮之民、闯贼之党皆争附焉，而以充其无善无恶、圆融事理之狂妄，流害以相激而相成，则中道不立、矫枉过正有以启之也。"② 这些观点都是基于对明朝亡国的反思，转向实用理性和经世济民而产生的。清代《四库全书总目提要》在讲到晚明学术倾向时指出，万历以后，心学横流，儒

---

① （清）顾炎武：《日知录》，上海古籍出版社2012年版，第307—308页。
② （清）王夫之：《船山全书（十二）》，岳麓书社1992年版，第10—11页。

风大坏,不复以稽古为事。

明末清初,辟佛之风甚盛。李贽出入儒、释、道三教,精谙佛理,对于假道学深恶痛绝,自然成为众矢之的。王夫之认为"古今之大害有三:老庄也,浮屠也,申韩也"①,他斥佛教为"异端""禽兽",认为佛教所谓的六业轮回及善恶报应是"废人道,乱天纪"②;王门后学王艮、李贽诸人"恬不知耻,而窃佛老之土苴以相附会,则害愈烈。而人心之坏,世道之否,莫不由之矣"③。特别是李贽,"合佛老以溷圣道,尤其淫而无纪者也"④。

顾炎武攻击李贽的"异端"思想不遗余力,尤其是着力批判李贽的佞佛思想。他声称自己"生来不读佛书"⑤以示不与言佛者同道。他认为"自古以来,小人之无忌惮而敢于叛圣人者,莫甚于李贽"⑥。其实在明代,李贽因为佞佛批孔而遭受攻击,例如冯琦就曾经指责李贽"背弃孔孟,诽毁程朱,惟《南华》、西竺之语是宗是竞。以实为空,以空为实,以名教为桎梏,以纪纲为赘疣。以放言高论为神奇,以荡轶规矩、扫灭是非廉耻为广大"⑦。

李贽同时代的人张鼐对李贽的评价则比较公允,他说:"卓吾疾末世为人之儒,假义理,设墙壁,种种章句解说,俱逐耳目之流,不认性命之源,遂以脱落世法之踪,破人间涂面登场之习,事可怪而心则真,迹若奇而肠则热。……总之,要人绝尽支蔓,直见本心,为臣死忠,为子死孝,朋友死交,武夫死战而已!"⑧

三 李贽的《水浒传》评点与其人生经历之间的关系

李贽对容与堂本《水浒传》的评点,强调对假道学的批判,强调对

---

① (清)王夫之:《读通鉴论》,中华书局1975年版,第580页。
② (清)王夫之:《船山全书(五)》,岳麓书社1992年版,第236页。
③ (清)王夫之:《船山全书(四)》,岳麓书社1992年版,第1246页。
④ (清)王夫之:《船山全书(十二)》,岳麓书社1992年版,第26页。
⑤ (清)顾炎武:《顾亭林诗文集》,中华书局1983年版,第242页。
⑥ (清)顾炎武:《日知录集释》,岳麓书社1994年版,第668页。
⑦ (清)顾炎武:《日知录集释》,岳麓书社1994年版,第661页。
⑧ (明)张鼐:《读卓吾老子书述》,载《李贽文集》第1卷,社会科学文献出版社2000年版,第2页。

"真"与"趣"的艺术鉴赏,他站在国家朝廷的利益上强调"选贤任能",这些都是李贽对《水浒传》评点的特色,因而也反过来证明了容与堂本《水浒传》的评点是李贽所为,而不是什么叶昼评点的。

李贽与耿定向交恶之后,不得不从耿家搬出,由于朋友的帮助,搬到湖北龙湖的一处庵所。湖北夏天湿热,他头皮经常发痒,于是他剃去头发,只留有胡须。他落发,不是皈依佛教,而是为了卫生,也是为了脱离"俗事",又是为了"成彼竖子之名",以"异端"自居。①

李贽剃发难道不是追求"适心任性"的体现?李贽与耿定向论争之后,迫于社会压力他又通过他人向耿定向示意"和解",重新蓄发,并有"老人无归"之叹。② 李贽自我辩解他蓄发的原因是"自适"③。他说:"夫卓吾子之发也有故,故虽落发为僧,而实儒也。"④

在给焦竑的信中,李贽说"《水浒传》批点得快活"。李贽在《答耿司寇》的信中说:"东郭先生专发挥阳明先生良知之旨,以继往开来为己任,其妙处全在不避恶名,以救同类为急,公其能此乎?"其中的侠义精神与《水浒传》中英雄好汉的抱打不平、急公侠义等是完全相同的。

李贽"恶近妇人"与《水浒传》中英雄好汉是什么关系呢?梁山好汉也是不近女色,宋江劝诫王英说"但凡好汉犯了'溜骨髓'三个字的,好生惹人耻笑",因此李贽在评点《水浒传》时应该是与之在精神上心心相悦、志同道合。

李贽痛恨大头巾、假道学。《水浒传》中梁山泊第一任头领落第儒生大头巾汪伦因为嫉贤妒才不收留晁盖、吴用等人而被林冲杀死,李贽岂不大获其心?

李贽曾在云南做过知府,后来毅然决然地弃官岂非学陶渊明?李贽说他自己"亦贪富贵,亦苦贫穷……然无奈其不肯折腰何?"他与陶渊明相似之处至少在于"一念真实,受不得世间管束"。⑤

纵然李贽认为"士贵为己,务自适",实际上,李贽的评点确实于圣

---

① (明)李贽:《李贽文集》第1卷,社会科学文献出版社2000年版,第48页。
② 左东岭:《李贽与晚明文学思想》,天津人民出版社1997年版,第111页。
③ (明)李贽:《李贽文集》第1卷,社会科学文献出版社2000年版,第251—252页。
④ (明)李贽:《初潭集序》,载《初潭集》,中华书局1974年版,第12页。
⑤ (明)李贽:《李贽文集》第1卷,社会科学文献出版社2000年版,第176页。

教有益无害。李贽预言其《藏书》"纵不梓,千万世亦自有梓之者,盖我此书乃万世治平之书,经筵当以进读,科场当以选士,非漫然也"①。此论与《水浒传》序中的"有国者不可不读,贤宰相不可不读……"是完全一致的。祝世禄为《藏书》作序时,认为《藏书》"凿凿皆治平之事与用人之方",可谓是李贽的知音。

儒家立德、立功、立言"三不朽"的观念深入古代士子之心,李贽也不例外。李贽有成祖作圣之心,有立言传世之心,有死而不朽之心。李贽在《豫约》中说"四时祭祀,必陈我所亲校正批点与纂集钞录之书于供桌之右"②。从而可见,立言以不朽,也是李贽的人生理想。

李贽虽然被道学家污蔑为"异端之尤",然而他却是真心"歌颂皇明"③,满腔爱国忧民之心,浑身都是经世致用之意,一门心思寻觅圣贤大道。且不说他的《藏书》,他自信是"万世治平之书",就是对被当时文人骚客普遍鄙夷不屑的"稗史小道",他都倾注了"有关治国理治"的忧思。明容与堂刻本《李卓吾先生批评忠义水浒传》中的批语可以为证:第 12 回,李贽道:杨志是国家有用之人,高俅不能用,宋公明用了,遗祸国家不小;第 17 回,李贽认为鲁智深、杨志是两员上将,只为当时无具眼者,使他们流落不偶,若庙堂之上得有一曹正、张青其人者,亦何至此哉!第 34 回,李贽批语所说的"国有贼臣,家有贼妇,都遗祸不浅"等都是从国家用人的角度来理解《水浒传》的。李贽《忠义水浒传叙》指出了水浒好汉忠义之心"专图报国",是从儒家的忠义思想和朝廷的治平方略这个角度来解读《水浒传》的,这是李贽的前理解和前视域,这一点决定了他对《水浒传》的解读就是"忠义"的视角。即使是金圣叹,这位不把忠义归水浒的评点家,他在《第五才子书施耐庵水浒传》中的评点也说过,水浒好汉杀尽赃酷,报答国家,乃真忠义也。

---

① (明)李贽:《续焚书》,中华书局 1959 年版,第 43 页。
② (明)李贽:《李贽文集》第 1 卷,社会科学文献出版社 2000 年版,第 169 页。
③ 龚鹏程:《晚明思潮》,商务印书馆 2005 年版,第 235 页。

第二节 李贽的童心说

李贽的童心说是晚明思潮璀璨群星之中的一颗，熠熠闪耀在中国思想史的天宇之中。李贽的思想是时代精神的产物，是对王学左派思想的继承和发扬。李贽因为"异端"恶名在历史上反而名声大振，致使当代有人认为李贽的童心说是横空出世，是天纵其才，是孤峰独立，其实李贽的思想既有对于前贤的继承，又有与时俊的切磋，还有他自己的独立思考。

王学左派是王龙谿、王心斋开创的学派，李贽对其思想很是服膺。王艮、何心隐、赵大洲等人的行为、思想对李贽的童心说也有很大的影响。但直接促成李贽童心说的则是泰州学派罗汝芳的"赤子之心"说。

李贽的童心说是他评点《水浒传》的指导思想。然而如前所述，童心说不是李贽的原创，而是继承了罗汝芳的"赤子之心"说。另外，绝假纯真、率直磊落的艺术审美是晚明时期的风尚，这一点从李贽与金圣叹对李逵这个人物形象都十分喜爱就可以看出来，在水浒好汉究竟是忠义之士还是强盗贼寇的问题上他们两人势同水火，这是政治立场的问题；然而，在对人物艺术形象的审美品位上却有一致之处。李梦阳、袁宏道、李开先、冯梦龙等人对"真情""真声"的赞同其实是时代精神使然，时代性审美往往如是，并非李贽独然。李贽的童心说认为："夫童心者，真心也。若以童心为不可，是以真心为不可也。夫童心者，绝假纯真，最初一念之本心也。"① 这是李贽对水浒叙事进行艺术赏鉴的指导思想。

李贽将稗官与圣人经典和庄重诗文一视同仁，一概称为"至文"，李贽评判"至文"的标准是"童心"。李贽认为："天下之至文，未有不出于童心焉者也。苟童心常存，则道理不行，闻见不立，无时不文，无人不文，无一样创制体格文字而非文者。诗何必古选？文何必先秦？降而为六朝，变而为近体，又变而为传奇，变而为院本，为杂剧，为《西厢记》，为《水浒传》，为今之举子业。皆古今至文，不可得而时势先后论也。故吾因是而有感于童心者之自文也，更说甚么《六经》，更说甚么

---

① （明）李贽：《李贽文集》第1卷，社会科学文献出版社2000年版，第92页。

《语》、《孟》乎?"①

李贽的《杂说》,可作其至文之注脚:"且夫世之真能文者,比其初皆非有意于为文也。其胸中有如许无状可怪之事,其喉间有如许欲吐而不敢吐之物,其口头又时时有许多欲语而莫可所以告语之处,蓄极积久,势不能遏。一旦见景生情,触目兴叹,夺他人之酒杯,浇自己之垒块,诉心中之不平,感数奇于千载。既已喷玉唾珠,昭回云汉,为章于天矣,遂亦自负,发狂大叫,流涕恸哭,不能自止。宁使见者闻者切齿咬牙,欲杀欲割,而终不忍藏于名山,投之水火。"②

孟广林曾经指出,李贽反对纲常名教、鼓吹私心利欲的人性论,常常被视为体现了市民要求的人文主义思想。实际上,步入封建衰世的晚明社会,还远未出现西欧的那种从中世纪向近代社会转型的趋势以及市民阶层的人文主义思想。作为一位对腐败政治极度不满的官僚士大夫,李贽的人性论不可能包蕴着资产阶级人文主义的精神内涵。西欧人文主义者"个体本位"的人本观,以个人"自由"为轴心,以人的世俗追求与享乐为归宿点。这种意识不是从来就有的,而是社会发展到一定历史阶段的产物。而李贽在鼓吹人的私心利欲时,又力图将"人欲"纳入"圣人"所导引和儒学"明德修身"所扼制的轨道,进而沿着王学所开辟的儒学路径,鼓吹儒、释、道"三教合一",将"人"引渡向狂禅境界。李贽曾为僧人规定戒条。这证明了他是一位反叛道学却又找不到出路的"异端"思想家。因此,李贽的"人性"论展示了一位中国封建社会"异端"思想家复杂而矛盾的心路历程。李贽并非"市民阶级的代言人"与封建社会的"拆天派",而是一个典型的中小地主阶级的消极反叛的"悲天派";他也并不是"人文主义者",而是一位既反叛假道学又对出路感到迷惑的"异端"儒生。李贽思想境界所能达到的高度极限及其缺陷深刻地揭示出,在传统社会形态还延续得比较完整的晚明时代,任何伟大的反传统的思想家最终都只能在中世纪"异端"的狭小天地中徘徊,

---

① (明)李贽:《李贽文集》第1卷,社会科学文献出版社2000年版,第92—93页。
② (明)李贽:《李贽文集》第1卷,社会科学文献出版社2000年版,第91页。

而不可能开启近代早期启蒙思潮的先河。① 孟广林在中西人性论比较的视野下对李贽的人性论所作的分析可谓是抓住了问题的关键。李贽的人性论体现了中国古代伦理道德文化底蕴下的对假道学的批判和对真性情的追求，它不是西方资产阶级个人主义的人本观。

所谓李贽"反叛传统"，其实也是夸大而不实的判断。李贽反对假道学的虚伪矫情、口是心非、言行不一，但并不反叛传统的伦理道德。相反，他倒是认为自己真正继承了正统道学即原旨主义儒学的真谛。至于"文化大革命"中把李贽当作"批儒评法"的斗士不过是时代性的解读。

童心说不是孤峰现象，而是时代浪潮中的一朵浪花。就共时性而言，有罗近溪的"赤子之心"说。就历时性而言，远的不说，有明成祖在《性理大全》御制序中所说"道者，人伦日用之理，初非有待于外也"。显然，人们夸大了汤显祖、李贽、袁中郎等人反传统的一面，在"五四"新文化运动以及当代往往是借古人的思想来表达自己的意见。何心隐、李贽的"异端"恶名主要不是由于他们的思想，而是源自道学家眼里所看到的他们的行为。何心隐之所以被认为是"异端"，是因为他利用嘉靖皇帝宠信的道士蓝道行搞阴谋诡计，扳倒了大学士严嵩，这时的大学士张居正对何心隐岂不小心在意，更何况总有官吏为讨好张执政，必然置何心隐于死地。何心隐因为言行的"异端"而被处死，但并不是张居正的命令。至于李贽缘何得此恶名？主要原因在于李贽在与耿定向的论辩中张扬私欲，而私欲却是儒家学说所一直批判的，孔圣人说过"君子喻于义，小人喻于利"，宋明理学主张"存天理，灭人欲"，而李贽却是肯定、弘扬私心人欲的合理性，这是传统道学、正统文人以及社会舆论所不能接受的，至少表面是这样。清初顾炎武、王夫之猛烈批判李贽为私心杂念张目的言论，黄宗羲在《明儒学案》中没有为李贽立学案，就表明了他们对李贽思想的态度。

黄宗羲不仅没有把李贽的学说归为儒学，而且认为李贽之前颜山农的学说就已经不再是儒家正统学说，而是带有墨侠的意味，他说："阳明先生之学，有泰州、龙溪而风行天下，亦因泰州、龙溪而渐失其

---

① 孟广林：《李贽"人文主义"人性论评析——兼与西欧人文主义思想比较》，《河南大学学报》2003年第5期。

传。……泰州之后,其人多能以赤手搏龙蛇,传至颜山农、何心隐一派,遂复非名教所能羁络矣。"① 颜山农的主张确实体现了黄宗羲判断的准确性,颜山农说:"性如明珠,原无尘染,有何睹闻?着何戒惧?平时只是率性,所行纯任自然,便谓之'道'。"②

传统儒家学说的重义轻利观由来已久,孔子有义利之分辨,孟子有"杀身成仁,舍生取义"之说,董仲舒有"正其义不谋其利,明其道不计其功"的教化宣传,这些都表达了儒家"重义轻利"的价值取向。

王门后学从自然人性论出发,重新诠释了"利"。李贽以人性自私论为前提,宣称趋利避害是人的本性,"'虽大圣人不能无势利之心。'则知势利之心,亦吾人禀赋之自然矣"③。针对儒学的"取义不谋利"的非功利主义主张,李贽认为,董仲舒是自相矛盾的,因为他既讲不计功利又说灾异下狱:说灾异即要人计利而避害。李贽进而主张统治者应顺乎人的自然本性,满足人们对于物质利益的追求:"寒能折胶,而不能折朝市之人;热能伏金,而不能伏竞奔之子。何也?富贵利达所以厚吾天生之五官,其势然也。是故圣人顺之,顺之则安之矣。"④ 焦竑也对道学家严分仁义与功利为两途不满,提倡义与利的统一,认为义就是以合理的方式去行功利。他说:"自世猥以仁义、功利歧为二途,不知即功利而条理之乃义也。"这些言论,固然是当时商业经济在诸如思想、舆论等上层建筑上的反映,但是传统的农耕经济基础毕竟是最基本最根本的经济基础,它强大而顽固,这样功利思想势必遭到坚持传统道德的所谓"正人君子"的诅咒谴责。

儒学历来主张克己复礼、以理克欲。宋明以后,理学进一步将理与情从制度层面上升到哲学本体论,从心性论角度以性善情恶确保天理的先天合法性。理学的奠基者李翱说:"人之所以为圣人者,性也;人之所以惑其性者,情也。喜怒哀惧爱恶欲七者,皆情之所为也。情既昏,性

---

① (清)黄宗羲:《泰州学案一》,《明儒学案》下册卷32,中华书局1985年版,第709页。
② (清)黄宗羲:《泰州学案一》,《明儒学案》下册卷32,中华书局1985年版,第709页。
③ (明)李贽:《李贽文集》第7卷,社会科学文献出版社2000年版,第358页。
④ (明)李贽:《李贽文集》第1卷,社会科学文献出版社2000年版,第16页。

斯匿矣,非性之过也。"① 因此,他提出"复性"说,主张去情复性。其后,周敦颐提倡无欲,张载主张成性,程颢应对以无情,邵雍倡导无我,朱熹提出存天理、灭人欲,所有这些都是沿着"情恶性善"的对立理路而来。性无善恶论就是要打破性善情恶的主导性话语,在日常生活中追求任自然、尊率性。

晚明心学立论的基点是真心:王畿称之为"初心",罗近溪称之为"赤子之心",李贽谓之"童心"。他们的表述虽有差异,所指都是"真情"。其中,李贽以绝假纯真的童心宣告人之真性情的至上性。在他看来,卓文君和司马相如的私奔,因情而动,是"善择佳偶"而非有违礼法。就情和礼的关系来说,"声色之来,发于情性,因乎自然,是可以牵合矫强而致乎?故,自然发于性情则自然止乎礼义,非性情之外复有礼义可止也"②。在李贽看来,礼义已不再是理学家的道德规范,而是"发乎性情,止乎自然"的社会表现。

袁宏道认为:"今人只从理上契去……外拂人情……不知理在情内,而欲拂情以为理,故去治弥远。"③ 所以,他宣称理在情内。无论是"性灵"说、"自适"说、"无法"说还是"主情"说,文学变革的立足点都归落在"真情"上。心学后人除了在理论上鼓吹真情以外,表现在行动上则是挣脱礼教束缚的率性任情。颜山农好急人之难:赵大洲赴贬所,山农与之同行;徐波石战死,山农寻其骸骨归葬。罗近溪为营救被捕的颜山农,六年不赴廷试,以示抗议。诸如此类,固然不乏"求名"的心理作祟,然而也不能否认儒学"忠义"的教化作用。李贽对妇女讲佛法,为士大夫所不齿,但李贽认为人有男女之别而见识没有性别之异。在中国思想史上,魏晋玄学也以重情轻礼著称,他们的纵酒、长啸、裸裎、驴鸣等偏激行为其实是对当时世人"礼法"的抵抗而追求自己心中的儒家之礼。与之不同的是,晚明的"真情"宣扬,在行为上往往表现为率真自然、任情适性。

李贽提出人伦物用就是道,他说:"穿衣吃饭即是人伦物理,除却穿

---

① (唐)李翱:《李文公集》卷2《复性书》,四部丛刊集部,上海涵芬楼,第1页。
② (明)李贽:《李贽文集》第1卷,社会科学文献出版社2000年版,第123页。
③ (明)袁宏道:《袁中郎全集》,伟文图书出版社1976年版,第677—678页。

衣吃饭无伦物矣。世间种种，皆衣与饭类耳。"① 他认为人皆有私心，"夫私者，人之心也。人必有私而后其心现，若无私则无心矣"②。李贽认为人的私心杂念乃是是童子之心，乃是真心、真情的表现。

李贽的童心说肯定对真情实意的追求，肯定了私心私欲，因而反对假道学、伪仁义，于是侧重从"真"与"趣"上鉴赏《水浒传》，而对于鲁智深拿走周通、李忠酒桌上的银器，不仅没有指责他"有损于好汉"的行径，而且认为这是率性而为，佛性所在。

第三节 李贽的《水浒传》评点

据郑公盾的考察，"署名李卓吾评点的《水浒传》，主要有四种：（一）《李卓吾先生批评忠义水浒传》一百卷，一百回，明万历三十八年（1610）容与堂刊本，不题撰人，前有李贽序（由虎林孙璞书写），小沙弥怀林的《批评水浒传述语》，每回正文中有眉批、夹批、圈点和回末总评；（二）《出象评点忠义水浒全书》，不分卷，一百二十回，明万历四十二年（1614）杨定见、袁无涯刊本，前有李贽序，李贽的《发凡》，杨定见的《小引》，附录了《宋鉴》中关于宋江和梁山泊农民起义部分，以及《宣和遗事》有关宋江等事迹的全文，题施耐庵集撰，罗贯中纂修，每回正文中有眉批、夹批、圈点和回末总评；（三）《李卓吾评忠义水浒传》，一百回，明芥子园本，题施耐庵原本，前有大涤余人序，除每回末无总评和缺后面20回以外，其中眉批、夹批均与《出象评点忠义水浒全书》大致相同；（四）《李卓吾先生评忠义水浒传》，一百卷，题施耐庵集撰，罗贯中纂修，明万历刻，清康熙五年（1666）石渠阁重修本，本衙藏版，前有《水浒传叙》，但其中未见有李卓吾的评语"③。

对于李贽究竟评点过《水浒传》没有，评点的版本究竟是容与堂本还是袁无涯本，至今也没有定论。陈继儒、胡适、王利器、聂绀弩等都认为李贽没有评点过《水浒传》，署名李卓吾关于《水浒传》的评点是叶

---

① （明）李贽：《李贽文集》第1卷，社会科学文献出版社2000年版，第4页。
② （明）李贽：《李贽文集》第3卷，社会科学文献出版社2000年版，第626页。
③ 郑公盾：《水浒传论文集》，宁夏人民出版社1983年版，第391—392页。

昼托名所为。

认为李贽评点过《水浒传》的，又在他评点的是容与堂本还是袁无涯本上有歧见。袁中道、徐谦、怀林、郑振铎、马蹄疾、郑公盾等人认为李贽评点过容与堂本《水浒传》，戴望舒、王先霈、周伟民、叶朗等则认为李贽评点的是袁无涯本《水浒传》。

通过把容与堂刻本《李卓吾先生批评忠义水浒传》中的点评与李贽的其他著作诸如《焚书》《藏书》等进行思想内容、行文风格等的比较，便会发现它们之间的思想和文风是何其相似。《李卓吾先生批评忠义水浒传》中的思想也体现了李贽童心说的主张，强调"真"与"趣"的艺术审美和儒家的"忠义"思想等。

一 明容与堂本《水浒传》的评点是李贽所为，并非叶昼托名

明容与堂刻本《李卓吾先生批评忠义水浒传》（100回）中的评点是李贽点评的。当代有学者认为《李卓吾先生批评忠义水浒传》中的评点是叶昼托名李贽所为，笔者不敢苟同。

钱希言《戏瑕》记载："比年盛行温陵李贽书，则有梁溪人叶阳开名昼者，刻画摹仿，次第勒成，托于温陵之名以行。往袁小修中郎尝为予称李氏《藏书》、《焚书》、《初潭集》、《批点北西厢》四部，即中郎所见者亦止此而已。数年前，温陵事发，当路名毁其集，吴中锓《藏书》版并废。近年始复大行，于是有李宏父批点《水浒传》、《三国志》、《西游记》、《红拂》、《明珠》、《玉合》数种传奇及《皇明英烈传》，并出叶手，何关于李？……昼，落魄不羁人也。家故贫，素嗜酒，时从人贷饮，醒即著书，辄为人持金鬻去，不责其值，即所著《樗斋漫录》者也。"[①]《四库全书总目提要》对《戏瑕》的评价："书中颇以博识自负，而所言茫昧无征。"试问，"茫昧无征"之言岂能作为论证的证据？《戏瑕》引述芜杂，考证不精确，此乃学界之共识。据怀林所言，"和尚自入龙湖以来，手不停批"，李贽以此为乐。他在《与焦弱侯》的信中说"《水浒传》评点得甚是快活人"，这难道也是伪撰？且叶昼其人，乃一"落魄不

---

① （明）钱希言：《戏瑕》，见《续修四库全书》第1143册，上海古籍出版社1994年版，第588—589页。

羁人也","家故贫",卖文为生,这样的人怎么会像李贽那样有余裕、有条件、有心思,也有能力"出入三教",博古通今呢?从容与堂本《水浒传》文本中的细批中可以得知评点者肯定是一位博学通识、谙熟儒释道三教的人物。

晚明陈继儒在《国朝名公诗选》中认为"惟《坡仙集》及《水浒传叙》属先生手笔,至于《水浒传》细评,亦属后人所托者耳"①。明末清初周亮工在《书影》中说:"叶文通,名昼,无锡人。……当温陵《焚、藏书》盛行时,坊间种种借温陵之名以行者,如《四书第一评、第二评》、《水浒传》、《琵琶》、《拜月》诸评,皆出文通手。……(叶昼)后误纳一丽质,为其夫殴死。"②叶昼虽曾从学于东林党人顾宪成,但并不怎么关心国家大事,却是个以风流自居而沉溺于酒色的无行文人。有学人认为他假托李贽评点了多种小说戏曲。不可否认,李贽死后,出版商为"射利计"假借他的名声,"坊间诸家文集……无不称为卓吾批阅",造成鱼目混珠的事实。然而,也不能因为这个后起的事实就把李贽自己确确实实评点过的著述臆断为叶昼或是他人所为,陈继儒、周亮工的说法不过仅仅是一个主观想法而已,没有实证,或许是耳食,或许是臆测。

文如其人。把李贽的评点当作叶昼的伪作这个问题,早就有学者提出过质疑。龚兆吉认为:"如果钱希言所指出许自昌的《樗斋漫录》真是叶昼的手笔,那么从这部著作的某些内容和叶昼假托李贽之名所批点的《三国演义》中,那些油腔滑调、卖弄噱头、甚至近于下流的文字,就不单纯是什么'滑稽之雄'的诙谐,而倒是无赖汉灵魂的自我暴露。更值得注意的是他对《水浒传》及其作者所持有的基本观点,就当时来说,也是很荒谬的。他断言《水浒传》是罗贯中把多年来听的有关故事,'荟萃纂葺,不论事之有无,祇即其可骇可愕者,联而络之,贯而通之',以至'多与史传不合',而一一列举其违背史传的'可笑'之处;甚至喋喋不休地重复封建卫道者的语言,诬蔑诅咒罗贯中'机械变诈,种种泄露,天不三世其哑而何哉?'(《樗斋漫录》)基于这些观点,他不仅曾向袁无

---

① 厦门大学历史系:《李贽研究参考资料》第3辑,福建人民出版社1976年版,第173页。

② (清)周亮工:《书影》第1卷,上海古籍出版社1981年版,第8页。

涯、冯犹龙批驳李贽《忠义水浒传序》中的种种论断，而且认为李贽对《水浒传》'章为之批，句为之点'，是'悖其本教而逞机心，故后掇奇祸'（同上），这种把李贽被迫害致死说成罪有应得，难道不是和封建卫道者站在同一立场了吗？由此可见，叶昼这个无行文人，把小说与史传混为一谈，对小说的特点一窍不通，对罗贯中和李贽又怀有敌意，怎么能够在《容本》中写出那些热情赞扬施耐庵、罗贯中的艺术才华，高度评价其艺术成就，并以李贽的口吻作自豪自负表白的等等批语呢？"龚兆吉通过分析，指出"《容本》中的绝大部分批语，不但在用语方面是李贽的，而且在思想内容方面，和李贽的政治观点、艺术观点、美学观点是完全一致的"，进而得出"《容本》中绝大部分批语的观点、用语和论述方式以及文风，都是属于李贽的，只能出自李贽之手"的结论。①

戴望舒在《小说戏曲论集》中认为"袁本李卓吾评《忠义水浒传》确为真本这件事，大概是可信的"②。这个观点值得商榷。戴望舒是从杨定见的小引、"杨定见和李卓吾的关系究竟怎样"以及"袁无涯是怎样一个人，有没有刊行赝籍的可能"③ 等来进行论证而得出这个结论的。正如何心在《〈水浒传〉的演变》中论证的，不能排除杨定见的小引是袁无涯伪造的④。杨定见与李卓吾的关系如何并不能推理出袁本就是李卓吾批评的，因为李贽没有儿子成活，只有一个女儿成人，李贽在《豫约》中告诉他的弟子汪鼎甫说，他"校正批点与纂集抄录之书""一卷莫轻借人"，即使是他的女婿庄纯夫来索取也不能给⑤，可见李贽托付他的著作并不是依据亲疏关系；根据袁无涯的人品等来进行论证都是主观判断，人心难测，臧否人物的标准并不客观，它与真伪考证没有直接联系，没有内在的逻辑推理，不能得出令人信服的结论。鲁迅认为120回本《忠义水浒全书》"亦有李贽评，与百回本不同，而两皆弇陋，盖即叶昼辈所伪

---

① 龚兆吉：《〈容本〉李评为叶昼伪作说质疑》，《水浒争鸣》第2辑，长江文艺出版社1983年版，第155—167页。
② 厦门大学历史系：《李贽研究参考资料》第3辑，福建人民出版社1976年版，第190页。
③ 厦门大学历史系：《李贽研究参考资料》第3辑，福建人民出版社1976年版，第188页。
④ 厦门大学历史系：《李贽研究参考资料》第3辑，福建人民出版社1976年版，第194页。
⑤ 许建平：《李卓吾传》，东方出版社2004年版，第294页。

托"①。一个"盖"字就说明了作者对这一论断的谨慎,但从中可知,鲁迅认为袁无涯本可能是"叶昼辈"评点的。

然而,袁中道、徐谦、怀林等人皆认为容与堂刻本《水浒传》中的点评是李贽评点的。如此一来,既有人认为李贽水浒评点乃叶昼托名李贽所为,也有人认为是李贽自己的点评,那么,明容与堂刻本《李卓吾先生批评忠义水浒传》评点究竟是不是李贽所为?

李贽在《与焦弱侯》信中说:"《水浒传》批点得甚快活人。"② 又,袁中道《游居柿录》中记载:"记万历壬辰夏中,李龙湖方居武昌朱邸,予往访之,正命僧常志抄写此书,逐字批点。"③ 怀林在《李卓吾批评水浒传述语》中也说:"和尚自入龙湖以来,口不停诵手不停批者三十年,而《水浒传》、《西厢曲》尤其所不释手者也。盖和尚一肚皮不合时宜,而独《水浒传》足以发抒其愤懑,故评之为尤详。"④ 这些记载都可以证明,李贽确实是批点过《水浒传》的。

以小说批点之中存在着前后矛盾之处也不能否定容与堂本《水浒传》中的批点为李贽所为,因为金圣叹批点《水浒传》,序言与文本之中的具体批点也有观点前后不一致的地方。金圣叹在《读第五才子书法》中说:"任是真正大豪杰好汉子,也还有时将银子买得他心肯。独有李逵,便银子也买他不得,须要等他自肯,真又是一样人。"⑤ 然而,金圣叹对于第37回中宋江送了十两银子给李逵,便批道:"以十两银买一铁牛,宋江一生得意之笔。"⑥ 这难道不是前后抵牾、自相矛盾?其实虽然是,也是很正常的,因为人们的观点看法总是随着情境、心境、条件等的变化而变化。因此在《序》中的观点与细批批语中的观点即使有出入,也不能作为证据证明是不是某人评点的。

据《李贽传》,李贽评点《水浒传》之前,曾经向焦竑写信说,他希

---

① 厦门大学历史系:《李贽研究参考资料》第3辑,福建人民出版社1976年版,第2页。
② 厦门大学历史系:《李贽研究参考资料》第3辑,福建人民出版社1976年版,第3页。
③ 厦门大学历史系:《李贽研究参考资料》第3辑,福建人民出版社1976年版,第166页。
④ 厦门大学历史系:《李贽研究参考资料》第3辑,福建人民出版社1976年版,第161页。
⑤ (明)施耐庵著,(清)金圣叹批评:《金圣叹批评本〈水浒传〉》,岳麓书社2006年版,第28页。
⑥ (明)施耐庵著,(清)金圣叹批评:《金圣叹批评本〈水浒传〉》,岳麓书社2006年版,第816页。

望焦竑送给他一部好版本的《水浒传》，"其它本子真不中用矣"。由此可知，在当时，李贽至少见过两种版本的《水浒传》，并且希望能够有一部好的版本供其评点。李贽认可的版本究竟是哪一部呢？120回本《水浒全书》是在李贽死后若干年才刻版刊行的，一般来说，不会是这部。

郑公盾认为容与堂本《水浒传》的评点是出自李贽手笔，其论据如下：一是《忠义水浒传叙》肯定是李贽写的，容与堂本与袁无涯本虽然都以这篇文章作为全书的序文，然而李贽这篇序文中谈到了"破辽"和"灭方腊"，而根本没有提及"征田虎"和"征王庆"；二是李贽的作品中，猛烈抨击假道学和贪官污吏，这一点在容与堂本评点中表现得很充分，然而袁无涯本评点则表现出息事宁人、与世无争的思想来；三是从文字风格来看，容与堂本批语文风笔调与李贽的一致，都具有鲜明、生动和辛辣的风格；四是从《水浒传》版本演变史来看，100回本刊于1589年，袁小修谈到李贽评点《水浒传》是在1592年，而最早的120回本是刊于1614年，此时李贽死后已经12年了；五是120回本评点中李贽竟然引用小于他三十多岁的陈继儒晚年说过的话，这是绝对不可能的。[1]

明容与堂刻本《李卓吾先生批评忠义水浒传》到底是不是出自李贽的手笔？最主要的证据是内证，而不是外证。从思想内容和行文风格来看，容与堂刻本《水浒传》中的评点与李贽在《焚书》《藏书》等著述中的观点是一致的。

对于朝廷国家的忧思、选贤任能的关切等是李贽著作中的核心：即使评点黄文炳，李贽也并不是站在梁山泊农民起义的立场，而是站在国家政府的立场以一个正直知识分子的心态来进行评论的。他在第41回评中认为："黄文炳也是个聪明汉子，国家有用之人。渠既见反诗，如何不要着紧？宋公明也怪他不得。"[2] 再如在第22回评中李贽对张文远的评论道："若张文远，倒是执法的，还是个良民。"[3] 在第12回评中，李卓吾说："杨志是国家有用人，只为高俅不能用他，以致为宋公明用了。可见

---

[1] 郑公盾：《水浒传论文集》，宁夏人民出版社1983年版，第395—399页。
[2] （明）施耐庵、罗贯中：《水浒传》，上海古籍出版社1995年版，第607页。
[3] （明）施耐庵、罗贯中：《水浒传》，上海古籍出版社1995年版，第312页。

小人忌贤嫉能，遗祸国家不小。"① 第 14 回，他批道："晁盖、刘唐、吴用，都是偷贼底，若不是蔡京那个老贼，缘何引得这班小贼出来？"② 李贽这些评点，处处以朝廷国家利益为考虑的出发点，这一点与他的《藏书》题旨毫无二致，完全一样。

李贽认为他的《藏书》"乃万世治平之书，经筵当以进读，科场当以选士，非漫然也"。李贽的立场既不是御用文人的笔舌，也不是站在"盗贼"即农民起义一边，而是以朝廷国家为中心，臧否人物以是不是对国家有用为出发点，评价执政则以能够选贤、用贤。这些与李贽在《忠义水浒传叙》中的观点是完全一致的。在《忠义水浒传叙》中，李贽认为《水浒传》是发愤之作，原因就在于小人当道、贤能在野、"小贤役大贤"。

平心而论，李贽也是"卫道者"，只不过是更注重"适心任性"而已，这也不是他的发明创造，白沙有诗"手持青琅玕，坐弄碧海月"；王阳明也说过"常快活便是功夫"。李贽在给他女婿庄纯夫的信中说"若平日有如宾之敬，齐眉之诚，孝友忠信，损己利人，胜似今世称学道者，徒有名而无实"③，从中可以看出李贽也是伦理道德的拥护者和执行者，只不过他反对、痛恨"假道学"和"伪君子"而已。

至于"不以孔子之是非为是非"等语一方面是出于与耿定向论争的需要，即所说的"大抵多因缘语、忿激语，不比寻常套语"，另一方面李贽坚信"不以孔子之是非为是非"才能真正求得"道"。更何况，王阳明在《答罗整庵书》中早就说过"夫学，贵得之心。求之于心而非也，虽其言出于孔子，不敢以为是也"④。李贽在《水浒传》第 82 回评道："梁山泊买市十日，我道胜如道学先生讲十年道学。何也？以其实有益于人耳。"⑤ 经世致用的精神本来就是儒家思想题中应有之义，孔子的"未能事人，焉能事鬼"的思想以及"不语怪力乱神"的教导都是经世致用思想的产物。以上关于"忠义"的观点，都属于儒家思想。在与耿定向的

---

① （明）施耐庵、罗贯中：《水浒传》，上海古籍出版社 1995 年版，第 169 页。
② （明）施耐庵、罗贯中：《水浒传》，上海古籍出版社 1995 年版，第 193 页。
③ （明）李贽：《李贽文集》第 1 卷，社会科学文献出版社 2000 年版，第 41 页。
④ （明）王守仁：《王阳明全集》，上海古籍出版社 2006 年版，第 76 页。
⑤ （明）施耐庵、罗贯中：《水浒传》，上海古籍出版社 1995 年版，第 1207 页。

论争期间，李贽虽然被人目为"异端"，然而自己却说："夫卓吾子之发也有故，故虽落发为僧，而实儒也"①。可见，实际上，李贽是把他自己归为儒家之徒的。

容与堂刻本《李卓吾先生批评忠义水浒传》评点的文字风格与李贽《焚书》《续焚书》《藏书》等著述是很相似的，颇有点"嬉笑怒骂，皆成文章"的特色，行文洒脱自然，性情寓于其中。然而再看看《出象评点〈忠义水浒全书〉发凡》的行文风格（且不说思想境界上的高低），死板生硬的书生文笔，与李贽的行文风格迥异。况且，李贽的点评重"意"不重"言"，所以正如怀林在《李卓吾批评水浒传述语》中所说的，"《水浒传》讹字极多，和尚谓不必改正，原以通俗与经史不同故耳"②，然而袁无涯刻本《出象评点〈忠义水浒全书〉发凡》之一就是"订文音字"③，这些差别都是显然的，哪一种是李贽的风格呢，恐怕不言而喻吧？

二 李贽《水浒传》评点的特点

李贽的《水浒传》评点，在思想内容上主张"忠义"说，在艺术形式上强调"真"和"趣"，其评点的指导思想是他的童心说。

1. 容与堂刻本《李卓吾先生批评忠义水浒传》评点的指导思想是童心说。

毛姆认为小说创作的目的是娱乐，这一点与司马迁的发愤著书观点很不相同。毛姆说："小说的目的其实是娱乐，不是教育。""如果不给以乐趣，对读者而言，它就毫无价值。"④ 其实，从李贽对《水浒传》的批点来看，小说的阅读、评点也是娱乐，虽然他认为《水浒传》是"发愤之所作也"。如前所述，李贽曾在给友人的信中说"《水浒传》批点得甚快活人"。读书、批点或创作，很多时候其实是一种娱乐，是精神上的愉悦，是心灵的避难，是愤懑的发泄。在对小说的阅读和批点过程中，笑

---

① （明）李贽：《初潭集》，中华书局1974年版，第12页。
② 厦门大学历史系：《李贽研究参考资料》第3辑，福建人民出版社1976年版，第161页。
③ 厦门大学历史系：《李贽研究参考资料》第3辑，福建人民出版社1976年版，第6页。
④ ［英］毛姆：《巨匠与杰作》，王晓明等译，华东师范大学出版社1987年版，第8页。

骂由我，是真性情的自然流露，对提倡童心说的李贽来说，乃是"实获我心"。

2. 李贽在《忠义水浒传叙》中阐发了他对《水浒传》思想内容的理解，论述了"忠义说"的由来。李贽认为《水浒传》是忠义的化身，"甚有益风教"，希望有国者读此传而忠义在君侧、贤宰相读此传而忠义在朝廷、兵部督府读此传而以忠义为君国之干城心腹，此等心思，是李贽真实的阅读感悟和对水浒的独特认识。这也是李贽《焚书》《续焚书》《藏书》等著述中的思想意识。

纵然李贽认为"士贵为己，务自适"，实际上，李贽的评点著述确实于"圣教有益无害"。李贽自信他的《藏书》"纵不梓，千万世亦自有梓之者"。祝世禄为《藏书》作序时，也认为《藏书》"凿凿皆治平之事与用人之方"。此论与《忠义水浒传叙》中的"故有国者不可以不读。一读此传，则忠义不在水浒，而皆在于君侧矣。贤宰相不可以不读。一读此传，则忠义不在水浒，而皆在于朝廷矣。兵部掌军国之枢，督府专阃外之寄，是又不可以不读也。苟一日而读此传，则忠义不在水浒，而皆为干城心腹之选矣"① 有何区别？

李贽虽然被当时所谓的正统儒徒诬陷为"异端"，然而他却是满腔忧国忧民之心、经世致用之意，无书不读、出入儒释道三教以寻觅有益于国家理治的大道。李贽在《卓吾论略》中说"穷莫穷于不闻道，乐莫乐于安汝止"，此正是夫子自道。且不说他自信他纂写的《藏书》是"万世治平之书"，就是那些当时正统文人鄙夷不屑的"稗史小道"，他都倾注了有关"治国理治"的忧思：李贽的评点认为杨志是国家有用之人，高俅不能用，宋公明用了，遗祸国家不小；鲁智深、杨志是两员上将，只为当时无具眼者，使他们流落不偶，若庙堂之上得有一曹正、张青其人者，亦何至此哉！第 34 回中的评点认为国有贼臣，家有贼妇，都遗祸不浅。

李贽赞同儒家"礼"的传统思想，认为"惟礼可以为国"，并坚持认为他自己的著述"阴助刑赏之不及"。"李贽等人根本不反对礼，甚至可

---

① （明）施耐庵、罗贯中：《水浒传》，上海古籍出版社 1995 年版，第 1489 页。

以说他们非常强调礼法。"① 他反对的是虚伪的、僵化的、教条的"礼"，并对何谓"礼"进行了新的阐释："今之言政、刑、德、礼者，似未得'礼'意，依旧说在政教上去了，安能使民格心从化？……是政与刑自是一套，俗吏之所为也，非道之以德者之事也。……好恶从民之欲，而不以己之欲，是之谓'礼'。"② 他认为只有"礼"出自内心、真心，才能使天下从礼："由中而出者，谓之礼。从外而入者，谓之非礼。从天降者，谓之礼；从人得者，谓之非礼。由不学、不虑、不思、不勉、不识、不知而至者谓之礼，由耳目闻见，心思测度，前言往行，仿佛比拟而至者谓之非礼。"③

李贽评点《水浒传》，认为水浒好汉忠于君，义于友，是对于儒家"忠义"思想的宣扬。梁山一百单八将就是一批"不学、不虑、不思、不勉、不识、不知"却讲求忠义思想的英雄好汉，所以，李贽通过对他们的称赞来宣扬儒家的忠义思想。李贽认为："独宋公明者，身居水浒之中，心在朝廷之上：一意招安，专图报国；卒至于犯大难，成大功，服毒自缢，同死而不辞，则忠义之烈也！"④

李贽虽然被目为"异端"，然而他自己说"吾实儒也"，其忧国忧民的人文情怀和经世致用的儒家精神充满于《水浒传》的评点之中。容与堂刻本《水浒传》评点在这一点上与《焚书》《续焚书》《藏书》等著述之中的辅教护国思想、入世思想、忠义思想等是完全契合的。

3. 在艺术审美上，李贽《水浒传》评点的特色之一就在于对"真"和"趣"的褒扬和对假道学、伪君子的针砭。李贽坚决反对那些"阳为道学、阴为富贵"的假道学、伪君子。

"真"主要表现为"自然、真率、快乐"、适心任性、率性而为。谈论佛经，讲究佛性，而不是诵经念佛的模样，就如同容与堂本第4回李贽评点的："闭眼合掌的和尚，决无成佛之理。何也？外面模样尽好看，佛性反无一些。"装腔作势、假作圣人模样的也是可恶的："此假道学之

---

① 龚鹏程：《晚明思潮》，商务印书馆2005年版，第20页。
② （明）李贽：《李贽文集》第7卷，社会科学文献出版社2000年版，第364—365页。
③ （明）李贽：《李贽文集》第1卷，社会科学文献出版社2000年版，第95页。
④ 厦门大学历史系：《李贽研究参考资料》第3辑，福建人民出版社1976年版，第8页。

所以可恶也欤！"① 在第 5 回评点鲁智深窃取了李忠、周通的金银酒器，李贽认为鲁智深后来成佛，正在于此："何也？率性而行，不拘小节，方是成佛作祖根基。若瞻前顾后，算一计十，何不向假道学门风去也？"② 如果不是从这个角度去分析，就会有夏志清的结论：鲁智深偷金窃银的行为有损于读者心目中的英雄形象，因而不是英雄行为③。怀林在《批评〈水浒传〉述语》中说："和尚读《水浒传》，第一当意黑旋风李逵，谓为梁山泊第一尊活佛，特为手订《寿张县令黑旋风集》。"④ 李贽认为李逵是第一尊活佛，因为李逵率真、忠义、不像假道学那样口是心非、言行不一、虚伪狡诈。李贽认为王英好色就是好色，不虚伪、不隐瞒，是真性情的自然流露。李贽在第 48 回中评道："王矮虎还是个性之的圣人，实是好色，却不遮掩，即在性命相并之地，只是率其性耳。若是道学先生，便有无数藏头盖尾的所在，口夷行跖的光景。呜呼，毕竟何益哉？不若王矮虎实在，得这一丈青做个妻子，也到底还是至诚之报。"⑤ 如果不从这个视角分析，便会因为王英的好色行为得出他与英雄好汉大丈夫作为不符的结论。当然，李贽所谓的"真"指的是符合"人情物理"的真，是艺术真实，不是历史真实。李贽在第 1 回总评中说："《水浒传》事节都是假的，说来却似逼真，所以为妙。"⑥ 在第 10 回总评中说："《水浒传》文字原是假的，只为他描写得真情出，所以便可以与天地相终始。"⑦

李贽《水浒传》评点十分重视对"趣"的勾勒、赏鉴和赞美。李贽在第 53 回评道："有一村学究道：'李逵太凶狠，不该杀罗真人；罗真人亦无道气，不该磨难李逵。'此言真如放屁，不知《水浒传》文字，当以此回为第一。试看种种摹写处，哪一事不趣？哪一言不趣？天下文章，当以趣为第一。"⑧ 李贽尤其得意于李逵的性情，在第 38 回中评道"趣人

---

① （明）施耐庵、罗贯中：《水浒传》，上海古籍出版社 1995 年版，第 67 页。
② （明）施耐庵、罗贯中：《水浒传》，上海古籍出版社 1995 年版，第 82 页。
③ 夏志清：《中国古典小说导论》，安徽文艺出版社 1988 年版，第 107 页。
④ （明）施耐庵、罗贯中：《水浒传》，上海古籍出版社 1995 年版，第 1485 页。
⑤ （明）施耐庵、罗贯中：《水浒传》，上海古籍出版社 1995 年版，第 719 页。
⑥ （明）施耐庵、罗贯中：《水浒传》，上海古籍出版社 1995 年版，第 11 页。
⑦ （明）施耐庵、罗贯中：《水浒传》，上海古籍出版社 1995 年版，第 146 页。
⑧ （明）施耐庵、罗贯中：《水浒传》，上海古籍出版社 1995 年版，第 797 页。

来了";第47回中评道"李大哥毕竟是个趣人";在第74回中的点评里,七个"趣"字,一个"趣人"。……李贽在文学鉴赏中青睐"趣"的艺术标准,与约翰·赫伊律加的观点有相似之处。约翰·赫伊律加在《游戏人间》中说,不要理睬任何分析、任何理论性的解释。有趣,就是它的本质。

李贽对李逵情有独钟,十分喜爱,还专门为李逵编辑了《寿张集》。正是因为李逵这个艺术形象符合李贽的艺术审美标准,这一点在李贽的评点中是显然的,李贽认为李逵是"真人""率性"和"趣人"。李贽与金圣叹对李逵的钟爱,与目下读者对李逵的厌恶(尤其是不满于李逵的滥杀无辜)形成鲜明的对比。后来,风流"燕青"获得了读者的青睐。不同时代的读者对水浒英雄人物接受的偏好,也反映了艺术审美的时代性。

当然,李贽的艺术审美,自然也是"此在"审美观的体现,在当时他无论如何不可能有从现代人性论视角对李逵的谴责,而是基于心学和童心说对于率真自然、适心任性精神的欣赏和赞叹。"真""趣"都是出自真性情的率性而为,与口是心非、衣冠禽兽等假道学相反,因此为李贽所喜爱和赞美。

由上可知,李贽的《水浒传》评点,无疑是对当时社会思潮的反映,它骨子里还是"克己复礼的路向"(龚鹏程语),还是儒家忧国忧民和忠君报国的忠义思想,只不过添了适心任性、肯定私欲、真率自然等时代性的精神;在艺术审美上,突出了对于"真"和"趣"的赏鉴。

第 二 章

金圣叹《水浒传》评点

第一节　金圣叹其人其文

金圣叹评点对于中国小说评点理论中最大的贡献就是艺术形式方面的论述，其思想性不如李贽深刻，但在艺术性方面则胜过李贽。不仅如此，他的评点理论对于中国古代文论也产生了巨大的影响，在中国文学批评理论史上占有重要的一席。

古人主张"知人论世"和"以意逆志"，用于金圣叹评点研究是很合适的，这里不妨先谈谈金圣叹这个人和他的心志。目前学术界对于金圣叹的家姓仍然有争议：有人说他原来姓张，名采，后来改为姓金；有人认为他本来就姓金，名采，后来改名为人瑞，字圣叹。我更倾向于认同第一种说法，因为金圣叹唯一的儿子金雍字释弓，"张"字去掉"弓"字就是"长"，长子之长也。金圣叹这样的才子，喜欢猜字谜作字谜，玩弄文字游戏。况且，金圣叹是在满人入关，建鼎中原，改朝换代之后才改姓的。这与陶渊明在刘裕取代东晋建立刘宋政权后，将"渊明"改为"潜"是一个道理。陶渊明因为其祖父陶侃是东晋名臣，曾经拥八州兵马，占据长江中游，显赫一时，他虽然是一个破落户子弟，但是耻与刘宋新朝为伍。金圣叹改姓，应该是还有政治投机的奢望的。文天祥字宋瑞，南宋末年他参加殿试的时候，皇太后认为"宋瑞"二字吉祥，就录取文天祥为进士第一名即状元。金圣叹即张采，改名为金人瑞，不排除讨好新政权的意图，因为清以前的国号是"金"，"金人"即满人也，"金人瑞"自然为当权者所喜欢。金圣叹这个人，在明朝崇祯皇帝崩于煤山的时候，没有一言半语，无关痛痒，且不说他与顾炎武、陈忱等遗民之气节不可同日而语。当他听说清朝顺治皇帝表扬他是"古文高手",也不问真假,就感动得涕泣横流,北向磕头,还连续写了八首感怀诗,政治上的幼稚使他幻想有一天进京给皇帝经筵进讲。后来金圣叹参与策划、组织苏州市民哭庙抗粮,被逮捕入狱。在被审讯的时候,金圣叹还高呼"先帝",希望四大人看在先帝欣赏他文章的面上开恩,不想反而被以亵渎新登基皇帝的罪名多捆了嘴巴二十掌。

看看金圣叹的《水浒传》评点,不乏"贤宰相破格提拔"的政治企图和幻想。金圣叹之所以对贪官污吏切齿痛恨,对反对贪官污吏的梁山英雄好汉赞叹激赏,主要原因就在于他认为像他这样有才能的人没有赏识重用,因此将怨恨发泄在不能慧眼识才的官吏上,希望那些不识贤能的高官墨吏都被梁山好汉杀死,方解其恨;同时他又从骨子里反对人民群众的造反叛逆、僭号称王。这两点就是金圣叹的《水浒传》评点让人感到自相矛盾的原因所在(在金评本《水浒传》"序"中金圣叹痛骂梁山好汉是豺狼虎豹,而在小说文本的细批中他却对水浒好汉们赏爱有加),都是金圣叹的现实生活在《水浒传》批点中的投射。

金圣叹也同意世人所普遍认同的成王败寇的道理,他在批点杜诗《萧八明府处觅桃栽》的时候就说过:"或为帝王,或为草寇,或为酒徒,事或殊途,想同一辙。"这也是他关于《水浒传》总体批评与文本中具体批评存在着相互矛盾的另一个原因。其实,容与堂本《水浒传》评点中也存在着这个现象,这并不难理解。在日常生活中人们也经常随着具体处境的变化而改变自己以前的观点看法。在文学创作或学术论文的写作中,人们也会遇到这种情况,随着写作的进程经常发生观点修正的现象。

金圣叹一方面希望出仕,实现自己的政治抱负和理想,另一方面则希望通过"破格提拔"这样的捷径获取功名,而不是走正常的科举考试这条正途,因此他希望通过"出名"以"出仕",于是他将科举考试视同为儿戏。

"吴门金解元圣叹,善批小说,性滑稽,喜诙谐。自言人生,惟新婚及入泮二者为最乐。然妻不能屡娶,无如何。入泮,屡黜而屡售也。每遇岁试,或以俚辞入诗文,或于卷尾作小诗,讥刺试官。辄被黜,复更名入泮。如是者数矣。司训者恶之,促令面课,命作《人之所以异于禽兽者几希》文。金于后比起曰：'禽兽不可以教谕，即教谕亦禽兽也。'对曰：'禽兽不可以训导，即训导亦禽兽也。'学博见之，亦无如何。"①金圣叹如此恃才傲物，其实是没有修养、教养的表现，而他本人不以为耻、反以为荣，看来其所求唯有一个"名"。

有一次秀才考试的时候，考题是"四十不惑"，金圣叹连续写了三十九个"惑"字，表明"四十不惑"：何其荒唐！还有一次，题目是"孟子朝王"，金圣叹在考卷的四个角各写一个"吁"字，如此游戏文字，实质上是游戏人生。金圣叹对于"四书五经"的圣人之道没有体会，这个可以确定。金圣叹是既想当官又不想通过出仕的正常途径即科举考试，在现实生活中他没有遇到破格提拔他的官吏（谁会提拔这么一个没有文行的书生），因此他牢骚满腹。在《水浒传》评点中，他对于贪官污吏的痛恨，尤其是对于当权高官不识人才竭尽讽刺挖苦之能事，哀叹伤感之情是真挚的，例如金圣叹对蔡九知府戡盗无能为，只是靠"背后"转出一个人来（即黄文炳）这种现象是十分愤慨的。在这个时候，金圣叹是希望梁山泊英雄好汉把所有蔡九知府辈赶尽杀绝的。

另外，金圣叹又是站在国家朝廷一边坚决反对招安"贼寇"的。这是因为金圣叹生活的时代，李自成、张献忠等农民起义军对于朝廷的招安没有诚意，力量弱小、眼看要战败的时候就接受招安投降朝廷，一旦翅膀硬了、势力大了就又造反了。于是，有感于现实中"反贼"的报复，金圣叹痛恨、反对朝廷的招安政策，因而感慨侯蒙的"招安"建议有"八失"。

反对朝廷招安贼寇，这是金圣叹当时对朝廷政治的基本观点。这一看法受到了清代读者尤其是统治阶级的普遍认同，王仕云（字望如）、俞万春（字仲华）等都是这一主张的坚定赞同者。

顺治十四年（1657）醉耕堂本《第五才子书水浒传》卷首有王仕云《水浒传总论》一文，开头即说："施耐庵著《水浒》，申明一百八人之罪状，所以责备徽宗、蔡京之暴政也。然严于论君相，而宽以待盗贼，令读之者日生放辟邪耻之乐，且归罪朝廷以为口实，人又何所惮而不为

---

① （清）采蘅子：《虫鸣漫录》，余畲经选编《历代小说笔记选》，广东人民出版社1984年版，第895页。

盗？余故深亮其著书之苦心，而又不能不深憾其读书之流弊。后世续貂之家，冠以忠义，盖痛恶富贵利达之士，敲骨吸髓，索人金钱，发愤而创为此论。其言益令盗贼作护身符。"① 这个论调与金圣叹的看法如出一辙。

但王仕云在为该书写的序言中，对金圣叹的观点又有一定修正，他说："此百八人者，始而夺货，继而杀人，为王法所必诛，为天理所不贷，所谓忠义者如是，天下之人不尽为盗不止，岂作者之意哉？"他认为金圣叹还没有能够把作者"示戒之苦心"阐扬出来，进而指出："《水浒》百八人，非忠义皆可为忠义，是子舆氏祖述孔子性相近之论，而创为性善之意也夫。"这就是说，梁山好汉还是可以成为忠义之士的，但必须"生尧舜之世"，然而，他们"不幸生徽宗时""遂相率而为盗耳"。② 尽管作了这些改写，王仕云还是将梁山好汉视为强盗；但强盗之所以成为强盗并不是无由的，这一点就比金圣叹的看法进了一步。

金圣叹《水浒传》评点文字中的思想苍白孱弱，内容方面牵强附会太多，文采也很一般，行文最为突出的特征是"之乎者也"气浓厚。其评点之过人处是从对小说文本细读过程中得出的小说评点学的理论构建和鉴赏读法的指示。

金圣叹小说评点的理论得益于当时制艺的思维和墨评模式。金批《西厢记》"前候"一出，金圣叹讲了一段他解文的逻辑理路，他说："凡作文必有题。题也者，文之所由以出也。乃吾亦尝取题而熟睹之矣，见其中间全无有文。夫题之中间全无有文，而彼天下能文之人，都从何处得文者耶？吾由今以思，而后深信那辗之为功，是惟不小。何则？夫题有以一字为之，有以三五六七，乃至数十百字为之，今都不论其字少之与字多，而总之题则有其前，则有其后，则有其中间。抑不宁惟是而已也，且有其前之前，且有其后之后。且有其前之后，而尚非中间，而

---

① （清）王仕云：《水浒传总论》，朱一玄、刘毓忱《水浒传资料汇编》，百花文艺出版社1981年版，第352页。

② （清）王仕云：《第五才子水浒序》，朱一玄、刘毓忱《水浒传资料汇编》，百花文艺出版社1981年版，第306页。

犹为中间之前。且有其后之前，而既非中间，而已为中间之后。此真不可以不致察也。诚察题之有前，有察其有前前，而于是焉先写其前前，夫然后写其前，夫然后写其几几欲至中间，而犹为中间之前，夫然后始写其中间。至于其后，亦复如是。而后信题固蹙，而吾文乃甚舒长也。题固急，而吾文乃甚纡迟也。题固直，而吾文乃甚委折也。题固竭，而吾文乃甚悠扬也。"①

金圣叹阐发《水浒传》和《西厢记》等才子书的题旨都有以题解文、以文求题的倾向。陈万益也认为八股文对金圣叹的评点有启发作用，他说："金圣叹文学批评方法受八股文启示的地方，可以约为最重要的两点：就是对题目的重视和起承转合的要求。"② 金圣叹评点理论之所以有过人之处，不能不说是得益于制艺在艺术结构上的要求。

侧重于《水浒传》艺术方面的评点不是始于金圣叹，但金圣叹是这方面的集大成者。早在明代嘉靖年间，李开先在《词谑》中就从叙事章法的角度谈论过《水浒传》的艺术性，他说："崔后渠、熊南沙、唐荆川、王遵岩、陈后冈谓：《水浒传》委曲详尽，血脉贯通，《史记》以下，便是此书。且古来更无有一事而二十册者，倘以奸盗诈伪病之，不知序事之法、史学之妙者也。"③

明人胡应麟在《少室山房笔丛》里也对《水浒传》的艺术性作过评论："《水浒》余尝戏以拟《琵琶》，谓皆不事文饰，而曲尽人情耳。……第述情叙事，针工密致，亦滑稽之雄也。"《水浒传》"至其排比一百八人，分量轻重，丝毫不爽。而中间抑扬映带，回护咏叹之工，真有超出语言之外者"。④ 他们都是从小说的艺术性方面来阐述《水浒传》的艺术价值的，可谓是开了艺术评点的先河。

---

① （清）金圣叹：《金圣叹评点西厢记》，《品书四绝》，湖北辞书出版社 1995 年版，第 94—95 页。

② 陈万益：《金圣叹的文学批评考述》，载《中国古典小说研究资料汇编》，天一出版社 1982 年版，第 49 页。

③ （明）李开先：《词谑》，黄霖、韩同文编《中国历代小说论著选》，江西人民出版社 1982 年版，第 115 页。

④ （明）胡应麟：《少室山房笔丛》，黄霖、韩同文编《中国历代小说论著选》，江西人民出版社 1982 年，第 151—152 页。

第二节　金圣叹批改《水浒传》

一　金圣叹《第五才子书施耐庵水浒传序》之分析

金圣叹评点的贯华堂本《水浒传》在进入正文评点之前，除《宋史纲批语》一篇讲宋时宋江起事的历史和评论以及《读第五才子书法》一篇多讲文理和对其中水浒好汉进行议论外，共有序文四篇，它们分别为《序一》《序二》《序三》和假托施耐庵之名写的《贯华堂所藏古本〈水浒传〉前自有序一篇，今录之》。这些序言蕴含着金圣叹对《水浒传》进行批改的指导思想和艺术鉴赏标准，因此对这些序言进行一番简要的分析是有必要的。

关于评点《水浒传》的目的，金圣叹在《第五才子书施耐庵水浒传序》中说得很明白：首先是"夫身为庶人，无力以禁天下之人作书，而忽取牧猪奴手中之一编，条分而节解之，而反能令未作之书不敢复作，已作之书一旦尽废，是则圣叹廓清天下之功，为更奇于秦人之火"[1]；其次是为了"存耐庵之志"即"消忠义而仍水浒"[2]，这是金圣叹的期待视野，金圣叹通过其评点以及对小说文本叙事的修改达到了这一目的；第三是借评点《水浒传》以传"读一切书之法"，金圣叹认为只要掌握了读这部第五才子书之法就能一通百通，尽得读其他书的方法。

金圣叹对于谋逆反叛的看法其实是封建社会中正统主流的观点，从历史唯物主义的观点来看，金圣叹具有这种观点是很正常的。《三遂平妖传》或《平妖传》的作者认为宋仁宗时爆发的王则起义是妖人作孽，文彦博镇压起义军是平妖。《水浒传》的作者其实也是这种观点，所以他让梁山好汉受招安之后征大辽，平方腊（打田虎、王庆），为朝廷保国平叛，建功立业，这才是忠义之士。然而，金圣叹反对这一做法，于是假托古本，自言得作者之志，不把忠义予水浒。

---

[1]　（明）施耐庵著，（清）金圣叹批评：《金圣叹批评本〈水浒传〉》，岳麓书社2006年版，第8页。

[2]　（明）施耐庵著，（清）金圣叹批评：《金圣叹批评本〈水浒传〉》，岳麓书社2006年版，第11页。

《序一》表达的是金圣叹对著书立说的看法：秉简载笔有关治道，只有那些有位有德者才有资格"立言"。在金圣叹看来，孔子有德无位，资格不够，但孔子因史成经，不别立文，尚在可恕之列，因此秦火烧书，无乖治道。经过楚汉战争，汉王朝四处求书，天下著述蜂出，烧不胜烧。要灭此"刻画魑魅，诋讪圣贤"的笔墨之祸，唯有"止薪勿趋"一途。评点就是"止薪勿趋"的对症良方，让天下人明白非圣德大才不足以言著述，明乎此，才可以达到让世人"审己量力""废然歇笔"的目的。由此看来，金圣叹完全站在统治阶级钳制思想自由的反动政治立场之上，把他的评点看作"封关之泥丸"，"虽微，然有益于世"，这里的"世"实乃统治阶级的根本利益。他说："圣叹廓清天下之功，为更奇于秦人之火。"①《序一》正是通过讲述圣贤之书的兴废引出小说评点的政治使命，在论述经书兴废中阐发著述条件的要求。

金圣叹在《序二》中从"观物者申名，论人者辨志"的角度来申辩《水浒传》的主旨并不是"忠义"。金圣叹在这第二篇序言中对"忠义说"进行了反驳。他首先分析了《水浒》这一书名的含义："施耐庵传宋江，而题其书曰《水浒》，恶之至、迸之至、不与同中国也。"② 为何"水浒"这一名称"恶之至、迸之至、不与同中国也"？"王土之滨则有水，又在水外则曰浒，远之也。远之也者，天下之凶物，天下之所共击也；天下之恶物，天下之所共弃也。若使忠义而在水浒，忠义为天下之凶物恶物乎哉？"③ 所以他认为施耐庵当初之所以命名此书为"水浒"，已包含梁山泊绝对不可能有"忠义"的用意。"而后世不知何等好乱之徒，乃谬加以忠义之目。"金圣叹甚至进一步指斥道："以忠义予水浒者，斯人必有忮其君父之心，不可以不察也。"④ 这无疑将批评的矛头直指李贽，同时也反映了金圣叹的政治立场。

---

① （明）施耐庵著，（清）金圣叹批评：《金圣叹批评本〈水浒传〉》，岳麓书社2006年版，第7页。
② （明）施耐庵著，（清）金圣叹批评：《金圣叹批评本〈水浒传〉》，岳麓书社2006年版，第9页。
③ （明）施耐庵著，（清）金圣叹批评：《金圣叹批评本〈水浒传〉》，岳麓书社2006年版，第9页。
④ （明）施耐庵著，（清）金圣叹批评：《金圣叹批评本〈水浒传〉》，岳麓书社2006年版，第9—10页。

金圣叹论述了"忠义"不在水浒而在朝廷的道理："忠者，事上之盛节也；义者，使下之大经也。忠以事其上，义以使其下，斯宰相之材也。忠者，与人之大道也；义者，处己之善物也。忠以与乎人，义以处乎己，则圣贤之徒也。……且水浒有忠义，国家无忠义耶？夫君则犹是君也，臣则犹是臣也，夫何至于国而无忠义？此虽恶其臣之辞，而已难乎为吾之君解也。父则犹是父也，子则犹是子也，夫何至于家而无忠义？此虽恶其子之辞，而已难乎为吾之父解也。"① 他认为如果把《水浒》的主题思想解读为"忠义"就否定了国家的忠义、否定了朝廷的忠义、否定了"君父"的存在。

既然如此，施耐庵撰写《水浒传》的真实用意是什么呢？在金圣叹看来，宋江等人"其幼，皆豺狼虎豹之姿也；其壮，皆杀人夺货之行也；其后，皆敲朴剐刖之余也；其卒，皆揭竿斩木之贼也。有王者作，比而诛之，则千人亦快，万人亦快者也。如之何而终亦幸免于宋朝之斧锧？彼一百八人而得幸免于宋朝者，恶知不将有若十百千万人，思得复试于后世者乎？耐庵有忧之，于是奋笔作传，题曰《水浒》，意若以为之一百八人，即得逃于及身之诛戮，而必不得逃于身后之放逐者，君子之志也"②。于是，金圣叹坚持认为施耐庵原作仅有 70 回，结尾让梁山贼人"即得逃于及身之诛僇，而必不得逃于身后之放逐"，故以"惊恶梦"作结。他反对罗贯中使之受招安、灭方腊，一一封赏，他把梁山泊聚义之后的文字看作"恶札"。

《序三》主要是谈论读书之法，金圣叹认为"《水浒》之文精严，读之即得读一切书之法也"③。金圣叹主张叙事是史家的事，而文采则是文人分内的事。他把《水浒传》与《史记》进行对照论述，《水浒传》是"因文生事"，而《史记》则是"以文运事"。对于《水浒传》，正如林岗论述的，金圣叹赞赏称叹的是它的艺术即"文"，而不是其中的"事"。

---

① （明）施耐庵著，（清）金圣叹批评：《金圣叹批评本〈水浒传〉》，岳麓书社2006年版，第9页。
② （明）施耐庵著，（清）金圣叹批评：《金圣叹批评本〈水浒传〉》，岳麓书社2006年版，第10页。
③ （明）施耐庵著，（清）金圣叹批评：《金圣叹批评本〈水浒传〉》，岳麓书社2006年版，第16页。

林岗说，金圣叹"'论道'的时候自有'论道'的标准，看其是否符合圣人之教；而'论文'又正有'论文'的标准，看其文是否'精严'，是否具备'神理'"①。

金圣叹伪撰的《贯华堂所藏古本〈水浒传〉前自有序一篇，今录之》则基本上是金圣叹自己著述评点的心路历程。它说明金圣叹评点《水浒传》不像司马迁那样"发愤著书"，而是"心闲弄笔"或"无事作文"。虽然金圣叹当时也有牢骚，然而他评点小说、戏曲和诗文的时候，还不是"心有所郁结"、文有所寄托而怨愤作书的。

简而言之，《第五才子书施耐庵水浒传》中的《序一》《序二》和《〈宋史纲〉〈宋史目〉批语》主要阐述了金圣叹的伦理政治思想，《序三》是金圣叹的创作论，而《读第五才子书法》、回前总评、夹批和眉批则是金圣叹的鉴赏论②。

二　金圣叹何以"独恶宋江"

金圣叹将宋江视作"盗魁"，他对水浒好汉的态度就是擒贼先擒王的"宁恕群盗，而不恕宋江"。在《水浒传》第17回中他批道："宋江，盗魁也。盗魁，则其罪浮于群盗一等。然而从来人之读《水浒》者，每每过许宋江忠义，如欲旦暮遇之。此岂其人性喜与贼为徒？殆亦读其文而不能通其义有之耳。自吾观之，宋江之罪之浮于群盗也，吟反诗为小，而放晁盖为大。何则？放晁盖而倡聚群丑，祸连朝廷，自此始矣。"③

金圣叹在《读第五才子书法》中曾断言："《水浒传》有大段正经处，只是把宋江深恶痛绝，使人见之，真有犬彘不食之恨。"④他进而论述道："《水浒传》独恶宋江，亦是歼厥渠魁之意，其余便饶恕了。"⑤出于这一判断，他在回评中处处揭露宋江的虚伪奸诈。

---

① 林岗：《明清小说评点》，北京大学出版社2012年版，第81页。
② 陈文新：《传统小说与小说传统》，武汉大学出版社2005年版，第176页。
③ （明）施耐庵著，（清）金圣叹批评：《金圣叹批评本〈水浒传〉》，岳麓书社2006年版，第362页。
④ （明）施耐庵著，（清）金圣叹批评：《金圣叹批评本〈水浒传〉》，岳麓书社2006年版，第23页。
⑤ （明）施耐庵著，（清）金圣叹批评：《金圣叹批评本〈水浒传〉》，岳麓书社2006年版，第23页。

金圣叹诚然对《水浒传》文本读得很细，他之所以独恶宋江就在于宋江是盗魁，就在于宋江私放晁盖，"放晁盖而倡聚群丑，祸连朝廷，自此始矣"。金圣叹的"独恶宋江"正说明了他反"盗贼"的政治立场和对《水浒传》进行评点的指导思想。这一点也与他腰斩《水浒传》、不把忠义予之的思想行径完全吻合。

三 指导金圣叹评点小说和戏曲的哲学思想

金圣叹在对《水浒传》具体文本的细读细评中认可和赞美梁山泊英雄好汉，而在小说正文之前的序言中又认为梁山泊好汉是万死不赦的盗贼，有的读者对这种矛盾现象表示不解，其实这一矛盾现象本身就是金圣叹的哲学思想的体现。

美国文学评论家韦勒克说："批评就是识别、判断，因此就要使用并且涉及标准、原则、概念，从而蕴含着一种理论和美学，归根到底包含一种哲学、一种世界观。"① 那么，金圣叹评点小说和戏曲的指导哲学是什么呢？指导金圣叹进行评点的哲学思想就是《周易》六十四卦不终于《既济》，而终于《未济》。在文学艺术上，金圣叹赞同"夫所谓'妙处不传'云者，正是独传妙处之言也"。因而他删掉了王西厢的第五折、腰斩《水浒传》后29回是完全可能的。金圣叹赞美古本《水浒传》其实就是在赞美他对《水浒传》所进行的删改和润色。

四 金圣叹《水浒传》评点的特色

金圣叹评点《水浒传》的一个鲜明特点就是牵强附会、削足适履。读金圣叹的《水浒传》评点，会很明显地感觉到其中满口"之乎者也"，思想上没有多少深度，不过，在对叙事学和小说评点学的贡献倒是较大。除去艺术上的贡献，金圣叹评点在内容上很能东拉西扯，从无中读出有来。举例来说，金圣叹在金本《水浒传》第12回眉批中对杨志与索超比武评点说："在史公《项羽纪》'诸侯皆从壁上观'一句化出来。"试问二者有何相同或相似的地方？

---

① ［美］雷克·韦勒克：《批评的概念》，张金言译，中国美术学院出版社1999年版，第298页。

金圣叹评点《水浒传》的另一个鲜明的特点就是讲究文法、八股制义式的文法，这也就是鲁迅所说的金圣叹评点《水浒传》唯字句小有佳处。金圣叹的评点角度是八股文的文法，即"时文手眼"。这不足为怪，也无可厚非，因为当时人们对于时文的墨评直接影响了小说的评点。自清季以降，出于政治的需要，舆论的宣传使得人们的头脑中产生了对八股文严重的偏见。实事求是地说，《儒林外史》中鲁翰林对八股文的评价是有一定道理的。他说："八股文章若做得好，随便你做什么东西，要诗就诗，要赋就赋，都是一鞭一条痕，一掴一掌血。"① 金圣叹无论是对《水浒传》《西厢记》，还是对唐诗的点评，都是依据八股文做法的标准。金圣叹在《读第五才子书法》中说："凡人读一部书，须要把眼光放得长。如《水浒传》七十回，只用一目俱下，便知其二千余纸，只是一篇文字。中间许多事体，便是文字起承转合之法。若是拖长看去，却都不见。"② 金圣叹强调了读《水浒传》要注意其中的"起承转合"，这是很有道理的。"起承转合"可谓是中国古诗、散文、时文和小说等主要的结构之法。八股制义是当时所达到的最高水平的艺术形式，用它的要求和标准来评论文艺作品没有什么不好。

金圣叹评点《水浒传》第三个鲜明的特点就是通过对小说文本进行修改和再创作来表述自己对《水浒传》的阐释。何心在《水浒研究》中专门有一章是"金圣叹的修改"，其中包括结构、回目、名号、情节和文字等方面的修改等。这里仅就与意义的理解有关系的取一二来谈一谈。据明人以前的笔记小说，宋代乃至晋代的时候确实有一座"瓦官寺"，后可能毁于宋元之际的兵燹之中。《世说新语·文学篇》记载："僧意在瓦官寺中，王苟子来，与共语。"③《高僧传》卷五《竺法汰传》记载："下都止瓦官寺，晋太宗简文皇帝深相敬重。"④ 这些记载都证明历史上确实存在过"瓦官寺"，元代、明代的时候可能不复存在了，金圣叹便自以为

---

① （清）吴敬梓：《儒林外史》，四川教育出版社2021年版，第102页。
② （明）施耐庵著，（清）金圣叹批评：《金圣叹批评本〈水浒传〉》，岳麓书社2006年版，第24页。
③ （南朝宋）刘义庆：《世说新语》，朱碧莲、沈海波译注，中华书局2011年版，第238页。
④ ［日］高楠顺次郎等编：《大正藏》卷50，大正一切经刊行会1934年版，第354页。

是地将"鲁智深火烧瓦官寺"更改为"鲁智深火烧瓦罐寺"。金圣叹以删改、修改的方式来表达自己的看法,最为显著的是"独恶宋江"。他将第59回晁盖攻打曾头市一役,通过改动达到了其目的:晁盖下山之前,在100回本《水浒传》中,宋江曾经苦口婆心地劝阻,金评本却将其删除;大风吹折军旗之后,在100回本中,宋江有一番劝阻,金评本却把宋江改为吴学究,金圣叹自改自评道:"又大书吴用谏,以见宋江不谏,深文曲笔,与阳秋无异。"① 正如何心所指出的,"其余琐琐屑屑的修改还不少"。"金圣叹的处心积虑,乃是要诬蔑宋江和梁山众英雄,写得他们淡漠无情,目无晁盖,所以不惜更改原文,以迎合他自己的意思。"②

第三节 现实反思与话语矛盾

金圣叹在《序二》中把宋江等梁山泊好汉看作盗贼,看作天下之凶物、恶物,把他们痛恨到极点,要把他们流放到蛮夷之地去。金圣叹在"序言"中的观点与关于梁山泊好汉人物具体的细评中的看法是有不少牴牾之处的:在"序言"中,金圣叹咒骂梁山好汉都是豺狼虎豹,都是杀人越货的盗贼,而在小说文本细批中则认为武松、鲁智深等人是"天人""天神""上上人物",以及看到鲁智深古道热肠便产生"恨不为人出力"的想法等。

如何解释金圣叹《水浒传》评点中存在着的在价值判断上的内在矛盾呢?其实,这种自我矛盾在李贽的小说评点之中也不少见,只不过后人根据一二人的笔记或传说,竟然将李贽的著作权判给了叶昼,依据是李贽评点《水浒传》的序言与书中细节评点有不一致的地方,可是金圣叹的《水浒传》评点也存在着这种情况,且更明显和突出,又将如何解释呢?

是不是也有这种情况,就是对于同一件事,如谋反叛逆,从整体上抽象地来看,人们的第一反应就是予以坚决的反对和严厉的批判;但是,

---

① (明)施耐庵著,(清)金圣叹批评:《金圣叹批评本〈水浒传〉》,岳麓书社2006年版,第1307页。

② 何心:《水浒研究》,上海古籍出版社1985年版,第101页。

如果对叛逆者何以揭竿而起的具体情由有所了解之后，又同情起叛逆者来了呢？从而认为他们的造反起义是"良有以也"。结合《水浒传》其中的故事叙事而言，正统文人第一反应就是把它当作"海盗"之书，其中的梁山好汉是万死不赦的强盗贼寇，必须斩尽杀绝方才快心遂意；但是，在对小说文本的实际阅读中，看到梁山英雄之所以造反实乃官逼民反、迫不得已，因此在具体的眉批、夹批和回末评之中就赞叹起水浒好汉的侠义果敢、打抱不平、仗义疏财和敢于反抗等美德来，转而痛恨、厌恶和仇视贪官污吏不已。

李贽评点中出现的前后矛盾，陈洪在《金圣叹传论》中认为："李卓吾也看到了宋江形象的内在裂痕，个别地方亦有揭露其诈伪的批语。"①陈洪进一步指出："李批的核心观点之一就是称赞宋江忠孝侠义俱备"，可是具体到小说文本中的某个细节上，李贽又批评宋江是"假道学、真强盗"。金圣叹在总体上则是把宋江批得一无是处，痛斥宋江是盗魁贼首，"一片权术""纯是权诈"等。可是，有时候在细批中也不乏赞美之辞，金圣叹对第 17 回作的批语云："宋江权术如此，读之真乃可爱！""权术真正可爱！""真乃人中俊杰，写得矫健可爱！"金圣叹对第 20 回宋江第一次遇到武松时作的批语云："真好宋江，令人心死！""何物小吏，使人变化气质！"第 59 回批语："写宋江权术过人处，真是非常之才！"等等。②

金圣叹是一个正统文人，他站在朝廷维护社会秩序的政治立场之上，对现实生活中诸如李自成、张献忠等农民起义军接受朝廷招安之后又反复无常的行径极其憎恨，因而他不仅反对农民群众的造反、暴动，而且反对朝廷的招安政策，认为《宋史》侯蒙请求朝廷赦免宋江使讨方腊"一语而有八失"。然而，在具体的文本评点之中，金圣叹联系到他自己的生活体验，又认为水浒好汉对贪官污吏进行反抗是有其道理的，对于官僚集团中奸佞小人的屠戮是大快人心的。金圣叹借水浒好汉的杀戮来浇自己对于现实生活不满的块垒，因而又看到了梁山泊好汉造反的必要性，于是诸如武松、鲁智深、李逵等英雄好汉也成了"天神""天人"或

---

① 陈洪：《金圣叹传论》，天津人民出版社 1996 年版，第 75 页。
② 陈洪：《金圣叹传论》，天津人民出版社 1996 年版，第 77 页。

"快人"。

金圣叹对现实生活中社会黑暗的讽刺贬斥，主要有以下四个方面：一是对政局，以至朝廷的批判；二是对贪官污吏的抨击；三是对压抑人才的愤懑；四是对反抗者的赞誉①。然而，金圣叹虽然很不满于庙堂执政、贪官污吏，尤其是结合他自己的人生经历，对于没有贤宰相提拔他更是不满，但无论怎样，金圣叹的"好皇帝主义"思想终其一生没有改变，他痛恨的是贪官墨吏，也反对百姓暴动。

对于盗贼及其暴动，一部分文人知识分子存在着这种认识上的自我分裂。这是由他们的社会政治地位所决定的，欲有所作为而不能，埋怨执政豺狼当道、贪污腐化、不识贤才；同时又受过封建社会伦理道德的教化，于是又认为反叛当诛、造反该杀。加入官僚运行机构中去的文人往往指斥《水浒传》是诲盗之书；沉沦草莽之中的便往往同情盗匪流寇，认为《水浒传》是忠义之书。金圣叹对《水浒传》的评点，正是这种思想矛盾的代表。金圣叹慨叹："才调皆朝廷之才调也，气力皆疆场之气力也，必不得已而尽入于水泊，是谁之过也？"② 这便是明目张胆地批评国家朝廷的用人政策。金圣叹又说："夫（宋）江等终皆不免于窜聚水泊者，有迫之必入水泊者也。若江等生平一片之心，则固皎然如冰在玉壶，千世万世，莫不共见。"③ "天下者，朝廷之天下也；百姓者，朝廷之赤子也。今也纵不可限之虎狼，张不可限之馋吻，夺不可限之几肉，填不可限之欲壑，而欲民之不叛，国之不亡，胡可得也。"④ 就是谴责当局，批评执政的话语，当然，也有己才不伸、己志不扬的愤恨深寓于其中。

金圣叹对《水浒传》所进行的阐释，深深打上了他生活时代的烙印，也无不含有他个人身世经历、政治理想和现实存在的影子，也就是说，他对《水浒传》的理解和解释，对这部小说所作的评点，都是他个人的

---

① 陈洪：《金圣叹传论》，天津人民出版社1996年版，第80—81页。
② （明）施耐庵著，（清）金圣叹批评：《金圣叹批评本〈水浒传〉》，岳麓书社2006年版，第56页。
③ （明）施耐庵著，（清）金圣叹批评：《金圣叹批评本〈水浒传〉》，岳麓书社2006年版，第679页。
④ （明）施耐庵著，（清）金圣叹批评：《金圣叹批评本〈水浒传〉》，岳麓书社2006年版，第1137页。

生活视域、时代的问题视域与小说文本的叙事视域进行融合的产物,既不是小说文本单一地决定了金圣叹的理解,也不是他的主观理解决定了这部小说的意义,而是新的意义产生于金圣叹与《水浒传》两者视域融合的过程中。

简而言之,金圣叹在《水浒传》序言综述中的观点与在小说文本细批中的观点存在着不一致甚至自相矛盾的现象,是由他独特的社会政治地位所决定的:一方面,他站在正统文人的立场上,痛恨流寇"祸国殃民";另一方面,他政治上不得意,经济上拮据,因此又切齿于官僚政治的腐败。因此,他既反对老百姓揭竿而起,又反对贪官污吏横征暴敛;从抽象的、宏观的方面来说,他站在朝廷的立场之上,而在具体文本的细读中他又同情水浒好汉"逼上梁山"事出有因。正是这种原因使得他的《水浒传》评点具有内在的矛盾张力。

第四节　李贽评点与金圣叹评点之比较

在对《水浒传》的小说评点中,李贽的评点和金圣叹的评点格外引人瞩目。他们的《水浒传》评点之间的关系是怎样的呢?

他们评点的相似之处:金圣叹骂李贽是咬人屎橛,"不是好狗"[①]。其实,金圣叹与李贽对《水浒传》的评点有若干相似甚至相同之处。金圣叹继承了李贽的若干思想和手法。左东岭在《李贽与晚明文学思想》中曾经详细分析过李贽与金圣叹在《水浒传》评点上的关系。

左东岭认为:"从李贽的容与堂本《水浒传》到金圣叹的贯华堂本《水浒传》,乃是一个前后继承发展的过程。至于圣叹所受李贽思想影响之途径,主要有两种:容与堂本与袁无涯本。"左东岭是从删改的角度来分析袁无涯本对贯华堂本的影响的。至于"容与堂本对金圣叹之影响",左东岭说:"从价值观与艺术观上,圣叹倒是受容本影响最大而在不少地方与袁本并不一致。"他从以下三个方面进行了论证:第一,二者对20回以后的见解是一致的,容与堂本对排座次以后的大多章节在艺术上评

[①] (明)施耐庵著,(清)金圣叹批评:《金圣叹批评本〈水浒传〉》,岳麓书社2006年版,第27页。

价极低，如第76回评曰："是一架绝精细底羊皮画灯，画工之文，非化工之文。低品低品"；第98回评曰："文字至此，都是强弩之末了，妙处还在前半截"。李贽对《水浒传》后半部"说梦、说怪、说阵处"很不满意，他认为这是小说写得很不好的地方。金圣叹更是直截了当，假借一个古本，把小说的后半部干净利索地砍去，以卢俊义英雄惊恶梦作结。第二，二者在道德价值观上多有一致处，容与堂本对小说中的人物以真诚与否作为臧否的尺度，金圣叹毫无保留地接受了这一审美原则。容与堂本对宋江的评价是"假道学真强盗"，就是认为宋江做作虚伪，狡诈不真诚；金圣叹独恶宋江的原因之一就是他"权诈不定""假忠伪孝""奸诈权术"。李贽与金圣叹对李逵的评价更为一致，容与堂本对李逵的真诚无欺、率性而为、直道而行是由衷地赞叹，金评本对李逵的评价是"李逵是上上人物，写得真是一片天真烂漫到底，看他意思，便山泊中一百七人，无一个入得他眼"。第三，在审美观上，李贽与金圣叹两人都是以自然率真为美。李贽的童心说赞美赤子之心、"绝假纯真"，强调"童心""真心"，纯真自然之美；金圣叹也是坚持"率真意识"，他"自觉地继承李贽的自然审美观而将其贯穿在其评人论事中，并渗透在其诗文创作与批评中，从而形成其重要的审美原则"。最后，左东岭的结论是金圣叹批评《水浒传》受到了容与堂本的影响"已确然无疑。然此尚非二者关系之核心，容本对金圣叹最重要之影响，是其以塑造人物性格为核心之小说观念"①。

　　李贽和金圣叹都生活在封建社会伦理文化生态之中，自然都是从伦理道德的角度来对《水浒传》进行诠释的。他们评点的依据都是封建社会伦理道德的价值观，即忠、孝、节、义等道德价值的评价体系，这是他们的相同之处。不同之处在于李贽认为梁山好汉是忠义之士，而金圣叹认为他们都是盗贼，也就是说，视角虽然一致，但评点的具体政治立场则是不同的。

　　如前所述，金圣叹继承了李贽许多文艺批评的思想观点。李贽在第3回批道："且《水浒传》文字妙绝千古，全在同而不同之处有辨。如鲁智深、李逵、武松、阮小七、石秀、呼延灼、刘唐等众人，都是急性的，

---

① 左东岭：《李贽与晚明文学思想》，天津人民出版社1997年版，第302—306页。

渠形容刻画来,各有派头,各有光景,各有家数,各有身分。一毫不差,半些不混。读去自有分辨,不必见其姓名,一睹事实,就知某人某人也。"① 金圣叹在人物性格的品评上,继承了李贽的诸多说法,如"同而不同之处有辨"。他在《读第五才子书法》中说:"《水浒传》只是写人粗卤处,便有许多写法。如鲁达粗卤是性急,史进粗卤是少年任气,李逵粗卤是蛮,武松粗卤是豪杰不受羁靮,阮小七粗卤是悲愤无说处,焦挺粗卤是气质不好。"②

李贽与金圣叹对《水浒传》评点的不同之处主要表现在:

第一,李贽与金圣叹两人所处的具体历史处境不同。李贽生活在嘉靖、隆庆和万历年间,当李贽评点《水浒传》的时候,正是万历年间,东南沿海有倭寇入侵,北方有蒙古扰边,李贽作为一位正直和有见识的文人,自然是从国家治平、选贤任能这个角度来解读《水浒传》的。而金圣叹主要生活在明朝崇祯与清朝顺治年间,这期间可谓是天翻地覆、风云变幻:李自成率领农民起义军攻进北京,崇祯皇帝在煤山上吊自杀;吴三桂降清,打败大顺军队,引兵入关,满人建鼎中原。李贽与金圣叹两人所处的具体社会背景不同,直接影响乃至决定了他们对《水浒传》理解的不同。李贽与虚伪奸诈、沽名钓誉的"假道学"相对垒;而金圣叹则处于"流贼"遍地,接受招安而又反复无常,内有盗贼揭竿而起、如火如荼,外有异族侵边、战事频仍这样内忧外患、动荡不安的局势之中,作为一名正统文人,尤其是很有才华却是政治上不得意的文人,他是既反抗贪官污吏的横征暴敛,又痛恨流寇的祸乱叛逆,出于现实生活中他自己不能被破格提拔录用而怨恨当局,从而认为贪官墨吏应该赶尽杀绝。然而正如鲁迅所说,金圣叹"是究竟近于官绅的",所以他更主要的是痛恨流寇,梦想有一个嵇叔夜来把梁山泊好汉一网打尽;因而金圣叹《水浒传》的评点本身就有明显的自相矛盾。

第二,李贽与金圣叹两人所评点的具体内容不同。李贽与金圣叹对《水浒传》的评点,无论是创作论、主题论,还是人物论,都有较大的不

---

① (明)施耐庵、罗贯中:《水浒传》,上海古籍出版社1995年版,第48页。
② (明)施耐庵著,(清)金圣叹批评:《金圣叹批评本〈水浒传〉》,岳麓书社2006年版,第27页。

同。李贽认为《水浒传》作者是"发愤作书",而金圣叹则认为其作者是"心闲弄笔";在主题思想上,李贽认为《水浒传》是"忠义说",而金圣叹则认为是"除寇灭盗";李贽认为梁山好汉是"大力大贤",而金圣叹则痛斥他们是"豺狼虎豹"。①

叶朗在《中国小说美学》中说:"李贽对中国古典美学的发展影响最大的不是他的小说评点,而是他的哲学。"李贽在《水浒传》具体评点中,其过人之处在于他独特深刻的见识之中,在于他对禅宗深刻的领会之中。李贽在容与堂本第4回的回批中认为"鲁智深吃酒打人,无所不为,无所不做,佛性反是完全的,所以到底成了正果"②;在第5回批道,鲁智深"率性而为,不拘小节,方是成佛作祖根基"③。如果读者不是像李贽这样对禅宗具有深刻的认识,恐怕不会有如此的理解。与以思想取胜的李贽评点不同,金圣叹在对《水浒传》的精读细批中,其过人的艺术感受力可谓独步。

第三,李贽与金圣叹对《水浒传》的评点在叙事艺术侧重点的解析上不同。林岗在《明清小说评点》中分析了小说评点与时文的关系以及李贽与金圣叹的《水浒传》评点对小说评点学的不同贡献。他说:

> 在小说评点学之中,李贽和金圣叹是其中的佼佼者。他们的议论不同凡响,表现了强烈的文学意识和小说的本文意识,在文论史上具有开创意义。评点家对于小说话语的突破,首先是从李贽开始的。他不以尊卑论文体,无论稗官小说也好,传奇也好,诗文、时文也好,一样可以成为天下的"至文""妙文",同样也可以成为劣文。文之优劣另有标准而不在体之尊卑。在议论实际作品的时候,他常常把所谓"体卑"的稗官小说、传奇、俚野小品看得比正统文人的诗文为高。李贽破除文体有尊卑的俗念而自倡新说,引起一班有相似想法的文人风随影从,影响了士林的舆论,造成了文人提倡、评点、议论俚野稗官的一时风气。不过,李贽的美文意识不足,欣

---

① 蒋成德:《李贽与金圣叹的〈水浒传〉批评之比较》,《徐州教育学院学报》2004年第1期。
② (明)施耐庵、罗贯中:《水浒传》,上海古籍出版社1995年版,第67页。
③ (明)施耐庵、罗贯中:《水浒传》,上海古籍出版社1995年版,第82页。

赏眼光颇受局限。稗官、传奇固然存在天下的至文，而至文所以为至文的本文依据，李贽则语焉不详。从作品本文方面给予理论的提升和总结，是由金圣叹完成的。从小说批评史方面的意义而言，李贽解决了文体的地位问题，金圣叹解决了作品的本文依据问题。两人对推动评点家的小说话语功不可没。①

林岗是从小说评点学的角度来分析李贽与金圣叹对小说评点的贡献的，即李贽解决了小说文体的地位问题，金圣叹则是建构了小说评点学的理论。

第四，李贽与金圣叹关于《水浒传》的评点各有自己的特长胜出：李贽在思想上稍胜一筹，而金圣叹在文学感悟上独领风骚。左东岭认为从李贽对《水浒传》的评点到金圣叹对《水浒传》的评点是从"重意到重法"的变迁："李贽文学思想之核心为重主观重自然，故多强调作家之才胆识主体要素与表现之自发自然，厌恶以成法规矩限制自然情感之表达，故很少谈及形式技巧。在意与法之间，他无疑重意而轻法。圣叹则不然，他虽对卓吾重意重情重真重自然之种种观点加以继承，故特重作家主观心灵……卓吾重灵眼，而圣叹重捉住，此乃二人之不同处。由个人素质观，李贽属思想家，故多从哲理层面对文学的诸多根本问题予以阐发，实有扭转风气之功；圣叹则为典型之文学批评家，故其批评细腻而具体，多总结文学自身的规律与技巧。"②

李贽对《水浒传》进行评点的指导思想是他的"童心说"；在艺术审美上李贽虽有"化工"和"画工"之分，但远没有金圣叹关于小说评点美学的理论自成体系。金圣叹的小说评点学主要包括创作论、性格论和情节结构论等。他的思想认识没有李贽的博大精深，但在艺术鉴赏方面却具有天才一样的感悟力。

综上所述，李贽评点与金圣叹评点是《水浒传》评点中的双子星座。李贽《水浒传》评点的特点是其思想见识过人，而金圣叹的《水浒传》评点则是以艺术鉴赏胜出。

---

① 林岗：《明清小说评点》，北京大学出版社2012年版，第69—70页。
② 左东岭：《李贽与晚明文学思想》，天津人民出版社1997年版，第315—316页。

第 三 章

《水浒传》续书与水浒戏

《水浒传》的续书，自明末至民国，多达13部。① 续书也是对原作的阐释，只不过是通过创作的方式而不是通过评论的方式来进行罢了。《水浒后传》《后水浒传》《荡寇志》等依然是围绕着封建社会中的伦理道德尤其是"忠义"思想大做文章。清末民初，受西方资产阶级思想的影响，《新水浒》等书则是借助于妇孺皆知的水浒故事，通过新编的形式来宣传君主立宪或产业兴国等资产阶级思想。抗日战争期间的《水浒新传》《水浒中传》等则是古为今用或借古讽今，一方面借宋江等梁山泊好汉抗金来鼓舞国人勇敢起来抗日，另一方面则讽刺、针砭国民政府的官场腐败和黑暗统治。

《水浒传》的续书很多，然而它成书之前、之后的水浒戏更是数不胜数。以李开先在编纂水浒戏《宝剑记》之前已读过《水浒传》②，然而他编撰的《宝剑记》却是与小说中的相关故事情节大不相同的，以故事情节的异同来判断《水浒传》与水浒戏谁早谁晚并不符合历史的实际。水浒戏有一个共同的特点即它往往借他人之酒杯浇自己之块垒，其实小说、戏曲之于古人主要不过是娱心写意而已，与明道、载道与传道的经史诗文还是有所不同的。

无论是《水浒传》的续书，还是根据这部小说改编的水浒戏曲，它们都是《水浒传》在历史时空中的存在方式，都是人们理解这部小说的

---

① 刘海燕：《〈水浒传〉续书的叙事重构和接受批评》，《明清小说研究》2001年第4期。
② （明）李开先：《一笑散》，朱一玄、刘毓忱编《水浒传资料汇编》，百花文艺出版社1981年版，第187页。

表现形式,都是《水浒传》此在的根本性运动。

第一节 《水浒传》的续书

《水浒传》的生成、传播和接受与汉民族的心理史有密切关系,甚至可以说它就是特定的历史时期汉民族民众心理史的真实反映。随着时间的流逝,人们阅读这部小说的时候联系他们当时的历史情境,对小说的叙事进行重认、重构和想象,有一些便超出了期待视野,于是只好通过改编、续书等形式来表达他们对《水浒传》的理解和对世事的看法。

20 世纪 20 年代,胡适说:"南宋偏安,中原失陷在异族手里,故当时人有想望英雄的心理;南宋政治腐败,奸臣暴政使百姓怨恨,北方在异族统治之下受的痛苦更深,故南北民间都养成一种痛恨恶政治恶官吏的心理,由这种心理上生出崇拜草泽英雄的心理。"[1] 张锦池也说:"'臣心一片磁针石,不指南方不肯休。'这是民族英雄文天祥的思想,也是宋元两代民族矛盾高涨的历史条件下汉族人民和知识分子的潜在民族心理。正是基于这种心理,人们于交口相传中把水浒故事谱写成一曲昂入云霄的'乱世忠义'的颂歌。"[2]

根据王利器的考证,南宋龚开的《宋江三十六人赞》中多次提到"太行",如:张横,"大(太)行好汉,三十有六";穆横,"出没太行,茫无畔岸"等。这种地理位置的错位,一种解释是除梁山故事外,还有一个太行山的故事系统,只是这个故事没有流传下来罢了。[3]

说书艺人把宋江等 36 人的故事与太行山抗金故事关联起来是顺应了当时民族心理情绪的,因为南宋初年王彦所率领的太行山上的"八字军"是被视为北方"忠义人"代表的。他们给南方,特别是临安老百姓留下了深刻的印象,他们是北方汉人坚决抗金的一面旗帜。据《宋史·王彦传》,南宋绍兴六年(1136)七月王彦率领"八字军"万人赴杭州,王

---

[1] 胡适:《〈水浒传〉考证》,欧阳哲生编《胡适文集》第 2 册,北京大学出版社 1998 年版,第 380 页。
[2] 张锦池:《中国四大古典小说论稿》,华艺出版社 1993 年版,第 362 页。
[3] 王利器:《耐雪堂集》,中国社会科学出版社 1986 年版,第 67 页。

彦被任命为浙西制置副使。把宋江等人与太行山的"忠义人"联系起来，这一方面是为了使听众对这些造反者抱以同情的理解，对他们的杀人越货予以合情合理的情境，以取得合法性；另一方面是借此指出宋江等人的接受招安行为就像"八字军""忠义人"一样，在抗击外来异族侵略的过程中是起着积极作用的，他们的故事是应该受到汉民族全社会一致欢迎的。南宋初年，在国家忧患、民族存亡之际，正是汉民族精神高涨的时期，要把宋江等人的故事演说成具有报国精神的故事是符合当时人民群众的愿望的。

太行山上的"八字军"对于《水浒传》的叙事有着巨大影响。小说中多次描写红袄、红巾等，元杂剧中的"水浒戏"也不乏红袄、红巾等红巾军装扮的描写。南宋初年，太行山忠义军身穿红袄，头戴红巾的光辉形象肯定是对《水浒传》中英雄好汉的形象描写起过有力的影响。至于元朝末年刘福通等人领导的红巾军起义是否对《水浒传》的叙事有过影响，这还是一个值得进一步考证的问题。已经有人考证出小说中的征方腊就有着朱元璋征打张士诚的影子。

按照胡适的考证，《水浒传》既然是四百年水浒故事流传的结晶，那么，它就不仅仅是反映了南宋与辽、金等少数民族政权对峙之下的汉民族心理情绪，而且还会有元朝，甚至明朝初年时期民众心理的具体反映。当读者的期待视野超出了小说文本的叙事时，他们就会通过批点、增删或创作的方式来表达对《水浒传》的理解。

满人入关，大明覆亡。汉族知识分子对于明朝亡国的反思，在思想史上有了一种进步声音，如黄宗羲的"天下之害，君而已矣"。这时候知识分子对封建专制有所反思，他们指责晚明文人的空谈误国和门户之争，批判李贽为私利辩护，慨叹士人争傍门户、桑海变迁，不管如何，异族定鼎中原，对于汉民族，尤其是汉族文人知识分子来说，在精神上是有极大的震动作用的，这不能不反映到文学作品的创作中来。借古讽今历来是文人抒发心志的一种途径，《水浒后传》和《后水浒传》就是这种历史背景之下民族情绪的反映。

续书是对原著《水浒传》进行诠释的一种特殊方式，是对原著的解读、继承和发展，是原著的一种重要的存在方式，很有进一步探讨的必要。

郭沫若在翻译《少年维特之烦恼》的"序引"中批评中国古典小说的续书："我国有《水浒传》必有《荡寇志》，有《西厢记》必有《续西厢》，有《石头记》必有《后红楼梦》、《续红楼》、《鬼红楼》"，并认为经典名著的续书反映了"无聊作家之浅薄"①。其实这种论调也不是平正公允的，因为续书是不能一概而论的。续书本身就是对原著的一种诠释，尤其是当续书作者不同意原著的某些观点或不满意原著中主人公结局的时候，往往自己动手通过创作的方式进行新的诠释：改编或新创。

关于《水浒传》的续书主要有《水浒后传》《后水浒传》《荡寇志》《古本水浒传》《水浒新传》和《新水浒传》等。有人把《说岳全传》也看作《水浒传》的续书②。还有人把《金瓶梅》也当作《水浒传》的续书。

续作者的创作心理主要有两种：一是"泄愤"，一是"圆梦"③。《水浒后传》体现的是明末清初明朝遗民尤其是耿直而落魄的文人知识分子对于历史现状的反思和感慨，他们借助于编纂小说的方式抒发对先朝的怀念和感伤，因而其续书也就是"千秋万世恨无极，白发孤灯续旧编"。而《后水浒传》则是把宋江等梁山好汉与洞庭湖钟相、杨幺等人以因果轮回的方式展开叙事，寄寓了对清统治者的不满和对亡明的眷念之情。但在农耕文明的伦理道德文化氛围之中，"著书立言，无论大小，必有关于人心世道为贵"④，因此《水浒传》的续书，无论是泄愤也罢，圆梦也罢，无不深深打上了道德教化的烙印，也就是说，《水浒传》续书的创作，从本质上说，也是伦理道德的形象说教。

一 《水浒后传》

《水浒后传》是以容与堂百回本《水浒传》为底本进行再创作的。

陈忱托名雁宕山樵撰写的《水浒后传》表达了明朝遗民的心志，用鲁迅的话来说就是"把流寇之痛苦忘却，又与强盗表起同情来"了。高

---

① 郭沫若：《〈少年维特之烦恼〉序引》，《创造》季刊第1卷第1期，1922年3月15日。
② 龚维英：《〈说岳全传〉：〈水浒〉的特殊续书》，《贵州社会科学》1999年第2期。
③ 段春旭：《中国古代长篇小说续书研究》，博士学位论文，福建师范大学，2004年，第7页。
④ （明）齐东野人：《隋炀帝艳史》，中华书局2000年版，"凡例"第1页。

日晖在《清初的遗民心态与〈水浒传〉的接受》一文中对这个问题有过研究。他说,《水浒后传》与《后水浒传》这两本书都反映了清初遗民的亡国之痛和种族之感①。

陈忱对《水浒传》的诠释与李贽的理解十分相似,即都认为它是一部"发愤之作"。陈忱在《水浒后传论略》中说:"《水浒》愤书也。宋鼎既迁,高贤遗老,实切于中,假宋江之纵横,而成此书,盖多寓言也。愤大臣之覆餗,而许宋江之忠;愤群工之阴狡,而许宋江之义;愤世风之贪,而许宋江之疏财;愤人情之悍,而许宋江之谦和;愤强邻之启疆,而许宋江之征辽;愤湟池之弄兵,而许宋江之灭方腊也。"②

然而,陈忱也有不同意或不满意于《水浒传》的地方,再加上他亲身遭遇的国破家亡,触发了他以续书抒写心志的愿望,因此他撰写了《水浒后传》。关于《水浒后传》的创作意图,陈忱在《水浒后传序》中说得很清楚:"嗟乎!我知古宋遗民之心矣,穷愁潦倒,满眼牢骚,胸中块垒,无酒可浇,故借此残局而著成之也。"③

《水浒后传》依据读者喜好的因果报应以及大团圆的心理,给梁山泊好汉征方腊以后活下来的都安排了一个美好的结局:李俊等人救驾立功,在海外开基创业;花荣之子花逢春做了暹罗国的驸马;还有金銮殿四美成亲;郓哥娶了共涛之女等。对于《水浒传》中误国的高俅、蔡京、童贯等六个奸贼,则流贬诛戮;对于贪官墨吏,则"使其倾倒宦囊"。可是,这种恶人遭到惩罚、善人终有好报的结局,无疑失去了《水浒传》深刻的现实性,它将悲剧的崇高性和力量性都淡化和消解了,使得读者闭上了眼睛而看到了"圆满"。这是《水浒后传》与原著在思想方面的差距之处。

陈忱在《论略》中说:"读《前传》者,少年子弟,易入任侠一流;读《后传》者,名教中人,不敢道'豪杰'二字。"④也就是说,《水浒后传》不仅在艺术审美观上虚构了符合读者慰安心理的大团圆结局,而

---

① 高日晖:《清初的遗民心态与〈水浒传〉的接受》,《齐鲁学刊》2005年第3期。
② 朱一玄、刘毓忱编:《水浒传资料汇编》,百花文艺出版社1981年版,第554页。
③ 朱一玄、刘毓忱编:《水浒传资料汇编》,百花文艺出版社1981年版,第561页。
④ 朱一玄、刘毓忱编:《水浒传资料汇编》,百花文艺出版社1981年版,第562页。

且在伦理道德上也完全符合传统的善善恶恶、因果报应,在审善观上完全符合正统的儒家教义:"传中福善祸淫,尽寓劝惩意,不可以事出无稽,草草放过。"① 《水浒后传》的创作目的就是本着旌善惩恶的道德教化,这固然容易为正统主流社会所接纳,然而却是无形之中简单化了现实生活中的复杂矛盾和现实生活中人物的多面性。清代史学家赵翼评价明太祖朱元璋是"豪杰、圣贤和盗贼为一身",这才是活生生的现实生活中的历史真实。历史正传中仅仅美化朱元璋为圣贤和豪杰,则流入单一的面具人物或平面人物之中了;野史中仅仅刻画朱元璋的盗贼形象,则也是出于某一目的,把人物简单化了;现实生活中的真实人物往往是善恶一体、功罪一身,难以区分的。

至于对具体的水浒人物及其事件的阐释,陈忱也有他自己的看法,这些当然是他那个历史时代的观点,与今人的看法略作比较,不无意义。陈忱认为朱仝是笃于友道人,捕盗而放晁天王,捉凶身而教宋江逃脱,解犯人而释雷都头,是个真实无伪的君子。可是,这里陈忱所称赞的朱仝的所作所为,在今天的读者看来,其实不就是执法犯法、因公徇私吗?这简直是视国家法律为蔑如!再如陈忱赞叹李逵不顾性命、不贪名节,杀人以爽快为主,吃酒以大醉为主,纯是赤子之心,可是李逵的这些行径,在今人看来却是滥杀无辜、莽撞误事。

陈忱对《水浒后传》颇为自得,在《水浒后传序》中认为它是兼《南华》《西厢》《楞严》《离骚》之长:"昔人云:《南华》是一部怒书,《西厢》是一部想书,《楞严》是一部悟书,《离骚》是一部哀书。今观《后传》之群雄激变而起,是得《南华》之怒;妇女之含愁敛怨,是得《西厢》之想;中原陆沉,海外流放,是得《离骚》之哀;牡蛎滩、丹霞宫之譬喻,是得《楞严》之悟。"②

《水浒后传》在叙事上,除了对《水浒传》进行了补漏之外,主要是根据明末清初郑成功在台湾建立反清基地,勾连《水浒传》中李俊海外称王,进行了新的艺术创作,寄托着作者的亡明之痛和抗清意识。蔡奡在《评刻水浒后传序》中说"善读书者,必有以深窥乎作者之用心,而

---

① 朱一玄、刘毓忱编:《水浒传资料汇编》,百花文艺出版社1981年版,第561页。
② (明)陈忱:《水浒后传》,辽宁美术出版社1999年版,第1页。

后不负乎其立言之本趣。《水浒后传》之作，盖为罡、煞二字发皇其辉光，忠、义二字敷扬其盛美也"①。的确，细究作者原意，《水浒后传》确实反映了明王朝被清朝取代之后明遗民的一种心理情绪。

二 《后水浒传》

署名青莲室主人撰写的《后水浒传》利用了佛教的轮回报应的结构模式，将梁山好汉死后都转化为洞庭湖钟相、杨幺等人，也是从忠义之士报国无门着眼，写孙本百般好义，至于何能、袁武、贺云龙皆抱孙吴之雄才大略，设朝廷有识，使之当恢复之任，必当能如岳武穆精忠报国，恐怕唾手燕云亦非难事。

《后水浒传》把钟相、杨幺起义的根源完全归罪于朝廷的昏聩，致使贤能之人成妖作魔，寄寓着作者对大明王朝灭亡的历史反思："奈何君王不德，使一体之人，皆成敌国，岂不令人叹息，千古兴嗟，宋室之无人也。"② 此处乃是以宋室暗指明室，借古喻今，反思明朝亡国的根由。

《后水浒传》如同《水浒后传》一样也是站在封建社会正统的伦理道德基础之上，并不敢干犯名教，正如采虹桥上客在《后水浒序》中说的，"名教攸关，谁敢逾越？前后曰妖曰魔，作者之微意见矣"③。《后水浒传》虽然不敢干犯名教，然而在反贪官奸佞这一点上则与《水浒传》一脉相承："种种祸端，实起于贪秽之夫，不良之宵小"④。这就又落入了封建社会中君子小人、忠臣奸佞之辨的定势思维之中，是阴阳思想指导下的社会认知，远没有《水浒传》的思想复杂和深刻。中国古代君子小人之辨与古希腊金银铜铁的划分在本质上是一致的，即都是基于伦理道德的价值评判。

三 《荡寇志》

《荡寇志》又名《结水浒传》。作者俞万春，字仲华，号忽来道人，

---

① 朱一玄、刘毓忱编：《水浒传资料汇编》，南开大学出版社2002年版，第497页。
② 青莲室主人辑：《后水浒传》，春风文艺出版社1981年版，第464页。
③ 青莲室主人辑：《后水浒传》，春风文艺出版社1981年版，第464页。
④ 青莲室主人辑：《后水浒传》，春风文艺出版社1981年版，第463页。

清代浙江山阴（今绍兴）人。俞万春出生于一个地方官吏的家庭，少习制艺，精于骑射，但一生并没有正式做官。道光年间，随父去广东任所，多次协助其父镇压农民起义，父子均受清廷嘉奖。他的这一经历对于《荡寇志》的创作有重大的影响，在小说中也有所反映。《荡寇志》的写作，是作者自觉地站在维护封建统治的政治立场上，蓄意对人民群众进行思想上的镇压，与朝廷的武力戡乱相配合的。作者为此苦心孤诣，惨淡经营，据他的家属宣称，此书草创于道光六年（1826），写成于道光二十七年（1847），中间凡"三易其稿"，历时22年。晚年在杭州行医。还著有《骑射论》《释医学辩证》《净土事相》等。

俞万春在《荡寇志》伊始就将其创作缘由说得很明白："这一部书，名唤作《荡寇志》。看官，你道这书为何而作？缘施耐庵先生《水浒传》并不以宋江为忠义。众位只须看他一路笔意，无一字不描写宋江的奸恶。其所以称他忠义者，正为口里忠义，心里强盗，愈形出大奸大恶也。圣叹先生批得明明白白：忠于何在？义于何在？总而言之，既是忠义必不做强盗，既是强盗必不算忠义。乃有罗贯中者，忽撰出一部《后水浒》来，竟说得宋江是真忠真义。从此天下后世做强盗的，无不看了宋江的样：心里强盗，口里忠义。杀人放火也叫忠义，打家劫舍也叫忠义，戕官拒捕、攻城陷邑也叫忠义。看官你想，这唤做什么说话？真是邪说淫辞，坏人心术，贻害无穷。此等书，若容他存留人间，成何事体！莫道小说闲书不关紧要，须知越是小说闲书越发播传得快，茶坊酒肆，灯前月下，人人喜说，个个爱听。他这部书既已刊刻行世，在下亦不能禁止他。因想当年宋江，并没有受招安、平方腊的话，只有被张叔夜擒拿正法一句话。如今他既妄造伪言，抹煞真事。我亦何妨提明真事，破他伪言，使天下后世深明盗贼、忠义之辨，丝毫不容假借。况梦中既受嘱于真灵，灯下更难已于笔墨。看管须知，这部书乃是结耐庵之《前水浒传》，与《后水浒》绝无交涉也。"① 这里的《后水浒》指的是金圣叹责骂的罗贯中"狗尾续貂"即100回本中的后29回。

俞万春反对朝廷对盗贼的招安，因而以金圣叹70回本为底本进行再创作。《荡寇志》的主要情节，是写告休管营提辖陈希真、陈丽卿父女，

---

① （清）俞万春：《荡寇志》，戴鸿森校点，人民文学出版社1999年版，第1页。

受高俅父子迫害，却不"落草为寇"，而是忍辱负重，以杀害起义军的行为，来洗刷自己"犯上"之罪。"尊王灭寇"，维护封建统治，是《荡寇志》的主旨。作者赋予天神和官军以超群的本领、过人的智慧。同时极力丑化和污蔑农民起义英雄都是"不堪一击"的"杀人放火"之徒。

对于《荡寇志》的产生，鲁迅说："清初，'流寇'悉平，遗民未忘旧君，遂渐念草泽英雄之为明宣力者，故陈忱作《后水浒传》，则使李俊去国而王于暹罗。历康熙至乾隆百三十余年，威力广被，人民慑服，即士人亦无二心，故道光时俞万春作《结水浒传》，则使一百八人无一幸免。"①

值得注意的是，宋江等人接受招安、征伐贼寇在明清人眼里乃是"忠义"，在"文化大革命"后期的人们眼中却是搞"投降主义"和"修正主义"。可见，对于同一件历史事件在不同的时代不同读者的眼里可以得出不同的结论，其中，也说明了读者的前见在理解何所向中所起到的决定性的作用，以及效果历史与诠释的内在关系，这也是诠释现象的一个真实存在。

金圣叹在《第五才子书施耐庵水浒传》的评点里，不把"忠义"给梁山好汉，认为他们是该千刀万剐的盗贼，他腰斩《水浒传》固然有其艺术上的考虑，最主要的还是认为不能让盗贼接受朝廷招安，为国家征寇，建功立业，青史留名。俞万春拾了金圣叹的唾余，也认为宋江等人口里忠义，心里强盗，更是大奸大恶。在俞万春看来，如果杀人放火、打家劫舍、戕官拒捕、攻陷城邑也是"忠义"的话，那就是邪说淫辞、坏人心术，是害人心、坏风俗的。他批判罗贯中以"忠义"许水浒，是"妄造伪书，抹煞真事"。所以，俞万春花费近20年的时间在金圣叹评点的贯华堂本基础上续写了另70回《荡寇志》，其目的就是使天下后世，深明盗贼忠义之辨，"丝毫不容假借"。

徐珮珂在《荡寇志序》中认为俞万春的《荡寇志》"以尊王灭寇为主，而使天下后世，晓然于盗贼之终无不败，忠义之不容假借混蒙，庶几尊君亲上之心，油然而生矣"②。古月老人在为《荡寇志》写的"序"

---

① 鲁迅：《中国小说史略》，周锡山释评，上海文化出版社2005年版，第230页。
② （清）俞万春：《荡寇志》，戴鸿森校点，人民文学出版社1999年版，第1042页。

中说，读书应该首先察作者用笔之初心，识作者用意之本旨，《水浒传》作者施耐庵的本旨，"极欲挽斯世之纯盗虚声，笼络驾驭之术"，然而罗贯中"以伪为真，纵奸辱国，殃诸梨枣，狗尾续貂，遂令天下后世，将信将疑，误为事实。是诚施耐庵之罪人，名教中之败类也"，好在俞万春作《荡寇志》，"发微摘伏，符合耐庵"①。东篱山人在《重刻荡寇志序》中说"余见其原刊大板，逐卷详参，觉虽小说，实有关世道人心"②，因此决定重刻刊行。《荡寇志》一书在这些人看来就是对盗贼造反谋逆的"诛心"之作，是关乎人心世道的不朽之作。

《荡寇志》的作者、写序者和出版者都认为小说虽然是小道，然而与世道人心不无关系，所以都口口声声教导读者"忠义非可伪托，盗贼断无善终"。因果报应的思想意识使得有些文人欣欣然于田汝成所记载的《水浒传》作者"三代俱哑"一事，从中可以看出他们卫道之心殷殷，对"邪说淫辞"咬牙切齿，依据《四书》《五经》等圣人之书对凡夫俗子进行谆谆教导，乃至利用因果报应的迷信进行恐吓。然而，《荡寇志》的作者俞万春不仅在撰写的小说中对水浒"盗贼"斩尽杀绝，而且在现实生活中还曾经"负羽从戎"，亲自参加镇压"粤东瑶民之变"，不想根据俞万春之弟《荡寇志续序》得知，俞万春竟然死后绝嗣，秋坟鬼馁，待祭于侄。这难道不是对文人果报谬说的莫大讽刺吗？

《水浒传》与政治文化息息相关，《水浒传》的续书也无不如此，《荡寇志》更是其中的典型。俞万春亲身参加过剿灭"粤东瑶民之变"，他死后第二年即1851年广西金田爆发了太平天国起义。清政府及其御用文人大力提倡、宣传和刊行《荡寇志》一书。咸丰十年（1860）李秀成率领太平天国起义军占领苏州后，焚毁了《荡寇志》的刻版。1864年太平天国起义失败后，《荡寇志》又大量印行。这岂不是在事实上体现了《荡寇志》的政治立场和思想倾向吗？

刘勇强通过对《水浒传》与续书《荡寇志》比较后认为："以往的续仿之作无论与原著有怎样的不同，实际上还是处在同一思想背景。例如《荡寇志》是反对《水浒传》的，虽然两部小说对'忠'与'奸'的

---

① （清）俞万春：《荡寇志》，人民文学出版社1999年版，第1039页。
② 朱一玄、刘毓忱编：《水浒传资料汇编》，南开大学出版社2002年版，第514页。

理解和表现迥然有别,但基于忠奸斗争审视社会矛盾的思维方式还是一致的。"① 这个思维模式和评判的价值标准都是相同的,即都是基于封建社会伦理道德视角之中的阴阳思维方式,差别仅仅在于所属社会利益集团的不同而已。

《荡寇志》虽然在今天看来思想反动,但是在艺术上却有可圈可点之处。《荡寇志》在小说叙事、情节构建方面不乏生动有趣的片断,行文布局、造语设景的编撰技巧,颇具匠心,也算得上是旧小说中的上选。这部小说文字精练流畅,写陈丽卿受迫害的情节,亦有真情实感。鲁迅在《中国小说史略》中评价《荡寇志》说:"书中造事行文,有时几欲摩前传之垒,采录景象,亦颇有施罗所未试者,在纠缠旧作之同类小说中,盖差为佼佼者矣。"②

四 《续水浒》

在清代,有人"截取百十五回本之六十七回至结末,称《后水浒》,一名《荡平四大寇传》,附刊七十回之后以行矣"③。有赏心居士为之作序。在《续水浒征四寇全传叙》中,赏心居士把续书的目的交代得很清楚,他说:"尝闻天之生才不遇,此非天之故靳其才,正天之所以珍重其才也。夫才之生也,不一其途。……然自纳款倾葵之后,尊卑列序之余,竟恝然而止,杳不知其所终。是与天地珍重生才之心,岂不大相径庭哉?夫以群焉蚁聚之众,一旦而驰驱报国,灭寇安民,则虽其始行不端,而能翻然悔悟,改弦易辙,以善其终,斯其志固可嘉,而其功诚不可泯。倘不表诸简册,以示将来,英雄之衷,未免有不白。爰漫是帙于卷后而付梓焉,使当日南征北讨荡平海宇之勋,赫赫在人耳目,则不独群雄之志可伸,而是书亦有始有卒矣,岂不快哉?"④ 从这段话可以看出,梁山泊好汉之征四寇,正是归顺朝廷之后,以尽报国之衷、忠义之心的勋绩,使"天地珍重生才之心"与前70回一脉相承。这段话也有助于现当代的

---

① 刘勇强:《作为当代精神文化现象的明清小说——兼论明清小说的阅读与诠释》,《中国古代近代文学研究》2001年第12期。
② 鲁迅:《中国小说史略》,《鲁迅全集》第9卷,人民文学出版社2005年版,第154页。
③ 鲁迅:《中国小说史略》,《鲁迅全集》第9卷,人民文学出版社2005年版,第153页。
④ 朱一玄:《明清小说资料选编》,齐鲁书社1989年版,第351—352页。

读者对水浒好汉"受招安"的理解,即它不是走"投降主义"路线,不是叛变"革命"大业,而是"改邪归正",而是"忠义报国"的体现——这才是原书作者及明清读者的理解角度。明代大涤余人《刻忠义水浒传缘起》说:"《水浒》惟以招安为心,而名始传,其人忠义也。"①今人或以《水浒传》70回后别刊单行,称为《后水浒》,又名《荡平四大寇传》,又名《征四寇》。

五 《阎婆惜艳史》

清末的《阎婆惜艳史》是把《水浒传》第20回至第22回扩展为12回,自成一书。据《中国通俗小说总目提要》,这部小说"不题撰人。上海振圜小说社印行,石印本,半叶十七行,行三十五字。内封题'宋江大闹乌龙院阎婆惜艳史',回前题作'阎婆惜秘史'。是书第一回称阎婆惜事'施耐庵先生作《水浒传》曾经采入,惜乎仅得四、五千字,略而不详',然曲本中'事实较多',故著者'乃把阎婆惜的曲本演成白话小说,删除秽亵'"②。很显然,这是清末猎艳逐奇的娱乐文化的产物。

六 大陆民国时期,一批《水浒传》续书问世(后文专论,此处从略)

《一百二十回古本水浒》系梅寄鹤伪托,1933年8月20日由上海中西书局出版。从金评本《水浒传》石碣天文开始接续,到120回雷轰石碣为止。

程善之著《残水浒》16回,秋风、湘亭评。1933年10月1日镇江新江苏日报馆出版。此书写梁山108将各因其出身不同,结帮分派,互相残杀,众叛亲离。等官兵围剿时,或投降,或被俘,或战死,梁山被消灭告终。这是继《荡寇志》后出现的另外一部翻案的续书。

1938年9月上海中国图书杂志公司出版了姜鸿飞著、王介评点的

---

① (明)大涤余人:《刻忠义水浒传缘起》,朱一玄《明清小说资料选编》,齐鲁书社1989年版,第321页。
② 江苏省社会科学院明清小说研究中心编:《中国通俗小说总目提要》,中国文联出版公司1990年版,第1106页。

《水浒中传》30 回。

1939 年 10 月 20 日长春新京印书馆出版的由张青山撰写的《水浒拾遗》（现存残本）。

谷斯范的《新水浒》于 1940 年由桂林文化供应社出版。

张恨水的《水浒新传》于 1943 年 7 月重庆建中出版社出版。已佚。

刘亚盛撰写的《水浒外传》由 1947 年 10 月上海正文化社出版。

傅惠生在《宋明之际的社会心理与小说》中认为，20 世纪 30 年代这些《水浒传》的续书"也都是对当时国家政治局势的一种社会心理的反映"[①]。

王旭川在《中国小说续书研究》中认为《水浒传》的续书有其共同的特点：第一，这些续书"在思想内容上各自具有明确的政治立场与观点"；第二，《水浒传》续书"出现的时代背景与《水浒传》形成的时代背景相似，这些续书往往出现在末世或乱世，其作者或多或少经历或感受到时代变化所带来的社会动荡与变迁"；第三，《水浒传》这些续书的"思想内容与艺术创作与《水浒传》评论与评点的关系密切"[②]。

通过以上对《水浒传》续书的考察，可以得出如下的结论：《水浒传》的这些续书典型地表现了中国小说接受美学的一个显著特征：六经注我。或者用哲学诠释学的观点来说，就是理解中的应用因素总是首先得到了读者（以及读者兼创作者）在阅读过程中的第一反应。以"他人之杯酒浇自己之块垒"的现象在对小说的理解中似乎总是占据主导性的地位，从而《水浒传》的诠释史总是它的效果历史。

第二节 明清水浒戏

对于水浒戏与《水浒传》之间关系的论述，不能不涉及《水浒传》的成书时间，因为它直接关系到对元杂剧中水浒戏的看法。《水浒传》与元杂剧水浒戏孰先孰后的问题迄今尚无定论。《水浒传》的祖本成书于元

[①] 傅惠生：《宋明之际的社会心理与小说》，东方出版社 1997 年版，第 3 页。
[②] 王旭川：《中国小说续书研究》，学林出版社 2004 年版，第 216、221、223 页。

代晚期，元杂剧中的水浒戏对于《水浒传》应该是有影响的，诸如《燕青射雁》《李逵乔坐衙》等在《水浒传》后半部分中有相应的叙事描写。不过，元杂剧中水浒戏对小说影响的程度究竟有多大还值得进一步考察，因为也有这种可能，即水浒戏与水浒好汉的说书是两个基本上互不干涉的独立系统，它们各自在戏曲和说书的系统里运行，彼此影响不大，例如李开先在编纂水浒戏《宝剑记》之前读过《水浒传》，然而他编纂的《宝剑记》却是与小说中的相关叙事并不相同，甚至改动较大，尤其是林冲这个人物形象简直是判若两人。

李开先熟读《水浒传》，然而他的《宝剑记》却是反映了林冲作为谏官与高俅之间的忠奸之争，与小说中的林冲因为高衙内抢夺其妻而被逼上梁山大不相同。这个现象值得深思：后人并不能依据水浒戏的剧情判断它与《水浒传》的前后时间关系；戏曲往往不过是娱心或泄愤而已，一般都是创新性质的，很少是严格依据小说的故事内容进行原封不动的改编；更何况，小说亦非圣贤典章那样神圣不可侵犯，它本是娱乐的产物，经常在三家村教书先生或坊贾手里删改。李开先这个事件具有很典型的意义，值得特别注意。它至少说明了人们不能因为元杂剧中的梁山好汉与《水浒传》中的梁山好汉其性情行为不同就得出"在杂剧杂出的时代，《水浒传》尚未产生"①的结论。

元代的水浒戏充满了勇于反抗、替天行道的精神，李逵是多部元杂剧水浒戏中的主角，可能是因为有元一代的文人知识分子身处社会底层，所以元杂剧便成了他们发泄不满、抒发慷慨的便利工具，因此李逵的形象多具有文人雅致，颇多诗酒风流（从《黑旋风诗酒丽春园》《黑旋风穷风月》《黑旋风大闹牡丹园》《黑旋风斗鸡会》等剧目可以想见），这与《水浒传》中的李逵形象、性格等都有着天地之别。另外，元杂剧也真实地反映了元代政权之下官宦子弟夺占他人妻女或是与有夫之妇勾搭成奸的社会现象。

元杂剧具有浓郁的文人雅致，这种艺术审美的气息充斥于杂剧之中，而《水浒传》则带有浓重的市民说唱痕迹，只是在后半部的受招安、征辽、平方腊等叙事中表现出了文人的思想意识和行文风格。这也说明了

---

① 何心：《水浒研究》，上海古籍出版社1985年版，第9页。

《水浒传》先是在勾栏瓦舍里说唱,后来才经过了文人的"集撰"和"编次"。中国文学史上关于《水浒传》成书于元末明初的结论,一般来说还是比较符合实际情况的。袁世硕先生认为:"《水浒传》的成书情况,既不是罗贯中作《三国志演义》式的另起炉灶的重新创作,也不是某人作《西游记》式的就先出之作品进行个性化的再度加工。《水浒传》文本的初成者施耐庵,是就宋时已定型的宋江故事的基本框架,纳入一些已经衍生出来的梁山好汉的单篇故事,使之更加充实,同时又以原有的几个主要人物(特别是宋江)为中心,逐次引入原来不在三十六人之列的次要人物,整合为一部宏伟的长篇巨制。"① 袁世硕先生关于《水浒传》成书过程的论述是十分符合这部小说的成书特点的。

以宋江、花和尚、武行者等人的故事演化发展为百回本《水浒传》,也肯定是受到了"水浒戏"的影响,尤其是小说的后半部分甚至借鉴了一些水浒戏,以"集撰"的方式进行了艺术加工。据何心的考证,元杂剧和明初杂剧取材于梁山泊英雄故事的大半失传了,现在所知道的 32 种中,有 13 种被《水浒传》采用。② 这种"采用"主要是故事梗概的接纳,有的甚至仅仅是人物姓名的一致而已,至于水浒人物的性情脾气与为人处世等则是迥然不同。因此,下面将论述水浒戏对《水浒传》的诠释,则主要指的是明清时代的水浒戏。

明清的水浒戏一方面是上至宫廷下至民间的世俗娱乐,另一方面是替文人写心,为文人抒愤的酒杯。

一 明初朱有燉《豹子和尚》《黑旋风仗义疏财》犹有元杂剧之余韵

明初朱有燉撰作的水浒戏似乎就没有受到《水浒传》的影响,还是依据的是现已不存的小说版本,尚不得而知。因为《水浒传》版本繁多,大多数是大同小异,然而也有差别较大的,例如"吴读本"《水浒传》就是其中的一部。直到李开先改编的《宝剑记》才有材料证明水浒戏的作者在创作之前读过《水浒传》,可是《宝剑记》与小说中的相关描写不完全一致,主角林冲也从小说中的 80 万禁军教头变成了铁

---

① 袁世硕:《文学史学的明清小说研究》,齐鲁书社 1999 年版,第 37—38 页。
② 何心:《水浒研究》,上海古籍出版社 1985 年版,第 9—10 页。

骨铮铮的谏臣。

《黑旋风仗义疏财》写道，东平府刘家村农民李憨古，欠了官粮，无可奈何，只得带着家眷进城，出卖自己的两个小儿子，中途遇见下乡催粮的赵都巡。赵都巡逼迫李憨古把女儿千娇嫁给他，李憨古不从，赵都巡吊打他。次日，赵都巡又去逼婚，李憨古上山报告宋江。宋江派李逵、燕青下山。李逵假扮新娘，嫁到赵家，将赵都巡痛打。后来，张叔夜出榜招安，宋江等人接受招安，前去征讨方腊了。对于宋江等梁山好汉的结局是这样安排的：后皆归顺于宋朝，除武功大夫，分注诸路巡检使，后以平方腊有功封节度使。据剧情来看，其中叙述的事实大都是元代所司空见惯的，朱有燉可能依据元杂剧的本子加工而成的。其中，李逵假扮新娘痛打赵都巡的情节，与《水浒传》中鲁智深假扮新娘饱揍周通的故事只不过是人名有变更而已。在《黑旋风仗义疏财》中，梁山泊仍然如同元杂剧水浒戏中的梁山泊那样替天行道，仍然作为普通百姓伸张正义的"司法"机关而存在，老百姓一旦受了欺侮，不是到官府衙门里申冤，而是直接上山报告宋江。

《豹子和尚还俗》则与《水浒传》几乎无关。剧情是花和尚鲁智深因为擅自杀伤平民，被宋江责打，他一气之下，出家去了。过了几个月，宋江让燕青去劝鲁智深回来，鲁智深不肯还俗。第二次宋江派鲁智深的妻子去劝他，鲁智深仍然不允。第三次宋江派他的老母去劝他，鲁智深也不同意，还把其老母留下，寄居在山下张善友家。于是宋江设计，派两个小喽啰扮作商人，向鲁母索债，因而争吵，两个喽啰假意要将鲁母殴打，恰好鲁智深前来探望其母，见此情形，勃然大怒，忍不住与两个喽啰厮打起来，这时宋江恰好到来，说明情由，鲁智深自觉惭愧，随同宋江回山去了。剧中鲁智深的性格与小说中鲁智深迥然不同，但是这个情节令人很自然地想起李逵、戴宗前去请公孙胜去破高廉的法术，而公孙胜避而不见，李逵于是假装殴打其母，公孙胜忍不住出来相见的故事情节。这个情节究竟是谁模仿谁？这就直接关系到《水浒传》成书的时间了。剧中鲁智深有妻儿老小，且不愿意落草。宋江设计破了他的佛门戒律才逼他上山。吴梅在该剧跋语中说，演鲁智深出家事，此事不见耐庵《水浒传》。

二　明代中期李开先《宝剑记》、陈与郊《灵宝刀》、沈璟《义侠记》、沈自晋《翠屏山》、许自昌《水浒记》、李素甫《元宵闹》、范希哲《偷甲记》（又名《雁翎甲》）等水浒戏

据高日晖《水浒传接受史》的考察，这几部水浒戏都是取材于《水浒传》，且有共同的特点：一是"虽然每部传奇都是从《水浒传》中截取部分情节敷衍而成，但整部戏剧被处理成为一个完整的水浒故事"；二是"用戏剧惯有的团圆模式对小说进行改编，弥合了接受者在小说中被打破的期待视野"；三是"利用戏剧的特点，丰富人物的心理描写，补足小说中的缺憾，是一种填补'空白'的做法"①。其中最重要的是，这几部水浒戏都赞同水浒好汉接受"招安"（除了许自昌《水浒记》到聚义为止，其他都表达了接受招安的愿望），这与小说对"接受招安"的态度是一致的，它也反映了明代中晚期士大夫对于朝廷"招安"贼寇与农民起义军"受招安"的共同认识和审美。文人士大夫认为盗贼只有"接受招安"才能体现他们真正的"忠义"的思想。

水浒戏与时代的精神密切关联。明代中后期的水浒戏往往反映了"忠奸斗争"的时代精神，这与当时的朝政、名教的训导等恐怕不无关系罢。当时士人的心态：高居庙堂的阁臣一般是"弭诣无闻，循默避事"的依阿心态；谏臣一般是"忠厚意薄，衒沽情胜"的徼名心态；党人一般是"廷议纷呶，物议横生"的噪竞心态；有的士人"名丽阉党，依媚取容"，而有的士人还追求"生以理全，死与义合"②。如此种种，都可以用一个道德标准来区分，即忠奸斗争的评判模式。

以一斑可窥全貌，以一目尽传精神。下面以《宝剑记》为例，探析这一时期水浒戏对《水浒传》的诠释。《水浒传》中的"豹子头"林冲在《宝剑记》中摇身一变，由一个80万禁军的教头变成朝廷中一个士大夫的形象，一个忠心义胆的谏诤之臣。《宝剑记》与小说相关的叙事相比，增强了忠奸斗争的思想意识，林冲成了谏臣，这其实是作者李开先的自我写照。据有关历史资料，李开先在编纂《宝剑记》之前已读过《水浒传》，然而他的剧作并不是小说相关叙事原原本本的改编，而是再

---

① 高日晖、洪雁：《水浒传接受史》，齐鲁书社2006年版，第32—34页。
② 周明初：《晚明士人心态及文学个案》，东方出版社1997年版。

创作，是写心和抒愤。这一点在"水浒"的流传中是一个普遍现象，即那时候的人们并没有版权意识和版权观念，任何人都可以借他人之酒杯浇自己之块垒。雪蓑渔者在《〈宝剑记〉序》中说："夫既不得显施，譬之千里之马，而困槽枥之下，其志常在奋报也，不得不啮足而悲鸣，是以古之贤豪俊伟之士，往往有所托焉，以发其慷慨、抑郁不平之衷。"①这几乎也是《水浒传》的创作主旨，贤能豪杰没有忠心报国的机会，反而被奸邪的权佞小人所压抑、打击或扼杀，张潮说《水浒传》是一部"怒书"，就是对"大贤处下，小人处上；大力处下，小力处上；中原处下，夷狄处上"的愤怒之书。

三 清代的水浒戏

清代的水浒戏更是名目繁多，京剧中著名的就有《打渔杀家》《醉打山门》《杨志卖刀》《火并王伦》《刘唐下书》《宋江闹院》《借茶活捉》《挑帘裁衣》《野猪林》《生辰纲》《柴家庄》《小鳌山》《浔阳楼》《白龙庙》《巧连环》《扈家庄》《人名府》《高唐州》《清风寨》等，据马蹄疾《水浒书录》，不包括建国之后的改编本，京剧水浒戏目有78种，其他地方戏中的水浒戏共400多种，如果加上鼓书、小调、评弹等，数量可谓是数不胜数、蔚为壮观。

水浒戏不仅盛演于都邑山乡，而且还进入清朝宫廷，如清宫中上演过张照编写的全本水浒故事《忠义璇图》。清昭梿《啸亭续录》卷一《大戏节戏》记载："又谱宋政和间梁山诸'盗'，及宋金交兵，徽钦北狩诸事，谓之《忠义璇图》"。这反映出上层达官贵人对水浒故事进行诠释的期待视野侧重于梁山好汉的"忠义"思想，甚至是盗贼之中的忠肝义胆。以"盗贼"演绎"忠义"的水浒戏，还有《宣和谱》，它又名《翻水浒》，以王进、栾廷玉、扈成等剿平水浒诸寇为结束，为俞万春《荡寇志》作前驱②。

在清代水浒戏中，鲁智深、武松取代了元代的李逵、明代的林冲成

---

① （明）雪蓑渔者：《〈宝剑记〉序》，卜键笺校《李开先全集》，上海古籍出版社2014年版，第487页。

② 朱一玄、刘毓忱编：《水浒传资料汇编》，百花文艺出版社1981年版，第645页。

为观众最为喜爱的水浒人物，他们是清代戏曲舞台上最为活跃的形象。水浒英雄人物在戏曲舞台上的不同接受，反映了不同历史时代的艺术审美情趣和鉴赏标准在历史长河中的变迁。

清代中叶以前的昆曲折子戏一般都是根据明代的传奇，稍作改动后上演的；其改动主要是更加通俗易懂，宾白加入了大量的吴语。① 昆曲折子戏中的《打虎》《挑帘》《裁衣》本之于沈璟《义侠记》。《借茶》《杀惜》《活捉》本之于许自昌《水浒记》。爱情及其相关总是人类说不尽的话题，即使是在惩淫窒欲的理学文化之中，也湮没不了它的光辉，因而潘金莲、潘巧云、阎婆惜这三个"淫妇"在水浒戏的舞台上便是历代最为瞩目的看点。

对于水浒戏的考察，首先应该明了编演水浒戏的根本目的是其娱乐性。也就是说，在忠义话语的大文化氛围里面人们是借助于水浒英雄人物或水浒故事来进行娱心写意。正是基于这个出发点，水浒戏剧本的编著者并没有版权意识，而是在他们自己当下的时代精神背景里面对于水浒忠义或者说草莽忠心义胆进行了他们期待视野中的诠释。在这个诠释表达的过程中，毫无疑义，娱乐性首先是第一位的，寓教于乐倒还是在其次的，虽然教化思想任何时候都不能缺席。

水浒戏的创作和演出正是水浒故事的自我表现和存在方式。观众有的是取其娱乐性，有的是看重其教化的作用，当然，二者也不是截然分开的，而是你中有我我中有你，寓教于乐的成分还是占主要地位的，文学艺术从来就不是简单的意识形态，而是一个立体化的艺术载体。在文学评论之中，形象总是丰富的，而批评往往是贫困的。

第三节　诠释与语境

中国"红色情报王"李克农说过："同一句话，在不同的情况下讲，可以有不同的含义的。"② 这不是什么深奥的道理，却指出了理解与语境之间的关系。如果不考虑语境，断章取义地理解某一句话很容易引起误

---

① 高日晖、洪雁：《水浒传接受史》，齐鲁书社2006年版，第134页。
② 殷云：《红色情报王李克农》，中共中央党校出版社2000年版，第70页。

解或曲解。从这个意义上说，理解总是具体处境中的理解，意义也总是具体情景之中的意义。因此，对于《水浒传》的诠释不能忽视其意义产生的具体语境。

　　同一首歌曲，不同的人唱起来是不会完全相同的，因为每个人的生活经历不同，对这首歌的体会不同，身世处境或借以表达心情的语境也不同。那么，同一部文学作品，不同的读者理解起来又怎么会相同呢？同一个时代的人固然会有相同或相似的诠释模式，然而具体到每一个人来说，他的理解也是各有其侧重点的，就更不用说从历史的纵向来看，不同时代的读者对同一部文学作品的理解相差之大了，甚至会出现截然相反的诠释。这一现象使得一些人认为文学的意义生成于作品的外部，即新的意义生成于具体的历史情境之中。

　　从学术求真的角度出发，《水浒传》的诠释语境问题就是正确理解这部小说的历史情境的问题，应该把它放在哪一段历史中对《水浒传》进行理解才是合情合理的呢？是南宋、元朝、元末明初、明朝嘉靖年间，还是这几百年间历史长河的流动之中都或多或少地留有了历史的足迹和影子？

　　《水浒传》108个英雄好汉乃是36天罡、72地煞，而天罡地煞在道教中则指的是北斗星。古人认为，北斗注死，南斗注生。中国古人的这一信仰与《水浒传》中英雄好汉是什么关系呢？北斗星是天宇中的指明星，这是否暗示作者的写作意图是希望元代统治之下的被压迫民族应该以天罡地煞为榜样去进行反抗呢？这一联系是不是牵强附会呢？但有一点是毋庸置疑的，即被统治民族尤其是下层民众对于杀人放火是大快人心、津津乐道、喜闻乐见的。在异族统治之下，被压迫民族是不是对向异族投怀送抱、勾搭成奸的淫荡女子格外痛恨和鄙视呢？对《水浒传》的理解，如果离开这个语境，人们将很难认同梁山泊英雄好汉的杀人越货、勇于杀戮的，也很难欣赏相关的血腥场面的文学描写；如果离开这个语境，也很难解释为什么《水浒传》热衷和快意于对其中的淫妇剖心剜肺的叙述。叙事上的悖论丛生自有它的生成背景。语境会影响甚至决定言语的具体意义。

　　对泼皮与好汉如何区分？这其实是一个"道德立场"的问题。《水浒传》不排除借助天上的天罡地煞这些魔星来杀戮"贪官污吏与淫女荡妇"

以泄愤的可能性，也不排除通过阳刚武勇的水浒好汉诛杀贪官污吏来表达被压迫被剥削民族的反抗心理情绪和潜意识中的抗争精神。

通过把元杂剧中的水浒戏与《水浒传》对照着进行阅读，以"惩治贪官污吏与淫女荡妇"为主要内容的水浒戏是不是与《水浒传》的主题思想有相互吻合的地方呢？

《水浒传》不仅与佛教、道教、儒学等有关，而且与民间其他宗教也有着密切的关系。"天罡地煞"这些魔头源自摩尼教的信仰。竺青多次指出，《水浒传》第116回方腊令柯引（柴进）"白衣相见"与摩尼教尚白有关。侯会在《疑〈水浒传〉与摩尼教信仰有关》中指出，摩尼教对《水浒传》的影响，几乎是无法回避的。韩秉方认为，摩尼教遭到官府禁止，受到佛教、道教的嫉恨，被斥为异端，于是摩尼教被改为魔教，摩尼为魔王。万晴川认为方腊明教起义是《水浒传》中方腊故事的原型，"明教是由摩尼教演变而来，这使《水浒传》很难摆脱摩尼教的影响"①。在北宋，摩尼教在地化为明教。钟相起义，据历史记载，是明教起义。明教的要义是"清净、光明、大力、智慧"。其要义与《水浒传》的叙事有很多暗合之处。《水浒传》开篇洪太尉误走妖魔，一道黑气散作百十道金光而去；鲁智深倒拔垂杨柳以及武松景阳冈打死老虎等皆为崇尚"大力"的叙述；智多星吴用多谋善算、机智过人，种种"智取""智打"都是尚智的艺术表现。摩尼教教徒大多精通天文，所以有的作为阴阳人，施法求雨。而水浒好汉是天罡地煞，亦被称为魔星。从摩尼教的教义入手，可以解释《水浒传》叙事中的诸多困惑。

诠释的语境问题从本质上而言，就是历史主义的问题。解读《水浒传》，一定要考虑到它当时的生成语境，否则小说中的很多社会现象并不能得到合情合理的解释。李逵乔坐衙判案一事，对于李逵判案的话语分析便不能不考虑被压迫被剥削民族对敢于反抗、勇于反抗的好汉人物的欣赏与身处此境的弱势群体对不敢起来反抗的人们的痛恨这个具体的语境，在李逵审案过程中就体现在"打人的是好汉，被打的应该示众"，如果不从这个视角去理解，那么，李逵乔坐衙便是纯粹的噱头。元杂剧固然有噱头取乐的成分在，然而其蕴藉的民族情绪更是不言自明的。宋江

---

① 万晴川：《〈水浒传〉与方腊明教起义》，《甘肃社会科学》2004年第6期。

被逼上梁山，然而他时刻不忘专待朝廷招安、为国出力，这又如何理解呢？如果把它放在宋金对峙的历史时空中，联系盗贼巨寇在反抗本民族朝廷中的贪官污吏的同时，却不忘抵抗异族入侵、杀敌报国、接受招安投降朝廷、辅国安民等史实，就容易理解得多。

《水浒传》话语体系生成的历史语境，就是民族矛盾、阶级矛盾相互纠缠、官匪难分、盗贼遍地的动乱时空。"江湖"作为不同于正统主流社会的另一生存空间的时代，只能是动乱的时代。据熊克《中兴小纪》卷十三，杨幺主诛杀，黄诚主谋划，据江湖以为巢穴。又根据侯会的考证，《水浒传》取材源流之一就是"洞庭湖钟相杨幺起义"，水浒故事主要是在长江流域流传并形成的①。

《水浒传》中的忠君思想也应该从民族矛盾尖锐冲突的历史背景中来理解。阮小五为什么唱道"酷吏赃官都杀尽，忠心报答赵官家"？阮小七为什么要"先斩何涛巡检首，京师献与赵王君"？因为在民族矛盾尖锐化的时候，朝廷往往就是本民族的象征，这里的"赵官家""赵君王"应该说都是华夏汉民族的表征。中原人民在反抗异族入侵的斗争中，就有很多地方性武装由反对宋王朝的统治转变为反对异族的侵略，从"反王"变为"勤王"，自觉地肩负起民族斗争的大义来。王彦领导的太行山八字军，脸上都刺上了"赤心报国，誓杀金贼"，进行"保国安民"和"保境安民"的英勇斗争。《水浒传》中以宋江为首的梁山泊好汉受招安之后所进行的征辽、平方腊，从"替天行道"到"顺天护国、保境安民"政治口号的变换等，都是民族矛盾尖锐化之后的民族与阶级矛盾交织的现实生活的反映。这些土匪盗贼打起仗来更加英勇，奋不顾身，把生死置之度外。

由以上可知，《水浒传》的成书与民族兴亡的忧患、湘湖一带的地域、民族身份的认同以及"人心思汉"的民族心理等都不无关系，它们共同构成了这部小说成书的语境。

现当代的学者一般从社会心理或民间文化的角度来分析《水浒传》的生成语境。前者有傅惠生的《宋明之际的社会心理与小说》，后者有杨

---

① 详参侯会《水浒源流新探》《水浒源流新证》《试论〈水浒传〉的悲剧历史底蕴》《后来居上的〈水浒〉人物——公孙胜》《鲁智深形象源流考》等。

义的相关论述。杨义说:"《水浒传》早期的名字叫《忠义水浒传》,甚至直接叫《忠义传》。忠是对民族国家的,义是对江湖朋友的。忠义不在朝廷,而归水浒,这是明清两代的评点家反复讨论的问题。实际上这种道德判断的失常和悖谬,反映了说书人透露的民间心理情绪,对奸邪当道的王朝政治已经彻底绝望。"① 杨义从民间文化精神的视角出发,探讨《水浒传》民间的义气改造了儒家的仁义思想,以及民族冲突之中忧患意识和反思使得《水浒传》这部民间文化精神的史诗具有崇高美和阳刚美。

把握《水浒传》产生和传播的历史情境,对于它的解读是有益的。明末清初,刘子壮在《屺思堂文集》里将《水浒传》更名为《宋元春秋》,并为之作了一篇序。在这篇序言中刘子壮认为"《水浒》,传也。曷以为《宋元春秋》?曰志宋将为元也"。刘子壮遭遇明朝灭亡、明清更替的历史变更,这是他理解《水浒传》的历史处境,因而他以朝廷更代、春秋笔法来解读《水浒传》也就是情理之中的事情。他说:"王安石以财困天下,童、蔡相缘,肥家瘠国,沟壑内溃,强邻外啮,卒成有元。以施、罗二公之才,幽辱塞漠,进不得为岳、韩,退不得为晁、宋,托诸水泊,发其孤愤,其所由来渐矣。"刘子壮对《水浒传》创作意图的猜测就不无他自己的影子在其中。他在明朝末年多次参加科举考试,都没有考中。后来,清朝举行科举考试,因为博学硕儒或有民族气节的文人知识分子大都隐逸不出,因此刘子壮这样屡次落第的竟然会试第一、殿试第一,他的亲身遭遇与《水浒传》的作者及其文本在解读的过程中自然产生了有才不展、发其孤愤的视域融合。他又说:"施、罗二公身居人国,不敢直言,而托之往代,不忍直言童、蔡四贼而托之河北、江南,盖亦犹春秋之义云尔。"② 这一段话说明了春秋笔法作为刘子壮的前见具有何其根深蒂固的地位,它直接影响乃至规定了其理解的方向性。由刘子壮对《水浒传》的解读可以看出历史处境、个人遭遇和文本语境等对阐释一部小说所具有的规定性和局限性。

---

① 杨义:《新诠释学下的〈三国〉、〈水浒〉、〈西游〉:中国民间文化精神的史诗》,辜美高、黄霖主编《明代小说面面观》,学林出版社2002年版,第37页。

② (明末清初)刘子壮:《宋元春秋序》,马蹄疾编《水浒资料汇编》,中华书局1977年版,第29—30页。

第四章

道德与法律的理解视角

第一节 道德的诠释视角

一 伦理道德教化劝惩的历史正当性

道德是掌握话语权的统治阶级为了维护其根本的阶级利益所进行的教化。黑格尔认为"道德即在于按照某个国家的习惯生活"①。实事求是地说，中国封建社会中伦理道德的历史功绩不容抹杀，以德治国在当时农耕文明的历史条件之下，也是先进的、科学的和符合当时历史条件的。以法治国也有很多漏洞，法律的不完善是一个客观现实；有法不依、权大于法在很多情况之下也是无可奈何的事情。严刑酷法在中国历史上历来没有多少市场，秦王朝的法律可谓是完备和严格，然而却是逼迫戍卒揭竿而起，天下豪杰顿时响应影从，以法家治国的大秦帝国便四分五裂，江山易姓了。相对而言，以德治国，利用人们"克己复礼"的道德自律和"修齐平治"的功业抱负，有时候反而比法律的效用更完善、更有效，因为道德教化的熏染使人自觉地与自己恶的一面作不疲倦的斗争，如君子慎独、不欺暗室等，都是国家法律所鞭长莫及的。

中国的封建社会（此处按照约定俗成的说法，其实秦始皇统一六国之后"废封建、建郡县"，西方定义的封建社会与周朝的"封建"制度差强近之；晚至清末，社会里仍然有奴隶存在）并不是一直黑暗和腐朽，也不是那些企图复古的老古董想当然的那么美好，历史的车轮也并不是

---

① ［德］伽达默尔：《哲学诠释学》，夏镇平、宋建平译，上海译文出版社2004年版，第115页。

一直向前转动的，农耕文明与商业文明（或者说大陆文明与海洋文明）是两个不同系统的文明，简单地以哪一方的标准去苛求另一方都是唯心的、不符合实际情况的。

在封建社会这种以伦理道德为主流的文化中，文学作品被赋予教化劝惩的功能是必然的，也是完全应该的。这是当时文学艺术本身"真善美"的要求。况且，如前所述，中国古人的艺术审美观是"以善为美"和"尽善尽美"。中国古典文学作品中浓郁的伦理道德教化特色有其历史的合理性和正当性。因此，古人从道德视角诠释《水浒传》应该得到公允对待，不能简单粗暴地予以否定，而是要看到其历史的合理因素。

二 "诲盗诲淫"说的正反两面

古人把《西厢记》《水浒传》称作"诲淫诲盗"其实也是不无道理的。关键是从哪个角度来看，以及站在哪一个阶级立场、政治立场上来评判。

《西厢记》何尝不是"诲淫"？偷情通奸成为爱情，未婚交媾在反封建礼教的幌子下跋扈，才子佳人依靠状元梦、皇帝赐婚让多少读者闭上眼睛看见了"圆满"。如果按照当时伦理道德的眼光来看，他们的行径难道不是地地道道的"奸情"？他们的思想解放、追求爱情自由、勇敢反抗礼教束缚等，难道不是现代读者的时代性诠释？它何尝不是现代读者的"成见"对于彼时爱情戏曲的主观看法呢？

现当代把古代的"偷情""奸情"解读为爱情，把纵欲荒淫看作性自由和性解放，把修身立德当作对人性的摧残和压抑等都是极端的看法，是历史当下性自我的解读，是对历史自以为是的误读和曲解。

同样的道理，就以历史上《水浒传》对明清、民国社会中造反暴动的盗贼、洪门、青帮以及地下社会黑帮势力等的影响来说，《水浒传》何尝又不是"诲盗"了呢？读《水浒传》之于杀人放火犹如酒之于色，皆是"媒人"和助燃剂，这一点也不必为之隐讳，因为它确实是具有那样的文学功能。

明末农民起义，张献忠战斗闲暇听人讲说水浒故事，从中学习攻战之法。"李青山诸贼啸聚梁山"以《水浒传》为法"聚众树旗、杀人放火、破城焚漕"①；清代洪门的组织机构就有水泊梁山的影子……所有这些，都说明了《水浒传》确实是有诲盗之功效。有清一代，皇帝多次下令禁毁《水浒传》，也是对它诲盗性质有所认识之后采取的应对措施。

俗话说："少不读水浒，老不看三国。"人们认为，少年之时，血气方刚，易于打斗；而人年老的时候，社会经验一般比较丰富，看了《三国演义》之后，容易变得狡诈阴险。这种说法其实是因噎废食，《水浒传》《三国演义》固然有这方面的负面作用，但是不能因此就不去阅读，而是在阅读和学习中增强自己辨别是非曲直的能力。

三　话语论争：忠义、诲盗，还是忠奸斗争

中国文人知识分子向来就不是一个独立的阶级，而是一个附庸的阶层，他们根据所依附阶级的政治立场，对于《水浒传》的诠释主要有"诲盗"说、"忠义"说和"忠奸斗争"说三种，这三种理解从本质上来说都是依据传统的伦理道德标准，不同之处只是在于政治立场角度的不同而已。

政治上不得意的文人往往认为皇帝是好皇帝，他们把自己在政治上的不得意归于奸臣当道，没有慧眼识英才的执政，认为阴险卑鄙的小人阻碍了他们的仕途，因而一般从"忠奸斗争"这个角度来立论；政治上比较得意的或者是比较正统的文人知识分子，则往往站在传统伦理道德的立场上，指责《水浒传》是"诲盗"之书；而只有那些看到官逼民反的必然性、痛恨权奸嫉贤妒能而致使贤能在野的文人知识分子，同情和不满于"大贤役于小贤、大力役于小力"的政治局面，从而痛恨小人当权、大盗柄国，因而认为《水浒传》是忠义之书。"忠义"说与"忠奸斗争"说是十分接近的，有时候它们可以通用，它们一般都着眼于朝廷的"用人"问题。

（一）诲盗话语

在嘉靖、万历年间，刊刻、阅读、评点《水浒传》等通俗小说似乎在当时形成了一个热潮。田汝成认为《水浒传》是"诲盗"之书，并对《水浒传》诲盗的痛恨之情溢于言表，甚至不惜用因果报应的迷信来咒骂

---

① （明）左懋第：《崇祯十五年四月十七日刑科给事中左懋第为陈情焚毁水浒传题本》，王利器编《元明清三代禁毁小说戏曲史料》，上海古籍出版社1981年版，第16页。

这部小说的作者，田汝成在《西湖游览志馀》中说："钱塘罗贯中本者，南宋时人，编撰小说数十种，而《水浒》叙宋江等事，奸盗脱骗机械甚详。然变诈万端，坏人心术，其子孙三代皆哑。天道好还之报如此！"①（明）袁中道在《游居柿录》中说："《水浒》，崇之则诲盗……有名教之思者，何必务为新奇，以惊愚而蠹俗乎？"②

陈继儒在《答吴兹勉书（又）》中说："某不愿与乡衮叙爵，而愿与乡衮叙齿；不能修史，而喜劝诸君读史：今《通鉴》多束高阁，故士子全无忠孝之根；《水浒》乱行肆中，故衣冠窃有猖狂之念。"③陈继儒以82岁高龄溘逝之际，告诫他儿孙的是为人要谨慎，并总结他打秋风、与人交往都是如履薄冰、如临深渊。这样一个人是不会有什么叛逆之心的，做人行事的循规蹈矩和儒家正统思想是他理解《水浒传》的前见，因此他痛恨人们不读正史，不能受到忠孝思想的熏陶；而痛恨人们喜爱阅读《水浒传》，诱发人们猖狂作乱的邪念。

明末左懋第以《水浒传》为诲盗之书，他于崇祯十五年（1642）上书皇帝要求禁止《水浒传》的刊行。他上书的历史背景在他的奏折中说得很明白，那就是梁山一带盗贼张青山奉《水浒传》为圭臬，谋反叛乱，飞扬跋扈，对社会造成了很大的破坏。这就说明，《水浒传》之所以被作为诲盗之书，是由左懋第的问题视域所造成的。问题视域往往就是先见、前理解的现实依据。农民暴动的社会现实，致使以江湖豪侠而不是以盗贼作为理解《水浒传》的前结构。

《宋史》记载："淮南盗宋江掠京东诸郡，知海州张叔夜击降之"，"擒其副贼，江乃降"。④金圣叹认为："宋江虽降而必书曰盗，此春秋谨严之志，所以昭往戒，防未然，正人心，辅王化也"，同时他又大骂"后世之人不察于此，而衰然于其外史，冠之以忠义之名，而又从而节节称叹之。呜呼！彼何人斯？毋乃有乱逆之心矣夫！"⑤金圣叹认为，《水浒

---

① 朱一玄、刘毓忱：《水浒传资料汇编》，百花文艺出版社1981年版，第131页。
② （明）袁中道：《游居柿录》，青岛出版社2005年版，第979页。
③ 朱一玄、刘毓忱：《水浒传资料汇编》，百花文艺出版社1981年版，第224页。
④ （元）脱脱等：《宋史》，中华书局1977年版，第11141页。
⑤ （明）施耐庵著，（清）金圣叹批评：《金圣叹批评本〈水浒传〉》，岳麓书社2006年版，第19页。

传》"其人不出绿林,其事不出劫杀,失教丧心,诚不可训"①。然而,明末清初很有民族气节的归庄却对金圣叹及其评点殊无好感,他在《诛邪鬼》中批评《水浒传》是"倡乱之书",金圣叹评点《水浒传》是惑人心,坏风俗,乱学术,其罪不可胜诛。

金圣叹、王仕云关于《水浒传》的评点与俞万春撰写的《荡寇志》是有清一代对《水浒传》诠释的代表,一是以评论的方式对《水浒传》进行诠释,二是以创作的方式来表达自己对这部小说的理解,但他们都有一个共同点,那就是王平先生在《〈水浒传〉明清诠释之比较》中指出的:"明清两代对《水浒传》的诠释有着明显不同:明人认为是'忠义'之作,清人则认为是'诲盗'之作;明人对宋江称赏有加,清人则对之深恶痛绝。之所以产生这种不同甚至截然相反的见解,主要是时代和社会环境使然。但某一见解一旦形成,又会造成深远影响。这种现象应引起今人的高度重视,以避免在对古典名著进行诠释时,出现不必要的失误。"②王平先生认为虽然明人也有斥责《水浒传》为"诲盗"之书的言论,然而主流话语却是"忠义"说;清代也有赞赏《水浒传》的,然而几乎步调一致地认为《水浒传》是"诲盗"之作。这就清楚明了地指出明清两代从大的形势上来看人们对《水浒传》诠释的角度和总体评价的异同。

顺治十四年(1657),王仕云在贯华堂本金圣叹评点《第五才子书施耐庵水浒传》的基础上,每回末加上他自己的总评,题名为《评论出像水浒传》,由醉耕堂出版。王仕云在《第五才子水浒序》中认为《水浒传》是一部"申明一百八人之罪状"的书,《水浒传》创作的真正目的"不过编辑绿林之劫杀以示戒也"。王仕云说:"试问此百八人者,始而夺货,继而杀人,为王法所必诛,为天理所不贷,所谓'忠义'者如是,天下之人不尽为盗不止?岂作者之意哉?"③

王仕云评点《水浒传》的指导思想在《王仕云先生评论出像水浒传

---

① (明)施耐庵著,(清)金圣叹批评:《金圣叹批评本〈水浒传〉》,岳麓书社2006年版,第16页。
② 王平:《〈水浒传〉明清诠释之比较》,《济宁师专学报》2006年第5期。
③ 朱一玄、刘毓忱编:《水浒传资料汇编》,百花文艺出版社1981年版,第306页。

总论》中说得很清楚，即他的评点与金圣叹的观点没有丝毫不同，都是视梁山泊好汉为杀人越货的强盗、盗贼，都不同意小说《水浒传》"严于论君相，宽以待盗贼"，致使"读之者日生辟邪侈之乐，且归罪朝廷以为口实，人由何所惮而不为盗？"①

具体而言，金圣叹、王仕云都是一方面痛恨权奸柄国、小人当道，贤能的人没有出头之日，不能为国家朝廷尽心竭力；另一方面对盗贼的暴动骚乱破坏痛恨不已。金圣叹认为《水浒传》是"乱自上作"，王仕云也说："之百八人者，非宋朝之乱臣贼子耶？苟生尧舜之世，井田学校，各有其方，皆可为耳目股肱，奔走御侮之具。不幸生徽宗时，或迫饥寒，或逼功令，遂相率而为盗耳。"②同时，他们又都反对梁山泊盗贼跳梁跋扈、杀人越货，认为起义反叛是不应该提倡的，如果不善读《水浒传》就容易被其误导，以致有效仿之心。

大清道光年间俞万春以创作的形式来表达这一观点，他接续金圣叹批点的 70 回贯华堂本作了一部《荡寇志》70 回，结子一回，又名《结水浒传》，写的是梁山泊英雄好汉首领 108 人，非死即诛，专明当年宋江并没有受招安平方腊的话，只有被张叔夜擒拿正法一句话。半月老人在《荡寇志续序》中说："……而独不喜观前后《水浒》传奇一书。盖以此书流传，凡斯世之敢行悖逆者，无不藉梁山之鸱张跋扈为词，反自以为任侠而无所忌惮。其害人心术，以流毒于乡国天下者，殊非浅鲜。"③

（二）忠义话语

李贽是"忠义"说的代表。他认为《水浒传》是"宇宙内五大部文章"之一，是天下之至文④，他在《忠义水浒传叙》中认为《水浒传》是"发愤之作"："施、罗二公身在元，心在宋，虽生元日，实愤宋事。是故愤二帝之北狩，则称大破辽以泄其愤；愤南渡之苟安，则称灭方腊以泄其愤。敢问泄愤者谁乎？则前日啸聚水浒之强人也。欲不谓之忠义，

---

① 朱一玄、刘毓忱编：《水浒传资料汇编》，百花文艺出版社 1981 年版，第 307 页。
② 朱一玄、刘毓忱编：《水浒传资料汇编》，百花文艺出版社 1981 年版，第 306 页。
③ （清）俞万春：《荡寇志》，人民文学出版社 2006 年版，第 1047 页。
④ 周晖：《金陵琐事》，朱一玄、刘毓忱编《水浒传资料汇编》，百花文艺出版社 1981 年版，第 227 页。

不可也。"①《水浒传》的作者在梁山好汉身上寄托着强烈的民族意识和隐寓着对南宋朝廷奸邪的极端不满,所以梁山好汉必定是忠义的化身。

李贽问道:"水浒之众,何以一一皆忠义也?"通常,小德应当服从大德,小贤应当服从大贤,小力应当服从大力。然而,社会现实却是"以小贤役人,而以大贤役于人"。"其势必至驱天下大力、大贤,而尽纳之水浒矣","则谓水浒之众,皆大力、大贤、有忠、有义之人可也"②。他所说的小贤、小德、小力,显然是指把持朝政的蔡京、高俅、童贯、杨戬等奸臣,是他们把宋江等"大贤、大德、大力"之人逼上了水泊梁山。

李贽说:"独宋公明者身居水浒之中,心在朝廷之上;一意招安,专图报国;卒至于犯大难,成大功,服毒自缢,同死而不辞。则忠义之烈也,真足以服一百单八人者之心。故能结义梁山,为一百单八人之主。"③宋江等人之所以接受朝廷招安是为了能够"忠心报国",即使最后被奸臣毒死,也成为视死如归、大忠大义的壮烈之士。可见李贽把"报国"作为忠义的最高准则,宋江等梁山好汉一心为国,所以他们自然而然成为"忠义"的化身。

李贽解读《水浒传》的结论是:"故有国者不可以不读。一读此传,则忠义不在水浒,而皆在于君侧矣。贤宰相不可以不读。一读此传,则忠义不在水浒,而皆在于朝廷矣。兵部掌军国之枢,督府专阃外之寄,是又不可以不读也。苟一日而读此传,则忠义不在水浒,而皆为干城心腹之选矣。否则,不在朝廷,不在君侧,不在干城心腹,乌乎在?在水浒。此传之所为发愤矣。"④

在李贽之前,宋末元初的龚开在《宋江三十六赞》中认为宋江等人的作为是"义勇"。他说:"即三十六人,人为一赞,而箴体在焉。盖其本拨矣,将使一归于正,义勇不相戾,此诗人忠厚之心也。"⑤

---

① (明)施耐庵、罗贯中:《水浒传》,上海古籍出版社1995年版,第1488页。
② (明)施耐庵、罗贯中:《水浒传》,上海古籍出版社1995年版,上海古籍出版社1995年版,第1488页。
③ (明)施耐庵、罗贯中:《水浒传》,上海古籍出版社1995年版,第1488页。
④ (明)施耐庵、罗贯中:《水浒传》,上海古籍出版社1995年版,第1489页。
⑤ (宋末元初)周密:《癸辛杂识续集》卷上,中华书局1988年版,第145页。

明代郎瑛在《七修类稿》卷二五《辩证类·宋江原数》中，从"礼义"的角度看待宋江等人起义之事："史称宋江三十六人横行齐、魏，官军莫抗，而侯蒙举讨方腊。周公瑾载其名赞于《癸辛杂识》。罗贯中演为小说，有'替天行道'之言。今扬子、济宁之地，皆为立庙。据是，逆料当时非礼之礼，非义之义，江必有之，自亦异于他贼也。"①

万历二十二年（1594），双峰堂刻印了《水浒志传评林》，卷首有署名为"天海藏"的序言，开篇便说："先儒谓尽心之为忠，心制事宜之谓义。愚因曰：尽心于为国之谓忠，事宜在济民之谓义。若宋江等，其诸忠者乎，其诸义者乎！"②这篇序言论述梁山好汉"愤国治之不平，悯民庶之失所"，抱打不平，锄强扶弱，劫富济贫，因此有为国之忠，有济民之义。这种见解或许就是那个时代对于《水浒传》的理解。李贽也是从"为国"和"济民"这个角度来进行诠释的。

张凤翼在《水浒传序》中说："论宋道，至徽宗，无足观矣。当时，南衙北司，非京即贯，非球（俅）即勔，盖无刃而戮，不火而焚，盗莫大于斯矣。宋江辈逋逃于城旦，渊薮于山泽，指而鸣之曰：是鼎食而当鼎烹者也，是丹毂而当赤其族者也！建旗鼓而攻之。即其事未必悉如传所言，而令读者快心，要非徒虞初悠谬之论矣。"③当时的论者，大多如同张凤翼，认为当国权奸乃真正的"大盗"，而忠义之士反而沦落于草野，甚至被逼上梁山。

至于袁无涯本《水浒传》的评点，因为杨定见是李贽的弟子，袁无涯是个崇拜李贽的书商，袁无涯本《水浒传》是在容与堂本刊行多年之后才刻印出版的，因此它的评点在思想内容上与容与堂本极为相近，甚至大部分是相同的。在这些思想内容上相同或相似的批语中如果说有不同的话，那就是语言表达上的差异。例如，小说第4回中鲁智深"焦躁道：'俺便不及关王！他也只是个人！'"，容与堂本批语是："佛。"而袁无涯本批语是："真圣贤佛祖语。"而在那些评点内容不同的地方，更能体现出哪一部评点更接近李贽的思想和文风。郑公盾对两个版本的批语

---

① （明）郎瑛：《七修类稿》卷25，文化艺术出版社1998年版，第313页。
② 朱一玄、刘毓忱编：《水浒传资料汇编》，南开大学出版社2002年版，第192页。
③ 马蹄疾编：《水浒传资料汇编》，中华书局1980年版，第12页。

作过分析，他以《陈桥驿挥泪斩小卒》为例，认为："容与堂百回本以极其鲜明的态度，歌颂了这个敢于反抗官府的不怕死的无名军校，夹批'妙人'二字，眉批：'这个军校可取！'总评中说从这件事看到宋江的貌似'至诚'，实质上'参之以诈'的'秀才气'，'一觉可厌'。评点者显然是把自己的同情放在敢于反抗朝廷特派厢官的小军校这方面的；相反地，袁无涯本则这样批道：'读至公明挥泪斩小卒，其由衷之言，令人感泣不已！'作者是把同情放在杀死军校的宋江方面。又如当鲁智深把周通、李忠器皿卷走后，周通说道：'……不如罢手，后来倒好相见。'百二十回本眉批道：'做人处事，千古名言'。不难看出，批语表现的息事宁人、与世无争的口吻，与李卓吾著作中比较突出表现的顽强斗争，不曲阿随和的精神，是没有什么共同之处的。所以，从批语的思想内容来看，容与堂百回本《忠义水浒传》批语同李卓吾其它著作的精神基本吻合，而百二十回本《忠义水浒全书》的批语，则与李卓吾著作中所表现的战斗思想性，不但存在着很大的距离，甚至有些是互相抵触的。"①

与容与堂本评点批语相比，在对小说叙事艺术的分析上，袁无涯本的批语更为具体详尽。例如《水浒传》第 2 回，容与堂本评点是"关目都好"，而袁无涯本则是"结此一回，总挈通部"。

王平先生分析了明代评论者大多认为《水浒传》是"忠义"之作的现实原因就在于它"不仅仅是人文思潮的问题，而与当时的朝政有关"②，并联系正德、嘉靖年间诸如宦官专权、门户之争、奸相严嵩把持朝政等黑暗腐朽的政治现象进行了历史的诠释。

（三）忠奸之争

阴阳思想对中国古人影响深远，它是阴阳思维模式的产物。忠奸之争的阐释机制就是这一思维模式之于朝廷政治的解读；再者，对于在政治上不甚得意的文人来说，"忠奸论"反映了他们借他人之酒杯浇自己之块垒，抒发愤恨，表达心声的真实心态。

持"忠奸斗争"说这种理解的代表者，有明代的汪道昆、锺惺、张凤翼、余象斗、大涤余人等。其中贯穿他们评论核心的，是儒家"礼失

---

① 郑公盾：《水浒传论文集》，宁夏人民出版社 1983 年版，第 396—397 页。
② 王平主编：《明清小说传播研究》，山东大学出版社 2006 年版，第 114 页。

求诸野"的思想。他们把《水浒》比作孔子的《春秋》、庄子的《盗跖》和司马迁的《史记》,认为《水浒传》是一部在动乱的社会历史条件下,寄托着作者关于中华文明传统价值"道统"的作品。它的主角虽然被视为一群"盗寇",但与那些名为权臣阁臣实为"窃国大盗"的人相比,他们却是真正的"忠义"之士。

明朝"天都外臣"汪道昆在万历十七年(1589)重刻的《〈水浒传〉序》中赞誉水浒人物说:他们"既蒿目君侧之奸",又能"审华夷之变";"虽掠金帛,而不掳子女;惟翦棼墨,而不戕良善。诵义负气,百人一心。有侠客之风,无暴客之恶。"他还说:"有世思者,固以正训,亦以权教。如国医然,但能起疾,即乌喙亦可,无须参苓也。"此说认为《水浒传》是一种治"乱世"的"权宜"教范。小说作者撰写此书,好比医生治病,不一定要用贵重的补品,只要能够治愈疾病,即使是"乌喙"亦可。

汪道昆的序言认为,小说的兴起,最早是出于太平皇帝宋仁宗的嗜好。他说:"小说之兴,始于宋仁宗。于时天下小康,边衅未动。人主垂衣之暇,命教坊乐部,纂取野记,按以歌词,与私戏优工,相杂而奏。是后盛行,遍于朝野。盖虽不经,亦太平乐事,含哺击壤之遗也。其书无虑数百十家,而《水浒》称为行中第一。"汪道昆对水浒故事的解读自然也带有其鲜明的时代特色,那时候明王朝与后金战事正紧,因此汪道昆慨叹贤能之才不得尽用,无人能为国家出力。这个视角也是"忠奸之争"的视角,它是明清两代文人解读《水浒传》最主要的视角,尤其是在国家多事之秋,忠直的文人就会感慨宵小在朝、贤能在野,就会借《水浒传》中的梁山好汉来发泄心中的愤懑。汪道昆说:"如传所称吴军师善运筹,公孙道人明占侯,柴王孙广结纳,三妇能擐甲胄作娘子军,卢俊义以下,俱鸷发枭雄,跳梁跋扈,而江以一人主之,始终如一。夫以一人而能主众人,此一人者,必非庸众也。使国家募之而起,令当七校之队,受偏师之寄,纵不敢望髯将军、韩忠武、梁夫人、刘岳二武穆,何渠不若李全、杨氏辈乎?"①

钟惺在《钟伯敬先生批评水浒传序》中借《水浒传》中宋江受招安、征辽,纾解国患,而感叹时无英雄,国事堪忧:"嘻,世无李逵、吴用,

---

① 朱一玄、刘毓忱编:《水浒传资料汇编》,南开大学出版社2002年版,第188页。

令哈赤猖獗辽东！每诵《秋风》思猛士，为之狂呼叫绝。安得张、韩、岳、刘五六辈，扫清辽蜀妖氛，剪灭此而后朝食也！"①

钟惺对《水浒传》的理解视角与汪道昆的视角有何二致？他们都是希望能够有如梁山好汉之辈从军征辽。当时朝廷边患严重，然而没有良将可用，这是汪道昆和钟惺两人对《水浒传》理解的前视域，相同或相似的前视域导致得出相似的结论。时事政治的问题视域直接决定着汪道昆、钟惺等人对《水浒传》的理解。正是因为当时辽东战事吃紧成为他们的前理解，导向了新的理解即慨叹世无李逵、吴用等杰出人才可用，遂使努尔哈赤等在辽东猖獗。联系到这个具体的历史背景，不妨进行一番"大胆的假设"，《水浒传》中的"征辽"一节极有可能是明朝嘉靖时期汉民族文人的一种心理情绪的反映。

余象斗是一个出版商人，他在《水浒志传评林》（明万历二十二年双峰堂刻本）中则说，先儒把"尽心"叫做"忠"，"心制事宜"叫做"义"，他认为，"尽心为国"才是"忠"，"事宜在民"才是"义"。宋代末年，贪官横行、乾纲不振、国失其度、下民咨咨，水浒英雄好汉能够锄强扶弱，削富济贫，申冤解困，可谓做的是"桓文仗义，并轨君子"的事业。余象斗说，如果《春秋》是"史外传心"的重要经典的话，那么《水浒》则是"纪外叙事"的重要作品之一。

余象斗评点《水浒传》具有鲜明的感性特点，他将自己的生活经验与小说中的叙事紧密联系起来，在当代人看来更具有人情味。梁山泊为了逼迫朱仝上梁山，派李逵斧劈沧州知府四岁的小衙内，容与堂本批道："朱仝毕竟是个好人，只是言必信、行必果耳，安有大丈夫而为太守作一雄乳婆之理？即小衙内性命亦值怎么，何苦为此匹夫之勇、妇人之仁？好笑，好笑。"② 然而余象斗却在行文中蕴含着现实生活的情感感受，他说："李逵只因要朱仝上山，将一四岁儿子谋杀性命，观到此处有哀悲。惜夫，为一雄士，苦一幼儿，李逵铁心，鹤泪猿悲。"③

---

① 朱一玄、刘毓忱编：《水浒传资料汇编》，南开大学出版社2002年版，第226页。
② 朱一玄、刘毓忱编：《水浒传资料汇编》，南开大学出版社2002年版，第197页。
③ 陈曦钟、侯忠义、鲁玉川辑校：《水浒传会评本》（上册），北京大学出版社1981年版，第945页。

当然，余象斗是不可能脱离农耕文明中的伦理道德历史情境的，他的评点自然也具有浓郁的唯道德论色彩。他评点《水浒传》第62回李逵在四柳村捉鬼，杀死狄太公偷情的女儿及其情夫王小二就是传统伦理道德的视角，认为观李逵此段杀奸夫淫妇，此理当然。

观余象斗对李逵斧劈小衙内的评论，能够感觉得到余象斗似乎具有现当代人的人道主义和人性思想；然而，看看他对李逵杀死狄太公女子及其情夫的评点，则不能与现当代人的情爱观念、女性解放思想等合拍。在这一点上，一方面人们应该有历史主义的视角，另一方面也要在阅读中进行"同情地理解"。

大涤余人在明末重刻的《水浒传》卷首文字《刻〈忠义水浒传〉缘起》（明末芥子园刻本）中说："自忠义之说不明，而人文俱乱矣。……识者有忧之。""故欲世知忠孝节义之事，当由童而习之。"他认为，《水浒传》就是生于"乱世"，当"正史不能摄下流"的时候，用"稗说"来"醒通国"的一部作品。小说作者"用俗以易俗，反经为正经"的方法，用心在于"化血气为德性，转鄙俚为菁华"。大涤余人评点的目的是："故特评此传行世，使览者易晓。亦知水浒惟以招安为心，而名始传，其人忠义也。施、罗惟以人情为辞，而书始传，其言忠义也。所杀奸贪淫秽，皆不忠不义者也。"①

以上诸种观点的特点，在于他们认为中国古代的道统，是独立于皇权和国家而存在的。道统可以在庙堂，也可以在草莽："治世"在上、在朝；"乱世"在下、在野。所以，《水浒传》是可以与《春秋》《史记》等相比肩的经典作品。

自古以来，中国文人知识分子就习惯于从"忠奸斗争"的诠释视角来看待问题，原因就在于文人知识分子往往认为自己远大的政治抱负之所以没有能够得到实现、己才未用、己志未伸乃是因为谗佞奸臣造成的，因此他们就把执政大臣看作祸国奸臣或是窃国大盗，这些权臣比那些为了生计而小偷小摸的小盗在文人眼里更可恨。这种前视域在《水浒传》中的反映就是读者首先看到的是高俅、蔡京、童贯等权奸误国，于是便与宋江、吴用等梁山好汉表起同情来，惺惺相惜，同病相怜：这些暂居

---

① 朱一玄、刘毓忱编：《水浒传资料汇编》，南开大学出版社2002年版，第199—200页。

水泊梁山的大贤大力之人不得为国家出力,联想到自己志不得伸、才不得用,就更容易把《水浒传》理解为"忠奸之争"。

从这个意义上来说,"忠奸斗争"说与"人才"说有暗流相通之处。李贽的"忠义"说体现了对朝廷用人政策的不满:大贤在野,小贤在朝;大力在野,小力在朝等。金圣叹的评点也是如此,例如他对洪太尉认为张天师"如何这等猥琐"的批语就是"此一句直兜至第七十回皇甫端相马之后,见一部所列一百八人,皆朝廷贵官嫌其猥琐,而失之于牝牡骊黄之外者也"。再如金圣叹在第一回眉批中说:"孝子忠臣,则国家之祥麟威凤,圆璧方圭者也,横求之四海而不一得之,竖求之百年而不一得之。不一得之而忽然有之,则当尊之荣之,长跽事之。必欲骂之打之,至于杀之,因逼去之,是何为也?!"① 如此等等,不一而足,都是对政府执政用人政策的怨言借助于稗史小说以发泄之。

"忠义"说、"忠奸斗争"说主要是从封建社会伦理道德中的"忠"来进行诠释的,"诲盗"说则是统治阶级及其文人从《水浒传》的社会影响和道德教化方面的负面作用来进行理解的。人们从伦理道德这个视角对《水浒传》进行解读的过程中,还有一个"义"的方面不能忽视。

《初刻拍案惊奇》卷八《乌将军一饭必酬,陈大郎三人重会》就是从"义"这个角度来理解盗贼的。这篇拟话本中对于盗贼的认识与《水浒传》中的观点可谓是毫无二致,它们都认为朝廷高官乃是真正的大盗,而江湖绿林中的强盗却多是义士,仗义疏财,义气凌云。这种观点,与李贽、天都外臣等人的见解也是完全一致的。然而,"义"在"中国古代是一个涵盖面极广又最不容易确定其确切含义的概念"②。传统儒学的理解,"义者,宜也";"使物各得其宜"就是"义"。可是,因为人们在现实生活中的社会关系、政治地位、相关利益等各不相同,因此对于何者为宜,何者不宜却没有一个客观的标准依据。

由于人们社会阶级地位的不同,现实生活条件的差异,致使对道德的理解也截然不同。阶级社会里的道德具有鲜明的阶级性,就是穷人与

---

① (明)施耐庵著,(清)金圣叹批评:《水浒传》,凤凰出版社2010年版,第10页。
② 王齐洲:《四大奇书纵横谈》,济南出版社2004年版,第109页。

富人的道德意识并不完全相同。有产阶级更多的是从"忠孝"观念的视角来看待问题；而贫贱阶层则首先关注衣食住行等基本的生存条件，即大多先是从"义"这个角度来理解问题。

出于维护社会秩序的稳定与既得利益的不受侵害，封建社会中的统治阶级往往注重伦理道德中的忠孝观念，而挣扎在死亡线上饥寒交迫的穷人首先关注的是究竟能不能生存下去，因而就特别侧重于伦理道德中的"义"的方面：脱离开血缘关系，但像具有血缘关系那样在物质上彼此救助、相互接济，在江湖间相濡以沫的那种异姓之间的社会关系。这就是为什么《水浒传》中江湖好汉那么看重"仗义疏财"的原因，这也是为什么宋江能够成为江湖中的精神领袖的根本原因。究竟什么是义？古人说"义者，宜也"，其实在现实生活中其内涵远远不是所想当然的那么简单。

"士为知己者死"这是封建社会伦理道德的内容之一，尤其是江湖间为人做事所秉持的准则之一。知遇之恩、滴水之恩必报，穷人如何报恩呢？只能出力或卖命。他人"知己"对自己来说乃是一种"恩"情，为知己者报恩，生死不顾。武松醉打蒋门神，在当时的人们看来并不是当下所谓的为"一恶霸打一恶霸"，"被恶霸施恩所利用"，而是报答施恩的"知遇之恩"。李贽在第28回回末评中说："设令今日有施恩者，一如待武二郎者待卓吾老子，卓吾老子即手无缚鸡之力，亦当为之夺快活林、打蒋门神也。"在第29回回末评中又说："武松固难得，而施恩尤不易得，盖有伯乐，自有千里马也。故曰：赏鉴有时有，英雄无日无。"① 从李贽的评点可知，李贽对武松醉打蒋门神、为施恩夺还快活林的理解就是从"士为知己者死"和伯乐识才这个角度来进行的，后人如果对这件事作正确的理解，也应该从历史视角，而不是当下视角来进行解读。作为封建社会伦理道德的"义"，不仅有其阶级性，而且更有其历史性。

无论是"忠义"说、"忠奸斗争"说、"诲盗"说、从"义"这个方面对小说文本中的具体事件进行理解，都是封建社会中伦理道德层面上的理解和解释。

---

① 朱一玄、刘毓忱编：《水浒传资料汇编》，南开大学出版社2002年版，第176页。

第二节　法律的阐释视角

马克思主义认为法律是统治阶级意志的集中体现。在中国古代社会，或云法律不发达，其实不然，彼时的"礼"在某种意义上可以说就是一种法律；道德规则有时候以习惯法的形态对人们进行规训。《水浒传》被统治阶级及其文人诬蔑为"诲盗之书"，这是从统治阶级封建法律的诠释视角得出的结论。他们认为《水浒传》中的英雄好汉是反抗政府的，即触犯了统治阶级意志了，触犯了其既有的秩序和神圣的法律，因此梁山泊好汉就是罪犯、不法之徒和暴徒。然而，法律不仅是一个阶级范畴，而且还是一个历史范畴，在不同的历史时期，法律的内涵是不完全一样的。在封建社会里，所有的统治阶级都认为《水浒传》是"诲盗"之书。统治阶级及其文人无论是从法律视角还是道德视角对《水浒传》进行诠释，都是统治阶级的权力话语，都是着眼于本阶级的根本利益的。

在历史上，统治阶级为了能够长治久安，也是一直在反贪反奸的，因为这有利于他们的根本利益。从这个角度进行理解，又有人认为梁山泊好汉反贪杀酷、不反皇帝，乃是朝廷真正的忠臣义士。这样一来，人们对《水浒传》的理解和解释就有了肯定与否定的二极之间的内在张力，这种内在张力也是金圣叹对《水浒传》的总批与细批之间存在矛盾的原因之一。

在被统治阶级被压迫阶级看来，梁山好汉反贪反奸的所作所为也代表了自己阶级的利益。统治阶级与被统治阶级在"反腐败、反贪官"上取得了共识。被压迫被剥削阶级认为梁山泊惩治贪官污吏、土豪恶霸才是真正的"替天行道"。

这一点在民族矛盾和阶级矛盾都极度尖锐的元代得到了最充分的体现。元杂剧就留有鲜明的"替天行道"的历史痕迹。现在尚存的水浒戏，如高文秀的《黑旋风双献功》、康进之的《梁山泊黑旋风负荆》、李致远的《大妇小妻还牢末》、无名氏的《鲁智深喜赏黄花峪》、李文蔚的《同乐院燕青博鱼》和无名氏的《争报恩三虎下山》都有一个共同的主题，那就是梁山泊英雄好汉惩罚那些伤风败俗、勾搭成奸的传统道德的败坏者：孙荣之妻郭念儿与白衙内、王腊梅与杨衙内、萧娥与赵令史、王腊梅与丁都管等都因为勾搭成奸、迫害好人而受到了严厉的惩罚。蔡衙内调戏李幼奴等社会现象恐怕是元代社会现实真实的写照。元杂剧的结局大多是把恶人"带往梁山处死",梁山成为"替天行道"的处所,梁山成为一个老百姓可以申冤的"衙门",一个为穷人、弱势群体伸张正义、铲除淫邪之辈和社会不平的"法庭"。

《水浒传》的祖本成书于元代,因此,这部小说也深深打上了历史时代的烙印:被压迫被剥削民族以及被压迫被剥削阶级无不想望梁山泊那样的打抱不平、替天行道的英雄好汉。这种草根话语颠覆了统治阶级的权力话语。因此,无论是在法律还是道德方面,《水浒传》都蕴含着丰富的"矛盾张力"。

在《水浒传》的理解史上,人们可以清楚地看到,封建社会中的统治阶级并不是从一开始就反对和扼杀《水浒传》的。相反,有的皇帝甚至很喜欢这些"忠义"故事的,宋仁宗、宋徽宗等就索要话本小说,尤其是喜欢关于忠义主题的话本;明朝万历皇帝喜欢阅读《水浒传》,以致有文人认为这是国家盗贼横行、变乱国家的先兆(清代刘銮《五石瓠》)。很明显,明神宗万历皇帝在阅读《水浒传》的时候肯定没有把《水浒传》看作"诲盗"之书,他所欣赏的应该是江湖豪侠的忠心义胆、阳刚之美,不管怎样,至少有一点是可以肯定的,即他的前理解绝对不是把这部小说作为"诲盗"之书,否则早就严律禁止了。明朝正德皇帝也喜好这样的小说。如前所述,明朝初年周宪王朱有燉还曾经编写过《黑旋风仗义疏财》的水浒戏。嘉靖年间武定侯郭勋刊刻过《水浒传》,朝廷都察院也刊刻过精美的《水浒传》。在明代,《水浒传》又被称为《忠义传》。在清初,《水浒传》又名《宋元春秋》。清代皇宫大内里面也曾经盛演过"水浒戏"《忠义璇图》等。看来,太平年间,人们似乎从《水浒传》故事中解读出更多的忠义来,其盗贼本性反而有点视而不见了。但是,一旦刀兵四起,或者是出于将造反的萌芽扼杀在摇篮之中的预防心理,不仅是皇帝,就是一般的深受儒家道德学说熏陶以及谙明国家法律的文人官宦都积极主动地向最高统治者建议或要求以法律的形式严令禁止诸如《水浒传》这样的"诲盗"小说的刊刻流传。

明末农民起义风起云涌,正统文人对时局的忧思、忠君报国的举动之一就是向崇祯皇帝上书,请求下令禁止《水浒传》的刊刻发行。明崇祯十五年（1642），左懋第在《焚毁〈水浒传〉题本》中请求："书坊不许卖，士大夫及小民之家俱不许藏，令各自焚之。"这年六月朝廷颁布了严禁《水浒传》刊行的命令："……着地方官设法清察本内，严禁《水浒传》，勒石清地，俱如议饬行"；"大张榜示，凡坊间家藏《水浒传》并原板，尽令速行烧毁，不许隐匿；仍勒石山巅，垂为厉禁，清丈其地，归之版籍。"① 但是，农民起义之火已成燎原之势，严禁刊行《水浒传》的敕令已经是杯水车薪，无济于事。清朝皇帝从中汲取了历史教训，严加钳制思想上的自由。

吴三桂、洪承畴等引清兵入关之后，清忙于军事上的征伐，尚无暇顾及思想上的镇压和改造。40年之后，等到海宇澄清，天下一统，清代皇帝都十分注意控制人们思想上的风吹草动。康熙、雍正、乾隆、嘉庆、道光等都曾谕令禁止《水浒传》的刊刻、流传。

清乾隆十八年（1753），高宗颁布了《厚风俗》的命令："满洲习俗纯朴，忠义禀乎天性，原不识所谓书籍。自我朝一统以来，始学汉文。皇祖圣祖仁皇帝欲俾不识汉文之人，通晓古事，于品行有益，譬将《五经》及《四子》、《通鉴》等书，翻译刊行。近有不肖之徒，并不翻译正传，反将《水浒》、《西厢记》等小说翻译，使人阅看，诱以为恶。……似此秽恶之书，非惟无益；而满洲等习俗之偷，皆由于此。如愚民之惑于邪教，亲近匪人者，概由看此恶书所致。于满洲旧习，所关甚重，不可不严行禁止。……俱著查核严禁，将现有者查出烧毁，再交提督从严查禁，将原板尽行烧毁。如有私自存留者，一经查出，朕惟该管大臣是问。"②

咸丰皇帝《靖奸宄》曰："……有人奏湖南衡、永、宝三府，郴、桂两州，以及长沙府之安化、湘潭、浏阳等县，教匪充斥……皆以四川峨眉山会首万云龙为总头目，所居之处有忠义堂名号。其传徒皆用度牒，盖以图记，声气联络，往来各处，皆供给银钱饭食。每月按三六九期赴

---

① 王利器辑录：《元明清三代禁毁小说戏曲史料》（增订本），上海古籍出版社1981年版，第16—17页。

② 《大清高宗纯皇帝圣训》，朱一玄、刘毓忱编《水浒传资料汇编》，百花文艺出版社1981年版，第521页。

会……又据片奏，该匪传教惑人，有《性命圭旨》及《水浒传》两书，湖南各处坊肆皆刊刻售卖，蛊惑愚民，莫此为甚。并着该督抚督饬地方官严行查禁，将书版尽行销毁。"①

清廷官员丁日昌说："《水浒》《西厢》等书……原其著造之始，大率少年浮薄，以绮腻为风流，乡曲武豪，籍放纵为任侠；而愚民鲜识，遂以犯上作乱之事，视为寻常；地方官漠不经心，以致盗案奸情，纷歧叠出。殊不知忠孝廉节之事，千百人教之而未见为功，奸盗诈伪之书，一二人导之而立萌其祸。风俗与人心，相为表里，近来兵戈浩劫，未始非此等逾闲荡检之说，默酿其殃；若不严行禁毁，流毒伊于胡底。"② 胡林翼也说："一部《水浒》，教坏天下强有力而思不逞之民。"③

金圣叹批评、指责李贽把《水浒》冠以"忠义"之名，并"腰斩"了《水浒》，把108人"受招安"后的征大辽、平方腊改为被"斩尽杀绝"，并以"天下太平"四个青字作结。郑公盾认为金圣叹"把《水浒传》看作是作者'保暖无事，又值心闲'，从而'因文生事'写出来的闲书，在他看来，《水浒传》可取的主要是艺术形式、艺术技巧"④。金圣叹评点《水浒传》的一个鲜明特点，就是"以时文眼光看小说"，"在他的所谓'艺术分析'中，他所表露的审美观和艺术趣味，无不鲜明地体现着他的封建地主阶级的立场与观点"⑤。金圣叹解读《水浒传》的视角，在艺术上是时文视角；在思想内容上，则主要是朝廷法律的视角。

金圣叹在《第五才子书施耐庵水浒传》前面写的三篇序、《宋史纲》和《宋史目》批语、《读第五才子书法》和他以施耐庵名义伪作的《原序》中集中体现了他的阶级立场和他对于梁山好汉"叛教犯令""破道破治"的痛恨及其政治上对待寇贼的主张。不仅如此，金圣叹在对《水浒传》具体文本的删改批点之中更是表明了他对梁山泊盗贼的理解和看法。

---

① 《大清文宗显皇帝圣训》，朱一玄、刘毓忱编《水浒传资料汇编》，百花文艺出版社1981年版，第532—533页。
② （清）丁日昌：《抚吴公牍》卷1《札饬禁毁淫词小说》，朱一玄、刘毓忱编《水浒传资料汇编》，百花文艺出版社1981年版，第535页。
③ （清）胡林翼：《胡文忠公遗集》卷71《抚鄂督书牍，致严渭春方伯》，同治六年刊本。
④ 郑公盾：《水浒传论文集》下册，宁夏人民出版社1983年版，第578页。
⑤ 郑公盾：《水浒传论文集》下册，宁夏人民出版社1983年版，第579—580页。

金圣叹把水浒好汉看作万死不赦的盗贼罪犯，这个视角就是朝廷法律的视角。

一般来说，封建王朝中无论是帝王、官吏，还是文人，只要他们是站在朝廷法律的角度来看待《水浒传》，他们都会得出这是一部诲盗的邪恶之书，因此他们要么利用国家机器进行严令禁止，要么依靠笔杆子进行诛心驯化。

鲁迅说："出版有大部的法律……没有一国，能有这部法律的完全和精密。但卷头有一页白纸，只有见过没有印出的字典的人，才能够看出字来，首先计三条：一，或从宽办理；二，或从严办理；三，或有时全不适用之。"① 这真是入木三分地揭露出了中国阶级社会里法律的真实本质。法律首先体现的是统治阶级的利益，对于统治阶级而言，国家法律是他们的保护神，"刑不上大夫"也；而对于被压迫被剥削阶级来说，法律却是他们的绳索和镣铐。

水泊梁山之"替天行道"就是典型的民间伸张正义的司法机关，这一点，在元杂剧中更为鲜明。梁山好汉之所以被历代劳动人民所认可，最主要的还是他们的行为具有"正义性"，否则的话，那不过是盗贼流寇或是黑社会组织，怎么会被世世代代的读者所喜闻乐见、津津乐道呢？张潮在《幽梦影》中说：胸中小不平，可以酒消之；世间大不平，非剑不能消之。只要社会中还存在着不公平、不公正的丑恶现象，水浒好汉就不会被人们所遗忘，《水浒传》就会永远流传下去。有没有正义性、公正性和道德性，这是好汉与盗贼的根本区别之一。

中国古代老百姓对事件的理解往往是从道德的角度来进行价值评判的，一方面是因为中国封建社会本身就是一个以伦理道德为文化底蕴的社会，另一方面可能是他们从实践的屡次碰壁中得出了血的教训即根本就不能够相信朝廷法律会为他们伸张正义。中国的封建社会是一个主要以德治国的社会，是一个主要依靠伦理道德对人们进行行为规范的社会。在这样的社会里，有时候道德的惩罚比法律的规训更为严厉，更为奏效，名教有时候甚至将道德律法化。

在中国古人的思想意识之中，对于那些敢于造反为盗贼的，除了从

---

① 鲁迅：《写在深夜里》，《鲁迅杂文精编》，漓江出版社2006年版，第664—665页。

道德舆论上进行诛心、利用恶名污及其祖宗以羞愧其心进行道义上的约束以外，统治阶级还利用国家机器施行灭族政策、凌迟手段等法律手段进行威吓和镇压。除非迫不得已，人们是不愿意去落草为盗的。《水浒传》中的史进、杨志、宋江等是如此，《绿牡丹》中鲍自安之唯恐"他日子孙难脱强盗后人之名"、《施公案》中黄天霸之供认"看破绿林无好"等也无不是如此。不仅历代正史把"盗贼"钉上耻辱柱，即使是草莽民间，人们也不同情"盗贼"，看看《三国演义》《水浒传》《平妖传》等就知道无不如此。古人对这一点的认识是深刻的，"五刑不如一耻"。法律对于人们行为的约束往往是外在的和强制的，而道德则是内在的和自律的，道德上的劝惩对人们行为、思想的约束效力往往是更有效力。道德杀人不见血，它使人自我惩罚、自我折磨和自我戕灭而不自觉。因此，为了论述的方便将古代中国对《水浒传》的诠释分为从道德的视角进行理解和从法律的视角进行解释两部分，然而在实际的社会生活中，古代中国的道德与法律绝非区分得一清二楚，而是往往相互纠缠在一起。

古人表达自己理解的方式除了书信、笔记和评点以外，序跋也是一种重要的诠释形式，尤其是在中国古代，它是一种很典型的文人表达自己思想认识的工具。现当代的学者也深知它的重要性，"在评价任何一部书的思想内容、写作背景和社会意义时，谁都知道序文很重要"[①]。古人对《水浒传》所作的序跋，大多是站在统治阶级的立场上以统治阶级的意识形态来进行评论的。以马克思主义阶级分析方法进行学术研究，不仅切实可行，而且一针见血，因为"在阶级社会里，任何一个批评家，总是这样那样地和一定阶级发生联系，他们的思想意识总是带着特定阶级的思想烙印，从而不可避免地要按照自己的阶级立场、观点来评价文学艺术作品"[②]。古代中国的文人自然也不例外，他们都是从他们自己的阶级立场和阶级意识来评价一部文学作品，关于《水浒传》的序跋也是如此。

如前所述，明清时代的"忠义"说，以具有"异端思想"的李贽为代表；帝王将相及其文人坚持"海盗"说；仕途不得志的官员或壮志未

---

① 郑公盾：《水浒传论文集》下册，宁夏人民出版社1983年版，第568页。
② 郑公盾：《水浒传论文集》下册，宁夏人民出版社1983年版，第583页。

酬的士人更倾向于"忠奸斗争"说。但不管是哪一种解释，它们是从伦理道德或朝廷法律视角来进行的。

人们之所以对《水浒传》的理解歧见迭出，读者由于自身社会阶级性的不同相应地对于法律与道德的理解不同是其中一个重要的原因。

下编

自鸦片战争至21世纪初年

概 述

西方思想影响之下的诠释

自晚清中英鸦片战争以来，中国的近现当代思想几乎都受到了西方哲学思想的影响，西方资产阶级的君主立宪思想以及民主、平等和自由思想，无产阶级的马克思主义，现代主义、后现代主义等无不深深影响了中国的现代化进程。

对中国文学作品的诠释，依附的特点是显然的，且不说中国古代的拟经批评和拟史批评，就以20世纪文学现代化进程而论，"中国古代文学研究主要是在西方文学观念的指导和西方权力话语的规范下进行的，中国文学史的理论框架也只是西方的一种比附，中国古代文学发展只不过说明了西方的文学理论和文学观念的正确"[①]。

一 近代西学东渐对中国文学解读模式的影响

1840年爆发的中英鸦片战争对中国历史的进程具有巨大的冲击和影响，天朝盲目自大的心态受到严重打击，闭关锁国的现状受到了海洋文明的挑战，有识人士开始了睁眼看世界。

从魏源的"师夷长技以治夷"到张之洞的"中学为体、西学为用"，再到黄遵宪、梁启超的"三界革命"，西学东渐日益深入。受西方文论的影响，通俗小说成为文学的上乘，并成为学术研究的对象。学术研究方法的现代性转型成为现实。凡此种种，都影响乃至决定了近代人们对文学解读模式的变迁，其中最为显著的是从伦理道德的解读视角转向了以

---

① 王齐洲：《观念转换：中国古代文学研究的世纪话题》，《华中师范大学学报》1998年第3期。

启蒙救国为中心的政论式解读。

启蒙思想来自西方的资产阶级改良主义和革命主义,尤其是西方的君主立宪思想、资产阶级平等、民主和自由思想等为中国的近代革命提供了锐利的思想武器。这些西方思想作为当时文人知识分子解读《水浒传》的前视域,对"人权"说、"社会主义"说、"独立喻言"说、"政治小说"说等的生成都起着意义何所向的决定性导向作用。

二 新文化运动中的思想启蒙与现代解读范式的建构

随着留学风气的日盛和新式学堂的建立,西方启蒙思想进一步介绍到中国。辛亥革命使民主共和的思想深入人心,袁世凯尊孔复古的逆流为新知识分子所反对。经过辛亥革命,先进的知识分子认识到,革命失败的根源在于国民缺乏民主共和意识,因此必须从文化思想上冲击封建思想意识,从而建立共和政体。新文化运动前期是西方资产阶级的启蒙理性与中国传统社会封建思想之间的一次激烈交锋。资产阶级的启蒙理性以个体的"人"为本位,宣扬天赋人权、自由平等、科学民主等思想观念,这对几千年以来一直以等级观念为核心的礼教来说无异于洪水猛兽,其思想启蒙的价值和意义无论怎么估计都不过分。启蒙主义确立的理性和主体性原则,成为现代性的核心。启蒙主义文学具有反封建主义的思想内容。新文化运动前期是资产阶级的新文化反对封建旧文化的斗争,后期极力宣传马克思主义和社会主义。

新文化运动,引进欧洲的资产阶级启蒙理性,批判封建主义,呼唤现代性。它高举科学和民主的旗帜,对民众进行思想上的启蒙。它自觉地以文学为武器,通过对传统文化、旧文学的深刻反思和尖锐批判,以期达到改造国民性和建设现代文明的目的。因此,新文学运动成为"五四"启蒙运动的重要一翼。"五四"文学思潮是批判封建主义、争取现代性的启蒙主义,不同于反思、批判资本主义和现代性的浪漫主义和现实主义。新文化运动批判的矛头始终是对准封建主义的。"五四"文学批判吃人的礼教,揭示国民性的愚昧,旨在建立像"今日庄严灿烂之欧洲"(陈独秀语)那样的现代社会。对现代性的肯定态度决定了"五四"文学的启蒙主义性质。五四运动期间科学主义的重要内容之一是达尔文的进化论。"物竞天择,适者生存"的思想传播到中国,演变成了社会达尔文主义，并成为进化历史观的科学依据。

"五四"文学与欧洲启蒙主义文学一样，具有人文主义的精神。"五四"文学的主题是批判封建主义、反对宗法礼教、宣扬人道主义、提倡个性解放。鲁迅批判国民性、控诉吃人的旧道德和旧礼教，郭沫若讴歌理性的自我，郁达夫抒发内心的苦闷，王统照书写爱与美，冰心塑造童心……这些主题都属于启蒙主义。从文学主张上看，"五四"文学接受了西方人道主义和个性解放的思想，李大钊提倡"以博爱心为基础的文学"，周作人提倡"人的文学"，文学研究会提倡"为人生"的文学，创造社主张文学应该"表现自我"。启蒙主义宣扬的个性主义是与对国家、民族命运的关注密切结合在一起的，如鲁迅"救救孩子"的呼吁，对阿Q的灵魂及其命运的解剖等都是为了反思国民性和总结辛亥革命失败的教训。即使郁达夫的颓废、感伤也与国家的命运紧密联系着。这种理性精神区别于浪漫主义的自我反抗和现实主义对社会问题的关注。陈独秀在《文学革命论》中提出推倒雕琢的阿谀的贵族文学，建设平易的抒情的国民文学的主张。周作人也提出了建设"平民文学"的主张。茅盾倡导扫除贵族文学的面目，放出平民文学的精神。"五四"文学不再是以描写英雄豪杰或上流社会为对象，而是重点描写农民、小市民和平民知识分子等小人物，关注他们的命运、同情他们的遭遇，体现了鲜明的平民精神。

在"五四"文学精神的氛围中，有读者从西方人性论的角度来诠释《水浒传》，如周作人认为《水浒传》是"非人的文学"；有的从马克思主义的阶级理论出发分析《水浒传》，如陈独秀认为它反映了地主阶级与农民阶级之间的矛盾。从中可以看出，西方哲学思想作为他们理解这部小说的前见，对于意义的解读所起到的作用是何其之大。

三 抗日战争时期人们对于《水浒传》的诠释

20世纪30年代，日本帝国主义开始侵略中国，中国人民奋起反抗。如何抵抗外来侵略成为这一时代的问题视域，于是有读者从保家卫国的角度来阐释《水浒传》，如周木斋认为它是"国防文学"；张恨水撰写了《水浒新传》，通过文艺创作的形式来阐释《水浒传》的现实性精神，宣扬宋江等梁山泊好汉英勇抗金的英雄事迹。这些关于《水浒传》的诠释都具有历史存在的合理性。

中国共产党为了宣传党的政策，领导人民群众抗日和扩大革命根据地，新编了《逼上梁山》和《三打祝家庄》等水浒戏。《逼上梁山》侧重于通过高俅逼迫林冲不得不上梁山这一官逼民反的形象化舞台艺术来宣传马列主义中的阶级斗争理论，用来提高人们的阶级斗争意识。而《三打祝家庄》则是通过家喻户晓、老百姓喜闻乐见的水浒故事来宣传党的斗争策略：重视调查研究，掌握敌人内情；打入敌人内部，里应外合，一举消灭敌人。

四 新中国的马克思主义解读范式

新中国成立后接受了苏联新古典主义的研究范式，即"塑造典型环境中的典型性格"。"典型"被确定为"共性与个性的统一"，而共性是个性的本质，阶级性成为典型的本质等理论都是当时人们耳熟能详的。现实主义、浪漫主义以及社会主义现实主义与浪漫主义两结合等都是时代性阐释视角。

1954年以后，以马克思主义为指导思想，形成了以阶级论和反映论为主要特征的社会政治批评模式。反映论、阶级分析方法的诠释模式是中国20世纪50—70年代主流的诠释方法。《水浒传》"农民起义"说和"投降主义"说都是这个诠释模式下的产物。阶级斗争诠释范式的理解视角使得人们把侠盗好汉理解为农民起义的领袖；使得人们把行侠仗义的行为解读为农民起义、把梁山泊受招安攻打方腊看作是农民革命战争政治路线的失败。人们在这一诠释范式的框子里，对中国古典名著几乎都能解读出阶级斗争的思想来。

这一诠释范式在1989年新中国成立40周年中国古代文学座谈会上遭到了学者们的反思和清算。很多学者都呼吁文学研究应该从政治附庸的阴影里走出来，回归到文学本身中去。

五 新时期以来文学诠释的"百花齐放，百家争鸣"

新时期以来，西方新理论主要有人性论、精神分析、现代主义、存在主义、文化理论、新历史主义、叙事学、传播理论、女性主义、接受美学以及后现代主义等。在这些西方新理论和新方法的视角下，人们尝试着对古典名著进行新的诠释，产生了许多新的意义，当然，其中也不可避免地有一些牵强附会甚至是方枘圆凿的看法。

这期间的文学评论一方面跟风各种各样的从西方舶来的理论，另一方面它们结合中国的实际情况对相关的诠释理论进行了整理、归纳和研究，由此而呈现出百花齐放、万紫千红的峥嵘气象来。

中国古代小说研究新时期以来趋新求变的态势主要表现在以下几种角度的研究：文学的文化研究、叙事学和接受美学等理论观照下的阐释。从新时期以来人们对《水浒传》意义的多元解读可知，无论视角如何变换，阐释其实都是取决于时代性的问题视域与小说文本相互契合、彼此感应、视域融合的关系度。

第 五 章

思想启蒙论

探究某一历史时期关于《水浒传》诠释的各种观点，首先应该弄清楚这一时期的历史情境，尤其是彼时彼地的社会思潮，因为情境或思潮总是参与意义的生成。当然，仅仅把握了社会思潮还是不够的，它不能用以诠释所有的社会现象和文学现象。

为什么同一历史时期对《水浒传》的理解还会有观点不同甚至截然对立的争议呢？清末民初，同是受西方思想影响的留学生，为什么严复等人认为《水浒传》是"诲盗"之书，而黄人等却认为它是"社会主义"小说？如何解决这个问题？首先需要考察某一观点提出时的历史时代，回归到具体的历史情境之中，在其产生的具体语境中进行剖析。时代性诠释仅仅是一个方面，要想准确地进行理解和解释，还必须落实到提出某一观点的那个具体的主体。同时代的主体，因为历史处境不同，即前理解不同，对于即使是同一社会现象的理解也会有所不同，甚至是截然相反。

中国近代的启蒙运动，最早应该追溯到1840年鸦片战争之后的启蒙思想家前驱，主要包括龚自珍和魏源等人。龚自珍呼吁"我劝天公重抖擞，不拘一格降人才"。魏源则主张"师夷长技以制夷"。曾国藩、李鸿章等人的洋务运动紧承其后，尤其是彼时清政府派遣了大量留学生到海外，这些人回国之后，不仅对西方先进的科学技术有所介绍和引进，而且在思想意识方面也进行了广泛的宣传，所有这些对传统的封建思想不会没有冲击。

中国近代第一次启蒙主义高潮出现在戊戌维新变法前后。1859年达尔文的《物种起源》出版，书中论述了遗传与变异、生存斗争、自然选择等生物进化论观点,奠定了社会进化论的基础。1898年,严复翻译了赫胥黎的《进化论与伦理学》,以《天演论》为中文书名问世,阐发了"物竞天择,适者生存"的进化观念,使国人耳目一新。社会进化论为发生在这一年的维新变法运动摇旗呐喊。康有为在今文经学中就掺杂着历史进化的观念,梁启超大力鼓吹民权思想。戊戌变法前后,资产阶级改良主义代表人物梁启超、黄遵宪等提出了诗界革命、文界革命和小说界革命三界革命的主张。其后,政治小说也相继产生,例如李宝嘉的《官场现形记》、吴沃尧的《二十年目睹之怪现状》、刘鹗的《老残游记》、曾朴的《孽海花》等,都是揭露当时社会黑暗的遣责小说。1898年的戊戌变法运动虽然仅仅存在了103天,以失败而告终,然而一些具体的变法措施却保留了下来。

19世纪末20世纪初,西方的小说批评观念进入中国,开始了以西方哲学思想视域观照中国古典小说并进行西方思想或文艺概念笼罩之下的诠释。新小说批评体现了批评者所具有的西方哲学观念、价值观念以及艺术审美观念,这些观念与传统的以伦理道德为核心的价值观和以善为美的审美观是截然不同的,新的思想观念对传统小说提供了新的理解视角,且在中国文艺现代性进程伊始的时候对传统小说就有了全盘否定的偏见,当时文学评论家兼社会活动家更强调新小说经世致用的一面,希望能够通过"新小说"来"新民"。

自晚清西学东渐以来,西方的思想就对古老帝国的国民产生了巨大而深远的影响,尤其是那些被权力话语采用的西方思想,它们成为主流意识形态的支柱:君主立宪思想、资产阶级民主民权自由平等思想、马克思主义以及新时期以来在中国思想的舞台上走马灯似地重演了西方三四百年间的各种思潮。

清末民初,主要的社会思潮有君主立宪思潮、进化论思潮、国粹主义思潮、无政府主义思潮、教育救国思潮、科学救国思潮、实业救国思潮、妇女解放思潮、社会主义思潮等。这些社会思潮对于《水浒传》的评论都有重要影响,或者说,关于《水浒传》的评论,都是这些社会思潮在文学评论上的投射。

为了给"新小说"张目,严复、夏曾佑《国闻报附印说部缘起》、梁启超《译印政治小说序》等,都严厉斥责了包括《水浒传》在内的中国古典小说，甚至把各种社会毒瘤的来源都归罪于古典小说的影响，他们仍然坚持《水浒传》是传统"诲盗"以及"志盗之书"的观点。

资产阶级革命派则不然。燕南尚生在其《新评水浒传叙》《水浒传命名释义》中指出《水浒传》是讲公德之权舆，谈宪政之滥觞也，小说作者的写作意图是"发明公理，主张宪政"。定一《小说丛话》、眷秋《小说杂评》称赞施耐庵具有民权思想，认为《水浒传》为宣传"民主、民权之萌芽"。定一《小说丛话》、燕南尚生《水浒传或问》、卧虎浪士《女娲石序》等盛赞《水浒传》"鼓吹武德，提振侠风"。侠人《小说丛话》、吴沃尧《说小说》等认为《水浒传》是一部反对"暴君酷吏之专制"的"良小说"。王钟麒《论小说与改良社会主义之关系》《中国三大家小说论赞》、黄人《小说小话》等谓《水浒传》是"社会主义之小说"。

文学批评是时代精神的具体体现，中国现代小说批评的思想来源和理论依据之一是主要来自西方的哲学思想和文艺理论。对于中国古典小说的解读，绝大多数也是西方哲学思想视域之下的"镜像"。这是晚清以来中国小说批评与古代农耕文明伦理道德视域中的评点或序跋在本质上不同的地方。"梁启超1902年发表了《论小说与群治之关系》，王国维于1904年发表了《红楼梦评论》，这标志着新的小说批评观念的诞生。"[①]

哲学诠释学认为，应用是阐释本身固有的三要素之一。这一点在中国小说的诠释史中是最显然的，任一历史时代的小说诠释往往与这一时代的社会风云息息相关。这是一个历史存在，不能千篇一律地套用"对古代小说的批评作为对现实政治进行诠释的工具"这个理论框架，而是具体地探析当时理解的应用语境。任何学术不可能躲进象牙塔内闭门造车，学术既然是时代的学术，它就不能不打上时代精神的烙印，甚至是有意识或无意识地为政治话语或权力话语进行服务。这是一个不以人们的主观意志为转移的现象存在。因此，人们与其空泛地指责中国文学诠释的政治性和现实性倾向，不如切实地分析现实性理解何以产生的历史语境。

[①] 黄霖主编：《20世纪中国古代文学研究史·小说卷》，东方出版中心2006年版，第5页。

这一时期涌现了一批借用西方资产阶级社会改良思想、自由、民主、民权思想来诠释《水浒传》的文章，或者说他们通过对《水浒传》这部家喻户晓的小说进行当下视野中的诠释来宣传他们的资产阶级思想，有的甚至认为《水浒传》是社会主义小说，有的认为《水浒传》是"独立喻言"①，这些说法都典型地体现了文学作品存在的方式即时代性"表现"这个真理。

黄霖说："二十世纪初，我国批评古典小说有两股风：一股是梁启超刮的全盘否定风。他骂'中土小说''不出海盗海淫两端'，'为吾中国群治腐败之总根源'。另一股为侠人、定一等在《小说丛话》中刮的古人现代风。他们用资产阶级的观点来解释《红楼梦》为政治小说，《水浒》为倡民主民权，《聊斋》为排外主义等。这一左一右，表现的形式虽然不同而其实质都是脱离历史实际的主观唯心主义的批评态度。"② 梁启超全盘否定中国古典小说的目的是利用新小说宣传其资产阶级立宪思想来新民；而侠人、定一等人全面肯定中国古典小说的目的不过是借旧瓶装新酒，也是为了宣传资产阶级革命派的民主、平等、自由思想。他们其实是殊途同归，他们的目的都是进行思想启蒙，都是为了政治变革，都是为了宣传资产阶级思想，虽然他们对古典小说有不同的态度和认识。

近现代中国启蒙主义既包括清末民初的资产阶级思想启蒙，又包括新文化运动与"五四"新文学革命中从俄国传来的马列主义启蒙即革命启蒙主义，其具体内容表现为"利用文学评判封建专制主义，宣传自由民主观念；破除封建迷信思想，提倡科学；清除愚昧落后的思想意识和道德观念，建立新的社会文明"③。

侠人、定一等人把《水浒传》解读为"倡民主民权"，现在看来固然是一种时代性的"误读"，然而这种诠释也有其历史的合理性，即西方资产阶级启蒙思想成为他们的前视域，这一视域与《水浒传》文本中的"八方共域、天下一家"等视域进行了融合而产生的新理解。

---

① 老棣：《文风之变迁与小说将来之位置》，陈平原、夏晓虹编《20世纪中国小说理论材料》第1卷，北京大学出版社1989年版，第204页。

② 黄霖、韩同文：《中国历代小说论著选》（修改本），江西人民出版社2000年版，第243页。

③ 郭延礼、武润婷：《中国文学精神》近代卷，山东教育出版社2003年版，第56页。

第一节 《水浒传》与思想启蒙

一 《水浒传》与君主立宪思想的启蒙

(一) 严复、梁启超的启蒙主义小说理论

1897年,严复、夏曾佑在《本馆附印说部缘起》中说,民众总是把梁山人物作为"好汉",读书人则一般把《水浒传》看作"诲盗"之书。民众深受这部小说的影响。正如鲁迅所说的,中国普通民众主要是从水浒戏曲中了解梁山好汉的,并不是从《水浒传》这部小说中获得对梁山泊英雄好汉的感性认知的,因为晚明时候书价不菲,普通老百姓是买不起的。有清一代,流行的基本上是金圣叹评点的70回本(直到民国九年即公元1920年,出版的《水浒传》才删去了金圣叹的评点),如果老百姓阅读小说《水浒传》的话,岂不受金圣叹评点的影响?而草莽民间的水浒戏则每逢年关节日就在村落里上演,村民们通过看戏听戏了解水浒故事。

严复、夏曾佑在《本馆附印说部缘起》中还说:"且闻欧美、东瀛,其开化之时,往往得小说之助。"① 这就说出了那个时候的人们尤其是知识分子已经认识到了小说作为思想教育和政治宣传的工具价值,宣扬小说的目的在于使民众"开化"或"新民"。严复、夏曾佑在这篇文章中所借助的就是卢梭学说和达尔文进化论,带有近代启蒙主义的性质。但它的社会历史影响,远远不及梁启超于1902年11月14日发表的《论小说与群治之关系》。

梁启超在《论小说与群治之关系》中首先论述了小说革命在思想启蒙运动中的显著地位,他说小说为文学之最上乘者,因而提出"欲新一国之民,不可不先新一国之小说。故欲新道德,必新小说;欲新宗教,必新小说;欲新政治,必新小说;欲新风俗,必新小说;欲新学艺,必新小说;乃至欲新人格,必新小说。何以故?小说有不可思议之力支配

---

① 严复、夏曾佑:《国闻报附印说部缘起》,朱一玄、刘毓忱编《水浒传资料汇编》,百花文艺出版社1981年版,第382页。

人道故"①。很明显，梁启超提倡、宣传新小说的目的在于"新民"，在于思想启蒙，在于为其政治主张服务。

其实，明清时代的文人早就意识到了小说对于人们潜移默化的影响作用，只不过他们所忧虑的是小说的"诲盗诲淫"功能，忧虑小说能够破坏纯朴的民风习俗。清代钱大昕在《正俗》中说，三教之外，还有一教，那就是"小说教"。他把小说看作是与儒、释、道三教并列的一种宗教，用来极言小说对民众思想影响之大。因此封建社会的文人竭力主张焚毁诸如《水浒传》《西厢记》等诲淫诲盗的小说戏曲。康有为、梁启超等鼓吹维新变法的时候，他们也意识到了"经史不如八股盛，八股无如小说何"的现实状况，因此在戊戌变法失败后他们反思的结果之一就是要通过"新小说"来"新民"。

20世纪初，小说从不登大雅之堂的传统文学地位，借助西方文艺理论的东风之力，飘扬直上，不仅进入了文学殿堂，而且高居"最上乘"的神圣位置。资产阶级改良主义者以及资产阶级革命主义者都认为小说具有思想启蒙的威力，希望通过小说来宣传他们的政治主张。借用梁启超的话就是"故今日欲改良群治，必自小说界革命始！欲新民，必自新小说始"②。梁启超认为中国古典小说难以适应新民的要求，因此把希望寄托于新小说，倡导寄托"政治之议论"的"政治小说"。但是，囿于非此即彼的二元对立思维方式以及政治运动中的"你死我活"的斗争需要，梁启超在《论小说与群治之关系》中又过于绝对地全盘否定了中国古典小说的价值和意义，痛斥古典小说都是"诲淫诲盗""陷溺人群""含有秽质""含有毒性"，表现出了历史虚无主义的错误倾向。

全盘否定中国古典小说的价值和意义，大力提倡创作为现实政治服务的新小说，这也是梁启超那个时代的社会思潮之一，并不是一二学人或政治活动家的孤独叫喊。例如笔名为"衡南劫火仙"的作者在《小说之势力》中通过对中国小说与欧美小说的比较，也极力批判中国古典小说："其立意则在消闲，故含政治之思想者稀如麟角，甚至遍卷淫词罗

---

① 梁启超：《论小说与群治之关系》，《新小说》创刊号，1902年11月14日。
② 梁启超：《论小说与群治之关系》，《新小说》创刊号，1902年11月14日。

列,视之刺目者。盖著者多系市井无赖辈,固无足怪焉耳。"① 从政治思想的视角,这位作者也认为新小说"为振民智之一巨端"。

严复、梁启超等近代启蒙思想家,虽然认识到了小说的"入人之深、行世之远",或小说所具有的"熏、浸、刺、提"的艺术感染力,但依然视《水浒传》为"诲盗"之书,对《水浒传》抱有严重的敌视、批判态度。严复、夏曾佑认为"稗史小说"比国史、正史更易流传,故特于光绪二十三年(1897)在《国闻报》上附印小说。应当说他们的见解有其道理,但同时他们又说:"《水浒传》者,志盗也,而萑蒲狐父之豪,往往标之以为宗旨……盖天下不胜其说部之毒,而其益难言矣。"②

梁启超在《论小说与群治之关系》中多次提及《水浒传》,他认为"读《水浒》竟者,必有馀快,有馀怒"。但他同时又认为《水浒传》具有"诲盗"的作用:"今我国民绿林豪杰,遍地皆是,日日有桃园之拜,处处为梁山之盟,所谓'大碗酒、大块肉、分秤称金银、论套穿衣服'等思想,充塞于下等社会之脑中,遂成为哥老、大刀等会,卒至有如义和拳者起,沦陷京国,启召外戎,曰:惟小说之故。呜呼!小说之陷溺人群乃至如是,乃至如是!"③ 这一看法无疑是夸大了《水浒传》的负面作用,把黑社会飞扬跋扈、横行霸道的罪恶全部归为这部小说的社会影响,这是典型的唯心主义。

梁启超虽然认为《水浒传》是诲盗之书,但是与明清时代的"诲盗"说亦有不同之处,这一点张兰在《论近代〈水浒传〉评论的知识背景和理论视角》中有所论述,她说:"梁启超的观点看似与梦痴学人等明清评点家无异,但二者的出发点不同,知识背景不同,得到的认同程度也不同。梦痴学人等一类明清评点家将《水浒传》称之为'诲盗'之书主要是因为他们认为《水浒传》败坏社会风气,在民间造成了不良影响,破坏了正常的社会秩序。而作为近代小说理论的旗手,梁启超从事小说评论的目的更在于开时代风气,与其说他否定《水浒传》,倒不如说他更加

---

① 衡南劫火仙:《小说之势力》,陈平原、夏晓虹编《二十世纪中国小说理论资料》第1卷,北京大学出版社1989年版,第32页。
② 严复、夏曾佑:《国闻报附印说部缘起》,朱一玄、刘毓忱编《水浒传资料汇编》,百花文艺出版社1981年版,第382页。
③ 梁启超:《论小说与群治之关系》,《新小说》创刊号,1902年11月14日。

肯定新小说的价值。"① 明清评点家认为《水浒传》是诲盗之书，在于他们的伦理道德视角；而梁启超等人认为《水浒传》是诲盗之书，则在于他们认为中国社会需要"新民"，即对愚昧落后的民众进行资产阶级思想启蒙，这也是他们提倡政治小说的目的之所在。

西方资产阶级立宪思想在中国的传播，对民众，尤其是对知识分子产生了极大的影响。西泠冬青与陆士谔分别撰写了《新水浒》，这两部小说都是"立宪"政治背景之下的产物，然而二者对于"宪政"的态度、看法却是大相径庭，迥然不同。② 他们以创作的方式对资产阶级立宪思想而不是对《水浒传》进行了新的诠释，《水浒传》不过是他们借以表达对于立宪思想理解的外壳。《新水浒》中出现了女性解放的思想和新女性的形象，还有一些对"文明面目、强盗心肠"丑陋社会现象的针砭。

面向西方的窗口一旦打开，各种新思想新思潮便汹涌而至。君主立宪思想刚刚起步，民主共和的革命意识也已传播开来。1911年6月四川保路运动开启了民主共和的先声，10月10日爆发的武昌起义引发了清朝十七省独立。民主共和的思想深入人心，北洋政府期间，任何人，无论是对封建清王朝忠心耿耿的旧臣张勋，还是"胆识俱优"的袁世凯，都没有能够逆历史潮流而成功。北洋军阀皖系首领段祺瑞"三造共和"，对于民主共和可谓是一往情深；然而，与此同时，他又大力提倡"尊孔读经"，遭到了新文化人的批判。

受西方资产阶级思想影响的文人知识分子往往通过文学评论宣传他们的政治观点，小说于是成了宣传新思想的便利载体和政治工具。

(二) 燕南尚生对《水浒传》的新解

光绪三十四年（1908），燕南尚生刻制《水浒传》的时候说："仆自初知人世，即喜观《水浒传》之戏剧，取其雄武也。八九龄时，喜观《水浒传》，取其公正也。……数年以来，积成批评若干条，不揣冒昧，拟以质诸同好。格于金融者又数年，今乃借同志之宏力以刷印之。适值

---

① 张兰：《论近代〈水浒传〉评论的知识背景和理论视角》，《罗贯中与〈三国演义〉〈水浒传〉国际学术研讨会论文汇编》，2006年，第286页。

② 刘海燕：《〈新水浒〉与清末民初的〈水浒〉批评》，《漳州师范学院学报》2001年第4期。

预备立宪研究自治之时，即以贡献于新机甫动之中国。"① 燕南尚生认为梁山泊108人中唯有宋江为"第一流人物"，这与金圣叹"独恶宋江"的看法判若黑白，为什么面对小说文本中同一个人物形象，会有如此截然相反的价值判断呢？

这是因为燕南尚生的问题视域与金圣叹的不同的缘故。金圣叹生活在明季农民暴动此起彼伏的动乱时代，因而他极度痛恨朝廷的招安政策，对宋江这样的盗贼头领自然是厌恶不已。而燕南尚生则生活在清季资产阶级改良派预备君主立宪的时候，其问题域则是资产阶级改良派的政治思想问题。

燕南尚生不满金圣叹对《水浒传》的评点，于是模仿古代评点的样式作了《新评水浒传》。黄霖认为燕南尚生的《新评水浒传》"还不如说是他个人政见的表达，实质上已经脱离了文学批评的轨道"②。其实，李贽对《忠义水浒传》的评点，何尝不是"他个人政见的表达"呢？除去在文学艺术文法上的批评，金圣叹的评点在思想内容上又何尝不是"他个人政见的表达"呢？如果说他们关于《水浒传》的理解有所区别的话，那就是有的表达上比较直接通达，有的比较委婉含蓄。理解总是时代性问题域的理解。

二 资产阶级革命启蒙思想与对《水浒传》的诠释

1903年，《新小说》开始刊载饮冰（梁启超）、慧广、平子（狄葆贤）、蜕庵（麦孟华）、湿斋（麦仲华）、曼殊、侠人、定一（于定一）、浴血生、趼人（吴沃尧）、知新主人（周桂笙）等人的小说随笔集，称为《小说丛话》，后来又出了单行本。

这些作品基本上都用西方资产阶级的思想理论来阐释中国古典小说中的社会现象，虽然不乏牵强附会的地方，但毕竟开始了一条借用西方理论来观照、阐释中国文学作品的路子。这种文学批评的路向，即使是今天也是中国古代文学研究两翼中的重要一翼，而中国现当代文学的研究则主要是这一阐释范式。资产阶级革命启蒙思想对《水浒传》进行诠

---

① 朱一玄、刘毓忱编：《水浒传资料汇编》，南开大学出版社2002年版，第344页。
② 黄霖：《近代文学批评史》，上海古籍出版社1993年版，第87页。

释存在的牵强附会之处，也可能是受到了当时颇为流行的索隐派的影响，它们都是一种与历史史实生硬联系起来的猜谜的解读方式。

在《小说丛话》中，趼人（吴沃尧）说："近日忽有人创说蒲留仙实一大排外家，专讲民族主义者，谓《聊斋》一书所记之狐，均指满人而言，以'狐'、'胡'同音也。故所载淫乱之事出于狐，祸祟之事出于狐，无非其寓言云云。"这种解释，确实是一种无据的臆想。因为，蒲松龄是绝对不会有反清思想的，他对清政府镇压农民起义可能有腹议，对诸如刘六、刘七起义所遭受的残酷镇压可能抱有同情，但也就是如此而已。20世纪50年代，仍然有人认为蒲松龄具有民族主义倾向，《聊斋志异》里面有很多反映民族主义意识的作品，这也是一种不再具有与小说文本进行对话交流性质的主观臆断，或者说，这样的诠释者顽固地坚持其前见，一意孤行，根本不是倾听小说文本诉说的话语。其前见不是与文本对话，而是自言自语。这样的前见，按照伽达默尔的说法就是没有进行有效反思的、导致人们产生误解的"假前见"。

清朝末年，以西方的资产阶级思想来观照中国古典小说，得到诸如把《水浒传》看作"独立喻言""社会主义小说"，甚至是"民权、民族、民主以及反理学"的载体等的结论，都是可以理解的，因为这是由于他们的前视域、前理解与小说文本相关或类似方面产生了虚幻的乃至虚假的"视野融合"，或者说他们的"假前见"占了压倒性的上风，因而他们的前见具有一边倒的倾向，任何理解固然都受制于理解者具体的诠释境况，但是如果诠释者的这一境况没有与文本之中的视域进行融合，那么其结论肯定不会是对文本的真正理解，这种应用性的实用结论因此只能是时代性的历史存在，随着时间的流逝而一般不具有后生命。

1905年，资产阶级革命政党中国同盟会在日本东京成立，同盟会创刊《民报》，同以康梁为首的资产阶级改良派展开了激烈的论战。资产阶级革命派的宣传家诸如邹容、陈天华等都是极力宣传革命启蒙主义的。邹容《革命军》就借助了资产阶级启蒙思想家卢梭、孟德斯鸠等的学说思想。

西方资产阶级的民主、自由和平等思想迅疾传入中国。以定一、黄人、王钟麒等人为代表的一些人，用西方资产阶级思想来对《水浒传》进行了新的诠释，但是他们的诠释与其说是他们对《水浒传》的理解，倒不如说是他们借助于这部小说来宣传他们的政治主张。他们与梁启超对于《水浒传》批评的立场不同,他们不再把《水浒传》看作一部"诲盗"之书,而是认为《水浒传》是一部"政治小说""社会主义小说"或是"军事小说"等,宣扬人的精神自由、民族独立、政治平等和社会进步,对《水浒传》持赞赏有加的态度。

定一认为《水浒传》包含了"倡民主、民权之萌芽"。王钟麒、黄人等则认为《水浒传》是一部"社会主义之小说"。燕南尚生在《新评水浒传》中称《水浒传》是"祖国第一政治小说"。这些观点都是以西方资产阶级思想作为他们的"前理解"的,结合其当下的"问题视域",即在反对晚清专制、追求民主自由的历史处境之中,作出了时代性鲜明的新理解。

张兰对于这一历史时期黄人等的看法进行了原因探析,认为主要是因为:一是"从诸位评论家的知识背景看,他们深受民权、平等、进化等启蒙思想的影响";二是这些评论家具有双重社会身份,他们既是文学评论家,又是社会活动家,因此他们的视角无不"染上了政治和革命的色彩"①。

《中国小说大家施耐庵传》的作者"佚名"说:"吾于中国得一人焉,以宋江百八之传记,活已死之人心,曰施耐庵。"他还认为:"相传其书成之日,(施耐庵)拍案大叫曰:'足以亡元矣。'"其实,因为没有关于施耐庵确凿的史料文献,所以这种说法无疑是论者的心境叙事,出于杜撰或者是对历史的想象。

"佚名"认为:"天氤地氲,思想乃发。"中国的思想家不必迎合"西国圣哲",但又"自无不合,则公理为之",施耐庵就是一个明证。他说,《水浒》借李逵之口,说出:"晁盖哥哥作大宋皇帝,宋江哥哥作小宋皇帝";借石秀之口说出:"你这与奴才做奴才的奴才",是阐发中国古代"人皆可以为尧舜"的思想,是中国的"民约论"。所以,施耐庵可比法国的启蒙思想家卢梭;《水浒传》也具有民权之思想。这些诠释,结合其产生的历史处境,固然有其产生和存在的理由;可是,这种阐释的前

---

① 张兰:《论近代〈水浒传〉评论的知识背景和理论视角》,《罗贯中与〈三国演义〉〈水浒传〉国际学术研讨会论文汇编》,2006年,第290—291页。

视域并没有与小说文本中的视域进行视野融合,不是与小说文本进行合情合理的对话,而是在独白,或者是有意识的曲解以表达他对时局的政治思想观点,还是他的前见影响了他对文本的判断?用反映论者的话来说,就是把对《水浒传》的理解当作进行政治宣传的工具了。

"佚名"又认为"元亡于《水浒》"。他把元末农民大起义的著名头领诸如韩林儿、张士诚、陈友谅、明玉珍等都看作是"《水浒》之产儿","而朱元璋尤其著者耳"。因此他的结论是:"世以耐庵为海盗,金圣叹氏又从而回护之。余以为不必回护也。耐庵固海盗,抑知盗固当海耶?盗而不海,则……扰乱治平,为天下害。盗而受海,则必为汉高祖之盗,为朱元璋之盗,为亚历山大之盗,肃清天下。"① 这样一来,"强盗"就被赋予了新的内涵,改变了其褒贬色彩。这些解读何尝不是当时时代精神的体现和反映呢?可是,究竟是"元亡于《水浒》",还是《水浒传》是元代农民暴动、民族战争的产物?"佚名"对《水浒传》的诠释现在读来,确实是主观臆断,可是耐心探求其说法的合理性,就发现"佚名"的问题视域规定了他理解《水浒传》本文的意义方向。

此时梁启超在《小说丛话》中也说:"施耐庵之著《水浒》,实具有二种主义。"其一,"鼓吹武德,提振侠风,以为排外之起点"。其二,"忠民者,大同之时代也"。② 封建社会中的道德价值之一"忠"从其"忠君"的角度转到"忠民"的角度,不可不谓是时代性的解读,"忠"被重新赋义。

王钟麒在《中国三大家小说论赞》中说:"施氏少负异才,自少迄老,未获一伸其志。痛社会之黑暗,而政府之专横也,乃以一己之理想,构成此书。……其人类皆有非常之材,敢于复大仇,犯大难,独行其志无所于悔。生民以来,未有以百八人组织政府,而人人平等者,有之惟《水浒传》。使耐庵而生于欧美也,则其人之著作,当与柏拉图、巴枯宁、托尔斯泰、迭盖司诸氏相抗衡。观其平等级,均财产,则社会主义之小说也;其复仇怨,贼污吏,则虚无党之小说也;其一切组织,无不完备,

---

① 原载《新世界小说社报》第8期,据1959年10月人民文学出版社《中国近代文论选》转录。
② 阿英:《晚清文学丛钞·小说戏曲研究卷》,中华书局1960年版,第342页。

则政治小说也。"① 这里的评论，按照哲学诠释学的观点，也不应该以"穿凿附会"来看待，王钟麒的前见具有西方视野，再加上当时社会的现实思潮，因而他得出上述结论完全是合乎情理的。

以上民权、民主等思想意识，都是20世纪初西学东渐、资产阶级思想文化进入中国之后，知识分子对西方文化思想的接受、理解和感悟。这些一方面是他们借文学评论来宣传资产阶级思想，另一方面是《水浒传》在资产阶级思潮中的"表现"。

有的学者认为价值观念的改变是新的诠释产生的原因。"文学批评并不是为了寻求文学家的'本意'、'本旨'，文学批评不是一种意义'还原'的活动，而是一种意义'生成'的活动过程，是一种表意实践的过程。'说不完的莎士比亚'、'说不完的《红楼梦》'等现象，其最本质的依据就在于释义的本质上，在于释义的生成性上。有一种价值观念，就可以有一种相应的价值阐释；新的价值观念诞生，相应的，对于古典小说的新的价值阐释也随之而产生。"② 新意义的生成，不仅仅是价值观念所能决定的，当然价值观念是其中的一个重要因素。人们的哲学思想、意识形态、审美趣味、价值观念等都对意义的生成具有重要的作用，简言之，是人们的现实存在决定了他们对包括小说在内的文学艺术的意义诠释。

当代学者对于这一时期关于《水浒传》评论的认识是"论者往往采用'六经注我'的方式，喜欢断章取义，任意拔高，也多半是为资产阶级改良或民主革命作宣传而已"③，这个理解其实就是从传统的认识论与客观科学主义的视角得出的结论。然而按照哲学诠释学的思想，这些评论固然是评论者有意识地借小说宣传他们的政治主张，同时又是评论者的当下视野与《水浒传》的文本视域进行融合的结果，是受评论者前理解的规定性所制约的结果，是理解中所固有的"应用"因素作用的结果，也是《水浒传》在这一历史时期的"自我表现"。

---

① 阿英：《晚清文学丛钞·小说戏曲研究卷》，中华书局1960年版，第100页。
② 黄霖主编：《20世纪中国古代文学研究史·小说卷》，东方出版中心2006年版，第9页。
③ 黄霖主编：《20世纪中国古代文学研究史·小说卷》，东方出版中心2006年版，第241页。

（三）晚清出现的三部《新水浒》

清朝末年出现了三部题名为《新水浒》的小说。

光绪三十年（1904）《二十世纪大舞台》连载署名"寰镜庐主人"的《新水浒》，但是只连载了第一回和第二回，《新水浒》叙述了一亡国之君、一胖和尚、一道姑闯荡江湖事。

光绪三十三年（1907）鸿文恒记书局发行，新世界小说社发行，共28回，署名"西泠冬青演义、谢亭亭长评论"的《新水浒》。小说卷首序中称"乃承耐公之志作"，实际上是借梁山好汉之名宣传资产阶级宪政思想。

书中的卢俊义将家产的三分之一充作国民捐。雷横办警察训练班，但在上海错抓革命党。柴进办招待所，石勇办邮电局，张顺办渔业公司，汤隆开炼铁工厂，乐和出席音乐会。王英恋野鸡，扈三娘愤而赴日本留学。鲁智深作僧监，安道全任军医。吴用办女学堂，顾大嫂到天足会讲演。张顺飞弹打击日本兵，单廷圭创设自来水厂，皇甫端招降红胡匪。

该书序中称："百八男女皆与议，隐然一小共和国，然则此书实为宪政之萌芽。"这部《新水浒》并不是对《水浒传》的主题思想进行解读，而是假借水泊梁山英雄好汉的名气来宣传其宪政思想。

三是陆士谔《新水浒》。

陆士谔撰写的《新水浒》，共5卷24回。由宣统元年（1909）上海改良小说社刊本，宣统二年（1910）二月再版本。这部小说接续金圣叹贯华堂本《水浒传》"梁山泊英雄惊恶梦"，写梁山泊居安思危，决意改革变法的故事。

该小说接卢俊义从噩梦中惊醒，为了防止朝廷大军的围剿，宋江、吴用派人下山打探敌情。东京正在大搞改革，商家也纷纷打起"改良""最新""特别"等招牌。老百姓依然贫困，这种改革不过是给权势阶层多几条赚钱的门路罢了。

梁山泊头领考虑到如果继续吃大锅饭，势必坐吃山空，于是也决定进行改革：成立了梁山会，宋江为会长，卢俊义为副会长，吴用为庶务长，蒋敬为会计，萧让为书记。会员各自下山，经营新事业。所得利益，二成为会费，二成为公积金，六成归为自己。卢俊义承办铁路，净利72万两。扈三娘开办夜总会，效益很好，得银48万两。孟康任船政差使，得银 40 万两。此三人为最优等。

　　陶宗旺开妓院，获利 25 万两。吴用办学，得银 20 余万两。汤隆、刘唐办铁路，声誉大增。张顺办盐业公司，李俊经营矿务。蒋敬开忠义银行，时迁出任警察局侦探，武松开运动会。柴进出入相抵，赢利不多。李逵分文未赚，反而赔了若干银子。宋江设立天灾筹赈公所，自任总董。宋江以赈款存放钱庄，也大发其财。最后以"梁山党大会忠义堂，陆士谔归结新水浒"作结。

　　作者显然是借虚构梁山泊实行"新法"，来抒写自己对清末社会改革的设想。20 世纪初的两部《新水浒》的创作是当时社会政治经济变革的反映，与同时期的《水浒传》批评一样，都具有很强的时代意识。

　　阿英将陆士谔的《新水浒》称为"拟旧小说"。阿英对这一类小说评价颇低，他说："窥其内容，实无一足观也。"① 田若虹《陆士谔小说考论》认为，《新水浒》这类拟旧小说，"旨在表现作者的新思想及政治思想。实际上是借旧瓶装新酒。如《新水浒》中，陆士谔将维新变法思想引入其中。……陆士谔还借《新水浒》所述北宋末年的故事演晚清事，其针砭时局之意十分明显"②。

　　在《陆士谔小说考论》中，田若虹认为"《新水浒》之种种新事业，处处充满了晚清时代气息。如托朝廷推行变法，书中写到的电话、轮船、铁路、邮局、报纸等皆晚清时代的新事物"，这些新事物正表明了任何解读都是时代精神在艺术世界里的映像。"《新水浒》中，尤其体现了作者于民主富强之路探求的深邃和超前。正如欧阳健指出：《新水浒》深刻地揭示了在新的条件下，道德和竞争的二律背反，尖锐地提出了这样一个问题，随着市场经济的发展，以效益和金钱为标尺的商业竞争激烈展开的情势下，道德的沦丧是不是经济发展的必要代价？"③ 这个问题具有很强的现实性。

　　洪涛在《陆士谔〈新水浒〉与近代〈水浒〉新读：论时代错置问题》中认为："从本文的具体分析我们可以得出一个结论：无论新续还是

---

① 阿英：《晚清小说史》，东方出版社 1996 年版，第 207 页。
② 田若虹：《陆士谔小说考论》，三联书店 2005 年版，第 34 页。
③ 田若虹：《陆士谔小说考论》，三联书店 2005 年版，第 174—175 页。

新解，往往都是别有用心的。宋江的水浒故事，似乎永远无法改变'顺时改易、为人所用'的命运。《水浒》的演变史和成书后各种续书都不断证明这一点。这恐怕也是许多文学名著的命运。"① 洪涛所说的水浒故事一直"顺时改易、为人所用"是基本符合《水浒传》阐释史的；不过，洪涛的语气里似乎有点遗憾或惋惜的意思，其实《水浒传》"顺时改易、为人所用"未尝不是一件好事，因为这正是《水浒传》的"自我表现"；如果不这样，那么《水浒传》也就不再存在，因为"文学作品的真正存在只在于被展现的过程（Gespieltwerden），这也就是说，作品只有通过再创造或再现而使自身达到表现"②。洪涛这段话中的"别有用心"一词用得很不妥当，因为无论是续作者的新创，还是读者在阅读中的理解，都是这部小说"此在"的表现，都是诠释者时代性问题视域当下性的筹划，都是理解中应用因素的展现，并非全部都是"别有用心"的产物。

第二节 《水浒传》与新文化运动

新文化运动，这场思想革命的核心是人的觉醒，新文化运动的本质内核是"个人主义"的张扬，阶级属性乃是资产阶级领导的，具体内容包括"人权与科学"（1919年以后改称"民主与科学"），其基本精神乃是呼唤自由、法制、宪政和理性。

当代一些学者质疑新文化运动完全否定传统尤其是儒家学说的正当性和合理性，例如张宽认为"五四那一代学者对西方的殖民话语完全掉以轻心，很多人接受启蒙话语的同时接受了殖民话语，因而对自己的文化传统采取了粗暴不公正的简单否定态度"③。他们对新文化运动时期那种激进的主张进行了反思：完全否定传统、全盘西化究竟是不是一种文化上的偏执？

反思是必要的。但是，以中国的实际情况而论，不进行彻底的革命

---

① 洪涛：《陆士谔〈新水浒〉与近代〈水浒〉新读：论时代错置问题》，《明清小说研究》2001年第1期。

② ［德］伽达默尔：《真理与方法》，洪汉鼎译，东方译文出版社2004年版，"译者序言"第5页。

③ 张宽：《文化新殖民的可能》，《天涯》1996年第2期。

就不可能取得现代性的进步。鲁迅说:"中国人的性情是总喜欢调和、折中的。譬如你说,这屋子太暗,须在这里开一个窗,大家一定不允许的。但如果你主张拆掉屋顶,他们就会来调和,愿意开窗了。"① 鲁迅还说过在中国甚至搬动一张桌子都得流血,由此而论,五四新文化运动中的那种激进还是必要的,因为国民顽固的保守性往往是改革的死敌。但是这种偏激毕竟是太片面了,出于舆论的宣传固然是必要的,如果是实际性的操作却不能不正视这个事实,即任何发展都是继承性的发展,任何革新都是在原有基础之上的变革,中国的现代化也是如此,人们就生活在传统之中,又如何能够完全否定、抛弃传统呢?

有些人不是历史主义地看问题,大力鼓吹一些似是而非的论调。他们认为新文化运动是一种偏激,说什么新文化运动应对20世纪激进主义泛滥负责;指责新文化运动"全盘反传统",造成了中国文化的"断裂",妨碍了"传统的创造性转化",是中国现代化不能顺利实现的重要原因;痛恨文化激进带来了政治激进,新文化运动后期,国民革命接踵而至,其结果是开创了"以党治国"、一党专政的体制,后果十分恶劣等。这些不切实际的论断,无视历史的具体情境,是孤立地、静止地和片面地看问题得出来的。

新文化运动是中国现代化的第一步,不管它是如何步履蹒跚,即使是摔了一跤,也不能对它进行谴责甚至完全否定,因为它毕竟是从古老的农耕文明中向现代化迈出了非常关键的一步。

袁伟时对新文化运动性质的定位是准确的,他说:"新文化运动是为挽救民主共和制度而开展的启蒙,是为告别中世纪而进行的思想革命。"②

新文化运动主张:

(1) 根据自由主义和个人主义的学理,反复阐释个人与国家之间的关系,强调"国家为人而设,非人为国家而生","吾人爱国之行为,在振张一己之权利,以堵住国家牺牲一己之权利,则反损害国家存立之要素……故国家识务,与小己自由之畛域,必区处条理,各适其宜"③。因

---

① 鲁迅:《三闲集》,《鲁迅全集》第4卷,人民文学出版社2005年版,第14页。
② 袁伟时:《告别中世纪:五四文献选粹与解读》,广东人民出版社2004年版,第5页。
③ 高一涵:《国家非人生之归宿论》,《青年》第1卷第4号。

为所谓的"国家利益,社会利益,名与个人主义相冲突,实以巩固个人利益为本因也"①。

(2)提倡以个人本位主义,取代家族本位主义。陈独秀指出:"宗法社会,以家族为本位,而个人无权利……律以今日文明社会之组织,宗制度之恶果,盖有四焉:一曰剥夺个人法律上平等之权利(如尊长卑幼同罪异罚之类)。一曰养成依赖性,戕贼个人之生产力。……东洋民族社会中种种卑劣不法惨酷衰竭之象,皆以此四者为之因。欲转善因,是在以个人本位主义,易家族本位主义。"②

(3)鼓吹法治。陈独秀写道:"以法治实利为重者,未尝无刻薄寡恩之嫌。然其结果,社会个人,不相依赖,人自为战,以独立之生计,成独立之人格,各守分际,不相侵渔,以小人始,以君子终,社会经济,亦因以井然有序。"③ 而法治的必然归宿是宪政。

新文化运动时期是西方进化论、实证主义、现代公民和现代国家观念(自由、法治、宪政和理性)等资产阶级思想进入中国并依据这些思想对传统文化进行否定、批判的激进的文化思想启蒙的时期。

当时,赫胥黎、杜威是知识界和文化界耳熟能详的著名人物,陈独秀、胡适、周作人、钱玄同、鲁迅等人的思想就是进化论和资产阶级的启蒙思想。进化论是批判传统文化和传统文学的主要理论,打倒孔家店、指斥传统伦理道德是吃人的、虚伪的、残忍的道德,认为传统的文学是"非人的文学",等等。但是不久,这些反传统的战士们正如鲁迅所说的"有的高升,有的退隐,有的前进"④。

新文化运动前期的实质:资产阶级文化反对封建旧文化,是辛亥革命在思想文化领域的延续。前期的主要内容:提倡新道德,反对旧道德;提倡新文学,反对旧文学;提倡民主与科学,反对封建专制与愚昧无知。后期的主要内容:宣传十月革命,宣传社会主义思想。五四运动以后,马克思主义在中国的传播成为主流。

---

① 陈独秀:《东西民族根本思想之差异》,《青年》第1卷第4号。
② 陈独秀:《东西民族根本思想之差异》,《青年》第1卷第4号。
③ 陈独秀:《东西民族根本思想之差异》,《青年》第1卷第4号。
④ 鲁迅:《鲁迅全集》第4卷,人民文学出版社2005年版,第469页。

在这一历史背景之下对于《水浒传》的研究，便是一方面从思想意义上否定它，认为它是"非人的文学"；另一方面从语言上肯定它，认为它是白话文的典范。胡适在《白话文学史》中认为《水浒传》是中国第一部白话长篇小说，而在思想内容上则与周作人等持同一论调，都把它归为"非人的文学"。

新文化运动中的先进知识分子，大多有一些偏激情绪，对东西方文化的看法，存在着绝对肯定或绝对否定的一刀切倾向，这种看法对于《水浒传》的诠释都有直接的影响。

一 周作人对《水浒传》的阐释

在新文化运动中，周作人执文学理论先导之牛耳，他在文学理论方面的几篇文章对新文化运动的进展具有举足轻重的地位。1918年12月，周作人在《新青年》上发表了《人的文学》；1919年又在《每周评论》上发表了《平民的文学》和《思想革命》。这些文章都对新文化运动文学革命有巨大的影响。

1918年6月15日，胡适在《新青年》第4卷第6号上发表了《"易卜生主义"》，提倡个人本位主义，指责封建社会最大的罪恶莫过于摧折个人的个性，不使他自由发展。1918年12月15日，周作人在《新青年》第5卷第6号上发表了《人的文学》，呼吁提倡新文学，即"人的文学"，并对"人的文学"作了界定："用这人道主义为本，对于人生诸问题，加以记录研究的文字，便谓之人的文学。"准确理解这个定义的关键是把握何谓"人道主义"。周作人说："我所说的人道主义，并非世间所谓'悲天悯人'或'博施济众'的慈善主义，乃是一种个人主义的人间本位主义。"周作人的这个解释真切地体现了新文化运动的思想本质，即它更主要的是资产阶级思想之一的个人本位主义。按照周作人的理解，只有体现这一思想的文学才是"人的文学"，只有包含个人主义的灵肉一体的文字才是"人的文学"。按照这个标准，周作人认为《水浒传》不是"人的文学"，而是"非人的文学"；是"海盗"的作品，属于"强盗书类"，这类作品"有碍于人性的生长，破坏人类的平和"。①

---

① 周作人：《周作人经典作品选》，当代世界出版社2004年版，第8页。

周作人说，人的文学与非人的文学的区别，便在著作的态度，是以人的生活为是或非人的生活为是这一点上。按照《人的文学》中的观点，只有符合"个人主义的人间本位主义"的生活才是人的生活；反之，则不是。然而，这个标准，毫无疑问，却是一种主观的唯心论。为什么这么说呢？因为中国古人在进行创作的时候，其"著作的态度"根本就不可能有"个人主义的人间本位主义"这个思想意识。"人的生活"与"非人的生活"的区分，很明显，是现代人的一个概念，周作人所认为的"非人的生活"，在古人当时看来，可能还是"人的生活"，因为价值评判标准总是在发展变化的。

周作人虽然把《水浒传》《七侠五义》《施公案》等都归为"强盗书类"，不过总的来说，周作人的持论还是相对公允的，因为他还说："这宗著作，在民族心理研究上，原都极有价值。在文艺批评上，也有几种可以容许。但在主义上，一切都该排斥。倘若懂得道理，识力已定的人，自然不妨去看。如能研究批评，便于世间更为有益，我们也极欢迎。"

按照陈平原的解读分析，周作人阅读古典小说，有他自己的标准和特殊的角度，即看小说是否是假仁假义、小说有无人道精神、小说的作者对女人的态度如何等，周作人之所以高度评价《红楼梦》，而极力贬低《水浒传》和《三国演义》，正是基于此①。

周作人对《水浒传》的贬斥就在于其评价标准依据的是资产阶级的"人道主义"即个人主义的人间本位主义。他在《知堂乙酉文编·小说的回忆》中说，《水浒传》中杀人的事情也不少，而杀潘金莲、杀潘巧云处都特别细致残忍，或有点欣赏的意思，在这里又显出淫虐狂的痕迹来了。一夫多妻的东方古国，最容易有此变态，在文艺上都会显示出来，上边所说的只是最明显的一例罢了。美国汉学家夏志清从资产阶级人性论的角度对《水浒传》的一些指责与周作人的看法有相同或类似的地方，他们都批评《水浒传》中的暴力倾向和妇女观中非"人道"的一面。

周作人在《平民的文学》中，首先从"普遍与否、真挚与否"的角度区分了平民的文学与贵族的文学。然后从形式和内容两方面进行论证

---

① 陈平原：《"通俗小说"在中国》，《在文学馆听讲座：生命的对话》，中国社会科学出版社2002年版，第190页。

平民的文学就是"普遍与真挚两件事"。为了避免误会起见，他又指出平民文学绝不单是通俗文学，绝不是慈善主义的文学。最后他感叹中国古代文学除了《红楼梦》基本上没有"理想的平民文学"，因为中国所谓文学的东西，无一不是古文。被挤在文学外的章回小说几十种，虽是白话，却都含着游戏的夸张的分子，也够不上这资格。《水浒传》自然是被挤在文学外的几十种章回小说之一了，至于它是否够得上"平民文学"的资格暂且不论，周作人指出的它含着游戏的夸张的分子却是真知灼见，一语中的，因为这一评价十分符合《水浒传》的实际情况。

周作人在《思想革命》中对当时白话文在社会上的势力日见盛大表示肯定的同时，指出了"思想革命"的必要性，这在当时无疑是高屋建瓴、先知先觉的。因为新文化运动中确实存在着这个问题，即招牌虽换，思想照旧；古代的"荒谬思想"甚至借助于白话文的通俗易解而"流毒无穷"，因此周作人所主张的文学革命中文字改革是第一步，思想改革是第二步，却比第一步更为重要的观点，对新文化运动思想革命的指导是及时的和必要的。当然，周作人把"忠孝节烈"也归为"荒谬思想"，从学术的角度来看，是值得进一步探讨的；如果从资产阶级思想启蒙的角度来看，对封建思想进行批判也是应该的，因为这是时代性精神的要求。

在《新文学的要求》中，周作人紧承《人的文学》中的思想，继续发展了思想启蒙的精神，他认为"现今中国惟一的需要"乃是"人生的文学"，而人生的文学，必须是人生的，不是兽性的，也不是神性的，必须是人类的，也是个人的，却不是种族的，国家的，乡土及家族的。从周作人提出的新文学的要求这些主张中，人们可以看出，其出发点都是资产阶级启蒙思想。这些启蒙思想作为周作人理解《水浒传》《三侠五义》等古代小说的前见，其结论也就可想而知了。因此，资产阶级启蒙思想是后人理解周作人关于《水浒传》论述的切入点。

周作人是中国文学史上的一个大家，其思想之驳杂，识见之公允，风格之淡雅，自不待言，然而他对《水浒传》的诠释，也是其前见与小说文本视域融合的产物，带有鲜明的时代性特征。资产阶级的启蒙思想作为前见起着决定性的意义理解何所向的作用。

二 陈独秀对《水浒传》的阐释

1920年8月，由汪原放标点、分段的《水浒传》在亚东图书馆正式发行，陈独秀和胡适分别为之作《〈水浒〉新叙》和《水浒传考证》。

陈独秀在《〈水浒〉新叙》中认为小说中的"'赤日炎炎似火烧，田中禾黍半枯焦。农夫心内如汤煮，公子王孙把扇摇'这四句诗就是《水浒传》的'本旨'"，并说"《水浒传》的理想不过尔尔，并没有别的深远意义"①。

陈独秀之所以得出以上的理解，显然，马克思主义的阶级理论作为他诠释《水浒传》的前见起着决定性的理解何所向的作用，陈独秀的阶级意识与《水浒传》中那四句诗所体现的封建社会中的阶级对立产生了感应，有了共鸣。同时，这又与他对中国古代白话小说的阐释不无关系。他在《〈水浒〉新叙》中认为小说有四点特征：写实性、白话文、写人情和技术性。其中，他所说的"技术性"指的是文学性特征，并把它作为小说文体性的本质所在。他说："文学的特性重在技术，并不甚重在理想。理想本是哲学家的事，文学家的使命，并不是创造理想；是用妙美的文学技术，描写时代的理想，供给人类高等的享乐。"②这是他认为"《水浒传》的理想不过尔尔，并没有别的深远意义"的前理解，这个前理解决定了陈独秀对《水浒传》的独特看法。

1926年，潘力山在《〈水浒传〉之研究》中批评说："陈独秀自己是个社会党人，碰见书中偶然有一首诗，好象扯得到他的主义上去，便顺手拈来，作为全书的骨干。其实书中的诗岂止这一首，拿别一首来好不好呢？"③潘力山的批评有其合理之处，但正因为他的前见与陈独秀的前见不同，因此他不同意陈独秀的看法。这也无可厚非，前见的千差万别是一个实实在在的历史存在，前见的何所向规定了它与文本中哪一部分进行视域融合的可能性，从而得出不同的见解。面对相同的史料，由于

---

① 陈独秀：《〈水浒〉新叙》，任建树主编《陈独秀著作选编》第2卷，上海人民出版社1984年版，第240页。

② 陈独秀：《〈水浒〉新叙》，任建树主编《陈独秀著作选编》第2卷，上海人民出版社1984年版，第240页。

③ 潘力山：《〈水浒传〉之研究》，《小说月报》第十七卷"中国文学研究专号"（下），商务印书馆1926年版。

不同的人具有不同的前见,因此也就会对相同史料得出不同的甚至截然相反的结论来。

陈独秀的这一个独特的视角,即马克思主义阶级分析的视角,与20世纪50—70年代《水浒传》"农民起义"说联系起来看的话,应该说,陈独秀对《水浒传》的诠释正是"农民起义"说的滥觞。

第三节 《水浒传》与进化论

英国生物学家达尔文的生物进化论对于中世纪的宗教迷信无疑是一重大的打击,它解放了人们的思想。这是西方启蒙运动中"上帝"的死去,大写的"人"能够光辉四射的科学证据。然而,自然科学的认知模式却使人们从对上帝的迷信转向了对科学和技术的迷信,这又钳制和阻碍了人文精神的自由和发展。进化论在文学上的运用就是如此,一方面它对中国文学现代化的进程起到了前所未有的促进作用,做出了巨大贡献;另一方面它又显示出文学进化论在精神科学中的不伦不类。

陈平原对进化论在中国文学史上的功过曾有过探讨,他说进化论的进步作用主要表现在进化论思想直接或间接地影响了一代人的文学史观,"'进化的观念'首先促使文学史家抛弃崇古的价值取向,对拟古、复古的创作思潮表示怀疑;同时承认文学的发展变化,不是倒退而是进步,后起的用俗语写作的小说比古雅的诗文更能代表文学的发展方向";胡适受进化的观念和国外民间故事研究的启示,提出用"历史演变法"来研究中国古代长篇小说,取得了较大的成绩;进化的观念在文学史上的运用将中国文学设想成为由不同的文学体裁和类型按自然进化顺序排列而成完整系列,且都有一个生老病死的过程;进化的观念强调运动和演变,强调发展和进步,强调联系和规律,无疑曾经给中国小说史研究带来勃勃生机。但是,由于进化论假设的内在缺陷,也阻碍着研究的进一步深入:首先是过分突出进化的必然和衰亡的命定,而基本上否定个人的独创性和天才作家对小说发展的独特贡献;进化的观念很容易给人造成直线发展的错觉;进化论还给文学史研究注入一种决定论和目的论的色彩,这种狭隘的理论视野和单向的思维方式,忽视了历史的多种可能性。①

在中国文学史上，汉之赋、唐之诗、宋之词、元之曲、明清小说的历史存在，并不能够证明文学的演进在文学史上是进化论的观点。按照进化论的观点，难道我们能够说《红楼梦》之后的所有小说都比《红楼梦》更优秀吗？显然不能，因为这种看法与中国小说的实际情况根本不符合。"一代有一代之文学"，在不同的历史时代，某一文学样式被特别关注，如此而已。况且，上述描述过于简化，遮蔽了真相，如天水一朝的诗，与唐诗并为两大高峰；唐宋八大家，其中有六家在宋代：难道仅仅是词在独唱吗？

当今所谓的"消解大家"，其实是无视文学自身规律发展的一种误解。就以小说为例，古今中外，概莫能外，都是"孤峰现象"。如果"消解大家"，文学史就成了荒原。从《水浒传》到《红楼梦》，二者之间并没有什么历史发展的轨迹和必然规律。《红楼梦》固然受到了《水浒传》的影响，但是互文性告诉我们文学场的存在并不意味着质的决定性。在文学史中寻求文学发展的客观规律，不过是文艺复兴以来"客观范式"的定势思维罢了，这种研究范式忽视了人文学自身的一些特点：意义生成的无限性、理解方式的具体性、精神事件的经验性以及文学史上的"孤峰现象"。

虽然如此，在新文化运动时期，进化论的影响作用不能低估。进化论不仅仅是影响了一代人的文学史观，而且还影响了几代人的社会史观。且不说胡适、鲁迅、周作人、陈独秀等人没有不受进化论影响的，就是当时普通百姓都相信"物竞天择，适者生存"的道理。

一 胡适关于《水浒传》的考论

胡适对于中国现代学术的贡献之一就是他借鉴和继承清代朴学的考证与美国杜威的实证主义，创建了"学院派"现代学术研究范式。这一研究范式最明显的特征就是"科学的"方法论。"1914年，热心向西方寻求真理的胡适，认定'有三术焉，皆起死之神丹也'，这就是归纳的理

---

① 陈平原：《小说史研究方法散论》，《陈平原自选集》，广西师范大学出版社1997年版，第200—206页。

论、历史的眼光和进化的观念。此后胡适之提倡白话文以及撰写《白话文学史》，其方法论正是这三颗'起死之神丹'。"① 胡适对《水浒传》的研究，也主要体现在他对《水浒传》所进行的方法论阐述上。

　　胡适进行文学评论的主要依据是"进化论"，即"历史的演进的观点"，他命名为"历史演变法"。这一研究方法"之所以在小说史研究界风行数十年，很大原因还在于中国人'以考证之眼'读小说的癖习。当本世纪的中国学者开始把小说研究作为学术课题时，很自然地以乾嘉学者诂经注诗的方法来治小说，关注的重点是作者生平以及作品的版本源流"②。胡适以朴学的方法来研究中国古典小说。1920年《〈水浒传〉考证》、1921年《〈水浒传〉后考》、1929年《百二十回本〈忠义水浒传〉序》这三篇文章就是胡适运用考证方法研究《水浒传》的代表作。

　　20世纪20年代，胡适说："圣叹最爱谈'作史笔法'，他却不幸没有历史的眼光，他不知道《水浒》的故事乃是四百年来老百姓与文人发挥一肚皮宿怨的地方。宋、元人借这故事发挥他们的宿怨，故把一座强盗山寨变成替天行道的机关。明初人借他发挥宿怨，故写宋江等平四寇立大功之后反被政府陷害谋死。明朝中叶的人——所谓施耐庵——借他发挥他的一肚皮宿怨，故削去招安以后的事，做成一部纯粹反抗政府的书。"③ 这就是胡适的"历史的眼光"在阐释《水浒传》过程中的体现。胡适认为："《水浒传》乃是从南宋初年（西历十二世纪初年）到明朝中叶（十五世纪末年）这四百年里的'梁山泊故事'的结晶。"④

　　胡适还用历史演进的观念阐述了小说艺术的发展，他说："这些加添的琐屑节目，便是文学的进步。《水浒》所以比《史记》更好，只在多了许多琐屑细节。《水浒》所以比《宣和遗事》更好，也只在多了许多琐屑

---

①　陈平原：《小说史：理论与实践》，北京大学出版社1993年版，第15页。
②　陈平原：《小说史研究方法散论》，《陈平原自选集》，广西师范大学出版社1997年版，第203页。
③　胡适：《〈水浒传〉考证》，欧阳哲生编《胡适文选》第2册，北京大学出版社1998年版，第407—408页。
④　胡适：《〈水浒传〉考证》，欧阳哲生编《胡适文选》第2册，北京大学出版社1998年版，第379页。

细节。"① 法国著名作家巴尔扎克说过，小说在细节上不是真实的话，它就毫不足取，小说的生命力在于细节的真实。他们都论述了小说细节真实的问题。不过，对于这个问题的认识还是恩格斯论述得深刻，他说："据我看来，现实主义的意思是，除细节的真实外，还要真实地再现典型环境中的典型人物。"②

　　胡适在一些具体的文学问题上存在着大量经不起推敲的结论。如胡适虽然提倡"小心的求证"，然而他的很多结论都有争议：胡适认为元代没有《水浒传》，施耐庵是"乌有先生"或"亡是公"，是"一个假托的名字"③ 等。胡适说李贽的《忠义水浒传序》"似是书坊选家的假托"，可是，李贽这篇文章在他生前刊刻的《焚书》（初刻于1590年，重刻于1600年）中就有。

　　胡适认为《水浒传》的最大价值在于它的白话文，而不是什么思想内容，够不上人的文学。新文化运动大力提倡白话文、竭力反对文言文；反对传统的"贵族"文学，提倡"人的文学"和"平民文学"；这些文学主张在胡适关于《水浒传》的考论中都有所体现。

　　胡适的《〈水浒传〉考证》本是为由汪原放用新式标点符号点读、上海亚东图书馆排印出版的《水浒传》写的序，因此，开卷伊始胡适就论新版《水浒传》删去金圣叹点评的好处和痛骂金圣叹的八股选家气、理学先生气和"作史笔法"的迂腐气。胡适指出："金圣叹用了当时'选家'评文的眼光来逐句批评《水浒》，遂把一部《水浒》凌迟砍碎，成了一部'十七世纪眉批夹注的白话文范！'……这种机械的文评正是八股选家的流毒，读了不但没有益处，而且养成一种八股式的文学观念，是很有害的。"④ 其实，胡适这些评论反而彰显出他才没有"历史的眼光"，因为如果纯粹从文学艺术形式的角度来看，八股制义已经达到了古代中

---

① 胡适：《论短篇小说》，欧阳哲生编《胡适文选》第2册，北京大学出版社1998年版，第112页。
② ［德］马克思、恩格斯：《马克思恩格斯选集》第4卷，人民出版社1995年版，第462页。
③ 胡适：《〈水浒传〉考证》，欧阳哲生编《胡适文选》第2册，北京大学出版社1998年版，第401页。
④ 胡适：《〈水浒传〉考证》，欧阳哲生编《胡适文选》第2册，北京大学出版社1998年版，第375页。

国美轮美奂的地步。周作人曾在文章中写道，不懂得八股制义，就不懂得科举制度、科举文化，也就难于理解明清社会制度和文化制度，也就不懂得中国文学甚至是不懂得中国文化。在明清，无论哪一个小说的评点家，无不受到八股制义的影响。这种影响不但不是有害的流毒，而且对于小说评点范式的形成多有裨益。

胡适说龚开的《三十六人赞》毫无考据价值，《〈水浒传〉中的悬案》则认为《三十六人赞》是有价值的，并根据龚开的《三十六人赞》，得出了多数梁山好汉是流氓无产者，《水浒传》不是农民阶级而是流氓无产阶级的颂歌①。袁世硕先生在《解识龚开》一文中认为龚开的《宋江三十六赞》是抒愤的②。也就是说，龚开这个南宋遗民关于宋江等人的论述乃是"古为今用"，借宋江等盗贼尚且忠义报国以讥讽南宋末年当权者的苟且偷生、醉生梦死以及国事的腐朽溃败。这一点，明末清初的钱谦益看得很清楚，他在《淮阴舟中忆龚圣予遗事，书赠张伯玉》一诗中说："幕府遗民尽古丘，长淮南北恨悠悠。龙媒画得神应取，鱼腹诗成鬼亦愁。青史高文留劫火，绿林激赏寄阳秋。对君沧海翻余录，老泪平添楚水流。"③ 其中所说的龚开激赏绿林，岂非他忠义报国心愿的真实流露？倪瓒在《瘦马图》一诗中也极力称赞龚开为忠义之士："淮阴老人气忠义""孰知义士愤欲瘿"等。

胡适认为《水浒传》"大概最早的长篇，颇近于鲁迅先生假定的招安以后直接平方腊的本子，既无辽国，也无王庆、田虎。这个本子可叫做'X'本。……也许就是罗贯中的原本"。这一认识来源于有关宋江的早期记载，如《大宋宣和遗事》。胡适又说，后来有人"硬加入田虎、王庆两大段，便成了一种更长的本子……这个本子可叫做'Y'本。……后来又有一种本子出来，没有王庆、田虎两大段，却插入了征辽国的一大段。这个本子可叫做'Z'本"。④ 这就是说，《水浒传》文本因写定者取舍

---

① 王珏、李殿元：《〈水浒传〉中的悬案》，四川人民出版社1994年版，第185页。
② 袁世硕、[日]阿部晋一郎：《解识龚开》，《中国古代、近代文学研究》2004年第1期。
③ （明末清初）钱谦益：《牧斋有学集》，上海古籍出版社1996年版，第515—516页。
④ 胡适：《百二十回本忠义水浒传序》，欧阳哲生编《胡适文选》第4册，北京大学出版社1998年版，第348—349页。

增删的不同而出现了种种不同的版本。胡适进而认为,明代嘉靖年间武定侯郭勋家中传出的《水浒传》是假托郭勋之名,此本"虽根据'X'、'Y'等本子,但其中创作的成分必然很多。这位改作者(施耐庵或汪道昆)起手确想用全副精力做一部伟大的小说,很想放手做去,不受旧材料的拘束,故起首的四十回(从王进写到大闹江州)真是绝妙的文字。……但作者到了四十回以后,气力渐渐不加了,渐渐地回到旧材料里去,草草地把他一百零八人都挤进来,草草地招安他们,草草地送他们出去征方腊。这些部分都远不如前四十回的精彩了。七十回以下更潦草的厉害,把元曲里许多幼稚的《水浒》故事,如李逵乔坐衙,李逵负荆,燕青射雁等等,都穿插进去。拼来凑去,还凑不满一百回。王庆、田虎两段既全删了,只好把'Z'本中篇幅较短的征辽国一段故事加进去"①。《水浒传》的成书,依据宋元说话底本、元杂剧中的水浒戏,经过文人的编纂而成。前40回的水浒故事经过说书艺人几代人的精心打磨,极其富有人情物理;后半部分则是文人根据水浒戏或其他平话"编次"而成,因此在行文上生硬死板,缺少生气,在思想上更加符合儒家的思想,在审美上更富有文人的诗意,但是缺少说书艺人、市民小说那种生动活泼、淋漓尽致的风采。这就是为什么《水浒传》前40回异常精彩,而后半部分缺少文采的原因。

胡适认为,尽管百回本《水浒传》的前40回、中间30回和后30回存在着艺术上的明显差异,但却完成于一位写定者之手。造成这种现象的主要原因,胡适认为是写定者"渐渐地回到旧材料里去"。这就是说,由于部分情节源于已有的水浒故事,因此造成了全书文本构成的不平衡。

胡适提倡的科学方法澄清了一些与文学作品相关的历史史料方面的问题。胡适在考证《红楼梦》的时候说:"我要读者学得一点科学精神,一点科学态度,一点科学方法。科学精神在于寻找事实,寻求真理。科学态度在于撇开成见,搁起感情,只认得事实,只跟着证据走。科学方法只是'大胆的假设,小心的求证'十个字。没有证据,只可悬而不断;证据不够,只可假设——不可武断,必须等到证实之后,方才奉为定

---

① 胡适:《百二十回本忠义水浒传序》,欧阳哲生编《胡适文选》第4册,北京大学出版社1998年版,第352页。

论。……处处想撇开先入的成见；处处存一个搜求证据的目的；处处尊重证据，让证据做向导，引我到相当的结论上去。"①胡适提倡科学研究要"科学""客观"，用"证据"说话是每一个科研工作者最基本的素质。但是，任何成见都是不以人的主观意志为转移的存在，它是人们进一步理解的前提；正如伽达默尔说的，没有成见、前见或偏见，就没有理解。

胡适又说："我们只须根据可靠的版本和可靠的材料，考定这本书的著者究竟是谁，著者的事迹家世，著书的年代，这书曾有何种不同的本子，这些本子的来历如何。这些问题乃是《红楼梦》考证的正当范围。"②胡适所说的小说方面的考证属于文学作品的外部研究，研究的是与文学相关的文学史料，是进一步研究文学的前提。胡适说："我对《红楼梦》的最大贡献，就是从前用校勘、训诂考据汉来经学、史学的，也可以用在小说上。"③

从胡适自己的陈述可以得知他所说的科学方法是用研究历史的方法来研究文学。胡适对中国古典小说的推崇，出自他论证文学的进化论，出自他提倡"白话文"的需要。在立意革新文学时，他以平民的立场推崇古代白话小说。《文学改良刍议》以《红楼梦》《水浒传》等小说为中国"文学正宗"，为"吾国第一流小说"④。《建设的文学革命论》以自身体验设问："试问我们今日居然能拿起笔来做几篇白话文章，居然能写得出好几百个白话的字，可是从什么白话教科书上学来的吗？可不是从《水浒传》、《西游记》、《红楼梦》、《儒林外史》……等书学来的吗？"⑤

胡适在晚年回忆新文化运动的时候说："我在中国文艺复兴运动的初期，便不厌其烦地指出这些小说的文学价值。但是只称赞它们的优点，不但不是给予这些名著应得的光荣底唯一的方式，同时也是个没有效率

---

① 宋文波辑注：《胡适红楼梦研究论文全编》，北京图书馆出版社2005年版，第192页。
② 宋文波辑注：《胡适红楼梦研究论文全编》，北京图书馆出版社2005年版，第377页。
③ 宋文波辑注：《胡适红楼梦研究论文全编》，北京图书馆出版社2005年版，第86页。
④ 胡适：《文学改良刍议》，欧阳哲生编《胡诗文集》第2册，北京大学出版社1998年版，第14页。
⑤ 胡适：《建设的文学革命论》，欧阳哲生编《胡诗文集》第2册，北京大学出版社1998年版，第47—48页。

的方式。要给予它们在中国文学上的应有的地位，我们还应该采取更有实效的方式。我建议我们推崇这些名著的方式，就是对它们做一种合乎科学方法的批判与研究，也是就寓推崇于研究之中。我们要对这些名著作严格的版本校勘，和批判性的历史探讨——也就是搜寻它们不同的版本，以便于校订出最好的本子来。如果可能的话，我们要找出这些名著作者的历史背景和传记资料来。这种工作是给予这些小说名著现代学术荣誉的方式；认定它们也是一项学术研究的主题，与传统的经学、史学平起平坐。"① 毫无疑问，胡适、周作人、鲁迅等新文化运动旗手的努力自然是顺应了历史的潮流，提高了中国古代小说在中国文学史上和中国学术史上的地位。

胡适的唯心主义研究方法，曾经受到严厉而又深入的批判，甚至在新时期初期，还有的学者坚持这样的观点："由于资产阶级世界观的局限，胡适的有关《水浒》考证文字，往往舍本逐末，用主观唯心主义代替对《水浒》的认真考证和研究。在这样的思想方法的指导下，胡适所从事的《水浒》考证，不能不引导读者走向歧路，即引导读者离开对《水浒》思想内容和艺术成就作研究，而只是研究《水浒》的版本、作者及其他枝节问题，他要读者把注意力集中在《水浒》的这个版本比另一个版本多了多少字数，增添了一些什么情节；这个版本里面的某人是另一版本的哪一人（如王进不是王庆）等等。"②

从源流考镜来看，"科学方法"就是杜威的实验主义与清代朴学的合流，胡适把它概括和简化为"大胆的假设，小心的求证"。"大胆的假设"要求的是一种怀疑精神，这是"五四"新文化运动的主调，但胡适从未对科学假设的性质作深入的解释。"有一分证据，说一分话"，这是学术研究的基本要求。

新文化运动时期，西方的思想和方法逐渐为国人所接受，当时人们对科学方法的迷信和对西方文化制度的崇拜致使资产阶级唯心主义方法论假借着客观"科学"的名义风行赤县神州。同时，中国传统的学术方

---

① 胡适口述，唐德刚整理翻译：《胡适口述自传》，华东师范大学出版社1993年版，第230页。
② 公盾：《评胡适的〈水浒传考证〉》，《水浒争鸣》第2辑，1983年。

法对现代学院派学术范式的创建所具有的影响也不容低估。胡适说:"在传统的'考据学'、'校勘学'、'音韵学'里面,都有科学的法则存乎其间;他们之间所用的治学法则,都有其相通之处。'考据'或'考证'的意义便是'有证据的探讨'。我说有证据的探讨一直就是中国传统的治学方法;这也是一切历史科学的治学方法,例如研究历史学、考古学、地质学、古生物学、天文物理学等等都是一样的。"①

胡适的文学批评,其主要目的是为张皇他所谓的"科学"和"客观"方法论服务的。他对文学作品诠释的思路拘囿于自然科学研究范式的框架里,要求读者去除成见,才能客观地理解。他在《〈水浒传〉考证》中说:"至于见解和理想,一方面我本不愿多说话,因为我主张让读者自己虚心去看《水浒传》,不必先怀着一些主观的成见。"②胡适的这段话表明了他对"成见"的偏见。

1925年,俞平伯发表《〈红楼梦辨〉的修正》一文,指出文学应该与历史、与科学相区分。③俞平伯的反思应该成为索隐派和考证派的借鉴,他的这两点修正虽然是对《红楼梦》研究中问题的修正,对《水浒传》的研究也是适用的。百回本《水浒传》结末自己就说过"不须出处求真迹,但喜忠良作话头",考证考据治学方法的研究对象一般说来不是文学本文本身,而是与文学相关的历史资料。或者说,这是用传统的历史方法来研究文学文本中的相关历史的各种资料。但是这些研究是必要的,也是必需的。

《中国小说史稿》曾经在对《水浒传》研究的批判中指出了胡适创立的"学院派"研究路径的特点:一是资产阶级思想作为其指导思想;二是烦琐考证;三是资产阶级人性论④。至于资产阶级世界观和人性论,这是时代使然,胡适自然不是不食人间烟火的天上神仙,逃脱不了人的历史性和有限性。烦琐考证的治学方法,既有历史的渊源,即从汉学到朴

---

① 胡适口述,唐德刚整理翻译:《胡适口述自传》,华东师范大学出版社1993年版,第187—188页。
② 胡适:《〈水浒传〉考证》,欧阳哲生编《胡适文选》第2册,北京大学出版社1998年版,第407页。
③ 俞平伯:《俞平伯论红楼梦》,上海古籍出版社1988年版,第341—349页。
④ 详参北京大学中文系1955级编辑的《中国小说史稿》,1973年。

学，又有西方"科学"的实证主义为之撑腰；况且，经史作为两千多年的学术研究对象，其主要的方法就是考据，为了把小说也挤进学术的殿堂，自然也得在方法上与经史的传统研究方法合流，用考据进行研究才能遮盖小说在封建社会里原来的卑贱出身——这一点，从胡适晚年自我学术鉴定的话里就可以看出来。然而，考证考据之于古代文学的研究，却是从一开始，就作茧自缚起来了，甘心成为史学的附庸。

正如《中国小说史稿》中所指出的，胡适的烦琐考证也是具有鲜明政治倾向的，他从"资产阶级的政治标准出发"，对《水浒传》进行评论，"欣赏金圣叹哪些地方'删得很好'、'比前者有趣多了'等等，充分暴露了他这种烦琐考证的反动性"。另外，胡适的烦琐考证"指责《水浒传》这也不符合历史事实、那也不符合地理真实"，其实是混淆了文学与历史、文学与地理之间存在的本质区别。

20世纪80年代初，易竹贤对胡适的考证曾有过评论，他说："且不说胡适对历史上的太平天国、义和拳等民众的革命运动，常用'乱''匪'一类蔑称，即使对《水浒传》里的梁山英雄，也开口'强盗'，闭口'强盗'，不敢正面接触小说反映和赞颂农民革命的重大意义，表现出资产阶级既有反封建的要求，却又惧怕民众觉醒，惧怕革命的心理。"① 易竹贤对胡适小说考证的评论固然也含有他生活时代的阶级性和时代性烙印，然而胡适的"成见"总是在其考论文章中不争气地占据着主导地位。

因此，要想真正把握人文学的真理，尤其是在中国古代文学研究领域里，首先就必须破除迷信，破除对于自然科学研究范式及其方法的崇拜迷信心理，破除把文学作为历史的研究思路，破除把古人的道听途说当作客观的历史材料的做法，破除对于"前见"或"成见"的误解和歧视。

但是，我们对任何事物都要采取一分为二的分析态度，因此对中国传统的考证考据方法也应该如此。毋庸置疑，考证考据对中国小说研究的贡献是巨大的。《中国古代小说研究》认为，考证派首先进一步提高了

---

① 易竹贤：《评胡适小说考证的功过是非（代序）》，《胡适论中国古典小说》，长江文艺出版社1987年版，第23页。

小说的文学地位；其次在小说研究中开辟了一条严谨的治学之途；再次，考证派在小说考证中广博地收集了小说的各种资料，使得收集小说资料也成为小说研究的一个重要方面，促进了小说资料派的发展，把小说研究的范围扩大了；最后，考证派的考证成果也有助于小说通史派的写作①。这一研究方法的弊端是"把小说史研究降为纯粹的故事考辨"，惯于这个路数的中国学者"满足于为考据而考据，而不是将考据作为推进自身研究的有力工具"②；将小说的研究变成了小说资料的汇编；将属于文学范畴的小说研究变作了史学的附庸；对小说文本的研究弃之不理，反而将索隐、溯源和版本考辨当成了学术研究的核心。

二 鲁迅关于《水浒传》的论述

鲁迅认为《水浒传》是为广大中国人民群众喜好的，"惟细民所嗜，则仍在《三国》《水浒》"③，并郑重推荐给外国读者。关于《水浒传》，鲁迅这方面的著述是不少的：《流氓的变迁》《谈金圣叹》《看书琐记》《"大雪纷飞"》以及《中国小说史略》《中国小说的历史的变迁》中的相关论述。

学术的"求是"精神主要体现在鲁迅的学术著作《中国小说史略》中，而学术的"致用"精神则主要体现在鲁迅的社会批评、文明批评等杂文中，后者更为主要，因为"鲁迅无论是创作小说、撰写杂文，乃至古籍整理、小说资料的辑佚、小说史的研究等，其目的都是为救国图强，这与纯学术研究者是有所区别的"④。虽然如此，为了论述的清晰，对于鲁迅的水浒评论，还是应该作学术研究和时论批评两方面的区分。

陈平原说过："20年代初，鲁迅在写作《热风》、《呐喊》的同时，撰写《中国小说史略》。前两者主要表现作者的政治倾向和人间情怀（当然还有艺术感觉），后者则力图保持学术研究的冷静客观。从《小说史大略》到《中国小说史略》，一股突出的变化是删去其中情绪化的表述，如

---

① 齐裕焜、王子宽：《中国古代小说研究》，福建人民出版社2005年版，第93—94页。
② 陈平原：《小说史研究方法散论》，《陈平原自选集》，广西师范大学出版社1997年版，第203—204页。
③ 鲁迅：《中国小说史略》，周锡山释评，上海文化出版社2005年版，第224页。
④ 齐裕焜、王子宽：《中国古代小说研究》，福建人民出版社2005年版，第94页。

批评清代的讽刺小说'嬉笑怒骂之情多,而共同忏悔之心少,文章不真挚,感人之力亦遂微矣'……鲁迅将初稿中此类贴近现实思考的议论删去,表明他尊重'述学'与'议政'的区别。"①

对于鲁迅关于《水浒传》有感而发的时论与学术研究的结论如果不加以区分,那么,就犯了鲁迅所讽刺讥笑的"摘引"的弊病了。

(一)学术上的求是

《中国小说史略》是鲁迅20世纪20年代初在北大等校讲授中国小说史的讲义,1923年由北京大学新潮出版社出版上卷,1924年出版下卷。1925年由北新书局将上下卷合为一册再版。《中国小说史略》是中国现代第一部小说史。鲁迅把《水浒传》列入"元明传来之讲史",这在学术界是有争议的,"后来的学者一般都不这样提了"②。《中国小说史略》中关于《水浒传》的研究主要是版本变迁的研究,至于小说意义的探讨却相对较少,这是当时做学问的思路。这本书从考据、资料入手,史识卓绝。鲁迅先生对于小说研究的最大贡献是他的"史识",对于这一点,他自己也是颇为自豪的。他曾经指责郑振铎的《中国文学史》是"史料汇编",而非文学史,因为它缺乏史识。

洪迈《夷坚乙志》有蔡居厚悉诛梁山泺五百人的记载,鲁迅通过分析后认为"杀降不容虚造,山泺健儿终局,盖如是而已"③。这与金圣叹腰斩水浒是巧合的,但是出发点则不一致,金圣叹腰斩的目的在于不把忠义归水浒,不让梁山泊好汉"建功立业"。鲁迅的史识主要体现在他对中国国民性的认识上,他认为官兵和盗贼对于老百姓来说并没有什么实质性的区别,唯一的区别就在于"坐寇"和"流寇"的差别。

鲁迅对于"征辽"的看法是:"然破辽故事虑亦非始作于明,宋代外敌凭陵,国政弛废,转思草泽,盖亦人情,故或造野语以自慰,复多异说,不能合符,于是后之小说,既以取舍不同而分歧,所取者又以话本非一而违异,田虎王庆在百回本与百十五回本名同而文迥别,殆亦由此

---

① 陈平原:《学者的人间情怀》,祝勇编《我们对于饥饿的态度》,中国文联出版社2003年版,第173页。
② 鲁迅:《中国小说史略》,周锡山释评,上海文化出版社2005年版,第128页。
③ 鲁迅:《中国小说史略》,周锡山释评,上海文化出版社2005年版,第118页。

而已。"① 当人们读过《宋史》之后，就会更加叹服鲁迅的论断。民族斗争的历史、民众的心理情绪、坐寇与流寇的互相转化、忠义之士与盗贼流寇的难于区分等都是对《水浒传》进行正确理解的前提条件。

（二）与《水浒传》相关的社会批评和文明批评

鲁迅关于《水浒传》所作的社会批评、文明批评，从本质上真切而鲜明地体现了哲学诠释学认为"应用"是阐释自身所包含的一部分，任何解释都是缘自当下应用的此在性。

鲁迅在《叶紫作〈丰收〉序》中说：中国确实还盛行着《三国志演义》和《水浒传》，但这是由于社会还有三国气和水浒气的缘故。何满子在《水浒概说》中认为鲁迅是以负面的意义来指陈这一现象的。王学泰和李新宇更是借此大做文章，要为中国名著《水浒传》和《三国演义》"解毒"②。

不过，鲁迅关于水浒气的陈述应该说是比较符合社会实际的，他只是指陈了三国气和水浒气在中国历史上存在的社会现实。何谓"水浒气"？有多种理解。郑公盾认为："所谓中国社会有水浒气，那就是指在旧中国当官的都象强盗一样，为非作歹，借势欺人，对人民巧取豪夺，而且要关便关，要杀便杀，广大人民生活却毫无保障，因此人民对封建反动政府进行不间断地反抗斗争，已蔚为社会的风气。这种风气，就是'水浒气'。"③

何满子对于中国社会的"水浒气"也有自己的看法。他从《水浒传》所反映的文化意识即历史观、政治伦理观和人生价值观这个角度出发论述水浒气与时代潮流是不相称的，但是在中国古代，"占人口极大多数的中下层社会是乐于接受的，它所宣扬的锄奸除暴、打抱不平的江湖义气，更成为平民所歆羡的道德规范并以后演化为黑社会的行为信条"④。水浒气在中国社会长期存在的原因，在何满子看来，就是因为中国古代社会，尤其是"平民层认同了《水浒传》的道德标准，一种在人际关系中值得

---

① 鲁迅：《中国小说史略》，周锡山释评，上海文化出版社2005年版，第124页。
② 王学泰、李新宇：《〈水浒传〉与〈三国演义〉批判：为中国文学经典解毒》，天津古籍出版社2004年版。
③ 郑公盾：《水浒传论文集》下册，宁夏人民出版社1983年版，第657页。
④ 何满子：《水浒概说》，上海古籍出版社1993年版，第129—130页。

向往乃至可以依靠的行为规范。依靠这种规范,人们能在通常的社会秩序和法律力量之外找到保护、自救和互济的力量。这种力量就是江湖义气"①。

欧阳健在《〈水浒传〉主题研究的回顾与反思》中认为,"所谓'水浒气',决不应该成为一个贬义词,它正是《水浒》之所以流传不衰,之所以为全体中国读者所普遍接受的奥秘之一"。欧阳健对于"水浒气"的理解包含两个方面:一是"四海之内皆兄弟"的观念,提倡互相尊重,互相帮助,舍利取义,仗义疏财,见义勇为,是最崇高的美德之一;二是崇尚武艺,主张刚健有为,歌颂除暴安良、劫富济贫,受压迫的时候,逼上梁山、造反有理。"这样两个方面,正构成了我们民族积极的思想感情方式、精神品性和作风气派。"②

以上学者基本上都从正面肯定了"水浒气"的价值和意义,然而王学泰则认为鲁迅说的"水浒气"就是"流氓气",这无疑是一种夸大,是为了他的《水浒传》主旨为"游民"说张目的,是站在历朝历代统治阶级的立场上说话的,是与历史上的"诲盗"说、"流氓"说等一脉相承的。

中国社会存在"三国气"和"水浒气"是因为底层社会不如此则不能生存下去。背井离乡、流离失所、生存在社会边缘的这些流民如果不靠彼此的救济就无法吃饭穿衣,就无法满足最基本的生存条件,在这种情况之下,以"义"为核心的三国气和水浒气是有其积极意义的。江湖义气一方面使社会底层的人们相互救助,另一方面也起了南衙北司为弱势群体平不平的作用,因而也就不纯粹是负面的、消极的和落后的。相反,在一定的社会矛盾张力之下是起了稳定社会秩序的作用的。这一点,从中国帮会的历史就能清晰地看出来。

从这个意义上说,王学泰认为"水浒气"就是"流氓气"的说法是值得商榷的,当然,这种话语的产生是有其具体处境的,即市场经济的大社会环境。

至于鲁迅斥责梁山好汉接受招安之后成为奴才的议论,应该从鲁迅

---

① 何满子:《水浒概说》,上海古籍出版社1993年版,第130页。
② 欧阳健:《〈水浒传〉主题研究的回顾与反思》,《建国以来古代文学问题讨论举要》,齐鲁书社1987年版,第378页。

杂文社会批评这个角度去理解。鲁迅不乏借古讽今、指桑骂槐的一些文学批评。鲁迅在《流氓的变迁》中说:"一部《水浒》,说得很分明:因为不反对天子,所以大军一到,便受招安,替国家打别的强盗——不'替天行道'的强盗去了。终于是奴才。"①欧阳健分析得好,"《流氓的变迁》作于一九二九年,目的是揭露和鞭挞以流氓为作品的主角的张资平之流的所谓'革命文学家'的无耻和堕落"②。其实,鲁迅还说过《水浒传》繁本中"招安之说,乃是宋末到元初的思想,因为当时社会扰乱,官兵压制平民,民之和平者忍受之,不和平者便分离而为盗。盗一面与官兵抗,官兵不胜,一面则掳掠人民,民间自然亦时受其骚扰;但一到外寇进来,官兵又不能抵抗的时候,人民因为仇视外族,便想用较胜于官兵的盗来抵抗他,所以盗又为当时所称道了。至于宋江服毒一层,乃明初加入的"③。鲁迅的这一论述是作为学术观点的,因此就比他的社会批评客观准确得多。

鲁迅在《流氓的变迁》中,批评"李逵劫法场时,抡起板斧来排头砍去,而所砍的是看客"④;在《〈集外集〉序》中,鲁迅还说过,"我佩服会用拖刀计的老将黄汉升,但我爱莽撞的不顾利害而终于被部下偷去了头的张翼德;我却又憎恶张翼德型的不问青红皂白,抡起板斧来排头砍去的李逵,我因此喜欢张顺的将他诱进水中去,淹得他两眼翻白"⑤。鲁迅的这些评论,其真正目的是讽刺成仿吾对于《故事新编》不着边际的评论如同李逵一样不分青红皂白,有言外之意存焉。如果有谁把它作为学术结论论证自己的观点,却是混淆了杂文时论与学术著述的差别。

鲁迅在《谈金圣叹》中,认为金圣叹"抬起小说传奇来,和《左传》《杜诗》并列,实不过拾了袁宏道辈的唾余;而且经他一批,原作的诚实之处,往往化为笑谈,布局行文,也都被硬拖到八股的作法上"⑥。

---

① 鲁迅:《流氓的变迁》,《鲁迅全集》第4卷,人民文学出版社2005年版,第159页。
② 欧阳健、萧相恺:《水浒新议》,重庆出版社1983年版,第374页。
③ 鲁迅:《中国小说的历史的变迁》,《鲁迅全集》第9卷,人民文学出版社2005年版,第334页。
④ 鲁迅:《流氓的变迁》,《鲁迅全集》第4卷,人民文学出版社2005年版,第159页。
⑤ 鲁迅:《〈集外集〉序》,《鲁迅全集》第7卷,人民文学出版社2005年版,第5页。
⑥ 鲁迅:《南腔北调集》,《鲁迅全集》第4卷,人民文学出版社2005年版,第542页。

金圣叹关于《水浒传》艺术评论的视角确实是八股作法，这一点往往为当代的小说诗学所忽视。鲁迅不赞同金圣叹腰斩水浒："单是截去《水浒》的后小半，梦想有一个'嵇叔夜'来杀尽宋江们，也就昏庸得可以。"① 鲁迅认可了宋江们的正义性："宋江据有山寨，虽打家劫舍，而劫富济贫。"② 在《谈金圣叹》中，对于金圣叹本是为统治者代言却被"无意之中"杀头的讽刺，其实是鲁迅通过春秋笔法来嘲讽"新月派"的依附"三民主义"反而惹了一身骚，这乃是杂文手法，而非学术著述。

当代，王学泰和李新宇所谓的为《三国演义》《水浒传》等中国文学经典"解毒"则是忽视了"历史主义"的限定性，其实是当代市场经济的大背景之下人性论的张扬。从本质上说，王学泰、李新宇的这些观点，其实也是"社会批评"或"文明批评"所得出的结论。

如何看待对于古典文学"解毒"这个现象？如果说这是对于社会现象尤其是传统文化消极一面影响的针砭，是杂文性质的"有感而发"，那么是无可厚非，甚至是值得称扬的事情。如果把它作为学术研究得出的结论，那么就值得商榷了。为什么这样说呢？正如列宁所指出的，"在分析任何一个社会问题时，马克思主义理论的绝对要求，就是要把问题提到一定的历史范围之内"③。

《水浒传》《三国演义》等古典小说是中国古代伦理社会的产物，如果用现代西方资产阶级人性论的理论来观照，那么，显然，很容易得出《水浒传》是诸如滥杀无辜、暴民意识、游民思想等落后、糟粕载体的结论。可是，这样的结论是不是符合中国古典小说的实际情况呢？回答是否定的。

第四节　其他理解

一　"平民革命"说

1923 年，谢无量的《平民文学之两大文豪》（后改为《罗贯中与马

---

① 鲁迅：《南腔北调集》，《鲁迅全集》第 4 卷，人民文学出版社 2005 年版，第 542 页。
② 鲁迅：《南腔北调集》，《鲁迅全集》第 4 卷，人民文学出版社 2005 年版，第 543 页。
③ ［苏］列宁：《列宁选集》第 2 卷，人民出版社 1995 年版，第 512 页。

致远》）由商务印书馆出版，他在书中认为《水浒传》的主题思想是"平民革命"。他说："平民革命的趋向，在元朝时代，是无论如何，不能避免的"，"罗贯中书中所表现的思想，就是那一时代普遍的思想"。

谢无量对《水浒传》的理解具体体现在他的《平民文学之两大文豪》中。他说："直到元朝时候，平民社会才觉悟了异族的压迫。"谢无量认为只有在元代才能出现《水浒传》这部反映"平民革命"的平民文学的代表，因为元代"有两种思想是容易发生的：第一种是积极的武力奋斗的思想，第二种是消极的厌世悲观的思想"，而《水浒传》就是第一种思想的载体，在谢无量眼里，《水浒传》就是"描写超人武力"和"鼓吹平民革命"的伟大小说。

在《平民文学之两大文豪》中，谢无量所说的"超人的武力""武力超人主义"等，都是受尼采超人哲学的影响的。

谢无量说："罗贯中虽然不是直接提倡女权的人，但他的小说处处描写有武艺的女子，他主张女子也应当尚武，和男子一样，与旧思想是迥然不同的……罗贯中因为中国积弱的缘故，所以也想女子起来一同拿武力救国，他有主张男女同权的意思，并不足为怪的。"① 显然，谢无量眼中的孙二娘、顾大嫂等人物都是从西方女权思想这个角度来看待的。

从以上引文来看，谢无量这个理解的前视域是他从西方得来的尼采的超人哲学、女权思想、民族主义思想以及近现代的革命思想与他对元代社会的一种假设认识上。

谢无量"平民革命"说在当时就遭到了质疑，潘力山批评说："甚么'武力的政治结社'，甚么'平民阶级和中等阶级联合起来办革命的事业'，这些想法，他们梦也未梦见过。恐怕连前几年的谢先生，也未必作如此想。"② 如果谢无量"前几年"还没有受到西方那些思想的影响，也就是说，如果谢无量那时候的前视域里面没有这些西方的思想，他肯定不会"作如此想"的，这是毋庸置疑的，可是当他的前视域发生变化后，他的理解也就相应地发生变化。因此，与其去批评谢无量"平民革命"

---

① 谢无量：《平民文学之两大文豪》，上海商务印书馆《国学小丛书》本。
② 潘力山：《〈水浒传〉之研究》，《小说月报》第17卷"中国文学研究专号"（下），商务印书馆1926年版。

说，不如去分析"平民革命"说产生的合理性和其中的真理成分。

除了在文学评论中，有从"平民革命"的视角对《水浒传》进行阐释的，还有通过小说创作或续作、伪作的方式，把"平民革命"的思想灌输到对这部名著的理解之中的。《古本水浒传》就是一部以伪作的方式来演绎原著《水浒传》的主题思想是"平民革命"这个思想的。《古本水浒传》全书共120回，署名施耐庵，曾于1933年微量出版发行。前70回与贯华堂本《水浒传》一致，后50回敷演了全新的传奇故事。

1933年，梅寄鹤在《一百二十回古本水浒序》中说《水浒传》"实是一部鼓吹平民革命的文学小说"，"老实说，他完全想借这书来鼓动大众，成功那平民革命，推倒恶政府，使人民过一点好日子"。其实，很显然，《古本水浒传》就是以创作来寄托作者对《水浒传》的理解的，作者用自己的主观意图即"平民革命"的思想重新续作了金评本《水浒传》。

20世纪90年代，学术界对河北人民出版社1988年出版的《古本水浒传》进行了真伪辨证，并形成全盘否定与基本肯定两种针锋相对的意见。《古本水浒传》显系伪作：前70回与后50回前后人物性格不一致；金评本《水浒传》对于原本作了大量修改，而《古本水浒传》前70回却与它完全一致，这就说明了《古本水浒传》是伪作。《古本水浒传》显然是其作者为了宣传"平民革命"而借助《水浒传》的名望进行的创作，这种借用或者说是古为今用，本来不过是昭显自己的思想观念和对原著理解的一种途径而已。

20世纪30年代呼唤"平民革命"的历史背景就是"平民革命"说（无论是对《水浒传》的解读还是以创作方式来诠释《水浒传》）的前视域的历史性。郭箴一《中国小说史》也说，这是一部平民对于贵族统治表示反抗精神的伟大的杰作。

二　许啸天的"索回人权"说

1923年7月，许啸天在《水浒传新序》中提出了《水浒传》"只写了'索回人权'四字"的观点。他认为《水浒传》要为民众索回"人权"，"胜过卢梭'民约论'"。[①]

---

① 马蹄疾：《水浒书录》，上海古籍出版社1986年版，第155页。

分析许啸天的"索回人权"说，应该追溯到自晚清以来的资产阶级启蒙思想的传播，也就是说，从《水浒传》中解读出"人权"的思想，是时代精神的产物，或者说西方资产阶级人权思想作为许啸天理解《水浒传》的前结构和前理解，它们决定了许啸天对这部小说主旨的理解。时代性的话语对人们理解文学作品具有的影响不可低估。在资产阶级启蒙思想如火如荼地进行宣传的时候，无名氏《中国小说大家施耐庵》就已经从《水浒传》中解读出人权的思想来了：它认为《水浒传》作者具有民权、尚侠和女权的思想①。

三 "社会、政治、历史、理想小说"说

邓狂言《水浒索隐总评》认为《水浒传》是"代表普通社会""代表普通政治""代表普通历史"和"代表普通理想的"。邓狂言的这一理解，应该说是十分笼统的，虽然如此，也还是深深打上了时代精神和阶级属性的烙印。

邓狂言在《红楼梦释真》中说："作者（曹雪芹）胸中抹煞一切才子佳人小说，而仍有一《水浒》、《金瓶梅》为其所不敢轻视，二书皆政治小说而寄托深远者也。"②

四 "流氓无产者的理想"说

萨孟武在《水浒传与中国社会》一书中指出梁山泊的构成以流氓为主，是流氓组织的团体，是一个帮会，它所代表的"阶级基础"是"流氓无产者"。

这一论调与封建社会统治阶级及其文人的"海盗"说如出一辙，在政治上所体现的对水浒好汉的歧视甚至比封建社会的统治阶级还有过之而无不及。萨孟武的"流氓无产者的理想"说对当代王学泰的"流民"说影响巨大。

从"海盗"说，到"流氓无产者的理想"说，再到"流民"说，这是一脉相承的，它们理解《水浒传》这部小说的视角是完全一致的，都

---

① 朱一玄、刘毓忱编：《水浒传资料汇编》，百花文艺出版社1981年版，第143—144页。
② 朱一玄、刘毓忱编：《水浒传资料汇编》，百花文艺出版社1981年版，第381页。

是权力话语的解读,都是主流意识形态的认知,都是政治性的理解。

五 郑振铎对《水浒传》的阐释

郑振铎对《水浒传》的理解,更多的是作为一个现代学者从版本的历史发展变化中进行解读的。郑振铎认为《水浒传》成书于元代;在元末明初,又经过了罗贯中的"编次",到了明朝嘉靖时期,郭勋刻本又添加了"征辽",编成百回本《水浒传》。

郑振铎是从明朝嘉靖时期的历史情境来诠释加入"征辽"情节的,他认为这个时期,既有蒙古的犯边,又有倭寇的入侵,"郭本作于此时,自然会有心想要草莽英雄来打平强邻的了";并进一步联系清初陈忱《后水浒传》、金圣叹评点《水浒传》、俞万春《荡寇志》来分析,认为"都是'时代'的变化,使他们产生了这些故事的"①。

一般来说,所谓的学者视域就是历史视域。学者的视域比较全面,但是它的判断一般是对历史上发生过的各种视域和各种观点进行比较,找出相对符合小说文本产生的历史情境的那一种作为客观准确的依据。因为他们对具体文本的理解没有问题视域,因此他们的理解一般来说是一种认知,是对相关历史知识的分析判断。但并不是说,只有学者的认识才是唯一客观的和准确的,因为他们的认识也往往受到他们的前理解和前视域的影响。

郑振铎对于梁山好汉不好色的认识就是如此。他很遗憾《水浒传》中没有西方那种骑士佳人的中世纪传奇,他说:"欧洲中世纪的英雄,却无不以服役于妇女为无上的光荣。比武之场,无不有美妇贵女亲临,许多英雄都是为他的情人的缘故而献身,而专意地去'战争'……这是如何的浪漫而美丽呢!"②郑振铎阐释《水浒传》的前理解为西方文学观念,没有足够重视这部小说的历史的、民族的和文化的具体情境。

---

① 郑振铎:《水浒传的演化》,《郑振铎全集》第4卷,花山文艺出版社1998年版,第105—107页。

② 郑振铎:《武松与其妻贾氏》,《小说月报》第17卷"中国文学研究专号",商务印书馆1926年版。

六　姚慈惠的社会学诠释

1932年，姚慈惠《水浒传之社会学的分析》发表在《社会学杂志》上，据高日晖的考察，这是"'五四'以后第一个用社会学思想和阶级分析的眼光全面阐释《水浒传》的专著"，并指出了它与萨孟武《水浒与中国社会》的不同之处在于它是"以对中国社会的分析为阐释小说的基础"，而后者则是"把《水浒传》作为研究中国社会的历史资料，侧重点在于对中国社会的分析，而不是小说阐释"①。

《水浒传之社会学的分析》虽说是对《水浒传》所进行的小说阐释，但正如高日晖所指出的，仍然是有"现实针对性的"，其正文之前的《编者附识》说得很明白："姚君此文很可以做留心今日时局和社会问题的参考。"也就是说，当时的政治时局和社会问题是姚文的前视域。

至于潘力山的《〈水浒传〉之研究》，如上所引，主要是反对陈独秀和谢无量对于《水浒传》的看法，认为他们对《水浒传》思想的评论是主观的，主张应该客观地进行评价。他认为《水浒传》的思想有两点：一是"残忍"，一是"官逼民反"。这可谓是老生常谈、旧调重弹，根本就没有什么新意。他看《水浒传》"残忍"是因为他的前视域是资产阶级的人性论和无阶级区分的博爱思想。他看《水浒传》"官逼民反"是因为这是"书中反复致意的"，但梁山泊的反抗也是有限的，"没有企图什么'革命事业'"，这种理解不过是抱残守缺罢了。他反对由于前视域的改变而对小说产生新的理解，还是打着"客观"的幌子，其实潘力山的理解又何尝"客观"了？

七　茅盾与其短篇小说《石碣》和《豹子头林冲》

1930年到1931年，茅盾在为《子夜》创作做准备的同时，写了《豹子头林冲》《石碣》和《大泽乡》三个历史题材的短篇小说和有关学校生活的《路》和《三人行》两个中篇小说。

茅盾运用马克思历史唯物主义的观点创作历史小说，努力塑造农民

---

① 高日晖、洪雁：《水浒传接受史》，齐鲁书社2006年版，第248页。

起义领袖的形象是茅盾创作道路上新的尝试和探索。在这三篇历史题材的短篇小说中,《石碣》和《豹子头林冲》是通过对《水浒传》的改编创作来表达他对这部小说的理解的,或者说现实生活中的问题视域与《水浒传》中的某些方面产生了理解的契合点,于是他借助于这部名著来表达他对现实生活中存在的问题的看法。因为茅盾较早地接受了马克思主义理论,因此无论是他的创作,还是他对小说人物的分析,都带有阶级分析的视角。

综上所述,从主题思想上来说,胡适认为《水浒传》是"宿怨"说,而鲁迅认为《水浒传》"反抗政府"而"不反天子",谢无量主张"平民革命"说,许啸天认为《水浒传》的主题是"索回人权"说,邓狂言则把它看作"社会、政治、历史、理想小说",萨孟武认为《水浒传》反映了"流氓无产者的理想"。

正如《中国古代小说研究》中所指出的,"晚清民初的小说研究家用政论的方式来研究小说"①。确实是如此,不仅晚清民初,小说评论家用政论的方式来理解和解释《水浒传》这部小说,这种诠释方式直到新时期,一直是主流的诠释方式。政治对文学作品意义阐释的介入,是与文学艺术相始终的。

晚清,朝廷面临帝国主义的瓜分豆剖、列强鲸吞,中华民族处于生死存亡之秋,救亡图存的严峻形势与唤醒群众进行思想启蒙的迫切要求使得知识分子不得不更关注时局;民国初年,一方面需要国民性改造,一方面需要宣传和灌输资产阶级民主共和思想,这也迫切要求文学评论与现实政治密切结合;二三十年代,军阀混战,民不聊生,人们阐释《水浒传》的视角不可能脱离时代性的政治要求。这一历史时期知识分子发表政见的形式就是"政论",当时从西方输入的资产阶级思想作为先进的思想武器武装了他们的头脑,并作为他们理解《水浒传》的前见对新的意义"何所向"先在地予以规定。

政治性视角的阐释,将与人类的历史相始终。人是政治动物,对文学艺术的阐释不可能逃脱掉现实政治的色彩,只不过有轻重、深浅和主次之分罢了。从政治的视角来阐释《水浒传》,即使是在新时期

---

① 齐裕焜、王子宽:《中国古代小说研究》,福建人民出版社2005年版,第63页。

迄今的诠释中仍然占有重要的一席之地，只不过不再像之前那样唱主角而已。

当代，与其谴责人们关于《水浒传》这些阐释的政治性倾向，不如切实地分析它们产生的历史性、历史存在的合理性以及它们立场的真理性。

第 六 章

救亡图存论

1937年7月7日，日本帝国主义蓄意制造了卢沟桥事件，开始了全面侵略中国的罪恶活动，中国迅即开始了抗日的民族战争。1938年初，中华全国戏剧抗战协会在汉口成立。1938年3月，中华全国文艺界抗敌协会在武汉成立。中国文艺界以笔作枪，鼓动全国上下都团结起来保家卫国，抵抗外来侵略。

也正是在这个时候，文艺工作者走出了书房或校园，切身实地地体验着现实生活，打破了"旧文艺仅仅局限于古代作品的摹拟""新文艺仅仅局限于外国作品的摹拟"的一潭死水的局面，文艺不再作"纸糊泥塑的玩具"了①。

一个民族在生死存亡之际，文学凸显其功利性的特点是必然的，也是应该的，然而，当代的一些学者不是历史地来看这个问题，而是严厉指责或者惋惜文学性的潜隐与政治性的走红，在其学术著作中，说什么"一批抗战八股式的文本，公式化、概念化的倾向日渐凸显"②。更有甚者，还出现了一些常识性的错误，例如曲解黑格尔"凡是现实的都是合理的"科学论断为"凡是现存的都是合理的"的谬论等。

救亡图存是抗战时期的主旋律，个人主义的浅吟低唱或是古董玩物的摩挲赏鉴都是在虎狼成群、风沙扑面现实之前的自私自利的行径。那些批评此时此际文学成为功利性的工具或政治的附庸的话语都是在残酷

---

① 郭沫若：《中国战时的文学与艺术》，王训昭等编《郭沫若研究资料》（上），知识产权出版社2009年版，第270页。

② 陈伯海主编：《近四百年中国文学思潮史》，东方出版中心1997年版，第540页。

现实面前闭上了眼睛的满口胡扯或者是躲在象牙塔内脱离现实生活的无关痛痒的痴人说梦。作为和平时代的温良谦恭让的文学，在战争年代为什么就不能成为投枪、匕首和子弹呢？

政治性视角之下的解读历来是文学诠释的重镇，纵观《水浒传》的诠释史，就会发现人们对《水浒传》的理解一直存在着现实的解读视角，从明清时期的评点家到当代的种种解读，都是如此。如果说有所不同的话，那就是明清时期侧重于从伦理道德的视角来解读，而自西学东渐以来，人们侧重于从历史、政治的视角来进行理解。

中国现代小说无论是思想的西方化、语言表达的现代化，还是叙事的新形式，当时的普通民众都感到陌生和隔膜。现代小说的奠基人和大家鲁迅，其《狂人日记》《阿Q正传》等小说都是脍炙人口的，然而鲁迅的母亲却说过这样一番话："呒啥稀奇！呒啥好看！这种事情在我们乡下多得很！"① 因此，文艺形式的民族化就成为时代提出的迫切任务。1938年，毛泽东主席在《中国共产党在民族战争中的地位》中倡议：洋八股必须废止，空洞抽象的调头必须少唱，教条主义必须休息，而代之以新鲜活泼的、为中国老百姓所喜闻乐见的中国作风和中国气派。1940年，毛泽东又在《新民主主义论》中提出，中国文化应有自己的形式，这就是民族形式。民族的形式，新民主主义的内容——这就是我们今天的新文化。

1942年5月23日，毛泽东主席发表了《在延安文艺座谈会上的讲话》，号召文艺工作者为工农兵服务，开始了直到新时期才结束的"工农兵"文艺思潮。

在抗战期间，救亡图存作为时代的问题域导向了人们如何理解《水浒传》这部小说，即无论是通过创作的形式还是通过评论的形式，都把《水浒传》的解读与当时迫切的政治时局紧密联系在一起。在当时的读者眼中，《水浒传》是一部抵抗异族侵略的爱国主义小说，并被爱国作家改编或新编为诸多宣传抗战、抵抗侵略的续书；《水浒传》成了"国防文学"。

---

① 荆有麟：《鲁迅回忆断片》，鲁迅博物馆等选编《鲁迅回忆录》，北京出版社1999年版，第123—124页。

具体而言，在中国共产党领导的解放区与国民政府统治的国统区还有所区别，即解放区侧重于从阶级压迫和阶级剥削以及宣传党的战略性政策方面来诠释《水浒传》，《逼上梁山》《三打祝家庄》和《打渔杀家》等水浒戏都是解放区的重头戏。在艺术形式上，无论是国统区还是解放区，都转向了民族特色。国统区出现的《水浒传》续书中有的是以传统的章回小说的形式问世的，解放区则利用了为广大群众喜闻乐见的传统戏曲的艺术形式来新编一些水浒戏。

第一节 国统区《水浒传》的阐释与续书

在民族救亡的历史时代背景之下，利用民族传统文化中的爱国事迹及爱国精神激励国人就成了文艺工作者义不容辞的任务。这样，作为抵抗异族侵略的梁山泊水浒好汉也就为文艺工作者所瞩目了。

一 《水浒传》与国防文学

"国防文学"与"民族革命战争的大众文学"这"两个口号"的论争是中国现代文学史上的一个大事件。

1931年9月18日，日本发动九一八事变，图谋侵略中国东北三省。1935年，日本策划、扶持汉奸建立华北五省自治。日本侵略中国的狼子野心日益猖獗，群众爱国运动也风起云涌。文艺界提出了"民族自卫文学""救国文学""国防文学"等抗日爱国的口号。上海文艺界党组织负责人根据中国共产党关于建立抗日民族统一战线策略的文件精神，提出了以"国防文学"作为指导文学运动的中心口号。

1936年4月，冯雪峰以中国共产党特派员的身份从延安来到上海，与鲁迅、茅盾等一起提出了"民族革命战争的大众文学"的口号。许多原来支持"国防文学"口号的文艺工作者都反对这个口号，于是双方围绕着这两个"口号"进行了激烈的论争。在这场论争中，周木斋在《文学界》发表了一篇《〈水浒传〉与国防文学》的文章，他认为，《水浒传》是反抗官僚的文学作品，也是国防文学的作品。

抵抗外族入侵，呼吁保家卫国的国防文学成为周木斋理解《水浒传》的前视域，因而他从这部小说的文本中，尤其是梁山泊好汉受招安之后为了保国安民而进行的征辽,就与当时的国防文学进行了视域的融合,这样新的理解就产生了。《水浒传》属于国防文学就是这部小说在民族革命战争之际的存在方式。

周木斋论证其观点的主要论据如下:

周木斋认为南宋民间关于宋江等人的传说,"除了对官僚的憎恨以外,就含有国防的意味,因为南宋正是一个受异族侵略下的偏安局面"。他引用郑振铎《水浒传的演化》中关于南宋民众在异族入侵的时候想望能征善战的水浒英雄来抵抗外来侵略的民族心理来证明他的观点。他又说南宋当时的士大夫与民间的心理不同,仅仅"是局限于国防的,是那时的国防观念"①。

周木斋根据郑振铎在《水浒传的演化》中的考论,即郭本插增"征辽"的故事的历史背景是明朝嘉靖年间"前半是蒙古人的犯边,后半是倭寇的侵入东南诸省。当时吏治腐败,军兵的无用,都足以使人愤恨。郭本作于此时,自然会有心想到要草莽英雄来打平强邻的了"来说明郭本作为"最完美的本子","加入征辽,正是把《水浒传》称为国防文学,这时还没有加入征田虎征王庆,所以作为国防文学是特地的"②。

在周木斋看来,李贽的《忠义水浒传序》和《钟伯敬先生批评忠义水浒传序》就分别是《水浒传》作为国防文学的"显明的解释"和"《水浒传》的被称为国防文学,就在于'秋风思猛士',这正是具体的说明"③。

周木斋认为《水浒传》是"国防文学的作品",其论证也是合情合理的。联系到这个看法产生的具体的历史情境,应该说,除去"两个口号"论争中政治上的因素,不失为一家之言。其合理性更在于它既是《水浒传》在民族救亡图存处境中的"表现",又是历史地事实地证明了哲学诠释学关于视域融合论述的正确性。没有时代性的问题视域,新的文学意

---

① 周木斋:《〈水浒传〉和国防文学》,《"两个口号"论争资料编选》,人民文学出版社1982年版,第217页。
② 周木斋:《〈水浒传〉和国防文学》,《"两个口号"论争资料编选》,人民文学出版社1982年版,第217页。
③ 周木斋:《〈水浒传〉和国防文学》,《"两个口号"论争资料编选》,人民文学出版社1982年版,第219页。

义将无从产生。

二 《水浒传》的续书创作

借助《水浒传》原有的忠心报国故事进行现实性的改编或新创，从而宣传爱国主义，呼吁国民起来抵抗日本帝国主义的侵略，这就是小说《水浒传》在20世纪三四十年代民族抗战时期特有的存在方式。

（一）《水浒中传》

1938年9月，上海中国图书杂志公司出版了姜鸿飞撰写的30回《水浒中传》。姜鸿飞认为俞万春写的《荡寇志》是"谄媚异族之作"，而陈忱撰写的《水浒后传》是"一部亡国之镜，是一部弱小民族受帝国主义者侵略的写照，读之热血沸腾，顿增爱国热忱。那时宋江等一百八人，只剩了三分之一，还是努力奋斗……大为我民族扬眉吐气……足以唤起民众努力自强。照我国目下地位，最宜提倡这类小说，来鼓起民众奋斗精神"①。所以，他撰写了《水浒中传》以激励抗日战争的民心斗志。

姜起渭在《读〈水浒中传〉略述》中指出，作者姜鸿飞"痛人心之不古，四维之不张，乃有此书之作，虽系表扬古人，实为劝导来者，殊有功世道之作"②。姜起渭还痛斥汉奸卖国求荣，探析了《水浒中传》的写作意图："今夫人心之死也久矣，利之所在，虽父母可卖焉，此为乱之萌，若不为遏之，设一旦有事，孰不可以为汉奸，敌可不费一兵一矢，而能亡我国，灭我族矣。爱国之士，能无忧乎？今阅此书，乃知姜君苦心孤诣，在乎正人心，遏乱萌，明种族，爱祖国，使人手一篇，能使有汉奸之心者，而肯为国死也。"③

抗日战争期间大量汉奸无视民族大义，向日本帝国主义投怀送抱，压迫屠杀民族同胞的社会现实是《水浒中传》"使有汉奸之心者，而肯为国死也"小说叙事的历史前提。总是先有事实，后有概念。从水浒故事中解读出"汉奸"的概念就是因为解读《水浒中传》的时候即抗日战争期间大量卑鄙无耻汉奸的存在。由此可见《水浒中传》这本书在民族抗

---

① 姜鸿飞：《水浒中传》，黑龙江人民出版社1997年版，第92页。
② 姜鸿飞：《水浒中传》，黑龙江人民出版社1997年版，第88页。
③ 姜鸿飞：《水浒中传》，黑龙江人民出版社1997年版，第88页。

战时期的现实意义。

(二)《新水浒》

谷斯范撰写的《新水浒》,又名《太湖游击队》,用传统的章回体形式,共24回,抗战初期在上海《每日译报》副刊连载,1940年结集成书。故事描写了江浙一带中国人民的抗日斗争。这是一部在中国共产党抗战政策指导之下,宣传抗日民族统一战线,动员一切力量争取抗战胜利的路线的小说。同时,它又批驳了抗战必亡论、国民党正统论,揭露国民政府"反共反人民"的反动本质,宣扬了爱国主义精神。

除了《水浒中传》《新水浒》以外,还有张恨水的《水浒新传》,并以后者的社会影响更为巨大。

(三)《水浒新传》与《水浒人物论赞》

中华民族对于日本侵略的民族战争即抗日战争在如火如荼地进行着,文艺界对于鼓舞民族抗战的斗志和热情责无旁贷,以文学作品进行抗日的宣传也完全有必要,完全应该。通俗小说大家张恨水写的《水浒新传》就是这样一部及时地鼓舞国民反抗日本侵略的优秀作品。

1940年夏初,张恨水开始创作历史小说《水浒新传》,当时他在国民政府的陪都重庆,小说则在上海的《新闻报》上连载,到1941年底,由于上海沦陷只发表了46回。1942年夏,张恨水听说有人在上海续写其《水浒新传》,就担心小说中的"民族思想"得不到贯彻,于是续写完这部小说,共68回。

《水浒新传》的创作目的,完全是为抗日战争做宣传鼓动,进行爱国主义思想教育。张恨水在《自序》中说,1939年他写的《秦淮世家》就是为了讽刺南京的汉奸的,但是用笔隐晦,不能畅所欲言,于是在1940年,他改变了办法,通过写一部历史小说来描写中国男儿在反侵略战争中奋勇抗战以及讽刺汉奸卖国求荣卑鄙无耻的嘴脸。该书以《宋史·张叔夜传》为线索,让梁山好汉参与到抗金勤王的斗争之中。它通过对宋江等人抗金的描写,鼓舞了全国人民抗日的斗争,适应了当时的政治需要,获得了很大的成功。

这是典型的古为今用、借古喻今。水浒好汉的英勇抗金,激励了中国人民的抗日斗志,坚定了抵御外侮的决心。小说描写了宋江带领梁山泊好汉攻打金国的英雄事迹。同时,又把梁山英雄的奋不顾身与卖国求荣的汉奸进行了对比和讽刺。这一点，当然是作者故意影射现实的。由于《水浒新传》能够激励广大群众的抗日斗志，因此，在根据地延安出版印行了这本书①。

张恨水除了创作《水浒新传》以外，还写了《水浒人物论赞》和小品文《一个无情的故事》。《水浒人物论赞》是1948年万象周刊出版的，联系到解放战争三大战役正在如火如荼地进行，国共两方胜负结局已经很显然，文人政客、学者骚人纷纷弃暗投明，积极通过各种途径奔赴延安革命圣地或解放区大后方等历史史实，就会明白张恨水对于水浒人物的品评的着眼点是什么了："《水浒》一书本在讥朝廷之失政"；"招安，作官之别经也"。张恨水《水浒人物论赞》后来归于《水浒传的政治与谋略》一书。

《一个无情的故事》是以水浒人物组阁来讽喻国民政府丑陋的政治现实的。例如内阁总理是铁扇子宋清（标准饭桶）、内阁总长是潘金莲、工商总长是西门庆、鼓上蚤时迁是财政总长（讽刺善走黑市）、小霸王周通是陆军总长（讽刺其善于挨揍）、黑旋风李逵出任教育总长，等等。

张恨水这些古为今用、借古讽今的文学作品，无疑与这一历史时期诸如李辰东《〈三国〉、〈水浒〉与抗战问题》等文章一样，都是借《水浒传》联系抗战现实进行创作的，它们都是联系现实有感而发的社会批评，自然不是学术论述，其视角就是文学作品的现实性，他们对《水浒传》的诠释就是他们在当时的具体历史处境中借助于小说中虚构的历史事实来为现实政治服务的。

第二节　解放区"水浒戏"的改编和创作

20世纪三四十年代，是日本帝国主义侵略中国，中华民族万众一心救亡图存的时代。史学界研究中国历史，戏剧界创作并上演了大量的历史剧，这些历史剧都是为了借古喻今，鼓舞军心民气的。除了《棠棣之

---

① 张伍：《关于〈八十一梦〉》，《忆父亲张恨水先生》，北京十月文艺出版社1995年版，第214—215页。

花》《屈原》《虎符》等历史剧以外,当时已经把宋江起义看作农民起义了,他们受招安后勇敢反抗外族的入侵,"保国安民",这一历史的宣传都是为了团结对敌、一致对外。梁山泊英雄好汉的领袖宋江迅速地取得了与抗金英雄岳飞、抗清英雄郑成功、太平天国英雄李秀成等人同等的历史地位。

在延安,经过整风运动,中国共产党在思想上、政治上和组织上取得了空前的团结和统一。在文学艺术领域,毛泽东作了《在延安文艺座谈会上的讲话》的报告之后,解放区大力提倡"工农兵文艺",号召"一切有出息的"文艺工作者为"工农兵"进行创作。这与"国统区"的文艺思潮是大不相同的。

一 毛泽东的讲话与水浒戏的现代改造

(一)毛泽东《在延安文艺座谈会上的讲话》①

毛泽东从马克思主义的立场出发,提倡建立为工农兵服务的文艺,即为人民的文艺,因为他认为人民,只有人民,才是创造世界历史的动力。毛泽东认为在社会主义新中国应该建设社会主义的新文艺,而不是继续发展资本主义或封建主义的旧文艺;用马克思主义指导的社会主义文艺应该蓬勃发展,落后的、反动的、愚昧的旧文艺和主张剥削压迫合理性、提倡封建迷信、奴才思想的旧文学旧文艺都应该得到应有的批判。

毛泽东的讲话就是以文艺的方向性问题为中心展开的,即"什么是我们的问题的中心呢?我以为,我们的问题基本上是一个为群众的问题和一个如何为群众的问题。不解决这两个问题,或这两个问题解决得不适当,就会使得我们的文艺工作者和自己的环境、任务不协调,就使得我们的文艺工作者从外部从内部碰到一连串的问题。"

《在延安文艺座谈会上的讲话》中,毛泽东首先对于何谓人民大众进行了界定:什么是人民大众呢?最广大的人民,占全人口百分之九十以上的人民,是工人、农民、兵士和城市小资产阶级。所以我们的文艺,第一是为工人的,这是领导革命的阶级。第二是为农民的,他们是革命中最广大最坚决的同盟军。第三是为武装起来了的工人农民即八路军、

① 毛泽东:《毛泽东选集》第3卷,人民出版社1991年版,第847—879页。

新四军和其他人民武装队伍的，这是革命战争的主力。第四是为城市小资产阶级劳动群众和知识分子的，他们也是革命的同盟者，他们是能够长期地和我们合作的。这四种人，就是中华民族的最大部分，就是最广大的人民大众。然后，毛泽东又着重指出了文艺最关键是为"工农兵"服务的。我们的文学艺术都是为人民大众的，首先是为工农兵的，为工农兵而创作，为工农兵所利用的。

不破不立。针对资产阶级和小资产阶级人性论的论调，毛泽东说：在现在世界上，一切文化或文学艺术都是属于一定的阶级，属于一定的政治路线的。为艺术的艺术，超阶级的艺术，和政治并行或互相独立的艺术，实际上是不存在的。这是马克思主义的文艺观。

马克思主义的文艺观要求对于文艺作品的评价要"政治标准第一、艺术标准第二"。毛泽东说：这是因为文艺服从于政治，今天中国政治的第一个根本问题是抗日，因此党的文艺工作者首先应该在抗日这一点上和党外的一切文学家艺术家（从党的同情分子、小资产阶级的文艺家到一切赞成抗日的资产阶级地主阶级的文艺家）团结起来。其次，应该在民主一点上团结起来；在这一点上，有一部分抗日的文艺家就不赞成，因此团结的范围就不免要小一些。再其次，应该在文艺界的特殊问题——艺术方法艺术作风一点上团结起来；我们是主张社会主义的现实主义的，又有一部分人不赞成，这个团结的范围会更小些。在一个问题上有团结，在另一个问题上就有斗争，有批评。各个问题是彼此分开而又联系着的，因而就在产生团结的问题比如抗日的问题上也同时有斗争，有批评。在一个统一战线里面，只有团结而无斗争，或者只有斗争而无团结，实行如过去某些同志所实行过的右倾的投降主义、尾巴主义，或者"左"倾的排外主义、宗派主义，都是错误的政策。政治上如此，艺术上也是如此。

（二）解放区水浒戏的改编、创作

在延安编撰的平剧《逼上梁山》《三打祝家庄》等是现当代水浒戏中的杰出代表。

1.《逼上梁山》

1942年5月，延安文艺座谈会召开之后，中央党校的学员中，就酝酿着戏剧改革的问题。1942年10月，延安评剧院成立，毛泽东为之题词

"推陈出新"。1943年5月4日，中央研究院合并到中央党校，成为中央党校第三部，文艺骨干更多了。有杨绍萱、金紫光、郭静、王禹民、齐瑞棠等演出的京剧《打渔杀家》，这出水浒戏反映了统治者的横征暴敛和劳动人民的反抗精神。不久，党校俱乐部成立了一个业余组织——大众艺术研究社，是运用毛泽东文艺思想和党的文艺政策进行戏剧改革的一个组织，集中了一批京剧爱好者。杨绍萱想到《水浒传》中描写的一些故事，如林冲被逼上梁山就是写反对北宋统治集团的革命斗争的，如果把农民起义斗争加进去来演岂不是更有意义？随后，杨绍萱就把逼上梁山的故事改写成京剧剧本。1944年1月《逼上梁山》正式演出。《逼上梁山》的编写，紧紧抓住了反映农民斗争这条主线，官逼民反，民不得不反。剧中还塑造了李铁这个农民代表的典型角色。

1944年1月9日毛泽东在观看《逼上梁山》的时候说：《水浒》中，有很多段落都是很好的戏剧题材，如"三打祝家庄"就是一个。你们把《逼上梁山》搞完了，可以接着编个《三打祝家庄》。当晚，毛泽东观看了《逼上梁山》后，给杨绍萱、齐燕铭写了一封赞扬信。信中说："历史是人民创造的，但在旧戏舞台上（在一切离开人民的旧文学旧艺术上）人民却成了渣滓，由老爷太太少爷小姐们统治着舞台，这种历史的颠倒，现在由你们再颠倒过来，恢复了历史的面目，从此旧剧开了新生面，所以值得庆贺。郭沫若在历史话剧方面做了很好的工作，你们则在旧剧方面做了此种工作。你们这个开端将是旧剧革命的划时期的开端，我想到这一点就十分高兴，希望你们多编多演，蔚成风气，推向全国去！"①

2.《三打祝家庄》

1944年，任桂林、魏晨旭、李纶根据《水浒传》第46至50回中三打祝家庄故事改编、创作了京剧《三打祝家庄》，1945年2月由延安平剧研究院首演。

剧情表现：第一次攻打祝家庄失败了，是因为缺乏调查研究，情况不明，被盘陀路所阻。于是就深入群众，调查研究，熟悉了盘陀路。第二次攻打又失败了，是因为李、扈、祝三庄联盟，梁山泊缺乏孤立、分

---

① 毛泽东：《致杨绍萱、齐燕铭》，《毛泽东书信选集》，中共中央文献研究室编，中央文献出版社2003年版，第199页。

化、瓦解敌人的战略思想。于是总结经验教训，拆散了三庄联盟，同时，派人打进敌人据点里，瓦解敌军，争取群众，搞里应外合，所以，第三次攻打取得了胜利。《三打祝家庄》的成功，体现了中国共产党在抗日战争的反攻阶段夺取敌占城市的策略思想。这时，把城市工作提到和抗日民主根据地同等重要的地位，做好城市工作，争取广大群众，准备在反攻时，里应外合，夺取敌占城市。《三打祝家庄》演出后，对干部和群众教育意义很大。

1945年3月，观看《三打祝家庄》之后，毛泽东在给本剧创作人之一的任桂林的一封信中说："任桂林同志：我看了你们的戏，觉得很好，很有教育意义，继《逼上梁山》之后，此剧创造成功，巩固了平剧革命的道路。我向你们致谢，并请代向导演、演员、音乐工作、舞台工作同志们致谢！"

早在1937年8月毛泽东在《矛盾论》中就说过，《水浒传》上宋江三打祝家庄，两次都因情况不明，方法不对，打了败仗。后来改变了方法，从调查情形入手，于是熟悉了盘陀路，拆散了李家庄、扈家庄与祝家庄的联盟，并且布置了藏在敌人营盘里的伏兵，用了和外国故事中所说木马计相像的方法，第三次就打了胜仗。《水浒传》上有很多唯物辩证法的事例，这个三打祝家庄，算是最好的一个。由此可知，京剧《三打祝家庄》创作的指导思想就是毛泽东《矛盾论》中的论述。不仅如此，《三打祝家庄》通过戏曲的娱乐形式宣传了中国共产党在新的历史时期的革命政策和革命任务。

3.《打渔杀家》

在水浒戏中，还有根据《水浒后传》进行改编的，其中《打渔杀家》是最著名的，这是一部"官逼民反"的戏曲，因而很受人们喜爱。

《打渔杀家》又名《庆顶珠》，最早见于1805年前后的花部乱弹。在1810年刊印的《听春新咏》中有记载。1850年前为各梆子剧种广泛演出。主要由《叩门》《打渔》《杀江》和《招亲》等折组成。不同的剧种出现了很多的剧名，如"叩门杀江""打渔招亲"等。这期间也出现了"打渔杀家"的剧名，清代剧作家余治的《得一录》和《都们记略》都有提及。当时的《打渔杀家》，萧恩由净角扮演，萧恩的女儿叫萧玉芝，吕子秋由丑扮演。最早的京剧剧本当属清代负责宫廷戏剧演出的"升平署"所藏之抄本。这时的《打渔杀家》并无打鱼的情节,吕子秋也不再出场,《打渔》改为暗场,萧恩改老生应工,萧女改名为桂英。升平署抄本也有打鱼的情节,是在另一出戏《讨渔税》之中。当时连演的《庆顶珠》包括《讨渔税》《打渔杀家》和《双卖艺》三折。民国时期,《双卖艺》较少演出了,一般常将《讨渔税》和《打渔杀家》连演,后又冠以"全部《打渔杀家》"。《庆顶珠》全剧由"得宝""庆珠""比武""珠聘""打鱼""恶讨""屈责""献珠""杀家""投亲""劫牢""珠圆"等折组成。"打鱼"和"杀家"两折一直上演不衰,几乎所有有名的老生和花旦都会演这两折。后来这两折戏并成了一折,就叫《打渔杀家》了。

《打渔杀家》叙述了梁山好汉萧恩自与众弟兄分手之后,和女儿桂英相依为命,在江边打鱼为生。当时因天旱水浅,鱼不上网,欠下了乡宦丁自燮的渔税银子。丁府派恶奴丁郎前来催讨,恰好被萧恩的好友、水泊英雄"混江龙"李俊及"卷毛虎"倪荣遇见,二人甚为不平,将其顶撞了回去。丁自燮闻报怒不可遏,随即派教师爷率一帮打手至萧家强行索取税银。萧恩先跟他周旋,但终因对方仗势欺人,在忍无可忍的情况下,怒将来人打跑。萧恩自恃有理,抢先至官府报案,以求公断。岂知官、绅早就勾结,狼狈为奸。县令吕子秋贪赃枉法,反诬萧恩抗税不交,杖责40大板后赶出公门,并命令他连夜过江向丁自燮赔礼请罪。桂英原已许配给花荣之子花逢春,只是尚未过门。萧恩决意弃家与丁自燮死拼,并催促女儿携花家聘礼庆顶珠投奔夫家。是夜,萧恩暗藏戒刀在身,父女双双以献珠赔礼为名闯入丁府,杀了丁自燮全家。

从《打渔杀家》的故事梗概中可以得知,《打渔杀家》不过是利用了《后水浒传》中的一个情节,又进行了符合戏曲特点的艺术创造,与《水浒传》中林冲"逼上梁山"的故事一样,都是"官逼民反"的艺术反映。《打渔杀家》至今仍然是为广大的人民群众所喜闻乐见的京剧剧目之一。

第七章

意识形态论

第一节 "农民起义"说

一 反映论与阶级斗争论：《水浒传》乃农民革命战争的史诗颂

新中国成立后，经过土地改革和思想改造，举国上下普遍学习马克思列宁主义、毛泽东思想，马克思列宁主义作为主流意识形态占据了领导地位。而马克思列宁主义和毛泽东思想，它们都认为阶级斗争是人类历史进步的直接动力，肯定被压迫被剥削阶级造反起义的历史作用。1951年5月，中共中央在全国宣传工作会议上再次强调要用马列主义教育全国人民群众。中国人民在社会主义思想舆论和教育的影响下都普遍接受了马列主义的这一观点，即认为农民的革命斗争，推动了历史的前进，推动了当时社会生产力的发展。因此对于《水浒传》的解读，大都认为它是一部"农民革命的史诗"，在思想内容上具有强烈的人民性、革命性、民主性和进步性，认为它全面深刻地反映了封建社会的阶级矛盾和阶级斗争，肯定了农民起义的正义性和真理性，热情歌颂了梁山泊英雄好汉，严厉鞭挞了官僚地主阶级，揭露了封建社会的腐朽和没落，表现了在当时历史条件之下对"等贵贱、均贫富"等政治上和经济上平等的追求，对后来的农民起义有着巨大的鼓舞作用。

1950年8月，杨绍萱在《戏剧报》第一卷第五期发表了《论水浒传与水浒戏》，这是新中国成立后把《水浒传》的主题思想解读为"农民起义"说的第一篇论文。此文认为："《水浒传》这部小说被称为历史上的杰作，为广大人民所喜闻乐道，主要的便是由于它写阶级斗争写得很火炽。"进而根据小说中的"赤日炎炎似火烧，野田禾稻半枯焦。农夫心内如汤煮,公子王孙把扇摇"这首诗歌,论证《水浒传》不仅仅写的是"官逼民反",而且还显露了农夫与公子王孙两个阶级之间的阶级斗争。杨绍萱在该文中认为"农夫背上添心号,渔夫舟中插认旗"便是小说作者的基本观点。

1953年2月1日,路工发表了《水浒——英雄的史诗》。这篇文章认为《水浒传》是英雄的史诗,它反映了封建社会中农民阶级与地主阶级之间的主要矛盾。这篇文章围绕在《水浒传》中农民革命成了推动历史前进的力量,宋江等一百零八位英雄成了历史舞台的主人翁的中心论点,从三个方面进行了论证:一是众位水浒好汉被逼上梁山;二是这部小说比历史更真实、更集中、更细致、更生动地描绘了农民革命战争;三是《水浒传》反映了封建社会的主要矛盾,歌颂了农民革命运动中的英雄好汉,揭露了官僚恶霸的凶残和腐朽。

1954年,冯雪峰发表了《回答关于〈水浒〉的几个问题》,它从文艺理论的高度上确立了《水浒传》的主题思想是"农民起义"说。该文主要从两个方面进行论证的:一是从艺术真实与历史真实的区别这个角度论证了《水浒传》从艺术真实出发,描写和反映了农民革命战争的史诗;一是运用马克思主义文艺"典型性"的理论论证了水浒好汉所进行的斗争都是属于农民阶级的革命斗争。

尽管有人对于梁山泊"受招安"提出质疑,冯雪峰认为《水浒传》"全书的根本精神,仍然是农民起义的革命精神"。冯雪峰认为,梁山泊是一个初级性的农民政权,尽管各头领出身不一样,但都是和农民群众一起举行起义,而且城市平民也统一在农民的革命斗争之内。① "农民起义"说成为主流学说,几乎所有教科书都把农民起义当成了《水浒传》的主题思想。

二 "农民起义"说产生的时代背景

应该说,自从人们接受马克思主义以来,就开始了从阶级斗争这个角度来理解《水浒传》。经过三年国内解放战争,中国共产党领导全国人民建立了一个工人阶级领导的、以工农联盟为基础的国家政权,这个人

---

① 冯雪峰:《回答关于〈水浒〉的几个问题》,《文艺报》1954年第5号。

民当家作主的政权中的马克思主义主流意识形态就是"农民起义"说的历史背景。

1954年是中国具有重要意义的一年。到1954年，新中国第一个五年计划顺利超标完成。1月26日至2月3日，美国国务院主管远东事务的助理国务卿鲁宾逊首次提出对中国进行"和平演变"的策略。中国第一部社会主义宪法在9月20日颁布。新中国的外交有了新突破：与印度、缅甸倡导了"和平共处"五项原则。9月，《文史哲》刊发了李希凡、蓝翎的《关于〈红楼梦简论〉及其他》，引发了关于《红楼梦》的大讨论和对文学艺术中的资产阶级唯心论的批判。这一年，120回本《水浒传》由人民文学出版社出版发行。下半年，冯雪峰在《文艺报》上连载《回答关于〈水浒〉的几个问题》，从理论上论证了《水浒传》的主题思想是"农民起义"说。

据郭英德的研究，自1954年以后，"以庸俗社会学为指导思想，形成了古典小说研究中的社会政治批评模式"，"庸俗化、实用化、教条化地曲解马克思主义的时代风气，导致了1954年以后中国古典小说研究中庸俗社会学的盛极一时，其基本特征就是以唯经济论和唯阶级论指导古典小说的研究。例如，当人们认定封建社会发展的主要动力是农民起义、农民革命时，就不惜牵强附会地为一些著名的古典小说贴上'起义'、'革命'的标签"[①]。

1955年7月27日，《人民日报》发表了《坚决地处理反动、淫秽、荒诞的图书》的社论。社论认为，"随着社会主义建设和社会主义改造事业的发展，阶级斗争日益复杂和尖锐。外国帝国主义和国内已被消灭和将被消灭的阶级中的坚决反动分子，力图破坏我们的社会主义事业。他们进行破坏的重要方法之一，就是制造和利用反动的、淫秽的、荒诞的书刊图画，宣传地主阶级和资产阶级的反动腐朽思想和腐化堕落的生活方式，腐蚀劳动人民，麻痹他们的阶级意识"。更重要的是，社论认为反动的、淫秽的、荒诞的图书对人们的身心具有巨大的社会危害，"许多人读了这些图书后，身体败坏，精神颓丧，胡思乱想，神志昏迷，有的企图上山学剑，有的整日出入下流娱乐场所，以至学业荒废，生产消极。

---

① 郭英德：《四十年古典小说研究道路批评》，《文学遗产》1989年第3期。

其中还有一些人甚至组织流氓集团，拜把子，称兄弟，行凶殴斗，称霸街道，戏弄异性，奸淫幼女，盗窃公共财产"。

《水浒传》是不是也具有如上列举的消极落后的作用呢？如何正确区分武侠神怪小说中的精华和糟粕呢？《文艺学习》杂志专门发表了张侠生的《〈水浒传〉、〈西游记〉和武侠神怪小说有什么区别》专论，认为精华与糟粕的根本区别在于它们是现实主义，还是反现实主义。他说："《水浒传》、《西游记》和一般的所谓武侠神怪小说，从表面上看，虽然都是写绿林好汉，英雄侠义和神魔故事的，但在内容上却有着根本不同。它们本质的区别就在于前者是反映社会现实生活的矛盾和斗争的优秀的现实主义作品，后者是掩饰社会的阶级矛盾，对现实生活采取虚伪态度的反现实主义作品。"① 很明显，张侠生的解释现在看来是难以令人信服的。现实性和人民性是当时评判文学艺术作品的主要标准，一些文学作品不是从其艺术性来考察，而是从政治的需要来决定哪一部文学作品是具有现实性和人民性的。但不管怎样，《水浒传》毕竟幸运地作为中华民族的优秀文化遗产予以保护了。

三 "农民起义"说是当时"社会政治批评模式"的产物

"农民起义"说依据的《水浒传》版本基本上是金圣叹的评点本，但还不完全一致。金圣叹评点本是 70 回本，而"农民起义"说依据的版本是 71 回本，是一个新版本，由作家出版社出版的，它是根据金评本略作改编而成的。在冯雪峰看来，"其中某些被金圣叹篡改坏了的地方已经根据别的本子改回原状，金圣叹的那些批语也都已经除去，而金本的一些优点则仍保留。此外是加了不少在现在是很必要的注释"②。也就是说，新的 71 回本是以马克思主义为指导，以金本为底本，参照其他版本进行改编而成的。任何小说文本的改编，都是先有一个指导思想，这个指导思想就决定了改编的方向和主题倾向性。

---

① 张侠生：《〈水浒传〉、〈西游记〉和武侠神怪小说有什么区别》，《文艺学习》1955 年第 6 期。

② 冯雪峰：《回答关于〈水浒〉的几个问题》，见《论文集》，人民文学出版社 1981 年版，第 106—107 页。

很显然,"农民起义"说这个主题的说法是从71回本得出的结论。那么,这个主题说是否符合其他版本呢,譬如说100回本或120回本?根据诠释的"整体性原则",它是不符合的。因为"农民起义"说不能解释梁山泊英雄好汉接受朝廷招安之后征伐方腊(田虎、王庆)等地地道道的农民起义,而小说作者在文本的叙事中却是痛骂造反起义的,认为他们是"妖贼",必定凌迟处死才解心头之恨。冯雪峰也说"在前半部是完全肯定农民起义的,在后半部对田虎、王庆、方腊等却是完全取否定的态度了,这是全书前后精神最相抵触的一点"①,其实小说作者在全书中对"农民起义"的看法自始至终都是坚决反对的(他所肯定和欣赏的是打抱不平、仗义疏财的江湖绿林好汉,是"暂居水泊、专待招安"准备为朝廷出力的忠臣义士),小说全书前后的主题是一致的即都是忠义报国的思想。冯雪峰只是根据小说的前半部把这部小说解读为"农民起义"说,自然无法解释小说后半部分梁山泊英雄好汉为何残酷地镇压和屠戮方腊等农民起义了,于是只好责备小说前后精神相抵触了,这不是一个创作的问题,而是一个理解的问题。冯雪峰说"作者是同情农民阶级的;对于农民起义,作者的态度是肯定的,是站在农民这一面的;作品中所反映的农民革命思想,是经过作者的概括和肯定,并且为作者所赞扬的;因此,农民的这种革命思想也就成为作者自己的思想"②,这些都是冯雪峰一厢情愿的主观臆断,是误读和曲解,是十分牵强附会的,因为冯雪峰根本无法合情合理地解释小说文本中丑化、痛恨、诛杀方腊(田虎、王庆)等农民起义的行为。冯雪峰对《水浒传》的理解不过是依据20世纪50年代的时代精神对小说文本的部分理解而已,甚至是他根据小说中似是而非的造反现象先有了"农民起义"的前认知而后寻找理论和证据去论证其前见。

冯雪峰论证《水浒传》主题思想是"农民起义"说,他运用的诠释范式就是典型的反映论和阶级论,他不是从《水浒传》文本出发进行论

---

① 冯雪峰:《回答关于〈水浒〉的几个问题》,见《论文集》,人民文学出版社1981年版,第136页。

② 冯雪峰:《回答关于〈水浒〉的几个问题》,见《论文集》,人民文学出版社1981年版,第145页。

证，而是先有一个主观看法，或者说农民起义的先进性成为冯雪峰理解《水浒传》的先行结构和前视域，他是先有了一个基本的结论，然后把历史唯物主义的一些理论硬套在这部小说之上。这种论证显然不是有机统一的，而是两张皮，把关于《水浒传》的论证方法也能套在其他小说上。机械性的反映论主要体现在它不是从小说的文本出发而是从文本相关或历史背景去理解，因而其结论也不是文本的，而是文本之外的，甚至是从相关的历史背景得出一个结论来，因而其结论是主观的、外在的和附加的。正由于这个本质上的逻辑缺陷，关于《水浒传》主题的种种诠释中，"农民起义"说是经不起逻辑分析的。

冯雪峰认为《水浒传》"作为一部描写北宋末年一次农民起义的书来看，从它的根本精神上说，有其高度的真实性。主要的是它大胆地描写了封建社会中的阶级斗争，创造了一系列的农民起义中的英雄形象，反映了中国人民的革命的、正义的斗争和思想"①。其实，根据脱脱的《宋史》，宋江等人何尝是农民起义？不过是"淮南盗"而已，主要是抢劫钱财，并不是如方腊那样把群众组织起来反抗朝廷的政治压迫和经济剥削。从《水浒传》中也丝毫看不出"封建社会中的阶级斗争"，按照阶级学说，杨志是属于统治阶级的，而牛二却是属于贫困的无产阶级或是市民底层，然而小说中杨志杀死牛二却是大快人心，却是得到普通市民乃至官吏的同情和赞扬的；晁盖、吴用等人智取生辰纲，也不过是因为生辰纲乃不义之财，从根本上来说不过是为了取这一套"富贵"，希望下半生过得快活而已，他们既没有救济贫苦农民，也没有打土豪分田地，其中无论晁盖还是里正，也是属于统治阶级集团的；宋江更是自始至终主张"受招安"；梁山泊打下祝家庄后，宋江打算洗劫一空，夷为平地，是石秀因为一个钟老人曾经指点过如何破盘陀路劝说宋江罢休了；武松血溅鸳鸯楼，把属于被压迫被剥削阶级的丫鬟、马夫等全都杀死，一个不留；属于地主阶级的庄园太公大多慈眉善目、好善乐施；属于无产阶级的李瑞兰出卖了梁山好汉史进……所有这一切，阶级斗争的理论分析如何能够自圆其说？阶级斗争学说根本就无法对《水浒传》中的社会现象进行

---

① 冯雪峰：《回答关于〈水浒〉的几个问题》，见《论文集》，人民文学出版社1981年版，第111—112页。

合情合理的解释，因为这部小说本来是勾栏瓦舍里市民娱乐的产物。梁山泊好汉也不是"一系列的农民起义中的英雄形象"，时迁、王英、卢俊义、投降梁山的朝廷将领等自然不是，就是武松、鲁智深、宋江等也不是，他们不过是市民心目中仗义疏财、打抱不平的江湖义士而已。从冯雪峰这一段论述就可以看出，"农民起义""阶级斗争""人民的""革命的"等时代性语词都是外加的，都是先验的时代性概念，然后再牵强附会地硬套在文本叙事之中，根本就不是从小说文本出发经过逻辑严密推理出来的。冯雪峰认为"宋江在起义时，他领导农民起义，同情农民并为农民的利益而斗争，在他的斗争中反映着农民阶级的利益和农民阶级的斗争精神"①，从小说中根本就找不到任何证据，甚至想寻觅出一点蛛丝马迹也难。宋江带领梁山泊众位头领攻打无为军是为了给自己报仇雪恨；攻打祝家庄主要是为了一匹骏马；攻打大名府是为了解救卢俊义；攻打东平府和东昌府是为了决断谁为梁山泊之主；至于平方腊更不是"为农民的利益而斗争"。

在冯雪峰这篇文章中，用李逵这个莽汉随口说的"杀去东京，夺了鸟位"或是用王定六父亲的话论证宋江等人"实行的'忠'字的实际内容是反对'滥官污吏'、反对地主恶霸、反对'奸臣'，以至'反叛朝廷'、'兀自和大宋皇帝做个对头'"②是很片面的，因为小说文本中的宋江等人只是"反贪官不反皇帝"。

冯雪峰对于"梁山泊英雄人物的人民群众性"的叙述也是没有说服力的。因为从文本来看，梁山好汉并没有反映什么人民群众性。至于"读者的感受，自然是客观的"③这样的论述更是到了令人吃惊的地步了。

冯雪峰对于城市经济的发展和繁荣是依靠剥削掠夺农民的论述④，根

---

① 冯雪峰：《回答关于〈水浒〉的几个问题》，见《论文集》，人民文学出版社1981年版，第175页。
② 冯雪峰：《回答关于〈水浒〉的几个问题》，见《论文集》，人民文学出版社1981年版，第113页。
③ 冯雪峰：《回答关于〈水浒〉的几个问题》，见《论文集》，人民文学出版社1981年版，第132页。
④ 冯雪峰：《回答关于〈水浒〉的几个问题》，见《论文集》，人民文学出版社1981年版，第154—160页。

本没有结合《水浒传》这部小说的具体内容，因为小说中没有关于这一社会现象的叙事，而是冯雪峰依据马克思主义相关论述产生的一种假想，把马克思主义的一些相关论述作了理解的历史想象。其中说市民阶级"自然是同情和站在农民方面的"①，也是无视小说自身的叙事而外加的，在《水浒传》中，小说叙事对于农民阶级的嘲笑和讽刺是有白纸黑字作为证据的，例如"长张三，矮李四；急三千，慢八百；笆上粪，屎里蛆；米中虫，饭内屁；鸟上刺，沙小生；木伴哥，牛筋等"就是。冯雪峰论述鲁智深、杨志、武松等人的时候说，"我们读的时候，都可以感到在这些人的背后是站着人民群众的"，这也是他理解《水浒传》的先入之见误导了他对小说文本的理解，是纯粹的主观判断。冯雪峰说潘金莲虽然也是被压迫阶级中的人，"无法取得人民的同情的"，"人民就曾经对她加以道德上的裁判"，这些论述就体现了阶级斗争反映论的无能为力和前后矛盾：恩格斯不是说过"没有爱情的婚姻是不道德的婚姻"吗？潘金莲与武大郎之间的婚姻何曾有爱情作基础？

冯雪峰认为李逵"最深厚地反映着中国劳动人民的最优秀的精神"，"更是中国农民阶级的一个灵魂"，"是中国古典文学中一个最突出、最成功的中国劳动人民的艺术形象"，革命性最强、淳朴、无私、仁厚、博大等，这些理解无不都是冯雪峰对李逵进行理解的前见，在此观照之下与文本中视域的融合，实事求是地说，也并不是什么真正的"视域融合"，而是主观臆断、先验地扣上一些大帽子之类作为"假前见"进行的文学解读，这一解读并没有反思"前见"的有效性、合理性和正确性。李逵这样的滥杀无辜何以体现出"中国劳动人民的最优秀的精神"？李逵究竟是不是中国农民阶级的真正代表？这些都值得深入探讨。之前，李贽、金圣叹等人曾经欣赏和赞同李逵的直道而行、率真无伪；此后，尤其是新时期以来，李逵又被解读成了没有人性的杀人恶魔。由此可见，人们对李逵这个人物形象的阐释，总是时代性的，时代精神作为前理解对如何鉴赏水浒人物起了何所向的先决作用。

至于"人民性""民主性""革命性"和"现实性"等时代性词语的

---

① 冯雪峰：《回答关于〈水浒〉的几个问题》，见《论文集》，人民文学出版社1981年版，第158页。

专门论述，都是时代精神在意识形态中的反映，又是《水浒传》在新的历史时空中的时代性"表现"——哲学诠释学认为"艺术作品的存在方式就是表现"①。

在 20 世纪五六十年代，几乎所有的专家学者都是认同或赞同"农民起义"说的，这是历史的时代性视域，是《水浒传》在那个时代的存在方式。李希凡仍然坚持在那个时代形成的对《水浒传》的理解，他说："《水浒传》是出现在中国近古文学史上第一部，而且是后无继者的描写农民革命的最完整的长篇小说。这不仅是中国文学史上极其少有的现象，也是世界文学史上并不多见的封建时代的革命文学杰作。"②

当代有的学者反思或者说批判"农民起义"说时代局限性的时候，也往往攻其一点不及其余，在批评其历史局限性的同时，也把它的合理性一起抛弃了："把一个历史的复杂的艺术过程曲解为机械反映论的照相写真；把水泊梁山的各色人等跟近代欧洲的第三等级相提并论，看作从生产关系到伦理观念的变革中产生的新的社会力量，这不啻是用'揠苗助长'的手法去改变历史进程。"③

"农民起义"说是《水浒传》在那个特定年代中的一种"表现"，是历史的产物和存在，有其合理性，然而，这一说法本身就不能自圆其说，它解释不了为什么小说丑化、咒骂和征伐方腊起义（田虎、王庆等造反起义）。这是因为从根本上说，小说作者的写作意图是反对真正的农民革命暴动的，更反对盗贼"称王图霸""僭号称王"等有违于君君臣臣的伦理大义的，小说文本中的视域先在地规定了读者对小说主题思想的阐释。梁山泊聚义，形式上是与朝廷对立，而实质上是"替天行道"，即替封建王朝恢复王道于仁政。小说作者不可能超出他生活的历史处境，每一个人都具有其历史的局限性。他只能一方面痛恨贪官污吏，另一方面也痛恨平民百姓暴动造反。

"农民起义"说对于受招安、投降朝廷的阐释，也是时代性的，也就

---

① ［德］伽达默尔：《真理与方法》，洪汉鼎译，上海译文出版社 2004 年版，第 180 页。
② 李希凡：《〈水浒〉的现实主义》，《论中国古典小说的艺术形式》，上海文艺出版社 1982 年版。
③ 邓程：《〈水浒传〉主题新探》，《贵州社会科学》2004 年第 3 期。

是说，前见的偏颇性导致了这样的解释，却因为不是从文本中出发进行的对话性质的交流，而仅仅是一种独白，一种霸道的不愿意倾听文本话语的独白，因此产生了阐释上的困惑。梁山泊英雄好汉的悲剧根本就不是"受招安"的悲剧。《水浒传》中高俅带领十个节度使讨伐梁山泊的时候，不是点出那十个节度使就都是受招安而成为高官的吗？他们怎么没有宋江等人的"悲剧"呢？这是因为梁山泊受招安之后的悲剧，从根本上说，是宦海险恶、奸佞当权、小人得志、忠良反受迫害、贤能不能酬志的追求功名富贵过程中的悲剧①。

20世纪50—70年代，中国学术的研究范式主要是以马克思列宁主义为指导思想的社会历史批评方法。这一时期对中国古典小说的诠释模式也是社会历史批评的角度，并且要求理解历史、诠释文学等都要与现实政治紧密结合，要为现实生活和现实斗争服务。

社会历史批评是"以唯物反映论为基础，研究作品是否反映了它所描写的那个时代的社会现实；以阶级性、人民性作为衡量作品的政治标准；分析作品中的人物的典型性，即是否代表了某个阶级或某种社会力量，是否是个性化的；对作品的审美价值，对作品的艺术性则重视不够；对作家的主体性，作家的心灵也比较漠视。总之，重视作品的政治、道德的判断，而比较忽视审美判断"②。社会历史批评方法的哲学基础就是马克思主义的反映论。

文学作品无疑能够反映时代的精神、阶级性以及社会思想等，然而即使在同一时代，也有不同社会思潮在同时涌动，不同的思想在争鸣，不同的艺术手法在纷呈，此是其一；其二，更为主要的是，反映论往往被庸俗化了，经常以一种庸俗的社会学机械论面目出现在学术研究领域里。

艺术有它自身的特征，在反映物质世界和现实生活的时候，它是在"似与不似之间的"，它并不是一种纯粹的客观物，而是一种"意象"的存在。齐白石曾说过，他画的虾和平常看见的不一样，他追求的不是形似，而是神似。他还说过，太似为媚俗，不似为欺世。妙在似与不似之

---

① 张同胜：《〈水浒传〉主题思想辨析》，《济宁师专学报》2006年第2期。
② 齐裕焜、王子宽：《中国古代小说研究》，福建人民出版社2005年版，第170页。

间。这才是中国重写意艺术所特有的属性。西方主张以摹本通达事物本身，追求描摹的逼真性，从而形成了以再现为主的艺术存在传统。

运用社会历史批评的研究方法来研究文学作品，更多的是侧重于从政治和道德的角度来研究作者的思想意图、主人公的人民性和阶级性以及作品对社会现实的反映程度等。《水浒传》主题思想解读从"农民起义"说、"市民"说到"游民"说，观点虽然不一样，其诠释的思路、模式却是相同的，即都是阶级成分论，都是依据阶级划分的模式对《水浒传》的主题思想进行阐释的，不同之处仅仅在于阶级立场或理解的视角不同：从肯定农民造反到防范暴民意识，从草根立场到执政立场等。

任何理解都是历史的产物，具有历史的合理性和局限性，更何况，正如伽达默尔说的，如果我们有所理解，我们都是以不同的方式在理解。当然，随着时间的流逝，人们也会因为现实生活的变化而不断地通过视域融合而修正自己以前的看法和观点。

第二节 "投降主义"说

"问题视域"中的"问题"都是时代性的。因此，诠释还有一个诠释的"时代模式"，即某一个历史时代其主流的思想意识、理解模式往往占主导地位，从而形成了一个具有鲜明时代性特征的诠释模式。20 世纪 50 至 70 年代，人们对《红楼梦》《三国演义》《西游记》《水浒传》等中国古典小说的阐释都是从马克思主义的阶级论和反映论来进行的：《红楼梦》表现了封建包办婚姻的罪恶以及封建礼教对青年男女自由和心灵的摧残，客观上反映了封建社会的衰亡是历史发展的必然趋势；《西游记》反映了挖掘农民起义的社会根源，批判统治阶级的罪恶，揭示"官逼民反""乱自上作"的真理——这与当时对《水浒传》主题思想的解读不仅仅是相似，而是完全一致了……在某个具体的时代，诠释往往有一个相似或相同的诠释视角、指导思想、定式思维等，即有一个相对固定的诠释模式。

海德格尔说过，"明确地被理解的东西，具有'某某东西作为某某东西'的结构"①,在"文化大革命"中《水浒传》被理解为宣传"投降主义"路线的"反面教材"这一解读就具有"先有结构"的鲜明特征。

"解释向来奠基于先见之中,这种先见从某种可解释状态出发对先有中所获得的东西进行'切割'","文化大革命"期间人们对于宋江搞"修正主义"和把《水浒传》作为"反面教材"的诠释不就是奠基于"反修防修"的先见之中吗?从"聚义厅"到"忠义堂"也被看作是革命路线遭到了修正,即宋江修正了晁盖的"革命"路线,向统治阶级投怀送抱,断送了水泊梁山的革命大业。这种诠释也可以看出前理解或先见的视域对于文学意义进行理解的前规定性。新的意义的生成不仅受制于小说文本对意义何所向所具有的前规定性,而且也受制于读者的问题视域,因为问题视域对意义何所向也具有前规定性,新的意义一般就是在这两种视域的融合过程中产生的。

伽达默尔说:"'何种答案回答何种问题依事实而定。'这个短语实际上是解释学的原始现象:没有一种陈述不能被理解为对某个问题的回答,也只能这样来理解各种陈述。"② 这个观点是伽达默尔一直主张的,他在《真理与方法》中就已说过:"理解一个问题,就是对这个问题提出问题,理解一个意见就是把它理解为对某个问题的回答。"③

《水浒传》的解读史真切地体现了哲学诠释学关于阐释的本体论理论。"文化大革命"中人们对于《水浒传》的阐释,充分地说明了理解的"问答"逻辑。"只有当我们预先假定一件艺术作品充分表现了一个艺术理念(adaquation)时,艺术作品才能被理解。在这里我们也必须发现艺术作品所回答的问题,如果我们想理解艺术作品——即把它作为一种回答来理解的话。"④《水浒传》诠释史上任一主题思想的提出都是回答了对于那一具体的历史时代的某一个具体问题的思考。

"评水浒批宋江"的一个重要内容就是反对理学与批判《水浒传》中

---

① [德]海德格尔:《理解与解释》,洪汉鼎主编《理解与解释》,东方出版社2001年版,第118页。
② [德]伽达默尔:《解释学反思的范围》,《哲学解释学》,上海译文出版社2004年版,第11页。
③ [德]伽达默尔:《真理与方法》,洪汉鼎译,上海译文出版社1992年版,第482页。
④ [德]伽达默尔:《真理与方法》,洪汉鼎译,上海译文出版社1992年版,第480页。

的理学思想。在"文化大革命"中,为了清算投降主义,梁效发表文章,认为"反动腐朽的程朱理学是《水浒》宣扬投降主义的理论根据":它用"替天行道"宣扬程朱理学的"天理";用"忠义双全"维护封建社会的纲常名教;用"去邪归正"鼓吹投降派的哲学思想。这是用现代哲学对封建社会的伦理道德进行批判①。

梁效的文章认为,梁山泊好汉接受朝廷招安,"从政治上说,它是投降路线的集中反映;从思想上说,这正是程朱理学的'存天理、灭人欲'的反动哲学的再现。"②这是从学理上来寻找宋江搞"投降主义"的原因。

任何诠释都是时代性的诠释,都是时代精神、社会思潮与个人经历、精神体验与文学文本中的视域产生"心有灵犀一点通"的感应或反应。这一点,《水浒传》在"文化大革命"中的诠释命运是最好的体现和说明:《水浒传》被解读为"投降主义"的反面教材,被解读为进行路线斗争的政治性教材;而李贽对《水浒传》的评点以及他在《藏书》中对历史人物所作的评价则成为了宣传法家思想、反对儒家学说的有力证据。

"文化大革命"中,之所以必须"批孔",还与当时对儒教的认识有关。当时,人们普遍认为孔家店思想乃至"反动的理学(或称道学)"一直统治着封建社会的思想界,成为紧紧束缚人民群众思想的绳索,儒教是统治阶级进行压迫和剥削人民群众的强有力的工具,儒家思想是坚持因循守旧、腐朽落后和复古倒退的"思想路线";法家是主张"厚今薄古"的,是革新和进步的"思想路线";儒、法两家之间的斗争在两千多年间始终没有停止过。"学派斗争历来总是同政治路线斗争结合一起的。"③

李贽与儒教、法家之间的"路线斗争"的关系是什么呢?李贽成为了"反儒评法"运动中的杰出代表。李贽生前,他认为他是一个真正的"儒",但是却被正统儒徒骂为"异端之尤"。他在《初潭集·自序》中说:"夫卓吾子之落发也有故,虽落发为僧,而实儒也。……然则善读儒

---

① 西北大学中文系编:《水浒评论资料》,西北大学中文系1975年印制,第85—94页。
② 西北大学中文系编:《水浒评论资料》,西北大学中文系1975年印制,第91页。
③ 叶显恩:《略论李贽尊法反儒的思想》,《李贽思想评介》,福建人民出版社1974年版,第41页。

书而善言德行者，实莫过于卓吾子也。"李贽死后，明清两代一直是对他毁誉交加，在儒家正统思想为主流的意识形态中，自然是毁多于誉的，然而20世纪以来，李贽却是颇走红运：在新文化运动中，李贽就被热心宣传西方思想和文化的新文化人所赞誉；"文化大革命"期间的中国，李贽又被誉为"法家"的代表人物和反儒的斗士。这恐怕是李贽生前始料不及的罢。

"文化大革命"中的人们当时是这样认为的："鲁迅指出：'孔夫子之在中国，是权势者们捧起来的'。历代反动派抬出孔丘这具政治僵尸，给他造庙宇，立牌坊，挂头衔，无非是为他们复辟倒退的反动政治路线服务。可是这个'摩登圣人'在李贽的笔下，不过是'无学无术'的政治骗子，是官迷心窍的'势利'鬼，是贪生怕死的软骨虫。至此，'大圣人'的尊严，似落叶遇西风，扫个精光，'先师'地位一落千丈，剩下的只是具'巧伪人'的僵尸了。"① 李贽是因为反对假道学这一点而被看作是法家的代表人物。

李贽在"文化大革命"中是一个"英雄式"的正面人物，主要是把他作为"尊法反儒的斗士"。其实，"文化大革命"是对传统文化尤其是儒学思想作战，也是对私心、私欲作战（从当时诸如"狠斗'私'字一闪念""心底无私天地宽"等这样的口号中也可以看出来），可是李贽却是主张赞成"私心"和"私欲"的，他说："且夫天下曷尝有不计功谋利之人哉！"他认为"虽大圣人不能无势利之心"等。因此在"文化大革命"中的人们对李贽的解读乃是现实性的解读，是时代性的误读，是一种政治性的为我所用的阐释。

李贽认为自己"实儒也"，他是一个儒学的原旨主义者。20世纪70年代人们却把他解读为著名的反儒的"法家"人物，解读的内在逻辑是非常牵强的，把李贽在《藏书》中对中国历史上著名历史人物的独特认识和评价当作了李贽的"法家思想"。李贽反对的是理学中的假道学，并不是真正的儒学。李贽"批判儒家，但并没有从根本上否定儒家，他反对假道学，要寻求'真道学'。当统治者以'敢倡乱道，惑世诬民'的罪

---

① 《尊法反儒的进步思想家——李贽论述浅注》中的一则按语，见《李贽思想评介》，福建人民出版社1974年版，第108页。

名逮捕他入狱后,审问他:'若何以妄著书'?他义正词严地否认'妄著书'的罪名,反驳道:'著书甚多,具在,于圣教有益无损。'"① 这里的圣教即儒教,从李贽的自述以及之前他的著述中可以得知,李贽确实是一个"儒徒"。"文化大革命""批林批孔",而李贽主张"不以孔子之是非为是非",这一契合点,使得李贽披上了法家的外衣,赋予了"斗士"的美名,如此等等,都是时代性的赋义。

"文化大革命"中对李贽的误读,显然是政治斗争的需要,或者说,当时的人们是把"路线斗争"和"反修防修"作为了他们进行解读李贽及其作品的前结构和前视域,因此李贽在《藏书》中对于历史人物的评价也成为了"赞扬法家人物"和"尊法反儒思想"的证据。其实,如前所述,李贽自己认为、也确确实实是一个"儒家"之徒,与正统儒徒不同的是他强烈反对"假道学"和伪君子,要求承认人们的私欲而已。

目下,如果我们翻一翻"文化大革命"中诸如《李贽思想评介》《李贽尊法反儒文选》等对李贽及其思想的解读,就会发现其中的《尊法反儒的进步思想家李贽》《论李贽的反儒尊法》《李贽的尊法反儒思想和斗争精神》《略论李贽尊法反儒的思想》《李贽与尊法反儒斗争》《论李贽的反孔尊法思想》《明代反对封建道统的进步思想家——李贽》等都具有一个共同的特点,即千篇一律:把李贽解读为法家人物的指导思想都是相同的;李贽"批判孔老二和反动理学"的具体论据和论证也是完全相同的,都是翻过来覆过去的那一些相同的话:《藏书·总目前论》中的"咸以孔子之是非为是非,故未尝有是非耳"、《焚书·童心说》中的"《六经》、《语》、《孟》,乃道学之口实,假人之渊薮也"、《续焚书·与焦漪园太史》中的"鄙儒无识,俗儒无实,迂儒未死而臭,名儒死节殉名"等;李贽"赞扬秦始皇和法家学派"的论据和论证也是基本完全相同的,也不过是在《藏书·总目》中赞美秦始皇为"千古一帝",高度评价李悝、吴起、韩非、李斯、贾谊、桑弘羊、曹孟德、武则天、王安石等,如此而已,其实并没有涉及法家的思想,而只是对于这些历史人物有着不同于他人的看法罢了……李贽生前死后所受到的"厚诬"是因为

---

① 樊树志:《论李贽——兼论明代后期儒法斗争和整个阶级斗争的关系》,《李贽思想评介》,福建人民出版社1974年版,第96—97页。

由对李贽进行评论的人们的"诠释学的具体情境"所具有的应用性造成的,"文化大革命"时期的"厚誉"也是如此,应用性是如此的鲜明,以至于被新时期以来的学者把它的学术性一口否定了,完全把"文化大革命"中关于李贽的诠释当作了"政治斗争的工具"。关于《水浒传》的政治上的应用性诠释乃是诠释的一种极致,它也是诠释对象的一种存在方式。

1975年8月31日,人民日报发表了署名为竺方明的文章《评"水浒"》,其中关于忠义等封建伦理道德与《水浒传》关系的论述具有时代性的深刻和时代性的误解。结论从材料中出,掌握不同的材料,就会得出不同的结论,这是毋庸置疑的。有的论者认为毛泽东在晚年提出"投降主义"说,是因为毛泽东在他早年只读过70回金评本《水浒传》,而在晚年读了100回本和120回本之后才改变了以前的观点,从而得出"投降主义"说的结论。这个观点是不确切的,因为"投降主义"以及"反面教材"的看法是以毛泽东对修正主义的警惕和对资本主义复辟的忧虑作为其前视域和理解的先行结构的,毛泽东从而对《水浒传》产生了新的理解。

毛泽东为了教育广大的人民群众"反修防修",以当时流行的语录形式指出:"'水浒'这部书,好就好在投降。做反面教材,使人民都知道投降派。'水浒'只反贪官,不反皇帝。摒晁盖于一百零八人之外,宋江投降,搞修正主义,把晁的聚义厅改为忠义堂,让人招安了。宋江同高俅的斗争,是地主阶级内部这一派反对那一派的斗争。宋江投降了,就去打方腊。这支农民起义队伍的领袖不好,投降。李逵、吴用、阮小二、阮小五、阮小七是好的,不愿意投降。鲁迅评'水浒'评得好,他说:'一部水浒,说得很分明:因为不反对天子,所以大军到,便受招安,替国家打别的强盗——不替天行道的强盗去了,终于是奴才'。(《三闲集·流氓的变迁》)……《水浒》百回本、百二十回本、七十一回本,三种都要出。把鲁迅的那段评语印在前面。"[①]

1975年9月4日,《人民日报》发表了《开展对〈水浒〉的评论》的社论。社论指出,对《水浒传》的评论,"是我国政治思想战线上的又

---

① 高皋、严家其:《"文化大革命"十年史》,天津人民出版社1986年版,第557页。

一次伟大斗争,是贯彻执行毛主席关于学习理论,反修防修重要指示的组成部分,它将有力地促进无产阶级专政理论学习的深入"。这篇社评,号召全国人民群众起来展开对《水浒》的评论,加强反修防修的思想斗争意识。

《红旗》杂志也发表短评《重视对〈水浒〉的评论》,这篇短评引用了鲁迅关于《水浒传》的批评和毛泽东对电影《武训传》的批判,要求人们学会运用马克思主义的立场、思想和观点,对文学艺术进行阶级分析,指出宋江与高俅的斗争,"其实质是地主阶级内部这一派反对那一派的斗争",号召人民群众以马克思主义、列宁主义、毛泽东思想为武器,充分开展对《水浒传》的批判,充分发挥这部"反面教材"的教育作用,使人民群众都知道"投降派"的真正面目,为"在现在和将来贯彻执行毛主席的无产阶级革命路线,坚持马克思主义,反对修正主义,坚持社会主义道路,反对资本主义道路"而奋斗。

"评水浒"运动自1975年9月开始,1976年1月结束,在这短短5个月里,省级以上的文章就有1685篇,评论集有81部。这些批判文章大多是大同小异的,甚至可以说几乎是千篇一律,确实是为配合政治批判的任务而炮制的。

"农民起义"说与"投降主义"说二者都是在阶级斗争话语中对《水浒传》的诠释,不同之处在于前者是以阶级斗争是历史进步的直接动力、造反有理等马克思主义理论作为其"前理解"的;而后者不过是为了维护社会主义制度和无产阶级专政,反对修正主义和反修防修历史语境中的诠释。

"农民起义"说与"投降主义"说二者的解读视角是相同的,都是阶级分析和阶级斗争的视角;但是二者着眼的具体点则不同,前者侧重小说前半部分水浒好汉的造反和反抗,后者强调小说后半部分梁山泊的受招安。按照艾柯的诠释原则,二者都属于"过度诠释",然而它们都是此在的诠释,都是历史的理解和具体情境之中的反思。

"农民起义"说与"投降主义"说都是从政治性的角度出发对《水浒传》进行理解的。这是时代性精神的要求。这一点从北京大学中文系一九五五级编纂的《中国小说史稿》的"前言"就可以看出来,它说:"……所有这些学术上的探求,我们都自觉地服从于无产阶级的政治目的。这应该是'古为今用'的首要的和基本的内容。我们认为,这虽然是一部关于中国古典小说的历史书,但不应该在它里面找到与当前国内国际阶级斗争无关的平静的书斋语言;它应该是一支压满了子弹的机关枪,我们要用它来保卫毛泽东文艺思想,用它来参加对资产阶级学术思想和文艺思想的斗争,特别是对修正主义的斗争!实际上,我国过去的古典小说研究领域当中,从来就充满了斗争,斗争的各方本质上都是为各自所代表的阶级利益服务的。"① 从阶级斗争的政治性目的来理解《水浒传》是这两种说法的共同点,既然如此,为什么结论却是如此的不同呢?这是由于人们理解这部小说的具体历史处境不同所导致的。

第三节 "市民"说

一 时代背景

新时期初期,对"文化大革命"话语的反拨在学术上成为了主流。1977年乔先之发表了《要害是"架空晁盖"吗?——评"四人帮"对〈水浒〉的评论》。徐君慧《〈水浒传〉是否宣扬投降主义》说:"《水浒传》给我们的整个感受,仍然是百零八人反得有理,降得不该,死得令人忿慨!所以,《水浒传》没有宣扬投降主义,相反的,它是否定投降主义,叫人不要投降。"②

思想的解放也使得研究者不再那么缩手缩脚,更为关键的是,经济改革的号角已经吹响,于是出现了质疑《水浒传》主题思想是"农民起义"说的商榷文章。关于《水浒传》主题思想的说法较早的有"忠奸斗争"说、"市民"说和"绿林豪侠"说等。

当然,在当时云蒸霞蔚、蔚成风气的平反工作中,《水浒传》研究是以为"反动文人"金圣叹平反为热点的,因为这涉及政治上平反的舆论

---

① 北京大学中文系一九五五级《中国小说史稿》编辑委员会:《中国小说史稿》,人民文学出版社1973年版,"前言"第2页。

② 徐君慧:《〈水浒传〉是否宣扬投降主义》,《古典小说漫话》,巴蜀书社1988年版,第140页。

导向问题。

(一) 为金圣叹平反

1979 年，张国光在《学术月刊》第 7 期上发表了《两种水浒，两个宋江——兼谈金圣叹批改水浒的贡献》一文，它引发了为金圣叹平反的评论。

在这篇文章中，张国光提出了"两种《水浒》两个宋江"说。这一观点把凡是写了梁山泊接受招安的小说版本都归为一类，称为"旧本"，而把金圣叹的批改本单辟为一类，称为"金本"，它们是两种《水浒传》：旧本《水浒传》以"忠义"标题，贯穿着"投降主义黑线"；而金本《水浒传》则是"鼓吹武装反抗到底的革命课本"。由于《水浒传》是两种，因此其中的宋江也是"两个"：一是金本《水浒传》中的宋江，他是"打着红旗的造反英雄"；一是旧本《水浒传》中的"宋江"，他是"叛徒、特务、战犯、'三合一'的奇丑"。张国光在这篇文章中进而认为金圣叹在金本批语中的反对农民起义、仇视义军首领的文字，乃是金圣叹作的"反面文章"，是金圣叹"涂上的一层'保护色'"。很显然，这种话语仍然具有鲜明的"文化大革命"中的时代词语特色，具有鲜明的政治性色彩。后人从学术的角度无从理解宋江何以成了"叛徒、特务、战犯、'三合一'的奇丑"？

萧相恺、欧阳健在《何止多走了一小步……——评"两种〈水浒〉，两个宋江"论》中对张国光的这些观点进行了分析和评判，他们认为张国光的那篇文章"对旧本《水浒》的主要论点和论据，莫不与'评水浒运动'时的论调如出一辙"；在对宋江的评价方面，甚至比梁效、罗思鼎还有过之而无不及①。

其实，早在 1964 年，张国光在《金圣叹是反动文人吗？》中就已经提出了旧本《水浒》中的宋江就是"大投降主义者"。值得注意的是，人们往往把《水浒传》的主题思想是"投降主义"的说法归为毛泽东在 1975 年的评论，其实这是一种历史的扭曲。"投降主义"说以及宋江是"投降派"的说法在毛泽东相关评论之前就已经在报刊文章中流行多

---

① 萧相恺、欧阳健：《何止多走了一小步……——评"两种〈水浒〉，两个宋江"论》，《水浒新议》，重庆出版社 1983 年版，第 407 页。

时了。

萧相恺、欧阳健对张国光文章的批评其实也还留有时代性的话语，他们认为"'两种《水浒》论'的实质，乃在于把《水浒》这样一部伟大的充满人民性和现实主义精神的长篇小说推到了封建反动文学一边"的批评，就体现了其评判的标准还是时代对于文艺评价的要求：人民性和现实主义。因此，人们不能带有政治性的偏见去一味地谴责评论的时代性，而是认真分析它作为前见对于其结论的规定性导向的影响是否具有有效性，应该力求从这些论断中寻找结论得出的历史原因和历史背景。成见太深，容易导致对于文本不是采取倾听的态度而是采取一言堂的态度，不是与文本进行有效的对话和交流而是固执己见、听不见他人的意见，这样就很容易产生误解、曲解，很容易把海市蜃楼当成了真的繁华都市。也就是说，前理解过于自负，以至于消解了"视域融合"，成为保留自己前见那一边倒的视域。

且不说张国光给宋江戴上了政治性的"叛徒、特务、战犯、'三合一'的奇丑"这样的高帽子，就以张国光认为金本中的宋江是"坚定的革命领袖"这一点，就不能不令人想起鲁迅先生曾说过的话："说《水浒传》里有革命精神，因风而起者便不免是涂面剪径的假李逵。"①

在罗尔纲生前，张国光多次写文章反对罗尔纲关于《水浒传》的观点，罗尔纲没有作正面回应；在罗尔纲死后，张国光把罗尔纲水浒研究的主要观点概括为"两截"说，并用他自己的"两种"说进行批判。罗尔纲观点的捍卫者在20世纪与21世纪新旧世纪之交进行了反击。"两种"说也罢，"两截"说也罢，都是以阶级斗争作为他们理解《水浒传》的前见的，他们都一致认为《水浒传》是"歌颂农民起义"的，其争议之处在于版本问题。罗尔纲认为《水浒传》原本就是71回本，作者是罗贯中，后29回是嘉靖年间明人感慨朱元璋诛杀功臣的"续貂"之作。罗尔纲在《水浒传原本和著者研究》中说："如果原本为一百回，有受招安、征辽、平腊，那便是奴才传。"张国光则主张《水浒传》原作是100回本，是金圣叹通过"腰斩"进行了革命性的改造，使之成为一直贯穿着"武装斗争到底红线"的"革命教科书"。

---

① 鲁迅：《集外集》，《鲁迅全集》第7卷，人民文学出版社2005年版，第192页。

(二) 关于金圣叹评点的评论

在"文化大革命"中,人们对于金圣叹其人其文的争议颇大。但是,主流话语认为金圣叹是"反动文人",因为在那个时候,鲁迅的观点被认为是革命的和正确的真理,而鲁迅在《谈金圣叹》中认为金圣叹"昏得可以",腰斩水浒,使得《水浒传》成为"断尾巴蜻蜓";更主要的原因是,按照马克思主义的观点,农民起义是推动历史进步的直接动力,从而肯定和赞美农民起义,《水浒传》被解读为农民革命战争的史诗,可是金圣叹却在《第五才子书施耐庵水浒传》序言中咒骂和批判农民谋反叛乱,因而受到批判也是情理之中的事情。

1978年中共中央召开十一届三中全会不久,在政治上大力为那些遭到"迫害"的老干部们平反,为遭到"不公正"待遇的文艺作品进行翻案。1979年召开了一次"金圣叹研讨会",专门讨论为金圣叹这个"反动文人"进行翻案的问题。

张国光关于金圣叹的评论,表现出其时代性的前见解来,即革命的时代性特色来,他把金圣叹视为"伟大的革命启蒙家""启蒙思想家"云云岂不是明显的误读?张国光的观点固然可以被理解为他的前见在起作用,但是任何人都不能无视所评价人物的历史性,任何人都是历史中的人,都有其具体的历史处境。金圣叹其人,在明末清初,尚且不见他的一言半语,这样一个满心企望通过名气捷径出来做官的人,能有什么"启蒙思想"?张国光把金圣叹咒骂农民起义的批语称之为"保护色",这可真是爱之欲其生,恶之欲其死了。

贯华堂本《水浒传》从无产阶级革命者的立场来看无疑是最反动的小说文本,然而张国光竟然认为是最革命的,这种误读正是因为时代精神作为前理解的深刻影响所致,即张国光的前理解不是与小说文本进行对话和交流,而是以他的前视域压倒性地进行一言堂了。

陈新认为"贯华堂本不仅在内容上,就是在文字上也是拙劣的本子,完全不应该推崇",可谓是一家之言。他通过比勘得出一个结论:"金圣叹八股文式的改动是拙劣的,他的任意删改是粗暴的。"并指出金圣叹的删改还存在着一些错误。在思想意义方面,陈新否定了这部小说的主题是"农民起义"说,认为张国光关于"金圣叹反对招安,居然成了鼓吹农民起义的'革命家',贯华堂本成了'革命教科书'"的看法是完全错误的,认为这是学术附庸政治的产物。①

新时期以来,关于金圣叹评点理论的研究是一个学术热点。由于中国文艺理论的贫乏,金圣叹相关的评点理论就格外耀眼。但是研究文章大多数是翻来覆去老调重弹,鲜有新意。

吴子林《金圣叹与"魏晋风流"》从魏晋风度这个视角对金圣叹其人其文进行了解读②,角度固然新颖,但是金圣叹的悲愤幽怨之情深于魏晋风度之达观洒脱,二者之间只有形似,没有神似。金圣叹何尝有一点玄理的思致?"狂放"与"狂放"不同,并不是只要有外在的狂放就是魏晋风度。魏晋风度的内涵在于玄理的阐扬,并不是仅仅在于狂狷而已。魏晋风度的代表人物嵇康不愿意做官,谢绝了朋友山涛的荐举,并写下了著名的《与山巨源绝交书》,金圣叹则是为了能够谋个一官半职至少是希望引起新登基康熙皇帝的注意,竟然策划组织了"哭庙"事件,以至于被籍家正法。对于这件事的性质或许还有争议,有的人出于民族情绪或对研究对象的热爱而大力美化金圣叹,是不符合历史实际的。鲁迅就曾经指出,清廷认为金圣叹借哭庙反清是冤枉了这位忠心耿耿的"良民"的。当初顺治皇帝称赞他是"古文高手",且不论其真假,这句流言传到金圣叹耳朵的时候,金圣叹顿时感恩涕泣,连续写下了八首感恩诗,满怀希望顺治皇帝马上就让他待诏金马门。可是,左等右等,等来的却是顺治皇帝的驾崩。金圣叹痛苦万状,与崇祯皇帝驾崩之后一言不发大为不同的是,金圣叹把顺治比作了"虞舜"(在悼亡诗中把顺治的死说成是"虞舜撤箫韶")。吴文把金圣叹解读为"著书自娱"是不确切的,因为金圣叹还有通过著书以扬名,通过扬名而出仕的政治企图,这才是他的初衷。吴文认为金圣叹的评点具有"玄心、洞见、妙赏、深情"的特点也是因为先有了"金圣叹具有魏晋风流"这个前见而导致的结论,当然也不是说金圣叹的评点没有丝毫的"妙赏、深情"。

新时期以来,对于金圣叹"独恶宋江"的解释不再从政治立场的角度出发,而是从道德的角度出发,即认为金圣叹丑化宋江的目的不是他

---

① 陈新:《关于〈水浒传〉的几个问题》,《中国古代、近代文学研究》1990年第3期。
② 吴子林:《金圣叹与"魏晋风流"》,《文学评论》2006年第3期。

的反动政治立场决定的,而是他的道德审美标准决定的①。这可谓是一家之言,因为人们的道德审美标准与政治立场是密切相连的,没有脱离政治的道德,也没有脱离道德的政治,它们都是由人们的经济基础所决定的。

(三) 关于"水浒"的理解

罗尔纲在《水浒传真义考》中,认为"水浒"二字来自《诗经·大雅·緜》中的"率西水浒,至于岐下"。《緜》是一首歌颂周文王的祖父古公、亶公迁国开基的周族诗。因此,罗尔纲认为"水浒"的真义就在于表明宋江等人要在梁山泊建立一个"与宋王朝对立"的"新政权"。且不说罗尔纲对于"水浒"二字考证的寻章摘句、牵强附会,把小说理解为宋江要建立一个"新政权"就是一个曲解:如前所述,《水浒传》作者原意绝对没有图王称霸、僭号称帝这个意思;"新政权"的理解乃是由于农民革命和夺取政权的时代性话语作为罗尔纲的前见所导致的。

张锦池在《"金本"〈水浒传〉思想性质小议》中对"水浒"的含义进行了细致的分析。迄今为止,关于"水浒"的理解至少有三种:一是《忠义水浒全书发凡》中解释说:"梁山泊属山东兖州府。……《传》不言梁山,不言宋江,以非贼地,非贼人,故仅以'水浒'名之。浒,水涯也,虚其辞也。盖明率土王臣,江非敢据有此泊也。其居海滨之思乎?罗氏之命名微矣。"张锦池将它阐明为:"袁无涯认为作者之所以取'水浒'作小说的书名,是旨在表明'溥天之下,莫非王土;率土之滨,莫非王臣',宋江不敢据有水泊梁山'图王霸业',而只想学姜子牙居东海之滨,等候时机辅佐圣主'保境安民'。"一是金圣叹所认为的"水浒也者,王土之滨则有水,又在水外则曰浒,远之也",作者所以题其书名为"水浒","意若以为之一百八人,即得逃于及身之诛戮,而必不得逃于身后之放逐者,君子之志也"。这是因为金圣叹认定宋江等人"殆不止于伯夷、太公居海避纣之志",是要造反谋逆的;一是罗尔纲考证出来的"真义"。通过分析,张锦池认为,这三种对书名"水浒"的解释,袁无涯的

---

① 张钧:《从作家出发还是从文本出发——谈金圣叹对宋江形象的"误解"》,《明清小说研究》2002年第2期。

"比较符合作品的隐旨"。①

（四）为宋江平反

在1973年的主流话语中，宋江还被认为是农民革命的伟大领袖；到了1974年他却被认为是投降派的头子，1975年在"评水浒批宋江"运动中，宋江更是走投降路线的代表、典型的修正主义分子。1976年10月虽然结束了"文化大革命"，然而为宋江平反的事却是一直到20世纪90年代才开始的。

二 "忠奸斗争"说的重提

据欧阳健的考察，《水浒传》"忠奸斗争"说其实是明代"忠义"说在当代的另一种表达②。明代天都外臣在《水浒传序》中，依据"窃钩者诛、窃国者诸侯"的视角，论证"壅蔽主聪，操弄神器"的蔡京、童贯和高俅等奸臣才是窃国大盗，而宋江等人反而"有侠客之风，无暴客之恶"，不假王称帝，一心忠义报国，乃是忠臣义士。李贽更是大力称赞"水浒之众，皆大力大贤有忠有义之人"，尤其是宋江被誉为"忠义之烈"："身居水浒之中，心在朝廷之上，一意招安，专图报国，卒至于犯大难，成大功，服毒自缢"；而身居庙堂高位的蔡京、高俅之流则是祸国殃民的"大盗"：李贽曾经说过"如没有蔡京等大盗，如何惹出水浒这些小盗来？"以及"朝廷盗贼还多些"等。天都外臣、李贽等人的理解，本质上就是"忠奸斗争"说。

冯雪峰不同意上引说法，他认为把《水浒传》看作是歌颂"忠臣义士"的看法"是在根本点上有错误的"。为什么呢？因为这一说法消解了冯雪峰的"先见"即梁山泊聚众造反的性质是"阶级斗争"，是革命起义；宋江等人是革命者或革命的反叛者。然而，冯雪峰的先见或者引用他的原话"《水浒》的根本精神"，本来就是一种"有分歧的，有待证明的问题"（欧阳健语），是他的先入之见，是从时代精神外在强加给《水

---

① 张锦池：《"金本"〈水浒传〉思想性质小议》，见《第三届中国古代小说国际研讨会论文集》，2006年印制，第554页。

② 欧阳健：《〈水浒传〉主题思想的回顾与反思》，卢兴基主编《建国以来古代文学问题讨论举要》，齐鲁书社1987年版，第366—367页。

浒传》的，根本不是从小说文本出发进行理解和论证，而是先假设了一个"阶级斗争"的"根本精神"，从水浒好汉个人的反抗主观地认为这就是造反，造反就是阶级斗争，阶级斗争就是反映了农民阶级与地主阶级的矛盾等。

1966年李永先在《关于〈水浒〉评价问题的重新探讨》中提出《水浒传》的主题思想是"封建势力内部的忠奸两派的斗争"说。

任何理解和解释都是时代精神此在的诠释，但是最基本的前提应该是从文学作品的文本出发去阐释，而不能依据权力话语先有一个结论，然后再用权力话语的范式去论证自己的成见。后人探求观点的合理内核的方法就是去分析产生这一观点的具体的历史处境。新时期以来，学术研究日渐回归学术自身，从小说文本出发，以时代话语进行表达，对于《水浒传》主题思想的反思，首先就是"忠奸斗争"说的重提。

于是，1979年初，刘烈茂在《评〈水浒〉应该怎样一分为二？》中认为："贯串《水浒》全书的并不是农民阶级与地主阶级的矛盾和斗争，而是所谓忠与奸的矛盾和斗争；它所要表现的主题思想并不是'官逼民反'，而是'替天行道'；它所着力歌颂的理想人物并不是晁盖、方腊那样的农民起义英雄，而是宋江那样的忠义之士。"①

1979年，侯民治在《论〈水浒〉的主题思想》中也说："作者并没有把宋江等人造反看作是农民阶级反抗地主阶级的起义，他认为宋江和高俅等人的斗争，只是地主阶级内部忠和奸的斗争。作品也写到农民造反，但作者主要是通过宋江这个'全忠仗义'的英雄人物作纽带，使他们投降，参加到地主阶级内部的忠奸斗争中来，把地主与农民的矛盾，纳入到地主阶级内部矛盾中来。"②

很显然，上引观点与"评水浒批宋江"运动中宋江同高俅的斗争，是地主阶级内部这一派反对那一派的斗争的观点是很接近的。

1979年孙一珍在《〈水浒传〉主题辨》中指出，运用历史唯物主义的观点分析《水浒传》，不等于生搬硬套地用阶级斗争和路线斗争的框子要古人就范，这就点明了"农民起义"说产生的特点：生搬硬套阶级斗

---

① 刘烈茂：《评〈水浒〉应该怎样一分为二？》，《中山大学学报》1979年第1期。
② 侯民治：《论〈水浒〉的主题思想》，《湘潭大学学报》1979年第1期、第2期。

争和路线斗争的诠释模式得出的政治性理解。孙一珍认为：从百回本的《水浒传》全书着眼，它所写的是亡国之君宋徽宗统治时期，蔡京、高俅等贪官、奸佞、权势和广大人民群众的矛盾冲突。其中包含着强暴对弱小的欺压，奸佞对忠良的排挤，邪恶对正直的陷害。这一分析，就跳出了"阶级斗争"阵垒分明的牵强附会的套用。《水浒传》不过是通过宋元时期说书艺人以娱乐的形式表达了市民的审美情趣和生活愿望罢了，后来或许就是罗贯中以及不知名的出版商在编辑、修改的过程中，强化了文人的思想意识，即传统的忠义观点。从百回本小说文本来看，小说作者对于农民阶级、农村生活和农业生产等"三农"问题是很隔阂的，他也是如同《三遂平妖传》作者一样（或许就是一个作者）不认可方腊、王则那样的造反起义的，他衷心地希望心目中的水浒英雄好汉走"受招安"的道路，即从传统的观点看盗贼接受招安乃是"改邪归正"，这样就可以为国家朝廷出力，又可以建功立业，彪炳青史。《水浒传》与《平妖传》对照着阅读，更能体现作者对于"受招安"的认识和态度。

1982年，王齐洲在《水浒争鸣》上发表的《〈水浒传〉是描写农民起义的作品吗？》，认为《水浒传》主题思想是地主阶级革新派与守旧派的矛盾斗争。这个观点在"文化大革命""评水浒批宋江"运动中就已经广为人知了。

1983年凌左义在《论忠奸斗争是〈水浒〉描写的主线》中认为《水浒传》描写的官逼民反、逼上梁山不是（或主要不是）地主逼迫农民，而是权奸逼迫忠臣。这也就是说，《水浒传》的主题思想不是"农民起义"说，而是"忠奸斗争"说。凌左义在文章中还提出一个对于"农民起义"说的质疑：如果说《水浒》是歌颂农民起义的，那么，为什么只歌颂宋江起义，不歌颂方腊起义、田虎起义、王庆起义呢？这个问题提得很好，好就好在它击中了"农民起义"说的要害。

三 "市民"说的提出及其论争

鲁迅在《中国小说史略》中说："《三侠五义》为市井细民写心，乃似较有《水浒》余韵，然亦仅其外貌，而非精神。"[①] 欧阳健、萧相恺从

---

① 鲁迅：《中国小说史略》，《鲁迅全集》第9卷，人民文学出版社2005年版，第287页。

鲁迅的这一论述中受到启发，于20世纪70年代末80年代初提出了《水浒传》是为"市井细民写心"的观点。

黄霖、陈荣《论〈水浒〉研究中的"市民说"》认为，1901年，定一说过："有说部名《水浒》者。人以为萑苻宵小传奇之作，吾以为此即独立自强而倡民主、民权之萌芽也。"有人认为梁山泊英雄好汉"是流氓所组织的集团"；有人认为水浒好汉"绝大多数都是资产阶级或自由职业者"，有人认为梁山泊好汉"其所代表的是资产者的集团，则其表现的当然是属于资产者的社会思想了"的，等等。这些看法都可看作"市民"说的先导。①

茅盾是较早从"市民"的角度阐释《水浒传》的，他在《谈〈水浒〉》一文中认为，《水浒传》是说话人口头流传的一些小故事经过宋元两代的丰富、增加，到明代中叶，才"有编辑整理好的大部出现"。

水浒故事伊始，"'说话'的对象（听众）既为市民阶级，而操此业者又为市民阶级中之专家，那么，'小说'之代表了市民阶级对于事物的意见，也是理所必然的"②。茅盾谈了《水浒传》产生的时代背景之后，接着说："在政治上还没有发言权的市民阶级，只能把他们的意见和愤怒，借'小说'来发表。于是宋江等'三十六人'当年所向无敌的事迹，就由流传于民间的故事转入了'说话人'之手，成为最流行的题材。杀贪官污吏，劫富济贫，是农民的政治的和经济的要求，但也是市民阶级的要求。'替天行道'的杏黄旗，在市民阶级的艺人手里又加以理想化：受招安、征辽的故事，正表示了市民阶级对于封建阶级统治者的'对内主剿'、'对外主和'的痛恨，故借'小说'以示抗议，以寄其愿望（因为事实上，宋江等是被杀的）。杨志、林冲等人，在'落草'的当时，都惋惜着自己的一身好武艺，本图在边廷上一刀一枪，为国家出力，却被贪官污吏伤害得无处可奔——这些也正是市民阶级民族思想的沉痛的表白。在这些人物的身上，我们看见了和李逵、张顺等不同的质素，这是市民阶级在民间的（农民的）梁山泊故事上所加的新东西；而这新加的

---

① 黄霖、陈荣：《论〈水浒〉研究中的"市民说"》，《水浒争鸣》第2辑，长江文艺出版社1983年版，第458页。

② 茅盾：《茅盾古典文学论文集》，上海古籍出版社1986年版，第478页。

东西，和当时外患严重、廷议一味求和的事实联系起来看，依然有进步的意义。"① 这是最早从"市民阶级"这个角度来分析和理解《水浒传》这部小说的，可谓是切中肯綮。小说（Novel），在黑格尔看来，是"市民阶级的史诗"②。茅盾在《谈〈水浒〉》这篇文章中，认为南宋时期，作为"说话"这门技艺四科之一的"小说"，其"取材，既多为近时之事（因为一涉于古，便须归入'讲史书'一科）"③。当时的"说话"借助于梁山泊好汉的故事来表达市民阶级的思想意识和审美情趣，因此《水浒传》故事正是市民阶级的史诗。茅盾的这一论述，显然是与黑格尔对小说本质的论述不谋而合。

然而，茅盾的这一观点在当时并没有引起太多的注意。1975 年 12 月，伊永文在《〈水浒传〉是反映市民阶层利益的作品》中提出了《水浒传》的主题思想是"市民说"，不同意"农民起义"说。他在文中说："一部'农民革命史诗'，为什么充满了'早招安，心方足'之类的叛卖语言？如果是地主阶级改良派的作品，怎么还会有'报仇雪恨上梁山'这样的词句？"1980 年，他在《再论〈水浒传〉是反映市民阶层利益的作品》一文中用"文学归根到底是由经济因素所制约的眼光去解剖《水浒传》"，运用阶级观点和阶级分析方法，对《水浒传》中的主要人物、社会基础、政治路线进行分析，认为《水浒传》中的主人公"出入酒楼饭馆，活动于茶肆客店，狎妓赌博，使枪舞棒，追求的生活是'只顾自己前程万里'；'论称分金银，异样穿绸缎；成瓮吃酒，大块吃肉'。一言以蔽之，《水浒传》中的起义军没有农民的生活方式，没有农民对土地的要求"。这一点，尤其是"没有农民对土地的要求"这一论据，也是后来王学泰"游民"说的重要论据之一。伊永文的结论就是《水浒传》，"根据市民阶层的理想，着重地表现了市民阶层的反抗思想和行为"。④

王开富在《〈水浒传〉是写农民起义的吗？》中认为在城市说话技艺基础上形成的《水浒传》，所描写的生活自然是以城市为主，所表达的观

---

① 茅盾：《茅盾古典文学论文集》，上海古籍出版社 1986 年版，第 480 页。
② ［德］黑格尔：《美学》第 3 册（下），商务印书馆 1979 年版，第 376 页。
③ 茅盾：《茅盾古典文学论文集》，上海古籍出版社 1986 年版，第 478 页。
④ 伊永文：《再论〈水浒传〉是反映市民阶层利益的作品》，《河北大学学报》1980 年第 4 期。

点和抒发的感情自然是在城市下层人民中流行的观点和感情,他们欣赏自己,厌恶仇恨封建官吏及其走卒的压迫和剥削,同时还瞧不起乡下农民。在《水浒传》中,这确实是一个现实存在:不仅乡下农民他们看不起,就连城市中的小商小贩、游手好闲之辈他们也不认为是一路。这就如同马幼垣所提到的,救了宋江的郓哥就没有上梁山;朱仝则不然,宋江、吴用设计不惜安排李逵用板斧劈死了四岁的小衙内,以此"逼迫"朱仝上山。

王开富从历史上宋江"起义"的原型出发,指出那不过是封建社会的无业游民的武装斗争,这样的说法把宋江等36人的打家劫舍的游击活动夸大了,《宋史》对于宋江等人的记载本来就是"淮南盗"而已,恐怕连"起义"也是后人的虚构和想象,根本就谈不上什么"武装斗争",历史原型的宋江等人就是一小股以抢劫为生的盗贼、流寇。《宋史》记载他们横行河朔,官兵不敢撄其锋,一方面是因为宋江有"过人之处"和"勇悍狂侠",他手下的人马也都是不顾性命的亡命暴徒;另一方面则是因为宋代实行募兵制,军队毫无战斗力,一旦遇到敌人,第一反应就是"逃跑"保命,而宋江等人则忘死舍命,自然是表现得横行无忌,"无人敢撄其锋"。

从茅盾、伊永文到王开富,他们对《水浒传》的阐释与这一理解产生的历史背景相关,尤其是联系到当时的经济基础,人们可以看出,这一阐释模式共同的历史背景是商品经济的兴起或复苏。

"市民"说之所以能够成为一种影响较大的学说应该归功于欧阳健、萧相恺,他们的一系列阐述《水浒传》主题是"为市井细民写心"说的文章后来收入他们的论文集《水浒新议》。应该指出的是欧阳健和萧相恺认为他们的"为市井细民写心"说与"市民"说"有一致的地方,也有若干差别"[①]。

《水浒新议》是1983年出版的,但主要写于十一届三中全会之后的70年代末80年代初。刘冬在该书的"序"中认为欧阳健"受鲁迅先生论著的启迪,由此生发开去,从梁山英雄们的身世经历,从作品的思想内容,从《水浒》的形成史,从《水浒》产生的社会历史背景诸多方面,

---

① 欧阳健、萧相恺:《水浒新议》,重庆出版社1983年版,第67页。

论证了《水浒》是'为市井细民写心'说"。该书第一篇是1980年发表在《钟山文艺论集》中的《〈水浒〉"梁山泊聚义"性质辨》,在这篇文章中作者对"梁山泊聚义"的性质进行了细致的辨析,否定了"农民起义"说,论证了"为市井细民写心"说的正确性。这一篇是该书的宗旨,开门见山,直奔主题,其他文章的论述基本上都是基于这个观点之上展开的。

在《〈水浒〉"梁山泊聚义"性质辨》中,欧阳健和萧相恺论证"市民"说主要是从《水浒传》中"梁山泊聚义"不同于历史上的宋江起义、"官逼民反"中的"民"主要不是农民而是"侠盗","替天行道"并不是代表农民的根本利益,"从本质上讲,是一种缺乏明确目标的游民无产者的旗帜,它没有确定的阶级内容,因而能随时赋予不同的含义"①,梁山泊发动的战争不是农民革命战争等四个方面进行考察,认为无论从作者的创作动机还是作品的艺术效果看,《水浒传》都不曾把梁山泊聚义写成真正的农民起义。他们不过是借农民起义之酒杯,浇自己之块垒,从而把它写成了表现市民阶级的利益和愿望的基本上是以绿林豪侠为主体的小说。

《水浒新议》中有许多在当时看来是新颖的观点:它首先指出了当时往往把文艺作品当作历史文献的做法是不妥当的;区分了历史上"盗"与"贼"的不同,古人认为"窃货曰盗""毁则曰贼",凡是造反逆乱的一般称为"贼"而不是"盗"。在历史上,宋江一伙不过是"淮南盗"而已,他们的作为不过是"打家劫舍"而已,绝不是什么农民起义;"《水浒》的实质乃是,它所描绘的所有英雄,是一群豪侠;梁山泊聚义,并不能理解为后世所谓的'市民聚义'或'市民暴动',它实际上乃是一个武装的绿林豪侠集团";鲁迅在评论《水浒》的时候,认为梁山好汉其实是"侠之流",而《水浒新议》中进一步分析了"侠"的阶级本质"属于游民无产者的范畴",这种看法直接导致了王学泰的"游民"说,也就是说,"游民"说与"市民"说是一脉相承的(当然,"游民"说从本质上来说更是接近萨孟武"流氓"说或"海盗"说,这一点后文中将专论),它们与"农民起义"说都是马克思主义反映论诠释模式和阶级分

---

① 欧阳健、萧相恺:《水浒新议》,重庆出版社1983年版,第11页。

析思路的产物,不同之处仅仅在于它们的视角不一样。

《水浒传》"为市民阶层写心说"提出来之后,就有不少商榷的文章,例如吕致远的《〈水浒〉没有反皇思想吗——答欧阳健同志》,质疑中国历史上是否出现过"市民阶级",提出市民不是一个阶级。

黄霖、陈荣《论〈水浒〉研究中的"市民说"》不同意"市民"说:认为欧阳健、萧相恺"他们对于当时历史条件下'市民'的理解、解释是混乱的";认为欧阳健、萧相恺"他们用夸大了的'市民社会'替代了封建社会";认为欧阳健、萧相恺"他们歪曲了当时社会占统治地位的思想倾向"。并针对欧阳健、萧相恺论证"市民"说的三个主要论点一一进行了反驳:一是用我国历史上的农民起义以及欧洲中世纪农民起义的多数领袖都不是农民出身,来反对"市民"说的论据之一"这支义军的成员特别是领导人物,许多不是农民";二是用"宋江同时代的王小波、李顺、钟相、方腊等农民起义,从有关记载看来,他们当时的口号,并没有提出什么土地要求,也无非是'等贵贱,均贫富'等罢了",来反驳"市民"说的论据之二"梁山泊没有农民起义的纲领和口号";三是用梁山泊的活动场所主要是农村和山头,来反驳"市民"说的论据之三《水浒传》"描写的场景主要是市民社会"。最后,文末重申了《水浒传》基本上是一部描写农民起义的小说,而认为"市民"说是将"作品的题材和作品所反映的思想完全等同起来了","几乎在所有问题上,将主要方面和次要方面加以混淆了"。

"市民"说与这一理解的不同意见者都是在马克思主义的阶级分析理论视野之下对《水浒传》的主题思想进行阐释的。王齐洲认为中国古代社会是平民与官僚集团之间的对立,而不是农民与地主之间的阶级对立①,这是很有道理的。

人们随着前视域的碰撞和融合,也不断改变着自己的理解的前视野,接受着新的视野。欧阳健也没有坚持他和萧相恺在改革开放初期提出的"市民"说。1987年欧阳健发表了《论〈水浒〉主题研究的多元融合》,提出了《水浒传》主题思想多元说。其实,在《〈水浒传〉主题研究的

---

① 王齐洲:《论中国古典小说的阶级意识——从〈水浒传〉取材谈起》,《中国古代、近代文学研究》1993年第8期。

回顾和反思》中，欧阳健就已经提出了这一观点：关于《水浒》主题的讨论，呈现出一种多元化的趋向。这并不是什么坏事，应该承认，各种意见都具备相对的真理性，都对《水浒》研究做出了自己的贡献。同时，关于《水浒》主题的诸说，实际上又存在着彼此互相包容的事实。欧阳健认为在关于《水浒传》的主题研究中，多元化与互相渗透、互相融合，将是两个并不相悖的发展方向，并设想应该舍弃那种认为像《水浒传》这样伟大的作品只能是某一阶级阶层的思想倾向的反映的狭隘观念，而把它当作我们这个民族的性格和心理的反映，毫无疑问，这一提法比单纯阶级分析观点向前迈了一大步。

第四节 《水浒传》与人性论

1942年5月，毛泽东在《在延安文艺座谈会上的讲话》中对于"人性"进行了分析，他说：有没有人性这种东西？当然有的。但是只有具体的人性，没有抽象的人性。在阶级社会里就是只有带着阶级性的人性，而没有什么超阶级的人性。我们主张无产阶级的人性，人民大众的人性，而地主阶级、资产阶级则主张地主阶级资产阶级的人性，不过他们口头上不这样说，却说成为唯一的人性。有些小资产阶级知识分子所鼓吹的人性，也是脱离人民大众或者反对人民大众的，他们的所谓人性实质上不过是资产阶级的个人主义，因此在他们眼中，无产阶级的人性就不合于人性。①

人性是有阶级性的，在历史上有奴隶主阶级的人性论，也有奴隶的人性论；有地主阶级的人性论，也有农民阶级的人性论；有资产阶级的人性论，也有无产阶级的人性论；而文人知识分子是依附某一阶级的代言人，他们隶属于不同的阶级，便为其所属阶级的根本利益进行摇唇鼓舌、口诛笔伐或是出谋划策。因此，分析从人性论角度对《水浒传》的诠释，首先要弄清楚作者究竟是属于哪一个阶级，是站在哪个阶级的立场上，这是把握这类文章的关键。

马克思说过，"首先要研究人的一般本性，然后要研究在每个时代历

---

① 毛泽东：《毛泽东选集》第3卷，人民出版社1991年版，第870页。

史地发生了变化的人的本性"①。封建社会有封建社会的人性论，资本主义有资本主义的人性论，社会主义有社会主义的人性论。

魏晋时期嵇康宣扬的"六经以抑引为主，人性以从欲为欢"乃是封建社会知识分子的人性论。新文化运动中周作人、胡适等人对于《水浒传》评论的人性论观点就是资产阶级或小资产阶级的人性论。毛泽东时代对于梁山好汉"造反有理"的诠释是无产阶级的人性论。

20世纪初新文化运动中，新文化运动的旗手也认为《水浒传》是"强盗"之书，是"非人的文学"，这样的理解是建立在资产阶级人性论的基础之上的；新时期改革开放以来，有一些网民对《水浒传》进行了恶毒攻击和切齿漫骂，其理论基础也是人性论；有些海外汉学家对于《水浒传》的批评也是依据人性论的理论。这是他们的相同之处，不同之处是新文化运动中针对的是封建主义传统文化，因而是进步的；海外汉学家的评论动机则不那么纯正，例如夏志清的《中国现代文学史》中就不乏对中国共产党的指责。他认为水浒好汉个人是英雄行为，团体则是土匪行径，梁山泊团体的恐怖统治比宋代的官僚制度有过之而无不及，其中就不乏影射中国大陆在20世纪50—70年代的所谓"红色恐怖"。

当代王学泰的"游民"说以及王学泰和李新宇对《水浒传》《三国演义》等中国古典小说进行"解毒"的论断，其实从本质上来说都是新时期以来从人性论的角度来进行理解的。这一论调与海外汉学家夏志清的观点从阶级属性上来说是完全一致的。

对于从"人性论"得出的结论，有的论者并不同意，例如邓程在《〈水浒传〉主题新探》中认为："《水浒》对武力的推崇，有时也会有一些矫枉过正的现象。比如李逵不管对象，排头砍去；比如十字坡的人肉馒头等。但是与其他批评者相反，我并不认为这给人以残暴、恐怖的印象。《水浒》的这些描写，是有针对性的。那就是针对宋代文弱的风气的一种过激描写，同时《水浒》人物的天真、豪爽，以及叙述的幽默，表明作者的描写是带有夸张戏谑成分的。我想，我们再也不应说这样那样

---

① [德]马克思：《资本论》，《马克思恩格斯全集》第23卷，人民出版社1972年版，第669页。

的外行话了。"①

新时期以来，人们大多从人性论的角度来理解《水浒传》，其中引起争议最大的是关于这部小说的妇女观和暴力问题。下面就这两个具体的问题作一简要的分析。

一　《水浒传》妇女观的人性论分析

晚明思潮的开放精神引导着人们从灭人欲存天理的禁欲极端走向了以享乐人生纵情声色的纵欲极端。在享乐主义的思潮之中，截取了《水浒传》中潘金莲与西门庆的通奸故事并渲染纵欲而成的《金瓶梅》，当代有的学者认为它也是《水浒传》的续书，其实这是一种误读，因为《金瓶梅》不过是借用了潘金莲、西门庆他们这个色情符号而进行的淫秽叙事，与《水浒传》不存在本质的联系，《金瓶梅》完全也可以借用"巫山云雨"或赵飞燕故事的外衣进行耽乐声色的还魂。在《金瓶梅》中，潘金莲是一个淫妇、悍妇、妒妇形象的表征，与《水浒传》中偷情害夫仅仅是一个淫妇的形象大为不同；武松也由"天神""天人"的好汉形象变为卑微庸俗的小市民。因此可以说，《金瓶梅》中的潘金莲与《水浒传》中潘金莲之间的关系仅仅是一种符号指称借代的关系。由《金瓶梅》潘金莲形象的刻画渲染，"潘金莲"在明清两代乃至现当代都是"淫妇"的代称。

在古代中国，对于妇女的态度是一种两极张力之下的矛盾：一方面把妇女看作情欲发泄的对象，或者是看作修炼长生的器皿，或者是享乐主义的承载体；一方面又把妇女看作"红颜祸水"，这种观点可能来自纵欲导致身体虚弱以及历史中不计其数的英雄好汉因为贪恋美貌红颜而破家倾产或身败名裂等从而产生的经验性认识。《水浒传》就有"红颜本祸水，英雄不好色"这一传统认识的体现，宋江曾对王英说，如果好汉一旦"溜骨髓"，叫江湖上好生耻笑。

《水浒传》中的妇女观又不仅仅是这种浅薄认识的表达，它是纷繁复杂的，即使是当代读者对王英的好色大不以为然，然而李贽却从"率性而为"、真实表露爱憎的角度出发赞赏与假道学虚伪奸诈对立的这种真率

---

① 邓程：《〈水浒传〉主题新探》，《贵州社会科学》2004年第3期。

的人生态度。就不用说当代读者所指出的小说对诸如"改嫁""婚姻自主""招赘婚"等社会现象的肯定了。但是,我对有人从"明代资本主义萌芽"来考论这个现象却是难以苟同的,因为即使是在遭到现代启蒙主义炮轰的"存天理灭人欲"的宋代,男女之间的婚姻性事并不是一团黑暗、清一色的禁欲,因为宋代几个理学家在书院里的呼吁,其声音是微乎其微的,朝廷严令禁止尚保持一种"上有政策下有对策"的状态之中,更何况书院里几个人的窃窃私语。相反,百姓市民中有些妇女甚至很开放,有的贵族妇女在性事上甚至也很随便。齐昀通过对《水浒传》中的潘金莲、潘巧云等淫妇进行分析,认为小说反映了当时"社会道德的堕落,社会价值体系崩溃"①。《水浒传》所反映的妇女道德观念淡薄、衙内霸占人妻的现象、做生意买卖的比比皆是、盗匪漫山遍地等固然在其他朝代也或多或少地存在着,然而我一直认为这些社会现象在元代尤其突出。

蒙古入主中原,蒙古族那种对于性观念的开放,对于礼教的蔑视,对于奴隶的财产观念以及重视商贸、轻视农耕、追逐货利、唯利是图的思想意识等更是导致了婚姻观念、性观念的"自主"和随便,导致了婚姻道德观念的剧烈变革。应该说,妇女改嫁、婚姻自主、招赘婚等社会现象,历朝历代都是一个很普遍的现象,尤其是在草莽民间,并不是只有在明代出现了资本主义萌芽才出现的。汉武帝刘彻的母亲王娡在进宫之前就曾跟金王孙生育了一个女孩,汉武帝后来找到他这个异父同母姐姐并把她送到母亲身边,这件事就可以看出古人对于婚姻及性事的开明态度。

贞节观念的强化甚至非人性的节烈只有到了明朝初年才在事实上得到了落实(宋代只是理学家在理论上号召),然而到了正德、嘉靖年间,尤其是晚明,人们性自由意识大炽,《金瓶梅》就是那个历史时代的产物。有清一代,守节、节烈在汉族上层社会比较普遍,然而草莽野间,改嫁、婚姻自主等依然是寻常事,因为生存是一件很现实的事情。

历史有时候像一个顽皮的小孩,喜欢做一些出人意料的恶作剧。价

---

① 齐昀:《"邦分崩离析"的表征——从家庭伦理角度看〈水浒传〉中的悲剧女性》,《青海社会科学》2006年第1期。

值观念在人类历史的长河中经常发生上下颠倒或截然相反的变化。在古代中国被啧啧赞叹的"贞节"美德，在现当代便成了悲哀的愚昧、礼教杀人的罪名，自20世纪以来，人们异口同声地对守节、节烈等摧残妇女身心的思想意识进行了口诛笔伐，这恐怕是道学先生意料不到的罢。

《水浒传》中的潘金莲本来不过是为了淫欲与西门庆勾搭成奸、谋害亲夫，自20世纪以来，人们却把她解读为追求真挚爱情，甚至成为女权主义的杰出代表，则无疑是现当代的一种心影和创作了。

1927年上演了欧阳予倩的话剧《潘金莲》，1928年《新月》月刊予以刊登。这个五幕话剧具有五四文学反封建的鲜明特征。在剧中，潘金莲由小说中的毒杀亲夫武大郎的罪犯凶手变成了一个令人同情的婚姻受害者；由一个通奸偷情的淫妇变成了一个在女权上觉醒了的现代女性，在追求幸福爱情的过程中因为夫权、伦理道德等封建思想观念走向了堕落和毁灭。欧阳予倩通过对《水浒传》中潘金莲的改编，进行了时代性的"革命"式阐释，赋予了一个受到男权和礼教迫害而在女权思想上觉醒了的妇女进行勇敢抗争的精神光芒。

1986年魏明伦在《电影与戏剧》上发表了荒诞川剧《潘金莲》。"1986年上演的魏明伦话剧《潘金莲》自号荒诞，然荒诞意味并不大，只不过打破时空界囿，突破传统的仿真叙述，让各时代中外人物一一登场，共同点评有争议的潘金莲，依靠现代价值观念挑战传统的'淫妇说'，荒诞意味仅限于此。"① 川剧《潘金莲》的上演，是"潘金莲"这个淫妇符号在新时期价值观念改变之后遭受到的新的透视，其价值和意义不在于《潘金莲》是不是荒诞剧，而是在于借古人古事宣扬新的价值观、妇女观和性解放的时代性精神。

从当代对《水浒传》"落后"妇女观的批评可以看出批评理论的依据。《〈水浒传〉：一个反女性的文本》《〈水浒传〉妇女观的矛盾及其原因初探》《〈水浒传〉的女性价值评判体系》《〈水浒传〉三桩女人命案之我见》等都是参照模仿了西方女权主义批判男权话语中心主义的成果。一般读者认为《水浒传》作者具有落后的妇女观，在小说中排斥、丑诋和贬低女性，体现了赤裸裸的男权中心主义话语。然而，这不过是今人

---

① 裴毅然：《缺乏荒诞的背后》，《社会科学》2006年第9期。

当下视角之下对古代妇女观的误读。这种解读是读者时代性的独白，不是与小说文本中的视域进行意义上的对话。人们热衷于给《水浒传》中三个著名的淫妇即潘金莲、阎婆惜和潘巧云翻案，其依据也是西方的女权主义，然而，这也是典型的当下视角下的时代精神的解读。

潘金莲是首先被翻案的，比较出名的就有如前所述的川剧《潘金莲》以及影视《水浒传》中对潘金莲形象的改编。至于当代《鸾凤奇冤——武大郎与潘金莲冤案之谜》《潘金莲回忆录》《金莲，你好》《潘金莲之前世今生》等作品则纯粹是借用"潘金莲"即性欲辣热的熟女这个符号所展开的叙事而已。

当下对于潘金莲的热炒，无论是影视娱乐还是学术研讨，都是时代性价值取向的自我选择，尤其是西方女权主义的诠释视角的介入，于是出现了所谓的"学者"为潘金莲打抱不平乃至翻案的呼声。这一点无可厚非，因为这是由前理解的规定性所导致的，这是时代问题视域中的社会问题，是贞节问题在当代的"表现"，如此而已。

目下对于潘金莲这个人物的评价之所以混乱，主要原因在于学术研究与小说虚构没有区分、西方女权主义的误读，以及性自由思潮作为读者的前视域对解读具有先在的规定性等。值得注意的是，晚明人性思潮、性观念的开放大潮对潘金莲并没有进行翻案，而是借助新创《金瓶梅》在劝惩果报的大纛下来进行享乐主义的肯定。这恐怕是由当时的读者其前视域还是封建社会中的伦理道德价值判断所导致的罢。只有到了20世纪在欧风美雨的滋润之下，才开始了对潘金莲的再认识、再虚构和再叙事。

宋江与阎婆惜之间充其量是"婚姻"（宋江自己都不很看重这个"婚姻"，确切地说是"外室"而已，阎婆惜不是宋江父母明媒正娶的妻子，而是提供性服务的妾，以当时人看来还算不上婚姻，也就是搭伙罢了），他们之间没有爱情，只有恩情，阎婆惜对于宋江的救助银两和养活她与阎婆需要答谢恩义。如何答谢呢？那就是卖身做宋江的外室来感恩。阎婆惜与张文远之间的关系却是现代意义的爱情，一见钟情，且性情相投，都喜欢歌吹弹唱，有着共同的爱好兴趣，也符合传统的男才女貌的爱情标准。可是他们之间的爱情在《水浒传》中却是通奸，不符合中国传统的伦理道德，于是宋江、阎婆惜、张文远之间的情感矛盾就产生了。阎婆惜出于对爱情的痴情，操之过急，她要挟宋江，以至于白白断送了身家性命。

二 《水浒传》暴力问题的人性论分析

如何看待《水浒传》中英雄好汉的"滥杀无辜"呢？

（一）立场问题

知识谱系从来就具有鲜明的阶级性。人们的价值观念直接影响着诠释者的审美心理、审美趣味和价值判断。对这种纷争进行分析的前提，是首先把握作者和诠释者的阶级立场。阶级立场的不同决定了他们对于文学作品意义诠释的不同。文学的创作以及诠释都体现了作者的阶级立场。

1. 叙事的立场

即使是面对同一个事件，不同的叙事者其叙事立场总是存在着不同。《水浒传》的作者，无论是施耐庵还是罗贯中，由于文献不足征，人们于是就只能根据《水浒传》的文本内容了解一下作者的创作立场。

俞万春与《水浒传》作者的文学创作立场是截然不同的，这一点不言而喻。他让一百单八好汉"被张叔夜擒拿正法"，自名其书为《荡寇志》，他是自觉地站在维护封建统治阶级的立场之上的。《荡寇志》的中心主题是"但明国纪写天庥"。书中对封建朝廷歌功颂德，对造反者竭尽污蔑诅咒之能事，最后把英雄好汉都斩尽杀绝，以表现"尊王灭寇"的创作主旨。但是，即使是创作的阶级立场不同，俞万春仍然编撰了陈希真、陈丽卿等被逼造反的情节和杀戮高俅、童贯等贪官污吏的故事，由此看来，即使是从统治阶级立场出发的文人，也不得不承认揭竿起义有时确是迫不得已的，而诛杀奸臣也是大快人心的。

更何况，界定、区分一个历史事件是革命、起义、抗暴，还是叛逆、暴乱、盗贼的性质也纯粹是一个阶级立场的问题。对于社会底层来说是反抗压迫和剥削的"革命"，在政府执政者看来却是大逆不道的"暴动"造反。

社会地位变了，人的阶级立场也会变的。朱元璋定鼎之后诬蔑其他各路红巾军为"红妖"，甚至以武力残酷镇压。他在发布讨伐张士诚的檄文——《平周榜》中把红巾军定罪为"焚荡城郭，杀戮士夫，荼毒生灵，无端万状"。白云苍狗,不唯是帝王手段,也是阶级立场的位移。鲁迅对此认识得很深刻:"贼者,流者之王;王者,不流之贼也,要说得简单一点,那就是'坐寇'。"① 流寇、坐寇本质上都是贼,后人评说,仅仅是个阶级立场问题。阶级立场的不同决定了文学创作和文学评论的立场差异。并且,阶级立场在某些人的一生中也是变动不居的,因而其话语的立场也会随之改变。

2. 诠释的立场

李贽认为梁山泊好汉都是"忠义之士",其事迹也都是爱国忠君的忠义之举。然而金圣叹却反对将"忠义"归于"水浒",认为他们都是豺狼虎豹之辈,其行为都是杀人越货,罪不可赦,应该斩尽杀绝。金圣叹的这种理解恐怕与明末农民起义军接受招安后又一再反叛以及他站在统治阶级的政治立场上不无关系罢。

在对《水浒传》的阐释中,最为今人诟病的,就是所谓水浒英雄好汉的"残忍、滥杀无辜、盗贼恶霸行径、有悖侠义及不合情理"等。可是,在古代,托名"天都外臣"的汪道昆却认为梁山好汉"诵义负气,百人一心。有侠客之风,无暴客之恶"。在当代,人们往往从现代"人性论"的观点出发,批评梁山好汉的残忍行为。20世纪50年代,李逵还被看作最富于革命斗争精神的农民英雄,是农民阶级代表中革命性和反抗性最坚决的典型。后来,李逵却被讥讽为滥杀无辜、灭绝人性的典型。两个"典型"反映了两种立场。李逵脔割黄文炳固然残忍,陈希真屠戮石秀、杜兴的手段也很毒辣。王庆、方腊等被抓拿后,哪一个不是被凌迟处死的?"扬州十日、嘉定三屠",人性又何处可觅?脱离具体的历史情境,把古代人物、历史事件放在空想的真空里评三道四,只能得出一些不着实际的谬论来。

中国古代好人、坏人的区分其实是一个道德的立场,也是一个阶级的立场。读者都有他们自己的评判立场。"一千个读者有一千个哈姆雷特",每一个人由于他的生活经历、阶级属性、价值判断和审美观等的不同,对文学作品的具体理解也必然是不同的,即每个人的诠释立场是有差异的。阶级立场的不同决定了读者对文学作品进行诠释的丰富性。

---

① 鲁迅:《南腔北调集》,《鲁迅全集》第4卷,人民文学出版社2005年版,第543页。

(二) 审美的阶级性与历史性

中国古代文学追求的是"尽善尽美",美与善的结合以及以善为美。文以载道的思想在中国古代文学作品中是根深蒂固的,伦理教化、旌善惩恶的意识也无所不在,那么,对"善"与"美"的价值判断就不能不谈伦理道德的阶级性和历史性。

1. 阶级性

毛泽东说,所谓香花和毒草,各个阶级、阶层和社会集团也有各自的看法。这是因为在阶级社会中,每一个人都在一定的阶级地位中生活,各种思想无不打上阶级的烙印,各个阶级社会中的各个阶级都有不同的政治标准和不同的艺术标准。①

每个人的阶级性决定了他对文学作品进行诠释的倾向性。没有倾向性的作品是没有的,倾向性并不影响一部作品的伟大,悲剧之父埃斯库罗斯和喜剧之父阿里斯托芬都是有强烈倾向的诗人,但丁和塞万提斯也不逊色。② 文学创作的倾向性就是作者创作立场的体现。

一个人的阶级性是一个很复杂的问题。因为,即使在封建社会里,通过科举考试,也能够实现阶级之间的流动:"朝为田舍郎,暮登天子堂。"进入新的阶级之后,人们的政治立场肯定有所变化,但是又带有原来阶级的意识痕迹。阶级的复杂性还表现在道德的共时性上。李逵劫法场、闹江州,官府要捉拿他哥哥李达"到官比捕",财主东家替他官司分理、"上下使钱",为他开脱,一方面固然可能有点私心:让李达感恩戴德从而为其卖命干活;另一方面,对立阶级之间的人情化也是客观存在的。

现实主义的写作也模糊不了阶级立场的鲜明性。恩格斯说过:巴尔扎克在政治上是一个正统派;他的伟大的作品是对上流社会必然崩溃的一曲无尽的挽歌;他的全部同情都在注定要灭亡的那个阶级方面。但是,现实主义的创作精神使巴尔扎克就不得不违反自己的阶级同情和政治

---

① 毛泽东:《毛泽东选集》第3卷,人民出版社1991年版,第869页。
② [德] 马克思、恩格斯:《马克思恩格斯论艺术》第1卷,中国社会科学出版社1982年版,第5页。

偏见。①

在人性论的视角下对《水浒传》中的"暴力"行为进行批评，归根到底，其实是一个阶级性的问题。汉学家夏志清在这方面是一个代表。他在《中国古典小说史论》中认为水浒好汉滥杀无辜，是土匪行为，他说梁山好汉"先后有组织有系统地平毁了与梁山作对的祝家庄和曾头市，这只能说明他们的暴虐和贪婪"；他认为"官府的不义不公，激发了个人英雄主义的反抗；而众好汉结成的群体却又损害了这种英雄主义，它制造了比腐败官府更为可怕的邪恶与恐怖统治"。因此，夏志清说："《水浒》对中国人精神世界中阴暗面的见解也很值得我们进行深入的心理研究。"② 中国一些学者也持相似的看法，不满于《水浒传》的嗜血性，如陈洪、孙勇进在《漫说水浒》中说："水浒世界里的很多血腥气冲鼻的行为，连追求正义的幌子都没有，完全是为蛮荒的嗜血心理所驱使。"③ 同是汉学家，捷克的雅罗斯拉夫·普实克就不同意这一观点。这是因为普实克具有马克思主义理论背景，他倾向于把文学本文置于它们所产生的时代，将小说中的文学现象与其产生的历史和文化氛围联系起来进行考察，他是从马克思主义的阶级观点进行理解和反驳的。

价值判断的立场性决定了文学创作或文学评论的立场性。所以，判断一个人对于文学作品的观点，应该首先认真分析他是站在哪个阶级的立场上说话的。

2. 历史性

列宁说过，在分析任何社会问题时，马克思主义理论的绝对要求，就是要把问题提到一定的历史范围之内。④ 今人批评武松"血溅鸳鸯楼"的时候滥杀无辜，多杀了十几口人命。然而，金圣叹对此评点说"甚是痛快"，连道"真正妙笔"。武松又找了几个妇女杀死，道："方才心满意足。"金圣叹此处的评语是"六字绝妙好词"，可见金圣叹与《水浒传》作者的道德判断标准是一致的，也就是说，道德的价值判断具有具体的

---

① ［德］马克思、恩格斯：《马克思恩格斯论艺术》第1卷，中国社会科学出版社1982年版，第8页。
② 夏志清：《中国古典小说史论》，胡益民等译，江西人民出版社2003年版，第77页。
③ 陈洪、孙勇进：《漫说水浒》，三联书店2001年版，第54页。
④ ［苏］列宁：《列宁选集》第2卷，人民出版社1995年版，第375页。

历史性。

无视阶级性而谴责《水浒传》英雄好汉滥杀无辜,也是没有考虑历史的具体情境:帝王可以灭三族诛九族的,刀口舐血的好汉就不能"方解我心头之恨"?如果那样,岂非"只许州官放火,不许百姓点灯"?如果不是历史地看问题,就无异于晋惠帝回答老百姓饿了怎么办所说的"何不食肉糜"。

如何看待认识梁山好汉的滥杀无辜还要有马克思主义所讲的历史主义原则,即对于历史现象的诠释不能不考察其产生的具体历史情境。看看正史上的杜伏威、李世勣等人的行径就能从中得到正确的理解。《新唐书》中记载了杜伏威造反伊始,"剽劫"百姓,荼毒生灵,后来"事业"发展壮大了就"薄赋敛,除殉葬法,民奸若盗及吏受赇,虽轻皆杀无赦"。杜伏威、李世勣、朱温等人都有一个从"凶悍"的"流氓无赖"到身居高官显宦、享受为世俗艳羡的功名利禄的过程。这才是真实的历史,因此可以说《水浒传》是现实主义的伟大著作,其中对"盗贼"的叙事完全符合历史的实际,它比平面化的肤廓叙事要深刻得多。

如果忽视甚至无视历史现象产生的具体情境,那么就会轻易得出一些不伦不类不着边际的结论。当然,任何诠释都是历史性的,因为"对于文学名著的研究与评价往往是与社会思潮同步的,社会思潮常常通过文学批评来表达自己"①。虽然是这样,中国古典文学在当下的应用也不能忽视其产生的历史处境。

(三)从人物的具体处境出发来考虑

处境对一个人物的行为,无论是小说中的虚构人物,还是现实生活中的真实人物,都具有决定性的影响力。那么,处境理论能不能用来解释《水浒传》中诸如武松、李逵等人的滥杀无辜?

这应该是一个很有道理的视角。以武松血溅鸳鸯楼为例,武松踅进张都监家中,第一个碰到的是后槽,有的读者,尤其是当代读者,认为武松不应该杀死他,可是如果后槽一旦喊一嗓子,武松不用说报仇雪恨,

---

① 王学泰:《〈水浒传〉思想本质新论——评"农民起义说"等》,《文史哲》2004年第4期。

就是身家性命也保不了了，肯定死在乱刀之下：张都监家中有很多亲随和家外当值的军牢。在这种处境之中，武松要想复仇就必须杀人灭口。同样的道理，其他一十二口人，也是不得不死于武松刀下了。更不用说这些人中也有帮凶：如捉拿武松的张都监亲随、参与阴谋谋害武松的玉兰等。在当时的处境之中，只要武松对其中任何一个心慈手软，他就报不了仇。更何况当时武松"心头那把无明业火高三千丈，冲破了青天"，这都是读者进行理解时应该首先考虑到的。

（四）应该用发展的视角来观照这一现象

随着历史长河的流淌，人类文明的程度也越来越进步，越来越人性，这是毋庸置疑的。当代读者所生活的社会环境总的说来肯定比《水浒传》作者的历史时代更具有人性化了，更文明了，也更人道了。这样，读者当下的理解视野自然与小说文本中的视野会发生历史性的抵牾，那么，在阅读过程中，我们应该采取一种什么样的态度呢？是不顾历史情境一味地去谴责谩骂呢，还是采取一种历史发展的视角来理解梁山泊好汉的"滥杀无辜"呢？

如前所述，新文化人认为《水浒传》是"非人的文学"，固然是一种误读，然而从中却也可以看出人类文明的发展来。从李贽、金圣叹、汪道昆等人对水浒好汉的欣赏赞叹到现当代读者对他们行为的指责也可以看出人道主义在历史上的进步。也就是说，当代有一些读者虽然忽视了解读的历史性而产生了误读，然而这一现象却反映了人类文明程度的提高和人性观的进步。

（五）当代对"滥杀无辜"不同视角的理解

梁山好汉为什么滥杀无辜？已经有学者从民族冲突和历史处境这个角度来进行诠释了："大概因为作者处于外族统治压迫之下，遍地灾荒，把杀人、吃人肉等等，看作无足深怪，以致在书中写了不少这一类的事情。"[①] 如前所述，要想真正把握和理解《水浒传》中的一些看起来好像是不可思议的社会现象，只有把它们放到宋金、元代时期的民族矛盾之中才能得到合乎情理的解释。梁山好汉滥杀无辜的问题也是这样，只有结合当时具体的历史情景才会得到合情合理的理解。

---

① （明）施耐庵：《水浒传》，中华书局香港分局1970年版，"出版说明"第5页。

面对网络、报刊等媒体对《水浒传》暴力行径的指责，有不少人对这个现象进行过思考，特别是一些《水浒》爱好者和研究者。孙述宇、张锦池、曾良、王前程、刘坎龙等都撰文探讨过这个问题。

孙述宇认为《水浒传》是"强人说给强人听的故事"，因此杀人越货是他们生活中的基本事实，他们自然认为不必大惊小怪。张锦池则进一步认为，梁山好汉这些"替天行道"的强徒之所以也残害无辜，是因为"法外之人的恐慌心理，以牙还牙的复仇意识，立德立功的价值观念，时不我待的起伏心潮，汇为一种左倾盲动情绪，于是，'敢笑黄巢不丈夫'也就成为他们心理流程的暗流"①。其实，"水浒"故事未必是"强人说给强人听的故事"，因为人们也可以从国民性的角度来理解它们，"中国的国魂里大概总有这两种魂：官魂和匪魂……社会诸色人等，爱看《双官诰》，也爱看《四杰村》，望偏安巴蜀的刘玄德成功，也愿意打家劫舍的宋公明得法；至少，是受了官的恩惠时候则艳羡官僚，受了官的剥削时候便同情匪类"②，在社会阶级矛盾（甚者还有民族矛盾）极度尖锐的时候，社会诸色人等"便同情匪类"，对水浒好汉的英雄事迹津津乐道、喜闻乐见。

曾良《水浒英雄的滥杀无辜及其悲剧意义》认为梁山泊义军攻无不克、战无不胜，自从受招安后，平方腊"十去其八"，落得一个凄凄惨惨下场的原因在于"滥杀无辜失去了民心"，并把小说中的"滥杀无辜"进行了分类：一是个人上梁山前的滥杀无辜；一是梁山泊集体性滥杀无辜；一是梁山泊受招安后的滥杀无辜。阶级斗争仍然是曾良的前视域，他说："征王虎、田庆、平方腊就纯粹是梁山英雄屠杀起义军的残酷斗争"，是屠杀"自己的阶级兄弟"③。其实，小说作者绝对不是一个彻底的革命者，而是一个改良者：他赞成有限度的反抗，即反贪官而不反皇帝；他反对真正的暴动、造反。把那些有限度反抗的梁山好汉解读为农民起义军，其实是后人尤其是马克思主义视域中的人们的一种解读。把水浒英雄的悲剧解释为"失去民心"是一家之言，古人把水浒的悲剧解释为忠奸斗

---

① 张锦池：《中国四大古典小说论稿》，华艺出版社 1993 年版，第 153—154 页。
② 鲁迅：《学界的三魂》，《鲁迅全集》，人民文学出版社 2005 年版，第 221 页。
③ 曾良：《水浒英雄的滥杀无辜及其悲剧意义》，《明清小说研究》1992 年第 1 期。

争的结果，现代曾经认为是走投降主义路线的后果，当代也有从大小文化冲突的角度来进行理解的。

王前程在《怎样看待〈水浒传〉中的暴力行为》中认为，《水浒传》中的乱砍滥杀现象是正义集团成长过程中的必然现象；梁山好汉暴力倾向是黑暗专制社会的产物；"替天行道"绝非一块空招牌，不能因为小说中的暴力行为就否认水浒主流的正义性；水浒渲染血腥场面带有迎合市民审美口味的成分。①

刘坎龙《论〈水浒传〉的"嗜杀"与化解》认为，《水浒传》作者从艺术构思、叙事技巧和世俗认可的伦理观念出发对水浒好汉的"嗜杀"行为进行了化解，具体而言，小说是从五个方面化解梁山泊英雄的"非理性、非人道"的野蛮和嗜杀的：一是小说作者运用先声夺人的艺术构思来赢得读者的谅解和同情，小说伊始，便是高俅公报私仇，逼走王进，又为了满足高衙内的淫欲，把林冲逼上梁山，制造了"乱自上作、官逼民反"的大背景，邪恶猖獗，司法形同虚设，百姓冤屈郁结，当梁山好汉出来打抱不平、以暴抗暴的时候，便化解了"嗜杀"的负面效应；二是小说作者运用叙事技巧，在描写的详略上显示出作者的态度，从而影响了读者：小说对于权奸豪强的逼迫详细刻画，而对于梁山好汉的嗜杀劣迹略写，予以淡化，从而使得读者往往忽视了水浒好汉的"嗜杀"；三是水浒英雄的作为并非针对贫贱良善、弱势群体的表达也在一定程度上开脱和化解了他们"嗜杀"的行径；四是小说用世俗的"复仇"观念和个人的"泄愤"意识来化解：蒋门神、张都监和张团练阴谋设计杀害武松，武松"血溅鸳鸯楼"是为了复仇，他在极度愤怒之中借助于嗜杀"出了一口恶气"；五是作品中人物形象的特定身份也容易引起人们的谅解：《水浒传》中的主要人物是使枪弄棒、好勇斗狠、行侠仗义的江湖豪侠，其作为难免诛及无辜。② 刘坎龙在文末还指出嗜杀也是"那个时代的产物"，后人对它的理解应该考虑到它的历史性。很显然，刘坎龙对水浒好汉的"嗜杀"行径进行诠释的视角是叙事学的视角，它通过对小说的叙事手法与梁山好汉的暴力行为之间的关系来分析、解释其"嗜杀"的

---

① 王前程：《怎样看待〈水浒传〉中的暴力行为》，《湖北民族学院学报》2005年第3期。
② 刘坎龙：《论〈水浒传〉的"嗜杀"与化解》，《新疆教育学院学报》2005年第3期。

行径。

崔茂新认为中国古代社会里的官民对立导致了下层民众的"仇官心理"①，这种心理压抑得越久，它对于杀戮贪官就越是快意。《水浒传》中"不问青红皂白乱砍乱杀的李逵"很是快意于读者，就是这种心理情绪的发泄。在中国古代，很少有读者感到李逵的作为是滥杀无辜、血腥气太浓也是这个原因。这个诠释角度可谓是重构历史情境、整体文化解读的结果，然而，与其说是平民百姓具有"仇官心理"，倒不如说是他们具有"仇贪心理"，《水浒传》中也有梁山好汉认可的好官，如时文彬、宿元景等。

以上论者从不同的角度对梁山泊好汉"滥杀无辜"进行了有益的探析，然而，从整体文化解读的角度说，小说作者以及古代的读者当时恐怕没有意识到水浒英雄的作为是"滥杀无辜"。因此，列宁要求回到具体的历史情境之中对历史事件进行解读的做法是完全正确的，读者在对《水浒传》中英雄好汉的滥杀无辜进行具体分析的时候，应该考虑到武松、李逵等人当时的处境，也就是说，应该历史地具体地来看待他们的作为，而不是抽象地想当然地进行指责。

第五节 "游民"说

20世纪90年代以来，王学泰认为《水浒传》的主题思想是"游民"说。王学泰的专著《游民文化与中国社会》《重读江湖》《水浒与江湖》等都是从"游民"这个角度来理解《水浒传》的，从《水浒传》所反映出的"游民"文化来理解中国社会。

1992年王学泰在《中国游民》中首次涉及《水浒传》的"游民"问题。1994年，王珏、李殿元在《〈水浒传〉中的悬案》中也认为梁山泊乌托邦"反映的是流民无产阶级的愿望和要求，它属于流民无产阶级的乌托邦"②。这说明理解是时代的产物，而不是某一个人的看法。1994

---

① 崔茂新：《论小说叙事的诗性结构——以〈水浒传〉为例》，《文学评论》2002年第3期。
② 王珏、李殿元：《〈水浒传〉中的悬案》，四川人民出版社1994年版，第65页。

年，王学泰《论〈水浒传〉的主导意识——游民意识》指出了《水浒传》反映的思想意识是"游民意识"，这篇文章为其"游民"说奠定了基础。其后，"游民"说在王学泰诸如《从〈水浒传〉看江湖文化》《〈水浒传〉思想倾向的反思》《审视传统文化的另一个视角》《游民文化与中国社会》等一系列文章、演讲和专著中是一以贯之的。2004 年，王学泰《〈水浒传〉思想本质新论——评"农民起义说"等》正式提出《水浒传》的思想本质是"游民"说，并全面分析论证"游民"说这一观点。

王学泰首先批驳了"农民起义"说，他认为《水浒传》很少涉及宗法社会的农民生活；没有表现出宗法农民的经济要求和政治诉求，尤其是没有提出对土地的要求。《水浒传》中的精英，绝大部分是游民或社会边缘人物，据王学泰的统计，这样的人物近 50 人。可是，以人物出身的成分来决定小说的主题思想的做法并不可取，索超被捉住之后，宋江对他说："你看我众兄弟们，一大半都是朝廷军官。"如果比照王学泰的方法，岂不是"军官"说比"游民"说更合适了？那么，应该依据什么来确定《水浒传》的主题思想呢？应该根据水泊梁山的旗帜或者说是他们的政治主张。

以起义军领袖人物的出身判断整个义军队伍的阶级属性是不妥的，起义队伍的政治纲领才能决定这支队伍的阶级属性。黄霖、陈荣《论〈水浒〉研究中的"市民说"》早就指出来了，中国历史上的农民起义，多数领袖都不是农民出身，从秦朝的项羽、刘邦起，中经汉朝的新市、平林、赤眉、铜马和黄巾，隋朝的李密、窦建德，唐朝的王仙芝、黄巢，宋朝的宋江、方腊，元朝的朱元璋，明朝的李自成，直至清朝的太平天国，这些农民起义的头领中，其间就几乎没有是出身农民的，从而提出不能仅仅根据梁山泊聚义队伍的首领都不是农民出身，就否认这是一支农民起义队伍。

陈桂声也以中国历史上的农民起义领袖项羽、刘邦、张角、李密、黄巢等人的出身例证了以领袖的出身论决定义军队伍阶级属性这一思路的荒谬。他说："事实证明，确定一支武装力量的性质既不取决于领袖人物的阶级出身，甚至也不取决于他们起事的动机与直接原因。我们只有从《水浒传》所描写的梁山义军的行动纲领及具体斗争的分析中，才能判定'梁山泊聚义'的性质。"① 欧阳健、萧相恺《〈水浒〉"梁山泊聚义"性质辨》认为《水浒传》没有"一丝一毫"涉及土地这个农民问题的关键,而王学泰反对"农民起义说"的主要论据也是因为梁山泊没有提出对土地的要求。1994 年陈桂声在他的商榷文章中分析这个问题后认为:起义农民对土地明确提出要求是在明末李自成起义中才提出来的("均田免粮"),难道之前所有农民起义仅仅因为没有提出对土地的要求就一概抹杀否认了吗?真正的关键在于是否以推翻现存封建政权为目的,这一分析是科学的。如果没有掌握国家政权,其他一切都无从谈起;相反,只要夺取了国家政权,那么解决土地问题也就不是什么问题了。马克思、列宁等革命领袖都论述过革命必须首先夺取国家政权的问题。

王学泰不同意"农民起义"说的论证其实在《〈水浒传〉思想倾向的反思》一文就有充分的说明,在这篇文章中,他认为:梁山泊的"经济诉求"是优裕的物质生活(成瓮吃酒,大块吃肉);梁山泊的政治诉求是"发迹变泰";《水浒传》所写的是游民奋斗成功与失败的故事。

孙述宇认为水浒故事乃是"强人说给强人听的故事",王学泰这里则说:"《水浒传》是游民说给游民听的故事,其内容是讲述游民的奋斗、成功与失败的,其中所表达的思想也主要是游民的思想意识,反映了游民的好恶。"王学泰认为这就是《水浒传》的主题思想。其论证是从如下几个方面进行的:(1)梁山好汉个人成分构成是以游民、社会边缘人物为主;(2)梁山好汉经济、政治诉求是带有游民性质的;(3)从《水浒传》形成过程以及书中所体现的占主流地位的思想意识来看,是以游民为主;(4)主要英雄人物形象的故事是描写游民的成功和失败的。他的结论是:"写游民'聚义'奋斗的成功与失败,这就是《水浒传》的主题。"②

王学泰关于《水浒传》的其他论述中也富有启迪的思想。例如他认为江湖有自己的道德评价和价值标准,与主流社会不同。这一点就有助

---

① 陈桂声:《〈水浒传〉"梁山泊聚义"性质论析——兼与欧阳健、萧相恺二先生商榷》,《河北师范大学学报》1994 年第 1 期。

② 王学泰:《〈水浒传〉思想本质新论——评"农民起义说"等》,《文史哲》2004 年第 4 期。

于人们理解《水浒传》中一些社会文化现象。

王学泰认为《水浒传》还为造反者建立了一套属于他们的话语体系,这个话语体系不仅为后世造反者所认同,也为其他阶层的人们所理解。王学泰分析了江湖人物的"社会话语体系",诸如义气、聚义、不义之财取之无碍、好汉的勾当等,江湖话语体系与统治阶级的主流话语体系,诸如犯上作乱、暴力反叛、十恶不赦、弥天大罪等相对立。王学泰以此从侧面论证"游民说"的合理性。

话语分析往往能体现诠释者的阶级立场和政治立场。如何理解"好汉"的具体界定?据王学泰的考察,"好汉"这个词语,在唐代指的是读书有成的人。《水浒传》之后,"好汉"的意义发生了改变,它成为桀骜不驯、不遵守国家法纪、作奸犯科,为那些处在社会下层,又不甘于穷困以殁世,并有几分强力的游民找到了一个恰当的称呼。"凡是敢于与主流社会对抗的秘密组织的成员,打家劫舍的绿林豪强,闯荡江湖的各类人士,乃至称霸一方、为人所惧的痞混,都会被畏惧者恭送一顶'好汉'的帽子。"①

不仅话语叙事能够体现作者的政治立场,而且对于叙事话语的分析评论也能体现评论家的政治立场。在阶级社会里,主流话语只能是反映统治阶级意志的权力话语,不管是有意还是无意,有意识还是潜意识,人们的话语表达,都裹挟在时代的主流话语之中。

王学泰的"游民"说与封建社会主流正统文人的"海盗"说、民国期间萨孟武的"流氓"说是一脉相承的,在本质上是完全一致的。

王学泰在《从〈水浒传〉看江湖文化》中将鲁迅所说的"三国气"和"水浒气"解释为"流氓气""江湖气""流民气"。于是,王学泰所谓的"游民"说不就是萨孟武的"流氓"说的翻版吗?不过,其间的差别是王学泰"为了减少争议",故意把"流氓气"称之为"游民气"或"江湖气"。当然,流氓之于盗贼对主流正统社会而言,还是"小巫",从《水浒传》"海盗"说到"流氓"说,再到"游民"说的诠释史也可以看出历史毕竟是进步的。

---

① 王学泰:《〈水浒传〉思想本质新论——评"农民起义说"等》,《文史哲》2004年第4期。

也是从"游民"这个角度,王学泰呼吁人们要对诸如《水浒传》《三国演义》等中国古典名著进行"解毒"。王学泰、李新宇合著的《〈水浒传〉与〈三国演义〉批判》认为这两部古典小说都是游民思想意识的载体,具有反人道、反人性等毒素,应该予以批判。这两位当代学者的诠释,就是着眼于现代性精神与传统思想文化的冲突以及传统经典对当代社会生活的"不良"影响。王学泰不仅对于传统文化进行剖析批评,而且对现实生活进行密切关注,例如 2000 年 9 月 7 日王学泰撰文号召"警惕暴民意识"。王学泰的"警惕暴民意识"与他一贯的从"游民"意识来理解《水浒传》是有一定关系的。他从维护社会秩序、构建和谐社会的想法出发,古为今用,借题发挥,体现了一位学者的学术良知和美好愿望。

以"游民"的视角来看待《水浒传》,王学泰不是孤立的,还有为数不少的一些人也是这么看。这应该说是有其社会基础的一种思潮。例如何锡章、高建青《江湖游民的奴才梦——论"水浒人物"的生存状态及其生存意识》也是认为梁山好汉"其真实的生存状态应该是强盗的面目、奴才的本质"[①]。

第六节 其他理解

真理总是受时间、地点和条件限制的。对《水浒传》主题思想的理解也是如此,在某一具体的历史时期,人们在小说《水浒传》面前展现的是人们这一个历史时期的自己。这种文本历史的展现就是文本的存在方式。下面诸种说法,就真切地体现了《水浒传》在某一具体的历史时期中的"此在"。

一 "人才"说

从"人才"的角度来理解《水浒传》,应该说由来已久。李贽的《水浒传叙》中就已经提到过这个问题,金圣叹批改的贯华堂本《水浒

[①] 何锡章、高建青:《江湖游民的奴才梦——论"水浒人物"的生存状态及其生存意识》,《中国文学研究》2002 年第 4 期。

传》也论及这个问题。雪蓑渔者在《〈宝剑记〉序》中也是从"人才"这个角度进行论述的。王仕云也曾叹息水浒人才不为朝廷所用,致使其流离失所、逼上梁山。

钱锺书在《宋诗选注》中说,南宋诗人华岳在其散文集《翠微北征录》中有一篇文章叫做《平戎十策》,这篇文章劝皇帝四面八方搜罗英雄豪杰,别把国事全部交给书生学士;讲英雄豪杰的八个来源——从沉溺下僚的小官,一直到轻犯刑法的黥配和隐于吏籍的胥靡——简直算得上《水浒传》的一篇总赞。从而可知,钱锺书认为《水浒传》的总赞就是从四面八方网罗人才,为朝廷尽忠。

周汝昌也认为《水浒传》的主题思想是"人才说"的,他在《从〈易经〉到〈红楼梦〉》中说,从《易经》到《三国演义》《水浒传》,再到《红楼梦》,都是以《易经》中的"三才"为纲,反映了人才遭际命运被埋没、被屈抑和被陷害的悲剧,《水浒传》关怀的是人才的遭遇与不幸,人才的埋没与毁弃,这是一切问题的根本性问题。①

20世纪80年代初,政府号召"重视人才",这在文学评论中得到了很好的回应和体现:《三国演义》的主题思想是"人才"说、《水浒传》的主题思想也是"人才"说、《西游记》关于孙悟空的问题也是人才问题等。这些理解都是时代性的精神思想作为人们理解古典小说的先行结构。当然,理解的前视域不仅与时代主流的社会思潮有关,也与每一个个人的具体的处境有关。

张锦池在《中国四大古典小说论稿》中认为"天罡地煞"实际上是个人才观问题,梁山好汉虽然是"魔君",在本质上却是"星君"。也就是说,如果这些魔君被逼入草泽,则会造成社会动乱;如果他们能够进入廊庙,则会为朝廷出力。人才如果不能随才器使,就会给朝廷国家造成巨大危害。

二 罗尔纲的"前后两个主题"说

罗尔纲在《〈水浒传〉原本与著者研究》中说《水浒传》原本乃是元末明初罗贯中所撰,全书共70回,其主题思想是农民革命的史诗。百

---

① 详阅周汝昌《〈红楼梦〉的真故事》,华艺出版社1995年版,第313页。

回本《水浒传》成书于明朝中期,其"前七十一回的主题思想,是'替天行道救生民',是要铲除不平,要建立一个平等的社会。后二十九回的主题思想,则是发泄著者对朱元璋诛杀功臣的不平"①。

罗尔纲一直坚持金圣叹没有腰斩过《水浒传》,一直坚信《水浒传》有一个70回古本,坚信100回本与120回本的后半部都是明人的"狗尾续貂",这是罗尔纲理解《水浒传》的前视域。正是因为有了这样的前视域,他自然认为《水浒传》前后两部分不是一个主题,而是两个主题。

三 "绿林豪侠"说

周克良《〈水浒〉非写农民起义说》认为《水浒》一百零八人头领只是绿林豪侠,并非农民阶级的代表。林世芳、杨家驯《重读〈水浒传〉》也认为《水浒传》是"一部武侠小说",原因在于:一是小说的母体为武侠小说;二是《水浒传》中梁山好汉的思想道德行为准则即价值观念属于武侠小说的范畴;三是梁山好汉不是出身于农民。②

其实,认为《水浒传》是写江湖绿林豪侠故事的看法由来已久。鲁迅曾说过,水浒好汉不过是"侠之流"即侠盗。欧阳健、萧相恺《水浒新议》更是旗帜鲜明地提出来小说描写刻画的对象就是绿林豪侠。

探讨梁山好汉与绿林豪侠之间关系的,最有代表性的文章是宁稼雨的《〈水浒传〉与中国绿林文化——兼谈墨家思想对绿林文化的影响》,这篇文章着重从《水浒传》与绿林文化的政治特征以及人格崇拜方面分析了这部小说与绿林文化之间的关系。

作为《水浒传》的题材,水浒好汉无疑就是江湖豪侠。以题材来论小说的主旨,固然是理解的一个角度,然而似乎不很确切,因为小说的主旨虽然与题材有密切的关系,但它们毕竟还不完全是一回事。

四 "人民起义"说

1984年喻朝刚《〈水浒〉究竟是一部什么样的书?》提出,小说中的

---

① 罗尔纲:《水浒真义考》,《文史》第15辑,中华书局1982年版,第245页。
② 林世芳、杨家驯:《重读〈水浒传〉》,《福建师大福清分校学报》1999年第3期。

许多人物、思想和矛盾现象，用"农民起义"解释不清，用"市民说"也解析不清，主张用"人民起义"来说明《水浒传》所描写的斗争性质，即江湖豪侠、无业游民以及市民、农民等广大劳动人民与地主阶级的斗争说。这还是用阶级斗争观点来观照、分析《水浒传》，只是把与地主阶级斗争的对象扩大了而已，然而，这一视角又如何解释地主、富豪等为何加入了水泊梁山呢？

喻文论证"人民起义"说的论据主要是：除了柴进、林冲等20多位地主阶级出身和朝廷命官以外，其余大部分是江湖豪侠、无业游民、城乡其他劳动者；《水浒传》流露出的思想意识是复杂的，各个社会阶层的思想意识无不包括。说《水浒传》反映的思想驳杂，这是正确的；不过，"人民起义"说依然是粗糙的阶级对立关系的比附。更何况，"人民"这个词是一个政治性概念，不同阶级的政治家对于人民范畴的界定是不一致的。"人民起义"说是在质疑"农民起义"说的思潮之中进行反思的结果。

五 "讽谏"说

陶诚《一部形象的谏书——谈〈水浒〉的基本思想倾向》认为，《水浒传》的基本思想和意图是"讽谏"。小说作者以现实主义笔触，描写农民义军虽以鲜血和生命洗刷造反"污点"，尽力效忠朝廷，但却仍然难消怨忌，终致毁灭。小说作者的用意是：义军忠义，天性不泯；而贪官贼臣，毒如蛇蝎；希望皇帝大彻大悟，明辨忠奸，从亲痛仇快中汲取教训。因此，《水浒》可说是一部"劝谕皇帝亲贤臣、远小人，通忠谏之路、杜谄佞之门，防患于上、禁乱于下，毋逼民反的谏书"[①]。"讽谏"说从本质上说其实就是"忠奸斗争"说的另一种说法。

陶文认为"农民起义"说、"市民"说和"忠奸斗争"说都没有兼顾作家的主观创作意图、作品的客观主题思想和作品的客观艺术效果，而"讽谏"说则兼顾了这三个方面。

[①] 陶诚：《一部形象的谏书——谈〈水浒〉的基本思想倾向》，《求是学刊》1985年第1期。

六 "伦理反省"说

李庆西认为,只有从伦理思维角度观照《水浒传》,才能把握其主题的内在全部矛盾关系。《水浒传》正是施耐庵等人作为正直的封建社会知识分子对困扰于心的儒教纲常进行强烈伦理反省的忧愤之作;《水浒传》以儒教伦理为其主题思想的逻辑起点,最终又回归到儒教伦理自身的批判①。

周克良也认为,《水浒传》的作者通过宋江这个充满知与行矛盾的艺术形象,对儒教经义作了新的阐发,虽然仍局限在伦理大圈内,但显示出暴露矛盾,反躬自省的倾向与进步性。

卢兴基进一步认为,对传统伦理流露反省甚至反叛意识,这不仅是《水浒》的进步倾向,也是明清小说中普遍存在从而值得注意和思考的现象。

"伦理反省"说是比较笼统的,难以作为一部小说的主旨,因为封建社会中所有的小说都可以作为对封建社会传统伦理的反省,难道所有的古典小说的主题思想都是"伦理反省"吗?

七 "复仇"说

汪远平《〈水浒〉复仇主题及其美学意义》认为,《水浒》是一部反映伟大的民族复仇精神的不朽巨著。一百零八人英雄好汉中,具有明显复仇意识和复仇行动的约占四成。浓重的复仇色彩笼罩着《水浒传》,成为全书鲜明的政治倾向。梁山泊水浒好汉们从个体到小股直至群体,最后"众虎同心归水泊,报仇雪恨上梁山"。这种强烈的复仇意识,直露坦率,光明磊落,这是中华民族思想心理的精髓,是历史前进的动力。

汪文把《水浒传》中的复仇分为了"个人怨毒郁积深久,骤然爆发而起的'狂飙式'复仇""突遇打击陷害而随时萌生勃起的复仇行为""为受压迫者申冤复仇"和"不满现实,面对整个社会的复仇"四种。②

对《水浒传》的这一理解的前视域乃是《水浒传》中的复仇题材:

---

① 李庆西:《〈水浒〉主题思维方法辨略》,《文学评论》1986 年第 3 期。
② 汪远平:《〈水浒〉复仇主题及其美学意义》,《郑州大学学报》1987 年第 1 期。

林冲、武松、宋江、解珍、解宝等梁山好汉的复仇故事。且不说这种理解是先有结论，然后在小说文本中寻找"复仇"的故事来论证其先有的观点，"复仇"说以题材来代替小说主旨论证方式就是个问题，况且是以小说文本的部分内容即水浒好汉的复仇来整合整个文本的内容，虽说能够自成一家之言，但毕竟不具有完全的说服力。

八　"主题多元"说

欧阳健针对《水浒传》主题研究中众说纷纭的状况，认为《水浒传》主题诸说，本身都有其相对的合理内核，但小说全书内容十分丰富复杂，而研究者的思维方法、角度又各不相同，《水浒传》的主题非某一说所能全面概括。因此，他认为应该运用系统、多维的研究方法，即承认《水浒传》主题探索的多元化倾向（包括作为研究客体的《水浒传》主题的多元化和作为研究主体的研究者主观思维的多样性），多元化内部并存的诸说，应该互相融合，互相渗透。

齐裕焜主编的《中国古代小说演变史》也指出了《水浒传》的主题思想呈现出多元融合的趋势，书中说："我们既要看到施耐庵们表现'忠奸斗争'的创作意图，又要看到作品实际展示了歌颂农民革命的客观意义。既要看到忠奸斗争的思想是把全书串连在一起的主线，又要看到串连在这一条主线上的英雄小传和相对独立的故事，是闪耀着农民革命思想和市民道德理想的珍珠。所以，我们在分析《水浒传》复杂的思想内容时，要把作者的主观意图与作品的客观意义区分开来，把《水浒传》的部分章节与贯串全书的主线、局部与整体区分开来，这样才能摆脱那种非此即彼的简单的逻辑判断，承认《水浒传》的思想内容是农民阶级、市民阶层和封建进步知识分子思想的多层次的融合，承认《水浒传》是既矛盾又统一的艺术整体，也许这样一来的认识更符合《水浒传》的实际。"①

对于同一部小说主题众多的文学现象，其他学者也有不少的探讨和解释。何建洋《〈水浒〉主题多义性原因分析》就分析了《水浒传》主题思想多义性的原因，他认为主要有四个原因：一是"主题"这个概念

---

① 齐裕焜主编：《中国古代小说演变史》，敦煌文艺出版社1990年版，第241页。

本身就有不确指的多义特性,即《水浒传》主题多义性是由"主题"这个母题带来的;二是《水浒传》成书经历了一个漫长的历史过程,"施耐庵们"的思想和情感在小说文本里得以集结;三是在叙事方法上,《水浒传》透露出了由"讲述"到"展示"的迹象,因而主题的表现也相对显得"模糊多义";四是从读者接受的角度看,"文贵丰赡,何必称善如一口乎","各以其情所得"罢了。①

林辰在《神怪小说史》中也说:"像《西游记》、《水浒传》、《三国演义》这样经过长期积累的集大成之作,内容十分庞杂,主题是多元的而不是单一的,不宜于用什么单一的主题去套它。"②

中国古典小说主题多元说似乎成为目下学术界的共识。然而,如果仔细分析一下所有坚持或同意"主题多元"说的时代背景,从中也能发现一些问题:即"主题多元"说是产生于西方系统论在中国盛行的时候,人们的思维方式、思考角度乃至方法论都直接或间接地对人们的理解产生影响,有时候甚至起了决定性的作用。无疑,"主题多元"说这一观点的前视域就是系统论。系统论作为人们理解的前视域对文学作品理解的何所向具有决定性的导向作用。

九 "军事人才悲剧"或"军功模式"说

佘德余《身处乱世、沉抑下僚的封建士子的痛苦求索——关于〈水浒传〉主题的思考》认为,《水浒传》描写了一支胸怀忠义的起义军队的悲剧故事,其主题思维其实是借鉴了《史记》以来一些借军中不平之事概括文人知识分子普遍命运,寄寓他们怀才不遇、悲愤不平的作品的模式。佘文将此命名为"军功模式"③。

佘德余的"军功模式"说与"人才"说、"忠义"说或"忠奸斗争"说等都有相通之处,贤能士子不得以忠义报国、沉抑下僚、郁郁以终,只不过其表达方式与这些说法不同而已。也就是说,其前视域包括"忠

---

① 何建洋:《〈水浒〉主题多义性原因分析》,《明清小说研究》1992年第3期。
② 林辰:《神怪小说史》,浙江古籍出版社1998年版,第301页。
③ 佘德余:《身处乱世、沉抑下僚的封建士子的痛苦求索——关于〈水浒传〉主题的思考》,《北方论丛》1988年第1期。

奸斗争"说、"人才"说和"泄愤"说等。

十 "回荡在忠奸斗争框架中农民革命的挽歌"说

钟扬《回荡在忠奸斗争框架中农民革命的挽歌——〈水浒〉主题心解》认为《水浒传》的主题既不单纯是"农民革命"说，也不单纯是"忠奸斗争"说，而是在忠奸斗争的框架中对于农民革命的一首挽歌①。

钟扬的这种理解无疑是融合了中国古代的"忠奸斗争"说与当代的"农民起义"说，是当代读者"农民起义"说与"忠奸斗争"说视野融合过程中的新理解。

十一 "乌托邦"说

1991年倪长康《封建长夜中的一个理想国梦——〈水浒〉主题之我见》认为，《水浒传》的主题思想是"封建长夜中的一个理想国梦"。这是聚焦于《水浒传》对梁山泊"社会制度"的礼赞，认为梁山泊所宣扬的四海之内皆兄弟、不论富贵贫贱都平等相处、没有剥削没有压迫、随才器使、人尽其才的社会蓝图具有"乌托邦"的性质，因此《水浒传》的主旨便是作者虚构的一个"理想国梦"。②

这种理解也无不可，只是过于片面地集中在了英雄好汉聚义之后对梁山泊的空想之上，而无视小说文本的整体性，也就是艾柯所说的"过度诠释"。从这个意义上说，"乌托邦"说只是体现了部分真理，也是一种只见树木不见森林的看法。

十二 文化视角的"颂扬忠义"说

1993年，张锦池在《中国四大古典小说论稿》中认为《水浒传》的"忠义观念不同于正统的忠义观念，反映出一种儒家文化与江湖文化的撞击和融汇，本质上属于乱世半无产者与游民无产者的意识形态"③。其前

---

① 钟扬:《回荡在忠奸斗争框架中农民革命的挽歌——〈水浒〉主题心解》,《安庆师院学报》1988年第2期。
② 倪长康:《封建长夜中的一个理想国梦——〈水浒〉主题之我见》,《明清小说研究》1991年第1期。
③ 张锦池:《中国四大古典小说论稿》,华艺出版社1993年版,第150页。

视域是文化研究。这一理解是当时"文化热"的产物。

张锦池说:"要想把握这部小说的主题,还应从它所宣扬的'忠义'思想里去探求。试简而言之,'《水浒》而忠义也,忠义而《水浒》也',此乃《水浒传》的政治倾向;'尽心于为国之谓忠,事宜在济民之谓义',此乃《水浒传》的忠义思想的思想性质;'一百八人者,忠义之聚于山林者也',此乃《水浒传》作者心目中的梁山好汉们的形象;接受招安以前写的是忠义之士如何被无道之君、无过之臣逼上梁山沦为'盗寇',接受招安之后写的是外可以安邦、内可以定国的忠义之士是如何地被无道之君、误国之臣逼上绝境,遂致国将不国,此乃作者郁结于心而抒之于笔的'孤愤'。一言以蔽之,《水浒传》里的梁山好汉的形象在作者心目中是'乱世忠义'的形象;《水浒传》所宣扬的忠义思想是爱国主义思想与民主主义思想的结合;《水浒传》的主题是颂扬忠义,鞭挞奸佞,憧憬好皇帝;《水浒传》作者写作此书的目的是想总结北宋灭亡的原因,并为后来者戒。"①

我认为,如果探求《水浒传》作者的写作意图的话,李贽《水浒传序》以及张锦池这里论述的"忠义"思想就是这部小说的主题思想。但是,后人因为自己历史处境的不同而产生新的理解也不能说就是完全错误的,因为那些解读和理解都是《水浒传》这部文学作品在历史中的存在方式。

十三 "表现人类处境危险不安"说

1994年韩晓谅在《〈水浒〉主题新解》中认为,《水浒传》是表现人类身处险境、恐惧不安的书;《水浒传》是表现人类寻求安身之地而不得情状的书;《水浒传》追求的人格理想具有现代性,如仗义行事和推崇勇敢,等等。②

十四 "政治小说"说

廖可斌认为《水浒传》是一部政治小说,它突出反映了中国封建社

---

① 张锦池:《中国四大古典小说论稿》,华艺出版社1993年版,第106页。
② 韩晓谅:《〈水浒〉主题新解》,《中国古代、近代文学研究》1994年第12期。

会特别是宋代政治中的人才问题。① 然而，早在 20 世纪初在受西方资产阶级思想影响的知识分子眼中，《水浒传》就是一部政治小说。这一理解虽说不是错误的，却是太宽泛了，这种说法与"伦理反省"说一样，可以套在几乎所有中国古典小说主旨思想的阐释头上。

十五 "尽忠报国"说

魏世民认为《水浒传》通过梁山好汉轰轰烈烈的斗争宣扬了"尽忠报国"的思想，并指出"功成身退"才是他们应采取的态度。②

"尽忠报国"说与"忠义"说、"忠奸斗争"说等理解在本质上是完全一致的，不同之处在于对这一理解的表达方式上的差异。

十六 "反贪"说

从"反贪"这个角度理解《水浒传》，应该说是老调重弹，清末民初吴沃尧在《说小说》中就指出《水浒传》是"愤世之作"，是"一部贪官污吏传之别裁"，"为今日官吏之龟鉴也亦宜"③。鲁迅也在《流氓的变迁》中说《水浒传》只反贪官不反皇帝。毛泽东也重复过这个意思，不过他强调指出的是《水浒传》反贪官不反皇帝的奴性主义。

在 20 世纪 90 年代，政府与民众都呼吁反腐败。在这个背景之下，《水浒传》的主题思想是"反贪"说④再次出笼也就是情理之中的事了。

值得注意的是，某一个历史时代对古代经典小说的诠释往往具有惊人的一致性：在 20 世纪 80 年代几乎都能从中国四大名著中解读出关于"人才"的观点；90 年代以来，又几乎都能从四大名著中解读出"反贪"的结论来。

十七 "尚武"说

2004 年，邓程在《〈水浒传〉主题新探》中提出"尚武说"。他认为

---

① 廖可斌：《诗稗鳞爪》，浙江大学出版社 1999 年版，第 252 页。
② 魏世民：《〈水浒传〉主题再讨论》，《江淮论坛》2003 年第 2 期。
③ 朱一玄、刘毓忱：《水浒传资料汇编》，百花文艺出版社 1981 年版，第 423—424 页。
④ 范玲玲：《〈水浒传〉之反贪论》，《大庆高等专科学校学报》2004 年第 3 期。

《水浒传》的主题产生于汉民族沦亡于异族的惨痛现实，产生于对宋代重文轻武国策的反思，因此《水浒传》的主题乃是"尚武"说。①

十八 "明暗两个主题"说

2005 年，王鸿卿在《水浒主题新论》中认为："《水浒》实际上有暗、明两个构成的'张力'主题：对封建政治的核心'用人'进行批判；写意性的善与恶的冲突。"② 对封建社会"用人"政策的批判其实就是"人才"说或者"忠义"说、"忠奸斗争"说；"善与恶的冲突"在几乎所有的文学作品尤其是强调伦理道德的教化的文学作品中，恐怕没有不涉及的。

十九 "泛农民趣味"的颂歌说

2006 年，高原《"泛农民趣味"的颂歌——从中西社会文化形态之比较看〈水浒传〉主题》认为，《水浒传》是对大农业文化体系之下的"泛农民"思想意识与生活趣味史的津津乐道和崇高歌颂。③

二十 "生存功名"说

2006 年，张同胜《〈水浒传〉主题思想辨析》认为百回本、百廿回本《水浒传》的主题思想是"生存功名"说，小说关于梁山泊故事的叙事、关于水浒好汉之所以上梁山和受招安的诉说在本质上就是关于人的生存和发展的问题，在封建王朝的大文化处境中就是人们如何解决温饱的生存问题和如何获取功名、建功立业以实现人生价值的问题④。其前视域乃是人的生存和发展问题，结合小说文本中具体的历史情境和人物命运就是探讨人的生存和功名问题视角之下的理解。

从以上种种关于《水浒传》主题思想的理解中，可以得出如下的结论：任何诠释都有其存在的合理性与局限性；理解是文学作品的存在方

---

① 邓程：《〈水浒传〉主题新探》，《贵州社会科学》2004 年第 3 期。
② 王鸿卿：《水浒主题新论》，《明清小说研究》2005 年第 2 期。
③ 高原：《"泛农民趣味"的颂歌——从中西社会文化形态之比较看〈水浒传〉主题》，《兰州大学学报》2006 年第 2 期。
④ 张同胜：《〈水浒传〉主题思想辨析》，《济宁师范专科学校学报》2006 年第 2 期。

式，人们关于《水浒传》的诠释之多说明了这部小说的蓬勃生命力，它为人们提供了丰富的精神食粮，总能从多个角度给人以启迪和感悟，升华着读者的精神生活。

《水浒传》的新理解是由于读者的问题视域所获得的。随着时间的流逝，随着时代性具体问题的出现，人们在问题视域所规定的意义理解的何所向之下会有新的不同的解释。正如罗蒂说的"所有原创性的哲学都是对发生于哲学之外的事件——政治的、经济的、社会的、艺术的、科学的或文学上的创新——的一种回应（response）"①，关于《水浒传》主题的解读也是如此，文本之外的现实生活中纷繁复杂的事件与文本中的视域进行融合会产生新的理解和看法。

---

① ［美］理查德·罗蒂：《文化融合中的哲学》，《中国社会科学文摘》2006年第5期。

第八章

文化现象论

文化，就一般认识而言，是一个民族或一种特定人群普遍自觉认同的观念和规律系统，是一个社会群体所特有的文明现象的总和，它包括一定的艺术、结构、符号、风俗、习惯、信息、价值和理念，一个民族文化中显露的、蕴藏着的内涵决定着自己本民族的生存方式，而这一生存方式是牢固的，也有别于其他民族。1982年世界文化政策大会《墨西哥宣言》说：文化是体现出一个社会或一个社会群体特定的那些精神的、物质的、理智的和感性的特征的完整的复合体，每一种文化代表自成一体的独特的和不可替代的价值观念，因为每一个民族的传统和表达形式是证明其在世界上存在的最有效手段。

把握中国古代的文化，首先就要注意中国古代社会中伦理道德的普遍性。这是因为"文化的基本的核心由两部分组成，一是传统（即历史上得到并选择）的思想，一是与他们有关的价值"[①]。而在古代中国，传统思想其实主要是实用伦理方面的社会规范：儒家思想是这样；即使是从印度传入的释家思想，也主要是因果报应、善善恶恶等对广大的民众影响深远；土生土长的道教思想则主要就是道家的无为养生思想与封建迷信相结合的产物；儒、释、道三教合一之所以切实可行，就是因为它们都统一到劝善惩恶的伦理教化上来了。

王庆、田虎与武松、鲁智深等人的差别之处在什么地方？他们之间的差别正能昭显伦理道德的价值评判标准：王庆也是一个勇悍狂侠的人物，他的造反也是被逼无奈，为什么林冲、武松等人就是英雄好汉，而

---

① 庄锡昌等编：《多维视野中的文化理论》，浙江人民出版社1987年版，第118页。

王庆、田虎却成为反面人物，受到严厉谴责？如果除去中国古代传统美德诸如"仁""义""忠""信"等去看待梁山好汉，武松、鲁智深等人与泼皮无赖牛二有何不同？武松也曾一拳把人打昏，误以为将其打死，逃到柴进庄园里躲了一年多。武松也曾把四邻五舍吓得"屁都不敢放"。如此种种，都要求注意联系民族文化的底蕴、历史性语义场以及那个时代的道德性来理解《水浒传》。

从文化的角度对《水浒传》进行诠释是一个很好的角度，因为它能够比较地道地解释《水浒传》文本中的社会现象。当代读者对于梁山好汉譬如鲁智深、武松等人随手拿走他人的金银酒器颇有腹议或不满，以为这不符合英雄好汉的做法。现当代武侠小说则不然，其中的主人公都是不食人间烟火的神仙，从来不用为吃饭的银子发愁。这与琼瑶的言情小说还不一样，因为琼瑶言情小说中的主人公一般都是生在富豪之家，长在银子堆里，因此不会发生经济拮据的问题。现当代武侠小说的主人公就不同，他们既有殷实的家底，又有美女相伴（这与梁山好汉不好女色迥异，势必要大把花银子的），这只能解释为现当代武侠小说中的大侠越来越理想化，他们都已经脱离了人世间必须吃喝拉撒睡的生存苦恼。

梁山好汉"这种重金银的价值观，不只表现在水浒世界里，在较多地体现了市民趣味的好汉题材的中国古代白话小说里，也是时时可以看到的"[①]。《水浒传》"演绎了一段段人生故事的水浒世界，它不比现代新武侠小说中一定程度童话化了的江湖世界，更多地传达出来的是那个时代市井中人或游民深刻而又较为真实的人生体验"[②]。这说明宋元话本小说里的英雄人物还散发出浓郁的生活气息。从中国古代市民文化的角度来看，宋元话本小说以及《水浒传》都是现实主义的作品，都是接近历史主义的真实叙事的。

对于梁山好汉"大碗喝酒、大块吃肉"的理解，《漫说水浒》从中国古代饮食文化的角度去解释，认为它是从"强人文学的宣传策略"出发去表现一种梦想：只要加入了"强人"团伙，穷人就可以过上"大碗喝酒、大块吃肉"令人艳羡的生活，这种理解有一定的道理。因为它确确

[①] 陈洪、孙勇进：《漫说水浒》，人民文学出版社2005年版，第95页。
[②] 陈洪、孙勇进：《漫说水浒》，人民文学出版社2005年版，第98页。

实实反映的是社会底层在没有解决温饱问题之时的一种生活向往,试想权贵富豪把山珍海味都吃腻味了,怎么会向往这种大碗喝酒大块吃肉的粗俗饮食方式呢?《红楼梦》反映的饮食文化就是贵族化的,而不是平民百姓的,其中的饮食方式是何其精致!当然,也还有其他的诠释,如从游牧民族饮食文化的角度来理解,或许比从强人宣传策略的维度来解释更合情合理。

有的学者从文化的角度来诠释梁山泊受招安的悲剧也颇有新意:"招安,说到底,即是主流意识形态对梁山文化的一种整合,是作为大传统代表的知识分子作家对民间通俗文学的深层次改造。"① 这是借鉴了美国斐尔德在《乡民社会与文化》中提出的通过文化的"小传统"和"大传统"的区分来进行文化整合的思考,这种诠释取代了过去以社会政治话语为主的诠释。

研究海外对于《水浒传》的理解与解释,就不能不研究中西文化的差异。按照伽达默尔的哲学诠释学思想,解释者与文本是意义整体的建构者,解释者由于民族文化的差异,将直接影响到对文本意义的理解,即此在的不同势必决定了理解的不同。

无论哪一个民族,其文化都是博大精深的,于是就出现了这种情况,即无论从哪一个视角去透视《水浒传》,总能得出一些新的意义,它们一般来说还都能够自圆其说;正如美国威·休·奥登所说的,一本书具有文学价值的标志之一是它经得起各种不同阅读方法的考验。

第一节 《水浒传》与阴阳思想

《周易》是中国哲学思想的渊薮,儒家学说、道家思想、道教教义,甚至可以说三教九流,都可以从中找到其思想的滥觞。《周易》中的思想,尤其是"源自《周易》的'阴阳'观念,对中国文化有着极为深远的影响"②。《水浒传》就鲜明地体现了这一点。崇祯末年金圣叹腰斩

---

① 冯文楼:《〈水浒传〉:一个文化整合的悲剧》,《陕西师范大学学报》1997年第3期。
② 陈炎:《中国的"阴阳"与西方的"因果"》,刘大钧主编《大易集奥》,上海古籍出版社2004年版,第418页。

《水浒传》的指导思想就来源于"《周易》终于未济，而不是既济"。

《周易》对《水浒传》的影响以及二者之间的关系，一些学者已经做过很可贵的探索，例如杜贵晨认为中国文学中的数理批评源于《周易》中的象数。他的《文学数理批评论纲》《关于易传美学文学思想的若干问题》《中国古代文学的重数传统与数理美》等文章就是这方面的论述。再如赵健伟《论〈水浒传〉以"水克火"为主线》认为宋江等梁山泊好汉为水德，而宋朝为火德，小说是以"水克火"为主线，讲述了梁山泊好汉"兴于水终于水"的"水克火"的悲壮故事①。这篇论文的视角及其论述，令人耳目一新，很有启发意义。

一 治乱与阴阳

《易传》与《庄子·天下篇》中都说："《易》以道阴阳。"朱熹也说过："天地之间，无往而非阴阳；一动一静，一语一默，皆是阴阳之理。"②

阴阳之理在水浒故事中的体现，表述得最明显的就是《大宋宣和遗事》前集中所说的："茫茫往古，继继来今，上下三千余年，兴废百千万事，大概光风霁月之时少，阴雨晦冥之时多；衣冠文物之时少，干戈征乱之时多。看破治乱两途，不出阴阳一理。中国也，君子也，天理也，皆是阳类；夷狄也，小人也，人欲也，皆是阴类。阳明用事底时节，中国奠安，君子在位，在天便有甘露、庆云之瑞，在地便有醴泉、芝草之祥，天下百姓享天平之治。阴浊用事底时节，夷狄陆梁，小人得志，在天便有彗孛、日蚀之灾，在地便有蝗虫、饥馑之变，天下百姓受流离之厄。这个阴阳，都关系着皇帝一人心术之邪正是也。"③《大宋宣和遗事》是一部反思北宋何以亡国的作品，限于当时哲学思想的水平，它只能借助于中国传统的阴阳思想来探求、分析北宋亡国的根由。《大宋宣和遗事》的作者认为是由于朝廷奸佞、小人、宦官、盗匪、不战即溃的兵将、女色、皇帝宠爱道士、北方夷狄等阴类造成的。而由《大宋宣和遗事》

---

① 赵健伟：《论〈水浒传〉以"水克火"为主线》，《云梦学刊》1996年第2期。
② （南宋）朱熹：《朱子全书》，上海古籍出版社2002年版，第2159页。
③ （元）佚名：《大宋宣和遗事》，中国古典文学出版社1954年版，第1页。

历经几百年演化而成的《水浒传》，其实也是借助于《周易》"阴阳"思想，结合当时具体的伦理道德语境来分析解决奸佞宵小当权、大贤大力在野、忠心不得报国，以及如何才能人尽其才物尽其用的治国理天下等问题，也是一部忠义之士不能为国家竭忠输诚的愤懑之书。

不仅在当时不登大雅之堂的小说深受"阴阳"思想的影响，而且历朝历代正史中的文献记载也无不体现着"阴阳"思想。徐自明的《宋宰辅编年录》中记载，孙觌上疏弹劾蔡京说："自古书传所记，巨奸老恶，未有如（蔡）京之甚者。太上皇屡因人言，灼见奸欺，凡四罢免，而近小人，相为唇齿，惟恐失去凭依，故营护壅蔽，既去复用，京益骞然。自谓羽翼已成，根深蒂固，是以凶焰益张，复出为恶。倡导边隙，挑拨兵端，连起大狱，报及睚眦。怨气充塞，上干阴阳，水旱连年，赤地千里，盗贼遍野，白骨如山，人心携贰，天下解体，敌人乘虚鼓行，如入无人之境。"①

蔡京是不是奸臣这里暂且不论，孙觌把水旱之灾、盗贼蜂起、外敌入侵等都与蔡京的所作所为致使"怨气充塞，上干阴阳"联系起来，现代看来无疑是荒诞不经的，可是这种迷信的解释在古人眼里却是一本正经的，是千真万确的，是被当作真理来看待的。王安石第一次罢相就是因为天下大旱，据《宋史》："监安上门郑侠上疏，绘所见流民扶老携幼困苦之状，为图以献，曰：'旱由（王）安石所致。去（王）安石，天必雨。'"②可见，古人认为国家治乱甚至引起动乱的水旱之灾，都与"阴阳"息息相关的。

《水浒传》中说："万姓熙熙化育中，三登之世乐无穷。岂知礼乐笙镛治，变作兵戈剑戟丛。水浒寨中屯节侠，梁山泊内聚英雄。细推治乱兴亡数，尽属阴阳造化功。"③可见，小说作者也是从"阴阳"思想来诠释国家治乱兴亡的。

二　华夷观念与阴阳思想

华夷之辨，体现了历史上中原汉民族与周边少数民族之间的矛盾。

---

① 徐自明著，王瑞来校补：《宋宰辅编年录校补》，中华书局1986年版，第723—725页。
② （元）脱脱：《宋史》，中华书局1977年版，第10550页。
③ （明）施耐庵、罗贯中：《水浒传》，上海古籍出版社1995年版，第3页。

李贽的《〈忠义水浒传〉叙》明确指出《水浒传》是"发愤之作",其内容表现的是"水浒忠义",施耐庵、罗贯中借写伏身草莽的英雄豪杰来表达对"阴阳失调"的不满。李贽说:"《水浒传》者,发愤之所作也。盖自宋室不竞,冠履倒施,大贤处下,不肖处上,驯致夷狄处上,中原处下。一时君相,犹然处堂燕雀,纳币称臣,甘心屈膝于犬羊已矣。施、罗二公身在元,心在宋,虽生元日,实愤宋事。是故愤二帝之北狩,则称大破辽以泄其愤;愤南渡之苟安,则称灭方腊以泄其愤。敢问泄愤者谁乎?则前日啸聚水浒之强人也。欲不谓之忠义,不可也。是故施、罗二公传《水浒》,而复以忠义名其传焉。夫忠义何以归于水浒也?其故可知也。夫水浒之众,何以一一皆忠义也?所以致之者,可知也。今夫小德役大德,小贤役大贤,理也。若以小贤役人,而以大贤役于人,其肯甘心服役而不耻乎?是犹以小力缚人,而使大力缚于人,其肯束手就缚而不辞乎?其势必至驱天下大力、大贤,而尽纳之水浒矣。则谓水浒之众,皆大力、大贤、有忠、有义之人可也。"①

《水浒传》痛恨"阴阳颠倒":中原陆沉,夷狄跋扈;忠义在野,奸佞在朝;大贤役于人;大力缚于人……于是借水浒好汉以泄其愤:征辽、平方腊,把颠倒的阴阳反正过来了。

《水浒传》中为什么阮小五唱道:"酷吏赃官都杀尽,忠心报答赵官家"?阮小七要捉拿何涛时,也唱道:"先斩何涛巡检首,京师献与赵王君"?其中是不是反映了金、元统治之下汉民族对于赵宋王朝的怀念之情?《水浒传》反映了以杀金元贪官污吏来报答君王的民族心理?还是作者要体现"忠奸之争"的思想?不管怎样,它们都是"阴阳"思想的具体显现:要么是华夷之辨,要么是忠奸之争。

三 "贤不肖"之区分与阴阳思想

《水浒传》又体现了"贤不肖与阴阳"的关系,小说认为高俅、童贯等小人占据高位,而忠臣义士反而在野,这是阴阳颠倒了。童贯是宦官,属于"阴类"自不待言。历史上的高俅不是什么大奸臣,也没有做过多少坏事,为什么在《水浒传》中被列为首恶?乱自上作,首先就是高俅?

---

① (明)施耐庵、罗贯中:《水浒传》,上海古籍出版社1995年版,第1488页。

当时人们眼里高俅不过是一个市井帮闲，是一个流氓无赖，一个地地道道的小人，"宵小"自然也是属于"阴类"的，是不能高居显位的。一旦身居要职，在古人看来就是阴阳颠倒。

《水浒传》写道："一个浮浪破落户子弟，姓高，排行第二，自小不成家业，只好刺枪使棒，最是踢得好脚气球，京师人口顺，不叫高二，却都叫他做高毬。后来发迹，便将气毬那字去了毛傍，添作立人，便改作姓高名俅。这人吹弹歌舞，刺枪使棒，相扑顽耍，颇能诗书词赋，若论仁义礼智，信行忠良，却是不会，只在东京城里城外帮闲。"[①] 在中国古代等级森严的封建社会，像高俅这样不讲究伦理道德的小人如果高居显位，更是为人们所难以接受的，切齿之情更是昭然。因为宵小、不懂仁义礼智信的这些小人在人们眼里是"阴类"。高俅之所以在《水浒传》中成为首恶，看来还是当时人们的"阴阳"观念使然。

四 忠奸与阴阳

李贽在《忠义水浒传叙》中提出来的"忠义"说，本质上就是"忠奸斗争"说，无非是说宋江等梁山好汉是忠义者，而朝廷中的高俅、蔡京等是奸佞，赞颂宋江等人的忠义，就是谴责朝廷佞臣的邪恶，即《水浒传》体现的是忠奸斗争。

当代也有一些学者撰文提出《水浒传》的主题思想是"忠奸斗争"。忠奸之争，体现了"阴阳"思想。1966年，李永先在《关于〈水浒〉评价问题的重新探讨》中提出《水浒传》的主题思想是封建势力内部忠奸两派的斗争说。1979年初，刘烈茂在《评〈水浒传〉应怎样一分为二？》中认为"贯串《水浒》全书的并不是农民阶级与地主阶级的矛盾和斗争，而是所谓忠与奸的矛盾和斗争；它所要表现的主题思想并不是'官逼民反'，而是'替天行道'；它所着力歌颂的理想人物并不是晁盖、方腊那样的农民起义英雄，而是宋江那样的忠义之士"[②]。

1979年，侯民治在《论〈水浒〉的主题思想》中说："作者并没有把宋江等人造反看作是农民阶级反抗地主阶级的起义，他认为宋江和高

[①] （明）施耐庵、罗贯中：《水浒传》，上海古籍出版社1995年版，第16页。
[②] 刘烈茂：《评〈水浒传〉应怎样一分为二？》，《中山大学学报》1979年第1期。

俅等人的斗争，只是地主阶级内部忠和奸的斗争。作品也写到农民造反，但作者主要是通过宋江这个'全忠仗义'的英雄人物作纽带，使他们投降，参加到地主阶级内部的忠奸斗争中来，把地主与农民的矛盾，纳入到地主阶级内部矛盾中来。"① 很显然，这种观点与"评水浒批宋江"运动中宋江同高俅的斗争，是地主阶级内部这一派反对那一派的斗争的观点是很接近的。

1982年，王齐洲在《〈水浒传〉是描写农民起义的作品吗?》中认为，《水浒传》主题思想是地主阶级革新派与守旧派的矛盾斗争。1983年，凌左义在《论忠奸斗争是〈水浒〉描写的主线》中认为，《水浒传》描写的官逼民反、逼上梁山不是（或主要不是）地主逼迫农民，而是权奸逼忠臣。在各种《水浒传》主题思想的说法中，"最接近《水浒》本义的还是忠奸斗争说。道理很简单，忠奸斗争这一思维方式是中国文化尤其是民间固有的思维方式，作为一部经四百年流传而定型的作品，《水浒》沿袭了这一思维方式来演绎故事是很自然的事情，要说完全没有浸染这一思想反倒是不可思议的事情"②。

"忠奸斗争"说作为《水浒传》主题思想的说法之一，是得到不少学者的认同和肯定的。"忠奸斗争"体现的就是《周易》的"阴阳"思想。

五 《水浒传》中的儒道思想与"阴阳"思想

《周易》中的仁义观念与儒家的忠义思想以及与宋江的忠义体现，《周易》中的"损上益下"思想与道家的"损有余补不足"以及与《水浒传》中的替天行道，兵家的九天玄女传说与《水浒传》中以九天玄女的教导作为宋江等人的行动指南……可以说，《周易》与中国古代思想都有密切的联系，甚至是一些思想的根源，因此当代学者认为《水浒传》仅仅是儒家或墨家或道家或释家等某一个具体思想的反映或体现的时候，往往不得要旨，因而彼此争鸣，不过似乎各说各理，但都不能相互说服。这是因为《水浒传》其实体现的不是具体某一家的思想。中国古代各家思想都得益于《周易》这个思想源泉。因此，从《周易》的思想出发论

---

① 侯民治：《论〈水浒〉的主题思想》，《湘潭大学学报》1979年第1期。
② 邓程：《〈水浒传〉主题新探》，《贵州社会科学》2004年第3期。

述《水浒传》的主题思想,对于这些争议的理解不无裨益。

中国传统社会是建立在血缘关系之上的宗法社会,因此伦理道德的秩序结构就是礼乐文明的核心。"中国传统哲学本质上是一种道德哲学,它所重视的是人与人之间的关系,以调节这种关系实现和谐为最高目标。"① 正如刘大钧在《易学与儒释道的关系》中所说的,《周易》经传建立了德性意识的思考模式以及人事情境的处世智慧。中国古人无论是在现实生活还是在建功立业的奋斗之中,他们的思考模式就是以"德性意志"为中心。普通老百姓对于是非善恶的判断也是以"德性意志"为准的。

《周易》的类推逻辑思维将哲学中的形而上与现实生活中的礼义道德联系起来,成为一体。《说卦》云:圣人作《易》,顺性命之理,是以立天之道曰阴与阳,立地之道曰柔与刚,立人之道曰仁与义。《周易》以天道、地道类推出人道,核心还是为人道服务,也就是说,由抽象的阴阳思想推论出形而下的仁义思想。仁义思想后来成为儒家学说的精髓要义。

春秋战国时期,道家学派创始者老子,继发西周《周易》关于宇宙、人生的哲学根本问题和事物发展的一般规律的思想,提出了"道生万物"和"万物负阴而抱阳,冲气以为和"的理论。战国晚期齐人邹衍,以"阴阳消息"观念为核心,倡导阴阳五行说,将阴阳消长而发生的自然与人事变化,看作是"道"的运化体现。后来燕齐之地的方士、神仙家颇宗其说。也就是说,阴阳思想是道家、道教思想的根源之一。

李养正在《道教义理与周易关系述论》中认为,至于《周易》的解注《易传》正是以崇尚"仁义"之言,填补了《老子》"绝仁弃义"不适应社会需求的缺陷。因为自然天道观与伦理道德相结合,形成了能为社会广大群众所接受、又能与封建社会相协调的新思潮。道教义理之学便正是在这种思想哺育之下萌芽的。对于在东汉晚期才兴起的道教来说,《周易》《老子》《易传》都是它建构其义理体系所需要的思想资源。由于这三者的内在哲理联系,有"易学""阴阳说""天道观"为之架设儒道交通的桥梁,儒道互融互补已成为共同发展的趋向。在东汉时期,尽

---

① 刘玉平:《论〈周易〉的阴阳和谐思维》,《周易研究》2004 年第 5 期。

管班固《汉书·艺文志》已将《易经》(《周易》)归为儒家经典,但这并未妨碍兴起的以道家、神仙家思想为主干的道教援引《周易》进入其义理范畴①。《周易参同契》是道教早期的理论著作之一,其中心思想是运用阴阳之道,参合黄老自然之理,讲述炉火炼丹之事。这说明《周易》是道教构建的重要思想来源之一,以及儒道互融互补的事实。

由此可见,儒家、道教、道家等的思想根源之一便是《周易》,其中的"阴阳"思想对它们更是影响深远。《水浒传》之中的思想是儒、释、道三教合一,并不能像小葱拌豆腐那样分得一清二楚,它既有儒家的入世思想,又有道家的出世思想,还有道教的幻术观念,也有释家的精义。不过,所有这些都能从《周易》的"阴阳"思想中找到根源。

六 结语

《周易》中诸如"损上益下"思想与道家的天之道"损有余而补不足"而人之道"损不足以奉有余"以及《水浒传》中"替天行道"的思想是一致的,《周易》中"善不积不足以成名,恶不积不足以灭身"与《水浒传》中"善恶到头终有报,只争来早与来迟"等都是相同的,这样的契合举不胜举。

《周易》中的"阴阳"思想渗透在《水浒传》的叙事之中,因此,从"阴阳"思想出发对《水浒传》的主题思想进行理解和把握,是一个很好的诠释角度,或者说《周易》中的阴阳思想是解释《水浒传》的一把钥匙,它有助于人们对《水浒传》的理解。

对于中国古代文化、社会现象和文学现象等的诠释,与其用舶来的反映论、阶级论等西方理论,不如从中国文化的历史真实出发去把握。"农民起义"说认为《水浒传》的主题思想是封建社会农民革命的史诗,赞颂了造反有理的革命道理,可是为什么对小说文本中真正的造反者方腊(王庆、田虎)反而进行口诛笔伐、严厉鞭挞呢?难道不是因为方腊"啸聚贼兵、谋叛造反、僭王称号",具有革命的彻底性吗?《水浒传》赞美的宋江一伙正是因为他们具有"只反贪官不反皇帝"的忠君思想才成为小说正面肯定的对象。"农民起义"说的论者为什么只看见梁山泊好汉

---

① 李养正:《道教义理与周易关系述论》,《中国道教》2005年第1期。

对皇权不彻底的反抗而对方腊等人的反抗视若无睹呢？欧阳见拙认为忠君思想在封建社会里有其存在的历史必然性，全部水浒故事情节说明了作者歌颂宋江起义、鞭挞方腊起义并不是一般的歌颂农民起义。① 这个观点是正确的，它是对于小说中农民起义现象的准确描述。中国历史上农民暴动的结局有三种：一是打家劫舍、杀人越货，最后被严酷镇压；一是揭竿而起，接受招安，成为朝廷的鹰犬，为皇权效力；一是改朝换代，建立新的封建王朝。显然，《水浒传》的作者是不赞成真正的夺取政权的革命性造反的。

中国古代社会在阶级结构上不同于西方社会。马克思提出过"亚细亚生产方式"的概念。美国卡尔·魏特夫把东方社会称为"治水社会"，在这种社会里，是权力而不是财产即经济决定着人们在现实社会政治生活中的地位和作用，也就是说管理的官僚机构构成当时的统治阶级②。这种社会不像西方社会那样以私有财产或经济的多寡作为划分阶级的主要依据，而是根据人们同国家权力机构中的关系来划分阶级。因而"治水社会"中的阶级结构就具有多元性、灵活性和流动性。

简单用西方的阶级分析方法来研究中国古代社会是有隔膜的，自隋迄清的科举制度促使中国封建社会的阶级之间时时发生流动，尤其是读书人"朝为田舍郎，暮登天子堂"是一个普遍的社会现象，而其他人又是"贫不过三代，富不过五代"，更重要的是中国古代封建社会无处不洋溢着儒家的仁义思想，就是寺庙道观都时时接济贫苦无助的人们，这无疑起到了缓解阶级矛盾的积极作用。《水浒传》中宋江仗义疏财、史太公等庄园主救济贫弱，《西游记》中的富户人家也都是乐善好施的……这些都说明了中国封建社会中的阶级矛盾冲突并不是受西方思想影响的人们所想象的那样严重得对立。

在中国封建社会里，阶级斗争体现为尖锐对立的官民关系，因为"自秦以降的二千余年间，中国社会的基本矛盾与其说是地主阶级与农民

---

① 欧阳见拙：《〈荡寇志〉是〈水浒〉作者观点的再现——〈水浒传〉与〈荡寇志〉的比较》，《明清小说研究》1989 年第 3 期。

② [美] 卡尔·魏特夫：《东方专制主义：对于极权力量的比较研究》，徐式谷译，中国社会科学出版社 1989 年版，第 318 页。

阶级的矛盾,倒不如说是官僚阶级与平民百姓的矛盾"①,拥有经济实力的富户地主在现实社会中不一定拥有政治上的权势,就如《水浒传》中的卢俊义,是大名府有名的大财主、河北三绝,然而却被走卒衙隶玩弄于股掌之中。翻翻中国历史,就会明白历朝历代的农民起义,大多是由于旱涝自然灾害,致使饥寒交迫的人们为了生存不得不造反的;在历史上多次的起义暴动中,领导阶层往往也是有经济实力而没有政治权力的或政治上不甚得意的那些财主或文人,农民大众反而仅仅是跟随者而已。对《水浒传》中的梁山好汉用阶级分析的方法来观照是没有说服力的,因为一百零八英雄好汉中不乏"帝子神孙、富豪将吏"。

新时期的学者将人们从硬套西方阶级理论的思维中解放出来,转到了官民对立的社会结构之中,这无疑更接近了中国封建社会的实际情况,然而还没有触摸到中国封建社会阶级结构的核心。中国封建社会阶级结构的核心是什么呢?是从《周易》中的"阴阳思想"而来的忠奸、正邪、君子小人的划分。新时期的学者所认为的官民对立社会结构就解释不了小说中的宿元景、时文彬等好官现象以及王四、黄文炳等刁民现象。官僚集团中也有好官、清官和忠臣义士;而蚁民中也有邪佞、无赖,奸邪之辈。这也是为什么梁山泊一百八人英雄好汉中既有朝廷命官,也有地主豪强,还有猎人渔民以及和尚道士等三教九流的原因。因为在中国封建社会里,无论是谁,他们都不是从地主阶级与农民阶级这一阶级对立视角看待问题的,也不是纯粹的从官民对立的视角来分析问题的,而是从忠奸、正邪、君子小人等"阴阳"的角度来诠释各种社会问题的。

中国古人的辩证思维很发达,对于官吏与盗贼的认识有其特有的深刻性。从庄子的"窃钩者诛、窃国者侯",到民间谚语"贼来如篦,兵来如梳,官来如剃",再到"取其非有官皆盗,损彼有余盗是公","'官'与'匪'是中国传统社会里古已有之的两股暴民掠民的为害势力"②,在

---

① 崔茂新:《论小说叙事的诗性结构——以〈水浒传〉为例》,《文学评论》2002年第3期。
② 崔茂新:《论小说叙事的诗性结构——以〈水浒传〉为例》,《文学评论》2002年第3期。

处于被压迫和被剥削的平民百姓眼里，他们是一路货色，都属于"阴类"。

第二节 《水浒传》与侠义文化

侠义文化是草莽民间对公正与正义的心理企盼的产物，世道越是混乱，它越是有市场。每当弱势群体、下层民众在政府法律不能为其伸张正义的时候，他们就盼望草莽民间有打抱不平、扶危济困、仗义疏财、杀戮贪官污吏的侠义好汉出来"替天行道"。

弱势群体对那些急公好义、锄强扶弱的侠客不胜神往之至，但是他们一般不会主动去做侠客，甚至在对自己有利的情况下（如政府重金悬赏）还会对真正的侠客背后捅刀子。龚自珍在《己亥杂诗·舟中读陶诗三首》中说得好："陶潜诗喜说荆轲，想见停云发浩歌。吟到恩仇心事涌，江湖侠骨恐无多。"这种在现实生活中侠客的实际匮乏与人们对抱打不平的向往之间的张力更加促使人们喜好侠义小说，为的是在虚幻之中慰安自己的心理需求。

虽然如此，还是应该肯定武侠小说中对侠义文化的张扬。因为中国传统的知识分子是主张宽恕、小心谨慎和明哲保身的，这种儒家教义如果过于宣扬则很容易导致奴隶主义或奴才思想。

古人说过，"秀才造反，三年不成"，还说过"百无一用是书生"，原因就在于文人往往想前算后、患得患失、谨小慎微和袖手观望。王晫在《松溪子》中说："毋慢一事，一事错而流祸无穷也；毋忽一言，一言舛而贻害莫救也；毋轻一念，一念乖而酿患匪小也；然克谨于念，则言自不妄而事罔或败，所以君子有慎独之学。"① 这段话就典型地体现了文人的小心翼翼、唯恐致祸的惴惴心态。对于个人的道德自修而言，这是完全正确的，然而它却极容易导致事不关己、高高挂起的犬儒私心，以致泯灭了社会良知和正义感，堕落为自私自利的卑鄙小人。

中国古代社会是建立在血缘关系之上的宗法社会，"亲亲"是社会构

---

① 王晫：《松溪子》，张潮编《昭代丛书》（甲集），上海古籍出版社1990年版，第289页。

建的根本基础。而《水浒传》宣扬异姓之间结"义"的思想,提倡弱势群体之间的互助友爱,应该说比纯粹血缘关系的"亲亲"更进一步。这是中国古代平等思想的土壤所在。从这个意义上说,救急扶弱、抱打不平,为弱势群体伸张正义的侠义文化是具有伟大的历史进步价值和意义的。

如果按照当下流行的说法,侠义文化就是"江湖文化",反映的是穷困潦倒的游民为了生存或是企盼发迹变泰而进行滥杀无辜或是抱打不平的社会存在。在这方面著述最多的是王学泰。批判侠义文化中的消极因素对预防国民性中落后的封建主义思想是完全必要的,但是如果无视既得利益集团的草菅人命、胡作非为、徇私枉法而片面地谴责仅仅为了能够生存下去的弱势群体,则是有失偏颇。

"江湖文化"与正统的主流文化即儒家文化之间的对立、融合、消长在中国历史上是一个很现实的社会现象。因而也有的学者从侠义文化与儒家文化二者之间的张力来观照《水浒传》。纪德君把《水浒传》中"受招安"看作是《水浒传》的真正悲剧,并从文化冲突的角度出发作了相应的阐释。他说江湖文化与儒家文化的内在紧张性是《水浒传》悲剧的发端,儒家文化对江湖文化的规范和消解是《水浒传》悲剧的产生,天命的运作与佛道的指迷是《水浒传》悲剧的内在诠说。① 在现当代,总有读者认为"受招安"是梁山好汉的悲剧所在,其实这是值得商榷的。因为在古人眼里,"受招安"是改邪归正;"受招安"也并不一定导致悲剧的产生,相反,它极有可能是做官的一条终南捷径。南宋初年的谚语说:"仕途捷径无过贼,上将奇谋只是招。"又说:"欲得官,杀人放火受招安;欲得富,赶著行在卖酒醋。"还说过:"要高官,受招安;欲得富,须胡做。"这些说法不都说明了"受招安"的结局并非都是"悲剧"吗?《水浒传》中随同童贯征伐梁山泊的十节度使不都是被朝廷招安的吗?他们何以没有悲剧产生,反而享受荣华富贵呢?中国历史上朱温接受唐朝朝廷招安后不仅做了节度使,而且后来干脆自己做了皇帝,建立了朱梁王朝,取李唐而代之。梁山好汉的悲剧是汲汲于名利、求取富贵功名、宦海生涯中的倾轧悲剧,或者说是忠奸斗争之间的悲剧,并不是受招安

---

① 纪德君:《〈水浒传〉悲剧的文化解读》,《明清小说研究》1998年第3期。

的悲剧。

为了更好地理解《水浒传》中侠义文化的内涵，先对中国历史上的侠义文化进行一番追根溯源是必要的。侠义文化的产生和发展有着复杂的社会、文化、经济、政治与心理方面的原因。

"侠"这个字第一次出现在《韩非子》里，被韩非认为是国家"五蠹"之一。《五蠹》说"上古竞于道德，中世逐于智谋，当今争于气力"，因而反复申述"事因于世，而备适于事"。① 鉴于此"急世"，韩非提出"仁之不可以为治"，而要以农战为立国之本，凡无助于农战者，如学者（儒家）、言谈者（纵横家）、带剑者（游侠）、患御者（逃避兵役的人）、商工之民皆为国家的蛀虫，韩非合称之为"五蠹"。韩非认为要使国家富强，君权巩固，就必须"除此五蠹之民"，"养耿介之士"。带剑者即游侠，又称为剑侠，其实倒是胡俗②。这也说明了侠义其实与胡人、胡俗有着更多的关联。

关于"侠"，人们更为熟悉的是《史记·游侠列传》中引述韩非子的话即"儒以文乱法，侠以武犯禁"。司马迁看到了游侠"言行必果"的一面，他说："今游侠，其行虽不轨于正义，然其言必信，其行必果。"③（东汉）班固《汉书》中的《游侠传》，基本观念跟司马迁的不大一样，他把游侠看作是社会中的动乱分子。班固一方面批评游侠"以匹夫之细，窃杀生之权"；另一方面，则赞扬其"温良泛爱，振穷周急，谦退不伐"④。《后汉书》以后，所有的正史就不再为游侠立传。史书不再为游侠列传，不等于从后汉起中国就没有了侠义文化；相反，它作为通俗文化在草莽民间却是生机勃勃的。中国历代的帝王，只要建立起了政权，为社会秩序的稳定计，一定会想方设法采取各种手段严厉打击乃至消灭江湖势力的。

什么是"义"？儒家和墨家对它的界定还不完全一样：儒家认为"义者，宜也"；而墨家则义利同观。据傅惠生的考察，《水浒传》中的

---

① （战国）韩非著，（清）王先慎集解：《韩非子集解》，中华书局2003年版，第445—456页。
② 林梅村：《汉唐西域与中国文明》，文物出版社1998年版，第43页。
③ （西汉）司马迁：《史记》，中华书局2006年版，第722页。
④ （东汉）班固：《汉书》，中华书局2007年版，第905页。

"义"包含以下含义：(1)"义是人与人相互关系的准则"；(2)"从结义到聚义是时代的呼声"；(3)"'交相利'，义利的并重，是下层劳动者的共识"；(4)"侠与义的结合是一种特殊的表现形式，不等同于整个下层社会受剥削的劳动者对义的理解，是以强力求公道，为弱者和无力反抗的受欺侮者惩罚坏人"；(5)"忠义堂的忠是忠，更是义"，如果从民族的立场来看这个忠。①《水浒传》中"义"的内涵除了以上提到的五种含义之外，是不是还有其他的含义呢？应该是有的。孟子说过，"大人不必言必信，行必果，为义所在。"这里的"义"是不是有"权宜、权变"的意思呢？联系宋江等梁山泊好汉为事势所逼迫，迫不得已而"暂居水泊，专待招安"来看，《忠义水浒传》中的"忠义"恐怕亦有此意。

　　侠义文化是墨子学说在民间的精神表现。春秋时期的墨家学说是墨侠的思想基础。儒家的"忠义"思想更强调尊卑等级观念，而墨家的忠义思想则更赞同平等观念。孔子曾经说过："古之君子，忠以为质，人以为卫。不善则以忠化之，寇暴则以仁御之。"司马迁为游侠立传，他在《史记·游侠列传》中写道："自秦以来，匹夫之侠，湮灭不见，余甚恨之。"② 民间文化中的侠义思想主要是指"行侠仗义的人到处随遇而安，非是他务必要拔树搜根，只因见了不平之事，他便放不下，仿佛与他自己的一般，因此方不愧那个'侠'字"③。义，在老百姓的眼里，就是团结友爱、平等相处、互相帮助。这是寻常百姓喜好武侠小说、尚侠崇武心理的真正原因。

　　曹魏时期，曹植的《白马篇》（又名《游侠篇》）第一次完整地描述了边塞游侠的形象，其中的"名编壮士籍，不得中顾私。捐躯赴国难，视死忽如归"表达了侠之大者为国捐躯的崇高境界。曹植才高八斗，豪爽任侠。史载他"任性而为，不自雕励，饮酒不节"，很有游侠气质。曹植诗中的游侠为国赴难，升华了游侠的侠义精神。曹植在《结客篇》中写道："结客少年场，抱怨洛北荒。利剑手中鸣，一击两尸僵。"这里写的是布衣之侠的快意恩仇，是不受世俗礼法约束的侠之风流。这种平民

---

① 傅惠生：《宋明之际的社会心理与小说》，东方出版社1997年版，第153—154页。
② （西汉）司马迁：《史记》，中华书局2006年版，第722页。
③ （清）石玉昆：《三侠五义》，齐鲁书社1993年版，第13页。

意识的侠义比之"侠之大者"更容易被下层民众所接受。

"游侠之所以活跃在古往今来无数文人笔下，因其容易成为驰骋想象、寄托忧愤的对象。"① 侠之大者到边塞为国杀敌捐躯，"少小虽非投笔吏，论功还欲请长缨"。这种理想很容易与文人的忧患意识、报国情怀息息相通。李白的《侠客行》，把战国燕赵魏的游侠描写得光彩照人。"纵死侠骨香，不惭世上英"这两句已是后世游侠所孜孜追求的理想。"十步杀一人，千里不留行。事了拂衣去，深藏身与名"这是游侠的道家化，不自矜、不伐德。"谁能书阁下，白首太玄经？"表达了李白"宁为百夫长，胜作一书生"的愿望。李白在价值观上是一个矛盾体，既想入世廊庙，又想隐居深山，也就是说，他既有儒家的入世精神，又有道家的出世思想。

鲍容说："山河不足重，重在遇知己。"布衣之侠重朋友，重情义，重潇洒，于是酒与剑在布衣之侠中就显得很重要："重义轻生一剑知……酒市无人问布衣。""诗因鼓吹发，酒为剑歌雄。"这其实是对一种生活方式的梦想的写照。忧患意识浓厚且心怀天下的中国文人，对剑侠的标志"剑"情有独钟，对明月天山、云海长风、大漠射雕、冰河洗剑等意象别有一种情怀，武侠小说虚构的侠义空间至少是纷繁乱世卑俗人生的避风港或是动荡社会中的世外桃源。

对于侠义精神的憧憬已成为普遍性的民间文化心态，侠义精神也演化为一种传统民间美德，它是生存艰难的社会底层的希望支柱之一。侠义精神是侠之为侠的一个永恒的行为动机，是侠文化的基本内核，更是平民大众现实生活需要与理想化期待综合的产物，是人们面对现实社会种种情态时的一个心灵参照。

当代的武侠小说热反映了在人情冷漠、物欲横流、竞争激烈的社会里传统文化道德受到了巨大的冲击。人们在焦虑、失落和彷徨之中产生了对古老伦理社会重义轻利、互助互让、锄强扶弱、济困救贫等侠义精神的热切向往，追寻伦理道德上的乌托邦，这本质上是一种精神上的自慰。

弱势群体盼望正义能够得到伸张，因此每当法律仅仅为权势集团服

---

① 陈平原：《茱萸集》，春风文艺出版社2001年版，第181页。

务的时候，他们就盼望侠客出来"替天行道"，为他们拔刀相助、伸张正义。这是因为在普通百姓眼里，正如李德裕《豪侠论》所言，"夫侠者，盖非常人也，虽然以诺许人，必以节义为本，义非侠不立，侠非义不成。"①

在武侠小说中，侠客大多是正义和崇高的化身；但在现实生活中，侠义精神却往往不会那么纯正，它一般是个人意气的发泄，或是为了所谓的知遇之恩而去替人报仇。《聊斋志异·田七郎》中田七郎老母的话很有道理，"富人报德以财，穷人报德以命"。江湖好汉所谓的抱打不平，大多只是恩怨相报，并不顾忌什么是非曲直与人生道义。古人的"士为知己者死"就是这样的信念，他并不管正义在谁的一边，只管恩主待我以国士，我则以国士报之，赴汤蹈火、为朋友两肋插刀在所不辞，如此而已。所以，武松并不在乎施恩"快活林"经营是否欺压和剥削妓女，武松也不在意施恩重霸快活林后是否一如既往地盘剥客户：自此施恩的买卖，比往常加增三五分利息。各店家并各赌坊、兑坊，加利倍送闲钱来与施恩。他只在乎施恩对他有恩有义，他就去为施恩醉打蒋门神，夺回快活林。至于施恩夺回快活林之后，又加重利息，他是不去"平不平"的。

陈平原认为武侠小说中"快意恩仇"观念的形成在一定程度上反映了"民族潜意识"："侠客之'抚剑独行游'（陶潜《拟古》），逐渐从平不平转为报恩仇。而报恩仇之所以快意，与其说正义得到伸张，不如说侠客的个人意志得到实现，再加上手刃仇人这一动作产生的快感。'江湖中本来就是这么回事，谁的刀快，谁就有理'；还得添上一句：谁有理，谁就可以随便杀人。当侠客将杀人当作'神圣而美丽的事'（古龙《陆小凤》中西门吹雪的表现最传神），于其中得到无限快感时，你就无法保证侠客不滥用杀人的权利。实际上，武侠小说中多的是不以普通人（不会武功者）的生命为意，随意搏杀的倾向。"② 陈平原对武侠小说中侠客"快意恩仇"的把握是切中肯綮的，中国古代侠义文化委实是重"报恩仇"而轻正义的；陈平原对武侠小说中"滥杀无辜"的分析也是比较到

---

① （唐）李德裕：《豪侠论》，《全唐文》卷709，中华书局1989年版，第7277页。
② 陈平原：《小说史：理论与实践》，北京大学出版社1993年版，第279页。

位的,"谁有理,谁就可以随便杀人"似乎也能解释《水浒传》中武松"血溅鸳鸯楼"的诛及无辜,他在蜈蚣岭拿道童试刀也表现出了"不以普通人的生命为意"。然而对武松"血溅鸳鸯楼"的分析却忽视了人的生存处境的问题,如果不是当时具体的情境,武松是不会如此滥杀无辜的,蜈蚣岭上武松不仅没有杀死被道士掳掠的妇女,而且没有要那个妇女献上的金银,让她带着那一包金银下山去了。人们的行为与他们的处境存在着密切的关系,处境往往对人们的行为起着较大的影响作用。不以芸芸众生的生命为意也不仅仅是侠客所为,在中国古代文化中,上至廊庙下至走卒,都存在着"特嗜杀人"(周作人语)这个现象。

这样说来,夏志清将水浒英雄杀人豪兴评价为"与中国人对痛苦与杀戮不甚敏感有关"有一定的道理。陈平原认为夏氏的说法"并不过分",理由之一就是"倘若注意到现代扬州评话大家王少堂(1889—1968)之说'武松',专门渲染虐杀潘金莲的血淋淋场面以及听众对此的欣赏,你就不会觉得这问题是毫无意义的空穴来风了",以及武侠小说在现代中国广泛流传和侠客随便杀人被普遍认可的事实都可以证明这一点。①

侠义文化的负面性主要表现在重恩情,轻公正;重杀戮,轻人命。至于侠客重气轻命、义气行事、拉帮结派、蔑视法律和自由散漫等则是侠义文化中的残渣,沦为流氓精神一路了。

侠义文化是中国底层社会中最主要的文化,它是一股潜流,每当在阶级矛盾或民族矛盾尖锐冲突的时候,它就显露出其力量的一面。陈平原认为:"理解中国历史与中国社会,大传统如儒释道固然重要,小传统如游侠精神同样不可忽视。"② 陈平原重视对中国古代侠义精神的把握,他在日本演讲时也说过这样的话:"理解中国人和中国文化,必须拜读儒释道的典籍,但也无法绕开大侠精神。侠无书,主要是一种民间文化精神。"③

然而,同样是从小传统如游侠精神来理解《水浒传》,得出的结论却

---

① 陈平原:《千古文人侠客梦》,新世界出版社2002年版,第130—133页。
② 陈平原:《茱萸集》,春风文艺出版社2001年版,第182页。
③ 陈平原:《文学史的形成与建构》,广西教育出版社1999年版,第201页。

也不尽相同。20世纪70年代，孙述宇在《水浒传的来历、心态与艺术》中认为《水浒传》是"强人说给强人听的故事"。他说："今本《水浒》成书以前，一些民间武装的强人拿水浒故事传讲过，是不成问题的。当这些不戒杀掠的法外之徒向着亡命侪辈讲绿林故事时，自然是想也没有想到须要讳言杀掠；后来，今本《水浒》的编撰人有机会接触到这些强人说给强人听的强人故事，编入小说之中，因此，我们今天还看得见梁山英雄在杀人放火、打家劫舍。"① 孙述宇也正是从"强人说给强人听的强人故事"这个先行假设来阐释他对于小说中妇女观、残忍和义气等的理解的。

在《〈水浒传〉的煽动艺术》中，孙述宇认为"《水浒》对女色的态度是带宗教迷信色彩的。……《水浒传》对女性的敌对表现，生自一个基本观念，认为色欲是坏事。色欲不好，于是美女不详"②，尤其是对那些求生欲强而没有安全感的亡命之徒来说，这一迷信色彩更浓。孙述宇认为《水浒传》通过"强调报仇"来煽动强人是"人家说《水浒》残忍的原因之一"③。孙述宇还从"大碗喝酒大块吃肉"、钱财来之容易等方面论证他的假设以及从这个假设出发而来的"煽动艺术"。孙述宇对《水浒传》的理解与他的"前见"即水浒故事乃"强人说给强人听的强人故事"密切相关，人们也很容易看出，他的这个"前见"先行规定了他对《水浒传》理解的方向性。

徐斯年《宋明短篇武侠小说论》把宋明短篇武侠小说进行了划分，大致归为七个方面：路见不平、拔刀相助、忠（重）义轻生、除暴安良之类故事；重交、守信、报恩、复仇故事；草莽豪客发迹变泰故事；侠盗故事；含侠义因素的公案故事；含侠义因素的灵怪、神仙道术故事；含侠情故事等④。

---

① 孙述宇：《水浒传的来历、心态与艺术》，台湾时报文化出版事业有限公司1983年版，第32页。
② 邝健行、吴淑钿编：《香港中国古典文学研究论文选粹》（小说、戏曲、散文及赋篇），江苏古籍出版社2002年版，第72页。
③ 邝健行、吴淑钿编：《香港中国古典文学研究论文选粹》（小说、戏曲、散文及赋篇），江苏古籍出版社2002年版，第80页。
④ 徐斯年：《宋明短篇武侠小说论》，《中国古代、近代文学研究》1994年第12期。

徐斯年认为宋明短篇话本小说中的"侠义人物现象,既无唐人传奇中的'文人气',亦无'超人'性,比较接近现实生活中的常人;即便是后来成为帝王将相的赵匡胤(《赵太祖千里送京娘》),钱镠(《临安里钱婆留发迹》,郭威、史弘肇(《史弘肇龙虎君臣会》),在'变泰'之前的'任侠'时期,也不过是'偷鸡摸狗、吃酒赌钱'的'里中无赖子'或'撞没头祸的太岁'而已"①。我认为对于宋明话本小说的论述,倒是把宋代和明代分开的好,因为宋代话本小说尤其是"朴刀杆棒"和"发迹变泰"之类的,里面的主人公还是"大于"(借用弗莱的术语)现实生活中常人的,例如行者武松的神力、花和尚鲁智深倒拔垂杨柳、公孙胜的法术等。然而在明代的话本小说中,叙事的重点却是日常生活的含英咀华,而不是英雄豪杰的过人之处。《金瓶梅》中的武松与《水浒传》中的武松判若两人:前者正是寻常人,而后者却是"天人"或"天神"。

侠义文化总是与社会的不公平、不公正现象联系在一起的,这一点在《水浒传》中有突出的体现。"《水浒》对于侠的赞美,包含有对当时社会的不满和抗议。'匣里龙泉争欲出,只因世有不平人。旁观能辨非和是,相助安知疏和亲。''金宝昏迷刀剑醒,天高帝远总无灵。如何廊庙多凶曜,偏是江湖有救星。'《水浒》时代的市民,没有政治地位,经济上又非常软弱,面对强暴——尤其是城市恶霸与赃官污吏的欺凌,尚不能形成大规模的抗暴的群众斗争,而只好把希望寄托在'江湖'的'救星',即豪侠身上,希望他们能凭着超然的力量,来拯救自己于水火之中。"②市民百姓对于江湖好汉的想望,其实就是期盼能够有平不平的英雄好汉横空出世来实现社会正义的自我安慰。因为"把崇尚忠义作为实现社会安定的基本手段,医治社会弊端的一剂良药,是一般侠义小说的思维模式"③,因此侠义小说一方面以虚幻的形式宣泄了弱势群体的不满,另一方面又没有危及封建社会统治阶级的根本利益,于时便获得了宗教的功效,它既是"人民的鸦片",又是"被压迫生灵的叹息"(马克思语)。有人认为武侠小说是成人的童话,这是有一定道理的,"正因为江

---

① 徐斯年:《宋明短篇武侠小说论》,《中国古代、近代文学研究》1994年第12期。
② 欧阳健、萧相恺:《水浒新议》,重庆出版社1983年版,第39页。
③ 竺洪波:《试论〈绿牡丹〉的思想意蕴》,《明清小说研究》1988年第4期。

湖间、人世间，侠骨侠士不多了，所以才有那么多文人老在写武侠，才有那么多读者那么喜欢读武侠小说"①。

宋代勾栏瓦舍说书舞台上诸如发迹变泰、朴刀杆棒等故事是广大市民听众喜闻乐见的，水浒故事本身不过就是市民娱乐文化的产物，寄寓着市民百姓对于"义士"（尤其是打抱不平的和仗义疏财的义士）的热切期盼和精神自慰。

"四海之内皆兄弟也"虽然语出子夏之口（《论语·颜渊篇》），但是众所周知，儒家思想的核心是"礼"，尊崇尊卑分明的等级制度。"四海之内皆兄弟也"乃义的思想。这种思想主要是社会底层挣扎着的人们和少数民族即被诬蔑为"胡戎蛮夷"的人们所信奉和执行的。汉高祖只有在叔孙通礼制化即等级化之后才感叹"吾乃今日知为皇帝之贵也"②。而据历史记载，元至太宗时"始立朝仪，皇族尊属皆拜"③，之前部落人之间尚未礼制化。由这些历史记载可知，宋代与辽、西夏、金、元等对峙的时候，肯定受到了少数民族民俗习惯的影响，从而促使"义"的思想勃兴。

有元一代，商业贸易的兴盛、很多不再固守田园农耕的人们走南闯北做买卖、南人与汉人文化程度较高反而被压迫被剥削的程度格外严重等社会因素都激发了以异姓结盟互相帮助的"义"文化的发达。元杂剧中梁山泊成为人们心目中替天行道、执行正义的另一个法庭；异姓兄弟歃血结盟的盛行、妇女贞节观念的淡薄和性观念的开放等现象都是元代社会现实的写真，这些现象在《水浒传》中是显而易见的。

朱元璋率领起义大军恢复汉唐气象，重视理学等政策措施打击了元代统治时期浓厚的商业意识，使得整个社会又重新回到了以农耕文化为主的轨道。然而到了正德、嘉靖时期，随着社会生产力的发展，商业又重新登上了舞台的中心，阳明心学推波助澜，人们的思想意识开始了新的解放。商业的繁荣促使人们消费观念的改变，奢侈享受思潮席卷天下。这也使得人们从重血缘的"亲亲"人伦转变到了重利益的义的一伦。赵

---

① 陈平原：《文学史的形成与建构》，广西教育出版社1999年版，第203页。
② （西汉）司马迁：《史记》，中华书局2006年版，第585页。
③ （明）宋濂：《元史》，中华书局1976年版，第29页。

园认为"有明一代,士的群体意识强化。活跃的党社及讲学活动,以及修身的风气,有助于'朋友'一伦的意义的提升"①。此论真切地把握住了当时社会思潮的大势。重"义"的社会现实需求与"'朋友'一伦的意义的提升"在娱乐艺术中就不能不有所反映。

不管哪朝哪代,侠义文化之中都少不了复仇的故事和精神。《水浒传》中就有许多梁山好汉的复仇故事,后代读者往往指责他们的嗜杀残酷和诛及无辜,却忽视了复仇的历史性:封建伦理文化似乎认可只要是为了"善"的报复,可以不计后果;同时,劝善惩恶的教化舆论也增强了人们对人性的无视或漠视;还有,中国古人生存的艰难、斗争的残酷使得敌对双方彼此之间的争斗大都是你死我活的结局,或者是为了能够生存下去,或者是为了荣华富贵,政治中的斗争都是"残酷无情的"。

王立对中西方复仇的手段方式和目的作过比较,他说:"对于复仇的手段及其有限性的思考,在西方萌芽得较早,最终发展到对复仇残忍失当乃至复仇本身的阻遏;古代中国人认为只要为了善的被损害去毁灭恶,手段的偏激过当可以被理解接受。西方复仇文学主题中罕见那种将复仇者家属奴婢一并诛戮的描写,复仇扩大化表现的程度、性质均不那么严重(后期这种倾向更加明显),而偏重的是精神摧残。古代中国写复仇的扩大化,直至《水浒传》,滥杀无辜却仍有增无减,复仇偏重于肉体毁灭。"② 西方文化重视个体价值和人性精神,然而古代中国的文化核心是其伦理价值,复仇文学具有强烈的道德化倾向,在价值评判中也具有道德的绝对化倾向,只要是"善"的伦理能够实现,对敌人务必除恶务尽、斩草除根,心狠手辣、"血溅鸳鸯楼"反而似乎是一种英雄的作为,对敌人如果心慈手软、养虎遗患,反而被讥讽为救蛇的农夫。

"缓急,人之所时有也"是人们尤其是弱势群体对于侠义精神和侠义事迹向往的根本原因,然而不管哪一个朝代,义重如山大多不过是无所依靠的人们的想望;在现实生活中,社会上盛行的则是"旁观文化"。人

---

① 赵园:《乱世友道——明清之际有关"朋友"一伦的言说的分析》,《甘肃社会科学》2006年第1期。

② 王立:《精神摧残与肉体毁灭——中西方复仇文学中手段方式及目的的比较》,《沈阳师范学院学报》1999年第5期。

们对于见义勇为、奋不顾身的豪侠的期盼往往不过是希望他人这么去做，自己则是躲在一隅窃骂行侠仗义的侠客是傻子。鲁迅对于国人这一国民性认识得入木三分，他在杂文《聪明人、奴才和傻子》中就形象地刻画出了一部分中国人的嘴脸：国人大多是"聪明人"，豪侠一流则是"傻子"。

从侠义文化的视角来理解《水浒传》固然是一个很好的视角，然而要注意这也只能是部分的理解，而不是对这部小说的整体性解读，因为对百回本或百二十回本《水浒传》来说，小说后半部分主要是体现了忠于朝廷的意旨，侠义思想或侠义文化只能与英雄好汉聚义之前的叙事相吻合。也就是说，只有小说的前半部分才主要体现和表现了属于民间文化精神的"侠义"思想。

陈平原从侠义的角度还分析过《水浒传》对于后世文学的影响。他说："真正影响侠义小说发展的是《水浒传》为代表的英雄传奇。"进而说："只是侠义小说之受惠于《水浒传》，远不只是粗豪的侠客形象，更包括打斗场面的描写和行侠主题的设计。至于具体的细节和草莽的袭用，可就难以胜数了。"[①] 以行侠主题来看，《绿牡丹》第一回开宗明义，"逸佞得意，权得国柄，豪杰丧志，流落江湖"，就是明显地模仿《水浒传》，它们的主题思想可谓是毫无二致。然而清代侠义小说，与公案小说结合之后，"义"字渐消，"忠"字凸显，尤其是侠客忠于清官，更兼儿女情长，走上了"侠"与"情"相结合的路途。

第三节 《水浒传》与政治文化

从政治文化诠释《水浒传》是《水浒传》阐释史中的重镇，从明清到现当代，一直是如此。这是因为《水浒传》与中国的政治文化联系密切。无论是伟大的政治家，还是为某一小集团谋利益的政客，还是对政治感兴趣的文人书生，都喜欢从政治文化的视角来解读《水浒传》。

《〈水浒传〉与中国社会》《四大奇书与中国大众文化》《漫说〈水

---

① 陈平原：《千古文人侠客梦》，新世界出版社2002年版，第49页。

浒〉·奸雄话题》《〈水浒传〉的组织策略》《黑话〈水浒〉》《〈水浒〉三十六计》《歪批〈水浒〉——强盗不可以白做》《游民与中国社会》以及其他"水浒"与"江湖"方面的演讲等都是从政治文化这一角度来对《水浒传》进行诠释的。

历朝历代都不乏读者从政治文化的视角对文学作品进行诠释,因为中国的政治文化可以说在世界上是最发达的。中国人历来是一个务实的民族,她不像印度人那样十分关注人们死后在天国将会如何,她也不像古希腊人那样十分关注大自然有什么奥秘,她最关注的是与自己切身利益和现实生活密切相关的政治生活,即中国人最关注的是人与人之间的关系。"政治是经济的集中表现,政治的产生和存在以国家的产生和存在为其前提和基础。不同的阶级不同的时代对国家往往有不同的看法,他们按照自己的社会经验和对国家的理解构造出一套关于国家的理论,提出如何治理国家的主张,描绘未来国家的蓝图,阐明自己的社会理想,从而形成自己的政治思想。"①

《水浒传》是一部展现关于国家政治如何理治的小说,它是作者对当时现实政治进行思考和反思的产物。金圣叹认为《水浒传》揭示了"乱自上作"的社会问题,认为导致宋代社会动乱的主要原因在于上层官僚机器的腐败。《水浒传》认为解决这个问题的切实办法就是"替天行道",即在承认皇权的前提之下,在政治上主张严厉打击贪官污吏、邪佞权奸、除暴安良,在经济上赞美和呼唤"仗义疏财"来救助弱势群体、贤能的人能够"论秤分金银,换套穿衣服"和"成瓮吃酒,大块吃肉",总之是设计了一个政治上贤明、经济上平等、用人上任贤使能人尽其才的乌托邦社会"梁山泊"。

正如有的论者所说:"元末明初,是明清小说思想文化主潮的形成阶段。对王道仁政的向往,对正义与公道的期盼,对定鼎安邦的救世英雄的赞颂,对替天行道的草莽豪杰的仰慕,构成了《三国演义》和《水浒传》两部作品的主旋律。"而"《水浒传》将封建政治的完善和社会秩序的稳定作为思考的焦点。重建理想的政治秩序和道德规范这一'山寨社会主义',反映了古代人民政治上要求等贵贱,经济上要求均贫富的平等

---

① 王齐洲:《四大奇书与中国大众文化》,湖北教育出版社1991年版,第155—156页。

思想。"①

如前所述，清末民初资产阶级知识分子以资产阶级启蒙思想作为他们理解的前结构，将《水浒传》解读为"社会主义之小说""索回人权"说等；在抗日战争救亡图存的时候，有人将《水浒传》解读为"国防文学"。所有这些理解从本质上来说都是政论，即都是从政治的视角来进行诠释的。

20世纪80年代，开始了从世俗政治文化视角进行的文学诠释。民间所说的"少不读水浒，老不看三国"也是这个角度，即少年血性刚强，容易意气行事，看了《水浒传》容易模仿和学习梁山好汉；而老年人人生阅历丰富，读了《三国演义》容易运谋略行奸诈。当代，从政治文化的角度对《水浒传》进行的诠释可谓是林林总总：从谋略、组织、血酬定律、江湖文化、政治黑幕、厚黑术、权术学等角度进行理解。

对于《水浒传》这同一部文学作品，之所以得出不同的理解和看法，很大程度上取决于人们看问题的角度不同。例如，当今网络上咒骂李逵在江州劫法场的时候，两把板斧排头看去，是滥杀无辜；连鲁迅在《流氓的变迁》中都说所李逵砍杀的大多是"看客"。可是牧惠在《歪批〈水浒〉——强盗不可以白做》中却有不同的理解视角，其文虽然是"骂世杂文"，笔法虽然是"歪批戏说"，然而却是不无道理的，为什么呢？因为"歪批戏说"一般都是紧密联系现实生活，有感于现实生活的实际情况，从政治批评或社会批评的角度出发，对古人古事所作所为进行引申，指桑骂槐、借古讽今、借他人之酒杯浇自己之块垒，对于社会的黑暗现象、落后习俗、封建迷信、市侩心态等进行无情的针砭，甚至是"匕首、是投枪"（鲁迅语）。鉴于此，对于《水浒传》从社会批评、文明批评进行诠释的角度是应该肯定的，只不过在学术研究中，应该予以区分清楚，不能引用社会批评中的有感而发进行学术上严谨的论证。牧惠对于李逵排头砍杀看客的"歪批"是："谁叫你看热闹？"这个理解视角也有其道理，难道不是吗？鲁迅不是说过，凡是愚弱的国民，即使体格如何健全，如何茁壮，也只能做毫无意义的示众材料和看客，病死多

---

① 皋于厚：《理想世界的探索和理想人格的设计——论明清小说主潮及其流向》，《江海学刊》1999年第6期。

少是不必以为不幸的。在鲁迅眼里,示众的罪犯不过是"材料",而看客不过是头项都伸得很长,仿佛许多鸭,又何尝取得了"人"的资格?对于那些麻木的看客,岂不是李逵杀死多少也不必以为不幸?

王北固《〈水浒传〉的组织谋略》一书,"梳理庞杂的人物、情节,深入浅出地分析梁山泊集团,对其发展过程、主要成员类型、领导核心、上山模式、时代环境、人际脉络、派系结构、整编步骤作了详尽的介绍"①,它从组织谋略的角度对《水浒传》作了新的时代性的解读。

《〈水浒传〉的组织谋略》是以今例古,从当代公司的机构重组、"革命"历史等出发,着眼于组织谋略并探讨它对公司运营所起到的作用。这本书与其说在诠释《水浒传》,不如说是借助于这部小说来演绎公司运营中的组织谋略。在王北固看来,"历代的革命、征伐与造反、招安,以至于今日商战中的公司势力消长与合并,基本上真正流血杀人致死(或公司全面崩溃倒闭)的情况并不多见。在长期的过程中,常态所见是不断地发生情势变化与人脉的调整。敌我阵营的最大决胜并不是彼此的流血杀伤,而是彼此的招降纳叛——现代公司的商战而言,真正的拼搏是公司人才之间的挖角与商情间谍战"②。这是从梁山泊受招安来谈现代公司的兼并合营。这本书紧密结合当代社会的现实,从权术学、组织谋略的角度对《水浒传》进行了诠释,不过书中有一些基本常识把握不是很准确:如"北宋被岳飞剿灭的洞庭湖水盗杨幺"③。另外,这本书的侧重点与其说是"组织谋略",不如说是"权术学":它教导人们如何发展人脉、如何扩展自己的势力、如何夺权、如何平衡山头、如何把灰色地带扩大变黑再重新漂白等。

《帝国潜流:水浒灰社会解密》则分析了梁山英雄们的人生命运,探讨了北宋末年的灰社会状态下的暴力政治规则和各阶层人物的生存博弈法则,营造了一个真切而厚重的历史阅读场景,让读者领悟蕴含在水浒故事之中的生存法则和处世智慧。认为中国人在如何生存、如何苟活、如何自我奴化等方面往往有惊人的天赋,轻而易举地发现许多"侍候主

---

① 王北固:《〈水浒传〉的组织谋略》,上海书店出版社2003年版,第2页。
② 王北固:《〈水浒传〉的组织谋略》,上海书店出版社2003年版,第7页。
③ 王北固:《〈水浒传〉的组织谋略》,上海书店出版社2003年版,第11页。

子"的规律和规则,《菜根谭》《厚黑术》等都是它的产物。

十年砍柴的《闲看水浒》,从本质上说,是对于社会现实生活某些丑恶现象的"有感而发",是"读书笔记",是针砭时弊的杂文,是与学术论著不同的另一个解读路径。吴思从中国历史书籍中读出了"血酬定律",十年砍柴受吴思"血酬定律"的启发,叙述的主要就是《水浒传》中江湖人物的生存术和厚黑术、黑暗社会的暴力原则和拳头原则,并且,它不是在理论上有所阐发,而是依据小说中的水浒故事来论证这个"血酬定律"。

实事求是地说,《闲看水浒》是从当代生存视角之下观照水浒故事所得出的结论:水泊梁山的受招安与"梁山公司被收购","从卢俊义擒史文恭说'二把手'生存之道"把卖肉的镇关西、开药铺的西门庆和大地主卢俊义看作"三个民营企业家",把李师师、阎婆惜和王秀英看作"二奶"……一言以蔽之,《闲看水浒》是借题发挥、借古喻今,是针砭或大话一些当下的社会现象的随笔。这本书以其通俗性、现实性和市侩性为一般读者所喜爱。

从政治文化这个角度对《水浒传》的诠释,大多是结合现实生活中的社会现象借水浒故事有感而发,大多是杂文性质的针砭社会中的丑陋现象,或是艳羡豪夺强取、一本万利的生存技能、发迹变泰的权谋诈术以及公司企业经营之道的简单比附。

正因为《水浒传》中描写的社会现象与历朝历代人们的现实生活紧密相关,这也给历朝历代的读者提供了足够的诠释空间。从政治文化的视角来理解这部小说是当下的一种解读方式,也是历朝历代最乐此不疲的诠释角度,因为人们关注的一般总是现实人生,而《水浒传》就是现实人生尤其是与人们息息相关的政治文化的"活化石"。

第四节 《水浒传》与神话原型

华夏民族或许因为生存的艰难,文明从一开始就是重实际、轻玄想的,因此华夏民族的神话是不能与希腊的神话体系同日而语的。"与其他古代民族相比,华夏民族神话的一个显著特征即是其丰富性与零乱性的杂糅。"① 这一差异形成了中国文化所特有的泛神论，而其他民族则基本是一神论。与泛神论相联系的是"万物有灵"的观念，这种观念是"天人合一"思维方式的基础。

中国上古神话向人性方面发展的方式不是希腊神人同形同性的方式，而是径直把远古的神改造为古代的历史人物。② 在华夏神话"历史化"的进程中，伦理观念与道德准则日益杂糅于其中，"子不语怪力乱神"的示范更强化了华夏民族神话的"历史化"。于是，中国古代神话随着历史长河的向前流淌，逐渐地湮没无闻了。因为"历史化"的原因，流传下来的寥若晨星的神话故事对中国小说的叙事却是产生了深远的影响：且不说它们对于劝善惩恶、因果报应的宣传所起到的重大作用，它们对于小说叙事结构的构建方面就起到了起承转合的不可或缺的作用。

伦理教化与人们对神话的迷信结合起来，一直"愚昧"着几千年来的芸芸众生，尤其是在民间和小市民阶层，道教相关的神话、伦理说教的神话、因果报应的佛教故事等具有很强的生命力，代代相传，生生不息。

新时期以来从神话视角来研究《水浒传》，其实是加拿大文学评论家诺斯罗普·弗莱"神话原型理论"传入中国之后对中国评论界产生影响的产物。不可否认，《水浒传》确实有一些神话故事，但是它们不过是为了叙事的需要而存在的，也就是上文所说的它们在叙事结构方面所起到的作用。当初说书艺人也不过是为了加强听众的娱乐性、趣味性和神秘性而敷演，谁会去计较"剪纸为马、撒豆成兵"是否真有那么回事，文人读者更不会买石碣排座次或天书的账，以为那是哄骗莽撞野蛮的水浒好汉的骗术，李贽就曾指出只要给五十两金子人人都可以做能够解读天书的何道士了。

至于"九天玄女"的出现和她对星主宋江的教导，恐怕更多的是为了构架《水浒传》的思想趋向和情节发展。《平妖传》中不是也出现了九天玄女谆谆教导要替天行道吗？宋江等人虽然结局悲惨，但毕竟有道德的正义在。最后"大团圆"喜剧的心态惯性地给梁山泊好汉悲剧的结局

---

① 王平：《中国古代小说文化研究》，山东教育出版社 1996 年版，第 32 页。
② 王平：《中国古代小说文化研究》，山东教育出版社 1996 年版，第 35 页。

添上了一丝亮色：让人们心目中的道德英雄死后成为受后人祭祀的神灵，完成了"生当庙食死封侯，男子平生志已酬"的奢望。

"九天玄女"即上古传说中的原始女神"玄女"，自汉代道教形成以来，加上了道教色彩的"九天"二字。玄女最早的记载见之于《龙鱼河图》，叙述她帮助黄帝打败蚩尤，制服八方事。自汉代以降，玄女才开始进入了道教神仙谱系。汉代刘向整理的《列仙传》、晋代葛洪《神仙传》等都有九天玄女的事迹，不过在这些书里她却是作为传授房中术、男女交接之道的人物出现的。"玄女""白猿"以及"素女"等都与男女性事有关。玄女可能源自玄牝，或许是母系氏族的遗迹。而白猿的记载最早出现在《山海经·南山经》。"猴子好色的故事流传颇多，白猿可能与性交能力高强有关。通过房中术来修炼以求长生不老等神仙事本是道教的重要内容之一，因此玄女也就为道教所接纳并列为众仙之中了。

在《水浒传》中，九天玄女不是作为丹药、房中术的文化意象出现的，而是作为天书、法宝、导师的文化意象出现的。她在小说中对于推动故事情节的进展和制定梁山泊的行动纲领起了重要的作用。小说第40回宋江拜谒九天玄女，接受三卷天书和九天玄女的教诲，以神道设教的方式为执行"忠义"路线铺平了道路。第二次是在宋江征辽受挫的时候，九天玄女以梦的形式向宋江传授破"太乙混天象阵"之兵法。九天玄女在小说中的结构功能，王振星在《神话意识与〈水浒传〉的创作》中有过论述，他还涉及了另一个重要的神话模式即石头神话。

《水浒传》中的石碣神话虽说也是石头神话，还不是那么明显，最有代表性的是《红楼梦》中的石头神话。《红楼梦》中的警幻仙子就有九天玄女的影子，她也是与性事紧密相关的，教导贾宝玉如何与秦可卿缠绵入港。

石头神话在中国古典小说中是一个重要的神话叙事类型。中国古典六大名著中至少有三部涉及石头神话：《水浒传》中的石碣，以及《西游记》中孙悟空是一个得天地精华而成的石猴、《红楼梦》中贾宝玉就是一块补天而不得的石头等。

石头神话引起了一些学者的注意，有的从"补天情结"出发考察石头神话与《水浒传》《西游记》《红楼梦》等明清小说之间的关系①。"补天情结"源自中国古代"女娲补天"的神话故事,后世往往用它来表达济世安民、救时拯世的社会责任感和有所作为、自强不息的奋斗精神。具体到《水浒传》,当年女娲补天之处乃乾方西北方位,而今却是落下来一块镌刻着"替天行道"和"忠义双全"的石碣,此乃天意,又是九天玄女的指令和训诫,小说就是借助于它来表达宋江对朝廷的"忠义"思想以及梁山泊"替天行道"的行动纲领,这也是《水浒传》的"补天"思想,而不是"换天"思想。"替天行道"与"补天情结"应该说还是有共通之处。

由以上可知,《水浒传》中借用的神话故事主要有石头神话和玄女神话。王振星认为《水浒传》"张扬了'替天行道'的主旨,而石头、玄女神话因素就构成了'天'的内蕴,即天理与天意,不仅使小说在结构上保持了内在的统一性和稳定性,体现了作者的艺术构思,而且在内容上强化了小说的安良、安民而匡时救世的主题色彩"②。

利用神话故事来进行叙事或结构文章,应该说是中国古典小说的一大特色。这种现象比较普遍,《三国演义》特别是《三国志平话》一开始就是用刘邦、吕后诛杀韩信、彭越、黥布等功臣,死后因果轮回分别以汉献帝、伏皇后、曹操、刘备、孙权等来进行报应,以此来叙事。《金瓶梅》也有这种果报的叙事结构,西门庆死后另行投世为孝哥儿。最为明显的是《金瓶梅》的续书《隔帘花影》《金屋梦》《续金瓶梅》等,完全采取了西门庆、潘金莲等人因果报应的叙事模式。《西游记》中唐僧的前身是佛祖的第二个徒弟金蝉子,因为听佛祖讲法的时候不恭敬才被投世受难的,天蓬元帅猪八戒则是因为调戏嫦娥被罚下人间的,沙僧则本是天庭上的卷帘大将,因为在蟠桃会上失手打碎了琉璃盏,被派遣到人间受罚等。《红楼梦》中的绛珠草"还泪"也是典型的因果轮回报应的叙事模式,补天过程中被女娲抛弃的一块石头在人世间的经历遭遇就是《红楼梦》的叙事内容。《醒世姻缘传》又名《恶姻缘》更是果报叙事模式,这部小说的下半部分就是上半部分一一对应的"果报"。《聊斋志异》丛

---

① 黄崇浩:《"补天情结"与明清长篇小说》,《明清小说研究》1994年第3期。
② 王振星:《〈水浒传〉神话解读》,《大庆高等专科学校学报》1998年第3期。

杂的故事中也不乏果报叙事的篇章。《说岳全传》也是采用的护法大鹏、鳖、蝙蝠与岳飞、秦桧、秦桧之妻王氏果报形式来叙事的。

显然，果报的思维虽是释教传入中土加强了儒教善恶劝惩的手段，然而这种思维与劝惩的目的是如此一致以至于本土化得十分彻底。小说作者也未必是果报信仰的虔诚信徒，其中大多数作者在叙事的过程中都是呵佛骂祖，至少也是以反讽的形式对神仙菩萨嘲弄一番。这种实用的态度与中国人对宗教的态度是完全一致的，往往有实用的目的。自己过错的忏悔是没有的，诅咒或求助神灵消灭对手则是普遍的。

《水浒传》中"天罡地煞"说法，反映了小说作者对于水浒好汉的态度：他们都是妖星、魔君，人世间的官吏人事不修、为非作歹、涂炭生灵，因此上界派他们下界惩罚贪官污吏，这是不是以恶惩恶？在叙事的过程中，这些凶神恶煞在人世间抱打不平、伸张正义却是那么可敬，至少老百姓是这么认为的。神话的叙事在中国文人乃至老百姓眼里，不过是一种手段，其价值和意义主要在于叙事结构的构架和伦理道德的惩劝，它们绝对没有西方宗教意义上的作用。

第五节 《水浒传》与宗教文化

从宗教学的角度解读《水浒传》，其实是无论如何也不会地道准确的，它如同隔靴搔痒，总隔着一层似的。这是因为中国的宗教从来就没有上升到西方那种虔诚以至于殉道的程度，在大多数时候，宗教不过是人们为了谋生或逐利的手段，即鲁迅所说的小民加入某个宗教主要还是为了"吃教"而已。鲁迅说："耶稣教传入中国，教徒自以为信教，而教外的小百姓却都叫他们是'吃教'的。这两个字，真是提出了教徒的'精神'，也可以包括大多数的儒释道教之流的信者。"[①]

怀林确实说过"《水浒传》虽小说家也，实泛滥百家，贯穿三教"的话，但是水浒故事的编撰主旨并非宣传儒、释、道三教的教义，而不过是为了市井听众的娱心快意而已。《西游记》在这方面比《水浒传》更典型：揶揄三教，取笑噱头。

[①] 鲁迅：《准风月谈》，《鲁迅全集》第5卷，人民文学出版社2005年版，第328页。

鲁迅在其学术著述《中国小说史略》第十六章中说中国"历来三教之争，都无解决，互相容受"；他在《中国小说的历史的变迁》中也说过这个意思。鲁迅评论《西游记》仍然是这个观点，他说："特缘混同三教，流行来久，故其著作，乃亦释迦与老君同流，真性与元神杂出，使三教之徒，皆得随意附会而已。"① 鲁迅的看法指出了大多数中国人对宗教的真实态度。宗教之于中国古人，不过是实用而已。再加上中国经世致用的文化传统，在中国古代形成了儒、释、道三教相辅相成、相资为用的特点。

一　《水浒传》对儒教的态度

有学人从王伦这个艺术形象的塑造以及李贽的评点出发认为《水浒传》的作者是反对儒家思想的，其实这种认识是偏颇的。

王伦在小说中是一个陋儒形象，心胸狭窄，不能容物，尤其是嫉贤妒能，用林冲的话说就是"量你是个落第腐儒，胸中又没有文学，怎做得山寨之主"。李贽在第20回回评中说："可惜王伦那厮，却自家送了性命。昔人云：'秀才造反，十年不成。'岂特造反，即做强盗，也是不成底。尝思天下无用可厌之物，第一是秀才了。"② 如果以此作为《水浒传》作者批判儒教的证据是很不充分的。因为小说文本的叙事中还有许多肯定儒教思想的地方：对忠孝节义的崇尚、对仗义疏财的赞美、对保国安民、忠义报国的肯定等。梁山泊一百零八人中也有儒之徒：智多星吴用、圣手书生萧让、白面郎君郑天寿等。宋江虽然是一个押司，然而他在浔阳楼吟反诗中说"自幼曾攻经史"，表明宋江虽然是刀笔小吏，然而也曾攻读儒家经史来，百回本《水浒传》中的宋江形象显然是一个作者赞美的人物，何从得出小说批判儒教的倾向来呢？小说作者就生活在那样一个以伦理文化为历史背景的处境之中，他所具有的思想就是那个伦理道德环境中的主流思想，也谈不上什么赞美或褒扬儒家的思想，这一点从水浒好汉征辽、平方腊的悲剧结局的反思中就可以看出来。总的来说，《水浒传》对儒教思想是无所谓褒贬的。

---

① 鲁迅：《中国小说史略》，《鲁迅全集》第9卷，人民文学出版社2005年版，第172页。
② 朱一玄、刘毓忱编：《水浒传资料汇编》，南开大学出版社2002年版，第175页。

二 《水浒传》对道教的态度

鲁迅说过:"人往往憎和尚,憎尼姑,憎回教徒,而不憎道士。懂得此理者,懂得中国大半。"①

道教是中国土生土长的宗教,如果说中国有宗教的话。道教徒并不是西方宗教意义上信奉这个宗教,而主要是在利用这个宗教。它于东汉中后期形成,后来分为两派:一派讲求修身养性、追求长生不老;另一派以斋醮方术为主。在中国历史上,利用道教思想进行造反起义的,还是多数。黄巾起义利用"太平道"把天下分为三十六方,组织起义。一直到清末的义和团运动都利用过道教的形式、思想或组织。

"九天玄女"是道教中的一个重要的人物。《三遂平妖传》中胡永儿从圣姑姑那儿得到一本天书《九天玄女法》。《水浒传》中宋江的两次危难都是九天玄女解救的,它不仅具有故事情节的结构功能,而且更为重要的是梁山泊"替天行道"的思想路线得之于九天玄女。九天玄女告诉宋江"为星主要替天行道,为臣忠义报国,保国安民",这就是《水浒传》中自始至终的主导思想,也是宋江等梁山泊好汉迥别于方腊(田虎、王庆)等人的根本原因之所在。

马清江在《〈水浒传〉的道教构架及其与〈宣和遗事〉、〈荡寇志〉的关系》中论述了道教思想观念在《水浒传》中的构架功能,他说:"道教是中国传统文化的'根柢'之一,明清小说的兴盛、发展,一直受到它的各种影响。《水浒传》依照道教的神谱系统和宇宙结构图式梳理、丰富了《宣和遗事》,建立起道教的构架;《荡寇志》循着同样的渠道改造了《水浒传》,进行了釜底抽薪的诋毁,两者思想倾向殊异,创作动机相反,但其间牢牢勾连着宗教的锁链。"②

马清江在文章中还说,三十六天罡、七十二地煞都是道教神谱中的星君。天罡"原为北斗之称,亦北斗之柄也。中凡三十六神,为星辰之名",宋江为"星主""星魁";地煞乃是依据天罡演化出来的。九天玄

---

① 鲁迅:《小杂感》,《鲁迅全集》第 3 卷,人民文学出版社 2005 年版,第 556 页。
② 马清江:《〈水浒传〉的道教构架及其与〈宣和遗事〉、〈荡寇志〉的关系》,《江海学刊》1991 年第 3 期。

女是义军的庇护神、指路神，梁山好汉行动的纲领"替天行道，为主全忠仗义，为臣辅国安民"（有人把这句话断为"替天行道为主，全忠仗义为臣，辅国安民"）就是九天玄女的最高指示。宋仁宗是"上界赤脚大仙下凡"，宋徽宗自称"玉清教主微妙道君皇帝"，梁山好汉这些天罡地煞乃北斗星辰，原来都是一家子云云。

从《水浒传》的悲剧性结局和结末语"早知鸩毒埋黄壤，学取鸱夷泛钓船"以及如上所述的道教的神仙人物九天玄女的作用来看，小说作者似乎是赞同道教的思想。对于儒家的忠义仁道思想、佛教的渡尽苍生思想，小说都是持一种肯定的态度。然而，从小说中的其他道教人物蜈蚣岭道士、飞天夜叉丘小乙等道士行径来看，小说对道教也是一种利用的态度。

宣和二年（1120），方腊在青溪漆园假托"得天符牒"，聚众起义，据史学称这是明教起义，即摩尼教起义，然而方腊起义的宗教色彩在小说中却被消磨殆尽。相反，与宗教无关的宋江"淮南盗"反而被涂抹上了道教的色彩。历史上明明是童贯带领十五万大军剿灭方腊起义，然而小说却是把功劳全部算在了梁山好汉的头上，而且还渲染了童贯败给了水泊梁山。这样看来，《水浒传》确实是与通俗文化、民众心理有着紧密的联系。

三 《水浒传》对佛教的态度

除了道教，历朝历代的农民起义还与佛教尤其是白莲教有很密切的关联。据官方记载，东汉永平十年（67），佛教传入中原后，经过魏晋两代的传播和发展，在南北朝时期，极为兴盛。据《隋书》记载，大业六年（610），隋炀帝东征高丽的时候，就有"盗贼"借弥勒佛名号聚众造反。《册府元龟》记载唐朝开元初期王怀古造谣说："释家牟尼佛末，更有新佛出。李家欲末，刘家欲兴。"北宋宋仁宗时，王则造反的口号则是："释迦佛衰谢，弥勒佛当持世。"宋徽宗的时候，举国上下崇道抑佛，然而《水浒传》并没有体现这一点。元代有多次农民起义以"弥勒当有天下"为旗号策动起事。元顺帝至正十一年（1351），韩山童倡言"天下大乱，弥勒下生"，信徒众多。徐贞一、彭和尚等造作偈颂，劝人念弥勒佛，然后举事。

《水浒传》与宋元期间社会底层借助于佛教起事有什么关系呢？人们与其从农民起义的角度来考察《水浒传》，倒不如从国民对宗教的态度和认识这个角度更能切中事理。古人说得好："戏不够，仙佛凑。"《水浒传》中关于佛教的相关叙事，证明了前面提到的观点即中国古人对于宗教一般都是采取一种实用、揶揄的态度：五台山上的智真长老可谓是得道高僧，但并没有弘扬什么佛教道理，他在小说中的作用与其说是一种宗教的象征，不如说是为了故事情节的展开服务的，如送给鲁智深的偈语，预叙了鲁智深的身世命运；大相国寺智清长老不仅没有慧眼识人，而且十分势利；裴如海、崔道成以及法华寺诓骗晁盖出兵的那两个和尚这样的佛教徒败类，更谈不上佛教普度众生的宗教色彩，充其量不过是丰富了水浒故事的内容；倒是鲁智深、武松这样身着袈裟但不懂得佛家教义、酷爱杀人放火但打抱不平和锄强扶弱的好汉无意之间体现了佛家的精义。

　　鲁智深的身世，体现了佛教救济贫弱、消灾纾难的辉光。佛家圣地五台山上那一班整日合掌念经的和尚们，远不及鲁智深的造化，鲁智深最后能够成正果，小说中这一安排岂非表明了作者对佛教精义的理解？李贽在第四回回末评中指出："若是那班闭眼合掌的和尚，决无成佛之理。何也？外面模样尽好看，佛性反无一些。如鲁智深吃酒打人，无所不为，无所不做，佛性反是完全的，所以到底成了正果。"① 李贽是从佛性有无来看待鲁智深的，是从反对"假道学"的角度来展开论述的。其实，鲁智深最后之所以能够成正果，是因为鲁智深路见不平拔刀相助、率性而为没有算计、心地厚实心胸阔大，更是因为他以惩恶来扬善、以替天行道来践行正义，可能在作者看来，这才是佛教的真义。《西游记》中的孙悟空，不也是除恶务尽，西天取经功成德满，最后成为斗战胜佛吗？而那些吃斋食素、规规矩矩、念佛诵经的和尚在鲁智深、孙悟空面前，反而成了自私自利、无益于世人的窝囊废，这难道不是体现出了作者对于佛教的深层次把握吗？当然，这种深层次的把握是晚明时代性精神在佛教尤其是禅宗理解上的反映。

---

① 朱一玄、刘毓忱编：《水浒传资料汇编》，南开大学出版社2002年版，第173页。

四 《水浒传》对宗教的实用态度

除了读者从小说的形象叙事中得到儒、释、道等一些实用性的教义以外,中国人对于宗教的态度,正如鲁迅所说的,很少有"坚信"。鲁迅说:"中国人自然有迷信,也有'信',但好像很少'坚信'。我们先前最尊皇帝,但一面想玩弄他;也尊后妃,但一面又有些想吊她的膀子;畏神明,而又烧纸钱作贿赂;佩服豪杰,却不肯为他作牺牲。崇孔的名儒,一面拜佛;信甲的战士,明天信丁。宗教战争是向来没有的,从北魏到唐末的佛道二教的此仆彼起,是只靠几个人在皇帝耳朵边的甘言蜜语。风水、符咒、拜祷……偌大的'运命',只要化一批钱或磕几个头,就改换得和注定的一笔大不相同了——就是并不注定。"①

总之,宗教正如马克思《黑格尔哲学批判》中所说的是鸦片,是人民的叹息,它具有正反两方面的作用,它既迷惑、愚弄、麻木了普通的民众,又成为民众造反的精神工具和外衣。《水浒传》所展现的对于宗教的理解,具有哲理性的高度、经世致用的厚度和一针见血的深度。但《水浒传》中的宗教问题,正如何心所说的:"严格说来,《水浒》既是市民文学,对宗教的态度是泛泛的,说不到什么信仰,因而也并无一定的歌颂或批判。"②其实,不只是《水浒传》中的宗教问题是这样的,其他中国古典小说也是如此。

第六节 《水浒传》与狂欢化理论

20世纪80年代,苏联思想家、文艺理论家米哈伊尔·巴赫金的狂欢化文学理论传入中国大陆。巴赫金的狂欢化理论源自他对西方酒神文化和民间文化的考察,尤其是对西方狂欢节的考察。

巴赫金说:"在狂欢节中,人与人之间形成了一种新型的人际关系,通过具体感性的形式、半现实半游戏的形式表现了出来。这种关系同非狂欢式生活中强大的社会等级关系恰恰相反。人的行为、姿态、语言,

---

① 鲁迅:《且介亭杂文》,《鲁迅全集》第6卷,人民文学出版社2005年版,第135页。
② 何心:《水浒研究》,上海古籍出版社1985年版,第252页。

从在非狂欢式生活里完全左右着人们一切的种种等级地位（阶层、官衔、年龄、财产状况）中解放出来……"① 狂欢节是欧洲历史悠久的节庆活动，后来成为一种具有普遍意义的文化形式，即狂欢式。其主要精神表现为消除距离、颠覆等级、平等对话、自由坦率、戏谑亵渎和嘲弄讽刺。巴赫金认为，狂欢节的种种形式和象征，对文学体裁、艺术思维、语言表达等方面都有着重大的影响。狂欢化文学就是狂欢式内容在文学领域里的渗透和文学语言的表达。

狂欢化是西方民间文化的核心和灵魂。巴赫金对狂欢化的考察也是从这个角度着手的。"巴赫金的狂欢化思想集中体现在他的《弗朗索瓦·拉伯雷的创作与中世纪和文艺复兴时期的民间文化》中，他联系拉伯雷的《巨人传》对中世纪和文艺复兴时期的民间文化进行了考察，指出了它们的狂欢化世界感受基础（也可以说是诙谐文化）和怪诞现实主义的审美特征。狂欢化世界感受也有着其突出的全民性、自由性、乌托邦性和对未来的向往。""狂欢化理论的现实基础是和官方的、教会的思想相对立的民间诙谐思想，它的美学观念是怪诞现实主义。狂欢化艺术是对物质——肉体根基本身的深刻的肯定，有着摆脱了为抽象理论服务的怪诞形象和诙谐风格，因此它是欢快、解放、再生的。"②

按照巴赫金的狂欢化理论，狂欢文化中的"诙谐"精神具有颠覆作用，即对权威、正统具有"脱冕"的作用。狂欢文化的核心就是"加冕——去冕"，这就如同《渔夫与金鱼》的故事那样③，巴赫金在《陀思妥耶夫斯基诗学问题》中指出："国王加冕和脱冕仪式的基础，是狂欢式的世界感受的核心所在，这个核心便是交替与变更的精神、死亡与新生的精神。"④ 这一点在《水浒传》中却没有得到很好的体现：梁山泊众英雄聚义难道就是"加冕"吗？梁山泊好汉接受朝廷招安之后征大辽、平方腊也不能说就是"去冕"吧。《水浒传》中鲁智深大闹五台山或许也带

---

① ［苏联］巴赫金：《陀思妥耶夫斯基诗学问题》，《诗学》，三联书店1988年版，第176页。
② 梅兰：《对象世界与关系世界——席勒的审美教育思想与巴赫金狂欢化思想比较》，《武汉科技学院学报》2002年第2期。
③ ［日］北冈诚司：《巴赫金：对话与狂欢》，河北教育出版社2002年版。
④ ［苏联］巴赫金：《巴赫金全集》第5卷，河北教育出版社1998年版，第163页。

有"诙谐"的色彩,然而其叙事不是用来颠覆权威和正统,而是以禅宗的思想和精神来塑造鲁智深这位不像和尚胜似和尚的活佛形象。虽然狂欢化理论向人们提供了透视《水浒传》的新视角,然而把《水浒传》看作是市民狂欢文化的产物或以西方狂欢化文学理论来阐释这部小说总是不那么地道。

仔细体味《水浒传》中的叙事话语,不难发现其中的表达其实就是说书艺人为了娱乐市民听众而有意识地渲染、夸张和铺陈:为了满足人们嗜血的潜意识欲望和对仇敌斩尽杀绝后的快心惬意,对武松大闹飞云浦、张都监血溅鸳鸯楼等进行了细致入微的叙述,让武松一连杀死十九口人,"方才出得一口恶气",听众也对恶人受到了应有的惩罚而感到心里痛快,武松"方才心满意足",听众也"方才心满意足"——这是一种邪恶得到惩处,正义得到伸张之后的痛快,也符合古人劝善惩恶的教化目的;《水浒传》中描写好汉的怒气,往往就是套话:"心头那把无明业火,高三千丈,冲破了青天";表达人们的惊愕,也是程式化套语:"分开八片顶阳骨,倾下半桶冰雪水";其他诸如"怒从心上起,恶向胆边生"等都是说书艺人的套语。《水浒传》中所有这些叙事套路和叙事话语,其实与西方民间的狂欢化有着本质的区别,或者说二者之间是风马牛不相及的关系。对事物现象进行判断,应该看其本质而不是似是而非的形式或表象,《水浒传》中固然有武松大闹飞云浦、张都监血溅鸳鸯楼以及鲁智深大闹五台山等诸如此类的"热闹"场景的描写,然而它们并不属于狂欢文化:它们不过是被用来表达武松的神勇的豪气以及鲁智深这位活佛身上所带有的呵佛骂祖、率性救世的禅宗精神,这些叙事并不具有西方狂欢文化所内含的"平等性、自由性和乌托邦性"特征。鲁智深在五台山上倒身大睡、鼾声如雷、佛像后面就地大小便、吃肉喝酒、醉打山门等并不是用来表达对佛教的"戏谑亵渎和讽刺",而是渲染禅宗呵佛骂祖、率性而为、立地成佛的内典精神以及鲁智深的豪杰本色和这种精神在鲁智深身上的肉身道成。

《水浒传》的妙处全在"人情物理"的刻画逼真上。林冲发配到沧州,差拨见到林冲,见林冲没有给他上贡银子时便对林冲竭尽恶骂挖苦之能事;等他收到林冲的银子之后又竭尽谄谀奉承之能事,势利小人的嘴脸声吻栩栩如生,使读者如见其人如闻其声。这部小说深刻地反映了宋元明时代的市民的意识形态、审美趣味和好恶趋避。在其本质上，它是市民娱乐的产物，是市民精神文化的产物，是为了满足市民心理情绪的产物，但是与西方意义上的狂欢化却是没有多大的关联。中国古代文化中就罕有酒神文化的狂欢处所，以周礼而来的儒家学说一直尊奉的是尊贵卑贱的等级观念，礼仪之邦素来是对没大没小、不分贵贱老幼上下贤愚的想法和行为嗤之以鼻、不屑理论的，卫道士甚至将有这些想法的人必定置之死地而后快。有人将《水浒传》中梁山泊文化等同于狂欢式是不确切的，梁山泊固然有点儿从非狂欢式种种的等级地位解放出来的意味，但是就如同鲁迅说的水泊中人并不是把所有人都看作是"兄弟"的，此其一；其二，梁山泊看似平等，其实头领中至少就分有天罡和地煞两级，遑论那些抬轿的喽啰和活捉来刺字劳改的官兵了。

在小说是市民娱乐文化的产物这一点上，如果把《水浒传》与"宋元话本小说"对照来读，就更加鲜明突出了。从《杨温拦路虎传》中，就可以看到许多《水浒传》中叙事的影子：杨温占卦后为了消灾遇上盗贼灾厄与卢俊义逼上梁山、杨温和马都头比棒与林冲和洪教头比试、杨温泰安打擂与燕青泰安打擂等是何其相似。由此看来，《水浒传》确实是经过几百年的口头流传之后"集撰"所成，它汇集了说书艺人们的才智，体现着他们"世事洞明"的深刻，也体现着市民的审美趣味倾向；当然，作者天才的艺术创作力在小说成书中的作用也不能忽视。"历史演变法"的研究范式，"往往把故事素材直接等同于小说艺术，低估作家的创造性劳动，似乎只是把散见于各处的故事凑合到一起就行了，如胡适就曾武断地称《三国演义》的最后写定者为'平凡的陋儒'"。[①]

陈文新认为："从发生学的角度来看，宋元说话中的水浒故事并非以鸿篇巨制的'讲史'的面目出现，而是属于短篇的'小说'门类。"《青面兽》《花和尚》《武行者》等英雄好汉的故事是由不同的说话人分别创造出来的，它们是民间说唱艺术的结晶，"而民间艺术家创作故事，首先是追求有趣"，因为"粗野和趣味性正是民间文学的本色"。[②]

[①] 陈平原：《小说史研究方法散论》，《陈平原自选集》，广西师范大学出版社1997年版，第204页。

[②] 陈文新：《传统小说与小说传统》，武汉大学出版社2005年版，第199—200页。

中国古代的读者，从来没有忽视小说的道德意义，而总是从伦理道德的视角对《水浒传》进行解读，此其一；其二，巴赫金所说的狂欢化文化特征主要包括"粗俗、猥亵、疯狂和怪诞"等，而这些特征与《水浒传》的叙事基本上是没有契合点的。

鲁智深大闹五台山，如果从中国传统文化尤其是阳明心学和禅宗精神来看，就会理解得那么自然，用巴赫金的狂欢化理论来观照这个现象，总是觉得那么"隔"。① 这是因为这个现象本来就是中国文化的产物，它用来表达"佛性"不在于闭眼合掌、俨然一副念经修炼的样子，而是在于率性而行，不拘小节，方是成佛作祖根基。鲁智深是个活佛，虽然不念佛经，不做礼拜，然而打抱不平、见义勇为、救济贫弱、普救生灵，这些所作所为都是真正佛性的寓体。外面一个和尚模样虽然好看，如果不普度众生，为弱势群体做点实际的事情，即使是整天诵经念佛也是没有一点佛性的；鲁智深虽然杀人放火，但是他义薄云天、为救人而不计后果，一心保国安民，所以最后反而成了正果。也就是说，佛性在于救济的行动，不在于装模作样的形式，这是《水浒传》想要表达的它对佛教真义的理解。

中西文化的差异，文化的民族性，都内在地要求不能迷信和硬套外来文化尤其是西方文化生态中生长出来的理论，而是要像毛泽东思想那样需要一切从实际出发，与中国的实际情况相结合。把西方理论拿来死搬硬套中国文化中的现象，只能是削足适履，搞得不伦不类。世界文化的多元性是人类精神自由的基本保证，从具体的民族文化本身出发来解读另一个语境中的文化现象，可能比较符合其背后的因果逻辑关系。

第七节 《水浒传》与大众消费文化

一 当代大众消费文化与"水浒"影视

水浒好汉作为中国老百姓喜闻乐见的英雄人物，走向影视是情理之中的事情，20世纪80年代迄今，大众消费文化对《水浒传》的拍摄有一

---

① 张同胜：《〈水浒传〉叙事结构的文化阐释》，《明清小说研究》2006年第4期。

个渐进的过程，它是逐步渗透进水浒影视之中的。

1982年，山东电视台拍摄了《水浒传》，它以"人物志"的方式逐一拍摄。其第一部《武松》无疑会被载入中国电视发展史，它也是第一部启用专业武术演员精心设计武打、讲究视觉效果的电视作品。其后陆续拍摄和放映了《鲁智深》《林冲》《顾大嫂》《李逵》等梁山好汉故事，共40集。

《武松》在播放期间，获得了人们的普遍赞誉，但是也有人囿于50年代至70年代阶级斗争的诠释模式感到不理解，如吴世昌在《关于电视剧〈武松〉致中央电视台函》中要求"立即停止播映《武松》这类货色"，甚至模仿鲁迅在《狂人日记》的结末呼吁"救救孩子"。吴世昌说《水浒传》"此书最残暴、最野蛮、最无理的凶杀情节正是武松《血溅鸳鸯楼》这一回"，质问武松凶杀"这种故事，也算是'农民革命'吗？这被杀的十七人，不正是农民的阶级弟兄、阶级姐妹吗？宣传这些凶杀，也是站稳马列主义的立场吗？这种无原则、无是非、无阶级观念的凶杀，让青少年在电视中欣赏，会起到什么教育作用？我不知道山东电视台摄制此剧，目的何在？中央电视台为它转播此片，目的何在？……这样的'英雄'值得崇拜吗？值得赞美吗？值得表扬吗？值得用电视剧来为他宣传，作为青少年学习模仿的模范吗？"[①]

吴世昌对《水浒传》及其影视的理解是一种典型，很值得人们深思和反思，这就体现了无论对小说文本的解读、水浒戏曲的改编、水浒续书的创作，还是水浒影视的制作和观看，无不具有读者"当下性"的视角。当然，其中也反映了"农民革命"和阶级斗争的诠释视角与小说文本本来是江湖豪侠的故事之间存在的解释上的矛盾和悖论。

山东电视台拍摄的《水浒传》凶杀刺激的场面较多，中央电视台拍摄的《水浒传》则增加了色情娱乐和色情刺激的镜头。

1998年，中央电视台拍摄了43集《水浒传》，影视剧本的改编本身就是一种对原著的诠释，导演张绍林在阐述拍摄指导思想的时候说："在改编中，我们避免过去名著改编缺乏创造性的照本宣科和不尊重原著人

[①] 吴世昌：《关于电视剧〈武松〉致中央电视台函》，《吴世昌全集》第2卷，河北教育出版社2003年版。

物，在忠于原著思想实质、主要人物性格和命运结局的基础上大胆创新。"① 李希凡担任总顾问，电视剧仍然体现的是"路线斗争"，宋江是一个"投降派"的面目；同时，电视剧为潘金莲正名为"下层劳动妇女"的本色，"安心认命"，又具有时代的审美色彩，让潘金莲四次洗澡上镜，以示思想解放。

水浒电视剧放映以来，一方面是好评如潮，另一方面不乏指责之声。好评如潮主要体现在普通老百姓喜欢看，收视率高达44%。指责之声主要是出自专家学者之口。

陈千里《电视剧〈水浒传〉改编之三失》认为电视剧《水浒传》在改编小说的过程中存在三种失误：一是在小说《水浒传》主题思想的把握上存在着误读。陈千里认为"农民起义"说本身就是对小说的误读，而电视剧又"宣扬叛徒哲学"，更是误读，此乃双重误读。二是对宋江形象的争议。这种争议主要体现在《水浒传》剧本依据的是哪一个小说版本。大家知道，容与堂本《水浒传》与贯华堂本《水浒传》中的宋江存在着很大的差异。陈千里认为电视剧《水浒传》一方面肯定了宋江安邦定国、建功立业的政治理想，另一方面又用无产阶级的政治立场对其进行批判。三是对"现代视角"的批判：陈千里认为电视剧"过分渲染女人戏""过分增添丑角戏"和"过分看重说教戏（路线斗争的历史教训等）"，这也是改编的失误。②

张国光坚持他一贯的看好贯华堂本的立场，对电视剧《水浒传》依据容与堂本进行改编十分不满，他在《电视剧水浒传究竟如何选择底本？——兼与该剧顾问李希凡同志商榷》中说，金圣叹批改本为群众公认的《水浒》原著；李希凡大力鼓吹宋江投降、打方腊无罪有理诸说是谬误的……总之，电视剧《水浒传》应该依据贯华堂本，而不是依据容与堂本③。纪国盛《电视剧水浒传依据什么本子好？——兼谈有关评论水

---

① 张绍林：《挑战〈水浒传〉》，《中国电视报》1998年第1期。
② 陈千里：《电视剧〈水浒传〉改编之三失》，《明清小说研究》1998年第4期。
③ 张国光：《电视剧〈水浒传〉究竟如何选择底本？——兼与该剧顾问李希凡同志商榷》，《中南民族学院学报》1996年第3期。

浒传的几个问题》赞同和声援张国光的观点①。1998年，张国光呼吁"封杀"中央电视台拍摄并开播的43集《水浒传》，并与杜宝贵准备以金圣叹批改本为底本重拍《水浒传》，重拍的理由就是张国光认为央视依据百回本《水浒传》，其中的宋江是个大叛徒，但最终因为缺少资金和内部观点不一致，于2001年由杜宝贵宣布停拍新水浒。

李秀民《电视剧水浒传中女性形象塑造的得失》认为电视剧对于小说中的淫妇有三种错误的倾向：一是纯洁化的倾向，电视剧把潘金莲塑造成一个美丽纯洁、豁达大度、体贴丈夫、足不出户的良家妇女的形象，是用现代意识改造了小说中的潘金莲形象，是一个失误；二是超前化倾向：电视剧把潘巧云与裴如海之间的通奸改造成为一种"真正的爱"的爱情；三是人为地复杂化的倾向：把阎婆惜要挟宋江答应她嫁给张文远改编为阎婆惜要挟宋江"明媒正娶"她。②

桑大鹏在《文学的深刻与文化的浅薄——电视剧〈水浒〉改编得失谈》中认为央视《水浒传》的总体特征乃是"文学的深刻和文化的浅薄"③，文化的浅薄主要体现在电视剧《水浒传》对中国古代社会中的伦理道德消解得干干净净和宋江、鲁智深、武松等人物形象文化底蕴的彻底丧失。

李跃红在《现代视角：电视剧〈水浒传〉的深层改造》中认为央视《水浒传》除了对小说审美传达方式向电视方式进行了转换以外，最为突出的是影视《水浒传》对小说文本中的价值观念进行了深层改造。这种深层改造主要体现在两个方面：一是现代女权观对传统妇女观的改造，对小说中淫妇荡妇的行为都进行了事出有因、情有可原的解释；二是现代政治观对古代忠义思想的改造，即用路线斗争改造了宋江的受招安思想。也就是说，这两种深层改造都是现代视角之下对小说文本的理解。

对央视《水浒传》的评论中，曲家源的《重读〈水浒传〉：从小说

---

① 纪国盛：《电视剧〈水浒传〉依据什么本子好？——兼谈有关评论水浒传的几个问题》，《管理教育学刊》1996年第3期。
② 李秀民：《电视剧〈水浒传〉中女性形象塑造的得失》，《中华女子学院学报》1998年第2期。
③ 桑大鹏：《文学的深刻与文化的浅薄——电视剧〈水浒〉改编得失谈》，《鄂州大学学报》1998年第4期。

到电视连续剧》分析得最为鞭辟入里，这篇评论从三个方面进行论述了央视《水浒传》拍摄、演绎的不尽如人意之处：一是主题思想方面，它一方面按照农民起义的路数进行演绎，另一方面过于强调了"路线斗争"，也就是说，电视剧前面是正面赞扬水浒好汉，后面又以先入之见的"投降派"来批判他们，具有明显的价值背反，使得观众产生困惑。编剧既然把水浒好汉看作农民起义头领，可是电视剧中却以流浪汉的面目出现，甚至主题歌《好汉歌》既没有体现小说中水浒好汉抱打不平、仗义疏财、替天行道、保国安民的伦理文化语境中的美德，又没有体现现代"农民起义"视角的解读，如把小说中吴用到石碣村说三阮撞筹、阮小五揭露官兵压榨、强占百姓鸡鸭等一番话删去，改成刘唐、吴用和三阮诱骗晁盖下决心抢劫生辰纲，即把打击贪官污吏改成了打劫者为了衣饭问题而去抢劫，这是"主题意义的倒退"。二是人物形象方面，把宋江再塑造成一个自始至终的"投降派"，把本来是江湖好汉的精神领袖改编成为一个唯唯诺诺的伪君子形象，把本来具有卓越的组织能力和指挥能力的领袖人物改造得只剩下一个处心积虑的投降派的符号。其他诸如鲁智深、李逵、潘金莲等人物形象都改编得不伦不类、不古不今。三是故事情节方面改编的失误：把小说本来合情合理、经得起推敲的情节发展改编得破绽百出、不能自圆其说。如此等等。

以休闲和娱乐为中心的戏说《水浒传》，20世纪90年代有许冠杰主演的《水浒笑传》，2004年有陆剑明导演的"水浒笑传"系列贺岁片。陶东风认为："所谓20世纪90年代肇始的经典消费化思潮，指的是在一个中国式的后现代大众消费文化的语境中，文化工业在商业利润法则的驱使与控制下，迎合大众消费欲望，利用现代的声像技术，对历史上的文化经典进行戏拟、拼贴、改写，以富有感官刺激的与商业气息的空洞能指（如平面图像或搞笑故事），消解经典文本的深度意义与艺术灵韵，撤除经典的神圣光环，使之成为大众消费文化的构件与装饰。"① 影视拍摄的物欲色彩、虚无主义和犬儒主义随着影视制作的商业化愈演愈烈，中央电视台拍摄的《水浒传》也受到了影响，但毕竟还没有发展到"戏说"和"大话"的地步，主要是在色情方面增加了吸引眼球的成分，如

---

① 陶东风：《消费文化中的经典》，《人民日报》2005年3月24日。

潘金莲洗澡的镜头出现了四次,以表达她顾影自怜的心境。

影视中的《水浒传》是中国古代文学经典在现代影视解读中的颠覆:"爱情武打"模式取代了"忠义"模式,忠义思想被阐释为阶级斗争或农民起义,封建社会中的伦理道德冲突消失在现代人性的艺术审美之中,以"色情"与"凶杀"为中心增强娱乐性以吸引眼球、提高收视率,如此等等,不都是影视对《水浒传》的当下诠释吗?也就是说,影视水浒的意义已经是古典小说文本被当代生活所"应用"了,它具有或反映的主要是当代的意识形态和审美情趣。从这个意义上说,人们既没有必要指责它没有忠实于原著,又没有必要指责它具有太多的现代意识,影视《水浒传》已经是一个"新的事件",一个自为存在的艺术作品,因而也是一个小说文本新的意义存在方式。

二 大话文化语境中的"水浒"诠释

大话文化是消费文化的一种。中国的大众文化产生于20世纪后半叶。大众文化从实质上说是在现代工业社会产生、与市场经济发展相适应的一种市民文化。它的特点主要有商品性、通俗性、流行性、娱乐性和对大众传媒的依赖性等。

大话文化是大众文化中比较典型的一种,是消费主义的时代精神的体现和展现。由于它的无厘头和对传统的解构,大话文化在大众文化中遭到最多的是批判和否定。20世纪90年代,经典作品在消费主义大潮中被解构和重构,在文化产业化的过程中,在商业利润法则的驱使与控制下,市场化的操作为了迎合、满足大众的消费欲望,利用现代的声像技术或网络便利,对历史上的经典进行戏拟、拼贴、改写,以富有感官刺激的娱乐化,消解经典文本的传统性,使之成为大众消费文化的资源和对象。

大话文化对中国古代经典文学的当代性解读,固然有"恶搞"的负面影响,但也不能不加分析地一概抹杀、全盘否定。大话文化对古代经典文本的诠释、解构和重构,有其历史时代的合理性。按照马克思主义的观点,是社会存在决定社会意识。而大话话语下的经典重构其实是由当下的社会存在所决定的,是经典在当代的存在方式,是不以人们的主观意志为转移的。

刘建波在《论颠覆经典的"大话文化"》中对"大话文化"的界定是:"大话文化,简单地说,其形式主要表现为前言不搭后语的'无厘头'拼凑表达,再就是对经典文本和历史事件的有意识解构,或足与现实的任意拼凑。谈到文本本身,初读后给人的感觉是言不达意,不知所云,细加品味,的确是一种刻意拼接,甚或说故弄玄虚,但又使人容易被吸引,究其原因,可能正是由于它和传统书面语的表达差异造成的。毕竟,过去接触的多是线性表达结构,面对崭新的形式,难免存在好奇心理,而产生猎奇心理的原因,则可归于书面文化对人的创造性长期压抑所导致的释放欲望,一旦找到机会,自然会身陷其间,先是对形式的审关愉悦,内涵解构的感悟崇尚,再到行为方式的完全异化。"①

陶东风认为:"大话文艺的基本文体特征,是用戏拟、拼贴、混杂等方式对传统或现存的经典话语秩序以及这种话语秩序背后支撑的美学秩序、道德秩序、文化秩序等进行戏弄和颠覆。"②

沉迷于大话文化中的人们,在浅薄无聊的噱头中找到了一种释放,在文字游戏之中获取一点愉悦,在空想和幻想之中麻醉了自己的神经,暂时忘记了生活中的苦楚和对未来的迷茫,自我满足于浅薄而又快意的搞笑之中。经典被大话之后所产生的诸如此类的娱乐精神又是这个时代的存在在经典文本中的反映,有其历史的合理性。

但是,在肯定大话文化对经典作品解读的正面意义的同时,也应该看到它的负面影响。文学经典的大话解读,是大众消费文化的产物,因此就带有商业性、世俗性和娱乐性,里面也是鱼龙混杂、泥沙俱下,甚至不乏一些为了吸引眼球而大力渲染色情、暴力以及尔虞我诈权术的倾向,以肉麻为有趣,以恶俗为品位,以无聊为内容,以卑鄙为价值……

《水浒传》改编的游戏、戏说、破解(如十年砍柴运用吴思从中国历史中发现的"血酬定律"对《水浒传》所作的解读)也获得了高点击率、高销售率。除此之外,还有实用主义者,他们希望从古典文学之中获取蝇营狗苟的手段和参考,于是《水煮三国》《麻辣水浒》等利用中国经典名著来演绎企业管理和资本运营等应用与取乐结合的书籍纷纷出笼,

---

① 刘建新:《论颠覆经典的"大话"文化》,《今传媒》2005年第5期。
② 陶东风:《消费文化中的经典》,《人民日报》2005年3月24日。

如《〈水浒传〉的组织谋略》探求权术的书籍也是书市的卖点。这也不是什么新货色,早在 20 世纪初,萨孟武的《水浒与中国社会》就已经探讨"黑白世界"了。这一方面说明了当代与那个时期具有相似的时代环境、时代精神和经济基础,另一方面正如鲁迅所说的"仿佛时间的流逝独与中国无关"。

《麻辣水浒》是借用水浒故事来构架"企业管理和运营"的故事,或者说是用企业管理的一些理论重新演绎了水浒故事。里面充满了"无厘头"的噱头和对经典作品的模仿。古人云"尝一脔而知鼎味",这是诚然不错的。下面看一看一段无厘头的袭用:

> 县太爷跪在滚滚的尘土里,低下了头。他知道自己罪该万死,但他还是心有不甘,他心里说道:"高太尉,算你狠。我们这些小贪官都是从水里抓鱼,你倒好,直接从鱼篓里抓鱼。唉,曾经有一堆真正的金叶子摆在我的面前,我没有珍惜,等到失去的时候才追悔莫及,人世间最痛苦的事莫过于此。如果让我对金子说最后一句话,我会说———我爱你。如果让我给这种爱加一个期限的话,我希望是———一万年。"

这一段中周星驰在《大话西游》中无厘头的话大家想必都耳熟能详吧。小说除了模仿借用港台影视中无厘头噱头以外,也经常模仿经典作品,借用反对大话文化人们的话来说就是"颠覆经典",例如下面一段,当宋江听到晁盖、吴用等人劫了"生辰纲"事发之后:

> 宋江很生气,"妈妈的,当强盗也不通知我,不准我革命!这个吴用,好歹还拿了我金叶子呢!"

其中的语气与措辞不就是鲁迅《阿Q正传》中阿Q骂假洋鬼子的话吗?《麻辣水浒》谈论的是公司经营与管理的一些规则,但是却获得了读者的青睐和喜欢。它之所以让读者读来妙趣横生,很大的原因就在于无厘头噱头和对经典作品的戏仿,这又有什么不可以呢?

谭晓珊《水浒行动——打开营销执行的 9 大玄关》(地震出版社 2004

年版）是从营销的角度，借了《水浒传》中梁山好汉"名人"的名气进行了当代的诠释。其内容即如何营销与《水浒传》有什么关系呢？这不过是利用《水浒传》这部名著的老幼皆知的名气来达到更容易被读者所接受的目的。

《宋江是个 CEO——梁山上的管理法则》就是从人力资源管理、企业文化、沟通管理、激励管理、执行力管理和战略管理等方面进行探讨的，很启发人，从当代管理的视角对《水浒传》尤其是宋江的管理进行了当代的企业管理的诠释。这部书就是假借《水浒传》的外壳，成功地演绎了企业公司中的管理规则，这是不是小说《水浒传》的当代的存在方式呢？

《胡同水浒传》就是这样一部取笑噱头的小说。它的内容简介就是：武松依然仗义，然而不是斗勇，而是无厘头式的斗智；西门庆还战斗在医疗战线上，不过他不再开药铺了，而是开了一家搞笑迭出的诊所等。的确，它并没有什么深刻的哲理思想，也没有什么精致的叙事艺术，它不过是借了《水浒传》中人物的名字和角色来讲笑话或庸俗搞笑的小故事，甚至对众所周知的笑话进行了改头换面或重装组合，不管这些笑话的来源是古今还是中外。例如，萧伯纳有一个众所周知的幽默故事，说有一个刚学会骑自行车的新手在路上练习，看见对面走来了萧伯纳，大喊一声："站住，不要动！"萧伯纳刚站住，就被自行车撞上了。萧伯纳说："噢，你让我站住是为了瞄准呀！"这个故事被《胡同水浒传》的作者改写为武松的妻子司马沉鱼骑着摩托车撞上了老奶奶（老母鸡），也来一句"为了瞄准"的伪幽默。① 这本书中除了充满了低级庸俗、无聊逗乐的故事，也有一些联系现实生活，针砭社会时弊的小故事，例如宋江虽然能够写出《转基因大葱在火星上的栽培要领》的论文，然而区别不了牛与驴，苹果树与桃树。② 这显然也是模仿了千百年以来一直被讽刺挖苦的不辨五谷的传说。

关于中国古代小说的大话式或新创式写作，黄霖说得好："由于这类小说（指的是中国古代小说）总是包含着诸如命运、真理、道德、情感

---

① 别样冷寒冰：《胡同水浒传》，东方出版中心 2005 年版，第 18—20 页。
② 别样冷寒冰：《胡同水浒传》，东方出版中心 2005 年版，第 40—42 页。

等人类的永恒命题,因而在当代都具有非常强大的诠释潜能。"[①] 这就是为什么经典文学世世代代被不断阅读、不断阐释乃至于不断被改写的原因之所在。任何对文学作品的解读、翻案、仿作、续作、翻译、改写等都是这些作品的存在方式。

黑格尔曾经说过,人类在艺术面前展现的是人类自身。面对同一件艺术作品,不同历史时代的人们对它的理解、解释并不尽相同,这是因为他们诠释的都是他们"自身"。同样的道理,当代对经典名著的戏说、大话,甚至所谓的"恶搞",也都是当下的人们"在艺术面前展现""自身"而已。

然而,有的学者善意地反对对古典名著的"大话"写作。他们认为"大话""这种寄生式写作方式,极易造成对古典名著的歪曲和损害,也不利于文化遗产的保护和传承"[②]。有的大声呼吁在经典文化遭到严重戏说、篡改和贬损的今天要尊重经典、弘扬经典和保卫经典[③],这些说法或做法都是不现实的。其实,这种有"责任心"的担心是多余的,因为"大话"古典名著也是古典名著自身存在的当下方式。

从历史上看,《三国志》的接受史就是一部对于《三国志》的"戏说""漫画"或是"大话"的历史。《阿瞒传》其实就是对历史上雄才大略的曹操的戏说和诬蔑。据杜宝《大业拾遗录》记载,隋炀帝时已有曹瞒谯水击蛟、刘备檀溪跃马等水上杂戏。唐代,李商隐《骄儿诗》中说"或谑张飞胡,或笑邓艾吃",就有对三国故事的娱乐化讲说。

宋代的"说三分"更是广为人知。在所有这些三国历史事件的存在史中,"历史理解的真实"从一开始就已在其中了。如《东坡志林》引王彭语云,涂巷中小儿听说三国事,"闻刘玄德败,颦蹙有出涕者;闻曹操败,即喜唱快"。说书艺人在勾栏瓦舍里肆意地对正史《三国志》等史籍记载进行虚构性的"漫谈""说话"的时候,可能也有一些正统文人对于史籍的接受方式产生过需要捍卫传统文化的忧虑罢。

[①] 黄霖:《中国古代小说与当今世界文学——黄霖教授在首尔国际学术会议上的讲演》,《中国古代、近代文学研究》2006年第11期。

[②] 赵怀仁:《菟丝附女萝——漫议当前文坛"大话"古典名著现象》,《中央民族大学学报》2005年第5期。

[③] 刘文斌:《关于"经典文化"的思考》,《阴山学报》2005年第4期。

《三国志平话》所叙事迹多本民间传说，如庞统变狗，诸葛亮是庄农出身，刘备在太行山落草，汉帝斩十常侍，把头颅拿去招安，等等，都不是历史的事实，而是平民百姓的"大话"三国。

明代《三国志通俗演义》中的赤壁之战，在正史中的文字内容很少，史学家万绳楠通过考证后认为只是一场很小的战役，但却被罗贯中用如神之笔大加渲染，写得惊天动地。"三顾茅庐"在史书中只有寥寥数语，作者却能够驰骋思路，虚构了一个又一个生动的情节，为诸葛亮的出山进行了充分的铺陈与烘托，写得有声有色。至于"借东风""草船借箭""空城计"等许多脍炙人口的故事，则纯粹是作者的虚构。这是不是对正史的"大话"呢？

清代的毛纶、毛宗岗批改本《三国演义》在故事情节上变动很大，不仅有增删，还整顿回目、修正文辞、改换诗文等。

经典名著不是天生丽质，而是后天养成。今天我们所认为的四大名著，是在"五四"新文化运动之后才形成的，而在之前的封建社会里，它们不是被统治阶级及其御用文人认为是"诲淫、诲盗之书"吗？何曾有一点经典的影子呢？那时的经典，主要指的是四书五经等儒家经典。经典名著遭到"大话"或"恶搞"，正说明了它们在当代消费文化中的"经典性"，正说明了它们的生命力。试想，如果没有任何人理睬，束之高阁，被尘封虫蛀，它们的"经典性"又如何能够得以体现呢？那么，它们岂不就在文学的价值意义上死去了，从而变成文物了？

其实，平心静气地分析一下网络对经典所作的"恶搞"文化和大话文化，就会发现它们不过是目下现实生活和价值理念的体现和反映而已，这是真实的历史时代的文学记录和文学重构。

对于中国古典名著的解读，不外与现实紧密结合的"时论"和纯学术性的研究（其实，学术性的解读和研究也不无时代精神的烙印，因为选题本身就是由时代性的问题所决定的），那么，"大话"古典名著不过是借家喻户晓的小说来反映对现实的看法而已，又有什么不可以呢？其实，一些学术方面的论述也是这个为现实、为当代服务的思路，例如《〈水浒〉公案故事对建设和谐社会的启示》一文虽然论述了《水浒传》的反社会行为、反社会心理方面的理论，但论文的主旨还是为了和谐社会的建设服务的①。

网络中对《水浒传》的解读及其咒骂，正说明了权力话语的渗透、意识形态的影响、时代精神的体现、人性论的普遍接受、大众消费文化的时代性和网民解读的感性特点。

当谴责"大话文化"的时候，不应该忘了人们在《水浒传》的传播、接受和解读过程中，"大话"娱乐的倾向似乎一直占据主流的地位：在中国古代，傀儡戏、说话、杂剧、传奇、评话、鼓词、弹词、快书、琴书、牌子曲、杂曲等对水浒故事的接受和改造，主要还是取其娱心快意的因素，人们在欣赏欢娱的过程中，它们难道不是古代形式的"大话文化"吗？以古例今，对当代的大话文化也不应该采取一种一概抹杀的态度，因为这是"水浒"的另一种存在方式。

新时期以来的大话经典、恶搞经典，是商品意识、痞子文化、玩世不恭的精神、娱乐文化、文化消费主义在文学艺术上的反映，它们也是中国古代经典小说在当下的一种存在方式，是目下人们阅读和解读经典的一种方式。

这里所说的"恶搞"，指的是对既有的经典作品或影视作品进行当代窜改式、集撰式的一种再创作，是对既有影像艺术的一种再解说和再阐释。我认为对于这种"恶搞"，不宜不分青红皂白地一棍子打死。这是因为这种"恶搞"有其存在和兴盛的合理性：恶搞是当代大众消费文化在文艺作品或影视作品中的反映；恶搞式的再创作也是经典作品的一种存在方式。恶搞也不是没有其存在价值的，它的娱乐性、讽刺性、反思性、真实性和创新性等都有时代性的价值和意义。

市场经济下的大众消费文化，对古典作品具有解构和重构的作用。人们对经典的恶搞，固然不应该消解它们的崇高性、政治性，但批评者将虚构的人物当作历史中真实的革命人物，不允许艺术再创作，似乎也是不妥。且不说"恶搞"往往具有人性方面更加合情合理的真实，其实，不用说小说中的虚构人物，就是历史中确实存在的真实人物，也不乏对他们的恶搞、戏说。历史中真实存在的人物也不过是某一确定历史文本

---

① 于光荣：《〈水浒〉公案故事对建设和谐社会的启示》，《齐齐哈尔大学学报》2006 年第 3 期。

的人物，它仍然摆脱不了著者的主观倾向性。后世由于问题视域的当下性对他们进行新的理解是避免不了的。新的理解在一些正统观念看来，或许就是所谓的"恶搞"。小说《三国志通俗演义》难道不是对史著《三国志》的"恶搞"？《三国志》固然是史学的经典，而《三国志通俗演义》不也是文学作品中的经典吗？至于之前的说三分、三分事略、三国志平话、三国故事杂剧、传奇等不都是娱乐场所中的对《三国志》的大话、戏说或恶搞吗？由此看来，恶搞也出经典。《三国志通俗演义》中的曹操被恶搞成一个大白脸奸臣，现在也成了文学画廊中的一个经典形象了。历史中的宋江本是"勇悍狂侠"，可是《水浒传》中的宋江却摇身一变，成了一个满口"忠义"的儒者的形象。但是，历史人物被艺术恶搞成文学世界中的经典形象，只要区分清楚史文的不同，不是也有其价值和意义吗？

恶搞，从思想内容上来说，具有针砭时弊、揭露虚伪和愉悦心情的功能。恶搞之后的文艺作品也在这个过程中获得了一种新的诠释、新的存在方式。从艺术上来看，恶搞中也不乏创新性的、具有艺术性的作品。恶搞影视的手法大多是集撰式，即利用了现有的资料，通过"恶搞"赋予了新的解释，生成了一部新的作品。其间事件的连接一般是通过"电视解说"这种方式来完成的。恶搞的实质不过是娱乐逗趣，恶搞作者在作品的起始就开宗明义——"为了自娱自乐，纯属虚构，瞎编乱造"，那么，人们又何必非得祭出道德（在不同的历史时代，道德的内涵外延并不相同）的大旗，道貌岸然地、一本正经地装腔作势，必欲置之死地而后快呢？

清道光年间产生了俞万春创作了《荡寇志》，他秉承金圣叹"惊恶梦"的意愿，攻杀剿灭梁山泊众头领。这种翻案创作，是不是也属于对"经典"的"恶搞"呢？

简而言之，"恶搞"固然有其负面消极的意义，但也有其积极的意义在里面。"恶搞"文化是时代的产物，有其产生和存在的必然性和合理性；它是无厘头逗趣、大众消费文化在文学艺术、影视艺术等中的真实反映，人们应该正视它的存在，研究它存在的合理性和时代性，具体地分析这种对经典文学作品的恶搞的利弊，而不是对它围追堵截、口诛笔伐乃至全盘否定。

商业化解读和大话文化的新创等都是新时期以来，商品意识和痞子文化、玩世不恭精神在文学艺术上的反映，它们也是中国古代经典小说在当下的一种存在方式，是目下人们阅读和解读经典的一种方式。

在大众文化语境中，人们对古典作品进行的消费主义视角的解构与重构，虽然具有平面化、戏谑化、简单化、游戏化、商品化甚至是恶俗化等特征，但是它们同时又具有多元性、娱乐性、当代性、人性化和后现代主义的特点，它们是时代性精神在古典文本当代存在方式上的反映和体现，有其存在的合理性。

大话文化视域下的对《水浒传》等经典作品的解构和重构，从本质上来说，是时代精神与经典文本的视域融合，是民族经典在当代的一种存在方式。其间新的意义的生成，正是它们经典性的体现和反映。对经典的种种大话文化的解读，鱼目混珠、泥沙俱下，它们既有文化消费主义视域下的合理阐释，又有脱离文本实际的过度诠释、后现代主义的解读。

第八节 《水浒传》的海外诠释

《水浒传》因其在中国古典文学史上的名著地位被海外学人尤其是一些汉学家所赞赏。日本学者将《水浒传》评价为"伟大的中国小说"，而苏联学者则称其为"十四世纪中国文学的纪念碑"。

《水浒传》海外接受情况的研究可以参照王丽娜整理的文章《〈水浒传〉在国外》（上下两篇），或者参阅王丽娜的专著《中国古典小说戏曲名著在国外》。此外，还有宋柏年的专著《中国古典文学在国外》、黄鸣奋的《英语世界中国古典文学之传播》、黄卫总的单篇文章《明清小说研究在美国》等。

按照伽达默尔的哲学诠释学理论，"一切翻译就已经是解释（Auslegung）"[①]。《水浒传》在海外被阐释的情况因此可以主要分为两部分：《水浒传》的翻译和海外对《水浒传》的解读。

---

① ［德］伽达默尔：《真理与方法》，洪汉鼎译，上海译文出版社2004年版，第496页。

一 《水浒传》的翻译

《水浒传》这部小说先后被翻译成英、法、德、俄、波兰、捷克、日本、朝鲜、越南等多种语言。

英国杰克逊（J. N. Jackson）1937 年翻译了金评本《水浒传》，这个《水浒传》英译本由中国商务印书馆出版后，在英美广为流传。但是，这个英译本每个章回都有不同程度的删节。大英百科全书对《水浒传》的评价是：元末明初的小说《水浒传》因以通俗的口语形式出现于历史杰作的行列而获得普遍的喝彩，它被认为是最有意义的一部文学作品。

20 世纪二三十年代，赛珍珠（Pearl Buck）根据金圣叹评点的贯华堂本《水浒传》，"象林琴南译书一样，花了四年时间边请中国人口释边译成英文本《水浒传》七十回全文"[①]，英文版本名为 *All Men are Brothers*，翻译为中文名就是《四海之内皆兄弟》（有的译为《皆兄弟也》），于 1933 年由美国纽约和英国伦敦同时出版。但是英译本里面存在着很多错误：书名的翻译，就不符合原意，这一点鲁迅于 1934 年给友人的书简中曾指出：赛珍珠把《水浒传》翻译为《皆兄弟也》很不确切，"因为山泊中人，是并不将一切人们都作兄弟看的"[②]；赛珍珠对一百零八将的绰号，也往往望文生义，比如将病尉迟孙立中的复姓"尉迟"（Yuchi）译作"Weichi"，将花和尚鲁智深翻译为"Priest Hwa"（花牧师），将母夜叉孙二娘译为"Night Ogre"（夜间的怪物）；英译本将武松在"三碗不过冈"酒店中说的"放屁"直译为"fart"，其实小说中武松的意思是"胡说"，翻译为"nonsense"比较合适。如此等等，不一而足。五六十年代，赛珍珠在《我的几个世界》（*My Several Worlds*）等文中，把梁山泊好汉称做"造官府反的狂徒和不满分子"，并利用《皆兄弟也》来攻击当时中国共产党领导下的人民政府。

需顺便提及，中国籍美国人西德尼·夏皮罗（Sidney Shapiro）即沙博理在"文化大革命"中开始翻译《水浒传》，并于 1980 年出版了百回本《水浒传》英语版本，这个版本被认为是众多英译本中最好的一本。

---

① 郑公盾：《水浒传论文集》上册，宁夏人民出版社 1983 年版，第 213 页。
② 鲁迅：《鲁迅书简》，人民文学出版社 1957 年版，第 431 页。

其英文题目是 *Outlaws of the Marsh*，即"沼泽地里的不法之徒"。沙博理的译本，被认为忠实于原著，而且很贴切地反映了原文的神韵，符合翻译的"信、达、雅"原则。

日文译本《水浒传》虽然与其他译本相比，出版最早，种类最多，但是日本汉学界对于《水浒传》的研究却是主要集中在这部小说的考证考据上，思想内容方面的诠释相对来说不是很多。

19世纪法国汉学家安托尼·巴赞（Antoine Bazin）最早将《水浒传》介绍到西方，他把关于鲁智深、武松的水浒故事进行了片段翻译，并把《水浒传》称为"中国人的第一部滑稽小说"。1978年，《水浒传》全译本由葛利玛七星出版社出版，艾琼伯给这部译著作的序。出版广告说："它是中国600年取之不尽用之不竭的戏剧保留节目的源泉，卓越的文学典范。"[①] 法国学者把《水浒传》看作"中国侠客小说的典范"。法国《大百科全书》认为《水浒传》与西方骑士小说遥相呼应，《水浒传》对多种人物的英勇或懦弱的描写，都是对龌龊的社会进行愤怒的批判。《水浒传》中的许多故事又可与阿拉伯故事相媲美，这些故事中的英雄人物大胆机智，经常拿豪门富家子弟取笑开心。《水浒传》堪称传奇作品的伟大典型。值得注意的是，法国人认为《水浒传》与西方骑士小说遥相呼应，其实这种理解是不确切的。这是一种典型的误读。欧洲的骑士小说体现的"骑士美女"模式与中国晚清以来的侠义公案小说中的"侠士佳人"模式、日本的"武士美女"模式庶几近之，它们是一个相似的类型，而《水浒传》却是一个男人的世界，没有男女之间那种旖旎的风情，充斥其间的是刀光剑影中的阳刚之气和正义之气。西方骑士小说与《水浒传》绝对不是一回事，13世纪欧洲出版的《效忠女人》就是奥地利骑士兼游吟诗人尤里克晚年的作品，书中认为效忠女人是男人最大的荣誉，并且把人的情欲相分离，尤里克的爱情体现在他效忠的情人上，他与妻子之间仅仅是欲，是生理的需求。然而，一方面情欲分离在中国古代历史中是陌生的，也几乎是不可能的；另一方面"效忠女人"这个题目在中国古代本身也是不存在的，不用说秦皇汉武、唐宗宋祖这样的豪杰英雄，就是寻常百姓都会笑掉大牙，因为他们的意识之中根本就没有为女

[①] 宋柏年：《中国古典文学在国外》，北京语言学院出版社1994年版，第402页。

人"效忠"的想法。

德国对《水浒传》的翻译和介绍开始是零零散散的片段翻译和意译。艾伦斯坦（Albert Ehrenstein）把《水浒传》翻译为《强盗与士兵》（*Räuber und Soldaten*），他认为《水浒传》中的故事很滑稽、具有反抗性，这些故事是民间传说，在翻译的过程中他随意地对原著进行叙事颠倒或肆意改窜。威廉·格鲁伯说《水浒传》中有"许多幽默、滑稽的段落，使我们想到我们古老的骗子流氓小说"①。1934年德国弗朗茨·库恩博士（Franz Kuhn）根据120回本《水浒传》编译了《梁山泊的强盗》一书，其中也作了大量的删节，压缩成50回本。库恩把《水浒传》当作惊险小说或英雄传奇来处理。他在这个节译、意译的《水浒传》德译本的《跋》中说：武松、潘金莲和西门庆在《水浒传》中整个的故事他没有翻译，因为在他看来，这几个人物的故事情节在《金瓶梅》中已经有了，所以就没有重复翻译的必要。可是，《水浒传》中的武松与《金瓶梅》中的武松可以说有霄壤之别：前者是英雄好汉，是被金圣叹誉为"天人"或"天神"的不受羁绊的豪杰人物；而后者则是《金瓶梅》故事中的一个情节人物，表现的仅仅是一个庸俗平常的小市民形象，没有一丝一毫的英雄气概，因此完全可以说，他们是两个"武松"。另外，梁山泊英雄好汉是中国老百姓喜闻乐道的英雄人物，是得到肯定的正面的人物，可是在库恩眼里，他们不过是打家劫舍的"强盗"而已，这样一来，中国传统文化中褒扬见义勇为、打抱不平、仗义疏财等美德就在无形之中被消解得无影无踪，成为完全站在统治阶级立场之上的解释。库恩的理解体现了民族文化的差异对于文学作品接受的影响，很显然，他是仅仅从故事情节这方面对《水浒传》进行理解的。

二　海外汉学家对《水浒传》的文学批评

王丽娜通过对《水浒传》在海外情况的考察之后认为："西方现代汉学家对于《水浒传》的研究，侧重在探讨作品的思想意义、社会作用以及与西方传统小说的比较。"② 当然，这里指的是概况，具体到每一个国

---

① 郑公盾：《水浒传论文集》上册，宁夏人民出版社1983年版，第218页。
② 王丽娜：《〈水浒传〉在国外》（上），《天津外国语学院学报》1998年第1期。

家，情况又各有不同。日本一贯地重视对中国小说的考证考据。美国汉学家研究中国明清小说是自20世纪60年代起步的，首先以考证版本为主，例如查德·欧文（Richard Irwin）在1966年出版了《水浒传——一部中国小说的进化》(The Evolution of a Chinese Novel: Shui-hu Chuan)，其中讨论的主要是《水浒传》版本的发展史①。

1968年美国汉学家夏志清的《中国古典小说导论》(The Classic Chinese Novel: A Critical Introduction) 英文版出版，这是美国汉学界从文学批评的角度研究中国明清小说的开始。1988年安徽文艺出版社出版了由胡汉民等翻译的中文版。2001年江西人民出版社把它更改为《中国古典小说史论》出版。

在这本专著里，夏志清说："《水浒》对中国人精神世界中阴暗面的见解也很值得我们进行深入的心理研究。"② 他认为《水浒传》中水浒好汉的滥杀无辜体现了中国人对痛苦和杀戮不甚敏感③，并且对水浒好汉仅仅满足口腹之欲而对女色禁欲方面感到不甚理解，于是把梁山好汉的"禁欲"看作是"对好汉意志力的唯一考验"。夏志清区分了水浒好汉的个人英雄主义与行帮道德，他说："英雄信条中有某种利他的爱，但由于无视法律和社会规范，它又鼓励了一种与利他主义相反的行帮道德。"④ 夏志清在《隋史遗文·重刊序》中也说："《水浒》所表扬的侠义精神，不够忠厚，全书充满残暴、虐待狂场面，代表了中国文化偏激的一面。"他对《水浒传》进行指摘"最为激烈、彻底，因此而招致的反驳也主要集中指向夏志清。刘若愚在《中国游侠》一书（1967）里反驳了夏志清关于《水浒传》是缺乏艺术性和社会根据、宣扬帮派道德的伪历史的观点，主张它是一部杰作、一部中国游侠小说；C. J. Albert 在《清华学报中文研究》卷2（1969）上发表《〈水浒传〉英语评论巡礼》一文，认为夏志清的指责未能注意到小说家对其笔下人物的态度、当时的文学传统与技巧以及它们和作品的关系"⑤。

---

① 黄卫总：《明清小说研究在美国》，《明清小说研究》1995年第2期。
② 夏志清：《中国古典小说导论》，安徽文艺出版社1994年版，第82页。
③ 夏志清：《中国古典小说导论》，安徽文艺出版社1994年版，第102页。
④ 夏志清：《中国古典小说导论》，安徽文艺出版社1994年版，第93页。
⑤ 黄鸣奋：《英语世界中国古典文学之传播》，学林出版社1997年版，第200页。

夏志清关于《水浒传》的很多看法，海内外学者都对其有争议。夏志清认为武松在鸳鸯楼杀死张都监、张团练和蒋门神为自己报仇之后，顺便将酒桌上的银器踩扁揣在怀里这样"小偷小摸的勾当，把他写成一个窃贼实际上降低了他在杀红了眼时的狂暴的复仇者的身份"，小说作者如此叙事有损于武松这个英雄好汉的形象。① 其实，我认为《水浒传》倒是采用了现实主义手法，更为真实、更为逼真地描写刻画了武松当时的历史处境。为什么这样说呢？杨志失陷生辰纲之后，因为囊中羞涩，付不起饭钱，被曹正小舅子追打不就说明了一分钱难倒英雄好汉的社会事实吗？水浒好汉是人不是神，他们首先需要填饱肚子，这是现实生活中真正的真理。武松在报仇之后顺手带走银器，正是为了生存的需要，说明武松此时是清醒的、务实的，不是现当代武侠小说中的大侠那样不食人间烟火。

黄卫总批评夏志清在《中国古典小说导论》里往往以西方19、20世纪小说的标准（如福劳贝尔或詹姆斯的作品）来衡量中国古典小说，有时不免过于苛求。黄卫总的批评无疑是有其道理的。夏志清在评论中国明清小说的时候，其前视域就是西方19、20世纪小说的标准，这也是一个事实。西方汉学家哪一个能够跳出他们西方的前视域来对中国小说进行评论呢？没有任何人不带有他们的"前见"，他们的文学评论就证明了这一点。人们往往从中西文化的差别来解释这种现象。西方汉学家无论是对中国明清小说的思想内容，还是对它们的艺术形式的评论，都彰显出他们特有的前视域。海托华（J. R. Hightower）的《中国文学中的个人主义》（Indibidualism in Chinese Literature）就体现了作者的西方价值评判标准和艺术审美的角度，"个人主义"是20世纪初在西学东渐、资产阶级思想启蒙的历史大潮中才传入中国的。海托华"个人主义"视角的切入就是其对中国文学进行理解的前视域。

吴杰克（Wu Jack）的《〈水浒传〉的道德标准》（The Morals of All Men are Brothers）探讨了梁山泊英雄人物所表现的残忍性、对无辜牺牲者的冷漠态度、反抗的艰难性和复仇的彻底性。显然，这里的"道德标准"是西方社会的道德标准，而不是中国封建社会的道德标准，因而在阐释

---

① 夏志清：《中国古典小说导论》，安徽文艺出版社1994年版，第107页。

里出现了文化方面的"隔"。

蒂莫西（Wong Timothy）在《〈水浒〉中关于义的品德》（The Virtue of Yi in Water Margin）中探讨了水浒英雄人物的残忍行为与"义"之间存在的明显矛盾，以及这些人物杀、抢、放肆等诸种行为与"义"的道德价值之间的张力。

1987年，浦安迪《明代小说四大奇书》（The Four Masterworks of the Ming Novel）对明代四大奇书《金瓶梅》《西游记》《水浒传》《三国志演义》的版本史、作品的艺术结构和思想内容方面均有详细的讨论。他认为明代四大奇书都是精致的文人小说，是晚明文化的产物，这是他对四大奇书进行理解的前见。

浦安迪从对这四大奇书的细读中得出了这样一个结论，即明代四大奇书都带有"反讽"的意味。他说："几乎在经过改写的每一片断里分明都给增添了一层有反讽意味的润色。"① 浦安迪认为明代文人把民间梁山泊英雄好汉的传说改写成长篇小说后，不仅对英雄好汉的光辉业绩进行了赞颂，而且对它的内在局限性和矛盾进行了相当深入的探讨，其中最大的特色就是"反讽"意味的增加。对《水浒传》的理解，尤其是其中水浒好汉的滥杀无辜以及他们对待妇女的态度，"反讽"成为现代读者一个重要的理解视角，然而这个视角并不符合小说文本的实际。陈平原说："现代人很容易在梁山故事中读出反讽的意味，可我更倾向于认为，作者只是希望如实呈现。"②

浦安迪对于《水浒传》的考察，其视角也是历史主义的，他要求"尽可能把小说中表达的观念跟明代思想史背景联系起来"，但是由于明代四大奇书乃"文人"小说是浦安迪的前视域，因此其结论何所向的规定性就是儒家学说中的伦理道德的思想。他认为《水浒传》的主旨就是儒家思想宣扬的"修身、齐家、治国、平天下"；四大奇书所表达的观念"始终是构成晚明思潮核心的折中论，这种人生观因其融合了佛家和道家的情感而变得更为丰富，然而却从未脱离过当时文学修养和价值的儒家

---

① ［美］浦安迪：《明代小说四大奇书》，中国和平出版社1993年版，第293页。
② 陈平原：《陈平原小说史论集》（下），河北人民出版社1997年版，第1588页。

基石"。①

　　同样是从文化的角度观照《水浒传》，中国学者王齐洲则认为中国古典小说并非典籍文化即主要是儒家思想的产物，而是主要产生于大众文化之中，是说书人原创、艺人丰富、文人润色等共同培育的奇葩。他认为《水浒传》主要反映了民间对政治理想的价值理念，小说是"通过政权建设中的矛盾斗争集中地表现了宋江等人对社会政治价值的渴望"②。

　　浦安迪和王齐洲都是从文化的视角来分析《水浒传》的，然而他们的着眼点和结论却是如此不同。思想观念是极其复杂的，不能单纯地认为西方汉学家这种不同于中国的诠释就仅仅是因为中西文化的差异或他们依据人性论而得出的结论。它不仅仅是一个文化价值方面的问题，还是一个读者具体的感悟体认的当下存在。

　　1991 年王静发表了《石头的故事——文际关系和〈红楼梦〉、〈水浒传〉、〈西游记〉中石头象征以及中国古代的石头神话》（The Story of the Stone：Intertextuality Ancient Chinese Stone Lore, and the stone symbolism in *A Dream of the Red Chamber*, *Water Margin*, and *the Journey to the West*）。此处的"文际关系"，一般翻译为"互文性"。自从弗莱的神话原型文艺理论问世，尤其是他的《批评的剖析》于 1967 年出版之后，不少学人都从神话原型的角度来解读文学作品，这固然是一个很好的角度，然而我总认为由于汉语言神话的不发达、历史化以及国民的功利性等特点，神话视角的解读似乎与中国古代经典小说并不是那么契合。

　　魏爱莲（Ellen Widmer）《乌托邦的边缘——〈水浒后传〉与清初明遗民文学》（The Margining of Utopia：*Shui-hu hou-chuan* and the Literature of Ming Loyalism）把《水浒后传》的研究与清初明朝遗民联系了起来，具有历史的观照视角。

　　何谷理（Robert Hegel）《十七世纪中国长篇小说》（*The Novel in Seventeenth Century China*）这部论著中探讨了金圣叹评点的《水浒传》，侧重从思想史和社会史与小说发展的关系来研究中国小说。

---

① ［美］浦安迪：《明代小说四大奇书》，中国和平出版社 1993 年版，第 2 页。
② 王齐洲：《四大奇书与中国大众文化》，湖北教育出版社 1991 年版，第 153 页。

三 翻案《水浒传》的作品创作

中国古代小说的评点批改本身就是对小说本文的一种阐释，只不过批改者不满意于小说本文的叙事视域，自己的期待视野没有得到满足，于是只好通过批改来表达他对文本的理解。西方对《水浒传》的解读和接受过程中也有这种情况，在前面提到的翻译过程中就已经出现了，翻译者根据他的理解对小说本文进行删改，或是部分的翻译，或是以自己的理解进行重新表述等。除此之外，海外对《水浒传》的翻案创作也是因为作者的期待视野没有得到满足，从而通过创作表达对原作的理解。

在翻案方面，较早模仿《水浒传》而进行创作的是韩国人许筠，他的《洪吉童传》就是模仿《水浒传》而创作的第一部韩国长篇小说。这种仿作促进了韩国小说的发展。对《水浒传》的仿作或翻案，其前提就是对《水浒传》文学意义的理解有与作者相分歧的地方，从而促使创作者有了改写或再创作的动机。当然，对《水浒传》的翻案是基于创作者的问题视域、前理解超出了文本的视域。

日本江户时代，翻案《水浒传》的作品有20余部，其中具有代表性的作品有山东京传的《忠臣水浒传》和曲亭马琴的《南总里见八犬传》，前者是日本版的《水浒传》，后者则是模仿《水浒传》而撰写的日本版演义小说。

当代，"日本于2005年底出全的北方谦三写的《水浒传》，曾得了世称日本诺贝尔文学奖的日本司马辽太郎奖。作者说，'《水浒传》在我的心中可能已经变质，我将塑造出自己心目中的英雄。'的确，在他的笔下，宋江一变为革命理论家，鲁智深带着他的理论著作《替天行道》到处宣讲'革命道理'；他还添加了一个秘密警察组织'青莲寺'，用来专门对付宋江们的地下活动；最使人匪夷所思的是竟将'天神'武松写成从小就偷偷地单恋着嫂子潘金莲，而潘金莲则贞节得可怜，为拒绝小叔子的强暴而毅然自尽……评委会对这部小说的评价说：'对中国古典文学的研究分析，加以解体并且重建，保持了长篇小说应有的紧张感。'这就清楚地说明了，它尽管'重建'了一部现代'日本版中国历史小说'，但它的灵感毕竟还是从研究中国古代小说而来"①。

四 中西阐释《水浒传》差异的主要原因

《水浒传》中的梁山泊好汉与司各特《艾凡赫》、与吉尔伯特之《罗宾汉》、与萨特克里夫之《绿林英雄罗宾汉》等中的侠盗罗宾汉的比较，也能说明中西文化对英雄好汉的不同界定。

1230年，苏格兰后世传说中的罗宾汉还是以罗伯特·汉的面目出现。1420年，苏格兰编年史中才开始出现"罗宾汉"这个称呼。1892年，艾尔弗雷德·丁尼生根据罗宾汉题材写了戏剧《绿林人》。华尔特·司各特《艾凡赫》和《十字军的故事》中都有罗宾汉的传奇故事。1912年，亨利·吉尔伯特撰写了《罗宾汉》。1982年，J. C. 豪特创作了《罗宾汉》。1977年，玛里斯·金《中世纪传说中的法外人》也是描写罗宾汉的好汉故事。罗宾汉故事与水浒故事的相同之处在于：英雄聚义、仗义疏财、惩恶除奸、抗击官军、接受招安；不同之处是罗宾汉及其同伙除了打击贪官污吏之外，还打击教会势力，因为在西欧的中世纪，王权政治与教会势力相互斗争得很激烈。在中国则不然，宗教势力一般都唯皇权马首是瞻，它们与统治阶级相处得十分和谐。

要想真正把握中国文学，不是要求汉学家去除他们的前见、偏见（这也是不可能去除的），而是在研究过程中，要注意中西文化的比较。在对文学意义的阐释过程中，不能忽视文化底蕴。如果忽视了中西文化底蕴的不同，就容易得出一些似是而非的结论来。

夏志清在《水浒的比较研究》和《中国古典小说评介》中认为，《水浒传》的作者是厌恶女人的，是"misogyny"（厌女症）。②《水浒传》固然是男人的世界，充满着阳刚豪气，但是《水浒传》不是厌恶女人或仇恨女人，而是憎恨一个"淫"字。古人信奉的是"百行孝为先，万恶淫为首"。小说刻画渲染奸夫淫妇的惨死，实际上是告诫世人尤其是女人

---

① 黄霖：《中国古代小说与当今世界文学——黄霖教授在首尔国际学术会议上的讲演》，《中国古代、近代文学研究》2006年第11期。

② C. T. Hsia, *The Classic Chinese Novel: A Critical Introduction*, Columbia University Press, 1968, pp. 105–106.

要对婚姻忠贞节烈，是为了劝善惩恶进行道德教化。在《水浒传》中，潘金莲和西门庆偷奸，毒死武大；潘巧云和裴如海偷情夜宿，被石秀发觉，进而诬陷石秀；阎婆惜不仅与张文远勾搭成奸，而且还讹诈要挟宋江；卢俊义之妻贾氏与管家李固苟合……这几个女人之所以被杀，不是因为她们是女性，而是因为她们性行为淫荡、对丈夫不忠诚，所以为社会伦理道德所不容。《水浒传》宣传忠、孝、节、义、贞、烈等伦理道德，人物的性格行为都以此为规范。

一般来说，西方对中国文学的理解所得出的结论，我们读来感觉很"隔"，主要是因为他们的阐释没有考虑中西文化的差异，他们自身的文化意义过于强大以至于淹没了文本的"原义"，凸显了中国文学在西方文化语境中生成的意义。如前所述，库恩翻译《水浒传》，他把《水浒传》当作惊险小说来处理，取名"梁山泊的强盗"，并进行大幅度的删改。他在这个译本的《跋》中说："关于武松、潘金莲、西门庆的故事，我也整个没有翻译，因为在《金瓶梅》译本中全有了，不必重复。"① 其实，"对武松的删除，不仅影响了基本思想的表达，而且失去了一个精华人物，至少使译本逊色三分。"② 在库恩的译本里面，鲁智深成了"铁和尚"，突出了他的刚勇，却忽略了他的粗中有细，尤其是消解了事件的正义感。鲁提辖拳打镇关西，在译本里面是"一个暴徒打死另一个暴徒"③。李卓吾一再称赞的不计个人利害、行侠仗义的好汉在德语译本里面竟然成了强盗、暴徒。在这个译本里，忠义化身的宋江，没有了忠义。"孝义黑三郎"宋江在江湖上是"及时雨"，令好汉们纳头便拜的根本原因是一个"义"字。这里的"义"是江湖之义，非儒家"舍生取义"之义，本质上是墨家之义，"义于友"之义，即仗义疏财、救危扶困、慷慨解囊，是民间崇尚的"救急"之义。法国汉学家认为宋江的领袖魅力在于"质朴""谦虚"和"道德影响力"④，他们理解的宋江不过是他们法国人心目中的"宋江"。

---

① 王丽娜编著：《中国古典小说戏曲名著在国外》，学林出版社1988年版，第67—68页。
② 宋柏年：《中国古典文学在国外》，北京语言学院出版社1994年版，第406页。
③ 宋柏年：《中国古典文学在国外》，北京语言学院出版社1994年版，第407页。
④ 宋柏年：《中国古典文学在国外》，北京语言学院出版社1994年版，第404页。

如果在《水浒传》的阐释中，不能领会何为"忠义"，那么《水浒传》便不是《水浒传》了。库恩的译本在西方语言圈内具有权威性，流传很广，"直到20世纪70年代，这个译本还多次再版"①。由此看来，《水浒传》在西方的译介、接受，他们失去的是华夏文化的文化底蕴，获得的仅仅是故事情节。在阐释过程中不能忽视文化底蕴。忽视了文化底蕴，对文本的阐释就会变得不伦不类。

由此看来，不了解民族文化彼此之间的底蕴差异，就难于对文学作品进行准确而深刻的阐释。忽视对文化底蕴的阐释，就容易导致误解或曲解。

从以外对《水浒传》的翻译、评论与翻案创作三个方面来看，上海对《水浒传》的阐释与我们的理解相差很大。这种中西方诠释与接受上的差异是由什么原因造成的呢？对《水浒传》的阐释，中西方存在着如此大的差异恐怕主要根源于中西文化的不同。中西文化的不同，形成了读者不同的理解前视域。它直接导致了视野融合的差异性，从而生成不同的意义阐释。

由于中西文化的差异，西方读者对《水浒传》阐释的前视域与我们的就不同，而前见对于理解何所向又具有规定性，因此他们的阐释具有他们民族文化的特色，但无形之中却消解了中国传统文化中的道德性，从而产生了阐释中的差异。但一般来说，对于文学作品的理解，只要是对其中的人情物理解释得合情合理、能够自圆其说，这应该说都是文学作品的存在方式。从这个意义上说，由于民族文化的差异而导致的对同一部文学作品意义解读的不同虽然不乏误读和曲解，然而它们都是这部文学作品在不同时代和不同地域中的表现，都属于其效果历史，都是其在不同文化土壤中的存在。

从对中西方解读《水浒传》思想意义和文本叙事的比较分析中，关注中西文化方面的差异，往往能够有茅塞顿开、豁然开朗的功效。然而，中西方之所以对于同一部小说在阐释过程中出现不同理解，更为根本的原因乃是中西方思维模式的不同造成的。在中西方思维模式的比较视野下观照《水浒传》的叙事特征，更能凸显这部小说叙事的民族

---

① 宋柏年：《中国古典文学在国外》，北京语言学院出版社1994年版，第407页。

特色。

"弄引法"是金圣叹在《第五才子书施耐庵水浒传》评点中的术语，金圣叹对"弄引法"的具体界定是：有一段大文字，不好突然便起，且先作一段小文字在前引之。金圣叹对《水浒传》"楔子"的认识庶几近之。金圣叹说，楔子者，以物出物之谓也。

"弄引法"叙事就是中国类推思维模式在文学上的产物。类推思维可以追溯到《周易》，由阴阳类推到天地、君臣、夫妇、尊卑等。《礼》云："鲁人有事于泰山，必先有事于配林。"《庄子》说："始于青萍之末，盛于土囊之口。"它们都是类推思维的产物。中国古代类推思维在文学艺术上的体现，可以说比比皆是，例如《诗经》中的比兴手法。小说的叙事也是这样。宋元话本小说开头的"致语"就是一个典型。在每个正文中的故事开始之前，都有一个与主要讲的故事相似或相反的小故事。这就是典型的"弄引法"叙事。

中国古代小说叙事手法往往是不直接大落墨于主要人物或主要事件，而是由远及近、由小至大。金圣叹在金评本中说，《水浒传》中为了写杨志押送生辰纲，先写杨志和索超比武，写杨志和索超比武，先写杨志与索超的徒弟周谨比武，如此等都是"弄引法"的叙事。杨志与索超比武，固然"绚烂纵横"，但按照金圣叹的分析，乃是"闲笔"，目的是写梁中书提拔杨志，写提拔杨志是为了写杨志押送生辰纲。

《水浒传》先从地煞之首朱武写起，却不从天罡星魁宋江写起，金圣叹在其评点中认为这是"逆天而行"，显然是牵强附会，他忽视了中国传统的类推思维模式对小说叙事的影响。

"由小至大""由远及近""由次要到主要"的"弄引法"叙事，在中国古代小说的叙事中是一个普遍的现象，这就更说明了类推思维模式的普遍性。

中国古人的思维注重整体性，强调天人合一、生命体验和灵感顿悟，行文是意合法；西方人注重分析性，主张主客二分、理性分析和逻辑推理，行文是形合法。傅雷在其《翻译论集》中也说过，东方人与西方人的思维方式有基本分歧。东方人重综合，重归纳，重暗示，重含蓄；西方人则重分析，细微曲折，挖掘唯恐不尽，描写唯恐不周。

中国古代传统的思维模式除了以上提到的类推思维模式、重整体的思维模式，还有阴阳思维模式和形象思维模式等。这些思维模式都是与西方的分析思维模式、逻辑思维模式等截然不同的。不同的民族思维模式必然导致文学艺术作品不同的叙事和审美以及读者对文学意义的不同阐释。[①]

[①] 张同胜：《试论〈红楼梦〉的叙事思维模式》，《红楼梦学刊》2007年第1期。

余　　论

第一节　历史与现实

在现实生活中，由于前视域的存在，人们阅读文学作品往往是有感而发、借题发挥或古为今用；然而学者对于文学作品的研读，则主要不是着眼于目下的现实生活，而是更多把文学现象放在它所产生的具体历史处境之中探求、重构事实的真相。

饶是如此，学术与政治的密切关联仍然不是以人们的主观意志为转移的。因为任何学术的研究都是时代问题视域的研究，而时代性问题往往与现实生活中的政治问题息息相关、丝丝相连。

一　历史视角的理解

《水浒传》的学术解读，应该把它置身于宋、元、明尤其是元代历史的情境之中进行理解和解释，否则很多文学现象便不能得以准确解读，误读、曲解便司空见惯了。

据夏庭芝《青楼集》记载，元代社会上层"酒器皆金玉"，这有助于理解武松在鸳鸯楼上报仇雪恨之后踏扁酒桌上的金银酒器带走、鲁智深把桃花山酒桌上的金银酒器踏扁拴在包里溜走等现象的描写和叙事。

萧相恺在《执法向护理的倾斜——〈水浒传〉文化侧面的理性反思之二》中认为《水浒传》中伦理与法律之间发生矛盾的时候，作者总是向伦理道德这一方面倾斜，从而影响了读者审美过程中的价值判断，其中关于法律的论述，就是援引元代的刑法对《水浒传》中的杀人案件进行分析的,并指出在这些案件中法律总是存在着屈服于伦理的倾向。① 我认为这篇文章对于《水浒传》历史背景的把握是很准确的。

元代社会商业发达、宿娼成风、伦理规范相对松弛、感官享乐被充分认可、文化价值趋同于世俗化、文人市井社会化等都对理解《水浒传》中贞节女子罕见、淫妇荡妇之多有很好的帮助,当今学人抨击小说作者具有落后的妇女观,其实略显肤廓,因为小说作者的如实描写、如实反映正体现了作者的现实主义手法。诸如元杂剧《双献功》《燕青博鱼》《还牢末》《三虎下山》《闹铜台》等水浒戏中婚外通奸、淫妇之多也是这一社会现实的真实反映,尤其是美貌女子为了物质上的享受,与阔少衙内勾搭成奸、迎奸卖俏的社会现象想来应该是触目可见、比比皆是。当被统治被压迫民族的男子看到自己本民族的女子与压迫和剥削自己的异族男子打情骂俏、争做二奶、小三甚至如潘金莲那样毒死其丈夫的时候,其心理、情绪当如何?岂不痛恨切齿,必定手刃凌迟方泄心头之恨,因为民族反抗的情绪也隐寓其中。从这个角度理解《水浒传》中几个淫妇被杀死的手段或许就不只是谴责报仇者的残忍了。

元代统治之下,汉人、南人不仅遭受着阶级对立上的压迫和剥削,而且还忍受着民族方面的歧视和迫害,因此这些处于社会底层的汉族民众就不可能不怀念赵宋王朝,"宋朝"寄托着汉民族的民族情绪,成为民族性的象征性符号,因而宋江这个淮南盗就得了"姓名"谐音的好处,或许寄托着"宋朝江山"的意味,否则梁山好汉本是太行山"忠义人"红巾军的影子,何不采用王彦等人的姓名,如果那样岂不更真实?元代汉人、南人处在社会阶层的第三等、第四等,出于对宋朝的怀念,"宋江"这个姓名引起了他们无限的遐想和思念,于是说书艺人口中便添加了晁盖,宋(江)、晁(盖)二人的姓合起来就是"宋朝"的谐音②(当代读者的这一理解虽说是牵强附会,然而也许有点道理)。姓名的指代作用在宋元时代是比较普遍的,例如宋元话本中"梅香"一般都是丫鬟的代称,"董超、薛霸"一般都是押送罪犯的公人,"迎儿"一般是偷情故

---

① 萧相恺:《执法向护理的倾斜——〈水浒传〉文化侧面的理性反思之二》,《明清小说研究》2006年第3期。

② 徐景洲:《赵、高、宋、晁——〈水浒〉姓氏趣谈》,《周末》1992年12月5日。

事中女主人公的使女等。再如"李逵乔坐衙"就有了打人的是好汉,被打的反而被判了罪这样的"悖论"叙事,这里的"悖论"之中有其合情合理的成分在,不唯是噱头取笑,恐怕是民族情绪的变相反映,然而却是真实的反映。宋元期间的底层暴动不少,但大都没有被后来的民众所熟知,唯独一个三十六人的淮南盗却唱了主角,这其中恐怕就与民族情绪有关。

当代学者王学泰认为《水浒传》的作者选择宋江作为《水浒传》的主角是因为他是一个"吏人",而吏人界于正统社会与江湖社会之间,这是由王学泰把《水浒传》看作"游民"说的前见所决定的。这个观点有其道理,因为小说的作者生活在一个"吏人"为主的世界里,这样就把一个传说中"勇悍狂侠"的好汉改造成了儒家心目中的仁君形象和元代儒生的"时尚"即刀笔吏形象。《元史·选举志》中记载:"贡举法废,士无入仕之阶,或习刀笔以为吏胥,或执仆役以事官僚,或作技巧贩鬻以为工匠商贾。"① 这是翰林学士承旨王鹗等人在至元四年(1267)对元代科举考试制度废止后的士人状况所作的概括。从中可以看出,在元代科举制度废除之后,儒生的出路主要有四:胥吏、幕僚、手工业技匠、商贾。《水浒传》对此皆有一一对应且更为具体、生动的刻画:宋江、何涛、康节级、叶孔目、蔡福、蔡庆等都是胥吏;黄文炳、吴用等都是幕僚一类的人物;金大坚、萧让等都是手工业者;石秀、吕方、郭盛等都是做买卖生意的;不仅如此,还有落草为寇的儒生,如王伦、郑天寿等。在元代,"习刀笔以为吏胥"的儒生更是占了主流,用当时的话来说就是,"吏术,时尚也"②,儒生既然不能通过科举考试出仕,于是就以"胥吏"为其职业取向。这一点在王瑞来《科举取消的历史——略论元代士人的心态变化与职业取向》中有详细的论述,此处不赘。可是,在中国封建社会里,吏与官是不同的,胥吏无论多么努力,也是不能出任官僚的。宋江刀笔娴熟,正是因为不能出仕,所以感叹"虽有忠心,不能得进步"。《水浒传》的作者就生活在这个儒生以"吏人"为价值取向的世界里,他自然以他熟知的吏人形象来刻画宋江。

---

① (明)宋濂等:《元史》,中华书局1976年版,第2017页。
② (元)唐元:《筠轩集》卷12《唐处士墓志铭》。

据《元史》可知，蒙古人在草原上原来很少讲究尊卑贵贱之辨，等级观念相对来说较淡薄，到元太宗时在汉儒的建议下才设立朝廷礼仪。据《蒙鞑备录·军政》，蒙古人凡破城守有所得，则以分数均之，在经济上有"均贫富"的意识。这一点恐怕对梁山好汉兄弟相称、平等观念等不无影响，否则汉人正统的儒家思想意识是特别恪守上下尊卑等级观念的，怎么会突兀地出现一部这样平等意识相对浓厚的小说？当然，水浒好汉"四海之内皆兄弟"的观念或许也与南宋初年钟相、杨幺起义提出来的"等贵贱、均贫富"口号的影响有关系。而钟相、杨幺起义则有摩尼教的宗教背景。当我们从摩尼教教义的角度来阐释《水浒传》，其间的诸多疑惑就廓清了。

蒙古人、色目人非常重视商贩贸易，市民化、商业化气息浓厚，这一点在《水浒传》中得到了充分的体现，如石秀、吕方、郭盛等都是做生意折本后才走上落草为寇这条道路的。当代读者指出《水浒传》中没有农民，只有一个九尾龟陶宗旺是庄稼出身，还不是以种庄稼为生，而是"掌管专一筑梁山泊一应城垣"，由此看出，他与其说是庄稼汉，不如说是泥瓦匠或者说是建筑队的工头一类。纵观中国历史，大都以农耕为本，而以商贩为末，这一点在《水浒传》中的叙述却较为少见。

朝代社会组织的独特性也是考察小说成书时间的一个角度。《水浒传》中的"社老"，是元代独有的社会组织之一，而宋代或明代都没有这个社会组织。元代地方组织十家为社，社老在里正之下。明洪武十三年（1380）废中书省，由皇帝直接统领六部，机要之任则归内阁。此后即无"中书省"这一政府机构。《水浒传》中却有中书省任免官员的叙事。

无可否认，明嘉靖本《水浒传》与祖本有所不同，这是由于文人墨客喜欢批点、修改而造成的，修改总会打上修改者生活时代的影子。

历史视角的考察也有其局限性。同样是从历史的视角来对《水浒传》进行诠释，也会得出不同的结论来。在《水浒传》的诠释史中，除了从元代历史、明代历史来索隐钩玄以外，还有学者从宋金对峙的历史中寻觅与《水浒传》所反映的社会现象的相似性。孙述宇的著述就是如此。在《水浒传》有关主题研究的探讨中，孙述宇《〈忠义水浒传〉序》中的说法很有启发性。他认为北宋末年，金兵入侵，敌占区民众与宋国官方的溃兵结合，从事保卫乡社的自卫活动，宋廷以"忠义"来称呼他们。

岳飞与忠义人合作，共同抵抗金兵的入侵，规模很大，结果却被宋高宗处死。这段历史及其悲剧便是宋江等梁山泊好汉故事的原型。于是，《水浒传》便是宋金战争与宋人民族情绪的产物。

关于这一点，侯会《〈水浒〉源流新证》的论述尤为详细。他在"今本中的抗金遗迹"一节中，综合前人的研究成果，对《水浒》取材于抗金斗争之处考证甚详。他认为双鞭呼延灼的人物原型是南宋抗金英雄呼延通，船火儿张横也来自抗金战场，而梁山女将扈三娘也实有其人。还有杨雄、王英、张青、宋万、李忠、燕青等，均出自宋代抗金的真实人物。而吴从先《读〈水浒传〉》中更有一段有趣的记述："（宋）江且南向让者三，誓众曰：'宋室流离，金人相陧，苟能我用，当听其指挥，立大功名。此寄命之乡，非长久之计也。'"① 显然，吴从先读到的这个《水浒传》版本与今天流行的几个版本皆不相同，它有直接的抗金描写。这便成了孙述宇、侯会等人观点的重要论据。

《水浒传》明明是描写了一伙绿林盗贼，作者为什么把他们与忠义直接联系在一起了呢？这个问题如果从历史的视角来进行观照，就会得到很好的理解。从宋末史料中可知：（1）盗贼受招安在宋代尤其是南宋初年乃是寻常事；（2）南宋朝廷招安巨寇的理由往往是晓以民族大义；（3）盗贼数量之众，动辄三十万、七十万，实在是比梁山泊规模大得多；（4）盗贼为南宋朝廷所用即英雄豪杰，一旦散去便是"盗"，但他们活动的主要区域却是异族占领区；（5）宋王朝京城被围，忠义之士"愤懑争奋"，义师勤王，大臣不能抚用，遂使强者为盗……这些对于理解《水浒传》都是绝好的历史材料。如果不把《水浒传》放到这个具体的历史情境之中去理解，就会产生一些百思不得其解的问题。

读《宋史》，可知南宋初年，大江南北，到处都是盗贼，仅仅岳飞一军，就破灭、招降了不计其数。其中有"六年，太行山忠义社梁兴等百余人，慕（岳）飞义率众来归"及"梁兴会太行忠义及两河豪杰等，累战皆捷，中原大震"。② 读《岳飞列传》，有助于理解《水浒传》的历史背景。不过，依据《宋史》来看，当时"盗匪"的规模则非梁山泊所能

---

① （明）吴从先：《小窗自纪》，中华书局2008年版，第112页。
② （元）脱脱等：《宋史》，中华书局1977年版，第11385—11390页。

比，王善"拥众七十万"，而《水浒传》中的梁山队伍最多不过十万。《水浒传》中盗贼占山为王，随处可见，这种历史现象与南宋初年十分相似。容与堂本《忠义水浒传》第57回回评中李贽说："一僧读到此处，见桃花山、二龙山、白虎山都是强盗，叹曰：'当时强盗直恁地多！'余曰：'当时在朝强盗还多些。'"① 李贽是从官盗本质上都是一家这个角度来理解《水浒传》中贼人怎么那样多的，其实历史上的"盗贼"确实是比小说中描写的还要多。岳飞以大刀破拐子马，然而水泊梁山却是以长枪破拐子马。赵鼎等切齿于王安石、蔡京等变法派，在《水浒传》中也有梁山好汉切齿于蔡京等人的反映。在南宋初年，举朝上下都一致痛责变法派导致了北宋的覆亡。《大宋宣和遗事》从阴阳思维的模式反思了宋朝灭亡的原因，其中之一就是奸佞误国。宋高宗密诏要求岳飞屠戮虔城，岳飞乞求三四方许放过一城生灵。当然，此事是出自岳飞之孙岳珂的笔下，或许是"美化"祖宗之笔也难说。历史本来就是掌握话语权者的历史。在历史上，本是童贯率领十五万大军剿灭的方腊起义，然而在《水浒传》中，却是梁山好汉所为，童贯反而是梁山好汉的手下败将。这体现了民众的什么心理呢？通俗小说本来就是市民心理情绪发泄的渠道，这种心理情绪的载体口述史甚至能够改写正史。

历史视角虽然有助于加深对《水浒传》的理解，但是正如有的学者所说的，从《水浒传》所反映的朝代来看，宋、元、明三代都有若干反映，若是固执地坚持小说反映的一定是南宋或元代或明代则是没有意义的。因为小说毕竟不是历史，对小说的理解还是应该从小说文本出发。

二 说书艺人的野史诠释

《水浒传》到底是一部什么样的书？通过对它诠释史的考察，就会发现它其实就是宋元说书艺人娱乐市民的产物，其中既有对社会黑暗的不满，也有对农民暴动的不满；既有对贪官污吏的痛恨，又有对圣明皇帝的幻想；既有嗜血暴力的艺术审美倾向，又有对儒家仁政理想的热望；既有反抗政府的表达，也有封妻荫子的奢望；既有无聊取笑的噱头，也有对现实人生的严肃思考；既有为市民阶层的写心，也有为社会其他阶

---

① （明）施耐庵、罗贯中：《水浒传》，上海古籍出版社1995年版，第854页。

层的呼吁……总之，它主要是一部关于宋元社会人情物理的浮世绘，表达了发迹变泰、平不平、娱乐发泄等的市民心理。

"对于说书场中的听众来说，听故事只是一种娱乐，希望得到替代性的满足。所谓'善人必获福报，恶人总有祸临'，只是最低标准；真要做到'使读者有拍案称快之乐，无废书长叹之时'，大概非'十全大补'不可。"①《水浒传》历经宋元勾栏瓦舍岁月的打磨，洞明世事、练达人情应该是无所不包、无所不有的，此其一；其二，中国古代小说的叙事本来就具有社会现象具体而微的艺术追求，这与西方以一个或几个主要人物为核心的焦点叙事是完全不同的，因而《水浒传》的叙事就具有宋元民风土俗历史的影子。

宋江等"三十六人"淮南盗，是"盗"不是"贼"，因为他们没有图王称帝的野心，也没有建立新王朝的企图，他们只是偷盗抢劫、小打小闹而已，不仅如此，又因为他们都是"勇悍狂侠"之人，素常作威作福的宋代官兵临阵往往望风溃逃，在老百姓眼里，他们胜过官兵。北宋末年，北宋与金国联合夹击辽国，可是北宋的军队连被金兵打败而溃退的辽兵都抵挡不住，于是辽兵乘机攻陷北宋的都城汴梁，将宋室以及金银财帛子女掳掠北去。王彦等自发组织的"八字军"以及其他"忠义军"都奋起打击辽兵，积极勤王，此时此际他们都由盗贼受招安而成为朝廷的部队。在这样的历史情境之中，宋江等强盗也是可以成为忠义军的。民间话语赋予他们"侠义"的魂魄，文人的再编次增添"忠心报国"的色彩，于是水浒故事在凶杀和色情的基础上更是获得了"十全大补"的新生。

童贯主张与金国联合南北夹击平辽，本来也不失为明智的策略，可是谁也没有想到北宋军队连被金兵打败的辽国军队都打不过，北宋亡国，于是市民、文人、士大夫等无不认为都是童贯、蔡京等挑起边衅，导致北宋亡国的，甚至把亡国的责任追溯到王安石熙宁变法。这时候，老百姓认为童贯征辽失败了，而官兵捕捉宋江盗贼时又望风而遁，因此便假想宋江这一伙"淮南盗"肯定能够打败辽国的军队，所以《水浒传》里就有了梁山好汉接受招安之后的征辽，没有损失一个头领就打败了辽国，

---

① 陈平原：《陈平原小说史论集》（下），河北人民出版社1997年版，第1606页。

胜利班师回朝。于是,历史上的童贯、蔡卞率领宋军征辽就被梁山好汉征辽取代了,民间话语淹没了正史的叙事。

南宋初年历史上真实发生过的"八字军"等忠义社本来活跃在太行山上,怎么在《水浒传》中却成了水泊梁山呢?小说中描绘的八百里梁山泊在历史上是不是存在过?据《兖州府》:"盖梁山泺即古大野泽之下流,汶水自东北来,与济水会于梁山之东北,回合而成泺。宋时决河汇入其中,其水益大。故政和中,剧贼宋江结寨于此。其后河徙而南,泺亦渐淤。迨元开会通河,因汶绝济。明筑戴村坝,遏汶南流。岁久填淤,遂成平陆。"① 由此可知,蒙元期间,黄河改道,京杭大运河穿过东平,东平成为东西南北的交通要道。人物辐辏,文人汇集,于是,东平在当时不仅成为一个交通中心,而且还是一个文化中心,很多杂剧作者都聚集在东平,他们就地取材,将出没不定的淮南盗流寇写成了有固定根据地的梁山泊英雄好汉。

南宋、蒙元时期的说书艺人重写了历史:从太行山到梁山泊,从红巾军、忠义军抗金以及童贯征辽到梁山好汉征辽,从土匪盗贼到忠义之士,从王彦到宋江……民众的口头史比正史往往还有更大的影响力。

"宋元话本为满足市民阶层的文化需求而兴起,为市民阶层服务成为其最直接的创作主旨。市民阶层最喜爱的婚姻爱情题材、发迹变泰题材、烟粉灵怪题材、公案棍棒题材、历史故事题材等成为宋元话本的主要内容。与以往小说相比,宋元话本的题材空前广泛丰富且与市民阶层的生活、情趣相一致……小说的娱乐功能得到了长足的发展。"② 南宋、元代时期的说书艺人,讲述各种各样的故事以表达市民的思想、情趣,他们最主要的目的是娱乐听众,尽可能地满足听众的心理期待,以便更多地获取衣食之资,因为他们就是以此为稻粱谋的。鲁迅在《中国小说史略》中说过:"宋市人小说虽亦间参训喻,然主意则在述市井间事,用以娱心。"③ 因此,《水浒传》成书之前与水浒好汉有关的单篇杆棒朴刀或发迹变泰的故事,主要还是为了市民娱心快意,不是为了表达诸如"海盗"

---

① 《大清一统志》,《四库全书》第 476 册,商务印书馆 1986 年影印文渊阁本,第 552 页。
② 王平:《中国古代小说文化研究》,山东教育出版社 1996 年版,第 23 页。
③ 鲁迅:《中国小说史略》,《鲁迅全集》第 9 卷,人民文学出版社 2005 年版,第 209 页。

或"农民起义的史诗"之类主旨的，它是市民阶层休闲娱乐的产物，是以精神娱乐为主要目的的。

在宋元话本小说中，常见说书艺人的说唱痕迹。当然后世文人习惯性地套用说书艺人的口吻和叙事框架进行编撰也是一个事实。说书艺人为谋生在勾栏瓦舍里说平话，进项的多少决定于听众，因此需要吸引听众，增强故事的趣味性，经常故弄玄虚，制造紧张气氛，设置关口；他们乐于卖弄学问，炫耀博学多才，或是大篇大篇地引用名人的诗文；或是经常套用一些程式化说法；或是经常来点训诫，娱乐的同时奉献上道德的劝惩，使听书人感到深受教诲。当然，也可能有这个原因，即文人的书面撰写，如拟话本小说，经常套用说书艺人的口吻或叙事模式，未必是以前勾栏瓦舍中说书技艺的底本承袭。需要指出的是，古人的写作方式一般是集撰，即喜欢或习惯性地套用他人现成的文字，以显示博学，古人似乎把绍述看得比独创更为重要，这是"述而不作"的传统吗？因此，在探求《水浒传》创作主旨的时候，千万不能忘记它在历史上存在的时空，对它的分析不能忽视当时瓦舍勾栏里娱乐的商业性。

现存的宋元话本小说是理解《水浒传》的一把钥匙，参照着宋元话本小说阅读《水浒传》，能够深刻地阐释《水浒传》中所叙述的社会现象，体味宋元话本小说的叙事有助于理解当时人们的审美情趣。宋元话本小说中的故事与《水浒传》二者之间存在着很多相似或雷同的叙事。《杨温拦路虎传》中就有《水浒传》的平行叙事：杨温泰安打擂与燕青泰安打擂；杨温上山落草为寇被卢俊义逼上梁山；杨温、马都头比试杆棒与洪教头、林冲比试杆棒等。再如读了《平妖传》也会更好地理解《水浒传》中"始为放火图财贼，终作投降受命人"，以及更好地理解梁山好汉为什么全伙接受朝廷招安。王则像方腊一样不接受朝廷招安，结果被凌迟处死，就流露出作者对他们惋惜的同情和僭越的痛恨。

且不管历史上的宋江等梁山泊好汉究竟受招安没有，这并不是问题的关键，关键是如何理解"受招安"这个历史现象。《水浒传》与《平妖传》或《三遂平妖传》一样，都是坚决反对农民暴动、起义和造反，真心赞同受招安的，因为作者不能脱离他生活时空中的历史文化语境，尤其是其中的道德性，他们认为造反是万恶不赦的、是邪恶的，接受招安反而是"改邪归正"。

《平妖传》中的"神器从来不可干,僭王称帝讵能安"就是明证,作者还把造反者王则等人斥责为"妖贼"。这与统治阶级的政治立场是完全一致的。《水浒传》对方腊起义(田虎、王庆起义)都是持这个论调。20世纪50—70年代用马克思主义阶级斗争分析方法得出的无论是"农民革命战争的史诗"还是"投降主义"路线的理解只能说是那个具体的历史时代的产物。因为,《水浒传》并不是赞同造反起义的,这是很显然的,方腊、田虎、王庆等这些不"替天行道"的"强盗""妖贼"在小说中都作为丑恶对象被口诛笔伐,而梁山好汉之所以被称赞,就是因为宋江等人不"称王图霸",没有僭号称帝,他们只是反对贪官污吏而不反对皇帝,是"替天行道",不仅如此,他们即使是在梁山泊里暂时避难的时候,仍然赤心忠胆、专待招安、希望能够为国出力、忠心报国;等到接受朝廷招安后,他们的旗帜就由"替天行道"改为"护国安民",从此为朝廷征大辽、平方腊,南征北战,建功立业。

宋江等梁山好汉之所以在《水浒传》中被赞美,是因为他们还是在"皇权主义"认可的范围之内,是"忠义"伦理道德的坚定维护者,他们与高俅、蔡京等之间的斗争主要是"忠奸斗争",他们的人生理想就是"封妻荫子"和"博取功名",他们治理国家的主张就是"招贤纳士"。一句话,《水浒传》体现的主要就是知识分子心目中的政治立场[①]。

由以上可知,历史视角的解读往往能够把握小说文本叙事的历史底蕴,有助于理解小说文本中的历史现象,从而减少当下视角的误读或曲解,但无论如何,只是理解之一种而已。

三 现实视角的解读

"历史的解释总是带有'后设'性。"从晚清、民国以至中华人民共和国以来的种种解释模式表明,进化论、阶级论和人性论这些诠释模式都带有"后设"性[②]。中国文学在经世致用和忧国忧民的人文传统与近现代民族国家的存亡危机面前不是采取一种消极的出世或避世态度,而是

---

① 黄飞:《〈水浒〉的知识分子立场及其意义阐述》,《佳木斯大学社会科学学报》2003年第2期。

② 魏朝勇:《民国时期文学的政治想像》,华夏出版社2006年版,第15页。

采取了一种积极的入世态度。回顾中国历史，无论是在维新变法、民族革命、国内战争，还是在新中国的建设、改革中，文学一直是冲锋陷阵的急先锋，因而也就不可避免地带有浓郁的政治色彩，这不是当代学者应该指责或遣责的，而是中国历史引以为骄傲和自豪的优良传统。

然而，囿于对客观诠释模式的迷信，仍然有一些学人批评人们从现实视角对《水浒传》进行的解读。白盾在《水浒评论百年谈》中说："本文从百年前的水浒评论和近百年的水浒评论的是非得失和成就局限的评析中，提出水浒评论的根本问题是外加许多与文学审美无关的'污染'如农民运动之类的问题，出现了非文学、非水浒的性质；指出百年评论给我们的最大启迪是：水浒评论应回到文学审美的道路和《水浒》的文本上来：'还水浒以水浒'。"[①] 这种观点纯粹是一种美好的空想和不切实际的愿望。因为无论是艺术审美，还是趣味欣赏，它们无不具有道德、价值、历史的内容，并且还是具体的时代性的道德、政治、思想、文化和价值的内容。文学意义都是具体的、历史的、有阶级性的。价值判断、道德标准等也是如此。学术与政治是息息相关、密切联系的，任何时代都概莫能外。马列主义早已论述过人们应该如何进行认识和诠释。列宁说过马克思主义的全部精神，它的整个体系要求人们对每一个原理只是历史地，只是同其他原理联系起来，只是同具体的历史经验联系起来加以考察。[②]

接受美学认为文学作品的接受史包括诠释史、效果史和影响史，《水浒传》的伟大之处和独特之处正在于它的社会影响和社会作用，所谓纯文学的研究是不符合历史实际情况的。人们都有这种经历，即无论是登山游玩、欣赏影视，还是翻阅小说，每一次的注意点并不完全相同，因此总有常看常新、常读常新的感觉。这说明了什么呢？观看者或读者与他们解读的对象总是一体的，意义总是此在的意义，从而现实性是题中应有之义。

《水浒传》对宋江与方腊、王庆、田虎、王则等结局的描写，反映了作者真实的写作意图，那就是作者肯定他们接受招安，认为这是"改邪

---

① 白盾：《水浒评论百年谈》，《黄山学院学报》2003年第3期。
② [苏联] 列宁：《列宁全集》第47卷，人民出版社1990年版，第464页。

归正"。20世纪50—70年代,读者前见中的阶级观点即认为阶级斗争是历史进步的直接动力从而普遍赞美农民起义,在《水浒传》文本中得到了展现,这也符合黑格尔的观点,即人类在艺术作品面前展现的是他自身。至于这一理解是不是误解,则如伽达默尔在《真理与方法》中所论述的,人们在阅读的过程中,只有对前见不断地检视、修正以及与文本的视域进行融合,才能保证前见不是以偶发奇想来影响对于文本的正确理解。① 理解中的现实性应用因素是属于理解的内在因素之一,不是实证主义者所力图克服的外在因素。

当前人们对《水浒传》主题思想的理解也是五花八门、林林总总:既有对"农民起义"说的坚持,也有"市民"说的宣扬,还有一些折中观点的整合等。关于《水浒传》主题思想的理解,如前所述,迄今为止至少有如下的说法:"忠义"说、"忠奸斗争"说、"社会主义"说、"政治小说"说、"独立喻言"说、"军事小说"说、"索回人权"说、"农民革命战争的史诗"说、"投降主义"说、为"市井市民写心"说、"人才"说、"士之骚"或"士之愤"说、"谏书"说、"亡元"说、"人民起义"说、"前后两个主题"说、"两种水浒"说、"主题多元"说、"伦理反省"说、"复仇"说、"乌托邦"说、"尽忠报国"说、"反贪"说、"游民"说、"尚武"说等20多种阐释。这些说法,都是《水浒传》在历史上的自我表现,都是效果历史的产物,都是某一具体的时代性问题与小说文本进行对话交流的产物,都有其产生和存在的历史合理性和局限性。如果执意考察《水浒传》作者"原意"的话,李贽的"忠义"说庶几近之,或者说小说作者是借水浒故事来表达贤能之士屈居水滨涯地、草莽民间,"虽有忠心,不能得进步"(宋江语)、不能忠心报国的"发愤之作"。然而,由于读者身处不同的历史处境之中,其具体的处境仅仅与《水浒传》中相似的视域发生"感应",于是新的意义理解的产生,也是很正常的,因为这是小说文本的"当下"存在。

人们对文学作品的解读,是当下视野与文本视野的融合,这个融合的运动总是在不断的调解之中,因此意义的生成既有文学文本的规定,

---

① [德]伽达默尔:《真理与方法》,洪汉鼎译,上海译文出版社2004年版,第345—346页。

又有解释者前见的规定，另外，诠释者进行理解的具体的诠释情境也起着理解何所向的制约作用，也就是说，理解总是读者此在的理解。

作者的"原意"未必是文学作品最好的解释，文本的作者也不一定是这个文本最好的读者。毫无疑问，作者在创作的时候是有其写作意图的，但是文本意义经常溢出作者的原意，又因为读者前视域的多元而导致意义的解读也是多元的。

"尼采说过，客观的历史学家自欺欺人地说只描述过去而不解释过去，但'客观性'一词本身就是暗含错觉；任何对事实的陈述都是对事实的解释，从浩瀚的资料中选取所需资料本身就是一种解释；最终的选择不在于客观的和主观的历史之间，而在于对过去的高尚、丰富的解释和对过去的卑劣、贫乏的解释之间。"[①] 尼采的"没有事实只有解释"的观点固然是对于传统认识论客观主义的反拨，然而也不无矫枉过正之嫌。虽然如此，尼采这一观点还是具有片面的深刻性，即史料的选取与叙事以及解释的目的性密不可分，而目的性总是具有现实性的。

由以上可知，目下人们对《水浒传》的理解不是铁板一块，而是板块结构：既有无产阶级革命理论阶级斗争观点的延续，又有"市民"说的建构传播，还有从人性论角度进行的理解，以及对权力话语的变相重复。对《水浒传》的评论既有学术的视角，也有现实生活的有感而发即现实的解读视角。

新时期以来，《水浒传》研究主要有四个热点：主题思想、宋江形象、暴力问题和妇女观问题。学术上的研究热点与时代的社会思潮是密切相连的。研究对象的选择本身就体现了研究者价值趋向的取舍。普列汉诺夫说过，任何文学作品都是它的时代的表现，它的内容和它的形式是由这个时代的趣味、习惯、憧憬决定的。当然，现实人生是如此缤纷多彩，任何现象都不能一概而论，只能言其主要的趋势而已。

与网民的主流话语即认为《水浒传》是"诲盗"之书，梁山好汉不过是一些滥杀无辜、凶残狠毒、没有人性的嗜血恶魔等不同，正面肯定这部小说的价值意义的话语在现实生活中以及报纸杂志上也不少见。史式认为《水浒传》"不仅仅是有用，而且能对振奋民族精神，充实精神生

---

① 魏朝勇：《民国时期文学的政治想像》，华夏出版社2006年版，第22页。

活,纠正社会风气,追求社会和谐产生不小的影响。……在我们的古典小说中,《水浒传》是最能培养阳刚之气的作品"①。

虽然人们对文学意义的理解无不深深打上时代精神的烙印,然而在对《水浒传》的具体诠释过程中,区分历史视角和现实视角是必要的,它对于正确地进行理解是一个切实有力的保障。当然,这里的历史视角指的是效果历史的视角,即它也包含着理解的应用因素,包含着历史的实在与历史理解的实在。这里的现实视角也是着眼于历史实在的应用性视角,不是与历史事实无关的当下性臆想或空想。另外,需要指出的是,历史视角的文学研究有时候不是一种理解,而是一种认知,这是应该加以区分的。判断的依据就是看这一研究是对意义的解读还是一个知识问题。

第二节 认知与理解

人们对事物的理解与对事物的认知究竟是一种什么样的关系呢?毫无疑问,理解与认知既有区别也有联系。

理解与认知二者是不同的:认知是在人的意识中反映或观念地再现现实的过程及其结果,有确定性的正确和错误的区分;认识是对研究对象是什么、其构成、运行和功效等的认知。而理解虽然也有正误之分,但它着眼于对意义的把握,是对人情物理的感悟,往往因为理解角度的不同而有不同的理解,但只要是合情合理,能够自圆其说也就可以了。伽达默尔说,如果我们有所理解,我们也是以不同的方式进行理解。伽达默尔说的理解是本体论的理解,是此在的解读。对同一部文学作品如《水浒传》,不能说李贽的理解是正确的,而金圣叹的理解则是错误的;反之亦然,因为他们的解读都是关于《水浒传》效果历史的解读,都是这部小说在不同历史阶段的存在方式,不同之处仅仅在于前理解的不同。

理解与认知的联系在于正确的认知能够帮助人们更加合情合理地进行理解或更加准确地理解文本中的社会历史现象;而谙熟人世间的人情

---

① 林治波:《一部〈水浒传〉为何争论了80多年?——著名史学家史式教授访谈录》,《人民日报》2006年4月17日。

物理也有助于对文学作品中文学现象的正确认知。对文学作品的认知侧重于对知识的获得，对相关知识的认识。理解的对象乃是对文学意义的把握。伽达默尔在《真理与方法》中说：历史解释的真正对象，不是事件，而是事件的"意义"。理解与解释的目的虽然是历史事件的意义，然而如果对历史事件及其相关知识的认知不充分，那么也会影响理解的准确性，甚至会导致误解或曲解。

认知对于正确地进行理解是很重要的，一些诠释的常识性错误往往就是因为相关知识的匮乏而导致的。例如《元史演义》中朱元璋自称"西吴"，这就有悖于史实，因为这是后人对朱元璋自称吴王但尚未称帝时的称谓，朱元璋自己是不会这样称呼他自己的。再如中央电视台拍摄的电视连续剧《水浒传》，其中宋江与方腊在阵前谈判这个现象就是编剧者不了解中国历史上若没有朝廷的旨意，大将是没有权力自行与敌人进行谈判这一史实的。由这一点可以得知，并非所有的诠释都是符合历史实际的，尤其是文学性的解释更是如此。相关知识的匮乏、判断的失误或顽固地坚持己见等都会造成错误的诠释。为了正确的认知，须搜集和阅读尽可能多的原始文献资料，第二手的资料一般只是具有参考的价值，因为它已带有了第二手资料作者的理解视域。

无论是认知还是理解，一定要依据具体文本进行，要结合文本反思结论是否符合实际情况，反思先入之见是否脱离开文本，主观臆断、自以为是往往导致对文学文本的误读。无论是认知还是理解，读者都不能忽视事件发生的具体的历史情境。马克思主义要求，必须按照事物本来面目及其产生根源来理解事物。

如前所述，《水浒传》不是纯粹的阶级斗争的产物。如果忽视了水浒故事发生的历史背景即民族矛盾和阶级矛盾斗争都极其尖锐就会得出诸如梁山好汉"反贪官不反皇帝""终于是奴才"之类的结论。其实，放眼《水浒传》的生成历史，无论是在宋、金对峙，还是在元代之时，民族之间的矛盾冲突都是极其尖锐的，汉人、南人作为被压迫被剥削民族想望英雄之心、追怀赵宋王朝之思，这都是再自然不过的了。

北宋末年南宋初年，以王彦领导的太行山民兵号称"忠义军"，在脸上刺"誓杀金贼，不负赵王"八个字，又称"八字军"。这个"誓杀金贼，不负赵王"的口号与阮小五、阮小七的唱词有何二致？回归历史情境之中，对于小说中阮家兄弟的唱词就很好理解。

在对《水浒传》的阅读过程中，误解的主要原因在于《水浒传》的成书方式是"集撰"和累积成书：由"花和尚""武行者"等说书底本摘抄拼凑而编撰，且经过南宋、金、元、明代流传过程中的多次删改，其面貌自然有较多变异。根据考证，王利器认为《水浒全传》"所根据的底本，大致有三种：一是以梁山泊故事为主的本子，二是以太行山故事为主的本子，三是以述及方腊故事的施耐庵'的本'"①。这个考论联系《水浒传》的生成历史来看是很有道理的。它解决了《水浒传》文本之中一些难于理解的内在结构方面的矛盾。

知识的考证对理解历史上的现象是大有裨益的，有时候甚至起到了导向性的作用。但是，历史的废墟残迹往往掩盖了其尘封的真实面目。在人们当下的"应用"处境之中，效果历史的理解也不能简单地指责为误解或是曲解。

容与堂本《水浒传》最后有一首诗说得很明白："不须出处求真迹，却喜忠良作话头。"因为小说的作者知道，《水浒传》不是"说史"，它只不过是以历史上的宋江等三十六人淮南盗为叙事的对象来阐明忠良和义士的美德而已，即梁山好汉不过是忠义的表征罢了。

李贽《水浒传》评点最后一针见血地指出了《水浒传》的叙事性质，他说："施、罗二公，真是妙手，临了以梦结局，极有深意。见得从前种种，都是说梦。不然，天下哪有强盗生封侯而死庙食之理？只是借此以发泄不平耳。读者认真，便是痴人说梦。"② 如果我们从以有意识地进行创作虚构为本质特征的小说《水浒传》中寻觅历史中的"客观"真实，认真的考证考据对这部小说相关知识方面的认知虽说不无裨益，然而对它主题思想和文学意义的把握则无异于"痴人说梦"，因为他们是把文学作品当作历史文献进行研究的。

朱熹主张阅读圣贤之书应该首先读懂字面意思，然后读懂文本意思，最后要探求圣贤原意。这种主张就是要求读者"使自己置身于他人的思想之中并设身处地地领会他人的体验"，而反对读者在具体处境中的"应

---

① 王利器：《耐雪堂集》，中国社会科学出版社1986年版，第54页。
② （明）施耐庵、罗贯中：《水浒传》，上海古籍出版社1995年版，第1483页。

用"。伽达默尔"区别了理解的两个目标,第一,理解原文本身就是理解'原文的意思'。这也就是说,理解原文中所述的'事情'或'与其事情相符的真理'。伽达默尔认为,这才是理解的根本目标。第二,正如施莱尔马赫与狄尔泰所主张的那样,理解原文本身就是理解著者的'体验'。但是,这只不过是其次的目标而已"①。

认识论认为文本的作者是最权威的解释者,是最好的读者,因而作者的创作意图是把握文本"客观"意义的标准依据,作者原意是从文本中得出的意义群中唯一正确的意义,其他的意义解读全是误读或曲解。然而,事实究竟是如何的呢?这种理论是不是仅是一种假设呢?作家的现身说法无疑有助于理解这个问题。日本作家大江健三郎回忆说,《感化院的少年》中的洪水、疫病"显然是战争的隐喻,但实际上在小说写作期间我并没有意识到"②。作者大江健三郎自己都没有意识到洪水、疫病的隐喻作用这件事有力地证明了伽达默尔所说的"作者并不是最好的读者"。这种现象在文学世界里是很普遍的。莫言在回忆写作《红高粱家族》的时候也说过他当时并没有意识到《红高粱》的社会意义。这也力证了作者并不是最好的读者这个结论,因为许多有意义的解读往往是具体历史处境中的感悟。这里大江健三郎、莫言等作家自己的回忆或现身说法显然说明了作者原意与读者意义解读之间的某种关系。

李鲁宁说:"伽达默尔认为:哲学本身应该关注现实的社会和人生,但近代以来自然科学的胜利统治了一切领域,导致哲学思考的重心放在了认识论领域,到了20世纪,随着现象学和存在哲学的产生才带来了向'生活世界'和'此在'的生存论分析的转折。"③

伽达默尔的哲学诠释学认为:"Understanding is, essentially, an effective historical relation."④ 这句话是说,理解在本质上是一种效果历史的

---

① [日]丸山高司:《伽达默尔——视野融合》,河北教育出版社2002年版,第100—101页。
② [日]大江健三郎著,王中忱译:《在小说的神话宇宙中探寻自我》,周发祥等主编《理解与阐释》,百花文艺出版社2005年版,第341页。
③ 李鲁宁:《伽达默尔美学思想》,山东大学出版社2004年版,第97页。
④ Hans-Georg Gadamer, *Truth and Method*, translated by Garpett Barden and John Cumming, China Social Sciences publishing House, 1999, p. 267.

关系。或者说,"理解并不是重建而是调解"①,"理解在本质上是把过去的意义置入当前情境的一种调解或翻译"②。伽达默尔认为"历史性精神的基本规定,即自己与自己本身和解,在他物中认识自己本身"③。这一界定与黑格尔所说的人类在艺术面前展现的是人类自身是完全一致的。马克思说过,"对于没有音乐感的耳朵说来,最美的音乐也毫无意义"④。德国哲学家费尔巴哈谈到音乐时也说:"当音调抓住了你的时候,是什么东西抓住了你呢?你在音调里听到了什么呢?难道听到的不是你自己的声音吗?"⑤

  中国古代多情善感的诗人,据说是"见落花而流泪",其实花本无心,人自生情。诗人缘何看见飘落如红雨的落花就情不自禁地潸然泪下呢?这是因为诗人首先有一个韶华易逝、繁荣不再的人生经验意识,因而当看到落英缤纷的景象的时候,就自然而然地想到了"红了樱桃,绿了芭蕉,流光容易把人抛"的人生感悟,于是不禁伤感起来了。其实,就落花本身而言,它何曾有这样的思想意识呢?人们对文学作品的理解,也往往如此。读者的人生经验和社会感悟,当与小说文本中描写的某一社会现象有感应之后,就会引发无限的意义出来。黑格尔、马克思和伽达默尔等人的这些论断都说明人们对于艺术作品的理解,根本就不是文艺复兴时期形成的自然科学模式的主体对于客体的客观认知,而是人们在解读和诠释艺术作品的过程中进行的自我展现,这一点也体现了应用是理解固有因素的真理性。如果认识到这一点,人们就不会浅薄地指责《水浒传》诠释史中的那些"应用"于当时现实生活情境之中的理解和解释了。这里所说的"应用",与其说是应用,不如说是历史性心理精神的感应或效果历史中的两种视域的彼此融合。不仅读者对文学作品的诠释

---

① [德] 伽达默尔:《哲学解释学》,夏镇平、宋建平译,上海译文出版社2004年版,"编者导言"第6页。
② [德] 伽达默尔:《哲学解释学》,夏镇平、宋建平译,上海译文出版社2004年版,"编者导言"第6页。
③ [德] 伽达默尔:《真理与方法》,洪汉鼎译,上海译文出版社2004年版,第16页。
④ [德] 马克思:《1848年经济学—哲学手稿》,《马克思恩格斯全集》第42卷,人民出版社1979年版,第126页。
⑤ [德] 费尔巴哈:《基督教的本质》,北京大学哲学系译《十八世纪末—十九世纪初德国哲学》,商务印书馆1975年版,第490页。

是一种"自我展现",创作者也是如此。艺术作品存在的形式之一就是创作形式本身在历史时空中的表现。

海德格尔《艺术作品的本源》认为:"艺术就是真理的生成和发生","一切艺术本质上都是诗"①。对于艺术作品的存在方式,海德格尔认为它是本体论的。在这一点上,伽达默尔继承了海德格尔的思想。正因为伽达默尔认为艺术是本体论的、存在论的和效果历史的,因而他认为任何能够实现节日功能的艺术都是真正的艺术,他说:"我坚持认为,《三便士歌剧》或者为当今青年如此喜爱的现代歌曲也同样是合法的。它们以达到每一个阶级和每一种教育背景的人们的方式,同样具有一种建立交往的能力。"②

伽达默尔认为艺术作品从来不是自在存在的,它的意义也必然永远超越作者的创作意图,正如节日的内涵次次不同,文本意义也如同人们欢庆节日时远远超出节日初创时所具有的意义那样获得新的表现形式。伽达默尔说:"我们的出发点是:艺术作品就是游戏,也就是说,艺术作品的真正存在不能与它的表现相脱离,并且正是在表现中才出现创造物的统一性和同一性。艺术作品的本质就包含对自我表现的依赖性。这意味着,艺术作品尽管在其表现中可能发生那样多的改变和变形,但它仍然是其自身。这一点正构成了每一种表现的制约性,即表现包含着对创造物本身的关联,并且隶属于从这创造物而取得的正确性的标准。"③

伽达默尔早就注意到了这样一个事实,即在艺术经验中人们所感兴趣的并不在于艺术的形式,真正打动人心的东西是艺术向人们诉说的内容。这种内容就是艺术作品的意义,用伽达默尔的话说就是艺术作品向人们发出的吁求。1986年,伽达默尔在回答采访的时候说:"艺术品随着时代的不同而不同,但仍然向我们发出吁求。"④

对于同一部作品,不同的读者读出了不同的意义,这是阅读活动中

---

① [德]海德格尔:《艺术作品的本源》,《海德格尔选集》,三联书店1996年版,第276页。
② 李鲁宁:《伽达默尔美学思想研究》,山东大学出版社2004年版,第224页。
③ [德]伽达默尔:《真理与方法》,洪汉鼎译,上海译文出版社2004年版,第177—178页。
④ 李鲁宁:《伽达默尔美学思想研究》,山东大学出版社2004年版,第84页。

最普遍的事件。这种现象的原因就在于艺术本身的局限性和人的历史存在的有限性。黑格尔认为艺术本身就有局限性,"这个局限性就在于一般艺术用感性的具体的形象,去表现在本质上就是无限的一般的普遍性"①。伽达默尔在《哲学诠释学》中认为人类知识是有局限的,而且将永远保持这种有局限的状况。

"伽达默尔把艺术作为自己美学思想的立足点,主要是看出了艺术与人之间的对话关系,这种对话关系以意义为纽带,在时间中展开,艺术作品经验超越时间的特性,对于任何时代的理解者来说都是一种当下存在,都是一种没有中介的直接的诉说,艺术实际上就是一种意义之谜,这种谜逃脱掉任何主观性的束缚,使艺术作品成为一种自为的在者。"②

伽达默尔认为理解就是"视域融合",因此每一个时代都将作出每一个时代的解释,纯粹客观的解释是不存在的,哲学诠释学探讨的是"理解何为"的问题,它认为人们所能到达的并不是作者的原意,而是文本本文的"效果历史"。

"'理解'是整个哲学解释学的核心概念,理解的基本框架不是主客体关系,理解不是作为理解者的主体去把握作为被理解者的客体的一种行为,而是此在的存在方式;在艺术领域,'理解'通过现象学方法具体化为'游戏'概念,'游戏'是艺术作品存在的方式,从根本上说是对理解者主体意识的否定,否定对艺术作品的概念把握。"③

由认知模式产生的诠释在本质上其实是历史学的一种认识,不是文学本文意义的解释,而是文学本文意义相关历史资料的考证与诠释。伽达默尔在《真理与方法》中对这个问题进行过分析。他说:"历史学理解并不是用本文自己的意向,而是用它自身特有的意向偏移(Intentionsver-schiebung)来接受它的本文,即把它的本文看作一种原始历史资料,试图从这种资料获得对某种本文自身根本不想说、但我们发现恰恰表现在

---

① [德]黑格尔:《美学》第1卷,商务印书馆1979年版,第99页。
② 李鲁宁:《伽达默尔美学思想研究》,山东大学出版社2004年版,第106页。
③ 李鲁宁:《伽达默尔美学思想研究》,山东大学出版社2004年版,第85—86页。

本文中的东西的理解。"①

文学的诠释是对本文意义的把握和理解，而历史学家则不然。"历史学家的基本原则是：流传物可以用一种不同于把握自身所要求的意义来进行解释。历史学家总是返回到流传物的背后，返回到流传物给予表现的意义的背后，以便探讨那种流传物不是自愿表现的实在。把握被置于所有其他历史材料即所谓过去遗物之中。所以它们必须被解释，即不仅按它们所说的东西被理解，而且按它们可以为之作证的东西被理解。"②考证本质上是历史学的研究方法。文学作品之于考证者来说不过是历史文献资料的一种，他们借助于文学作品对历史进行解读，或者从中读出某个朝代的历史面貌，或者解读文学作品是为了古为今用。

这种研究方法使得"语文学成了历史学的一门辅助学科"，因为历史学家对于文学作品的解读"是从本文自身不想提供的东西来考察本文"③。然而对于文学作品意义的解读，本质上却是一种本文在当下情境中的应用。

伽达默尔对诠释学的"应用"问题的重新发现具有十分重要的价值和意义。他通过考察得出了这样的结论："在理解中总是有某种这样的事情出现，即把要理解的本文应用于解释者的目前境况。"④ 这是一种事实，一个事件是不以人的意志为转移的现象。"理解无疑是一种具体化。"⑤ 通过对《水浒传》诠释史的考察，也很容易印证这个结论，即："未来的世代将以不同的方式理解他在本文中所曾读到的东西。"⑥ 这一点与传统认识论对于文本中作者原意的理想状态的追求是格格不入的。哲学诠释学认为"在精神科学里所进行的理解本质上是一种历史性的理解，也就是说，在这里仅当本文每次都以不同的方式被理解时，本文才可以说得到理解"⑦，即精神科学里的理解其实就是一种在不同历史处境中的具体

---

① ［德］伽达默尔：《真理与方法》，洪汉鼎译，上海译文出版社2004年版，第439—440页。
② ［德］伽达默尔：《真理与方法》，上海译文出版社2004年版，第436页。
③ ［德］伽达默尔：《真理与方法》，上海译文出版社2004年版，第435页。
④ ［德］伽达默尔：《真理与方法》，上海译文出版社2004年版，第339页。
⑤ ［德］伽达默尔：《真理与方法》，上海译文出版社2004年版，第434页。
⑥ ［德］伽达默尔：《真理与方法》，上海译文出版社2004年版，第441页。
⑦ ［德］伽达默尔：《真理与方法》，洪汉鼎译，上海译文出版社2004年版，第400页。

应用。

又因为意义系统包括道德、伦理、政治、宗教等价值观念,因此对于意义的解读也是与这些价值观念息息相关的。不同阶级或阶层的人们具有不同的价值观,因此对《水浒传》的诠释也就相应多元化。

至于理解与认识的关系,伽达默尔认为,艺术就是认识,并且艺术作品的经验就是分享这种认识①。他同时又认为理解是艺术的存在方式,因而理解就是知识的存在方式了。

伽达默尔认为:"诠释学是一种幻想力或想象力。"② 他在《解释学问题的普遍性》中指出,方法论的贫瘠与真正的理解之间的区别就在于想象力,也就是在论题中看出值得提问的东西并提出进一步询问论题的能力即理解中的应用的能力。想象的能力,为伽达默尔所推崇和看重。他说:"正是想象(phantasie)才是学者的决定性功能。"③

第三节 误读问题

在《水浒传》意义诠释的过程中,存在着一些误读误解。这是什么原因导致的呢?在对文学意义的理解和解释过程中,主要有哪一些因素对误读误解的产生起作用呢?而我们又如何才能最大限度地避免对《水浒传》的误读误解呢?

下面主要从读者的成见、中西文化差异、历史语境、价值观变迁、相关认知知识的匮乏、艺术真实、文本和成见的规定性等方面探讨《水浒传》文学意义解读过程中的误读误解问题。

一 读者的成见与误读误解

德国哲学家施莱尔马赫说:哪里有误解,哪里就有解释学。在他看来,解释学存在的价值就在于它能够使人避免误解,从而能够保证文本

---

① [德] 伽达默尔:《真理与方法》,上海译文出版社 2004 年版,第 144 页。
② 洪汉鼎主编:《中国诠释学》第 2 辑,山东人民出版社 2004 年版,第 18 页。
③ [德] 伽达默尔:《哲学解释学》,夏镇平、宋建平译,上海译文出版社 2004 年版,第 12 页。

客观原意的再现。施莱尔马赫把解释学定义为"避免误解的艺术"①。施莱尔马赫关于避免误解的观点就是要求读者竭力克服掉自己的主观性、成见和偏见，以一种科学的和客观的态度去理解和解释文学作品的本文。

胡适在得知日本京都帝国大学狩野直喜《〈水浒传〉与支那戏曲》中的结论与他《水浒传考证》中的结论相同时，欣喜地写道："如果我们能打破遗传的成见，能放弃主观的我见，能处处尊重物观的证据，我们一定可以得到相同的结论。"②（着重号为原来所有）胡适对于成见的偏见，是自然科学客观诠释范式下的产物。

施莱尔马赫、胡适等都坚持要克服掉成见，然而，伽达默尔却认为"克服成见和偏见"的想法本身就是一种"成见和偏见"。日本丸山高司对伽达默尔的这个观点进行了一番阐释，他认为："成见是历史地形成的有限的地平。我们总是被抛入一定的地平，从而在这一地平上理解所有事物。因此，启蒙主义的'克服一切成见'这一目标则只能停留于幻想的阶段了。克服、消灭所有的成见以及从所有的成见中解脱出来本身，就意味着抛弃掉使理解成为可能的地平。在抱有这种幻想这点上，历史主义也犯了相同的错误。抛弃了自身所处的地平而追求过去的地平这样的情况，从根本上来说是不可能的。不管是启蒙主义也好，还是历史主义也好，都忘却了自身的历史性。"③（这段话中的"地平"如果翻译为"视野"或"视域"或许更好理解。）

伽达默尔除了解放了对"成见"的歧视或偏见外，还认为"在构成我们的存在的过程中，偏见的作用要比判断的作用大"④。在人们的理解过程中，偏见或成见是没有办法去除的，它构成人们理解的"前视域"，是人们进一步理解的前提和条件。

在意义的生成过程中，对于"偏见"所具有的积极意义的认识是伽

---

① ［德］伽达默尔：《哲学解释学》，夏镇平、宋建平译，上海译文出版社2004年版，第7页。
② 易竹贤辑录：《胡适论中国古典小说》，长江文艺出版社1987年版，第232—234页。
③ ［日］丸山高司：《伽达默尔——视野融合》，刘文柱等译，河北教育出版社2002年版，第97页。
④ ［德］伽达默尔：《真理与方法》，洪汉鼎译，上海译文出版社2004年版，第261页。

达默尔思想的创见之一。他说"偏见就是我们对世界开放的倾向性"①，而这个"倾向性"决定了理解的不同路径和不同结论。偏见是由人类的有限性和历史性造成的，而人类存在的有限性也不全是消极的因素。伽达默尔认为"正是通过我们的有限性、我们存在的特殊性（这点甚至不只在语言种类的繁多中也可以看得很明显），才在我们所在的真理方向上开辟了无限的对话"②。

毋庸置疑，前见对人们理解的何所向具有决定性的作用，不过，前见可分为正确的前见和错误的前见。文学作品的文本对意义的理解也具有规定性，文本中的观点亦有正误之分。为了保证理解的正确性，必须不断通过视野融合对前见与文本进行检验和反思。哲学诠释学强调前见与文本的见解都要保持开放的态度，强调"诠释学的任务自发地变成了一种事实的探究，并且总是被这种探究所同时规定"③。这就是判断正确的理解与误解或曲解的标准。

由于成见的存在，读者在对文学作品文本进行理解之前往往有一种意义的期待，他在阅读的过程中便在字里行间寻觅这种与自己经验相符合的期待意义；文字图景的表现有时候也能引起读者内心的感应和追忆。因为"谁想理解某个本文，谁总是在完成一种筹划"④，这里的"筹划"一词在英译本中是 project，这个单词的基本含义是投影、投射，在《哲学解释学》的中译本中，筹划的表达往往就被取代为投影或投射了。投影或投射或许更容易理解，它形象地表达了读者的阅读理解过程其实就是期待视野或前见解寻求与自己理解的意义合拍的过程。

海德格尔认为："理解的筹划活动具有造就自身的本己可能性。我们把理解的造就自身的活动称之为解释（Auslegung）。在解释中，理解把其所理解的东西理解性地归给了自身。理解在解释过程中并不成为别的东西，而是成为它自身。"⑤ 根据这个理论，人们对《水浒传》的理解和解释也并不是别的东西，而是《水浒传》小说文本存在的方式，是《水浒

---

① ［德］伽达默尔：《真理与方法》，洪汉鼎译，上海译文出版社 2004 年版，第 9 页。
② ［德］伽达默尔：《真理与方法》，上海译文出版社 2004 年版，第 9 页。
③ ［德］伽达默尔：《真理与方法》，上海译文出版社 2004 年版，第 347 页。
④ ［德］伽达默尔：《真理与方法》，上海译文出版社 2004 年版，第 345 页。
⑤ ［德］伽达默尔：《真理与方法》，洪汉鼎译，上海译文出版社 2004 年版，第 325 页。

传》自身。艺术作品自身有其独特的存在方式，这种方式以展现人类自身的存在方式为目的。因此，要想对包括文学作品在内的艺术作品进行理解，首先应该把握它的存在方式，即人类在艺术作品面前的自我展现。《水浒传》的存在方式就是读者在它面前的自我表现，或者说，人们对《水浒传》的理解就是它的存在方式。

二　中西文化的差异与误读误解

文化接触，冲突、融合总是难免的。中西文化上的差异很容易导致误读误解。具体到《水浒传》，对它的误解或曲解，我们以美国汉学家浦安迪对《水浒传》的阐释为例分析中西文化的差异对小说中同一社会文化现象所产生的不同理解乃至误解的原因。

浦安迪在《明代小说四大奇书》第四章《〈水浒传〉：英雄豪气的破灭》中认为"对繁本《水浒传》作仔细研读之后就有了用以证实它作为一部16世纪文人小说意义的修正解释。……几乎在经过改写的每一片断里分明都给增添了一层有反讽意味的润色"。"反讽"、文人小说、儒家的"修、齐、平、治"思想等乃是浦安迪解读和诠释中国明代四大奇书的前见。正是从这个前见出发，浦安迪对中国四大奇书所进行的理解无不显示出他的前见的规定性和影响力。浦安迪几乎从《金瓶梅》《西游记》《水浒传》《三国志演义》中都能找到证明这些文人小说中的"反讽"事实和反讽意味。但请注意，他仅仅是找到，而且还是很勉强地找到，甚至有时候令人觉得他的与反讽相关的论述是很牵强附会的。浦安迪对中国明代四大奇书的解读，有很多视角和结论都是启人心迪的、引人思考的，然而也能深切地感受到他误读误解的地方。

浦安迪发现了16、17世纪中国的小说评论家几乎异口同声地赞美李逵这个人物形象：忠诚朴直、无成心、无执念、秉性坦率、敢作敢为、有趣可爱等。浦安迪的解释是这些评论家"写出这些批语多半是根据当时戏曲舞台上得来的关于李逵等人的通俗意象，而不是小说中塑造的具体人物形象"[①]。浦安迪的这个推想恐怕很难令人信服，为什么呢？因为晚明人们的审美意识就是以"真"和"趣"为核心的，而李逵的艺术形

[①] [美]浦安迪：《明代小说四大奇书》，沈亨寿译，三联书店2006年版，第334页。

象就是这种艺术审美意识的产物,因而获得了普遍的赞赏。显然,浦安迪忽视了晚明艺术审美的历史性和中国传统文化的民族性。当然,浦安迪作为一名严肃认真的学者,他的论断也是很谨慎的,他指出对李逵这个艺术形象进行理解与"各种有关自发性精神的理性观念,如李贽的'童心'说、袁宏道的'趣'或'性灵'概念等等联系起来也许更有益处",就可谓是切中肯綮。

浦安迪认为"把《水浒传》解释为一部攻击盗匪行径或反对'投降主义'的书与把它看作是热情讴歌反专制精神的作品一样都会把人们引入歧途"①的观点就不是哲学诠释学视野中的理解,浦安迪对诠释的本体论似乎并不了解,他对文学作品进行理解的基础仍然是传统的认识论。

浦安迪将打虎英雄武松在第13回挨打谎供罪状、第31回里被捆绑待毙、第32回里大醉掉进河里挣扎的狼狈情景等都看作是"反讽",我认为这也是他的前见蒙蔽了他对《水浒传》作进一步的解读,他无视历史处境对人的局限作用,人只能是具体处境中的人,武松不是神,而是人,这就决定了他在特定处境中有"不英雄"的表现。上述关于武松种种普通人的反映,恰恰体现了水浒叙事的真实性。

浦安迪认为宋江的一个绰号"及时雨"也具有反讽的意味,因为"在小说许多情节的描述中,宋江的行动根本不像是'及时'的样子,尤其在谋划和执行军事策略之处,总是常给人不及时的印象"②。我认为这也是误解。因为宋江之所以被称为"及时雨",是针对他在江湖上仗义疏财、扶危济困而言,也就是针对宋江作为道德精神领袖而言的,至于在武功或谋略方面宋江在梁山泊好汉中自然不是第一流的。浦安迪之所以对宋江的绰号"及时雨"产生误解,是因为他忽视了中国古代文化是以伦理道德为根基的这个特征。

诸如此类的理解无不表明,浦安迪关于《水浒传》的诠释既有个人前见没有进行有效反思所导致的个体误读,也有中西文化差异所导致的框架性误读。

---

① [美]浦安迪:《明代小说四大奇书》,沈亨寿译,三联书店2006年版,第330页。
② [美]浦安迪:《明代小说四大奇书》,沈亨寿译,三联书店2006年版,第308页。

三 历史语境的忽视与文学意义的误读误解

刘学明《〈水浒〉与〈水浒〉的误读》列举了一系列读者"误读"的现象：《水浒传》中有许多杀人、吃人的血腥场面，有一些读者却嗅不出其中的血腥气；一些梁山英雄好汉小节有亏、地痞流氓气十足，有的读者不觉其丑，反为之大唱赞歌；其中的反面人物并无大恶，人们反而认为死有余辜……刘学明认为大多数读者误读了《水浒》，并以李贽误读了矮脚虎王英作为例证①。

这种分析无疑是用今人的眼光来苛求古人的行为，缺乏历史主义的视域，从而导致对这些文学现象的分析都是隔靴搔痒，甚至是远离了学术本身。列宁说过，在分析任何社会问题时，马克思主义理论的绝对要求，就是要把问题提到一定的历史范围之内。读者在阅读过程中如果无视或忽视了文学作品叙事中的历史语境，那么就会产生许多误读误解。

李贽之所以在容与堂本《水浒传》评点中极力称赞矮脚虎王英，尤其是王英的直率真诚、绝假纯真，是由李贽生活的时代性审美观所决定的，李贽的这一理解直接针对"假道学"的虚伪奸诈，是"童心说"观照之下得出来的结论，因而是合乎情理的理解。如果这也是误读的话，那么刘学明的理解才是真正的误读。

今人批评武松"血溅鸳鸯楼"的时候滥杀无辜，多杀了十几口人命。金圣叹对此评点说"甚是痛快"，连道"真正妙笔"。武松又找了几个妇女杀死，道："方才心满意足。"金圣叹此处的评语是"六字绝妙好词"。可见金圣叹与《水浒传》作者的道德判断标准是完全一致的，也就是说，道德的价值判断也具有具体的历史性。

这就涉及了如何对"误读"进行判定的问题。如何判定一种理解的准确性呢？依据的标准是当下的时代性价值观还是当时具体的历史处境中的价值判断？是针对现实的有感而发还是求真的学术研究，是现实视角还是历史视角？

如果想正确地理解某一部小说的文学意义，必须首先掌握尽可能全面的相关历史的文献资料。否则，就不能深切地、真正地对它进行理解

---

① 刘学明：《〈水浒〉与〈水浒〉的误读》，《中国古代、近代文学研究》1994年第5期。

和解释。这也是解释学中的一个规律，即历史处境原则。

当下一些对于《水浒传》误解或误读的指责本身就是误解或曲解。误读或曲解的原因之一是由于伪命题造成的。例如，中国古代小说形象群体"主弱从强"组合模式中所谓的"主弱从强"，其实是忽视了历史性所导致的误解，或者说它本身就是一个伪问题。在中国封建社会里，道德性是至高无上的，它远远比那些单纯具有文才武略的人在社会中的地位要高得多，"立德、立功、立言三不朽"中最高的就是"立德"。刘备、宋江和唐僧等的人格魅力就在于他们的道德领袖地位，而不是他们的武功谋略。他们是伦理道德的化身，他们崇高的道德魅力正是他们的"强"，而不是他们的"弱"。在某些当代读者眼中，他们认为的"弱"其实是在中国封建社会中人们所认为的"强"。而当代读者眼中，所谓的武力等"强"其实在封建社会的历史时空中还远不如道德的崇高性。这也就是说，这个误读不过是伪问题而已。

"五四"新文化人认为《水浒传》是"非人的文学"，固然是一种误读，它是人性思潮汹涌澎湃中的时代性透视；然而，从中却也可以看出人类文明的发展和进步。从李贽、金圣叹、汪道昆等人对水浒好汉的欣赏赞叹到现当代读者对他们行为的指责，表明人道主义在历史上的前进。这也就是说，当代有一些读者虽然忽视了解读的历史性而产生了误读，然而这一现象却反映了人类文明程度的提高和人性的进步。

四 价值观、政治立场与误读误解

《水浒传》中说世间众生作孽太重，于是上天派遣天星下界进行惩罚，并以此作为结构神理进行了叙事。"这种由于因果、劫运框架的引入而导致的价值判断的混乱，也是中国古代小说常出现的弊病。"[①]《说岳全传》《聊斋志异》等中国古典小说中都有大量这种因果报应框架的叙事。

价值判断直接影响乃至决定人们对于文学意义的理解。人总是社会中的人，不同政治立场的人具有不同的价值判断。例如对于农民起义的认识，统治阶级与被压迫被剥削阶级以及不同政治立场的读者对它的话语就不会完全相同。人们的价值观总是影响乃至决定着人们的理解。

---

① 陈洪、孙勇进：《漫说水浒》，人民文学出版社2005年版，第149页。

由于价值观及政治立场的不同，李贽对《水浒传》主题思想的把握，与金圣叹就截然不同。李贽在《忠义水浒传叙》中说："《水浒传》者，发愤之所作也。盖自宋室不竞，冠履倒施，大贤处下，不肖处上。驯致夷狄处上，中原处下，一时君相，犹然处堂燕鹊，纳币称臣，甘心屈膝于犬羊已矣。施、罗二公身在元，心在宋；虽生元日，实愤宋事。是故愤二帝之北狩，则称大破辽以泄其愤；愤南渡之苟安，则称灭方腊以泄其愤；敢问泄愤者谁乎？则前日啸聚水浒之强人也，欲不谓之忠义，不可也。是故施、罗二公传《水浒》，而复以忠义名其传焉。"① 金圣叹在《第五才子书施耐庵水浒传·序》中说，他评点《水浒传》首先是"夫身为庶人，无力以禁天下之人作书，而忽取牧猪奴手中之一编，条分而节解之，而反能令未作之书不敢复作，已作之书一旦尽废，是则圣叹廓清天下之功，为更奇于秦人之火"；其次是为了"存耐庵之志"即"消忠义而仍水浒"，这是金圣叹对这部小说主题思想的把握。② 金圣叹通过其评点以及对《水浒传》文本叙事的修改达到了"消忠义而仍水浒"这一目的。

李贽对梁山泊英雄好汉及其首领宋江的看法也与金圣叹不一样。李贽在《忠义水浒传叙》中认为："水浒之众，皆大力、大贤、有忠、有义之人可也。然未有忠义如宋公明者也。……独宋公明者身居水浒之中，心在朝廷之上，一意招安，专图报国，卒至于犯大难，成大功，服毒自缢，同死而不辞，则忠义之烈也！"③ 而金圣叹认为梁山好汉"其幼，皆豺狼虎豹之姿也；其壮，皆杀人夺货之行也；其后，皆敲朴剌刖之余也；其卒，皆揭竿斩木之贼也。有王者作，比而诛之，则千人亦快、万人亦快者也"④。他在第17回中批道："宋江，盗魁也。盗魁，则其罪浮于群盗一等。"⑤

在阶级立场上，清代的俞万春与金圣叹是完全一致的。他通过创作来表达其价值观和政治立场。他让一百单八好汉"被张叔夜擒拿正法"，

---

① （明）施耐庵、罗贯中：《水浒传》，上海古籍出版社1995年版，第1488页。
② （明）施耐庵著，（清）金圣叹批评：《水浒传》，凤凰出版社2010年版，第3—4页。
③ （明）施耐庵、罗贯中：《水浒传》，上海古籍出版社1995年版，第1488页。
④ （明）施耐庵著，（清）金圣叹批评：《水浒传》，凤凰出版社2010年版，第4页。
⑤ （明）施耐庵著，（清）金圣叹批评：《水浒传》，凤凰出版社2010年版，第156页。

自名其书为《荡寇志》，其政治立场是自觉地站在维护封建统治阶级的立场之上的。《荡寇志》全书围绕着一个中心主题，即所谓"但明国纪写天麻"。《荡寇志》对封建朝廷歌功颂德，对造反者竭尽污蔑诅咒之能事，最后把英雄好汉都斩尽杀绝，以表现"尊王灭寇"的创作主旨。

李贽、金圣叹和俞万春等人对《水浒传》及其人物形象的评论便表明了价值观和政治立场对文学意义理解所产生的影响。另外，《水浒传》这部小说在历史上的遭遇也鲜明地反映了由于价值观的不同而直接决定了它的沉浮：有清一代被列入禁书，而后来又被赞誉有加。

文学作品的创作在选择材料、塑造人物、编撰故事情节等方面无不带有作者的价值判断。不同政治立场的作者对同一段历史故事或传说的剪裁和构建不会是完全相同的。因此，对文学文本进行解读的时候，应该注意叙事者的政治立场和价值判断。毕竟，"一切解释都必须受制于它所从属的诠释学境况"①。这是诠释学的真理。同样的道理，读者也有他们自己不同的价值观，从而也就有了不同的理解。

五 相关知识的匮乏与误读误解

知识面的宽窄、识见能力的高下、分析问题能力的强弱、理解的视角、掌握材料的全面与否等都与能否正确理解有着密切相连的关系。其中，对与理解对象相关的知识的掌握是最基本的，也是最重要的。

孙勇进在《漫说水浒》中对于"炊饼"的解释是："有人或许会以为是山东煎饼或今天的烤饼、烧饼之类，错了，炊饼不是煎饼，煎饼是摊的；也不是烤饼、烧饼，烤饼、烧饼是烤的、烙的，而炊饼是蒸的，它其实是南方的一种小点心，类似福建的光饼。"②

黄云生、蔡根林在《漫说炊饼》中认为："说炊饼不是烧饼、煎饼，这不错，但说是'类似福建光饼'的南方小点心，就有问题。据《辞源》：'宋仁宗赵祯时，因蒸与祯音近，时人避讳，呼蒸饼为炊饼。'那蒸饼又是什么呢？《辞源》解释'即馒头，亦曰笼饼'。炊饼原来就是馒头。蒸饼起源很早，《晋书·何曾传》说何曾'性奢豪''蒸饼上不坼作十字

---

① ［德］伽达默尔：《真理与方法》，洪汉鼎译，上海译文出版社2004年版，第513页。
② 陈洪、孙勇进：《漫说水浒》，人民文学出版社2005年版，第8页。

不食',裂开十字花纹的蒸饼就是'开花馒头'。"①

这个问题说明了什么？掌握诠释对象的相关知识是非常重要的。再比如，如果把握了中国古代的文化从本质上来说是伦理文化，伦理道德的价值观是其核心这一点，那么中国古典小说中的很多叙事现象就能迎刃而解。由此可见，相关知识的认知有助于对文学意义的理解。

从知识认知的意义上来说，"诠释本质上就是认识"②是完全正确的。然而，对于文学意义的诠释，却是与对于事物的认知完全不同的：一方面是对于一部文学作品，"横看成岭侧成峰"的现象是普遍的；另一方面，每个人的生活世界、人生体验与他人具有差异性；还有就是人的思想意识具有阶级性、立场性和历史性等。也就是说，对于意义的理解与对于事物的认知，二者虽然有密切的联系，但它们毕竟不完全相同。

王齐洲在《四大奇书纵横谈》中说："任何对'四大奇书'的解读，都只能是一家之言，谁也不能说自己的理解就是绝对正确的。事实上，对作品的解读其实只有高下之分、精粗之别，并无所谓是非之分、对错之别。"③

理解毕竟不是认知，理解是对于现实生活和人类经验世界中的人情物理的感悟，而不是对于自然界规律的格物致知，它是一个本体论的价值判断，而不是一个认识论中的是非正误的判断。认知与理解固然不同，但为了能够正确地理解，很有必要掌握与文学作品相关的历史、宗教、哲学和文学自身等多个方面的知识。只有这样，才能更好地更准确地理解。

六　艺术真实性与误读误解

杰出的文学作品总是能够真实地反映生活的真实性，它绝非仅仅是审美的，而是在知识、思想、理论等方面给读者以启迪，让读者能够有收获。故事的真实性叙述，读者读来相信、认可，这是阅读展开的前提。

---

① 黄云生、蔡根林：《漫说炊饼》（http：//www.jhnews.com.cn/gb/content/2003 - 011/08/content_ 146821.htm）。

② 袁世硕：《文学史与诠释学》，《文史哲》2005 年第 4 期。

③ 王齐洲：《四大奇书纵横谈》，济南出版社 2004 年版，"引言"第 3 页。

艺术只有把握住历史的真实、人生的真实和艺术的真实，其感染力才有力量。

不能用简单的"善恶"二元论"非此即彼"地机械地区分，而是"真实"地摹写生活，应该这样进行创作，也应该这样进行鉴赏。中国古人囿于伦理的善恶二分，其思维方式往往非此即彼，艺术上也有鲜明的体现，例如京剧中演员的面具或画脸难道不就是这样吗？白脸奸臣一直是白脸，红脸关公无论在什么时候都是红脸。这种一成不变的思维和艺术，禁锢了辩证思维。生活的真实或历史的真实一般是：天使也做一些恶魔的行径，而恶魔有时候也做一些善事。难道不是这样吗？同样的道理，对《水浒传》中英雄人物的认识，也应该本着这种认可历史真实的态度。《水浒传》中的人物是活生生的现实生活中的人物，他们有过人的神勇，有的甚至是"天人""天神"（金圣叹语），但他们也有普通人世俗的一面，也有对于真金白银的需求；他们勇猛杀敌，也杀死无辜；他们路见不平拔刀相助，但也有点私心杂念；他们忠肝义胆，但也有些牢骚不满；他们扶危济困，有的也贪财好利……这样的人物形象，才符合生活真实、历史真实。

《水浒传》最为当代读者所诟病的是梁山泊英雄好汉的血腥杀戮。其实，这种认知没有考虑到艺术真实性的问题。当代武侠小说中的大侠被刻画描写为不食人间烟火的神仙，他们不必为了生计而奔波，其实是不符合生活真实的。而梁山好汉则不然，他们是人世间的英雄好汉，但首先是一个活生生的吃喝拉撒睡的人。他们的所作所为符合历史的真实处境。以武松血溅鸳鸯楼为例，武松趱进张都监家中，第一个碰到的是后槽，有的读者，尤其是当代读者，认为武松不应该杀死他，可是后槽一旦喊一嗓子，武松不用说报仇雪恨，就是身家性命也保不了了，肯定死在乱刀之下了：张都监家中有很多亲随和家外当值的军牢。这也就是说，在这种历史处境之中，武松要想复仇成功就必须先消灭掉路上的任何障碍。同样的道理，其他一十二口人，也是不得不死于武松刀下。迫于情势，武松不得不如此。更不用说这些人中也有陷害武松的帮凶，如捉拿武松的张都监亲随、参与阴谋陷害武松的玉兰等。在当时的处境之中，只要武松对其中任何一个心慈手软，他就报不了仇。更何况在当时，武松"心头那把无明业火高三千丈，冲破了青天"，这都是读者进行理解时应该首先考虑到的。《水浒传》中这样的描写虽然有点"血腥",但却是完全符合生活的真实。

"高、大、全"的英雄人物并不具备历史的真实性,因为他们是平面人物,而不是圆形人物,不具有人物性格的立体性、复杂性和真实性。每一个英雄人物或领袖人物他们首先是人而不是神,因而自然就难免有缺点和瑕疵。

七 文学作品的规定性、读者的前见与误读误解的问题

袁世硕先生说,作为诠释对象的文字著作具有历史客观性,对诠释具有客观的规定性。文学作品作为被诠释的对象,对于读者的理解无疑是具有"客观的规定性"的。关键是,它是一种什么样的"客观的规定性"?

如何理解"一千个读者有一千个哈姆雷特"?一方面,文学作品本文有其规定性,因此读者读到的哈姆雷特的形象虽然多样,但这个形象毕竟是哈姆雷特,而不是李尔王或其他人;另一方面,之所以一千个读者有一千个哈姆雷特,却在于每一个读者的前理解也都有其规定性,这个规定性规定了每一个读者的"这一个"的哈姆雷特。海德格尔在描述诠释学循环的时候曾经说过,"对本文的理解永远都是被前理解(Vorverständnis)的先把握活动所规定"①。也就是说,文学作品的本文具有"客观"规定性,同时读者的前理解也具有规定性,二者的视域融合共同生成了新的文学意义。

鲁迅在《谚语》中说:"古之秀才,自以为无所不晓,于是有'秀才不出门,而知天下事'这自负的漫天大谎,小百姓信以为真,也就渐渐的成了谚语,流行开来。其实是'秀才不出门,不知天下事'的。秀才只有秀才头脑和秀才眼睛,对于天下事,哪里看得分明,想得清楚。"②这里不谈谚语的问题,而是指出鲁迅所说的"秀才只有秀才头脑和秀才眼睛"说得非常好,它指出了读者理解问题的前规定性。不同的读者,有不同的"头脑和眼睛",其所想的和所见的,各个不同,面对同一文学

---

① [德]伽达默尔:《真理与方法》,洪汉鼎译,上海译文出版社2004年版,第379页。
② 鲁迅:《南腔北调集》,《鲁迅全集》第4卷,人民文学出版社2005年版,第558页。

本文，也会得出自己的理解来。读者的成见决定了他的理解的方向性。

文学意义的生成，一方面是作品文本视域的先在规定性，另一方面又是读者的问题域对意义产生的何所向的规定性，两个视域的融合所产生的意义才是新的意义的生成，片面地强调任何一方都是错误的。文学意义的不断生成是文学作品的此在，不是主观对客观的把握；是读者理解的历史性与文学作品存在的一体性，绝不是支离破碎的认知。

人生体验在文学作品本文中获得的意会感知促成了意义的生成。如果没有读者的人生体验的感应，文学意义从何生成？理解本身就属于被诠释对象的存在。

八　如何最大限度地避免误读误解

由以上可知，读者的前理解、文化差异、历史语境、价值观、艺术真实性、文本与前见的规定性等都与误读误解有着错综复杂的关系。它们作为人们进行理解和解释的"前有""前把握"对理解的何所向和理解的准确性都有着或大或小这样那样的影响，有时候甚至起着决定性作用。这就要求我们对它们进行反思和考察其正当性，以最大限度地避免误读误解。

海德格尔说："解释（Auslegung）理解到它的首要的经常的和最终的任务始终是不让向来就有的前有（Vorhabe）、前见（Vorsicht）和前把握（Vorgriff）以偶发奇想和流俗之见的方式出现，而是从事情本身出发处理这些前有、前见和前把握，从而确保论题的科学性。"① 海德格尔认为理解就是"事实性的解释学"，即本体论阐释学，伽达默尔继承和发展了这个观点。

在《真理与方法》中，伽达默尔反思了前见和前理解，他说："谁想理解，谁就从一开始便不能因为想尽可能彻底地和顽固地不听本文的见解而囿于他自己的偶然的前见解中——直到本文的见解成为可听见的并且取消了错误的理解为止。谁想理解一个本文，谁就准备让本文告诉他什么。因此，一个受过诠释学训练的意识从一开始就必须对本文的另一

---

① ［德］伽达默尔：《真理与方法》，洪汉鼎译，上海译文出版社2004年版，第344页。

种存在有敏感。但是，这样一种敏感既不假定事物的'中立性'，又不假定自我消解，而是包含对我们自己的前见解和前见的有意识同化。我们必须认识我们自己的先入之见（Voreingenom menheit），使得本文可以表现自身在其另一种存在中，并因而有可能去肯定它实际的真理以反对我们自己的前见解。"①

伽达默尔进而说："解释者无须丢弃他内心已有的前见解而直接地接触本文，而是只要明确地考察他内心所有的前见解的正当性，也就是说，考察其根源和有效性。"② 依据哲学诠释学的观点，只有通过视野融合，即保持前见解的开放性和文学作品本文的开放性，二者不断进行"诠释学循环"，进行不断的对话，进行不断的"逻辑问答"，只有这样，也只有这样，才能最大限度地避免误解或曲解，才能避免随心所欲的偶发奇想和难以觉察的思想习惯的局限性，从而直接注意"事情本身"。

按照伽达默尔的理论，误解决定于前理解的何所向。在伽达默尔看来，前理解可分为正确的和错误的。那么，错误的前理解即伽达默尔所说的假前见（die falsche Vorurteile）自然导向错误的理解。并不是所有的理解都是合理的，都是正确的，而是正确的前理解将导向正确的理解。理解的正确与否，在于是否从事实本身出发。

海德格尔认为理解不是与说明平行的一种认识方式，而是人的存在方式，人是以理解的方式存在的。人们的前理解或问题域对意义理解何所向往往起着决定性的作用。人们对《水浒传》的理解往往就是他们对时代性问题在文本叙事镜中映像的回答。随着时间的流逝，人们此在的问题域将会一直变化着，因而人们对《水浒传》的新理解也将会永远生成着。正是由于这个原因，有一点是可以确信的，那就是《水浒传》的理解必定向未来的读者一直敞开着，对《水浒传》意义的理解必定是无限的，《水浒传》的诠释史必定伸向遥远的未来，《水浒传》意义的理解与未来的读者同在，与未来的世界同在……

---

① ［德］伽达默尔：《真理与方法》，洪汉鼎译，上海译文出版社2004年版，第347—348页。
② ［德］伽达默尔：《真理与方法》，洪汉鼎译，上海译文出版社2004年版，第346页。

主要参考文献

北京大学中文系 1955 级：《中国小说史稿》，人民文学出版社 1973 年版。
别样冷寒冰：《胡同水浒传》，东方出版社 2005 年版。
蔡志忠：《水浒传英雄好汉的本色》，三联书店 1992 年版。
陈桂声选编：《水浒评话》，江西教育出版社 1999 年版。
陈洪：《金圣叹传论》，天津人民出版社 1996 年版。
陈洪、孙勇进：《漫说水浒》，人民文学出版社 2005 年版。
陈平原：《千古文人侠客梦：武侠小说类型研究》，人民文学出版社 1992 年版。
陈松柏：《水浒传源流考论》，人民文学出版社 2005 年版。
陈文新：《传统小说与小说传统》，武汉大学出版社 2005 年版。
陈文新、王同舟：《水浒传豪侠人生》，武汉大学出版社 2002 年版。
陈曦钟等：《水浒传会评本》，北京大学出版社 1987 年版。
董志新：《毛泽东读水浒传》，上海人民出版社 2005 年版。
杜贵晨：《传统文化与古典小说》，河北大学出版社 2001 年版。
杜贵晨：《数理批评与小说考论》，齐鲁书社 2006 年版。
冯文楼：《四大奇书的文本文化学诠释》，中国社会科学出版社 2003 年版。
冯雪峰：《冯雪峰论文集》，人民文学出版社 1981 年版。
傅光明主编：《品读水浒传插图本》，山东画报出版社 2005 年版。
傅惠生：《宋明之际的社会心理与小说》，东方出版社 1997 年版。
傅锡壬编撰：《梁山英雄榜：水浒传》，三环出版社 1992 年版。
傅亚仁：《水浒传草莽英雄谱》，春风文艺出版社 1992 年版。

高日晖、洪雁:《水浒传接受史》,齐鲁书社2006年版。
高明阁:《水浒传论稿》,辽宁大学出版社1987年版。
顾振彪、顾之川主编:《解读水浒传》,京华出版社2001年版。
何满子:《论金圣叹评改水浒传》,上海出版公司1954年版。
何满子:《水浒概说》,上海古籍出版社1993年版。
何梅琴、范桂红:《水浒传之谜》,中州古籍出版社1998年版。
何心:《水浒研究》,上海古籍出版社1985年版。
侯会:《水浒源流新证》,华文出版社2002年版。
胡士莹:《话本小说概论》,中华书局1980年版。
胡适:《中国章回小说考证》,上海书店出版社1979年版。
黄俶成:《施耐庵与水浒》,上海人民出版社2000年版。
黄霖等:《中国小说研究史》,浙江古籍出版社2002年版。
黄霖主编:《20世纪中国古代文学研究史》,东方出版中心2006年版。
黄鸣奋:《英语世界中国古典文学之传播》,学林出版社1997年版。
佳翰改编:《水浒传侠义的故事》,远方出版社2002年版。
金圣叹:《第五才子书施耐庵水浒传》,中州古籍出版社1985年版。
金元浦:《文学解释学》,东北师范大学出版社1997年版。
老何:《麻辣水浒:黑色幽默的财富传奇,梁山好汉的经营模式》,台北:希代书版股份有限公司2004年版。
李殿元、王珏:《水浒传之谜》,中国广播电视出版社2006年版。
李光阁:《帝国潜流:水浒灰社会解密》,新华出版社2006年版。
李建盛:《理解事件与文本意义》,上海译文出版社2002年版。
李鲁宁:《加达默尔美学思想研究》,山东大学出版社2004年版。
李清良:《中国诠释学》,湖南师范大学出版社2001年版。
李云改编:《毛泽东评点水浒传》,青海人民出版社1998年版。
李贽:《李贽文集》(1—7卷),社会科学文献出版社2000年版。
《李贽研究参考资料:李贽与水浒传资料专辑》第3辑,福建人民出版社1976年版。
《李贽尊法反儒文选(内部征求意见稿)》,厦门大学历史系编,1974年。
林岗:《明清之际小说评点学之研究》,北京大学出版社1999年版。
林文山:《水浒简评》,文化艺术出版社1985年版。

刘冬：《施耐庵》，《中国历代著名文学家评传》第4卷，山东教育出版社1985年版。

刘辉、迟宇宙：《欢乐水浒传》，远方出版社2003年版。

刘世德编：《中国古代小说研究：台湾香港论文选集》，上海古籍出版社1983年版。

刘天振：《水浒研究史胜论》，中国社会科学出版社2016年版。

刘欣中：《金圣叹的小说理论》，河北人民出版社1986年版。

鲁迅：《中国小说史略》，上海古籍出版社1998年版。

罗尔纲：《水浒传原本和著者研究》，江苏古籍出版社1992年版。

马成生：《水浒通论》，浙江古籍出版社1994年版。

马疾蹄：《水浒资料汇编》，中华书局1980年版。

马蹄疾：《水浒书录》，上海古籍出版社1986年版。

门冀华编：《三十六计与水浒传》，河北人民出版社2004年版。

牧惠：《歪批水浒：强盗不可以白做》，辽宁画报出版社2001年版。

聂绀弩：《中国古典小说论集》，上海古籍出版社1981年版。

宁稼雨：《水浒趣谈与索解》，春风文艺出版社1997年版。

欧阳健、萧相恺：《水浒新议》，重庆出版社1983年版。

《批判水浒资料集》，山西师范学院中文系资料室，1975年。

齐裕焜：《水浒学史》，三联书店2015年版。

齐裕焜、王子宽：《中国古代小说研究》，福建人民出版社2005年版。

曲家源：《水浒传新论》，中国和平出版社1995年版。

萨孟武：《水浒传与中国社会》，正中书局1934年版。

佘大平：《草莽英雄的悲壮人生：水浒传》，云南人民出版社1999年版。

沈伯俊：《水浒研究论文集》，中华书局1994年版。

盛巽昌：《毛泽东与水浒传》，广西人民出版社1997年版。

施正康、施惠：《康水浒纵横谈》，学林出版社1996年版。

十年砍柴：《闲看水浒：字缝里的梁山规则与江湖世界》，同心出版社2004年版。

《水浒传评论资料选》，武汉大学中文系，1975年。

《水浒评论资料》，上海人民出版社1975年版。

《水浒评论资料》，西北大学中文系编，1975年。

《水浒评论资料》，郑州大学学报编辑室编，1976年。

《水浒争鸣》（第1辑至第18辑），长江文艺出版社1982—2020年版。

隋国庆、郭志敏、隋幸华：《水浒传中的自然科学》，湖南少年儿童出版社2006年版。

孙步康、丁秋：《为人处世与水浒传》，广西民族出版社1995年版。

孙述宇：《水浒传的来历，心态与艺术》，台北：时报文化出版事业公司1978年版。

孙逊：《中国古代小说与宗教》，复旦大学出版社2003年版。

田若虹：《陆士谔小说考论》，上海三联书店2005年版。

汪远平：《水浒拾趣》，北岳文艺出版社1987年版。

汪正龙：《文学意义研究》，南京大学出版社2002年版。

王北固：《水浒传的组织谋略》，上海书店出版社2003年版。

王恒展：《梁山泊与水浒传》，山东文艺出版社2004年版。

王鸿卿：《水浒传与义》，辽海出版社2005年版。

王珏、李殿元：《水浒传中的悬案》，四川人民出版社1994年版。

王丽娜：《中国古代小说戏曲名著在国外》，学林出版社1988年版。

王平：《中国古代小说文化研究》，山东教育出版社1996年版。

王齐洲：《四大奇书与中国大众文化》，湖北教育出版社1994年版。

王太捷、朱希江主编：《水泊梁山的传说》，中国民间文艺出版社1985年版。

王同舟：《地煞天罡水浒传与民俗文化》，黑龙江人民出版社2003年版。

王晓家：《水浒传作者考论》，陕西人民出版社1998年版。

王学泰、李新宇：《水浒传与三国演义批判：为中国文学经典解毒》，天津古籍出版社2004年版。

吴开化：《水浒传长篇叙事诗》，大众文艺出版社2004年版。

萧相恺：《中国古典通俗小说史论》，南京出版社1994年版。

解立红：《水浒传空间叙事研究》，博士学位论文，首都师范大学，2004年。

徐立、陈瑜：《文坛怪杰金圣叹》，湖南教育出版社1987年版。

徐扬尚：《明清经典小说重读：寻找失落的传统》，中国社会科学出版社2006年版。

许建平：《李贽思想演变史》，人民出版社 2005 年版。

许建平：《李卓吾传》，东方出版社 2004 年版。

许勇强、李蕊芹：《水浒传研究史》，中国社会科学出版社 2017 年版。

严敦易：《水浒传的演变》，作家出版社 1957 年版。

杨义：《中国古典小说史论》，人民出版社 1998 年版。

袁世硕：《文学史学的明清小说研究》，齐鲁书社 1999 年版。

张国光：《水浒与金圣叹研究》，中州书画社 1981 年版。

张红星、韩天佳：《水浒传诠释与解读》，中国少年儿童出版社 2003 年版。

张惠仁：《水浒与施耐庵研究》，延边大学出版社 1988 年版。

张锦池：《中国四大古典小说论稿》，华艺出版社 1993 年版。

张庆善编：《胡适鲁迅解读水浒传》，辽海出版社 2001 年版。

张伟：《水浒传的人生智慧》，海潮出版社 2006 年版。

张袁祥、胡永霖：《施耐庵》，河北少年儿童出版社 1984 年版。

赵阳文、唐丁华图：《漫话歪说水浒传》，百花文艺出版社 2001 年版。

郑公盾：《水浒传论文集》，宁夏人民出版社 1983 年版。

周光庆：《中国古典解释学导论》，中华书局 2002 年版。

周裕锴：《中国古代诠释学研究》，上海人民出版社 2003 年版。

朱希江主编：《水浒外传》，山东文艺出版社 1984 年版。

朱一玄、刘毓忱编：《水浒传资料汇编》，百花文艺出版社 1981 年版。

左东岭：《李贽与晚明文学思想》，天津人民出版社 1997 年版。

［法］保罗·利科尔：《解释学与人文科学》，陶远华译，河北人民出版社 1987 年版。

［德］汉斯—格奥尔格·加达默尔：《真理与方法：哲学诠释学的基本特征》，洪汉鼎译，上海译文出版社 2004 年版。

［美］戴维·霍伊：《诠释学与文学》，张弘译，春风文艺出版社 1988 年版。

［美］赫斯：《解释的有效性》，王才勇译，三联书店 1991 年版。

［美］蒲安迪：《明代小说四大奇书》，中国和平出版社 1993 年版。

［美］希尔德·怀特：《怀特评点四海之内皆兄弟》，吕旭译，光明时报出版社 2001 年版。

［美］夏志清：《中国古典小说导论》，安徽文艺出版社1988年版。

［日］藤泽秀行：《围棋水浒传》，唐腾、马林译，蜀蓉棋艺出版社1992年版。

［日］佐竹靖彦：《梁山泊水浒传一百〇八名豪杰》，韩玉萍译，中华书局2005年版。

［意］安贝托·艾柯等：《诠释与过度诠释》，王宇根译，三联书店1997年版。

再版后记

　　拙著是2007年3月完成的博士论文，于2009年由齐鲁书社出版。它现在还有再版的必要？它是本体论视域中对《水浒传》意义世界的研究，而十多年过去了，当下依然是认识论阐释学的天下，从认知论角度批评作为本体论的哲学诠释学依然是学术界的主流，从这一点来看，拙著的本体论阐释仍然有再版的价值。

　　与思想的停滞和羼杂形成鲜明对照的，则是表象形式上的变化。标点符号的用法有了新的规定，如书名号、双引号并列时不再使用顿号。最初写博士论文时，极其崇奉陈平原先生把学术做得"好玩""有趣"的教导，曾有意追求之；但却造成了旁枝横逸的后果，故这一次将其删减。得益于责任编辑刘志兵博士的专业和慎重，这次再版对2009年版作了部分修订。

　　本书得到兰州大学双一流建设经费资助，令人感念！虽说申请手续繁复、曲折而折腾，但毕竟是值得的。鲁迅曾慨叹向秀的《思旧赋》刚开了头就煞了尾。生之无奈，让它随水流去，不愿细说。无论如何，应该感谢兰大，尤其是社科处杨林坤处长！

　　多次有劳于刘志兵先生，他工作细致，谨严认真，令人感佩，谨致以衷心谢忱！

张同胜
2020年4月3日